天山雪松

新疆早期革命事迹纪实

任茂谷 著

人民出版社

目　录

序　章

仰望雪峰

刑天舞干戚

头砍下

合为大山

血流为河

身体化作大地

肌肉做了沃土

牺牲在黎明前的共产党人

为黑暗铺设光明

严寒里舞动春风

骨骼合为天山

鲜血浇灌了辽阔大地

　　10月，国庆和中秋重合，增加了节日的欢庆和岁月的质感。边城乌鲁木齐市已近初冬，一场轻雪飘下来，给斑斓大地抹上一层轻微的银霜，把山川树木渲染得更加富丽。位于南郊的燕儿窝烈士陵园，绿色的青松顶着一层雪白，凝练出特有的寂静氛围。陈潭秋、毛泽民、林基路等几位烈士的陵墓前，许多鲜花扎成的花束、花篮、花圈，围拢着他们的白色大理石雕像，显示着他们理想的纯洁，绽放着他们生命的高贵。抬头凝望他们的雕像，与东天山的最高峰——博格达雪峰融为一体，化为天山雪松，站在理想和人格的至高境界，纯洁、高尚、宁静，蕴藏着永恒的生命。博格达峰的崇高，融入了他们永恒的生命，更显得神圣纯洁。仰望圣洁的雪峰，能够深切感受到他们的精神力量，像雪山孕育的河流，滋养着天山南北的广袤大地。

　　陵园里有一处云杉园，云杉园里有一棵生长了40年的高大云杉，长得青翠茁壮，寄托着老一辈革命家对烈士的怀念。这棵顶着白雪的云杉，似乎寄托着烈士的英灵，彰显着一种格外伟岸的精神力量。蓝天映照着树上的白雪，仿佛正在给后人讲述着纯洁高尚的语言。

　　烈士纪念碑前的广场上，摆放着青灰色大理石打造的两面打开的书页，上面刻着1952年7月28日《新疆日报》的一篇报道。

　　时间回到报道刊发的前一天。

　　1952年7月27日，中共中央西北局第二书记、西北军政委员会副主席、西北军区政治委员习仲勋，利用中共中央新疆分局第二届党代表会议休会空隙，前往为中国人民的革命事业、为新疆各民族人民的解放光荣牺牲的中国共产党创始人之一，毛主席的亲密战友陈潭秋和中国共产党的优秀党员毛泽民、林基路、乔国桢，以及先进的民主人士杜重远等革命烈士之墓参拜，敬献花圈、祭品。陪同前往的有中共中央统一战线工作部和西北军区的领导等同志。

各首长于上午 10 时到达墓地，新疆公安厅刘让平副厅长简略地叙述了诸革命先烈的死难经过后，每个人都为祖国人民及新疆各民族解放事业而英勇牺牲的先烈们敬致哀悼之意。接着，由习仲勋同志敬献花圈、祭品。为了永远纪念上述先烈及所有为新疆各族人民事业而牺牲的各族民主战士，学习先烈们的革命精神，习仲勋同志特别提出要为革命的先烈们修建纪念塔及烈士公墓。

一座圆形堆土坟丘前，立着三块黑色的墓碑，分别刻着陈潭秋、毛泽民、林基路三位烈士的名字。习仲勋同志面对这一座被敌人凶残杀害后，草草葬在一起的坟丘，内心无比沉痛。他向烈士深深地三鞠躬，站直身子，环顾四周，又生发出更多的难忍。历时数年，几经周折，烈士的遗骨终于找到。可是，这样荒凉杂乱的山坡，怎能让烈士的英灵安息，又怎能让后人向他们表达敬仰与哀思呢？中共中央西北局第一书记彭德怀同志，正带领中国人民志愿军在朝鲜浴血奋战，他作为负责工作的第二书记，责无旁贷地提出，要选择一个合适的地方，修建烈士纪念塔和陵墓。自此，为烈士修建安息之地，作为一项重要任务，正式提上议事日程。

时间再往回追溯。

1946 年 7 月 11 日，下午 3 点，经过周恩来副主席亲自出面，党中央多方营救，从新疆出狱的中共人员，历时一个多月，行程六千多华里，乘车到达延安城外的七里铺。朱德总司令、陕甘宁边区政府主席林伯渠等中央首长几乎都到七里铺来迎接。从七里铺到延安，十华里的道路，人们夹道欢迎，锣鼓喧天，鞭炮齐鸣，坐在车上的男女老幼全都激动得泪流满面。

到达延安的当天，中央党校准备了丰盛的晚餐，为他们接风洗尘，毛主席特别抽空来看望大家。可是，归来的队伍中，没有陈潭秋、毛泽民、林基路……

为了缅怀在新疆牺牲的中共党人，中共中央组织部主持办理，成立了追悼筹委会。8月1日，《解放日报》刊登启事如下：

　　拟定于本月五日举行在新疆牺牲同志追悼会，各机关团体如有花圈挽联赠送，请于四日前交中央党校秘书处为荷。

　　此致

　　敬礼！

　　附前在新疆牺牲的同志姓名：

　　林基路（狱中被杀害）、吴茂林（狱中病死）、乔国桢（狱中病死）、柯永学（病死）、汪德祥（飞行中牺牲）、彭仁发（机场上牺牲）、祁天民（工作中病死）、谢奇光（返延途中病死）。

启事中没有陈潭秋和毛泽民，因为当时并没有证实他们已被敌人杀害，从心情上讲，大家何等希望他们能够生还啊！

陈潭秋、毛泽民可能在新疆的监狱牺牲了，也可能被转移他处。他们可能还活着，正在经受国民党反动派的折磨摧残。可是，他们到底在哪里呢？

林基路的夫人陈茵素在怀念文章中记述了她当时的心情："出狱时人们传说陈潭秋、毛泽民同志还活着，是被蒋介石当作人质转移到他处。回到延安后开追悼会只有林基路、乔国桢、吴茂林等烈士的名字。悲伤之余我曾心存侥幸地想过，林基路的死也许是一种讹传，有一天他会和陈潭秋、毛泽民同志一同活着回来，相见如梦寐，就像我和他久别后在库车重逢聚首灯前一样。"

人们无法相信，也不愿意相信，中国共产党的创始人之一陈潭秋，以及毛泽民和林基路同志，革命路上，经历过无数的磨难之后，会悄无声息地牺牲在新疆。追悼会之后，党中央一直在想方设法寻找陈潭秋和毛泽民同志。

周恩来副主席再次致电时任国民党新疆省主席张治中，寻找陈潭秋、毛泽民的下落：

兹尚有恳者徐杰即陈潭秋，周彬即毛泽民二君还未返延之列，闻移解关内羁押不知确否？祈鼎力周全，惠予省释。即使因受刑成残，但望生还，他非所计。

张治中于8月27日给周恩来复电：

敬悉嘱事经饬详查过去档案，据复：关于徐杰、周彬……等三名在盛世才时代如何判处、无案可查。

中央判断，看来，陈潭秋、毛泽民确是在新疆监狱中牺牲了。

不久之后，中共中央派公安部宣传处的赵明同志专程到新疆查找烈士的墓地。赵明曾经是东北流亡学生，到新疆后，考入新疆学院，深受林基路的教育和影响，后参与创立地下进步组织新疆共产主义者同盟，即战斗社，后加入中国共产党。他从苏联转道来到乌鲁木齐，百般寻找,没有下落。

几年后,经过被抓获的盛世才时期新疆第四监狱长、刽子手之一张思信确认,1943 年 9 月 27 日,中国共产党创始人之一陈潭秋,以及优秀共产党员毛泽民、林基路,被新疆军阀盛世才杀害,尸体掩埋于迪化(今乌鲁木齐)郊区的六道湾荒山坡上。1951 年 4 月,新疆省人民法院公开审判杀害陈潭秋等烈士的凶手,盛世才时期的公安处长李英奇等。

人们最不愿意承认的事实,悲痛地有了结果。

新中国成立三年后,习仲勋同志前来悼念,提出为他们修建纪念塔和纪念园。

1954 年 7 月,新疆省第一届人民代表大会第一次会议通过修建革命烈士陵园决议案。

1955 年,中共中央政治局委员、全国政协副主席、最高人民法院院长董必武同志率中央代表团前来出席新疆维吾尔自治区成立庆祝活动。9 月 25 日,专程前往祭奠陈潭秋等烈士。同年,经中共中央新疆分局批准,由乌鲁木齐市民政局负责具体承建工作,时任乌鲁木齐市民政局局长杨天云、民政局办公室主任范怀俊、优抚科副科长陶化民组成了乌鲁木齐市革命烈士陵园建设筹备小组。

筹备小组的工作人员先后踏勘了野营地、水磨沟温泉后山、碱泉沟、黑山头、芨芨槽子、仓房沟、燕儿窝等多处备选地,最后,由中共新疆维吾尔自治区委员会第一书记王恩茂同志现场确定,烈士陵园选址在燕儿窝。这里有山有树,风景幽雅,离城区较近,且交通方便,便于群众祭扫和接待外宾。中国古籍中,"燕"字含有"安息"之意。王恩茂当场指示:"抓紧规划设计,马上动工,赶在党代会、人代会闭幕时召开追悼大会,完成此项历史任务。"

1956 年 6 月 20 日,乌鲁木齐市人民政府动员驻乌部队、厂矿企业、机关事业单位等军民共同突击修建陵园。没有动力电,没有照明电,人们怀着对烈士的感恩和怀念之情,克服困难,日夜施工。当时的基础设施非常简陋,仅用松枝、木头、花圈搭起了临时简易门。墓前平整了一块场地,石子铺成道路,砖砌墓穴,混凝土制作成墓碑。

中共中央新疆分局在批准修建乌鲁木齐烈士陵园的同时,组建了陈潭秋、毛泽民、林基路等烈士移葬委员会,中共中央新疆分局第一书记王恩茂同志担任移葬委员会主任。移葬委员会的主要任务是寻找、确认陈潭秋等烈士的遗体,解决移葬过程中遇到的问题,指导移葬工作。

据国民党新疆地方当局档案记载,陈潭秋等烈士被杀害后,秘密埋葬在六道湾一个叫"一炮成功"的地方。但时隔多年,无当事人在场,一是很难确认遗体的真伪,二是毛泽民烈士的遗体根本找不到。据记载,盛殓陈潭秋、毛泽民、林基路三位烈士遗体的棺木均为大红色,可是根据记载序号挖掘出盛殓毛泽民烈士遗体的棺木却是黑色,这使移葬委员会的工作人员大惑不解。经反复核对,四处挖掘始终未发现盛殓毛泽民烈士的大红棺木。经多方努力,移葬委员会的同志了解到,有一个当时执行埋葬三烈士遗体的当事人。此人姓张,正在江苏某狱中服刑。通过司法部门的协调,移葬委员会派人将他押解到现场,对烈士遗体进行指认。其供述:因毛泽民是毛泽东主席的胞弟,身份特殊,所以在埋葬时作了伪装处理,在毛泽民烈士的大红色棺木上面放了一口黑色棺木。经核实果然如此。当时,王恩茂书记也在现场。经法医按人体生理结构将毛泽民遗骨整理,王恩茂同志进一步确认说:"差不多,他(毛泽民)的个子和我差不多,都是一米八多一些。"

陈潭秋、毛泽民、林基路三位烈士被敌人同葬一穴。另外,还在六道湾山梁上寻找到了乔国桢、吴茂林、汪德祥、彭仁发四位烈士的遗骨,杜重远、祁天民烈士的遗骨始终没有找到。至此,烈士遗体寻找工作结束。

1956 年 6 月 28 日，移葬小组在陈潭秋、毛泽民、林基路等烈士的原葬地起坟，入殓。

7 月 2 日，自治区及乌鲁木齐市各族群众在人民广场举行了送葬大会，陆续将陈潭秋、毛泽民、林基路、乔国桢、吴茂林等烈士遗骨移葬烈士陵园。

7 月 25 日，乌鲁木齐市革命烈士陵园隆重举行陈潭秋、毛泽民、林基路、乔国桢、吴茂林五位烈士陵墓落成典礼大会。参加大会的有自治区及乌鲁木齐市党政军领导机关的主要负责人和中国共产党新疆维吾尔自治区第一次代表大会的代表、新疆维吾尔自治区第一届人民代表大会的代表，还有自治区和乌鲁木齐市各族各界代表三千余人。王恩茂同志代表自治区党委作了以学习烈士精神、巩固边疆、建设边疆为主要内容的讲话。其他各级代表也都进行了以学习烈士精神、扎根边疆、建设边疆为主要内容的发言。从自治区党委会议作出决定到烈士陵园落成，仅用了两个月的时间，让先烈们的英魂得到了安息。

1984 年 4 月 4 日，清明节。时任中共中央政治局委员、书记处书记的习仲勋同志，在出访几内亚回国途中，经停乌鲁木齐，特意到燕儿窝烈士陵园祭拜。乌鲁木齐的泥土刚刚化冻，习仲勋同志不顾旅途劳顿，挥舞铁锹，栽下一棵红皮云杉。40 年过去，这棵云杉长得青翠茁壮，成为烈士精神的一个象征，接受着人们的敬仰。

回顾那一段无法忘怀的艰辛岁月。红军西路军在河西走廊征战失败，余部四百多人到达新疆迪化，对外称为"新兵营"，在党的组织领导下，学习汽车、坦克、装甲车、火炮、飞机、通信、情报、医学，相当于一所"红军机械化"的综合性大学。这些同志学成后，都是共产党各机械化和航空部队的种子，大多数成为汽车、坦克、火炮、航空等部队的高级领导，在抗日战争、解放战争、朝鲜战争中，发挥了巨大的作用。1937年底到1938年冬，应盛世才的要求，我党从"新兵营"和往返苏联途经新疆的干部中抽调、从延安选派，共派出一百六十多名优秀干部，在盛世才政府中任职。按照不公开党员身份、不发展党的组织、不宣传共产主义的"三不"原则，忍辱负重，无私奉献。每一位共产党人身边，都有盛世才安排的特务监视，工作越有成绩，越受到诬陷攻击。就在这样的情况下，每一个共产党人，像一团火，影响着周围的人，得到群众的衷心拥护，以至于他们最后被关到监狱后，义正词严地要求公开审判。蒋介石从南京派来最权威、最专业的"中央审判团"，经过灭绝人性的残酷手段，翻遍所有正式和临时的法律条文，都无法给他们"定罪"，敌人只好丧心病狂地把陈潭秋、毛泽民、林基路三位最优秀的同志秘密杀害。这些共产党人，人数不多，远离中央，却保证了新疆始终是中国领土的一部分；保证了苏联到中国内地交通运输人员往来大通道的畅通；保证了抗日后方的安全和发展，为支援全国抗日做贡献。他们的奋斗和牺牲，成为中国共产党发展历史上无可替代的一部伟业。

陈潭秋的女儿徐慈君，儿子陈鹄、陈志远、陈楚三；毛泽民的女儿毛远志，儿子毛远新……当年和父母共同生活在新疆监狱的24个孩子……所有怀念的人们，无论身处何方，总会想方设法，一次又一次回到新疆，向牺牲的烈士们，深表怀念，深深致敬！

2020年深秋，80岁的林海洪，在北京的家中遥望乌鲁木齐，抒发着对父亲林基路烈士的思念。80年前库尔班节的那一天，他出生在新疆库车，父母给他取了个乳名：库尔班阿洪。他和24个革命者的后代，在盛世才的监狱里度过四年不幸的童年时光，一起长大的哥哥姐姐、弟弟妹妹们，就算远在天涯，总是心向天山，时刻怀念着留下父辈奉献和自己童年的地方。

林海洪的姐姐林令婉，从出生就没能和父亲见面，父亲牺牲时远在广东台山老家，现生活在福州。妹妹林枚，父亲牺牲一个多月后，才在新疆的监狱出生，现生活在天津。他们三人给父亲设立了云上灵堂，每年在父亲的生日、忌日和清明节，和自己的子辈、孙辈，一同向他祭奠。

陈潭秋、毛泽民、林基路……血洒新疆的中国共产党党员，代表了当年的奋斗和牺牲。他们没有神话传说里刑天的体形巨大，强壮无比，却有着高远的理想和意志。革命先烈向死而生，升华为闪光的坐标。他们的鲜血和骨骼，融入新疆大地，成为天山群峰与大地脉络的永恒。

刑天无痛，却留给怀念者永远的心痛。

中国共产党走过百年历程，我们在历史的天空，塑造他们的形象，呈献给后代，以表达怀念和敬仰。

第一部
天山青松

青松是天山的发

长在宽宽的额头上

你是最高处的那一棵

挺起永恒生长的脊

中国共产党创始人之一、中共一大代表陈潭秋烈士的革命生涯中，总是在最危险的地方，最危险的时刻，留在最后独当一面。他在最后的岁月里，临危受命，担任中共中央和八路军驻新疆代表，像生长于天山山脊最高处的一棵青松，直至献出自己的生命。

一、归程生变

陈潭秋乘坐汽车，从苏联境内开过霍尔果斯河。

5 月的北疆，草长莺飞，祖国的边境线鲜花烂漫，张开怀抱，欢迎游子的归来。陈潭秋让汽车停下，在霍尔果斯河桥上走出国境，又走回来，再次踏上了祖国的土地。他在国境线上停留片刻，举目四望，内心禁不住热流奔涌。革命者胸怀天下。国破山河在。这一刻，他心中充满了献身祖国的悲壮。

从霍尔果斯到迪化（乌鲁木齐的旧称），汽车走了四天。走过伊犁河谷、果子沟，从盘山公路缓慢爬行，开到三台松树头。他看到绵延天山间的大草原，橙黄色的金莲花开成了花海。公路左手边是冰雪初融，幽蓝明净的赛里木湖，右手边是高耸逶迤的天山雪峰。美丽、纯净，真是一片人间仙境。这样的美景，再一次触发了陈潭秋的感怀。只有保卫国家领土完整，才能安心欣赏这美好的景致啊！

汽车沿天山北坡一路东行，春回大地，准噶尔盆地辽阔无边，蓝天白云很低很近，天穹笼罩着大地。沿途的村庄和城镇破败凋零，显出人们生活的艰难，却掩盖不了山川壮美，土地肥沃。

陈潭秋心中涌动着无限的感慨：天山是永恒的，横亘亚洲腹地五千里，所有的人，无论是谁，与它相比，都渺小到可以忽略不计。相比天山的永恒，人的生命只是短暂的一瞬间。一位革命者，只有无限忠诚于祖国永恒的山川大地，才能让自己的生命更有价值。如果能做天山的一棵青松，就要做最高处的那一棵。经受季节轮回，根系繁衍，代代生长，坚守到中华大地百年凋零之后的崛起和繁荣。

陈潭秋生长于湖北黄冈，伴随革命生涯，走遍祖国内地的山山水水，远至东北大平原，可谓见多识广。新疆大地的辽阔广袤，还是给他以巨大的心灵撞击。

"江山如此多娇，引无数英雄竞折腰。"他的内心在行进中激荡，有了一种魂归故里的感觉，仿佛与这片土地，有着与生俱来的亲近。这样的感觉，激发着自己作为中国共产党人，保卫祖国大好河山领土完整，是不可推卸的神圣责任。

这是 1939 年 5 月，陈潭秋奉调从莫斯科归国，返回延安。作为中国共产党一大代表，他与党中央分别已经整整五年了。此时可谓游子回国，归心似箭。

1933 年春，陈潭秋告别妻儿，秘密化装进入中央苏区，出任中华苏维埃粮食人民委员（即粮食部长），在极为困难的条件下，筹备了红军和苏维埃政府急需的粮食，保障红军坚持战斗，准备长征。1934 年秋，中央红军长征后，他在更困难的处境中，以中央特派员的身份留在苏区领导游击斗争。

敌我力量悬殊，情况愈来愈坏。到了 1935 年，中央苏区分局被迫分路突围。陈潭秋和谭震林负责东路，目的地是闽西南，准备到那里与邓子恢、张鼎丞领导的队伍会合，继续游击战斗。一天夜晚，部队在一座山头被国民党军队包围，情况万分紧急。陈潭秋率领一个警卫班守住要津，阻击敌人进攻，掩护部队突围。战斗到最后，警卫班的战士全部壮烈牺牲，只剩下陈潭秋一人身负重伤。敌人蜂拥而至，叫嚷着"抓活的"！陈潭秋子弹打光了，情急之下，摸遍全身，口袋里装有二三百块随身携带的银圆。无奈之下，他掏出银圆，向山坡撒出去。敌人见钱眼开，顿时抢夺起来，他乘机从另一个方向滚下山坡，再次受伤。左脚骨折，右耳耳廓缺失大半。

陈潭秋死里逃生，回到上海，得知妻子徐全直已经牺牲，被国民党反动派在南京雨花台杀害了。

1935年8月，他被中央派往莫斯科参加共产国际第七次代表大会。由于交通不畅，一路多有耽搁，到达莫斯科时，七大已经闭幕，正值青年共产国际（也称少共国际）第六次代表大会开幕，他作为中国共青团代表团领导小组成员参加了会议。随后留在莫斯科，担任中国共产党驻共产国际代表团成员。

五年间，生死危难，血雨腥风。中国工农红军冲破国民党军队的围追堵截，经过二万五千里长征，胜利到达陕北。中国共产党再次顽强地站立起来，成为中华民族抗日战争的重要领导力量。延安成为红色之都，新的中央所在地。陈潭秋无数次做梦，随中央红军到达延安，来到新的中央根据地，回归革命大家庭。五年的颠簸不定，五年的日思夜想，回归的日期终于确定。

汽车开到迪化接近南郊的南梁第三招待所，实为八路军驻新疆办事处。陈潭秋住在这里，已经有了到家的感觉。按照计划，他在这里休整几天，等有飞机时即可出发，经哈密、兰州，飞往延安。即便采用其他的交通方式，用不了多长时间，就可以回到日夜思念的党中央集体之中。

5 月的乌鲁木齐，白天如同初夏。阳光热烈，草木生长。陈潭秋站在招待所的院子里，脱下外套，搭在左臂上，回归的心情，迫切中透着愉悦。抬头遥望东边的博格达峰，白雪覆盖，银光闪耀，预示着一种神奇与旷达。越过雪峰，再往东去，迪化与延安虽然远隔千山万水，但同在祖国的土地上，他的感觉就像近在眼前了。

他在想，回到中央，首先要做一次系统的汇报，心里便打起了汇报的腹稿。

正在此时，中央的一封电报，打乱了陈潭秋飞往延安的心境。他表面不露声色，内心却沉重起来。

中央电示，陈潭秋同志留在新疆接替邓发同志任中共中央驻新疆代表和八路军驻新疆办事处负责人。

盛世才与中国共产党建立统一战线刚刚两年，就由口口声声拥护共产党，追求共产主义，转变为时不时地排斥和打击中共同志，捏造种种借口，对中共驻新疆代表、共产党的高级领导人邓发极尽诋毁，摆出一副水火不容的架势。陈潭秋留在新疆，接任党代表，首要任务就是要化解矛盾，推动统一战线的深化发展。等待他的将是非常复杂的局面，会有许多未知的凶险，甚至在关键时刻，可能出现孤立无援、流血牺牲的困境。

有人向他建议，作为党的一大代表，坐过牢，负过伤，很多次在事关大局的关键时刻，在最危险的地方，独当一面，九死一生，建立了重要功勋。此时完全可以提出自己的理由，建议党中央另择他人。

是啊，回到延安，无论从感情上，还是自己和队伍共同战斗的愿望，包括安全……能和党中央在一起，哪一位共产党员，不是这样充满向往呢。

回程生变，陈潭秋会做出怎样的抉择呢？

二、遥望延安

盛世才是经莫斯科一手扶植，才坐稳了新疆边防督办的宝座。为什么与中共建立抗日统一战线没有多久，就要变脸？怎样才能让共产国际公正、客观地接受新疆形势变化的现实，拿出具体办法，尽快改善中共驻新疆代表与盛世才的关系呢？

此时，派一位新的代表成为必然。关键在于，要选择一位既有坚强的党性，又有丰富的斗争经验，能够在极端复杂的困难环境中，顾全大局、从容应对的高级领导人。

陈潭秋的做事风格，敦厚稳重，此时恰好回国路过新疆。中共中央和苏联方面，经过慎重研究，认为他是最合适的人选。一封电报发到八路军驻新疆办事处，交到正在兴冲冲准备回延安的陈潭秋手中。

战争年代，越是党的高级领导人，越是在关键时刻，勇挑最凶险的重担，不折不扣，坚决执行党中央决定。

陈潭秋坦然接受了党中央的电示。

临危受命是革命者的使命担当，陈潭秋屡屡受命于危难之时，身处险境，似乎是他一生的宿命。他接到党中央的任命电报后，没有提出任何反对意见。回延安的行程突然中断，像正在飞行的鸿雁骤然收拢翅膀，心中设想过无数遍的重逢场景，成为虚幻的画面。骤停与速飞，像巨大的熔炉，冶炼着一位杰出的领导者。陈潭秋不能回延安了，他命令自己立即冷静下来，着手梳理苏联以及中国共产党与盛世才之间的关系变化，准备迎接新的困难和挑战，履行好党给予的新的职责。

回顾历史，1911年辛亥革命爆发后，迪化和伊犁两地的革命党人很快组织起来响应武昌起义。1912 年，南北议和，袁世凯任命原新疆按察使兼镇迪道杨增新为新疆都督兼布政使，新疆进入一个相对稳定的时期。杨增新完成了对伊犁和阿尔泰地区的统一，新疆从四分五裂的状态，变成了中国西北的一道屏障。他在外交上与十月革命后的苏联友好相处，恢复边境贸易。对内地的政坛风云和军阀混战，则采取"纷争莫问中原事"、"认庙不认神"的态度，严加防范从内地到新疆的人员，由此形成新疆相对独立的政治格局。

北伐成功后，杨增新于 1928 年 7 月通电承认南京政府，于是被任命为新疆省主席兼保安总司令。此时，新疆交涉署长兼军务厅长樊耀南突然发动军事政变，杨增新遇害，民政厅长金树仁被推举为临时省主席兼总司令。1930 年夏，金树仁派其秘书长鲁效祖到沪、宁等地延揽军事人才，南京参谋本部上校参谋盛世才表示愿意到新疆效力。经甘肃省主席朱绍良推荐，这一年秋天，他辞去参谋本部职务，取道苏联，于年底到达新疆。盛世才入疆后，金树仁对他颇有戒心，只给了一个闲职——督办公署上校参谋主任。盛世才委曲求全，唯命是从，想方设法获得金树仁的信任，不久担任军官学校战术总教官。他借此机会，拉拢学生，培植亲信。1931 年 2 月，哈密王府军官和加尼牙孜、总管尧乐博斯武装暴动，甘肃马仲英乘机率部入疆，新疆陷入大规模战乱和仇杀。金树仁先后派鲁效祖、张培元为总司令，盛世才为参谋长率部进剿，9 月，将马仲英、和加尼牙孜击败。1932 年，马仲英派马世明联合和加尼牙孜进攻哈密，盛世才出任东路剿匪总指挥，将马世明与和加尼牙孜击退。1933 年初，马世明又率部进犯，盛世才再一次打败马世明，因此被誉为"常胜将军"。

1933 年 4 月 12 日，新疆省政府参谋处长陈中，联合迪化县县长陶明樾、航空学校校长李笑天等人，在归化军首领巴品古特的支持下发动军事政变。金树仁仓皇逃离迪化，政变发动者推举盛世才为新疆临时督办，教育厅厅长刘文龙为新疆省政府临时主席。这次事件在新疆历史上称为"四一二政变"。

盛世才利用"四一二政变"，排除异己，杀害了三位政变发动者陈中、李笑天、陶明樾，在与国民党中央的权力斗争中获胜，登上新疆边防督办的宝座。南京政府司法行政部长兼外交部长罗文干，作为中央代表，赴新疆参加盛世才宣誓就职典礼，借机促成入新甘军马仲英和伊犁屯垦使张培元联合反盛。马仲英从东而来，一度占领迪化城外的一炮成功，居高临下，直指督办府。张培元派兵从伊犁向东进军。南疆的喀什，有英国一手策划扶植的沙比提大毛拉，建立起所谓的"东突厥斯坦伊斯兰共和国"。和田有满素尔帕夏建立的所谓"和田伊斯兰教王国"。盛世才位居督办，却处于东西夹击、四面楚歌的危难境地。

为了摆脱困境，站稳脚跟，巩固自己的统治地位，盛世才决定投靠苏联。1933年5月，派外交部驻新疆办事处处长陈德立到苏联驻迪化领事馆去见孜拉肯总领事，表示愿意在金树仁政府与苏联签订的《新苏临时通商协定》基础上，进一步增进友好关系。他宴请苏联驻迪化正副总领事，饭后在书房谈话，让领事看他的书籍，有《资本论》《共产党宣言》《列宁主义问题》等，表明自己信仰马列主义。经过多次会商，双方取得谅解。孜拉肯总领事将会商情况向莫斯科请示，电称盛世才为马列主义信徒。

从共产国际、苏联和中国共产党的观点看，如果新疆有一个亲苏的地方政权，沟通和加强共产国际、苏联与中国共产党的联系将是一个很好的通道。这是苏联愿意支持盛世才，同盛建立联系的一个重要因素。

1933年10月，马仲英步步紧逼，枪口直接指向迪化城内。盛世才又派陈德立和航空队副队长姚雄赴莫斯科请求军事援助。为表示对苏联的亲近，起用了联共党员张义吾等人，委以要职。苏联政府派熟悉东方事务的驻塔什干外交特派员格·阿·阿布列索夫为公使衔驻迪化总领事，与陈德立、姚雄一道来到迪化，负责与盛世才直接谈判。为得到苏联军事援助，盛世才允诺在新疆实施共产主义，渐及于甘陕各省。苏联同意供给盛世才300万金卢布的军火及战时物资，并派红军入新帮助平息叛乱。

盛世才在翘首盼望中，看到苏联飞机自西而来，轰炸了马仲英部据守的一炮成功阵地，立解眼前的危机。1933年12月和1934年1月，苏联红军分两路入新参战。一路由霍尔果斯进入伊犁，称"塔尔巴哈台军"，打败了伊犁屯垦使张培元，致张培元自杀身亡。另一路在边界换上盛世才军队的服装，对外称"阿尔泰归化军"，由塔城边卡羊塘子入境直扑乌苏，解了迪化之围。马仲英军败退南疆，省军紧追不舍，马军占领喀什，致"东突厥斯坦伊斯兰共和国"覆灭。经苏联调解，马仲英去苏联，其余部由马虎山率领保留三十六师番号，退驻和田，消灭了满素尔帕夏的"和田伊斯兰教王国"。1934年8月1日，省政府在迪化举行盛大集会，宣布新疆战乱结束，和平实现，并把这一天定为"新疆和平统一纪念日"。

1937年4月，南疆又发生第六师师长麻木提、三十六师马虎山的叛乱。叛军占领疏附，包围疏勒，前锋到达沙雅、库尔勒等地，全疆为之震动。盛世才不得不再次请求苏联出兵。9月上旬，苏联派机械化部队一个团，在40架飞机、24辆坦克配合下，从乌恰县境吐尔尕特山口入境，与原驻守在乌恰的毛兰诺夫骑兵团、伊斯哈克伯克骑兵团会合，分兵两路。一路直驰巴楚，一路进攻喀什、和田。马虎山见大势已去，率少数亲信逃奔印度，麻木提由印度逃往日本，新疆全境宣告统一。翌年，盛世才又以哈密一带不安宁，运送中国之抗日贵重物资缺乏必要之安全保障为由，请求苏联派进剿马虎山的苏军一个团和空军一个支队开往哈密，扼守新疆的东大门。苏军红八团（实为一个旅）从此驻扎哈密。

盛世才与苏联结盟后，军事、经济、政治等方面得到了巨大的援助，随即又要求苏联派共产党的干部来新疆支援工作。

1935年前后，苏联向新疆派遣了大批顾问、专家，有军事总顾问马里科夫、财政顾问米哈尔曼、政治监察管理局顾问普里豪特卡（包国宁），以及银行顾问、工矿顾问等等，各地区、各部门也有大批专家。同时派遣了一批原为中共党员，之后加入了联共的中国人来新疆工作。这批人大部分是建党初期和大革命时期的中共党员，大革命失败后，经党组织派遣去苏联学习，被分配到苏联各地工作。有的加入苏联国籍，转为联共党员。

盛世才取得政权之前，1930年前后，已有一些人自苏联进入新疆，有张义吾、竺清旦（化名刘晓平）、陈冰（化名钱天）、陈中、熊效远、胡鹏举、卞福林（化名卞方明）等人。这批人中，陈中、竺清旦、张义吾等在军队工作；熊效远、胡鹏举、卞福林等做公安工作；陈冰等人在文教部门工作。他们在新疆开展工作，宣传马列主义，为革命打下了一定的基础。

1935年，有中共党员30余人以联共党员的身份，分两批进入新疆。这些人都是曾在莫斯科学习，或在共产国际和苏联工作过的中国人。他们到新疆工作的任务有两个：一是启发群众觉悟，制止民族仇杀，制定进步政纲，扭转新疆腐败落后的政治局面，发展民族文化；二是侦察敌情，打击日、英间谍活动，排除日、英势力进入新疆。组织关系上，受苏联驻迪化总领事馆的管理，遵守共产国际和苏联确定的"三不"原则，即在新疆不公开党员身份、不发展党的组织、不宣传共产主义。盛世才对这些人很尊重，很优待，一个个都委以重任，暗地里却对他们严加监视。

1935 年 5 月，中国共产党上海发起小组成员、中国社会主义青年团第一任书记俞秀松（化名王寿成）被苏联派到新疆工作，任新疆学院院长、省立第一中学校长、督办公署边防政训处副处长、航空学校和军官学校政治教官等，主要工作是任新疆民众反帝联合会秘书长；赵实（化名王宝乾），1926 年加入中国共产党，1935 年到新疆，先后担任奇台县县长、喀什行政长、督办公署外事处处长、反帝会秘书长、新疆日报社社长等；任岳（化名刘贤臣），1923 年加入中国共产党，大革命时期曾任苏联顾问团翻译和秘书，到新疆任省保安总局副局长兼军事政治部部长；江泽民（化名吴德铭），1925 年加入中国共产党，到新疆任督办公署汽车运输局副局长；郑一俊（化名郑义钧），先后任财政厅副厅长、和田行政长；张逸凡（化名万献廷），先后任新疆日报社社长、督办公署外事处代理处长、喀什行政长；稽直（化名栾宝廷），先后任哈密保安局副局长、督办公署交通处代理处长、新疆电政管理局局长；刘进中（化名陈培生），任边务处第二副处长。先后派到新疆工作的还有王立祥（化名曾秀夫）、赵唯刚（化名赵国元）、于成发、王一（女）、赵云蓉（女）、肖项平、李宝华（蒙古族，原名阿列布则）等。这批人员大部分原先是中共党员，个别是建党时期的党员，一部分是大革命时期的党员，由中共介绍给苏联和共产国际。他们在新疆的主要功绩是帮助盛世才制定了进步政纲"六大政策"，即反帝、亲苏、民平（民族平等）、清廉、和平、建设，并努力贯彻执行，帮助盛世才政权开展各方面的工作。按照"六大政策"，建设新疆，反对帝国主义的侵略和国民党政府的控制，使新疆地方政权成为亲苏政权，以维持中苏边境线的和平与安宁，确保苏联同新疆毗邻的几个加盟共和国的稳定。他们努力工作，影响日益增长，招致盛世才的猜忌。1937年11月，王明、康生从苏联回国途经新疆，在盛世才面前诬陷他们是"托派分子"，迫使俞秀松及其他大多数人返回苏联。有的在苏联肃反扩大化中遭受迫害致死，有的后来参加了苏联卫国战争和社会主义建设。

他们虽然是经共产国际和苏联派到新疆工作，但中国共产党是共产国际的一个支部，其中有些人在新疆工作时就是中共党员，只是暂时中断了与国内组织的关系。中国革命胜利后，活着的同志先后回归祖国，再次加入中国共产党，为祖国的社会主义事业贡献力量。所以，这些人在新疆的革命活动，也是中国共产党人在新疆早期革命活动的一部分。

1937年开始，中共党员分几批进入新疆，这些干部，都具有丰富的革命斗争经验和高深的革命理论造诣。他们的到来，使当时的新疆在行政、文化、教育、新闻等各方面，面貌为之一新。

不管盛世才主观愿望如何，"六大政策"符合新疆历史发展的要求，顺应了新疆各族人民意愿，是进步的、革命的政策，因而受到新疆各族各界的拥护。盛世才在苏联和联共党员、进步人士的帮助下，执行"六大政策"，恢复经济，改革行政，整理财政，下令禁鸦片、赌博、贪污等不良风气，吸收少数民族头领参加政府工作。他的一系列做法迷惑了不少人，也赢得新疆各族各阶层人民的拥护。1939年之前，盛世才较好地执行了"六大政策"，取得了积极的成果。

1937年4月，中共驻共产国际代表陈云（化名施平）和滕代远（化名李广）等人从苏联回到迪化。他们与盛世才达成协议，盛世才同意李先念和李卓然率领的西路军左支队余部400多人进入新疆。这支部队对外称"新兵营"。"新兵营"在新疆这个大后方，利用苏联军事教官和盛世才提供的设备等有利条件，学习文化和军事技术，为中共培养了近300名包括空军、装甲兵、炮兵、汽车、无线电通信、医学在内的军事技术人才。

1937 年 10 月，八路军驻新疆办事处在迪化正式设立，滕代远为首任党代表，到年底，中共中央派政治局候补委员邓发（化名方林）接任中共驻新疆代表。

苏联与盛世才结盟，中共与盛世才建立统一战线，使得新疆在抗战初期成为苏联向中国军事援助的主要交通要道，也是共产国际与中共中央进行联系的主要通道。盛世才向国民党政府闹独立，在相当一段时间里，他在政治问题上以"两个中心的态度"为标准，即国际问题看莫斯科，国内问题看延安。

然而，随着地位的巩固，盛督办的心态快速转变。

1938 年 8 月，盛世才以就医为名，秘密前往莫斯科。他要向斯大林申请加入共产党。自盛世才与中共建立统战关系后，新疆在中共干部的帮助下，政局稳定，经济迅速发展，财政收入大幅增加。他感到自己有了政治资本，可以与莫斯科讨价还价了。加入苏联共产党，是盛世才当时的一个政治策略，如果得到斯大林的亲自批准，无疑在社会各界，包括面对国民党当局，也能提高他的身价。

为了能在斯大林面前表现得游刃有余，行前，盛世才特意请邓发到督办府商谈。他谦恭地请教，到莫斯科与各方面接洽时，应该注意哪些事情，需要事先做哪些准备工作。

邓发诚恳地告诉他，要真实全面地讲述新疆的工作，与苏联方面的同志接触，凡事都用笔记下来，认真研究后再做回应。盛世才听了很高兴。

时隔几日，盛世才又请邓发去督办府，还是请教以上问题。邓发依旧推心置腹地说，如果见到斯大林同志，不仅要谈新疆建设的成绩、经验与做法，客观地谈中共在新疆同志的工作，也要真实地谈缺点，包括我本人在内。这是共产党人的一贯风格，领袖最喜欢听到客观公正的真实情况。盛世才听他这样说，点头称是，大加赞扬共产党的风格，真正做到了光明磊落。

邓发看他态度表现得非常真诚，又补充说，对苏联顾问和教官，也要客观公正，既讲成绩和优点，也讲缺点和不足。

盛世才听完之后，表面称赞，内心却起了狐疑。邓发走后，他反复琢磨，认为自己去苏联是一场重要的外交活动，不是去说人家坏话的。他以暗自推断，邓发教他那样说，一定另有企图。

盛世才兴冲冲地到了莫斯科。可是，他提出的加入苏联共产党等几项要求，被斯大林拒绝了。苏联高层对他早有判断，他只是一个联合对象，绝不是共产主义者。

一个月后，盛世才扫兴而归。回到迪化的当天，邓发到督办府去看望，与他寒暄。问他去莫斯科的情况，向斯大林提出的请求是否都解决了。盛世才恼羞成怒，心里认定是邓发在捣鬼，才使他预定的目标没有实现。

紧接着，新疆召开第三次全疆各族人民代表大会，莅会高层领导人的名单，经过盛世才本人的审定，其中有一部分共产党人。因为共产党人的组织参与，大会开得很成功，代表们对在新疆工作的中共人员有了极大的好感。盛世才对这样的成功，没有高兴，反倒懊悔，是自己替共产党创造了机会，争取了群众。进而推断，自己落入了共产党人"真诚实干"的陷阱，他们表面上忠诚地工作，实际可能有企图夺取新疆的政权。

如此犯忌，自然表现在行动上。会议之后，形成的倡议和决策，盛世才不仅没有推行，反而设置种种障碍阻挠实施，想尽各种办法，在职权上限制，政治上打击，削弱共产党人在新疆群众中的影响。重新重用那些曾经被他抛弃，对共产党心怀不满的旧部下。小题大做，无中生有，不断制造摩擦。他对苏联驻迪化总领事、顾问和教官的亲近态度也发生了较大的改变。此前，盛世才为一点小事就要跑到苏联领事馆与总领事商量。此后，就连过去最亲近的军事顾问也不愿见面。盛世才与中共在新疆的高层领导人隔阂越来越大，甚至毫无顾忌地表现出独裁者的傲慢无礼。

1939 年 5 月，盛世才首先改组在群众中影响最大的反帝会，将秘书长共产党人黄火青调任南疆阿克苏地区行政长。一些担任部长或科长的共产党员，换的换，调的调。有几位很尽职的科长被调到人口稀少、语言不通的边境小县当副县长，让英雄无用武之地。一些思想进步，与中共人员亲近的青年干部，也受到打击或撤换，使积极有为的干部不敢接近中共人员。

此时盛世才的羽翼尚未丰满，还不敢公开与苏联和中共反目，但对中共人员小动作不断。他制造了很多的矛盾冲突，见中共人员忍辱负重，仍然勤恳工作，自己反而被气坏了。他把所有怨气，恨不得都撒在中共代表邓发一个人身上，大有不共戴天之势。四处造谣，说方林（邓发的化名）过去在保卫局工作，最看重权力，他有个人野心，想在新疆夺权。

按照中国共产党与盛世才统一战线的共识，在新疆的共产党人，实际上在盛世才领导下，担任政府和军队的职务，从事具体的工作。共产党人的杰出才干，让盛世才内心充满矛盾。危难时期，需要共产党人的工作付出，当他们取得成效，得到群众拥护时，又极端不放心，找种种借口和理由排挤打击。共产党人当然要积极主动地寻找对策，用智慧和勇气，在斗争中争取团结，以保证新疆这个与苏联大通道的安全。

恰在此时，陈潭秋从莫斯科回到新疆，新一任党代表的职责，看似偶然，但却历史性地落在他的肩上。

陈潭秋梳理盛世才与苏联和中共的交往，从他利用"四一二政变"上台、消灭各方面的军事势力站稳脚跟、制定"六大政策"赢得一定的民心，到改革财政货币制度，挽回新疆经济社会全面崩溃的局面，所有的一切，无不在苏联和中共的全力支持下才得以实现。反观此人，对共产党人处处表现出既利用又妒忌的狭隘心理，仅仅由于个别的政治图谋不能兑现，就对中共代表反目成仇，足见其根深蒂固的军阀作风、阴险狡诈的卑鄙人格、毫无底线的投机本性。

陈潭秋充分理解中央的决策，以无我的信念挑起这副重担。长期对敌斗争的丰富经验，让他清楚地看到盛世才狡诈残暴的投机本性。作为参与中国共产党创立的一大代表，他跟随党的脚步，走过了18年的风霜雨雪，经历了无数的血雨腥风。此时此刻，无论有多少困难，他都不能有丝毫的退缩，哪怕是流血牺牲。

他知道，等待他的将是一个异常艰巨复杂的困难局面。设想未来的工作，新疆与延安相距遥远，信息交流存在诸多困难，很可能又会处于孤立无援的境地。盛世才当局反复无常，不择手段，他要沉稳地带领在新疆工作的党员干部，迎难而上。作为党代表，既要做好工作，更要保护在新疆中共党人的安全。

遥望延安，原本很近，此时却又变得很远。陈潭秋心里虽有遗憾，还是毫不犹豫地挑起了中央赋予的重担。

事不凑巧，就在他上任之时，毛泽民同志经过15个月的过度操劳，基本扭转稳定了新疆经济形势，本来就很严重的胃病和支气管炎，强烈发作，不得不去苏联救治。盛世才虽然表示同情，同意他去治病，但只准了四个月的假期。

陈潭秋刚到，毛泽民要走，两人依依惜别，他等他平安归来，携手迎接新的战斗。

三、第一次交锋

中共和八路军驻新疆新任代表到任，盛世才自然要迎接一番。他邀请陈潭秋到督办府会谈。

陈潭秋乘坐党代表的轿车到达督办府，盛世才特意到门口迎接。他身穿崭新的督办制服，国字脸上的八字胡似乎上了油，像两撇浓黑的墨迹摆在上嘴唇的人中两边，大背头梳得油光发亮，最特别的是穿一双红色长筒皮靴。从穿着到表情，都在显示着一方"领袖"的威严与隆重。

陈潭秋坐在轿车的后排右侧座位，等警卫人员打开车门，稳稳地下车。站定之后，双手抻了抻上衣的下摆，略微整理装容，双目平视，面带笑容，显示出一种久经沙场的自信和大度。

双方见面，盛世才表现得有些过于热情，好像排斥前任党代表离开的事与他无关，或者是用这样的方式表明陈潭秋才是他最认可的党代表。双方握手，致礼。盛世才退后一步，侧身让行，与陈潭秋并排走进督办府的会客厅。迎面墙上并列挂着三幅照片，分别是毛泽东、蒋介石和蓄着八字胡的盛世才本人。如此挂像，俨然显示他是国共两党以外第三位领袖。在新疆做个"土皇帝"，他要这样挂，别人自然奈何不得。因为照片正对着门，只要进来的人，就要和照片上的人迎面相对，不得不示以尊敬。如此一来，中共代表陈潭秋，一进门等于就要向盛督办的挂像致礼。

陈潭秋看到这个画面，心里立即明白了其中的玄机。军阀混战，外敌入侵，时局频繁转换，他见过太多不伦不类的场面，也能轻松化解。他依然是一脸平和的笑容，看着照片说："晋庸（盛世才的字）兄的照片好有气质，胡子好有特色啊！"

陈潭秋像老朋友一样夸了盛某人的照片和胡子，方外之意，这只是一张照片，代表不了他所要的尊严。盛世才没有得到想要的效果，只好双手上拱，顺口回答："多谢徐代表（陈潭秋化名徐杰）谬赞！"

两人见面短短十分钟，盛世才精心设计的两次过招，都没有占到上风。这个心胸狭隘的人，自然不肯轻易罢休。他停顿几秒，突然指向陈潭秋的右耳，说："徐杰兄天庭饱满，目如明月，神采非凡，耳廓大而福垂，可是这右耳……"说到这里，他故意停下来，看陈潭秋的表情。盛世才贵为督办，却拿他人身体上的残缺说事，人格首先跌落到地下。就算能给人难堪，又能赢得什么呢？他以这种低劣的方式发起第三次交锋，可是，没有料到，又被陈潭秋轻轻化解。

陈潭秋脸上依然带着微笑，回答说："盛督办慧眼，此耳被恶狼咬去半个，但未伤到头颅。虽为不幸，却证明此头的坚硬。"

盛世才闻听此言，实在想不出如何接话，只好干笑几声。陈潭秋也跟着笑起来。两人同时笑着，初次正式见面，三个回合的交锋，宣告结束。

盛世才还是忍不住，对墙上的挂像解说一番。

他先向陈潭秋标榜自己的政治主张，就是他一度每逢公开场合必讲的"两个中心的态度"，国际问题看莫斯科，国内问题看延安。他说："我本质上是一位共产主义者，毛泽东主席是中国共产党的领袖，是中国共产主义事业的领导人，所以他的照片挂在第一位，他是国内最受我尊敬的伟大战友。但现在国共建立了抗日统一战线，国民党代表着合法的中国政府，出于各种因素的综合考虑，为了有利于抗日大业和新疆的稳定安全，新疆政府不能与蒋介石政权公开决裂。蒋介石先生也要挂上，他是我的亲密战友。"

这一番解说，他自我感觉，合情合理，天衣无缝，不言而喻地标榜了自己"新疆王"的地位。陈潭秋听完盛世才的这一番高论，没有做任何表态。

双方坐下来正式会谈。

这时候，盛世才完全端起督办的派头，讲话的语气咄咄逼人。为了显示自己的水平，开口就是半个小时，所讲内容，归纳起来主要是四个方面。一是大谈"六大政策"政治集团的先进性，说"六大政策"就是符合新疆实际的马列主义。二是讲新疆特殊的地理环境和独立性，他作为领导人，在极端复杂困难的局面下，维护新疆领土完整，没有被帝国主义和各种反动势力瓜分出卖，是与新疆各界进步人士共同努力赢得的历史性功绩。他简要介绍了自己一年之内，在苏联的帮助下，扫清马仲英、张培元、南疆民族分裂势力等各方强敌的"常胜将军"本色，很短的时间，恢复了新疆的稳定和发展，社会各界一致高度称赞他的治疆方略和杰出才华。三是要求在新疆工作的政府、军队、警察、边防等各个方面的各级官员和工作人员，包括共产党派来的干部，必须绝对服从他的领导。四是讲他奖罚分明，执法严格的领导作风。为了显示自己的权威，以"四一二政变"上台后，严惩三位发起者陈中、李笑天、陶明樾的事例，以此表明他的恐怖手段。当然，从他口中说出来的，是对变节者的坚决惩处。他讲此事的目的，无非是想以杀人的事例，起到恐吓的作用。最后，希望徐杰代表能勠力同心，共创新疆新的繁荣发展，为抗战胜利和民族大业作出更大贡献。

陈潭秋听他谈工作，也含有威胁和挑衅，依然是一脸微笑。等对方说完了，才平静地开口。

他首先根据新疆的国际、国内和疆内环境，充分肯定新疆在全国抗战中的重要地位，进而强调新疆抗日统一战线的重要使命，就是要巩固新疆这个抗战的重要后方和国际交通要道。每一个真正的中国人，必须保证新疆始终成为中国的领土，不致陷落在帝国主义的血手中，共产党人的使命尤其如此。

其次，他指出，怎样推进新疆的社会前进，怎样使各族人民过上和平友谊的生活，要完成这个伟大的任务，只有拥护和坚决彻底地执行"六大政策"。因为"六大政策"是最适合新疆特殊条件的革命政策。新疆的政府坚持"六大政策"，就是进步的、革命的政府，那么我们就忠实于这个政府。"六大政策"的胜利，就是新疆革命的胜利，如果在新疆提出另外不同于"六大政策"的主张，无论主观出发点如何，客观上都只能起到破坏作用。

最后，共产党人会严格遵守统一战线和"六大政策"，为新疆无私奉献，勤恳工作，毫无怨言，但要得到公平对待。共产党人主义坚定，为革命不怕流血牺牲，可以奉献自己的一切，包括宝贵的生命。

会谈之后，照例是设宴款待。结束之后，盛世才望着陈潭秋离去的背影，是那样坚定，那样的凛然不可侵犯。他虽然在新疆手握生杀大权，但还是感觉到，如此光明磊落的人，自带一种无形的威力，让他从心底里不敢轻视，更不能轻易出手。他想，当前情况下，还是要保持一个团结的姿态。后期的变化，只能见机行事。

陈潭秋感觉到这个对手的阴暗与狭隘，也看到他狡诈凶残的背后，隐藏的是一个卑鄙怯懦的灵魂。共产党人虽然在他的手下工作，如果没有大环境的变化，凭着无私的工作和凛然的正气，完全有能力维护好统一战线。可是，日德法西斯的侵略气焰非常嚣张，这样的形势，会让一个个卑劣的灵魂妄自尊大，蠢蠢欲动。新疆工作的共产党人，必须以大无畏的气魄，做好应对一切的精神准备。统一战线能维护一天，就要尽最大的努力维护，能争取一天，就要坚守一天。

共产党人从来不是孤军奋战，但身处新疆当时的环境，无论是地理上，还是组织能力上，都需要能够独立行事。

他心里升起一个信念：无论形势发展到什么程度，自己必须是坚持到最后的那一个人。

陈潭秋与盛世才的这一次会谈，起到了暂时的稳定作用。

他在很短的时间内，看望了反帝会、新疆日报社、新疆学院等群众组织、行政、教育、新闻宣传各条战线上工作的中共党员，了解情况，提出努力的方向和注意事项。把很大一部分精力，用于指导"新兵营"的学习和训练。

四、亮出你们的疤痕

1939 年初夏，陈潭秋住进"新兵营"。

俄文班班长王韵雪见"新兵营"来了一个老"新"兵。他身材不高，大概不到一米七，两只大眼睛特别有神。右耳廓缺了一半，留下明显的伤痕，但脸上总是带着微笑。讲话和和气气，有些老妈妈式的细致入微。别人介绍，他是新来的党代表徐杰（陈潭秋的化名）。党代表来到"新兵营"，整天忙碌。有时在炮兵班听课，有时在装甲班学员的宿舍里谈心，还经常在"红小鬼"无线电班进进出出。学员们学习讨论，操场上活动，在救亡室包扎训练造成的擦伤，任何场合，都可能看到他的身影。王韵雪感觉这位党代表，似乎有分身之术，随时随处都能见到他。每次见到，总有一种温暖亲切的感觉。每次和他对上眼神，又有一丝触电的慌乱。他有首长的宽宏大量和做事周全，却不像有的首长看上去威严。王韵雪与他经常见，还经常想见。

邓发同志离开新疆后，"新兵营"的组织管理有所松懈，还出现了个别不团结的现象。陈潭秋到来后，有两件事给王韵雪留下很深的印象。一件是陈潭秋来之前，有人采用组织手段逼一个女同志和丈夫离婚，还组织群众开她的批评会。他来后立即纠正了这种错误做法，妥善地处理了这个问题。另一件是陈潭秋发现有位干部借学员用了一下他的凳子就要整人，立即予以制止，不准无原则地伤害同志。"新兵营"的绝大部分同志并不知道徐杰就是党的创始人之一陈潭秋，但是从他处理问题的方法看，猜测这位党代表一定是久经考验的老革命。短短几天时间，陈潭秋赢得了大家的尊敬。

王韵雪看到，这位党代表对"新兵营"的每一个人，都像对待亲人一样，当时她还不完全理解党代表内心里对这些人深藏的感情。

1937 年底，正在延安陕北公学第六队学习的共产党员王韵雪接到通知，中央组织部选派她到新疆学习工作。春节过后，她和一支 20 人的队伍，从延安出发，途经西安、兰州，于 1938 年 5 月到达新疆迪化的"新兵营"，时年 21 岁。因为文化程度好，她被安排在"新兵营"俄文班学习，担任俄文班班长。作为青年知识分子，经过国统区的对敌斗争，到达延安，加入中国共产党，在陕北公学，因为意志坚定，表现优秀，才被选派到新疆来学习工作。虽然与"新兵营"的战友有了近一年的相处，但以她自身的经历，还难以体会陈潭秋内心对战友们的感情。

陈潭秋把这支部队看得特别重。这里的每一个人，都是好汉硬汉，都是经过浴血奋战、九死一生的铁血男儿。他要把他们保护好，让他们学习到更多的知识技术，得到更多的锻炼，尽快回到延安去，在抗日战场上发挥更大的作用。

党代表之所以对他们有着特殊的感情，还要从这支队伍的来历说起。

早在 1934 年，共产国际致信中共中央政治局，建议中共中央加强陕甘川的政治军事领导，将川陕苏区联系起来，进一步打通川陕苏区与新疆的联系，连通与苏联之间的国际路线，解决革命根据地的战略依托问题。

1935 年 10 月，中共中央和中央红军长征到达陕北后，建立新疆大通道显得尤为重要。

1935 年 11 月中旬，共产国际派张浩（林育英）从莫斯科到瓦窑堡，带来共产国际第七次代表大会精神，传达了斯大林的意见，不反对中国红军主力从北方（外蒙古）或西北（新疆）靠近苏联。

打通国际路线，作为一个重大战略方针，中共中央从政治上、军事上和技术上做了多方面的努力。

1936 年 6 月，中共中央的大功率电台调试成功，根据张浩从莫斯科带来的电报密码同共产国际建立了电报联系。

1936 年 10 月，中国工农红军二、四方面军到达甘肃会宁地区，同红一方面军会师，标志着历时两年，跨越十四省的二万五千里长征胜利结束。

1936 年 10 月，中央作出了宁夏战役的计划。

1936 年 10 月 24 日至 29 日，红四方面军总部率三十军、九军、五军、骑兵师、妇女独立团、教导团等部西渡黄河。红九军、三十军渡河后首战吴家川，与马家军在景泰一条山展开激战，取得西渡黄河的第一个胜仗。随后，红军受到国民党马步芳、马步青等部的围追堵截，河东、河西红军被割断，宁夏作战计划被迫中止。

1936 年 11 月 11 日，党中央、中央军委决定河西部队改称西路军，成立西路军军政委员会，陈昌浩任主席兼总政委，徐向前任副主席兼总指挥，执行打通新疆至苏联的国际交通线新任务。

西路军枪支弹药十分匮乏，五军 3000 多人，有 2000 多支枪，每支枪配发 5 发子弹；九军 6500 多人，有 4500 支枪，每支枪配发 15 发子弹；骑兵师 200 多人，每支枪配发 25 发子弹。马家军的参战部队和民团有 11 万多人，人员、装备、弹药，都占有绝对优势。

11 月 13 日至 18 日，西路军连克古浪、永昌、山丹，包围凉州。这时中央革命军事委员会突然电令西路军停止西进，在永昌、凉州建立根据地。从 11 月 22 日起，西路军在东起凉州四十里铺，西至山丹，约 150 公里的地段上，与敌军展开战斗。四个多月的时间，西路军以万众一心、前仆后继、血战到底的决心，与凶悍野蛮的马家军主力展开了殊死的搏斗，先后共歼敌 2.5 万余人。西路军的损失也非常惨重，许多指战员相继伤亡，他们以血肉之躯写下了英勇悲壮的战斗史诗。

1936 年 11 月 14 日，红九军进占古浪。古浪作为凉州的门户，俗称"虎狼关"，是河西走廊的咽喉要冲，历来为兵家必争之地。红九军占领了古浪，立即引起了马步芳、马步青的恐慌，16 日拂晓，敌人集中三个骑兵旅、两个步兵旅和四个民团两万多人蜂拥而至，出动飞机、大炮对古浪城进行猛烈攻击，红九军与敌人展开激烈巷战，直至城陷，指战员们仍然用刺刀、枪托、石块与敌人肉搏。红九军在古浪城苦战三天，共毙敌 2000 多人，因伤亡过重，在三十军二六八团的接应下，转移到四十里铺。红九军参谋长陈伯雅等 2400 多名西路军战士壮烈牺牲。

1937 年 1 月 1 日，红五军军长董振堂和政治部主任杨克明率领 3000 多人占领高台。1 月 12 日，敌人用部分兵力切断了高台与临泽的联系，牵制红军主力。集中马彪、韩起禄等民团两万多人及飞机、大炮对高台进行围攻。高台是红军西进的必经之地和重要军事据点，必须坚守不能放弃。军长董振堂立即召开军事会议，作出守城的部署，发出了"人在高台在，誓与高台共存亡"的战斗号令。红五军将士与数倍于己的敌军血战九天八夜，最终寡不敌众。1 月 20 日，高台失陷，军长、政治部主任杨克明等 3000 多人，除少数突围外，大部分壮烈牺牲。

1937 年 1 月 6 日至 2 月 27 日，西路军三次进占倪家营子，历时 40 天，与敌军 5 个骑兵旅、3 个步兵旅和民团 5 万多人进行血战，击退敌军数十次进攻，指战员伤亡 4000 多人。

西路军军政委员会讨论决定突围向三道柳沟转移，在此战斗五天，打死打伤马家军 4000 多人。3 月 11 日夜，西路军被迫撤出三道柳沟，转移到梨园口，准备进入祁连山，摆脱马家军的追击。此时，红九军已不足 1000 人，子弹也所剩无几。红九军政委陈海松指挥部队坚守阵地，誓死阻击敌人进入，子弹打光了就用刺刀捅、大刀砍、石头砸，顽强地抗击着敌人。由于力量悬殊，寡不敌众，红九军的大部分战士流尽最后一滴血，只有少数突围。在这场恶战中，政委陈海松等一批优秀将领相继牺牲。兵败梨园口，西路军可以集中的兵力只剩下 3000 人左右，他们突出重围，转入祁连山。

1937 年 3 月 14 日，西路军军政委员会在祁连山的石窝山上召开了师团级以上的干部扩大会议，决定成立西路军工作委员会，所有人员编成三个支队，就地分散打游击。其中三十军余部及总部机关人员共千余人编为左支队，由李先念率领；红九军和骑兵师余部七百多人编为西路军右支队，由王树声率领；另外十五团、特务团一部及伤员、妇女、儿童共千余人编为一个支队，由张荣率领。

石窝分兵后，王树声率领的右支队向北打游击，吸引敌人，掩护其他支队转移，连续作战，弹尽粮绝，大部分指战员壮烈牺牲。张荣率领的支队也同样受到重创，妇女、儿童遭到敌人惨无人道的残杀蹂躏。只有李先念率领的左支队经过三天急行军，摆脱敌人的追尾，进入了祁连山腹地。3 月的祁连山，冰天雪地，气候十分恶劣，指战员们都是单衣赤脚，手脚都冻裂流血。高山缺氧，呼吸困难，浑身无力，大家都变成了"四肢着地",匍匐前进,不时有人马坠崖。他们白天靠打猎充饥,渴了吃冰雪,后来几天打不到猎物,就忍痛宰杀战马,每人只能分一小块马肉。这时他们用仅有的一部发报机与党中央取得联系,收到了电报:"团结一致,保存力量,前进方向是新疆或者内蒙,设法去新疆,并将派陈云和滕代远同志去迎接。"左支队立即召开会议决定去新疆,并电告党中央。

经过40多天的艰苦跋涉,西路军战士在李先念、李卓然的带领下终于走出了巍巍祁连山。

1937年4月24日至26日,西路军左支队在西进安西城、白墩子、红柳园时又遭到敌人堵击,仅突围出400多人。

西路军在河西走廊征战180多天,经历大小战斗近百次,牵制了河西敌军,有力地策应了河东红军主力的战略行动,推动了"西安事变"的和平解决。终因敌我力量悬殊,弹尽粮绝,在重创敌军的同时,也付出了惨重代价。

1937年4月下旬,突围出来的西路军残部,由李先念、李卓然带领,抵达甘肃与新疆边界处的星星峡。

苏联方面通过外蒙援助红军的计划难以实施,不得已,共产国际决定改由新疆哈密向红军提供援助。中共驻共产国际代表团特派出陈云、滕代远、段子俊、冯铉(化名何晓理)、李春田五人前往新疆,进行各项准备工作。

1937年4月23日,盛世才派官员和汽车,从中苏边境将陈云、滕代远等人接到迪化。陈云由边务处副处长陈培生引见,会晤了盛世才,盛表示了欢迎。25日,盛世才派部队护送,陈云等人同医务人员,携带足够的衣服、食品、药品和武器赶赴星星峡,接运已经先期到达的西路军左支队干部战士407人。陈云代表党中央向这支英雄的部队进行了亲切慰问。他说："革命有胜有负，不要只看眼前剩下四百多人，要看到我们的红军还在，要看到未来的胜利，这四百多人会扩大到四千、四万，甚至四百万，中国革命的最终胜利必将属于我们。"

5月8日，左支队余部全副武装抵达迪化，住在西公园附近的纺织厂内。他们一边医治伤病，调养身体，恢复健康；一边进行思想整顿和组织纪律教育。之后又有一些西路军成员陆续到达新疆。7月下旬，西路军左支队由纺织厂的宿舍搬出，迁到东门外的营区，与盛世才的部队相邻驻扎，附近的部队有教导团、装甲车队等。相比盛世才的老部队，考虑到当时国际、国内和新疆的政治形势，以及盛世才的要求，决定中国工农红军西路军左支队对外称"新兵营"。

1937年7月7日，抗日战争全面爆发，党中央根据国内外形式的变化，撤销原定去苏联学习的决定，改为就地学习文化、政治和军事技术，取消左支队的番号，整编为"中国工农红军西路军总支队"，对内由八路军驻新疆办事处领导，对外还称"新兵营"，隶属盛世才的部队。按照文化程度的不同，全体队员分为了甲、乙、丙三个班，甲班学习中学课本，乙班学习小学课本，丙班以识字扫盲为主。教材从书店买或自己编，教员则"能者为师"，由文化程度高的人担任。党中央先后从延安等地派了一批干部到"新兵营"从事教学，又批准留下一批从苏联回国路过新疆的干部担任教员。就这样，总支队在党代表的领导下，组织指战员开始了文化、政治和军事技术的学习和训练。文化课教员由从延安来的一些知识分子担任。

陈潭秋很重视政治学习，专门开设政治课，学习政治常识、社会发展史、中国近代革命史、中国现代革命史、党的建设、联共（布）党史，以及毛主席当时发表的文章等内容。此外，还经常做时事、政治报告。陈潭秋同志亲自讲授政治课，黄火青、孔原、冯铉、彭嘉伦等同志，以及各队政委都是政治教员。政治学习是主课，经常进行小、中、大考试。陈潭秋要求，一支技术过硬的队伍，政治上首先要过硬。

有了明确学习目的，同志们的学习热情很高，大家坐着自制的小马扎，以膝盖当课桌。缺少纸张，就在细沙上做数学题，在石板上用树枝蘸水练字。很多学员熄灯后还打着手电筒在被窝里学习。经过几个月的学习，大家都学会了两三千个字，会记笔记，阅读书报，学会了加减乘除四则混合运算和计算百分比，为下一步学习军事技术打下了基础。

按照苏联方面的安排，"新兵营"利用盛世才部队的装备，系统机械化技术。大家目标明确，日本侵略者仗着有飞机、大炮、汽车、装甲车横行霸道使我们吃了不少亏，流了很多血。我们要战胜日本侵略者，不能光靠步枪和刺刀，也需要用飞机、大炮、汽车、装甲车来应对侵略者。400多人每人学会摆弄一两件机械化武器，将来回到延安，一个人再带会十个八个，这对建设我军的技术兵种，对夺取革命战争的胜利，将是多大的贡献呀！

经历过残酷战火洗礼的指战员，每一个人代表着几百上千牺牲同志的精神和愿望，每一个人又会像种子一样，在以后的战斗中，发展为成千上万的铁血英雄。他们今天在这里学习，拿出了战场上血拼敌人的勇气和精神，向知识的高地进攻，明天就会是我军机械化部队的种子，成为抗日战场上率先引领机械化作战的骁勇战将。每一位学员，从精神到技术，都是无比珍贵的宝贝和财富。作为新任党代表，陈潭秋对他们的感情投入，自然非常人可以理解。

陈潭秋经过很短的时间，了解大家的学习成绩和思想状况，感到迫切需要加强战斗锻炼和纪律教育，让松懈的弦立即紧张起来。他要让这些指战员再次淬火，完成最优秀的锻造，尽可能早日回到延安去，发挥更大的作用。

　　星期天，陈潭秋组织"新兵营"的同志们，排队去水磨沟洗澡洗衣服。从"新兵营"出发到水磨沟有四公里，队伍呈两路纵队，走在街头，一路上唱着抗日救亡的歌曲。航空班的学员李光，来自延安，有一副洪亮的好嗓子，会唱很多歌曲，同志们叫他"火车头"。一路上由他领唱《大刀进行曲》《义勇军进行曲》《工农兵联合起来》《保卫黄河》《八月桂花遍地开》《松花江上》等，一首接一首，大家越唱越起劲。歌声整齐，充满昂扬向上的正气，市民们听着既新鲜又振奋，成为当时的一道风景。老百姓从未见过这样的军队，纪律严明，秋毫无犯，对群众亲切和善。一传十，十传百，每到星期天，很多市民从远处赶来，看"新兵营"队伍出行。这样的形象，影响了很多追求进步的青年。这个情况，引起盛世才的注意，他主动提出要求，请一位教官去他的部队教歌。李光被派出当教官。他穿一身士兵军装，盛世才派小车来接他去西大楼教歌。盛世才本人、督办公署八大处处长、盛的老婆和小孩都参加学唱歌。此事轰动一时，后来各学校、文教界乃至群众中，歌咏运动兴盛了好长一段时期。

　　"新兵营"的队伍一路行军，一路唱歌，来到流经东郊的水磨河。水磨河是一条泉水汇集而成的河流，两岸长满树木，乾隆年间，官方和民间利用湍流的河水，置办水磨坊为驻军和居民加工粮食，因此得名。泉水汇成的水磨河，不同于新疆一般冰雪融水形成的河流，水量稳定，长年不断。这条河还有一个特别之处，即很多泉眼是温泉，流出的是热水。夏季清澈明亮，冬季热气腾腾，伴随河岸的水磨，很早就成为一个天然的旅游胜地。岸边的山上，建有寺庙楼宇，留有许多名人题词和诗作。

　　队伍到了河边，布下警戒哨，男女队员分河段洗浴。陈潭秋也在队伍中间。洗澡本是一件快乐的事，各队反映，有一些队员不洗，找各种理由不愿意当众脱衣服。队长下命令，要求立即行动，引起这些同志的不满。陈潭秋听说此事，很是疑惑，等见到他们时，心里突然明白，想到了他们不愿意当众脱衣洗澡的原因。他没有像平常一样讲道理做工作，只是笑着说，我知道你们不想脱衣的原因。他边说边带头脱衣服，说我和大家一起洗，不必难为情。等他脱去长衣，只留一件短裤时，人们赫然看到他的前胸后背，爬着一道道柳条似的疤痕。左腿膝盖以下，是一片巨大的疤痕。右边硕大的耳廓缺了半个，平常有衣领挡着不太明显，此时光着上身，看上去真是有些惊心，也让人心痛。战友们看到党代表的身体上，竟然有这么多的疤痕，不再说什么了。不愿意脱衣服的人，都脱去长衣。这些久经沙场的身体，果然有着各种各样的疤痕。陈潭秋指着他们对众人说，看着他们身上的疤痕，就知道是从枪林弹雨中走过来的英雄。这些疤痕很难看，但不是羞耻，而是为革命英勇战斗留下的光荣印记。

这几句话，在人群中引起极大的震动，有几位伤痕累累的硬汉，脸上悄然流出了两道泪痕。这些英雄的身体，在水磨河清澈的河水里，似乎得到了软化。大家相互帮忙搓背，虽然抚不平刺眼的疤痕，却在一点点地抚平内心的疼痛。

以后，每周一次到水磨河洗澡，成为固定的集体行动，战友们在清理卫生的同时，增进了相互之间的感情。

陈潭秋加紧部队训练，同时深入开展纪律整顿和思想政治教育。对于外出活动、与友军见面和交往等都作出了严格的规定，激发部队的凝聚力和战斗力，精神风貌得到了很大的提升，赢得了各民族群众和友军的称赞和尊敬。"新兵营"的同志们外出，比如上街办事、到商店买东西、看电影等等，无论什么情况，都不能单独出行，必须是三人以上集体行动，其中一人为领队。军容军纪严明，风纪扣一定要扣好，军帽必须戴端正，皮带要按规定系好。行走时一定要一路纵队，保持甩臂行走的队列姿势，决不允许随便甩手。他们在街上行走，特别引人注目，两边的群众好奇地驻足观看，路经店铺时店员们出门观看，人们伸出大拇指叫好。"啊，从未见过这样好的军队，不知道他们是从哪儿来的？"人们总是这样议论。他们到商店买零用品，不讨价还价，也不挑选，店主给哪个就拿哪个。只要他们路过，商人们眼睛瞪得大大地瞧着，盼着能迎接进来。那时经商的天津人多，街上常听到这样的话："这是嘛军队？怎么那样和蔼可亲呀？如果中国的军人都像这样该多好呀！"市民群众一传十，十传百，都知道迪化新来了一支不一样的好军队。盛世才长期施行恐怖政策，群众的日子，过得小心翼翼，提心吊胆，突然看到这样的军队，内心敬佩，同时对新的生活充满了期盼。很多政府高级官员也从心底里佩服。

新任党代表带来了新的气象，新疆的抗日民族统一战线，表象上有了新的转机。陈潭秋则清醒地看到，风险并未解除，甚至有增加的趋势。他心里有一个宗旨："新兵营"是中国共产党掌握的进入新疆的第一支人民武装，驻留新疆也是为中国革命培训军事人才，这是一支经过特殊训练的队伍，要尽快回到延安去，在抗日战场上发挥更大的作用。

五、危险的裂痕

1939 年秋天，毛泽民在苏联看病已经四个月，病情刚刚好转，按照盛世才批准的假期回到新疆。陈潭秋第一时间去看望他。

两人分析盛世才对中共态度转变，以及对邓发同志的恶意指责，得出一个不愿意看到的结论。

毛泽民回顾他去苏联之前，盛世才几次约他谈话情况，每次都是大肆污蔑邓发，极尽挑拨离间之能事。

第三次全疆各族人民代表大会（简称"三全大会"）后不久，盛世才借口找毛泽民谈其他事情，把他请到督办府。毛泽民落座，端起茶杯吹了吹发烫的热气，还没有寒暄几句，盛世才不经过渡，不顾作为督办的体面，就直接发泄对邓发的不满。他做出一副很气愤的样子说："周彬兄，你也看出，我近来的态度较之过去不同，都是方林（邓发的化名）引起的，他对我不诚实。我原来认为他是一个极好的朋友，而不料，在我去莫斯科前的第二次谈话中，他有意跟我要把戏。要我将你们和顾问、教官的缺点报告给斯大林先生，使我同苏联、同中共的关系出现裂痕，这是方林的阴谋。"

"三全大会"前后，发生了两件事。一件是修改反帝会的章程，修改稿送盛世才审定，他反复斟酌修改内容，根本不存在没有注意到的问题，会议通过后，他突然对部分条款非常不满意。另一件是反帝会编发了一个革命歌曲集，封面印有列宁、斯大林、毛泽东、朱德、盛世才的头像，他觉得领袖头像的排序贬低他的地位。盛世才反复说："这些事情虽然是别人的过错，我就不相信方林没有看过，以往我和你们写的文章都要送给他看。"

毛泽民耐心解释说："反帝会章程方林同志确实没有看过，歌集是偶然发生的闪失，告诉斯大林同志我们的某些缺点，表示督办诚恳地信任这些人。我们的工作存在缺点在所难免。方林同志是中共高层领导人之一，是工人出身的好同志，绝对不会有个人野心。"

毛泽民的解释，盛世才根本听不进去，他喋喋不休，唠叨了两三个小时，直到实在无话可说了，才放毛泽民离开。

毛泽民去苏联看病出发前一天的晚上，盛世才又约他去谈话。作为道别，毛泽民向盛世才汇报了自己来新疆 15 个月的工作。在毛泽民等共产党干部的大力帮助下，新疆度过了经济危机，建立起正常的财政、金融秩序，财政收入增加，金融运转良好。遵照盛世才的指示，毛泽民拟定出 1939 年度的预算计划和 1940 年至 1942 年新疆经济发展新的三年计划。

盛世才对毛泽民说："我对你们是很信任的，你这次去养病只能去四个月，必须回来执行你所拟定的计划，帮助新疆建设。你这次去苏联，实属不得已，待养好病后，必须回来，不能在那里求学。这是我同意你去养病的前提条件。"

说到这里，盛世才话题一转，又开始攻击邓发。除了老调重弹，他故作信任地向毛泽民透露了很多"内幕秘密"，挑拨邓发与毛泽民的关系。他知道毛泽民是湖南人，说邓发有意排挤湖南人。他说，周小舟是毛主席介绍来任八路军办事处联络员的，方林说他不行，把他送回去，因为周小舟是湖南人。其实，周小舟来新疆，完成任务后回延安，本来就是中央的安排，盛世才以为毛泽民是后来的，不知道事实，就加以编造。

他看了看毛泽民的反应，稍微停顿一下。接着说，后来"一只手"来迪化，明明是要留在新疆担任中央代表，可方林硬是将他送走，这也是排斥湖南人。毛泽民知道，这也是盛的编造。

接着，他又说，我要方林将"新兵营"的李卓然调出来工作，他不肯，因为李卓然是你们湖南人。

他还说，王明回国后，方林想去当共产国际代表，后来中共中央派任弼时去了，任弼时也是你们湖南人。

盛世才说的"一只手"，指八路军第一二九师政治部副主任蔡树藩，中央苏区第三次反"围剿"战斗，蔡树藩不幸负伤，后被截去左臂。蔡树藩其实是湖北汉阳人，盛世才借"湖南人"说事，混淆了湖南湖北口音的区别。

盛世才又抬出八路军——五师师长林彪，说："林彪先生路过此地去苏联养病时，告知党中央同意我入党，我很感激。我本想将今天所谈的这些问题都告诉林彪先生，但林彪先生两次来见我，方林都跟在他身边，我无法开口，所以今天，我一定要和你谈一谈。"

毛泽民听到这里，心里明白了。盛世才曾经提出过加入中国共产党，他的想法没有得逞，也怪罪到邓发同志身上了。也许，这才是他记恨邓发同志的病根。

毛泽民当时越听越气愤。共产党的人事任命，他怎么可能知道，真是无中生有，还编得有鼻子有眼。作为堂堂的督办，竟然如此卑鄙下流。

走出督办府，毛泽民怒火中烧，他从没见过如此厚颜无耻的挑拨。盛世才侮辱邓发和其他同志，他感到就像侮辱了自己一样。他当时本想马上报告中共驻新疆代表处，一看手表已经是凌晨一点多钟了，只好作罢。

不想，天刚亮，盛世才又来电话要毛泽民去督办府，说是还有话要谈。原来，盛世才找出了毛泽东写给他的几封亲笔信，一定要当面拿给毛泽民看。

盛世才手里确有毛泽东给他的四封信，保存得很好。其中三封是毛泽东亲笔写的，一封是秘书代写的。

毛泽民默默浏览着信中的内容，还没开口，盛世才又说开了："你看毛主席对我多诚恳，他花了那么宝贵的时间给我写信。等我见到毛主席时，一定要将昨天我们所谈的那些问题，系统地谈清楚。因为我对中共和毛主席十分相信。我昨天告诉你方林的阴谋，这与中共无关，不过是个别人的问题。以前，苏联驻新疆的领事也有个别不好的，苏联政府声明是个别人的问题，绝不是苏联政府的本意……"

为了顾全统战关系，毛泽民只得强压怒火，不厌其烦地向他解释："方林同志绝不会对新疆有野心，我们其他来新疆的同志，都在督办的领导下来工作。我们在工作中发生某些缺点是不可避免的，请督办予以原谅！"

毛泽民不卑不亢地说："你如果有问题反映，可以直接给毛主席写信，我到莫斯科后，会把这些情况向任弼时同志汇报。"

毛泽民话说至此，两人的谈话才告结束。所以，去苏联之前，没有来得及将这些情况向陈潭秋报告。

毛泽民回忆当时的情况，对陈潭秋说："真是岂有此理，想不到盛世才无耻到如此程度，再三侮辱邓发同志，充分暴露出他的本性恶劣，狂妄自大。"

陈潭秋和毛泽民充分交换了意见，一致认为，与盛世才的统一战线已经出现了危险的裂痕。其根本原因在于，德国法西斯气焰嚣张，不到半年的时间，侵占了十多个欧洲国家；日本帝国主义也加快了吞并中国的步伐，广州、武汉相继沦陷；汪精卫公开投敌，投降卖国；蒋介石消极抗日，积极反共。盛世才见风使舵，反动本性开始暴露。形势不利，但是，为了捍卫新疆的领土完整，为了中华民族抗日战争的最终胜利，为了保护好新疆这条物资和人员往来的大通道，他们必须战斗到最后。

事实上，盛世才在新疆的统治政权，始终依赖于和共产党的统一战线。1933 年，盛世才攫取新疆边防督办的位置后，以进步的面孔出现于政治舞台，打起亲苏反帝的旗号，取得苏联的援助。苏联从政治方面派俞秀松等一批联共党员来新疆工作，建立了苏联与盛世才的统一战线，制定实施了"六大政策"，赢得新疆各族人民的拥护，为后来中国共产党与盛世才在新疆结成抗日民族统一战线，让新疆成为苏联援助以及共产国际与中国共产党联系的交通要道奠定了基础。共产党人（也是联共党员）俞秀松直接主导了"六大政策"的制定，为新疆作出了巨大贡献，得到苏联高层和新疆各界，包括盛世才本人的高度肯定。由于他出众的个人魅力，赢得盛世才亲妹妹盛世同的爱情，两人的婚姻得到斯大林同志的高度关注，举行婚礼时，斯大林亲自派苏联的摄影人员，带着器材，将婚礼拍成电影影像。对待这样一位作出杰出贡献的政治同盟者兼亲人，当王明诬蔑俞秀松是"托派"时，盛世才不顾亲妹妹的苦苦哀求，立即逮捕俞秀松，强行解送苏联，导致俞秀松在苏联残酷的肃反运动中牺牲。盛世同愤而改母姓为安志洁，与她这位督办大人亲哥哥彻底决裂。他的种种投机行为和恶劣表现，完全应和了邓发同志给大家的提醒："盛世才就其出身来说是个野心军阀，就其思想来说是个土皇帝，就其行为来说是个狼种猪。"

继"六大政策"后，盛世才又提出"七项救国纲领"，与中国共产党的抗日民族统一战线政策有共同的基础。为打通国际交通线，解决战略依托问题，中国共产党从 1936 年开始与盛世才接触。1937 年 5 月，盛世才在苏联的推动下，同意西路军左支队余部进入新疆。陈云到达迪化标志着中共与盛世才统一战线的建立。

抗日战争全面爆发后，1937 年 10 月初，周小舟奉命以中央军委联络员身份前往新疆。陈云、滕代远、邓发、周小舟等同志按照统一战线政策和中央指示，经与盛世才商谈，在迪化设立了八路军驻新疆办事处，其工作任务是：在党代表的领导下，扩大抗日民族统一战线，团结和促进爱国民主人士进行抗日斗争，使新疆始终为中国的领土，保持一条和苏联之间物资和人员往来的通道，接待过往新疆的我党干部和国际友人，筹集援助八路军抗日物资，管理在新疆迪化治疗的八路军伤残病员。八路军办事处设在盛世才的南梁招待所。不久，周小舟奉命调回延安，滕代远任八路军驻新疆代表。

一个多月之后，中共驻共产国际代表团团长王明、副团长康生从莫斯科回延安，在迪化停留时受到盛世才热情接待。盛世才向王明提出加入中国共产党及派干部到新疆工作的要求。王明答应将盛世才的要求带回延安，由中共中央政治局讨论决定。11月27日，陈云随王明、康生一道回延安。12月底，滕代远和原西路军领导干部程世才、李卓然、李先念、李天焕、郭天民、曾传六等人奉命回延安。1938年1月，邓发（化名方林）任中共驻新疆代表。

中共中央考虑到新疆的重要战略地位，为了巩固与盛世才的统一战线，建设新疆，造福新疆各族人民，应盛世才的请求，决定派一批干部到新疆工作。尽管当时干部非常缺乏，但从1937年底到1938年冬，中共中央分期分批抽调干部和家属共一百六十多名。这些被抽调的干部由三部分人组成。一部分是"新兵营"的干部；一部分是分两批从延安的抗日军政大学和陕北公学抽调的干部；还有一部分是去苏联或从苏联返回途经新疆的干部。

经过共产国际批准，中共党员在新疆工作的方针是：新疆是中国领土的一部分，避免中国与苏联外交关系恶化；使蒋介石抗日，并不致与苏联关系恶化；派人去使蒋介石国民党不插足新疆；不发展组织，不宣传共产主义，不公开党的面目。

陈潭秋到任时，正是盛世才当局和中国共产党关系开始转向恶化的时期，他表面上把责任推到方林（邓发）及其他某些同志的身上，实质是作为军阀的投机心理在作怪。此时，国内外形势发生了深刻变化，抗日战争进入相持阶段，法西斯德国对苏联咄咄相逼，盛世才分析形势，自作聪明地提前为新的政治选择做准备，从而影响到对中国共产党的态度，新疆抗日民族统一战线开始出现裂痕。如果说，1937年到1939年的两年，是中国共产党与新疆统一统战的黄金时期，1939 年起情况变得复杂起来。陈潭秋一方面要从大局出发，维持同盛世才的抗日民族统一战线关系；另一方面加紧指导"新兵营"的训练，组织领导中共党员和新疆各族人民，开展支援抗战和建设新疆的各项工作。面对的困难可想而知。

即使在统一战线初期，盛世才出于巩固统治的需要，对中国共产党表面友好，但他的内心，如同黑暗惧怕光明，特别害怕中国共产党人在新疆各族人民中的影响扩大，会危及自己的地位。时局一旦出现变化，他便开始找寻新的目标，准备投靠蒋介石。迫害为新疆作出无私奉献的共产党人，则是他准备送给老蒋最好的"见面礼"。

陈潭秋作为全权负责的党代表，看透不能说透，还要把稳定队伍放在首位，加快做好该做的事情。

六、一封"指示信"

1939 年冬，担任和田区教育局局长的马肇嵩，与同在和田工作的中共党员谷先南、谭庆荣、陈广竹、薛汉鼎、马殊等人，处境十分困难。他们周围布满了盛世才的特务。特务分开监视他们的行动，无论怎样尽职工作，都会找出毛病，就算抓不住任何可作凭据的把柄，为了向上级交差，特务们也会捏造一些"罪状"，对他们诽谤诬陷。

既然盛世才跟中国共产党建立了统一战线，邀请中共中央派人来帮助建设新疆，为什么却要如此严密地防范我们呢？

他们心里充满疑问。远在和田，既不能擅离职守，又不能与特务公开对抗，焦急地盼望能得到党的指示。党代表方林好久没来信了。他们盼啊，盼啊，终于盼到了一封指示信，署名却不是方林，而是"蔡直"

（陈潭秋化名徐杰，蔡直是他用于通信联络的另一个化名）签的字。信中说方林已回延安，由他继任党代表。信的字体刚劲有力，详尽分析了当时新疆的形势，对盛世才伪装进步，实为政治投机也有所阐述，正好符合他们在和田的所见所闻。

信中说："你们如果大刀阔斧地干，将会动弹不得。"要求大家充分估计到环境的复杂性和"参差不齐"性，工作要多注意方式方法。从信中可以感觉，徐代表虽然初到新疆，但主要问题，讲得清晰明了，提出的对策都能点中穴位，几个人读后，进行了秘密讨论，疑问解开，心里又有了主心骨，心情也有些豁亮了。

陈潭秋担任中共中央和八路军驻新疆代表，到任后，很快到反帝会、新疆日报社等一些在迪化的单位看望同志，同大家深入交谈，充分了解情况。

新疆的形势复杂多变，陈潭秋仍然按照中国共产党《抗日救国十大纲领》的原则和抗日民族统一战线政策，卓有成效地开展宣传和组织工作，进一步促进了新疆各项事业的发展。让盛世才于情于理，无法在明面上公开挑刺。陈潭秋在《新疆日报》撰文，就如何做好政府领导下的青年工作提出要求，标准包括：必须认真了解"六大政策"；必须忠实于抗日民族统一战线；必须忠实于中华民族解放事业等11项内容，同时提出达到这些要求的六项条件。

1939年8月，陈潭秋经过深思熟虑后，给新疆各地的中共党员写了一封指示信。他的信中，进一步指明了中共党员在新疆的工作任务、工作方针、工作态度和工作方法。

鉴于新疆所处的国际环境，新疆省内的特殊环境，及其在全国抗战中的重要地位，再次强调中共党员在新疆的工作任务是："怎样保证新疆始终成为中国的领土，不致陷落在帝国主义的血手中；怎样巩固这个抗战的重要后方和国际交通要道；怎样推进这个落后的社会前进，怎样使各族人民过着和平友谊的生活。"

中共党人为完成这个任务，要遵从的工作方针是："拥护和坚决彻底执行'六大政策'，因为'六大政策'的胜利，就是我们在新疆的胜利。"

中共党员的工作态度是："我们是革命的公务员，我们是自觉的革命战士，我们不是雇佣劳动者，我们要忠实于自己的职务，要以积极负责的态度对待自己的工作。"

工作方法是："我们要推动社会前进，主要的要培养和扶助新的进步的力量，但要尽量设法减少旧的落后力量的反抗（但绝不是说我们可以同流合污）……今天最重要而且首要的工作，就是在'六大政策'旗帜下团结各族先进青年，培养大批真正忠实于'六大政策'的干部，应当把这些先进青年、合格干部，作为执行'六大政策'，巩固'六大政策'的基本力量。"

新疆抗日民族统一战线具有与全国抗日民族统一战线不同的特点，陈潭秋认为，虽然中国共产党在与盛世才政府建立的抗日民族统一战线中，实行"三不"政策，但在新疆工作的中共党员，"有自己的党组织生活，八路军办事处有党的支部，在新疆各地工作的党员成立有党小组，这些都是按照中共驻新疆代表的指示成立的"。

陈潭秋在给新疆各地中共党员的指示信，数次强调推行"六大政策"的重要性。"我们决不能因此而动摇对'六大政策'前进的信心。"客观而论，不管盛世才主观愿望如何，"六大政策"是符合新疆历史发展要求的，是顺应新疆各族人民意愿的，也是中国共产党与盛世才政府建立抗日民族统一战线的共同纲领。

陈潭秋在信中，要求所有党员，对照此信，对工作经验及生活情况做一次检讨。

这是一封非常关键的信，给工作在天山南北、全疆各地的中共党人送去一颗定心丸，起到了稳定军心的作用。在他的正确领导下，中共党员通过更加严谨的工作，让盛世才无法轻易找到打击排挤的理由，最大限度延长了统一战线的稳定局面，为党的事业争取到了更多的物资和交通保障。

中共党人在工作中受到不公正待遇，陈潭秋从抗战大局出发，要求每一个人都要忠于职守，争取时间，多做工作。"尽了我们最大的努力，在工作中已取得了相当成绩，然而仍不免受人排挤而嫉视，甚至陷害。因此不能不使我们灰心失望，或对工作不认真负责。这种观点是不对的。""在新疆工作的同志更加努力和忠实于自己的职务，要在实际行动中表现出我们是最忠实于'六大政策'的，同时，要改善工作方式，不给反动派以挑拨的借口。""要彻底改变宗派主义、关门主义的作风，相当扩大交朋友的工作。"

一系列的指示，给新疆工作的共产党人，一个明确要求，以奉献和牺牲，赢得更多更大的胜利。一百多人的队员，撒播在新疆各地，像一粒粒种子，一颗颗闪亮的星辰，遥相呼应，不相见也不怕孤独。众星凝成一心，利用一切可能的条件，团结一切可以团结的力量，为新疆抗日民族统一战线的存在和巩固，为党的革命事业的胜利，作出了积极的、历史性的贡献。

陈潭秋同时给中央写信，及时汇报情况，让党中央了解新疆工作的实际情况，争取中央、苏联和共产国际的最大帮助。

1940年春，新疆的反动势力开始发起猛烈进攻，特别是南疆，自政府1939年冬派出南疆视察团，带去大批公安局长和县长后，形势陡变，各地摩擦不断发生，到处借故陷害，挑拨离间。

中国共产党干部被调动、解职、监视，盛世才公开表示对中共党人的不信任。他在当年的军事干部训练班毕业典礼上公然讲："共产党在口内是需要的，在新疆绝不需要。如果有人要介绍你们加入共产党，那人必然是托派，你们应当向上级报告。"

形势越来越严峻，然而，公开斗争，不是共产党人当时的选项。陈潭秋在向中央阐述挽救新疆危局的七条意见中的第六条写道："在交通条件可能的话，我想将盛所不洽意的比较幼稚的同志派一批回延安，以减少他的猜忌。"

留下来的人，就要竭尽全力，挺身面对。

七、红军机械化

"新兵营"是一支战斗部队，也可以说是一所综合性大学。在这里学习的指战员，走过二万五千里长征，经历了西征路上的残酷战斗。他们在过往的战斗里，用两条腿与敌人的汽车轮子赛跑，以血肉之躯，对抗敌人的飞机大炮、坦克铁甲，留下无数惨烈牺牲的愤恨。眼前这支身经百战的部队，虽然只有几百人，却在全身心地学习文化，学习汽车、坦克、装甲车、火炮、飞机、通信、情报、医学，陈潭秋身处其中，心中升起了前所未有的希望。他仿佛看到筚路蓝缕的红军队伍，拥有了长长的汽车运输队，大跨度地转战南北；坦克装甲车的铁流，轰隆隆地开过来，攻城略地，所向披靡；一个个火力喷发的火炮营、火炮团、火炮旅、火炮师、火炮军，发出地动山摇的怒吼，让侵略者和反对派，瞬时土崩瓦解，共产党带领人民，迎来一个民主平等的崭新世界；红军自己的飞机，像雁群飞翔在天空……他仿佛看到了红军机械化的雏形，像雨季里的青纱帐，拔节而起，遍布田野。此时此刻，就在祖国大西北，这座与延安远隔千山万水的城市里，这支暂时叫作"新兵营"的部队，每一位战士，如同一颗颗饱满的种子，在荒凉坚硬的戈壁上，锋利无比地往下扎根，如同春天里在松软湿润的沃土生根发芽的种子一样，快速生长成属于自己的季节。他感到这些战士的无比强大，也感到自己身上无比重大的责任。作为党代表，他要支持、保护这些特殊的顽强的种子，让它们破土而出，长成一棵棵茁壮的苗，回到延安去，在革命的洪流里，把红军机械化的美好蓝图，变成现实。

共产党人的强大之处，就是无论处于怎样艰苦的环境，甚至生命的绝地，都能心怀天下，满怀理想。能够把一个个看似不可能的梦想，变成现实。他们为了追求真理，为了谋求人民的利益，把流血牺牲，生命的失去，看得风轻云淡。因为信仰的坚定，才能在面对邪恶时，经得起酷刑的折磨，视死如归。

陈潭秋的眼睛里，这些英勇的战士，一个人，就是一支等待成长的机械化军队，他们中的大多数，会成为一支机械化部队的开创者，领导人，成为指挥千军万马的将军、顶天立地的英雄。他要让前几任党代表开创的培训，都能得到最好的效果。他把很大一部分精力，投入到指导部队的学习训练。

与前几任党代表相比，陈云同志高瞻远瞩，大气磅礴；邓发同志激情如火，披荆斩棘；陈潭秋同志则细致入微，化石如棉。在所有指战员的眼里，如同王韵雪看到的一样，只要需要，徐党代表就会出现在自己身边。在艰苦的训练中，能从他身上得到老妈妈式的温暖。慢慢地，人们在背后给他起了个"老妈妈"的外号。

西路军总支队内设政治处、医务所、总务科、青年科、警卫排、救亡室等直属机构和一、二、三、四大队以及干部大队共五个大队，每个大队辖三个排。

文化基础课学习圆满结束，就及时组织开展军事技术学习。学习遇到了很多困难，协调盛世才当局物资与环境的配给是最大的难题。党代表与盛世才本人、相关官员、各有关方面沟通落实，付出了很多精力和智慧。由于盛世才在双方合作初期政治利益上的需要，各项需求基本得到落实，为大家创造了较好的学习条件。同志们经过一段时间的文化学习，为学好技术打下了基础，但真正进入技术学习阶段，还是感觉知识跨度太大，关键的技术问题太难理解和掌握。有一些同志的信心受到打击，出现了畏难情绪。总支队发挥政治优势，专门开设政治课，开展形势和理想教育，解决思想问题。毛主席从延安发电报给"新兵营"，要求同志们好好学习，赶快学好，学出来，早日上前线。这封电报，产生了极大的鼓舞作用。

一、二大队学习汽车驾驶和修理，三大队学习装甲车和坦克的驾驶，也要先学习汽车。很多同志来新疆之前，从来没有见过汽车，学习汽车技术，是个天大的新事物。大家新奇憧憬又有几分紧张。学习地点在盛世才位于西大桥的汽车局（后来搬到东门外），早去晚回，吃住还在"新兵营"。开始学习汽车原理，教员是盛世才的教官。他们上课来，讲完课就走，不太管大家是否听得懂。同志们把学习当作党交给的任务，都十二分用心。有文化的同志认真记笔记，课后互相对着补充，记不下来的同志，再抄他们的。教员在黑板上画图画，一画一黑板，弯弯扭扭，大家只好照猫画虎描下来。晚上回到"新兵营"复习，实在是弄不懂。队长赵正洪、政委陈德仁组织讨论，要求大家拿出进攻敌人阵地的劲头。看不懂图纸，使劲看。大家一起用劲，绝对不能让盛世才的军队小瞧了。学习不比打仗干重活，使力气就能见效。陈德仁再三启发，别人能学懂的东西，我们一定也能。暂时不懂，因为文化基础差，时间又短。但要有决心，还要多想窍门。教员讲解发动机的四个冲程，吸气、压气、爆发、排气循环。学了三天，有人一知半解，很多人还是没有弄懂。晚上回来，继续总结。队长赵正洪想了个主意，大家推举了萧显清、李志明、王崇国等几个文化好、口头表达也不错的人，在课堂提问，带头打冲锋攻阵地，争当学习尖兵。自己学好了，再教别人。第二天照此计划行动，教员看到共产党的军队，非常礼貌客气，感觉得到了尊重。从例行公事式的讲课，转变得和气耐心了很多，认真回答解读学员提出的问题。后来干脆从车上卸下一个活塞，拿到讲台上，用实物做示范。还让大家五个人一组走上讲台，近距离观看。

团结协作，发挥了奇效。同志们发挥人多的优势，分成几个攻关小组，分头学习一两个重点，课后再相互交流。尖兵突击，小组进攻，集体冲锋，他们把战斗经验在学习中发挥得淋漓尽致。经过一段时间的紧张磨合，找到了不少窍门。开始时反应较慢的王元喜，经过李志明和王崇国的重点帮助，本人的刻苦努力，也完全搞懂了汽车发动机的原理和作用。

到了实际操作阶段，因为车少人多，只能一个班共用一辆车。驾驶室里坐一位师傅，两名学员，其他人坐在车厢上。盛世才部队的军官当教官，这些旧军队的人仗着有一套技术，神气活现，一个个保守得要命，好像把技术传授给对方，就会夺去了自己的金饭碗。学员虚心请教，他则二腿搁在大腿上，嘴里叼着烟卷，慢腾腾嘴都懒得张，"这个嘛，慢慢地看，慢慢地看吧……"哼哼唧唧打马虎眼。

晚上回到"新兵营"开会，商量对策。陈德仁政委主持讨论，大家分析，这些教官很多也是苦出身，大多数不是太坏，只是在盛世才的军队里养成了一些不好的毛病，还是要主动团结他们，在不违背原则的情况下，尽量宽容他们的缺点。但是有一条，难得的学习机会绝对不能浪费，大家都要学成好把式，不允许任何一个人只学个半吊子，更不允许半途而废，打退堂鼓。

　　第二天，按照支队部的指示，大家主动团结教官。把每个人节余的津贴，凑在一块儿，买些礼物送给他们。为了省钱，有抽烟习惯的同志，尽量把自己买烟的钱也省了下来。红军的好作风，不卑不亢的正气，加上一点小实惠，这些教官感觉得到了尊重，态度有了较大的改变。但送礼物不是特效药，遇到问题，还是需要更大的耐心去化解。故意刁难的情况不能根绝，一个人长期养成的毛病不会完全改掉。个别教官借故不出车，说什么天气不好啦，没有领来油啦等等。好容易出了车，嘴里叼着烟卷，跷起二郎腿坐在驾驶室里，指挥学员加油、加水、检查、发动，折腾好半天才开走。还有个别人浑身野蛮习气，嘴上"笨蛋""浑蛋""土包子"不断，甚至动手动脚。学员严格遵照支队部的指示："遵守纪律，学好本领。"王元喜有一次加油不匀，坐在旁边的教官给他腿上就是一拳头，他本来就紧张，一挨打更是心慌脚乱，低头去看油门踏板，脑壳上又挨了一拳。他当时真想冒火，但想起了党的期望和学习纪律，还是克制住自己，继续开着车子行驶。那几个毛病多的教官，总是让人不顺气，很多次出车，大家轮换着开一会儿，屁股还没坐热就要回营。闹得人手上痒痒，肚子里气闷。急，不能解决问题。大家还是老办法，内部团结一条心，每次出车，师傅开车，两个人在旁边细心看着。启动、踩离合器、挂挡、前进挡、倒挡、抬脚、给油、加速、停车，一系列的基本动作，两人分工，用不了几次就能记住。没有几次，大多数人较好地掌握了技术要领。这些教官自己学车，都经过规定的周期，本以为"新兵营"的人，文化程度低，短时间不可能学好，也不排除一些人故意撂摊，不想让学成。他们没有想到，共产党的人学习和打仗一样厉害。大多数教官心里惊讶，行动上也对学员表示出了应有的尊重。

　　随着学习进度，进入长途训练阶段。从迪化向西北方向开到乌苏，向东北方向开到阜康、吉木萨尔、奇台，或者越过达坂城的崇山峻岭，开向吐鲁番盆地。一个来回短则一两天，长则四五天，每个人都能连续地开好几个小时。秋季的吐鲁番，葡萄熟了，每村每户门前的葡萄架凉荫蔽日，串串无核白葡萄就像珍珠挂在绿荫里。公路上热辣辣的难受，教官们一个个把车子扔在路边，钻进葡萄园里去了，吃完葡萄索性躲进坎儿井里睡觉乘凉。这时候，学员就痛痛快快地开上半天。火洲的炎热，鸡蛋和面饼摊在石头上能很快烙熟。赤日似火，戈壁滩上气浪滚滚。大家开着汽车，一点儿也感觉不到热，反而像吃了甜葡萄，心里甜滋滋的，头脑也清醒，手脚也灵活了。

学习有些慢的王元喜，对教员特别尊敬，几次受到打骂，坚决忍住了。这位教员便慢慢改变了对他的态度。有一次，他开一辆苏式吉斯五汽车，人们口头叫羊毛车。车开上马路，教员坐在身旁指挥。遇到一段很窄的路，他又紧张了。越紧张，手脚越不听使唤，一下把车开到沟里去了。教员这一次没有发火，反倒劝他不要紧张。耐心指挥他："不要慌，把手刹拉着，挂倒挡，慢慢抬脚，少给油，再加一点油。"车子动起来了，又及时提醒他挂一挡加速。这次小事故之后，他细细琢磨了半天，又按要领操作了几次，一下子开窍弄懂了开车的要领。

车队长途训练，无论从哪里走过，都会留下一路的好名声。他们天天早出晚归，经常在呼图壁、阜康、吉木萨尔一带的公路上飞驶。遇到有想搭便车的老乡，或者临时有难处的人，教车的师傅不想理会，队员总是说服师傅，"穷途末路"的，应该伸出手拉他们一下呀。慢慢地，大多数师傅在队员的影响下，变得乐于助人。遇有别人汽车抛锚，他们主动停下来，帮助找毛病、检修、给零件、让吃的，常常把自己的干粮分给老乡。戈壁荒滩上，拿出水壶让水喝，掏出钱包给盘缠也是常事。遇上少数民族老乡，他们更是百倍的热情。天长日久，老乡们只要看到

"新兵营"的人，举着大拇指叫"亚克西（优秀）"，目送很远。

汽车学习已经到了考核阶段，大家考试都得了较好成绩，得分全部在60分以上，大部分达到80分至90分。王元喜得了86分，连苏联教官都高兴地用俄语称赞他们："哈拉少（好样的）！"

驾驶技术考试合格，陈潭秋并不满足，他觉得这些人回到抗日前线，每个人都要独当一面。自己有了技术，还要会当教官。汽车有毛病，必须懂得修理。他和盛世才沟通，要求再办一期汽车修理班。盛世才当时还顾及双方的关系，爽快地同意了。于是挑选了20多人，到盛世才汽车管理局的西大桥汽车修配厂，学习修车和机床技术。王元喜又被选上去学修理。同去的有苟在尚、石子平、吴兴舟、刘武彩、徐世美、赵天培、冉德昌、张如海、徐明乐、陈道良等。到了修理厂，王元喜跟一个师傅学习拆装引擎。这个师傅是苏联人，既会俄语又会汉语，态度很好很耐心。王元喜没学多久就入了门，掌握了汽车的毛病。修理厂的工人，多数是东北人。开始不了解共产党，怕学员学会技术，砸了他们的饭碗。同志们还是老办法，态度诚恳，不时给送些礼物，时间长了，工人师傅们不再保留技术，真心地教他们。学习到了后期，有的工人悄悄说："将来你们回延安，我跟你们一块走。"学员听到，遵守纪律要求，不能答应，也不能不回应，只能婉拒。

四大队是特科大队，学习火炮技术。学炮兵对身体条件有一定要求，身体差的同志调去三大队，有几位文化程度较高的同志去了航空队。经过调整，编到四大队学炮兵人数，增加到80多人。

根据教学需要，大队向盛世才的部队借用苏造7.2厘米口径野炮一门，7.62厘米口径山炮两门，炮镜一部，方向盘两部，还有电话机、被复线等。火炮用马牵引，全大队有马30多匹。

四大队队长是宋承志，政委胡鉴（化名胡明章、胡栋），胡鉴调走后，邹开盛任政委，王德润任支部书记。

炮兵大队特别重视数学课程。学习分甲乙两班，甲班要学习三角几何等与炮兵射击有关的知识，乙班学习相对简单的数字知识。除了学炮，排以上干部还要参加总队统一组织的步兵战术、合成军战术的学习。苏联顾问讲军事课，吉合和常乾坤同志当翻译。

炮兵技战术学习，分为火炮器材操作，炮兵射击理论、射击法则和射击指挥。技战术学习也分两个教学班。副班长以上的干部，绝大多数是原部队中的排、连、营级干部，他们文化程度较高，分为一个教学班，学习复杂的技战术。文化程度低的同志作为另一个教学班，学习相对简单的火炮和器材操作、射击基本知识和有关的专业战术。

经过近两年的学习，同志们在政治、文化方面都得到了很大提高，炮兵技术训练也取得了较好的成绩。

警卫排在盛世才的装甲车队学习装甲技术，每天回"新兵营"吃饭，星期六过组织生活。为了保密，相互之间不称名字而称代号。教官对这种做法表现出反感情绪，于是都去掉代号，每人起一个化名。萧显清同志学习期间，写了一首歌：

　　我们为着老百姓，为着千百万的妇女儿童，打了无数的仗，学习在遥远的边疆。自从鬼子占了我们的东北，又进攻了我们的长江，看他们杀，看他们抢，飞机不断扔炸弹，大炮隆隆响。同志们啊！学习文化，掌握现代军事技术，到前线去英勇杀敌，为着收复我们可爱的家乡。

这支歌说明了"新兵营"战友们过去的功劳，又指明了今后的任务，大家唱得非常有劲儿，鼓起了学习的热情。后来所有的同志都在唱。

萧显清等警卫排的战友们学的课程最多，包括装甲车、汽车、火炮及机枪技术等等。他们从发动机构造到战术技术，装甲车就学了两种。一种叫"发依坎"（音）的轻型装甲侦察车，乘员三人，机枪一挺，非常灵活轻便。一种叫"步瓦"（音）的二五式、二六式战车，乘员四人，机枪一挺，火炮一门。

李志明和王崇国等同志学完开汽车，接着就学习开坦克。盛世才给学习用的坦克，是几辆第一次世界大战留下来的旧车子，半天发动不着。他们第四排的同志，还被分配学习装有轻机枪和小炮的装甲车，引起了他排同志的羡慕，每天在营房里看见他们学习回来，总要开玩笑："快看啦，红军的装甲旅来了！"大家心里自然高兴。

坦克装甲车的教官比汽车部队里的教官更高傲，里面混杂着更多的特务。他们的官衔比别的部队高，排长一般都是中尉，或者上尉，讲课时洋腔怪调。经常故意让车颠，叫初学的同志"坐飞机"，颠得头昏脑涨。同志们学会了汽车，懂得多了，自然会多问一些问题。有的教官眼一瞪，轻蔑地说："没学会爬，就想飞起来啦！"特务则利用教学机会刺探"新兵营"的内部情况。经过汽车学习的磨炼，同志们当然不会向新的困难低头，教员不好好讲，他们自己苦心钻研。

星期天，教官和盛世才的学员溜到街上喝酒作乐去了。同志们抓住难得的学习机会。早晨起来，三个一群，五个一堆，拿着笔记本进行讨论。这现象不久就被教官发现了，说是不遵守坦克学校纪律，还要进行处罚。

陈潭秋同志主持新疆党的工作后，大部分时间住在"新兵营"的总支队部。他经常找同志们谈心，查看他们的生活，制定了当时很高的伙食标准，每天油肉丰盛，青菜豆腐都有保障，常吃羊肉抓饭。星期六吃野味改善伙食，为繁重的训练做好了物质保障。陈潭秋同志叮嘱学员，学习不要死记硬背，记要点、把大意才能了解全貌，还容易记住和理解。

1939 年 9 月，陈潭秋协调盛世才，让学习装甲车的同志以"参观"的名义，参加了盛世才的联合兵种演习。战友们都在说："我们西路军要是有这样的武器，在河西走廊就不会失败，一定能战胜敌人，就不会有成千上万的同志牺牲在西北的黄土高原上。"

1939 年底考核时，萧显清的驾驶、修理、战术射击等项科目，都取得了良好的成绩。苏联顾问对大家的学习很满意。后来在解放战争中，缴获来敌人的汽车、坦克、装甲车都能开得动、用得好，靠的就是这支技术骨干队伍。学完了装甲车，准备学习新式坦克，等了好久，根本没有见到新式坦克是个啥样子。盛世才故意拖延时间，他真的害怕让共产党人学到更多的先进武器技术。

无线电通信同样是战争急需的先进技术。总支队中的报务员集中开办了第一期无线电通信训练班，有 50 多人学习了无线电。另有 15 人学习军医和兽医，20 多人派往苏联学习情报工作。

经党中央批准，利用新疆航空队为中国共产党培训航空技术人才。从总支队抽调了 25 名同志，从延安抗大和摩托学校选调了 19 名同志，到新疆航空队学习。这 43 名学员中 25 人学习飞行，18 人学习机械。

政治思想领导和训练教学的高度统一，产生了极大的效果。"新兵营"的同志们学习进度之快，出人意料。一般需要五年才能学完的课程，仅仅两年多就掌握了。有些课程极为复杂，炮兵、航空、装甲车、坦克等都需要有相当的数理化基础。由于同志们的勤学苦练、刻苦钻研，很快从一无所知，到完全掌握。苏联和盛世才的教官都非常惊奇。苏联教官看见中国的红军将士，一无文化，二无自然科学知识基础，却能创造学习的奇迹，时常竖起大拇指称赞说："你们都是聪明、勤劳的好同志，你们真了不起。中国共产党领导下的红军，有这样久经锻炼努力学习的红色指战员，是不可战胜的。"

"新兵营"与盛世才的部队驻地相邻，正南面是军火库，东北面是盛世才的教导团，后来成为机械旅，西南面是特科大队即装甲车大队、城防司令部。两年多的相处，作为友军，有友情，也有"敌情"。盛世才的特务随时向他汇报"新兵营"的情况，这个军阀头子，对共产党的部队了解越多，越是处处提防。

陈潭秋严格管理部队，不允许出现任何可能的差错。他要求同志们时刻牢记红军的"三大纪律八项注意"，处处维护党的利益。队员外出时常会遇见盛世才部队的官兵，对方也会时常从"新兵营"的门岗前走过。每逢双方相遇，我方总是主动先行军礼，对方自然要还礼，相互敬礼，形成惯例。"新兵营"的指战员服装穿戴都是一样，外面行走，看不出谁是兵，谁是官，官兵一致。对方很快意识到，这支部队不一般，是很老练的兵，素质很高，很有政治修养的军队。

盛世才的军队里，有东北抗日联军退到苏联，又从新疆回国的人，他们受过共产党的影响。随着时间的推移，"新兵营"与众不同的纪律规范、官兵平等的优良作风，引起相邻友军和当地群众的注意。很多来自东北的人，有很强的抗日情结。各个部队都有人向往参加共产党的队伍，特别是一些贫苦出身的士兵。有些人与"新兵营"的学员相处不错，私下里悄悄提出想参加我们的队伍。开车的、修理的、坦克装甲部队的，哪儿的都有。还有人偷偷到"新兵营"来，请求加入我们的部队，有的甚至提出要加入共产党。这些人中间，也有盛世才派来作试探的。

陈潭秋要求大家统一口径，无论对方的人找到谁，给予的答复是："不能接受，因为我们是友军，都是抗日救国的军队。"

他经常提醒大家，情况复杂，一定要谨言慎行，做到婉言相拒，不伤和气。

盛世才的特务手段，比蒋介石有过之而无不及。特务无孔不入，无论是军队，还是修理厂，到处都有他安插的亲信。

陈潭秋再三要求同志们，和友军相处，相互尊敬，但要保持原则，保持距离，友好相处，不给盛世才以任何借口。一定要避免引起他的猜忌和怀疑。

八、盛世才探营

1939 年夏天，"新兵营"的培训，除了航空大队，其他的基本结束。红军部队前所未有的成建制综合性学习，培养了一批非常难得的军事技术人才。为了适应抗日战争的需要，把学习的内容能运用到实战中，陈潭秋认为必须搞一次综合性的野营拉练和联合演习。全面检验学习成果之后，把这支英雄的相当于机械化种子的部队，安全送回延安去。

陈潭秋与苏联顾问协商，苏联顾问完全赞成。但这是一次有一定规模的正规行动，必须得到盛世才同意，还需要他的支持和配合。

阴暗之人，怕光芒，更怕强者。

当初，盛世才出于政治利益的需要，支持"新兵营"的学习培训。他还几次到"新兵营"视察慰问，表示友好，实则是来共产党的部队探营。

1937 年的 8 月，盛世才第一次到"新兵营"。因为是第一次，心里没有底，所以摆足了排场。先派出一个骑兵连警卫，在周围设了岗哨，房顶架上机枪，搞得戒备森严，如临大敌。随后，七八辆小汽车鱼贯而来，让人摸不着他坐的是哪一辆。车进了"新兵营"，卫兵队挎着马刀，拔出手枪，形成保卫圈，他才下车。身披斗篷，脚穿红皮马靴，梳着大背头，不戴军帽。从与共产党建立统一战线起，盛世才为表示自己内心不是国民党人，往往不戴军帽，第一次到共产党的部队来，保持了这一风格。盛督办威风八面，看到西路军队伍，经过浴血苦战后，虽然有了短暂的休整，还没有得到完全恢复。表面看，相比他带来的贴身卫队，"新兵营"显得相对瘦弱。这样的对比，给了他很强的心理优势。他站在正面台阶上，居高临下，很是开心地讲了一番慰问的话，还给每人发了一万两（新疆旧币，相当于 10 元）慰问银票。

1938 年"七七"抗战纪念日，盛世才第二次到"新兵营"。这一次戒备级别下降了很多，只有外面设了岗哨。他很有兴致地观看了"新兵营"的文艺演出，发表了共同抗日的讲话。当时和邓发同志坐在一起，显得非常友好。之后，双方关系似乎真的到了蜜月期。他的主力部队开拔去南疆平定麻木提、马虎山，迪化成了空城。他有时不敢在督办公署住，晚上悄悄来"新兵营"。盛世才有一个习惯，外出时自备开水和饭食，防止被人暗算。但那时到了"新兵营"，他很例外地吃饭喝水，有时候，邓发的夫人陈慧清亲自做饭招待他。他对"新兵营"，特别是对邓发同志的信任，真是到了一家人的程度。谁能想到，后来说变就变，翻脸不认人，甚至和邓发同志闹到了水火不容的地步。这些变化，可以找出各种各样的原因，实质上则是他的政治表演。

盛世才第三次公开到"新兵营"，是参加"八一晚会"，带着太太、家人和随从。那一次，他在讲话中还说："鄙人参加这个晚会很荣幸，可惜我没有这个资格（指他自己还不是共产党员），争取不久的时间里，加入这个行列。"当时，大家都被他的表现所蒙蔽。晚会上，延安来的几个年轻女教员唱歌跳舞，毛泽民同志表演了魔术。盛世才看了夸赞不已，连连叫好。

盛世才每年有两次重大活动，也邀请"新兵营"前去参加。一次是

4 月 12 日，他在新疆取得政权的胜利纪念日；另一次是"纪念九一八运动会"。

短短两年时间，看到"新兵营"的巨大变化，盛世才心生不安。当初支持"新兵营"学习军事技术，迫于形势。共产党人真学成了本事，他心里又是百般不愿意。私下里常和亲信们说："都是当兵的，共产党的兵怎么就这样强，不得不防。"这支部队人数虽少，却有超强的战斗力，还能出奇制胜，虽然在自己的眼皮底下，总有一层神秘莫测的色彩。他手下的部队，还真不是对手。一旦生变，后果难料。

陈潭秋准备找盛世才商谈"新兵营"野营拉练，以及和他的部队联合演习之事，感觉有相当的难度。然而，分析盛世才的心理，认定他不喜欢"新兵营"永远驻扎在迪化。掌握了这个核心问题，就有了相应的对策。陈潭秋那天找盛世才商量时，只讲了两个理由：第一，野营拉练和联合演习，是综合培训的最后一个科目，演习完成，就是综合培训的圆满结束；第二，"新兵营"完成学习任务后，要尽快回到延安，赴抗日前线参加战斗。两条理由，简单明了。陈潭秋讲完了，等待盛世才的答复。

盛世才听了，自然不会相信这两条就是陈潭秋的全部理由。演练作为部队培训的最后一个科目是常识，军人出身的他，认为合理。让"新兵营"尽快离开，也正合他的心愿。这支部队一走，卧榻之侧，少了很多顾忌，留下的共产党人，就能完全掌握自己的股掌之中。

如此一想，他很爽快就同意了，说："徐代表考虑周全，兄弟当鼎力支持。联合演习是相互学习，预祝取得圆满成功，让这批英雄的将士早日奔赴抗日前线，建功立业。"

他不知道，陈潭秋这样的共产党人，为了信仰和追求，常常不顾个人安危。他的阴险恶毒，对于这些光明磊落、无所畏惧的人，总是显得无能为力。

陈潭秋经过与盛世才的协商沟通，达成了与盛世才部队联合军事演习计划，准备进行为期三个月的野营生活。他特意叫聂洪国回到"新兵营"，专门交代做好野营拉练后勤保障的一应需求，再三叮嘱他，一定要落实好这次行动的物资供应，要管好接收和发放的每一个环节，防止盛世才的官员们趁机揩油或克扣。

"新兵营"的物资供给，包括伙食、服装、办公费、取暖费、人员每月的津贴等等，名义上由盛世才提供，实际是苏联按月调拨，只是经过一下盛世才的手而已。

事实上，盛世才名义上给延安捐赠的物资，包括皮大衣、武器弹药、药品等等，都是报经苏联总领事同意后，由苏联出资或者调拨。就算是盛世才自己做主给的东西，也是苏联给他援助的一部分。

为了保证好物资衔接，我方特意安排在红军时期有丰富供给经验的聂洪国到苏联领事馆工作，专门负责这方面的联络事宜。每月给领事馆预报所需经费和各项实物的数量，领事馆给苏联报送支援盛世才的经费总额里面，包含"新兵营"所需的部分。苏联政府拨下来款项和实物后，由领事馆和盛世才的有关部门分配下来，发到"新兵营"。盛世才给我方的所有待遇，包括接待支出，实际上只是执行苏联的安排。他离不开苏联的支持，没有苏联的援助，他在新疆的统治根本无法维持。这一次野营行动所需的物资，事先做了详细的预算，上报领事馆，陈潭秋叮嘱聂洪国，一定要加倍认真地做好每一个具体环节，确保物资供应，以保证各项训练科目顺利进行，达到预期的目标。

九、拥抱战友

陈潭秋正在紧锣密鼓准备之时，选派到喀什骑兵 48 团任连长的周纯麟回来了。只见他一脸瘦削，走路有些不稳，但双目凝练，增加了很多深思和锐利。

周纯麟见到党代表陈潭秋，如同久别的游子见到母亲，坚毅的神情顿时软化。他向陈潭秋立定敬礼，大声说道："报告党代表，周纯麟归队！"说完之后，眼睛开始湿润。陈潭秋还礼后，伸出双手，握住他的手，继而把他紧紧抱住。陈潭秋与经受磨难后归来的战友紧紧拥抱，对他安慰的同时，心里升起强烈的保护责任。周纯麟心里暖流涌动，流下激动的眼泪。

夏季的迪化白天很热，陈潭秋看到周纯麟单衣里面的遍体伤疤，心里一阵剧烈的疼痛。与周纯麟同一批去喀什部队任职的曾玉良和赵海丰，前几天归队时，也是一身的伤痕。但周纯麟受伤更重，情绪很少冲动的陈潭秋，忍不住怒火升腾，心里痛骂："盛世才这个狼种猪，早晚有和你算账的时候！"

可是，作为党代表，他必须保持镇静，必须要用自己的定力给同志们以安全感。可是当看到自己的同志忠诚付出，却换来巨大伤害时，内心能无动于衷吗？

1938 年春，根据盛世才的要求，总支队选调一批干部到政府和军队中任职工作。周纯麟和曾玉良到喀什骑兵 48 团，赵海丰到叶城的骑兵 41 团，谭庆荣到和田骑兵 38 团任少校连长，胡鉴到蒲犁（塔什库尔干）任边卡大队中校大队长，潘同被委任为和田警备司令兼行政长，谷先南任和田警备司令部军需处长。

周纯麟化名周玉龙，参加了鄂豫皖和川陕革命根据地的历次反"围剿"战斗，练就了沉稳如磐石的意志和性格，在红军中历任排长、连长、营长、教导员等职，随西路军左支队进疆，为保存革命力量作出贡献，任总支队一大队政委。组织上原本让周纯麟学飞行，体格也检查了，但为了支持盛世才的工作，调他去南疆的部队。当时南疆形势复杂，叛乱平定不久，周纯麟、曾玉良、赵海丰等人以胡宗南第一师军官的名义去工作，周纯麟担任骑兵48团少校连长。

每个共产党人都像一团火，就算单枪匹马，走到哪里，都能带动一片光明。周纯麟虽然到盛世才的部队任连长，到任后，依然一如既往地充满激情。他不摆盛世才军官的架子，主动向下级和士兵学习马术，刻苦钻研骑兵指挥战术，很快树立起了威信。带领连队密集进行骑兵对骑兵、骑兵追击战、骑兵打密集队形的步兵、没有步兵配合的骑兵攻坚战、步骑协同作战等多种战术对抗演练，连队的作战能力很快有了明显提高。他很想有一次打仗的机会，检验自己指挥骑兵的水平和连队的机动作战能力。说来凑巧，机会说来就来，同在喀什的骑兵35团叛乱了。

原反动军官麻木提任师长的南疆第六师叛乱后，大部分被消灭，麻木提逃往国外，剩余部队整编为骑兵35团。这个团马匹和武器都很差，从团长到连长排长对士兵都很苛刻。普通士兵生活很苦，一天吃不饱三顿饭。上操上课，被军官随意打骂。军官随便出入营房，晚上可以回家去住，士兵坚决不准外出。所以，很多士兵宁愿回家当老百姓，也不愿在这个团当兵。官兵关系非常紧张，长期处于一触即发的状态。这次叛乱，既有人从中煽动，也是官兵矛盾的总爆发。周纯麟和曾玉良分别带领各自的连队参与平叛，纵横几百公里，很快取得胜利，平时演练的技战术都得到了很好的发挥。

他们抓到俘虏之后，不是妄加杀害，而是给吃给喝给住，好好照顾，安抚人心。当地老百姓看到周纯麟和曾玉良带的队伍，与过去的做法大不相同。一年前，盛世才的部队抓了俘虏，赶到沙漠里用机枪扫射，他们的妻子就变成了寡妇。同样是盛世才的部队，为什么前后大不一样呢？因为周纯麟和曾玉良的参与，这一仗不仅平息了叛乱，还改善了与当地群众的关系。

周纯麟吃苦耐劳，团结广大士兵，宣传抗日救国。团里有不少士兵，原来是东北抗日义勇军，从苏联转道来到新疆，有很强的思乡情结和抗战情绪。按照盛世才部队的军衔，周纯麟的薪金较高，他经常资助士兵，鼓励他们在当地安家，安心戍边。

当时喀什附近驻有两个骑兵团。骑兵48团驻在汉城，是盛世才的老部队，他的亲信较多。骑兵31团驻回城，1937年南疆发生叛乱时，这个团企图反盛。盛世才想改造31团，从自己身边的卫队连里派出四个亲信到31团任职，一人任副团长，三人任排长。他私下指定新去的副团长准备接替团长的职务，三个排长准备接替三个连长的职务。此事不够机密，很短的时间内被骑兵31团团长知道了。这位团长用反间计，收买团里的几个人，到公安局告副团长反政府、反盛世才，准备投靠军阀马步芳。盛世才派去的副团长反而被抓起来，受不了严刑拷打，屈打成招，乱咬所谓的"同伙"。他与骑兵48团四连连长于清文要好，还是同学，就诬陷于清文为同伙。于清文在重刑之下又乱咬周纯麟、曾玉良、赵海丰也是"同伙"，和他们一起反盛投马。还有一个原因，周纯麟、赵海丰、曾玉良到喀什赴任时，从迪化到喀什，与那位副团长同坐一辆车，一路上同吃同住好多天。那位副团队受不了皮肉之苦，也咬了周纯麟他们一口。三人被无辜牵连，关进监狱。

盛世才在南疆的监狱，条件十分恶劣。房子又黑又小，只有一条用高粱秆子编的破席子供人睡觉，门口靠墙挖一个小圆坑，供犯人大小便。坑里面的大便，每天放风时，由犯人用手捧到破布上提出去。犯人的死活无人管，这样的牢房简直就是地狱。周纯麟他们就被关在那样的监狱里。因为他们大义凛然，怒对审讯者，没有任何招供，所以经受了几个月非人的酷刑折磨。周纯麟除了酷刑拷打，还连着五天五夜，坐一个悬空两米多高的特制老虎凳，几次摔下来昏死过去，再被架上去。棍棒、扁担、皮鞭、辣椒水都是家常便饭。敌人用锥子在他后背上扎出很多洞，再钻上捻子点燃烧，烧出一个个无法愈合的血窟窿。周纯麟宁折不屈，咬紧牙关，一句不招，硬是凭着顽强的生命力坚持着每一天。曾玉良和赵海丰比周纯麟少受了几次刑，但是也被打得几次昏死过去。

万幸的是，任和田警备司令部军需处长的谷先南去迪化出差，返回和田路过喀什时去看望周纯麟等人，得知了他们被捕的消息。他赶紧回到和田，报告了司令潘同。潘同将此情况电告党代表陈潭秋。陈潭秋找到苏联顾问，请他设法营救。苏联顾问专程到喀什了解情况，亲自与周纯麟他们三人见了面，知道他们完全是被冤枉的，敦促盛世才重新审理。苏联顾问干涉后，监狱里的待遇有了稍微地改善。盛世才命令将周纯麟、曾玉良、赵海丰和那名副团长重新押到迪化，严令犯人在路途中一个都不许死掉，到迪化后关在东门外监狱。共产党人黄火青负责审理这个案子，经过详细调查，终于搞清楚，原来是 31 团的团长受英帝国主义收买，用反间计诬陷盛世才的亲信，把周纯麟等人牵连进去。

周纯麟等人本来是去帮助盛世才工作的干部，却遭受了整整八个月的冤狱。真相大白，被捕的人一一释放，并晋升一级，回去工作。那个设计诬陷的团长受到了处罚。周纯麟因为受伤严重，没有再去南疆，被安排去南山疗养了一个多月。曾玉良和赵海丰出狱后直接回了"新兵营"。

陈潭秋正在筹划野营拉练，周纯麟回到总支队。这位在敌人监狱里受尽折磨、宁死不屈的汉子，始终保守党的秘密。被党代表紧紧一抱，所有的思念和委屈，顿时涌上心头，止不住热泪滚滚。陈潭秋安排他担任干部队政委。

陈潭秋听了周纯麟等三人的详细汇报，越听心里越不平静。他在想，尽管联共和中共全力支持盛世才实行"六大政策"，赢得了很大一部分民心，统治地位得到了稳固。可是，在这位表面进步的盛督办统治之下，新疆无论政府还是军队，都是混乱不堪。这样的局面，意味着在新疆工作的共产党人，要经受各种难以想象的考验和折磨。

十、和田来信

陈潭秋刚刚安排好周纯麟的工作，又收到谭庆荣的汇报信。谭庆荣的来信，汇报了改造盛世才骑兵连的艰难经历，以及遭受特务围困诬陷的困难局面。

1938 年 3 月 5 日下午，潘同、谷先南、谭庆荣等人一起受邀到督办公署，参加盛世才为他们举行的饯行宴会。盛世才亲自设宴，菜品十分丰盛，楼下还有军乐队演奏。几天后，他们出发去和田军中任职。当时的党代表邓发同志，代表组织送他们每人一条毛毯，每人一套衣服。谭庆荣的那条毛毯后来捐给了新疆八路军办事处纪念馆，现作为文物陈列。他们连同地方官员共 50 人，乘坐督办公署派的九辆专车前往和田。汽车行走在塔里木盆地边缘，道路坑坑洼洼，荒漠戈壁，满目苍黄，一路颠簸，预示他们前路的艰难与不平。车队走了半个多月，到达南疆最遥远的和田。

和田位于地理上的两个最极端——青藏高原和克拉玛干大沙漠之间，虽然有美玉闻名天下，生存条件却极为艰难。自古以来，对抗干旱和风沙是和田人走不出的宿命。和田气候干旱，年平均降水量只有 40

多毫米，一年里浮尘天气达二百六七十天。宗教盛行，除了少数富人和统治阶层，老百姓过着极其贫困的生活。

到了和田，潘同就任和田警备区少将司令兼和田区行政长，谷先南任和田警备区少校军需处长，谭庆荣任驻和田骑兵 38 团一连少校连长。从职位看，三人都得到了重用。

谭庆荣，壮族，1929 年参加了右江百色起义，历任班长、排长、连长、侦察参谋、教导员兼营长，随西路军左支队进疆。他到和田任职的骑兵 38 团没有营级建制，只有五个大连，其中三个骑兵连，一个机枪连，一个辎重连，每连 150 人左右。三个骑兵连各有军马 200 匹，连长一般配营职校官，四个排长有上尉、中尉，也有少尉。战士大部分是东北籍，少数是新疆人，年龄多在 40 岁左右，多数没有结婚成家。这支部队原是东北义勇军，因与日军作战失败经苏联境内到新疆，被盛世才编为骑兵团。部队思想混乱，士气低落，作风腐败。谭庆荣到任时刚30 岁，加上不是东北人，也不是骑兵出身，几个排长都有些看不起他，老兵们也不大理他。他一时吃不好、睡不香，束手无策，不知从何抓起，日夜在琢磨改造这个连队的办法。

他参加红军后，先后在右江根据地的红七军和苏区的红三军团当过战士和基层干部，看到了红军中"士兵委员会"在连队中的重要作用，自己还当过士兵委员会的委员。于是决定用这个办法来治理骑兵连。他把这个想法向警备司令潘柏南做了汇报，潘司令很支持。他又汇报给了蔡志达团长，团长也很赞成。这位团长虽然是旧军官，但是个有文化、有见识的人，对我党有一定的了解，对旧军队的腐败作风十分不满却又无能为力。谭庆荣带头改造这支旧军队，他自然是支持的。

领导支持，士兵们的态度怎样呢？谭庆荣找一些老兵谈话，征求他们的意见。从谈话中了解到，他们对日寇侵占东北极为愤恨，对蒋介石不让他们抗日，使他们有家不能归、有地不能耕，也很不满，普遍都有"思乡病"，他们知道盛世才收编他们，只不过是用来当作他称王新疆的工具而已，对长官克扣军饷、打骂士兵、生活清苦的现状很不满。他们盼望早回故乡，与家人团聚，都想在军队能过上人的生活。士兵有改变现状的强烈要求，谭庆荣打算先从改善士兵的物质和文化生活抓起，先在全连组织了一个"士兵伙食委员会"。每个排选出一名伙食委员，加上司务长共五人组成，由司务长（准尉）负责。士兵们看到要改善生活都很高兴。当时的伙食太差了，一周有时吃不上一顿肉，只有到星期天才能吃到几块薄肉片，馋了只能上街吃馆子。司务长对组织"士兵伙食委员会"很不高兴，认为要夺他的权。更重要的是他的账目有问题，怕露马脚。谭庆荣做司务长的工作，宣传"士兵伙食委员会"的作用，讲明组织这个委员会的目的不是为难他，还会成为他的帮手。他宣布，只要司务长今后努力为大家搞好伙食，过去的老账一概不算。这样一来，司务长的顾虑打消了，一心一意抓伙食，很快见了成效。两个月之后，连队移防到墨玉县。司务长和伙食委员们决定养羊，连队请了两位有经验的牧民，开始养了9只母羊，不久又用卖马粪的钱买了12只。两位牧民白天把羊放出去吃草，晚上回来加喂些马料，羊长得很快，不到半年发展到60多只，连里每周都可以吃到好几餐羊肉。第二年到了100多只，每只60斤左右，最大的有80斤，每周吃几顿增加到十几顿，加上其他肉类，每人每天吃肉达一斤。炊事班里有三个当地的维吾尔族厨师，特别会做羊肉和手抓饭等新疆饭。过去士兵上街看到烤羊肉馋得流口水，现在每周都吃烤羊肉、炖羊肉，大家高兴得不得了。谭庆荣想到东北的士兵爱吃猪肉，利用野外训练和冬闲的时间，把队伍开进芦地围野猪。高头大马一开进芦苇荡，野猪到处乱跑，有时打二三头，有时打到十多头，每头重二三百斤，连里吃不完"进贡"给团部。全团都知道一连的伙食搞得好，上级都想到这走一走，其他连的士兵都想往一连调。

伙食搞好了，上街吃喝的现象大大减少，原来一盘散沙的骑兵连稳住了。

解决了士兵的吃肉问题，谭庆荣开始抓伙食账目公开。骑兵连收入不算少，除上级拨发的军饷，还有马粪钱、把半新半旧的马具出卖的马具钱、吃不完的饲料出卖的饲料钱等。卖马粪一项收入就很可观，200匹大马，一天就是一大堆马粪。历届司务长都不把这些钱归入公账，悄悄分给团长、连长，自己也得一份。开始两个月，司务长把马粪钱加在谭庆荣的薪金里，他不明不白地收下了。后来一查问，知道是马粪钱，他从此拒收，把这笔钱充进伙食里，叫大家吃好些。司务长说这是骑兵连的"老规矩"。谭庆荣说，从他开始破了这个"规矩"，以后不论是马粪钱、马具钱、饲料钱，统统归入公账，并向士兵们公开。这样一抓，每月多出来的钱真不少，落实到饭菜上很可观。连队过去没有这么做过，现在这样做，士兵们都很高兴。谭庆荣把骑兵连养羊改善生活和账目公开的做法，向蔡团长、潘司令做了详细汇报。潘司令指示蔡团长到一连考察取经，还把这件事汇报到省财政厅厅长毛泽民那里。毛泽民对全省下了一道训令：今后党政军部门，凡薪金以外的收入一律交公。训令下达后，立即遭到一部分军官的抵制。机枪连长公开说，那些钱用不完的人（指谭庆荣，当时未婚，没有家庭负担）可以这样做，如果我们也像他那样，太太、少爷、小姐吃什么呢？可这个做法得到领导支持、士兵拥护，很快就推广了。账目公开，经济民主，改善了生活，改善了官兵关系。骑兵连一连队正气上升，有了一些新气象。

谭庆荣接着抓士兵的文化娱乐生活。过去，骑兵连几乎没有文化生活，营房里除了一些思乡小曲，就是打牌、赌钱、吵架声，士兵一犯纪律，排长就打骂或关禁闭。谭庆荣教伙食委员们带头唱歌，让会唱的士兵教大家，《松花江上》《大刀进行曲》等革命歌曲很快在连里唱起来。谭庆荣还请识字的士兵给大家读《新华日报》和《新疆日报》的文章，讲前方抗日胜利的消息。冬闲时间，过年过节，演《码头工人》《活捉汉奸》等活报剧。如此一来，士兵们抗日的热血沸腾起来，恨不得立即打回东北老家去。连里还组织篮球、排球、乒乓球活动，士兵的体质有了增强。

连队有歌有戏有球赛，活跃士兵的生活，还吸引了附近的老百姓。老百姓总是怕当兵的，一见兵就走得远远的。年轻姑娘经过营区时，头都不敢抬。文化活动搞起来一段时间后，群众慢慢地到营区来听歌看戏看球赛。开始来些男青年，后来男女老少都来，星期六来得更多。县城的姑娘们也来唱唱跳跳，乐队来参加伴奏。连队在院子里搭了一个戏台，歌声、锣鼓一响，老百姓就来，军民关系也搞好了。部队调防，老百姓都来送行。

接着，谭庆荣又想办法给士兵治病，当时主要是"花柳病"。全连患这种病的有四十来人，发病时尿道发炎、化脓，重的拉血，路走不成，不能执勤，还要人照料。病号多，没有药品，谭庆荣到军需处要来一些药。人多药少，药品质量不行，解决不了问题。他去找潘司令，通过司令与苏新贸易公司联系，从苏联进口一批药品。伙食委员会把伙食账算了算，省出一部分钱，谭庆荣自己贴上一个月薪金，合起来买药。治花柳病有一种叫"606"的针剂，通过苏新贸易公司买回九十多支，全连四十来个病号，有的打了两针，有的打了三针，大都好了。

谭庆荣治理的最后一个问题是赌钱。他从当官的抓起。过去班长、排长找士兵赌钱，士兵不敢不赌。当官的赢了哈哈笑，直到把士兵的腰包挤干，输了发火骂人，士兵又恨又怕。团长有时把这些当官的关禁闭，但治一时不治长期，他们还是偷偷赌。谭庆荣找几个排长谈话说，我们不能刮士兵的血汗钱，他们每月几个钱，有的要养老婆孩子，有的要供养老人，一个人输了钱全家人都要受苦。一排长爱抽烟喝酒，有老婆，孩子多，钱不够花，总是从士兵身上刮。经过谈话，慢慢不赌了。几个班长也不赌了。这样一抓，所有人都不敢在营房里赌，少数人跑到外边去赌。他们偷偷摸摸闹了一阵子，士兵不跟着跑，只好也不赌了。

解决几个老问题，谭庆荣和伙食委员们又把思想工作做到病号身上。骑兵连兵油子多，病号少时几个，多时十几个、几十个。有的是真病，多数人是思乡病，少数人长期装病。他安排伙食委员们，给确实有病的士兵做病号饭，端到床前，送到手上，感化他们。同时发动士兵互相监督，真病的士兵振奋了精神，装病的兵油子装不下去，病号明显减少了。

谭庆荣在完全陌生的环境，成功改造骑兵连，一时战胜了旧军队的种种恶习，却对付不了盛世才的特务。盛世才出于政治上的需要，装出亲苏亲共的姿态，表面重用共产党人，暗地里心存戒心，怕共产党赤化了他的军队，处处派特务监视。骑兵团的特务头子是团部少校指导员周凤鸣，这个家伙又坏又凶，连蔡团长的马弁尹贵斌也发展成了特务。蔡团长见尹经常鬼鬼祟祟，就把他从身边调到一连当上等兵。一连原来已安插了四个特务，增加一个成五个，受周凤鸣直接指挥。谭庆荣的一举一动，他们都要报告周凤鸣。一次晚饭后，谭庆荣去找潘司令汇报工作。刚坐下电话就响了，一接电话对方就问是不是谭连长，说连队门口有人找，要他立即回去。特务不让他与外界接触，特别防备共产党的同志相互接触，对和田工作的党员监视更严。有一个星期天，潘司令和几位党员到玉龙喀什河边碰头，周凤鸣带七八个人跟去，见了面奸笑几声，赖着不走。又一次，他们在操场边刚想碰头，地方公安局来了几个人，只好停止活动。公安局里好些人和周凤鸣他们是一伙的，经常互相通气对付共产党的人。

谭庆荣带的骑兵连有了根本转变，士兵们的抗日热情激发了，同时产生了对盛世才专制的不满，引起了盛世才及其走狗们的仇恨。1939年初，谭庆荣被调到警备司令部参谋处任作战参谋。参谋长张炳光是特务，处里的上尉参谋张鹏程也是特务。他们与盛世才直接联系，与公安局长刘麻子一伙来往也很密切，专门监视潘同与谭庆荣等人。

谭庆荣把情况向潘同司令汇报，潘司令说："他们对我早就这样干了，只是我没告诉你，往后要多加小心。"不久，潘司令调去哈密任行政长。特务们把谭庆荣"夹"在中间，许多工作都逼着他去干，又不让他随便活动。还阴阳怪气地对谭庆荣调笑："你兼了这么多代处长，要发财了。"谭庆荣心里明白，一场政治迫害就要临头。

尽管形势恶劣，谭庆荣还是想办法与军需处长谷先南、和田报社的马殊、墨玉县县长陈广竹、于田财政局局长黄永清等共产党人定期见面，相互交流"母亲（指党组织）"方面的信息。

陈潭秋读着谭庆荣的来信，想象着这些远在天边的共产党人，处于很难与外界沟通的困境。就算身居司令、行政长、军需处长、校级连长这些看似重要的职位，却处处受到盛世才特务的监视、围困、打压排挤。正义无法施展，形势正在一步一步地恶化。

谭庆荣写过这封汇报信之后，又发生了很多事。1940年农历十一月，他与和田当地女子刘瑞珍结婚，成家立业，说明他本人是安心在和田工作。婚后不久，他被调到司令部当参谋。谭庆荣晚上回家翻译电报，有时叫妻子帮着念电码。他叮嘱妻子，家里来过谁，干些什么，不要对任何人讲。司令部的谷先南、和田报社的马殊、墨玉县县长陈广竹、于田财政局局长黄永清、叶城税务局薛局长，有时候趁星期天来他家里聚会，交流"母亲"方面的消息。这些人一来，刘瑞珍就出去观察外面的情况。刘瑞珍父亲知道谭庆荣是共产党员，支持他的工作，还让家里人不要出去乱讲。

结婚不到两年，1942年秋，一封电报调谭庆荣回迪化。刘瑞珍和母亲送谭庆荣到飞机场，看到谷处长已坐在汽车里面，车两边站着两个端枪的大兵，谭庆荣一上车就被大兵把匣子枪卸了。刘瑞珍身体禁不住剧烈地抖动起来，心里凄凉，放声悲哭。谭庆荣回到迪化，就被软禁，后关进第四监狱。后来，刘瑞珍和父母也被抓到迪化。这些都是后话。

当时，陈潭秋读完谭庆荣的汇报信，心里就产生了只争朝夕的紧迫感。他和支队长饶子健、参谋长苏进、警卫排长张发理、班长黄昆陪等人，如同战场预设一样，亲自侦察行军路线和演习地点，抓紧制定野营拉练和演习的具体方案。

十一、通体发光的队伍

1939年7月6日早晨，迪化城里的一些早起的人，看到水塔山上，有一支通体发光的队伍。

这一天，"新兵营"的野营拉练开始了。

凌晨六点，天色微明，部队按照行军负重，每人肩上斜挎着10斤重的干粮袋，一壶水，被褥打成的背包和武器，列队开出营区。经过建制调整后，原一、二大队合并为一大队，队长王世仁、政委卢富贵，率领队伍第一批出发。原三大队改为二大队，队长郑治章、政委王挺，率领队伍第二批出发。原四大队改称特科大队，队长宋承志、政委邹开盛，率领队伍第三批出发。随后是干部大队的俄文班、无线电训练班、医训班、教员班的同志们，队长简作国、政委周纯麟率队出发。总支队队长饶子健、政委姚运良等人一起走在干部队后面。再后是警卫排。最后是收容队，防止有人掉队。出发之前，陈潭秋作了简短的动员讲话，要求队伍保持红军的"三大纪律八项注意"，发扬不怕牺牲的精神，沿途不惊扰群众，不损毁路边的任何物品。部队走出东门营房，向东北方向走到水磨沟，转向西，爬上一炮成功的山头。这时，太阳从东方升起，朝霞翻过东边的博格达峰，越过层层山峦，照到同志们身上。每个人都被霞光包裹，如同放射光芒的发光体。大家看向四周，看着身边的战友，相互打量着，有了一种升腾的感觉。陈潭秋看着自己的队伍，真是一个崭新的开始。如果没有一切行动听指挥的纪律要求，大家一定会兴奋地跳起来，欢叫起来。陈潭秋看着大家新奇激动的神情，也有些兴奋。他叫李光过来，起头唱一首歌。李光的心情也特别激动，他沉思片刻，昂走头来，迎头朝霞，用宽广浑厚的声音高唱："起来！不愿做奴隶的人们！预备唱！"

《义勇军进行曲》在一炮成功的山头雄壮地响起。

　　起来！不愿做奴隶的人们！把我们的血肉，筑成我们新的长城！中华民族到了最危险的时候，每个人被迫着发出最后的吼声。起来！起来！起来！我们万众一心，冒着敌人的炮火，前进！冒着敌人的炮火前进！前进！前进！进！

歌声在霞光里飘荡，山下远远近近的民房上，炊烟袅袅升起，构成一幅新鲜向上的全新画面，似乎预示着新疆大地美好的未来。

早起的居民，听到激扬的歌声，抬头看到山上这些通体发光的人，产生了很多神秘的猜想。知道"新兵营"情况的人，不由得惊叹："啊，原来这就是红军！"

一首歌唱完，同志们信心百倍地顺着小路下山。走过六道湾、七道湾。队伍停下来，十分钟早餐。而后继续行军，中午到了乾德县（现乌鲁木齐市米东区）的古牧地。古牧地是扼守迪化北边的门户，街道繁华，人口稠密。部队整齐划一地行军而过，对街道两边的商户买卖，没有任何惊扰。正在吃饭歇晌的群众，好奇地站在街道两旁观看，一些胆子大的人上前询问，这是哪支队伍。当得知是"新兵营"，还听到讲话有南方口音时，顿时热情起来。刘锦棠当年率军收复新疆时，在这里曾有关键的一战，留下很多湘军后裔。这两年，毛泽民同志为了支持农业发展，曾多次来乾德县的几个乡调查情况，所以，不少老百姓知道这支队伍。他们听到部队中有人讲话带湖南口音，感到很亲切。有人喊："晌午了，请你们休息吃饭吧。"

部队行军并没有停下，走出镇子，来自南方的同志们，惊讶地看到了熟悉又陌生的景致。熟悉的是，道路两旁，都是波光粼粼的稻田，镜子一样映照着蓝天白云，一轮炽热的太阳，在天上和水中同时放射着金色的光芒。他们如同回到了久别的南方水乡，心中涌起阵阵说不来的欢喜。陌生的是，道路两边古树参天，都是南方少见的老榆树。树叶浓绿，粗壮的树身，则扭曲得奇形怪状，像一尊尊历尽沧桑的雕像。

饶子健和姚运良交换意见，征得陈潭秋的同意后，下令部队停止前进，就地午餐。同志们进驻迪化两年多时间，竟然不知道，出城不远，就有这样的好景致。尽管汗水沾衣，午餐还是吃得格外愉快。

吃过午餐，准备出发时，不少人感觉脚痛。王韵雪、鄢仪贞、李菲仪等几位女同志，脚板都起了水泡。从早晨出发到此时，行军已经超过八个小时，所有人都汗流浃背，没有不累的。不过，久经沙场的男同志，休息一下，吃饱肚子，精神很快得到了恢复。陈潭秋让李光再领唱一首歌，李光领了一首《工农兵联合起来》。几百人齐唱，歌声震天，惊飞了树上的鸟群。

大家振奋精神，准备出发。几位女同志见男同志生龙活虎，也不肯认输，可是，等迈开腿时，却一瘸一拐地走不动。身材较高的鄢仪贞腿一软，差点摔倒，有一个人闪电般冲过来，把她扶住。

旁边的王韵雪和李菲仪，见是党代表的助手兼俄文教员吉合，假装惊呼起来："吉教员，你动作这么猛，小心把鄢仪贞同志的胳膊拽疼了。"

说完咯咯咯地笑起来。笑得吉合和鄢仪贞脸成了两块大红布。

陈潭秋看见，给两人解围说："行军路上，男同志帮助女同志，也是应该嘛！"

谁知鄢仪贞一句回话，却把另一个人搞了个大红脸。她爽性扒着吉合的肩头说："谢谢党代表，您也扶一下王韵雪同志吧。"说完也笑起来。

王韵雪皮肤白，听她这样说，脸一下红到了脖根子。旁边的人都笑了起来。陈潭秋脸上也红了一下，但他很快恢复了平静，说："吉合同志可以帮助小鄢同志，小王同志如果走不动，可以由后面的收容队帮忙。"

王韵雪听到前半句，心怦怦跳起来，等他后面的话。没有想到，一贯亲和，让人特别信赖的党代表却让她去收容队。她一下子来了精神，摔出一句："谁说我走不动，要人帮忙了。"边说边拉着李菲仪的手，顾不上脚痛，走到吉合和鄢仪贞的前面。

组织上规定，"新兵营"不许谈恋爱，吉合和鄢仪贞成了一对，却成了公开的秘密。因为他们的婚姻，已经向延安打了报告，正在等待批准。

吉合是河南郾城人，原名田德修，在苏联留学时起名吉合诺夫，回国后简称吉合。他15岁参加了冯玉祥的部队，第一次国共合作时期，冯玉祥派他赴苏联留学，先后毕业于基辅混成干部学校、莫斯科高级步兵学校，在莫斯科加入列宁共产主义青年团。1931 年，由共产国际派遣回国后加入中国共产党，红军时期，历任中共西北特委军事部长、红26 军干训班主任、中共绥远省委组织部长等。1935 年再次到苏联学习，1938 年 6 月回国，在"新兵营"任直属队党支部书记，承担俄文和军事技术教学、俄语翻译等任务。

有一次，邓发同志让他整理一份《费尔巴哈论》的资料，还派从延安来的鄂仪贞给他当助手。两人在翻译整理资料的过程中，渐渐熟悉，关系也渐渐密切了。他俩在邓发同志离开前，汇报了双方的恋爱关系。邓发同志当即说："'新兵营'不准谈恋爱。老实交代，谁是你们的介绍人？如果没有合理的解释，要接受组织的处分。"吉合在苏联生活多年，思想开放，何况已经 33 岁，胆子也比较大。他理直气壮地说："是您介绍的呀。"邓发一愣，说："你胡扯。"吉合满不在乎地说："不是您让我们在一块儿整理《费尔巴哈论》的资料吗？就在整理资料的过程中，我爱上了鄂仪贞同志，鄂仪贞同志也爱上了我。"邓发哭笑不得，只好答应，把他们的报告带到延安去，请示组织批准。

陈潭秋到任后，对他俩的恋爱关系，持默认态度，所以，他们在公开场合，也不怎么避讳，让很多未婚的同志看得眼红心热。

部队从古牧地转向西南，经过安宁渠、小地窝堡、黑山头、平顶山，太阳落山前，到了鲤鱼山下。又经过八个多小时的行军，部队已经很疲劳。但没有一个掉队，没有人叫苦，大家抱着坚决完成任务的决心，严守纪律，不喝生水，不进老乡的院子，不单独行动，不买东西吃，不泄密。发扬长征爬雪山、过草地的大无畏精神，互助互爱，互相关心，我替你背枪，他替我背包，你扶我，我扶你。到了鲤鱼山前，各大队长和政委传达，离宿营地不远了。鼓励大家，抖擞精神，加快行军，胜利就在眼前。

恰在此时，前面传来敌情，侦察员发现，山上埋伏着一支不明军队，准备发动突然袭击。本来已经疲惫的部队，听闻敌情，顿时振作精神，表现出战斗状态。立即停止前进，就地卧倒。陈潭秋和饶子健、姚运良等支队领导得到报告，召集三个大队长和政委，布置战术。一大队正面进攻，二大队绕道山后，三大队穿过山前河道的树林迂回包抄，从两个方向包围不明军队。干部队后退隐蔽等待。

命令下达后，经历过九死一生的指战员，战斗力即刻爆发，行动像灵猫般迅捷无声。一大队匍匐前进，很快接近"敌方"阵地，正面交火。双方战斗正酣，二大队和三大队先后出现在"敌方"背后。战斗很快结束，不明军队原来是开始走在后面的警卫排。

部队带着战斗的激情继续前进，夜里12点之前，胜利到达北郊八家户水磨河边的野营驻扎点。计算一天的行程，超过了80公里。

野营开始前一周，陈潭秋带着总务科长黄富鑫，医务所长苏井观带人提前做了秘密准备，制定了周密的后勤补给方案。部队到达时，宿营地早已搭好帐篷，做好了饭菜。吃过晚饭，洗完脚，以班为单位，总结一天行军演习的经验教训。

三个多月的野营生活拉开序幕。第二天开始，部队每天出发行军50公里左右，连着拉练半个月，同时进行各种科目的模拟演练。

演习是为了实战。陈潭秋的战略思想，着眼于先进武器的熟练应用，以及在抗日战场上的最佳战术。但是，眼前考虑的还有一个重点，就是返回延安时必须途经河西走廊，也就意味着要在河西走廊突击前进。那是一条喋血之路、仇恨之路。西路军血洒河西，留下一路愤恨。马家军凶残如狼，他们围堵西路军死亡惨重，也必然不会善罢甘休。虽然是国共合作时期，但国民党居心叵测，对伪顽的反共恶行视而不见，各地军阀两面三刀，自行其是，制造事端，屡见不鲜。河西走廊这条必经之路，如何平安通过？既要在政治上得到国民党的安全保证，更要做好自行突围的万全准备。前路凶险，演练设置各种极端的环境，各大队之间，艰苦的攻防对抗超越极限，不断取得置于险境的突围决胜。

陈潭秋高度赞扬同志们勇于牺牲的大无畏精神，肯定演练取得的"实战"成效。

8月中旬，按照事先制定的方案，"新兵营"三个大队，与盛世才的步、骑、炮兵、各种机械化兵种开展为期一周的联合演习，苏联军事顾问参与指挥。演习的第五天，部队在六道湾露天煤矿附近，与盛世才的部队展开攻防演习。正在冲锋紧要关头，突然有子弹从对方飞来，一位战士凭本能侧身，子弹从耳边飞过，"铛"的一声在战刀上弹出一束火光。对方在打实弹。我方指战员迅即发起冲锋，眨眼间冲入"敌方"的阵地，形成包围之势。假如是实战，对方立即将被消灭。"敌方"做梦都没有想到，一粒子弹会得来这样的后果，胆战心惊，本能地准备投降。打出实弹之人，隐藏在众人之间，不敢作声。事先规定，演习不许带弹药，很显然，盛世才的部队违规了。苏联军事顾问发现事态的变化，立即叫停了演习，要求各队回去追查此事。对方追查的结果是没有查清楚，原定七天的演习提前两天收场。事后分析，也许是盛世才的特务故意所为，以达到破坏演习的目的。

那次演习之后，"新兵营"与盛世才部队的多兵种联合演习，没有宣告就算结束了。总支队内部各大队之间继续各种演练，同样达到很好的效果。

9月初，陈潭秋与苏联军事顾问达成一致，要求与盛世才最新式的装甲坦克全部出去，与"新兵营"进行一次机械化演习。我方所有学习坦克装甲车和火炮的同志，以"参观"的名义，与盛部装甲坦克部队一起演习三天。苏联军事顾问不断提出情况，要同志们判断和行动。这次演习时间虽然短，但是，飞机、重炮、坦克装甲车、骑兵联合行动，用无线电进行通信联系，真是开了"洋荤"。学习结束后，大家回到营地讨论，感觉收获很大。

这次野营生活中，还有一件事特别难忘。周恩来同志在去苏联治疗路过迪化短暂停留时，到野营地看望大家，带来毛主席的问候，表达了党中央对这次学习培训的高度重视。

9月中旬，传来一个振奋人心的消息，中共中央副主席周恩来同志要来看望大家。周恩来同志由于骑马摔伤右臂，从延安去苏联治疗。同去的有李德、邓颖超、王稼祥、陈昌浩、孙维世和警卫员刘九州等人。他们经过迪化时，专门来到野营地，代表党中央毛主席，向大家表示慰问。周恩来同志讲了三个方面的内容。第一，传达了党的六届六中全会决议，讲了当时国内外反对帝国主义战争的形势。他说，抗日战争已经由战略防御阶段，转入战略相持阶段，共产党领导的八路军和新四军不断取得胜利，日本帝国主义终将彻底失败。第二，讲了党中央对总支队全体指战员以及所有在新疆工作同志的关心和重视。第三，批判了张国焘的错误。1938年4月，张国焘投入国民党特务集团，成了可耻的叛徒，周副主席要求同志们开展对张国焘右倾分裂主义和反党叛党罪行的批判。他讲到张国焘的错误和西路军的失败时说："你们是不负任何责任的，你们都是坚强忠诚的同志，中央信任你们。"他对大家鼓劲说："我代表党中央来看你们，你们吃了苦头啦。你们是四方面军留下的命根子。党中央要求你们这批干部认真学好军事技术。我们八路军在前线抗战形势很好，过去没有飞机大炮，现在缴获敌人的我们不会用。为了夺取抗日战争的胜利，培养你们成为各兵种骨干，学好本事上前线。现在有了个好环境，你们要安心学习。我相信不需要很久我们也会建立起自己的机械化部队。"

周恩来副主席在野营地，还接见了航空队学员代表吕黎平和严振刚。他说，毛主席和党中央很关心你们学航空，让我路过迪化时向同志们表示慰问。周恩来详细询问了航空队学员们的学习情况，听到他们已经能够操纵、维护两种飞机时高兴地说："将来建设我们自己的空军，有骨干、有种子了。"他给这两位代表分析了国民党空军的状况和教训，兴奋地谈到我党建立空军的设想和要求。说我们党迟早要建立自己的空军，你们四十多位同志有学飞行的，有学机械的，一旦有了飞机，就能形成战斗力，党中央对你们寄予极大的希望。

周恩来副主席的到来，给全体同志以极大的鼓舞。

陈昌浩同志也随同来了。他望着席地而坐的同志们，一时说不出话来，只是默默流泪。直到最后说了几句话，检讨自己对不起红西路军的全体同志，对不起流尽了鲜血、牺牲了宝贵生命的成千上万的烈士，对不起党，对不起人民。

周恩来同志带来了一些延安生产的纸烟。他当场发给大家，说每人平均可抽上一支，数量虽少，但代表了延安军民的情谊。

三个月的野营生活，陈潭秋与大家住一样的帐篷，吃一样的饭，朝夕相处。训练结束后，进行了认真的总结，奖励了优秀学员。每个同志在政治上、思想上、军事上，尤其是各种现代化军事技术上，都有了较大的提高，超出了预定的目标。

1939 年 9 月下旬，野营军事训练圆满完成，收兵回营。陈潭秋在回营之前，召集总支队和各大队领导会议，初步制定了下一步的行动计划。

十二、回延安

陈潭秋在野营拉练结束时的会议上，提出一个最重要的任务，就是尽快把这支具备了机械化战斗力的队伍送回延安去。八路军在抗战前线缴获了敌人的飞机大炮不会用，让他们尽快走上抗日前线，就会产生机械化作战的强大战斗力，让抗日战争的胜利来得更多、更快些。

送战友，回延安，这是眼前必须保证完成的重大任务。

按照会议的决定，陈潭秋立即向中央汇报，同时协调苏联和盛世才方面的关系，积极创造条件，促成早日成行。

1939 年 11 月，中共中央回电，决定总支队除参加航空队的学员留下外，其余同志全部撤回延安。朱德总司令向盛世才发了撤回总支队的电报。

陈潭秋接到中央指示后，召开了总队党委扩大会议，着重强调，由于党中央和毛主席的正确领导和亲切关怀，供应了总支队大量的物资，创造了良好的学习环境，才有了优异的学习成绩，一切都要归功于党中央。他号召同志们回到前线去，将自己所学毫无保留地传授给其他同志，共同努力，取得抗日战争的胜利。从新疆到延安路途漫长，情况非常复杂，他要求大家做好充分的思想准备。

会后，总支队加快准备武器弹药、粮食、棉衣、皮大衣、交通工具以及其他一应所需。只等命令，就能即刻出发。

陈潭秋更重要、更关键的工作是与盛世才沟通协商。

盛世才从几次联合演习，看到"新兵营"真实的战斗力，内心很希望这支精兵离开自己的地盘，免得夜长梦多。陈潭秋洞悉盛世才的心理，主动与他联系，巧妙沟通，争取更多的支持和便利。

中共中央和苏联方面双管齐下，支持"新兵营"返回延安，形成有利的政治局面。陈潭秋因势利导，很智慧地沟通协调，促使盛世才在这件事上，表现出了少有的积极性。

11 月 8 日，盛世才向国民党军令部致电请示："拟即派员将该部悉数护送归队。……曾发旧式枪械，准予携带。并请饬朱主席（朱绍良时任甘肃省主席）准予通过。"

11 月 22 日，国民党军令部长徐永昌建议蒋介石：一是因为人数仅有 300 多人，增加前方抗战力量有限，可令盛世才将该部编并新省部队中，不必远道跋涉遣送归队；二是拟准送归十八集团军，准予徒手过境，令朱长官负责检查护送。

徐永昌的第一条建议，中共和盛世才都不同意。按照第二条建议，总支队徒手过境，安全无法保证。陈潭秋预见，河西走廊过境风险很大，部队必须拥有自卫能力。

陈潭秋对盛世才晓以利害，说服他，回延安必须做好事先的安全保障。部队必须经过河西走廊，驻守那里的马家军与西路军有血海深仇，谁也无法保证马步芳会信守国民党军令部的规定，一旦出事，向中共中央和苏联方面都无法交代。盛世才与马家军也有数不清的纠葛，加之高度依赖苏联的援助，于是完全同意陈潭秋的意见。

11 月 30 日，盛世才向蒋介石电报请示。一方面陈述该部不留新疆，应该归队参加抗战的理由，另一方面请准予"派大员带汽车接运"。

12 月 1 日，国民党军令部回电："查此案业奉呈何总长转委座核定，准该部徒手遣送归队。"同意遣送回延安，但依然是徒手归队。

12 月 3 日，盛世才给新疆驻重庆代表张元夫去电，请他代向委员长请示。

12 月 18 日，盛世才再次向军令部发电："关于遣送徐向前部 360 人归队参战一节，职为急速计，拟派员带车直接护送该部到延安防次。职处所派人员拟携带长枪 20 支，手枪 10 支，并均配子弹若干，以资沿途保护。拟请通电蒋（陕西蒋鼎文）、朱（甘肃朱绍良）、马（青海马步芳）主席，准予饬属沿途妥为保护协助以利通行。车辆往返需要油料，拟与西北公路运输管理局商洽办理。"

1940 年 1 月 6 日，盛世才再给军令部长徐永昌去电："急。密。关于新省派员护送第十八集团军徐向前部官兵归队抗战一事，向前部拟分批陆续东下，惟以该部官兵 360 人，护送人员所带枪支亦属无几，且对护送人员之派遣及车辆调拨均手续麻烦，决计派员带车一次运送该部返防。至于该部沿途经过陕甘两省境内，弟敢担负完全责任，绝不至发生其他意外事件。"

盛世才的这封电报，还真体现了"担当"二字。如果仅仅是出新疆，到甘肃要交接，甘肃到陕西还在交接，一站一站交接太麻烦，干脆我们一次性送到，保证不出问题。

1 月 8 日，国民党军令部何应钦发电报给兰州朱绍良、西安蒋鼎文，并转饬青海马步芳。命令放行，并准予协助保护。

陈潭秋经过一个多月紧张有序的运筹，表现出了高超的政治智慧，赢得了国民党"命令放行，并准予协助保护"的重大胜利。

中央来电指示，总支队大队长（团级）以上干部乘飞机，其余乘汽车。告诫："国共两党军队摩擦很厉害，为防路上遇到麻烦，要有得力干部带队。"

总支队回延安，终于可以出发了。但是，面对错综复杂的凶险局面，陈潭秋悬着的心还是不能放下。他一边做继续盛世才的工作，一边加紧内部准备。

陈潭秋遵照中央的指示，结合实际情况，经充分研究，决定总支队中的 31 名干部和病员乘飞机，其余 329 名同志坐汽车。329 人编为一个营，曾玉良任营长，俞同金任政委，苏进任参谋长，朱光负责对外联络。

曾玉良，1933年参加红军，先后任班长、排长、连队长、营长，随西路军战斗到新疆，任三大队副队长，喀什骑兵48团二连少校连长，接受过苏联红军顾问的训练。

俞同金，又名俞新华，1927年加入农会，参加了黄麻起义，先后任自卫队长、村苏维埃主席、赤卫军排长、红军战士、排长、连指导员、营政委、团政治处主任。随西路军战斗到新疆，任总支队党总支书记、政治处主任。

苏进，原西北军副团长，1931年参加宁都起义，先后任红军团长、师长、红军大学军事科长、抗日军政大学训练部长，1938年去苏联学习途中留在新疆，任总支队参谋长。

朱光，原名赵金城，曾任东北抗日联军副团长，受党组织派遣去苏联莫斯科东方大学学习军事，1938年回国，在总支队任排长。

这几位同志都有着坚定的政治信念，丰富的战斗经验。陈潭秋与他们反复研究行动方案，要求只有一个，必须做到确保安全。

一切准备就绪，终于可以出发了。

盛世才安排了35辆汽车，派丁宝珍参议带卫兵护送。

陈潭秋还是不放心，要通过漫长的河西走廊，他感觉马家军图谋不轨的可能性很大。国民党不断制造摩擦，必须防止他们的阴谋。他不断思考，怎样才能找到一个万全之策呢？

正在此时，得到一个消息，苏联支援中国的一批坦克要由一个车队运往重庆。坦克拆卸后装了30辆卡车，每辆车都有机枪保护。

陈潭秋立即与苏联总领事联系，提出两个车队一起行走的方案。总领事同意陈潭秋的方案，对外称总支队的同志为苏联归来的华侨。

直到此时，陈潭秋才感觉，队伍的安全有了基本的保证。但一路的行程，还是不能掉以轻心。

十三、送别

送别的日子最终来到。

经过艰难的争取，每辆车上都配有武器，以应付路上发生的紧急情况。共计有：步枪 30 支，子弹 1 万余粒；迭克铁里瓦式机枪 4 挺，子弹 4 万粒；手枪 2 支，子弹 200 粒；步马号（枪）3 支；望远镜 4 架。

丁宝珍携卫兵 2 名，随从 1 名，及司机，携自来得手枪 2 支，子弹 200 粒；八音手枪 1 支，子弹 10 粒；连珠枪 3 支，七九马枪 2 支，子弹共 950 粒；望远镜 1 架。

出发就在眼前，陈潭秋找来汽车教员李文华。李文华早年参加过红军敢死队，历任连指导员、营教导员、团党总支书记、师组织科长，经过长征，随西路军战斗到新疆，在汽车装甲大队先当学员，表现优秀，后担任教员。胆大心细，党性坚强，经验丰富。

根据陈潭秋同志的指示，每部车上有一位新疆派的老司机，两位总支队自己的司机，每部车都配有枪支和充足的弹药。

陈潭秋告诫李文华，一定要做好司机的组织管理。

1940 年 1 月 11 日，车队正式从迪化启程。

陈潭秋前往送行。车队向东行驶了 30 公里，过了乌拉泊，在柴窝堡湖边停下来。

三九严冬，寒风呼啸，大家下车与陈潭秋同志告别。

陈潭秋刚开口讲了"同志们"三个字，就流下了热泪。他与每一位同志握手告别。最后又把曾玉良、俞同金、苏进、朱光、李文华五位叫在一起，叮嘱他们团结一心，灵活应变，保证全体同志安全到达延安。

同志们再次上车，大声喊："徐代表，延安再见！"

谁能想到，这次再见，成了永诀。

此时的送别，是两个非常沉重的字。陈潭秋在寒风中目送车队远去，直到看不见了，才抬起冻麻木的双脚，上车返回。

他何尝不想早日回到延安呢？自己重任在肩，又怎能轻言离开？

车上的同志们既高兴又难过。高兴的是要回延安，回到日夜思念的党中央、毛主席身边。难过的是告别党代表，他仍然要留在环境险恶的迪化，与凶残狡猾的盛世才顽强斗争。

事实证明，陈潭秋预见是正确的。

车队到了甘肃山丹，马家军的骑兵围上来。仇人相见，分外眼红。战士们手里端着转盘机枪，车上有大批的子弹，真想狠狠地扫倒一大片，给曾经在这里牺牲的战友报仇。但现在不能，大家满腔怒火，等待同行的苏联车队交涉。丁宝珍参议员费了很多口舌，那些家伙才散去，车队得以继续前行。

到了武威，国民党接待站的官员特别客气，请大家一定要到城里去住。曾玉良营长和俞同金政委久经沙场，警惕性很高，感觉那些人客气的背后，必有图谋。为了防止发生意外，决定队伍住在城外。敌人预想的阴谋落空，直接在车队的饭锅里下了毒。曾玉良和俞同金要求大家只吃主粮，少吃汤菜。虽然多加了小心，还是没有完全防住。这顿饭吃完，大部分同志开始拉稀。一位送行的司机自认为常跑长途，见多识广，结果给毒死了。受此影响，车队的速度慢下来，走走停停，三天后才恢复正常。

凶险的背后，是国民党的大员们，处心积虑，图谋制造事端。

1月8日，蒋鼎文给何应钦发去标注为"极机密"的电报："职再三思维，拟挨该部到兰州时，一面盛情招待晋庸（盛世才字晋庸）兄所派护送人员，并请其交由我方接运，一面将该部扣留，以为釜底抽薪之计。"

1月10日，蒋鼎文再次给何应钦发电报，诬陷"新疆设有共产党训练机关。此次东下官兵想系彼方训练成熟干部，借名蒙混，若任开端，此后源源转送无法制止，势危及党国。经电一民（朱绍良字一民）兄于该部过兰时，予以扣留。"

幸亏何应钦这一次还算信守承诺，给这位蒋主席回电："不可，应遵照命令放行。"

车队到达兰州，苏联车队转往重庆，不能同路了。两个车队分手，总支队的车队在城外黄河北面的十里店停留。国民党虽然没有扣押，但卡着不给卖汽油，一停就是好几天，由八路军驻兰州办事处给送吃的。经多方交涉，才得以上路离开。

兰州到西安的路上，又一个阴险恶毒的家伙露面了。蒋委员长的得意弟子胡宗南，准备出手阻拦消灭这支部队。快到咸阳时，车队受引导开到一个大院，被特务监视起来。丁宝珍参议出面协商，胡宗南的军队来了个参谋。丁参议正告对方，盛督办奉蒋委员长之命送十八集团军的这支部队去延安，并向委员长立了军令状，保证安全送到。对方听后不敢直接下手，特务们讪讪离去。但胡宗南一计不成，又生二计，勾结马步芳，企图在车队到达咸阳后再次下手。如果不成，马家军准备在洛川附近埋伏袭击。到达咸阳后，胡宗南下令，车队就地停下，不准进入西安城。这一停等于就是扣留，时间长达半月之久。不给粮食，不给汽油，想在咸阳把这支部队困死。八路军驻西安办事处设法援救，对胡宗南的阻挠提出强烈抗议。胡宗南假意放行，准许回延安，但不给卖汽油。曾玉良、俞同金和八路军办事处的同志商议，决定35部车减少到

18 部，节约汽油，出发向陕北前进。遇到上坡时，怕费油太多，大家下来推上去，一直到了洛川。

马步芳在洛川通往陕北公路两旁的山坡上架起了大炮和机枪，总支队的同志们也做好了准备，如果马步芳敢先开枪，就会给对方毁灭性的打击。结果，这个野蛮的军阀没有敢冒天下大不韪，自取灭亡。

从迪化到延安，走了一个多月。1940 年 2 月 5 日，总支队平安到达延安，受到军民的热烈欢迎。这时已是春节了，中央专门举办了欢迎会。毛泽东、张闻天、王稼祥、陈云、邓发等同志在欢迎会上讲了话，对同志们倍加慰勉，望能英勇转赴前方，完成杀敌救国的伟大任务。曾玉良、俞同金代表从新疆归来同志致辞，表示今后在党中央领导下为中华民族解放奋斗到底的决心。

正如陈潭秋同志的期望，这批同志在延安过了春节，就很快奔赴前线，在以后的抗日战争、解放战争、抗美援朝战争中，成了独当一面，不可或缺的指挥员，立下了赫赫战功。解放后，许多人担任了中国人民解放军炮兵、装甲兵、航空兵等各军种的重要领导职务。

陈潭秋送走了大部队，一刻都没有松懈。新疆形势急剧变化，为保护干部，他动用所有的资源和智慧，抓住每一次机会，把能够回延安的干部，尽可能地分批送回延安去，让他们在抗日前线和边区建设中，发挥更大的作用。

1939 年 10 月，陈潭秋报经中央同意，送汪小川和韩光回到延安。

1940 年 2 月下旬，他安排饶子健、姚运良、宋承志等大队长以上干部、病员和随员 31 人，乘飞机到兰州，转乘汽车回到延安。

5 月，安排冯铉、曾三、荆振昌等 14 人以及民主人士张仲实、沈雁冰等人返回延安。

7 月，组织原准备去苏联学习，后因情况变化而未走成的总支队成员 31 人，分乘两辆汽车，于 1940 年 8 月返抵延安。

9—12 月，分别安排黄火青、郑瑛、苏井观、鄌先润、陈慧清等回延安。

一次又一次道别，目送战友们安全回到延安，陈潭秋感到欣慰，又产生很多的伤感。

十四、功与妒

送走总支队，"新兵营"随之撤销。

陈潭秋心里好长一段时间都觉得空荡荡的。他搬回到八路军办事处，面对更多棘手的事情。

八路军驻新疆办事处位于迪化南梁（今乌鲁木齐市胜利路二巷一号），是一幢中俄合璧的土木结构两层楼房。工作人员有吉合、王韵雪、王顺志、徐明乐、冯家树、任德山、杨锡光、杨南桂（秘书）等人。吉合是俄文机要秘书，负责与苏联领事馆联络。王韵雪做机要工作，负责国内与中央联络。徐明乐给陈潭秋开小车，负责保卫工作。

办事处对外不公开，不挂牌子，只称"南梁第三招待所"。中国共产党的工作人员不能公开与社会各阶层人士接触，具有保密性。办事处没有自己独立的通信联系设备，通常用自己的密码，通过盛世才的电台与党中央联系。党代表与各地区工作的中共党员联系也是通过盛世才的邮电部门收转或其他秘密方式。

办事处没有自己的警卫和武装力量，由盛世才给选派副官、卫士及炊事人员。

陈潭秋给我党航空队学习同志和外地工作同志传达中央文件，作指示，听取汇报，都在新房子接头。和盛世才商谈事情，由办事处的副官先联系。实际上，群众都知道这里住的是八路军，这是公开的秘密。陈潭秋与中央联系工作，也要通过盛世才的电台收发电报，但用自己的密码。密码只有王韵雪一个人知道。中央的电文，王韵雪收到后，翻译出来交给陈潭秋。电报指示传达完，立即销毁，不保存文件。1940年后，国内外形势发生逆转，保密工作更不敢有一丝大意。

1939年秋，德国法西斯非常猖獗，国际风云突变，狡诈的盛世才见风使舵，逐步走上反苏反共的道路。

1939年冬到1941年5月底，盛世才曾连发三次布告。以"防止敌探汉奸混入新省进行破坏"为名，限制新疆与内地人员往来。"号召公务员及民众互相监视和检举敌探、汉奸、托匪"，"直接向我告密"。

1939年冬，盛世才派"视察团"去南疆，安插大批亲信特务担任各县县长、公安局长，监视和迫害在南疆工作的中共党人。陈潭秋为此多次约见盛世才，提出严正抗议，要求改善中共人员待遇，均遭无理拒绝。盛世才杀机毕露，施展阴谋手段，制造了所谓的"杜重远阴谋暴动案"、"阿山案"、"陈培生案"、"托匪案"、"反政府案"等等，诬陷迫害杜重远、赵丹等爱国进步人士，制造"新疆就要赤化"的谣言，矛头直指在新疆的中国共产党。

陈潭秋陷入一种成功的忧思之中。一方面，为中共党人在新疆取得开创性的成就感到自豪；另一方面，针对盛世才可能做出的恶劣行为，尽可能地设置应对预案。

回顾中国共产党与盛世才的统一战线以来，中共党人的工作，着力于保持新疆为中国的领土，巩固抗战后方和国际交通要道，推进落后的社会前进，使各民族人民过上和平友谊的生活。短短两年多的时间，给新疆带来了历史性的本质改变。新疆在各方面呈现出生机勃勃的景象，当时被誉为"中国民族复兴的一个重要根据地"。客观上巩固了盛世才集团的统治政权，也为全国的抗日战争作出了巨大的贡献。

新疆财政因连年多事，纸币毛荒，负债累累，天怒人怨。毛泽民被任命为省财政厅副厅长、代理厅长，在很短时间内，改组银行，改革币制，整顿财政机构，健全财政预决算制度，整顿税务，增加财政收入，减轻人民负担。首次发行新疆省建设公债，稳定和发展经济。两年之内，耕地面积扩大到 1638 万亩，牲畜总头数达 1280 万头，农牧业生产创造了历史最高水平，创办了皮革厂、面粉厂、针织厂、榨油厂、缫丝厂、发电厂、造纸厂、印刷厂、制酪厂、糖果厂、自来水公司等一批工厂。

黄火青、林基路、韩光、许亮、李云扬等一批共产党员，担任行政长、县长职务，勤政清廉，处处从维护各族人民利益、增强民族团结出发，体察民情，解除冤狱，兴修水利，发展教育，修桥补路，救苦恤贫，为各族人民办了许多好事。

如果说苏联从军事上为盛世才扫清了障碍，毛泽民等中共党人，则通过货币财政和经济改革，帮他巩固了经济和行政上的统治地位。军队中工作的中国共产党人，恪尽职守，为巩固边防作出了贡献。

中共党员黄火青等人主持反帝总会，贯彻"六大政策"，为盛世才赢得了国内的政治声誉，增强了民众的凝聚力。

他们提出的中心口号是："各民族一律平等地联合起来，打倒日本帝国主义！"

1937 年 8 月，在迪化成立了新疆民众抗日救国后援会，各区设分会，各县均有抗日救亡团体。抗日后援会成立不久并入反帝会。组织了商会、妇女协会、学生联合会、工人救国联合会等民众团体。发动抗日募捐，支援抗日前线。动员新疆各族民众开展募捐活动，得到了民众的广泛响应。

迪化裕丰隆商号把拍卖三天的货物，全部捐作抗日经费。

一位泥水匠在给后援会的信中写道："爱国有心，捐款无力，仅将今天给人下苦所得省票 3500 两，留 500 两买两个馕充饥，其余如数捐献。"

1938 年秋，反帝总会秘书长黄火青，发动全疆三日献金运动，预定募集寒衣 10 万件。从省府到基层的公务员、学校教师、工商业者、街道居民、农牧民，从七八十岁的老人到小学生，慷慨解囊，献出金银、首饰、枪支、现金。一些少数民族同胞把家传的挂毯、绸缎衣服，牛、羊、驴、大车、黄豆、高粱、大米、小麦、谷草送到献金台。

迪化一位 70 多岁的老太太，含着热泪，当场摘下自己唯一值钱的金耳环，双手奉上。

一位小学生写信给新疆日报社，省下糖果费，捐献省票 9000 两。

额敏县的民众减食三日，献出口粮。

温宿县妇女阿提克汗将丈夫生前留下的 27 个元宝全部捐出。

库尔勒维吾尔族贫民艾沙无钱捐助，情愿送子上前线，称"倘不忠实抗战，宁可不见子面"。

至年底，迪化地区献金总额折合法币 9.4 万元，皮大衣 20 万件及许多其他物资。

1938 年冬，反帝会发起给前线喋血将士写慰问信活动，集得 10 万封汉语和各种民族语言的长长短短的慰问信，送往战斗前线，激发将士们杀敌的勇气。

1937 年 9 月至 1940 年 5 月，全疆民众共捐款折合现大洋 322 万余元，购买了 10 架战斗机献给国家，命名为"新疆号"。

新疆作为抗日大后方和国际物资运送通道，为盛世才赢得了很高的国际声誉。

苏联援华军用物资的运输有两条国际通道，一条是公路，途经苏联萨雷奥泽克—霍尔果斯—迪化—兰州，在新疆境内设有新二台、精河、乌苏、绥来、迪化、吐鲁番、鄯善、七角井、哈密、星星峡十个接待站。一条是航路，途经苏联阿拉木图—伊宁—迪化—兰州，在新疆境内的伊宁、乌苏、迪化、奇台、哈密建有五处临时航空站。

苏联方面统计，1937年10月至1939年8月，供给中国政府的军用物资有飞机985架，坦克82辆，大炮1317门，汽车1550辆，拖拉机30台，机关枪14025挺，枪弹16400万发，炮弹190万发，炸弹8.23万枚。

1940年底，崔可夫来华担任蒋介石的军事总顾问兼苏联驻华武官，苏联又援助中国政府150架战斗机，100架轰炸机，3000门炮，500辆吉斯-5型汽车。

1941年12月，太平洋战争爆发，日军完全封锁了滇缅公路，通往中国的海岸运输线完全断绝。美英等国际救援物资改道印度中转，开通了新疆至印度的国际驿运。

新疆这条国际交通要道，还保证了共产国际与中国共产党及共产国际各支部的联系。中共一些领导人和重要干部，通过新疆往返苏联。共产国际远东支部、越南的胡志明、日本的冈野进、印度尼西亚的阿里阿罕姆等国际友人，也是途经新疆，来往于莫斯科和延安之间。

共产党人协助盛世才施行"六大政策"，为新疆赢得民主进步的繁荣景象，吸引国内很多进步人士，到新疆施展自己的抱负。

著名民主人士杜重远来新疆担任新疆学院院长，《立报》经理萨空了担任新疆日报社副社长。应杜重远邀请，著名文学家沈雁冰（茅盾），著名学者张仲实、沈志远、涂治、史枚、高滔等来到新疆学院任教。著名文艺工作者赵丹、徐韬、王为一、叶露茜等人也来到迪化。

新疆一度人才荟萃，中国共产党人和进步人士密切合作，形成了声势浩大的新文化运动。

马克思列宁主义广泛传播，迪化的书店公开出售《资本论》《列宁选集》《政治经济学》等 10 多种马列著作。共产党人掌控的《新疆日报》，连续发表毛泽东的《论持久战》、中共中央文件和介绍抗日根据地的报道、通讯，毛泽东著作大量翻印发行。反帝会的《反帝战线》，新疆学院的《新芒》，都公开发表马列主义的文章。

新疆学院制定了近似于延安"抗大"的校训，被誉为新疆的"小抗大"。中共党员和沈雁冰、张仲实、沈志远等学者，讲授《新哲学》《唯物史观》《政治经济学》《社会主义与社会运动》等课程，向各族师生传授马克思主义的基本原理。

新疆的革命文艺热火朝天，宣传抗日救国思想，唱抗日歌曲，演抗战题材的话剧。初期，盛世才受到感染，邀请"新兵营"文化教员李光到督办公署大楼教唱革命歌曲，政府官员和军队领导参加学唱，盛世才带着家属参加。中共党员陈谷音担任师范学校专职音乐教师，为中小学培养了一批音乐教师和骨干力量，歌咏队遍布于学校、军营和工厂，《义勇军进行曲》《大刀进行曲》《我们在太行山上》《黄河大合唱》等抗战歌声响彻迪化全城。

林基路、李云扬、朱旦华等中共党人组织新疆学院、省立一中、女子中学师生排演话剧。1938 年 10 月，新疆省"三全大会"召开期间，反帝会组织演出话剧《死里求生》《一个受伤的游击队员》《牺牲》《塞外狂涛》，哈萨克文化促进会演出《黑眼睛》，给大会带来了完全不同的文化氛围，产生了深远的影响。

沈雁冰在新疆工作一年多时间，担任新疆学院教育系主任、新疆文化协会委员长、中苏文化协会新疆分会会长、《反帝战线》编委会编委。

在中国共产党领导下，不遗余力地传播五四以来的新文化，介绍苏联革命文化，为新疆的文化建设作出了开拓性的贡献。组织创作反映新疆现实生活的大型话剧，创作了《显微镜下的汪派叛逆》《白色恐怖下的西班牙》《"纳粹"的侵略并不能挽救经济下的危机》等十多篇檄文式的作品，控诉德日法西斯的侵略罪行，刻画了汪精卫集团的汉奸脸谱，揭露了英法妥协屈服的"慕尼黑阴谋"，日本帝国主义色厉内荏、八面碰壁、日暮途穷的困境。

赵丹等人来到迪化，推动新疆文化协会实验剧团成立，新疆的话剧活动达到高潮。中共党员徐韬、于村、白大方参与剧团的领导工作，排演了《战斗》《故乡》《新新疆万岁》《突击》《前夜》《古城的怒吼》等大型话剧，《小黑子》《打日本》《血祭九一八》等 10 多部独幕剧。五幕话剧《战斗》上演 10 余日，场场爆满。

中共党人倾心于新疆的教育事业，有 27 人在教育行政部门和中小学工作，健全了省、区、县教育行政机构，稳定教学秩序，结束了新疆教育缺少统一领导的混乱局面。增加教育经费，动员社会力量兴办学校。培养各族师资，编译出版中小学教材、儿童读物。创办社会教育、职业教育、技术教育、孤贫教育，开办各种训练班和讲习会，培养人才。

到 1942 年，全疆公立和会立小学 2463 所，学生 27.11 万人，比 1937 年增长 1.4 倍；大中学校 8 所，学生 3787 人，比 1937 年增长 27.5%；以扫文盲为主的民众学校 846 所，学生 146911 人。

抗日战争时期，新疆的新文化运动，以革命的内容、清新的格调、民族的形式，为新疆各族人民提供了丰富多彩的精神食粮，哺育了新疆一代革命青年的成长，促使新疆各族民众的觉醒。

盛世才多疑善变，心狠手辣，施展权术攫取了政权，借助苏联和中国共产党的力量巩固了统治地位。他与中国共产党建立统一战线，只是"有利于我"的策略，根本目的是在新疆建立自己的独裁统治。因为中共党人和进步人士的突出贡献，帮助他赢得了广大群众的支持，受到各民族人民的欢迎。面对这样的成功，盛世才由开始时有些得意忘形，可很快产生了内心的恐慌，担心共产党的影响超过他。随着德国法西斯发动侵苏战争，日本侵略者占领了中国大部分地区，国民党蒋介石一直在威逼利诱。这个投机分子原形毕露，背叛了"六大政策"。他不顾共产党人和进步人士的无私奉献，更不顾做人起码的道德廉耻，背信弃义，编造谎言，制造冤案，残酷迫害他自己请来的进步人士，甚至对进步青年和民族人士大开杀戒。

早在 1939 年初，盛世才就开始了对中共党人的打击迫害，首先向在群众中最有影响力的反帝会秘书长兼审判长的黄火青、新疆学院教务长林基路、省立第一中学校长李云扬等几位同志下手。责难黄火青为反帝会起草的一个文件提到新三民主义的论点有问题，林基路散发抗战歌曲小册子中印的领袖像有问题，李云扬让学生在宿舍中挂马克思、列宁、毛泽东像是政治错误。他把三人叫到督办公署，穿上大将军服，在接待大厅，足足训了两个多小时。一方面，他说自己是毛泽东同志领导的，"六大政策"集团的人将来都是共产党员，说朱德总司令是我的司令，喊毛主席万岁；另一方面，又不和谐地宣称，延安的那一套不适合新疆。第二天，宣布黄火青改任阿克苏行政长，林基路改任阿克苏教育局局长，李云扬改任喀什教育局副局长。黄火青的夫人苏枚一起到阿克苏，任简易师范附属小学教师。李云扬的夫人伍乃茵一起到喀什任疏勒女子学校校长。盛世才把"注意新来的人"当口号，到处宣扬。黄火青等几人还没有到任职的地方，那里就开始说"注意新来的人"了。

黄火青是湖北枣阳人，1926 年加入中国共产党，1927 年赴苏联东方大学学习，1930 年回国，历任红军团政委、红军学校党总支书记、红一方面军九军团政治部主任、西路军军队工作部部长等。1938 年初被任命为"新疆民众反帝联合会"秘书长兼审判委员会委员长，改用年轻时的名字黄民孚。"反帝会"是"官办"群众性政治组织，地位很高，会长是盛世才本人，副会长是省长李溶，规定政府厅长等必须加入。各地设立分会，各级官员也要加入。"反帝会"前任秘书长是苏联派来的俞秀松（化名王寿成），工作人员大多也是联共党员。黄火青接任秘书长后，他们大多回到苏联，在"反帝会"各部门任职的多数成为中共党员。改组后由中国共产党人主持的"反帝会"，宣传马列主义，贯彻"六大政策"和抗日民族统一战线政策，动员新疆各族人民支援抗日前线，作出了重大贡献，有着举足轻重的地位，得到社会各界和广大群众的拥护，从而引起盛世才的妒忌，导致他捏造借口，把主要人员调离。

黄火青一到阿克苏，就成为特务高度"注意"的"新来的人"。盛世才的密探、公安局局长曹天爵对他严密监视，在他身边安排了两个特务。黄火青开始不知道，后来从当地苏新贸易公司得知。一个叫蒋泽中，原在迪化反帝总会当科长，蒋的父亲曾任省政府办公厅主任，被盛世才逮捕关进监狱。黄火青作为审判长，审问后认为没什么问题，就做决定释放了，但其子已经被盛世才收买。黄火青到阿克苏时把蒋泽中带来当秘书，他趁黄火青不在家，找苏枚借阅马列主义书籍，故意表现"左"，以便搜罗所谓的"证据"。黄火青叮嘱苏枚，把借走的书要回来，以免中了蒋的阴谋诡计。另一个安插在黄火青身边的特务是秘书主任，天天送文件来，用维语念给黄火青听，然后再由他批办。黄火青作为地方行政长，处于特务的围困之中。

盛世才的权力统摄着整个新疆。黄火青在阿克苏的活动范围被限制在城区附近，想外出巡视，去外县工作，根本办不到。有一次他和苏新贸易公司经理讲好，坐公司的汽车去库车县看县长的林基路。刚走了几十里，阿克苏警备司令孙庆龄就拿着盛世才的电报叫他回专署，还责问他为何出门不请示督办公署，擅离职守。

黄火青想做点调研工作，却走不出去。按规定行政长有匹好马，一辆马车，他基本无法使用。林基路任阿克苏区教育局局长时，黄火青以反帝会阿克苏分会为基础，和林基路一起抓文化教育和宣传工作，充实和扩大公立的汉族和少数民族学校，开设教员训练班，特别注意培训少数民族青年，解决师资缺乏问题。他也常去阿克苏报编辑长陈清源那里，陈有收报机，可以收听外国的新闻广播。当时新疆还没有广播电台。林基路是第一批从延安来的干部，陈清源是第二批。程九柯和陈清源同批来新疆，在温宿任税务局副局长，常来找黄火青谈谈。

黄火青走不出阿克苏城。放眼绵亘无尽、挥斥不去的天山，徘徊于阿克苏河两岸，思考着阿克苏地区的发展和民生。阿克苏河挟天山之风，凌厉锐进，为塔里木河提供了大部分的水量，河道两岸，植物繁茂，绿荫层层。绿洲之上，麦熟稻黄，果香沁人，是久负盛名的瓜果之乡，棉花之乡，早在秦汉时就有了较为发达的农耕文化。这里是著名的歌舞音乐之乡，发祥了西域三大古乐——龟兹乐舞。

有一天，黄火青走了好远的路，七拐八绕，找到了位于阿克苏南城根下的邮局。这是当时政府最重要部门之一，可这个邮局，还是清末的驿站所在地。土门楼上悬挂着一块白底黑字招牌，写着"邮局"二字。大门两侧各挂一块虎头牌，左面写着"邮政重地"，右面写着"禁止喧哗"，虎头牌两侧各悬着红黑木棒两根。十足的封建衙门派头，群众望而生畏，寄信很少，何谈服务民众。

黄火青见到邮局局长谷梦麟，说你这个邮局这么偏僻难找，民众怎么来送信呢？

谷梦麟是原东北抗日义勇军战士，辗转从苏联到新疆后脱离军队，考取新疆邮政管理局乙等邮务员，历任巴楚、绥定邮局局长，同年早黄火青两个月调任阿克苏邮局局长。他赶紧请行政长进屋坐下，汇报了阿克苏的邮政情况。

阿克苏邮局有职工 25 人，驿马 38 匹，设局长 1 人，邮差长 1 人，信差 2 人，马差 21 人。管辖阿克苏、阿瓦提、温宿、乌什、柯坪、拜城六个县的邮政业务。每县一个邮政代办所，设主任 1 人。管辖阿克苏东至库车 395 公里干线邮路，以阿克苏为中心，西从齐兰台到柯坪，北去温宿、乌什，南到阿瓦提的支线邮路。阿克苏邮局存在两个突出问题。一是邮运方式落后，载量少，速度慢，费时长。干线邮路，沿袭了西域两千年来的驿马置站传递方式。马差一人双马，载重 60—80 公斤，昼夜行程 200 公里，站站接送。支线邮路除马差外还有步差，邮递员徒步背负传送，负重 10—20 公斤，日行 40 公里，既累又慢。二是收入少，开支大，入不敷出，全凭上级贴补，建设和革新根本谈不上。

黄火青听了谷梦麟的汇报，提出了加速建设的三年计划。结果不到两年，办成了阿克苏邮政历史上的三件大事。

第一件是建起了新邮局，开创了阿克苏邮政史上的光辉一页。黄火青给邮局划拨了城北位置优越的一片空地，解决了砖石等基建材料。谷梦麟发动全局员工集资，义务劳动，于 1940 年 5 月 29 日建成新邮局，有营业室、办公室、候车室、宿舍等 23 间新房。宽敞美观，方便群众。

第二件是改驿马传递为驿车传递。谷梦麟报经行政长同意，请示上级邮政部门拨款 8000 元，在温宿苏新贸易公司订购了 50 辆苏联六根棍四轮马车。黄火青出面协调，很快到货。谷梦麟雇用木工，将六根棍改装成红油漆颜色的马槽车，增加了车载容量。1940 年 1 月 1 日，正式在阿克苏至库车干线上使用，后来扩大到支线。邮车一人两马，载量可达 600 公斤，费用还是原马差一人双马的开支。阿克苏结束了两千年相沿的落后方式，包裹邮运多起来，还有客商找上门来搭乘邮车，收入逐月增加。谷梦麟呈报黄火青，按照收入增加情况，预计半年后可筹资1.2 万元，用于进口苏联六辆一吨半的小货车，每辆新币 1500 元，将干线马车邮运改为汽车邮运。

第三件是开挖黄渠，解决驿马粮草困难。1939 年冬，黄火青发动阿克苏、温宿、阿瓦提、乌什、柯坪五县数千民工，开挖了一条 6 米宽、3 米深、60 公里长的黄渠。规定挖渠者，开荒归己，谁种谁收，三年免征田赋。这一决策，把荒漠变成了良田。谷梦麟动员邮局员工 20余人参加挖渠，每人分得 4 米宽，全局共得 80 米宽不限长的一大片荒地，开垦后种植小麦，既增加了员工所得，也解决了邮路驿站的草料困难。

黄火青作为行政长，走不出阿克苏城，难有大作为，但仍竭尽全力，开创新的事业。他常常徒步出门，到各机关鼓励公务人员好好工作，在行署会议室给青年职员讲哲学和政治经济学，举办电影或文艺晚会，组织歌咏赛、运动会。在行署旁边修了一座砖基土木结构的俱乐部，能容千余人，举办维、回、汉等各族青年工作人员培训班。维吾尔族青年艾则孜·艾沙等五人，经他推荐，到迪化的省维文会主办的文化干部训练班学习。艾则孜·艾沙又被转送新疆学院水利系学习，新中国成立后曾任阿克苏地区水电局局长。

因为走不出去，黄火青有空就和青年学生和工作人员打乒乓、台球，倡导新风尚。行署有个果树园，他让人修了条路，叫学校的学生游园时随便摘了吃，最后剩下的分给工作人员。行署有点儿官地，庄稼收获后，农民上交的粮食，全部分给工作人员，包括大师傅和警卫队四五十人，算是给大家办的一点儿福利。他家吃粮自己买。

有一天，黄火青意外地收到一封家信，是家人寄到延安，转重庆八路军办事处，又转迪化，最后转到阿克苏。这是他离家十多年第一次收到家书，信内附有老母亲的一张照片。他看着母亲老去的样子，平静的心，变得杂乱无章。

黄火青在阿克苏行政长任上的工作和生活，陈潭秋在关注，盛世才也在关注。何去何从，成了个困惑的难题。

1940 年夏，盛世才突然给黄火青发来一个电报，电文说，他母亲病重，要他回家探望，为照顾母子之情，准予离职。

黄火青阴沉的心一下子明亮了。一家三口搭了一辆苏新贸易公司的载重汽车，三天到了迪化，见到陈潭秋。

陈潭秋见到他，长舒一口气，说："你终于回来了！"

周恩来副主席刚到迪化时，陈潭秋抢在盛世才的前面，汇报了黄火青的处境，请周副主席设法为他解困。周恩来从苏联回延安路过迪化时，向盛世才提出，中央要调他回延安。盛世才迫于中共领导人的压力，同意了。

黄火青理解得没有错："母亲病重，要他回家探望。"就是让他回延安，压在心头的乌云终于消散了。

黄火青等人离开迪化后，开始任督办公署副官的韩光，也让盛世才感觉碍眼，被调任布尔津县副县长。担任《新疆日报》副主编的汪小川，连续被盛世才记"大过"两次，明令通报，理由是报纸上把"督办"写成了"督辨"。汪小川感觉到秋日的迪化，已经透出丝丝阴冷。局促，郁闷，处处束手束脚，憋气窝火，又无法和盛世才讲道理。

好在他们三人，包括其他一些能够回延安的同志，已经被陈潭秋安排在行程之中，陆续回到了党的怀抱。

十五、营救杜重远

陈潭秋时刻关心着在新疆工作的共产党人，民主进步人士的处境也牵着他的心。杜重远作为著名的学者和新闻人，不遗余力地宣传新疆，宣传盛世才的"六大政策"。他举家迁来新疆任职，给盛世才以人格和信仰的支持。因为他的号召力，吸引一大批文化名人来新疆工作，将新疆的进步文化，推高到举国关注的程度，这无疑是对盛世才政权的巨大支持。可惜他的满腔热忱，给了盛世才这样一个残暴的独裁者。从盛世才与杜重远的关系变化，可以看出，他没有一个人最起码的同情心和同理之心，对美好事物没有感知，更没有感动，野心很大又麻木冷酷。短期内，他极度伪装，率真的杜重远没有识破。历经残酷斗争的陈潭秋却洞若观火，他看到杜重远像一团燃烧的火苗，围绕在他四周的阴风却正在聚集，眼看着合成了一股泯灭人性的污流。

"杜重远阴谋暴动案"以不是理由的理由发生了。陈潭秋作为中共党代表，不能直接干预，却通过党中央，动用所有的力量。周恩来副主席到新疆时，陈潭秋作了专门汇报，提请周副主席全力营救。

杜重远是吉林怀德人，毕业于日本东京高等工业学校，是著名的实业家，不到而立之年就在沈阳创办了中国当时最大的机器制瓷工厂——肇新窑业公司。九一八事变后，日本帝国主义的铁蹄击碎了他"实业救国"的梦想。杜重远被迫放弃经营多年的实业，离别故土，义无反顾地投入了抗日救亡的时代洪流。他在北平参与组织了"东北民众抗日救国会"，被选为执行委员和宣传部副部长。走遍大江南北，到处演讲募捐，宣传抗日。在上海结识了邹韬奋、夏衍、沈钧儒、胡愈之等革命知识分子，走近了共产党。1934年创办《新生》周刊，揭露日寇侵华暴行，抨击国民党的卖国政策，引起强烈的社会反响。他与张学良交往笃深，在推动"西安事变",推进全国抗日统一战线的建立方面,作出了贡献。

1937年7月7日,抗日战争全面爆发后,新疆成为国防交通要道。杜重远认为新疆必将是抗日的后方基地,加之和盛世才是同乡、小学同学、中学同学,直到日本还是同学,单纯地认为两人是一辈子的交情。怀着满腔热忱,"四渡天山",到新疆帮助盛世才完成抗日救国的愿望。

1937年10月13日,杜重远受盛世才的盛情相邀,"一渡天山"到迪化。为人耿直的他,在短短几天内,看到盛世才这位老乡、老同学、挚友,实行"六大政策",就像北疆的秋天一般,虽有枯萎,但极尽绚烂。看到他俨然以共产党人自居的"革命"的一面。杜重远带着爱国学者的激情,返回内地后,连续发表《到新疆去》的通讯,之后汇集为《盛世才与新新疆》一书,吸引很多有志青年,纷纷要求到新疆去。

1938年6月,杜重远"二渡天山"赴新疆考察。盛世才与他在督办公署的东花园里彻夜长谈,给他以心心相印、惺惺相惜之感。他自认为与盛之间,是真挚的人间真情,为盛的政治表演大为感动。

10月初,杜重远"三渡天山",写了通讯《三渡天山》,对新疆的风土人情、所见所闻作了详细报道。

1939年1月,杜重远"四渡天山",放弃了国民参政员、国民政府监察委员的职务,谢绝了美国友人劝他去美国办实业的邀请,带着夫人和三个孩子,全家来到迪化,担任了新疆学院院长的职务,决心协助老同学盛世才大展宏图,为中华民族的抗日事业奉献自己。

杜重远上任后发现,新疆教育之薄弱,真如戈壁荒漠。于是重返内地聘请人才,从香港等地购买图书设备,把三卡车图书带到新疆,当时被称之为"文化列车"。聘请了著名学者张仲实、沈雁冰(茅盾)、史枚、沈志远、涂治等人,还有文艺名人赵丹、徐韬、王为一、朱今明夫妇等人到新疆学院任教和演出。新疆一时间名流荟萃,学者如云,学习氛围浓郁。杜重远在新疆学院开设了统一战线课，他讲课生动，有着极强的启发性，每次授课结束，学生们久久不愿离去。他在"反帝会"主办的《反帝战线》上发表宣传抗日的文章教育广大青年。创办了新疆学院第一份校刊《新芒》，推动新疆文化新闻事业空前发展。

杜重远威望日益增加，引起盛世才的妒忌，逐渐把昔日的朋友，当成了最危险的敌人。

恶之所以是邪恶，因为它总是把正义和美好毁灭。内心邪恶的人，无论身居怎样的高位，他的灵魂在正义和美好的面前，永远龌龊和渺小，惶惶不可终日。

杜重远像一团燃烧的火，点燃了新疆文化事业，也点燃了进步青年的抗日激情。按说，盛世才应该顺势而为，将革命进步事业推向高峰。事实却完全相反。杜重远任新疆学院院长仅仅八个月，盛世才就捏造出一个惊天的冤案，罪名"莫须有"到可笑的程度。

罪名包括：杜重远每日清晨到学院，和学生一起跑步，同时做"精神讲话"；杜重远是共产党在新疆的秘密总负责；杜重远想当督办；杜重远反对"六大政策"……罪名罗列很多，没有一项有真凭实据。

杜重远心直口快，无意间得罪了小人，盛世才身边那些嫉贤妒能之辈，趁机推波助澜。盛世才不断设置陷阱，杜重远一无所知，一步步迈向深渊。

1939 年 9 月间，赵丹、徐韬领导的剧团在迪化首次演出，盛世才借此由头戳破了窗户纸。

1939 年 7 月，新疆学院放暑假了。杜重远征得盛世才的同意后，组织了新疆学院暑期赴伊（犁）旅行团，自任团长，团员是 200 多个学生，一路做抗日宣传活动和社会调查。杜重远带着学生下乡调查，深入农村搞抗日救国宣传，这是盛世才非常害怕的。因为他不敢接近群众，不敢接近农民，怕群众起来造他的反。杜重远从迪化到伊犁，了解到很多底层群众受压迫、迫害的情况。到达伊犁，行政长姚雄郊迎十里，十分热情。姚雄是盛世才的东北老乡、同学，先后毕业于保定军官学校、东北航空学校、日本航空学校，是替盛世才打天下的大功臣。"四一二政变"后，盛世才派他去苏联请兵对付马仲英与张培元对迪化的联合进攻，受命去塔城解除被张培元拉拢的一部分东北抗日义勇军的武装，带兵赴南疆征讨。战乱平息后，姚雄因战功卓著被盛世才授予一级金质勋章，在新疆军政界颇有声望。盛世才对他有了怀疑，夺了兵权，调任伊犁区行政长。杜重远不了解内情，去伊犁受到东北老乡姚雄的热情接待，非常高兴。双方无意，盛世才却认为他们趁机勾结，是杜重远在网罗党羽。

杜重远从伊犁回来，有人造谣，说他与共产党联合想当督办，要取盛世才而代之。这次旅行成了杜重远的重大"罪状"。后来，姚雄被盛世才诬陷为"杜重远阴谋暴动案"的要犯，并借机抓起来杀了。

赵丹他们排练的话剧《战斗》，演出后引起强烈反响，群众争相买票观看，连演十几场。盛世才心里急了，主动挑开自己的怀疑。

他把沈雁冰叫去问："最近我听说杜院长在学校里作精神讲话，有学生问他'三民主义'和'六大政策'有什么分别？杜院长居然回答说，主义是永久性的，政策则有时间性。又说，'六大政策'来自三民主义。"沈雁冰一听，大为惊叹，原来督办大人怀疑自己的老同学否定他的政治主张，这可不得了，赶忙向盛世才解释，说杜重远绝无此意。但是，盛世才心里生出的刺，别人是拔不出来的。

杜重远讲话考虑不周，犯了盛世才的忌。盛世才一再说"六大政策"既非三民主义，也非共产主义，它的基础是科学社会主义。杜重远太自信自己是盛世才的有恩之人，又是老朋友。得知盛世才猜忌后，出于真诚，写了一封长信，表白自己一心工作，帮助盛建设新新疆，却遭小人妒忌暗算，表示莫大的委屈。他当时正犯关节炎，借口自己有病，请长假辞去新疆学院院长职务，闭门在家休养。事后，他又给盛世才写了一封措辞十分婉转的信，请求去苏联或内地看病。盛世才很快答复，去苏联不行，请长假可以，回内地他要考虑，但拒绝与杜重远面谈。回内地的交通工具，只有盛世才点了头才能解决。这就意味着杜重远被软禁，无法离开新疆了。

半个月之后，杜重远在新疆学院学习的内弟侯立达被捕了。特务宋某举报，侯立达在同学中间散布谣言，说盛世才的《六大政策教程》是他姐夫代写的，并说当时有多位同学在场。几天之后，督办公署开来一辆汽车，上面坐着盛世才的卫士，把宋某举报的十多人带走，说是"督办找谈话"。大家都感到事情不妙。到了督办府，盛世才把他们一个一个叫进去问话。只问一个问题："你有没有听到侯立达说《六大政策教程》是杜院长代笔写的？"回答没有听到的，立即被逮捕。最后除宋某外，另有两人一看架势不妙，好汉不吃眼前亏，含含糊糊地回答："好像听到说过。"其余几人，都被投入监狱。

杜重远的秘书孙成明也被捕了，在毒刑折磨下，"供"出了一个"与汪精卫勾结"的"杜重远阴谋暴动集团"，骨干除了被杜重远邀请来新疆的沈雁冰、张仲实、赵丹等一大批在疆的人之外，还有远在重庆的胡愈之和邹韬奋。

沈雁冰和张仲实无奈之下，报请盛世才批准，辞去在新疆学院的工作，但也处于监视之中。

1940 年 5 月，盛世才以"汉奸"、"托派"和"阴谋暴动"等罪名将杜重远正式逮捕，受其牵连，赵丹、王为一以及一大批高级官员纷纷被捕，总数超过千人。茅盾和张仲实看到形势严峻，也以母亲病重为由，请假要求返回内地。在此期间，盛世才又炮制"阿山案"、"回案"、"崔荣昌案"、"六星社案"等一系列案件。

陈潭秋感到形势万分紧急，通过各种渠道展开营救。他除了向周恩来副主席当面汇报，还向延安发去书面报告。他在报告中写道："新疆政治危机空前严重，督办在民族问题上，将蒙、哈、柯族代表全部扣留，并将其中一部分逮捕。不久前，又逮捕哈族领袖沙里福汗。今年 2 月间，阿山哈族发生暴动，盛世才派军队和飞机去镇压，屠杀了数百人。又逮捕了维族三领袖，弄得社会不安，人人自危。"此外，盛世才还多次发布公告，号召公务员及民众互相监视和检举敌探、奸细、托匪……并允许直接向他告密。

党中央得知情况后，联系宋庆龄、沈钧儒、黄炎培等人士，共同为营救杜重远奔忙。他们发电给盛世才，要求释放杜重远。盛世才顽固拖延，置之不理。

1940 年 2 月 25 日，周恩来手臂疗伤后从苏联回国，在新疆同盛世才进行了三次会谈，郑重提出，让杜重远等人返回内地。他还特意提出，让杜重远和他同机而行。盛世才佯装同意，只说下一班飞机就放行。周恩来离开后长叹："杜重远回不来了！"

《盛世才：四月革命的回顾与前瞻》记录：

> 至民国二十九年（1940 年），又有以杜重远为首的，受奸党及汉奸所策动与组织的，带国际性的九一八阴谋暴动案。这一些国际性的阴谋暴动案，虽不是二十六年（1937 年）大阴谋暴动的继续，是别开生面与另有背景的，企图分裂中国领土，树立伪政权，破坏抗战后方的阴谋组织，但其组织之严密与庞大，手段之毒辣，收买刺客之多，实令人为之惊心动魄，参加此次阴谋暴

动案主要者，汉族有杜重远（新疆学院院长）、张宏与（财政厅长）、陈培生（边务处长）、崔荣昌（团长）、杨德祥（阿山警备司令）。哈族有沙里福汗（阿山行政长）、艾林郡王、布哈特贝子。回族有蓝延寿（副厅长）。归化族（苏联人）有别克迭也夫（公安局长）。这个阴谋组织，预定在九一八民众纪念大会发起暴动。如九一八准备未成熟，即在三十年（1941年）四一二举行暴动。在未暴动前，除极力扩张组织，收买各族刺客，谋刺本省最高长官，及散布谣言，进行挑拨离间工作外，并在区外，特别在阿山、吐鲁番、奇台等处大肆活动，企图在外区先发动暴动，以分散省城之兵力，从而容易进行九一八大暴动。

当时柯柯托海及青河两县之暴动，即系由该阴谋组织鼓动起来的。幸在进行谋刺本省最高长官过程中，在审讯刺客过程中，得到了其一部分阴谋计划，在逐次逮捕和陆续审讯的过程中，遂得暴露了其整个阴谋计划，及奸党策动的背景。

盛世才把他自己捏造的冤案，写入档案记录，妄图篡改历史，留下永远的伪证。

杜重远被捕入狱，受到酷刑逼供。盛世才按照他发起的抗日捐款名单，逮捕了所有与他有接触的学生、知识分子和各界人物。阿山的哈萨克族人、和田的维吾尔族人和古城的汉人因不满军阀压迫而抗税的暴动，也被污蔑是杜重远煽动领导的。实际上这些事发生于1938年6月，那时杜重远还没有来到新疆。

为把冤案坐实，盛世才除了给杜重远编造罪证，还给苏联驻迪化代领事欧杰阳克、驻喀什领事瓦西里彼德罗维奇、驻承化（现阿勒泰市）副领事巴依布尔津等人罗织托派罪证。编造了边务处两个负责人陈培生、武佐军案件，诱使陈培生的学生说出陈、武是托派策动的国际间谍案主犯。

盛世才将以上诸案均向斯大林作了报告。苏联认为涉及几位领事，情节离奇，派出人来参加审讯，发现口供都是刑讯得来的，没有物证。认定是主持此案的李英奇（公安处长）和刘秉德（视察处长）蒙蔽上级伪造的冤案。盛对此大为不满，要求苏联再派人员参加审讯。

因为"杜重远阴谋暴动案"，盛世才对外声称逮捕了六百多名投日汉奸，据传（因无法统计），实际逮捕人员超过四万人。和田、阿克苏、阿勒泰和古城（奇台）等地遭到血腥清洗，抗税百姓被扣上密谋暴动罪名惨遭迫害。阿克苏汉城安置的东北人，遭怀疑被全部屠杀，史称"阿克苏汉城惨案"。阿勒泰哈萨克人和汉人有几百人遇害，上万人被迫迁徙到甘肃青海等地保命。

历史开了一个悲惨的玩笑。23 岁的赵丹，一心想开拓艺术新领域，偶然看到杜重远写的《盛世才与新新疆》，认为盛世才"思想开明，求贤若渴"，他通过邹韬奋，与沈雁冰、杜重远、张仲实取得了联系。沈雁冰在新疆知道盛世才打着"六大政策"的幌子，实行的是独裁专制统治，但回电中不能直说，只好提醒："新疆生活艰苦，望慎重考虑。"赵丹凭字面不能理解残酷的政治背景，1939 年 6 月，与好友徐韬、王为一、朱今明、易烈等，带着爱人和孩子奔赴新疆。

沈雁冰在新疆主持文化工作，利用身旁无人的机会，悄悄地告诉赵丹："盛世才这个人捉摸不透，非常多疑，你们要谨慎。既然来了，先安心下来，工作一段时间后，再找机会回去吧。"

赵丹刚到新疆，排演了一部抗日题材的话剧《故乡》，原作背景在东北，后来演出时把背景改在无锡一带。盛世才是东北人，看过后心里很不高兴。祸不单行，赵丹在另一个剧中扮演一个丑角，有人说一些像盛世才的岳父，再次引起盛世才的不满，弄得赵丹有口难辩。

1940 年 5 月，赵丹和徐韬演出《夜光杯》后，即被逮捕入狱，在狱中遭受了各种酷刑拷打。有一次审讯，让他招供"阴谋罪行"。赵丹气愤至极，反问："我从内地来新疆演话剧，是为了宣传抗日救国，有什么罪？抗日无罪，救国无罪，谁破坏抗日救国才有罪。你们说我参加'杜重远阴谋集团'，杜重远是有名的爱国人士，他为反日坐过监狱，他来新疆是盛督办请的，怎么会搞阴谋？只有你们才是在搞阴谋，不准我们抗日救国，你们才真正有罪！"

审讯人员被惹火了，气急败坏地动用各种刑具。坐飞机、开坦克、灌辣椒水，站、跪、吊、烧、烤、刺，几十样的刑罚都上了，赵丹多次昏过去，一次次被凉水浇醒过来。看他实在不招供，拖回监牢长期关押。

赵丹等人不幸被捕，他的妻子叶露茜、儿子赵矛，王为一的妻子俞佩珊，徐韬的妻子程婉芬，朱今明的妻子陈英，同住一个"叛逆家属"大院。盛世才不准"叛逆家属"探监，不准离开新疆，她们和孩子在痛楚的时光中日夜煎熬。

1943 年春天，盛世才派人通知叶露茜等人，要用汽车把她们送回内地。欺骗说："赵丹和王为一他们都释放了，在路上等着你们一同回去。"叶露茜、俞佩珊在路上没有见到赵丹和王为一，以为他们已经不在人世了，坐车经过兰州回到重庆，陷入绝望。叶露茜改嫁他人，俞佩珊留在成都，程婉芬和陈英不知去向。这段妻离子散的罪孽，成为留在中国现代文化史上的一个永远无法治愈的疤痕。

杜重远入狱后，遭严刑拷打逼供，他无供可招，坚贞不屈。

1943 年初夏，杜重远偶染感冒，盛世才授命督办公署军医处处长侯汝弼前去诊病，之后病情急剧恶化。盛世才大概想亲眼看到这位"挚友"的惨状，特意派人把他接到督办府东花园的会客厅。杜重远进门之前，身穿军装、体态微胖的侯汝弼，手里提个小匣提前进来。客厅的长条茶几上摆着四个大玻璃盘，其中有一盘伊犁产的苹果。侯汝弼向站在自己挂像下的盛世才立正敬礼，喊了一声报告。盛世才回过身来，看一看侯汝弼手中的小匣，说："开始吧。"

侯汝弼戴上胶皮手套，打开小匣，取出一个注射器，从一个小瓶内小心吸出药液，拿起一个又大又好看的苹果，把药液慢慢注射进去。然后把苹果的外皮擦净消毒，重新放回到玻璃盘内，悄悄地出门离去。

不一会儿，两名警卫扶着杜重远走了进来。盛世才示意杜重远坐在沙发上。他眉毛向上挑了挑，得意的表情一闪而过，声音空洞地说："重远兄受委屈了，今天有空，请你来聊聊天。"他接着说，关于你的来往信件，已查清，没有什么问题，过几天待手续具结后，放你回家，身体养好后，送你合家回重庆。杜重远还以为他良心发现，内心涌起一阵委屈。盛世才从盘子里拿起一个又大又好看的苹果，用小刀削皮后切成小块，放在一个小食碟里插上牙签，递给杜重远，满面笑容地说，请吃水果吧。他看着杜重远在吃，边说话边站起来，走到墙边的水池边，洗了洗手和小刀，回身坐下，又削了一个苹果，切好放在小碟里，自己也用牙签插着吃起来。两人谈了半个多小时，盛世才说有事外出，恕不留客吃饭，请原谅。杜重远回到狱室后，病情加重，昏迷发烧，瘫软无力，饮食难进。可是，他的生命力和意志一样顽强，耗了两天，依然活着。他"同学加挚友"盛世才等不及了。侯汝弼晚上又来诊治，给他补打了一针。

杜重远带着遗恨与不解，咽下了最后一口气。杜重远的遗体，从督办公署围墙的镇边楼吊到大墙外，盛世才在一块木牌上亲笔写了"木土"二字，插在捆遗体的绳套上，拉到六道湾"一炮成功"的荒山坡上掩埋了。一位著名爱国人士的生命，停留在 44 岁，无声地消失于那个草木繁盛的夏夜。

有人记得，那是 1943 年端午节的前一天。他的夫人侯御之带着三个幼子，被关进结核传染病医院，致母子四人罹患重症，终身遭受病痛的折磨。

盛世才制造了杜重远旷世冤案，大批进步人士陷于牢狱之中，在不见阳光的阴暗里，每天都有人头落地。新疆的中共党人，同样陷入危险的境地。

十六、寒夜

自从回到南梁的办事处，陈潭秋和善的表情后面，心情像寒冬的天气一样，异常冷峻。杜重远冤案的发生，令他悲痛万分，同时也意识到，这是极其危急的信号。送走能走的每一人，是他心里头等重要的事。每一位返回延安的同志，都是革命的种子，党的宝贵财富，一旦遭遇不幸，就是党的损失，家庭的灾难。革命者为了信仰，勇于牺牲，但革命绝不是为了牺牲。作为党代表，他必须以保护同志的安全为己任，尽可能把每一位能走的同志送回延安去。

坚强与善良的心灵，让他感知到所有的美好，也能敏感地觉察到邪恶的异动。他似乎有一双火眼金睛，看到盛世才装腔作势的外表下，是一只丑陋的食腐秃鹫，每次见面，都能察觉到他眼神里躲闪的死亡阴影。

韩光是陈潭秋熟知的一位好同志。1930 年，他任满洲省委书记，年仅 18 岁的韩光担任秘书长，胆大心细，屡屡立功。1938 年从苏联回国，途经迪化，留下来任反帝会训练科科长，三个月后到督办公署任上校副官。经过多年的磨炼，韩光的工作经验和能力更加突出，盛世才非常满意。他利用这个身份，带运输车队往返迪化和兰州，为延安运送了大量药品、服装等军用物资。1938 年底，盛世才无端调他离开迪化，任布尔津县副县长。到任不久，住处附近，有一间草房突然起火，有人借此告他失职，盛世才立即给他一个记大过处分。这显然是故意纵火诬陷。陈潭秋报告中央，请示调他回延安。盛世才反复阻挠，不放他离开新疆。中央先后发了三次电报，最后一次用了毛泽东主席的名义，盛世才再找不到任何理由，勉强同意。韩光从布尔津回到迪化，陈潭秋立即办好手续，让他不要耽误时间，赶紧走。弄不好被找借口扣下，也许就走不掉了。

每送走一个人，陈潭秋都要费心周折，每一次成功，都是他心里的一次安慰。

黄火青被困，潘同、谷先南被监视，林基路、李云扬被不断诬陷……每一位同志的境遇，他都装在心里。

迪化进入最寒冷的季节，一场大雪落下，陈潭秋病倒了。感冒发烧，全身无力。王韵雪作为机要秘书，和陈潭秋近距离朝夕相处，被他大无畏的精神深深感动。看到党代表过度劳累病倒，很着急，也很心痛，义不容辞承担起照顾他的责任。每天煲汤煮粥，端到陈潭秋的床前。经过治疗，陈潭秋病情好转。这一天晚上，王韵雪坐在陈潭秋床前，两人拉起家常。

陈潭秋问："小王，你来新疆时间不短了，想家了吧？"

王韵雪听他这样问，不免心潮起伏，回答说："当然想家了。看到盛世才忘恩负义，有时很气愤。每当这种时候，特别想回延安。可是，我要协助党代表工作，坚决服从组织的安排。"

陈潭秋听她这样回答，心里有些感动。他拉起王韵雪的手，充满感情地说："小王你辛苦了，只要有可能，我就想办法安排你回延安。现在凡是能够离开这里的同志，我都想争取让尽快离开为好。"

王韵雪想，党代表真是一位能担当、体恤人的好老师、好大哥。想到这里，她突然脸红了，心里涌起一种异样的感觉。不禁自语，党代表也需要有人关心呀，作为他身边的工作人员，一定要多提醒他爱惜自己。假如自己真的能走，留下党代表该怎么办呢？她心里想着，嘴里就问："我们都走了，您自己怎么办？"

陈潭秋抬头看了看窗外正在飘落的雪花，低头看着王韵雪说："我是中央任命的党代表，要对全体同志的安全负责。如果形势继续恶化，也要把同志们都送走以后才能离开这里。从眼前的形势看，盛世才还不敢对我下毒手。"

那一天，陈潭秋似乎意识到了什么，给王韵雪讲了很多机密的话。陈潭秋对新疆的局势作了分析，说：盛世才是个封建军阀，想当土皇帝，搞家天下，重要的军政职务都由家族和亲属担任，野心很大而又十分愚蠢。以前他对我们和苏联表示友好，是为了巩固他在新疆的统治，过去有的同志只看他靠拢我们的一面，过分地相信他，对他防范不够。同时，对他做统战工作时方式方法上也有一些缺点，在某些细节问题上，没有注意多做团结工作。但是这些都不是问题的主要方面。问题主要在于：第一，盛世才有反动本性；第二，蒋介石掀起了反共高潮，闹摩擦。盛世才的态度取决于国内的斗争形势，只要我们能够战胜蒋介石的挑衅，对日作战能有新的进展，盛世才的气焰就会收敛一些。为了维护抗日民族统一战线，保持与苏联取得联系的重要运输通道，我们还是要尽最大努力去争取他、影响他。这虽然是一项很艰难的任务，但只要有一线希望就不能放弃。

王韵雪听完党代表的话，内心受到了极大的震撼。她没有想到，党代表表面和善，内心却如此坚定，如此睿智，又如此宽广。她更没有想到，党代表对自己如此信任。她抬头看着陈潭秋的眼睛，感觉他是自己革命道路上，最值得崇敬的导师，也是最值得依赖的大哥哥。

陈潭秋也看着她，突然发现，一直抓着她的手。他不好意思地把手松开，脸一下红了。

王韵雪的一只手被陈潭秋抓着，她感觉暖暖的，有一股特别的力量。陈潭秋突然松手，她竟然有一种失落感。看他脸红了，她自己也觉得脸颊发烫，心脏剧烈跳动，感觉和党代表的心，更贴近了一步。他们工作在一起，生活在一起，她很想为他分忧，也想在生活上给他更多的照顾和关怀。因为年龄小，又是女同志，陈潭秋反倒处处照顾她，真像一位知心的大哥。

王韵雪大着胆子问："您也想家吧？您的家人都在哪里呢？"

话说出口，又觉得打听党代表的家事很不合适。她心情忐忑地看着陈潭秋。陈潭秋并没有避讳，他沉默片刻，叹了一口气，讲述了和妻子徐全直相识相爱，直到她英勇牺牲的故事。王韵雪静静地听着，被他们坚贞、纯洁、高尚的爱情深深感动。不知不觉中，两人的手又紧紧地握在一起。陈潭秋虽然大她二十岁，但她感觉两人的心已经连在一起。王韵雪端庄秀丽，伶俐机智，颇为陈潭秋赏识，他一直把她当成小妹妹，政治上、生活上、工作上对她体贴关怀，随着了解的加深，心里已经喜欢上了她。

这一夜，他们聊到很晚，寒夜暖语，相互温暖着对方，最后吐露了相互的心声。

1940年2月，经过党中央的批准，陈潭秋和王韵雪正式结婚了。

婚后的生活，依然是紧张忙碌。陈潭秋作为党代表，坚持既团结，又斗争，以斗争求团结的原则，就我党人员被排挤、打击、陷害之事，向盛世才提出严正抗议。事实上，盛世才的立场和态度，完全取决于其投机思想的现实需要，根本不在于共产党人做得怎么样，也无关新疆各族人民的利益。

到了1941年，盛世才背叛破坏统一战线，投靠蒋介石的意图越来越明显。为了警告盛世才当局，陈潭秋指示林基路写了长文《论"六出祁山"的历史价值》，在《新疆日报》上连载。文中以古喻今，批"关羽是破坏刘孙抗曹统一战线的罪人"，阐明"破坏统一战线者决没有好下场，谁容纳破坏者，必将自食其果"。

同时，他又教育同志们注意斗争策略，要"遇事谨慎，不给反动分子挑拨借口"，"对人民有利的事多做"。要更努力地为各族人民谋利益，促进群众觉醒。特别要注重统战方法，多交朋友，尽量广泛地团结一些抗战力量。他提醒同志们，新疆情况特殊，统战工作要注意原则性和灵活性相结合。

聂夫力是盛世才警务处的一名工作人员，被派到新疆日报社任副社长，专门监视我们的同志。和马殊等人住在一起，每天都要给盛世才写报告。他初到报社时，总说中共同志的坏话，千方百计不准中共同志利用报纸"乱说乱动"。陈潭秋从侧面考察了他的历史，认为此人本质不坏，要我们的同志对他采取团结、教育、争取的方针。果然，两个月之后他变得很好，公开对李宗林说，他对报纸刊登的东西样样都同意。还说："你们的人这样苦干，常常通宵不眠，这是我从没有看到过的。你们不贪污，勤勤恳恳，我无法写报告。"于是，他给盛世才的报告，变成我们的人帮他写，或者他写了给我们的人看，大家觉得没有问题之后，再报给盛世才交差。类似他这样的转变，就是陈潭秋领导统战工作的具体结果。

一些同志产生了悲观情绪，陈潭秋尽一切可能，利用能够见面的机会，分析具体情况，做思想稳定工作。

转眼到了初夏，陈潭秋忙完白天的工作，晚上难以入睡。王韵雪半夜醒来，身边不见陈潭秋，发现他的办公室亮着灯。她轻轻走到门前，才发现他正在书写着什么。她给他端了一杯热水，轻轻推开门，放在书桌上，回身躺在床上却无法入睡了。形势不断恶化，新疆如此辽阔的天地，却无法与中央连在一起。陈潭秋劳累的身躯，支撑着这片辽阔。

第二天，眼睛发红的陈潭秋把一篇文稿交给王韵雪，让她发给全疆工作的中共党员们。文稿写道："为使我们的同志更深刻了解我们在新疆的工作任务和方针，特作如下说明……"他一夜未眠，思考着工作上的大事。

去年秋天，陈潭秋给所有在新疆工作的中共党人写了工作"指示信"，指出"共产党人在新疆开展工作的方针"。现在情况有了很多新的变化，作为党代表，必须及时完善工作方针，针对新的问题，统一思想，坚定信念，继续做好工作，维护好统一战线和后方大通道这个大局。这封信等于是对上一封"指示信"的补充说明。

为了避免盛世才的过度猜忌，他指出：

> 根据新疆的特殊经济条件与政治环境，我们不但不发展党员，不宣传共产主义，在新疆这样复杂的政治环境，也绝不适宜于有党的组织与活动，同时，为了"六大政策"的顺利进行，我们也反对三民主义的宣传与国民党的活动。

从盛世才捏造"杜重远案"，陈潭秋清醒地看到，"六大政策"是维系统一战线的唯一政治策略。和一个表面上伪装进步的险恶之人，谈任何其他的理念，都是危险的，也是无以作为的。

他在文中指明道理：

> 我们在新疆工作，与在内地工作两样，在内地是两个对立的政党的合作，这种合作，内部存在着阶级矛盾，因此，对某些问题的主张上的对立是不可免的，而且有时是必要的。因为我们在国共合作中须要不隐蔽自己的阶级面貌，要坚持无产阶级的独立立场，独立主张，要严格批评同盟者的动摇及不彻底性。可是我们在新疆工作则是另一种条件，帮助巩固"六大政策"是最适合于新疆目前条件的进步政策，"六大政策"的胜利那是我们在新疆的胜利。因此，我们要隐蔽自己的面貌，不能有独立的或与"六大政策"对立的主张。

陈潭秋明白，任何形式的"对立"或"独立"，不会有利于中国共产党，只会有利于帝国主义和反动派。

他从历史的进程，揭示当时新疆的社会背景，进一步阐明，在当时情况下，执行"六大政策"的必要性和重要性，以及作为共产党人应该看到的光明前景。

他指出：

> 七年来（从1934年起）执行"六大政策"的结果已获得了明显的成绩。然而正因为新疆的政治环境复杂、社会阻力过大，致使"六大政策"还不能毫不顾忌地彻底执行，有时不得不采取迂回的缓慢的方式前进。这种社会的阻力，确实可以阻碍社会的进步。然而我们决不能因此而动摇对"六大政策"前进的信心。

因为这种阻力今天似乎是强大的，但它已经开始衰退和死亡，而新的进步的力量则是正在发展着的力量。这种力量将是彻底战胜社会阻力的基本力量。这种力量就是在"六大政策"陶冶出来的生气勃勃的大批进步青年。因此我们只有更坚决地、耐心地、艰苦地为"六大政策"的彻底胜利而奋斗。

就共产党人的具体做法，他写道：

　　督办（指盛世才）将"六大政策"在新哲学的基础上做有系统的理论解释，现在每期《反帝战线》发表"六大政策"教程，督办的这种努力是值得我们非常钦佩和欢迎的。我们同志也应当根据"六大政策"教程来解释和发展"六大政策"。

他要求同志们，首要的工作：

　　就是在"六大政策"旗帜下团结各族先进青年，培养大批真正忠实于"六大政策"的干部，作为执行"六大政策"巩固"六大政策"政权的基本力量。现在我们应当更进一步来重视和执行这一任务，同时我们在新疆工作同志，应当是"六大政策"最忠实的干部，也就是说我们对"六大政策"所负的责任更加重大了。

陈潭秋之所以这样说，因为盛世才执行"六大政策"是为他所用，不是真正执行"六大政策"的政治方向。只有共产党人，才能做到真正忠实于"六大政策"。在分析形势、阐明道理的基础上，他对各方面的具体做法，提出了针对性的指引：

　　反帝会是新疆唯一政治组织，这一组织是以"六大政策"为基础的，我们工作同志既是以宣扬"六大政策"，执行"六大政策"，巩固"六大政策"政权为中心任务，则尽可能地加入反帝会，以"六大政策"立场积极推动"反帝会"工作，引导会员前进，提高他们的政治理论水平，造成大批的优秀的"六大政策"干部。

　　在各区我们同志的小组，不是党的小组的性质，而是便利于研究理论，检讨生活和交换工作意见而发生的同志间的联系，会议不宜过多，只有必要的时候方开，人数不必齐全，用两人或三人谈话的方式均可。总之，在形迹上同志间的关系不能太密切，不要时常接近，以免引起旁人的疑忌，给坏分子以挑拨陷害的借口。不过每区须有位同志负责与其他同志发生必要的联系。不同地区工作同志，不是工作的需要，未经负责同志的允许，不准互相通信。党的组织虽没有，但党费仍须按月缴纳。

　　有些同志最近有这样的感觉，以为我们真心诚意执行"六大政策"，尽了我们最大的努力，在工作中已取得了相当成绩，然而仍不免受人排挤而嫉视，甚至陷害。因此不能不使我们灰心失望，或对工作不认真负责。这种观点是不对的。我们应当从三方面来了解。（1）这首先是那般暗藏在各地的甚至机关中的帝国主义的奸细走狗，见我们忠诚切实执行"六大政策"，扩大着"六大政策"影响，巩固着"六大政策"政权，这对于他们的破坏新疆，危害新政府的阴谋是一个严重打击，所以他们不惜动用一切力量来造谣中伤挑拨陷害。（2）在公务员中不免有少数以升官发财为目的的落后分子，见到我们工作积极、能力较强、在群众中取得信仰（其实不懂群众信仰我们同志，就是信仰新政府，信仰"六大政策"），使自己相形见绌，因而发生嫉妒与排挤。同时也许有人因为督办信任我们，恐怕有碍自己的地位与前途，因而捏造黑白挑拨陷害。然而，这些分子正是我们上面所指的"社会阻力"。我们对这些分子不是简单地反对他们，而是要积极地以"六大政策"的真义，新政府公务员责任向他们解释、耐心地教育他们、改造他们，特别是要以自己忠实执行"六大政策"的模范作用来感化他们。（3）还应当检讨我们自己的工作方式与待人接物的方法，有时可以因为工作方式不好，对人态度不好而引起人家的不满与不安，以致遭受人家的嫉视、排挤与陷害。特别是我们对秘密工作没有严重注意，客观上表现我们同志特别接近，致使旁人怀疑我们有小组织……所以秘密工作还值得我们加紧注意，免致暴露自己，引起人家的怀疑与反感。我们要推动社会前进，主要的要培养和扶助新的进步力量，同时还要尽力设法减少旧的落后的力量反抗……我们同志应当从检查自身的缺点着手来避免和克服这种嫉视、排挤与陷害的现象，尤其不应因有这种现象而灰心失望或对工作不能认真。只要我们忠实地耐心地艰苦地执行"六大政策"，是非曲直自有大白之一日。

针对有些在外县工作的同志，抱着一种戒惧的心理，害怕在外县工作，没有党的领导与监督，容易发生工作上的错误、学习上的落后或生活上的腐化。陈潭秋毫不祖护地严肃指出：

为要避免错误、落后与腐化，我们必须注意下列三点：独立的工作，自己的学习，自觉的锻炼。党要求我们每个同志无论在任何时期任何环境中，都要牢固地保住布尔什维克的优良素质，特别是在思想意识方面，不能受社会影响而堕落。

王韵雪按照陈潭秋的指示，把这篇文稿，发给各地党员的负责人。发完电报，请示陈潭秋还有什么事要办。

到了6月，盛世才召开蒙、哈、柯代表大会，在会场直接逮捕了三个民族的几位主要代表，罪状是他们有违抗"六大政策"的行为。陈潭秋专门去对盛世才劝告，诚恳指出，他这样做有失人心。盛世才根本不听劝告，一意孤行，肆无忌惮。

天气一天天热起来，王韵雪的心里也一天天跟着烦躁。她看到潭秋白天奔波，夜晚总是睡觉很晚，他在自己的房间里思考、写作，很多紧急的事，都需要他去处理。

陈潭秋这些天，的确在思考着一些重大问题：

逮捕事件愈演愈烈。盛世才大肆逮捕民族领袖，激化矛盾，影响稳定大局。对汉族进步人士也妄加陷害。逮捕或软禁杜重远、赵丹、徐韬、史枚、张宏与、石寅甫、陈及潜等有地位的人，以及新疆学院学生、各机关公务员、各学校校长和教职员等，以致迪化有些机关无人办公。在职的人则一身兼数职，什么也办不好。反动分子造出舆论，太落后的要逮捕，因他们易受帝国主义利用；太先进的也要逮捕，因他们易受托匪利用。这样弄得社会不安，人人自危，都抱着恐惧心理。

替盛世才造谣生事，执行逮捕的公安系统，基本掌握在反动特务手中。作为"肃反机关"——公安管理处，本身有很大问题。李溥霖早有日寇奸细嫌疑，李英奇也不是忠实分子。"二李"恰恰是督办肃反工作的依靠，公安管理系统中，更不知埋藏有多少坏分子。南疆各县几十个公安局长中，大半有英国奸细的嫌疑，其他工作人员更可想而知了。

维族三领袖突然被捕，之后继续在各地各机关逮捕维族干部，政府都未宣布他们罪状，使各族人民异常恐惧不安，特别是维族青年活跃分子，极害怕得到政府的"提拔"。因为所见的事实：提拔得愈快，则逮捕也愈快。

1940 年蒙、哈、柯代表大会形成一个决议，规定政府无代价借草场给三族牧民使用。这个决议至今并未执行，草场仍为政府机关所占有，引起牧民不满，认为政府的平民政策是纸上空谈，不兑现的支票，骗人的东西。因此，更易被帝国主义及民族中的反动领袖所蛊惑利用，来反对政府，组织叛乱。故英国在南疆，日本在北疆，能布置许多间谍侦探，新省连年内乱不息都不是偶然的。

盛世才借肃反之名，行打击异己之实，发出三次布告。替反革命分子制造挑拨、陷害的机会，助长事态不断恶化。1940 年冬天发出第一个布告，内容是为了防止敌探汉奸，由国内混入新省进行破坏，定出对内地来人的限制，和对内地来人冒名顶替与假造履历的处罚办法。1941年春发出第二个，内容是"号召公务员及民众互相监视和检举敌探、汉奸、托匪"。5 月底发出第三个，也是号召切实检举敌探、汉奸、托匪，并允许直接向他告密。这样，在新疆复杂的环境中，在肃反机关不健全条件下，结果更不知要闹到怎样的境地。

肃反工作方式恶劣，侦探布满全省各地、各机关，各公安局差不多都以监视各机关公务员为主要任务，因此有无上权威，能擅作威福，谁要与他不合，他可以任意报告谁是反政府分子或汉奸走狗，至于证据，可以捏造。各机关侦探用钱收买知识浅陋、政治上糊涂的人，侦探每报告一案，可得现金奖赏。肃反机关审问案件办法，都是预先拟好，问题逐件询问，犯人不承认或不知道，即屈打成招。一切案件真相，如何究办，依靠两李一姜（即李溥霖、李英奇、姜作周）作呼应，一切根据他们报告作判断。

反帝会变成官僚机关。盛世才本想把反帝会变为"六大政策"政治集团，会章都采用党章形式，但因干部关系，最终成为官僚机构，同时又带有特务机关作用。积极进步会员，在这种情况下，只好少做事，少说话。至于群众运动，简直谈不上，原有工会或取消，或与商会合并，学生会解散，妇女会只是一块招牌，农牧民根本无组织。

新疆工作的中共同志，因政治局势日趋纷乱，普遍陷入苦闷和消沉，纷纷要求回延安。特别因反动分子最近积极向我们进攻，大多数被暗中监视、侦探跟踪，特别如许亮、胡鉴、潘同、李云扬等屡次被人陷害、诬告，更使我们同志深感不安。陈潭秋除告诫同志们遇事谨慎，不给反动分子挑拨借口外，曾直接找盛世才交涉。

新省的政治问题，陈潭秋深感陷入严重危机中，如不急于挽救，前途危惧。新省地位无论对国际关系、对中国抗战，以及对中国共产党都非常重要。如让它坏下去，对革命是大损失。我们有些同志身居政府部门的重要位置，对新省前途不能不负道义上的责任。所以，他感到我们再不能旁观下去了。新省政治近来陷入危机，原因与国际混乱局面、国内政治逆流有重大关系，然而最直接原因还在新省内部。

他敏锐地分析到，危害新疆的四大恶势力：一是帝国主义（特别是英、日）；二是国民党顽固派；三是各民族落后分子；四是督办手下的反动分子。这四种恶势力经常互相结合利用，其中又以最后一种为最大。因为前三种不是盛世才所依靠的力量，第四种则是他所依靠的、包围着他的力量。

又是一个不眠之夜，陈潭秋起草了一封3000多字的电文，第二天让王韵雪发出去。他向中央建议，立即与苏联方面联系，向盛世才交涉五个方面的具体办法，以挽救危机的进一步发展：

（一）立即停止逮捕，并将扣留的各族代表立即遣回。

（二）重新改组审判委员会，苏联公开派人参加，彻底清查和清算所谓阴谋暴动案件，揭露肃反机关反动阴谋。

（三）彻底改造公安管理处及其整个系统结构，并改变工作方式。

（四）切实执行平民政策，实际改善农牧民众生活。

（五）切实培养和提拔各族干部，开展"六大政策"、民众运动，建立群众基础。

这些建议，陈潭秋不能直接提出，只有通过中央，转达苏联，由苏联领事向盛世才提出。

电报发走，他依然要与盛世才斗争。

然而，第二次世界大战已经全面爆发，德国在欧洲燃起战火。苏联的影响力有些下降，这正是盛世才军阀本性暴露的根本原因。

十七、见到李云扬

陈潭秋要求各地工作的中共党人，"要深刻了解在新疆工作的任务和方针"。他的第二封工作指示信发出以后，喀什、和田、阿克苏等各地工作的同志，利用工作见面的机会，分头学习讨论，对稳定人心、指导工作，起到了重要作用。尤其是远在南北疆工作的同志，远离党的组织，甚至语言不通，与群众沟通都需要翻译。收到党代表的信，首先感到精神上的温暖，工作有了更大的信心。

李云扬作为喀什地区的党小组负责人，与妻子伍乃茵读了这封工作信，又与高登榜、王谟深入学习，之后陆续传达到在各县工作的同志。他从喀什教育局调巴楚县之前，有机会到迪化出差，到"新房子"见到陈潭秋，向他汇报了自己的工作。

1939年1月，盛世才责难李云扬（化名李志梁）让学生在宿舍中挂马克思、列宁、毛泽东像是政治错误，调他去喀什任教育局副局长（代局长）。事实上，挂像仅仅是个借口，根本原因是他的内心里，对黄火青、林基路、李云扬等中共党员，掀起的民众抗日激情，产生了恐惧感。

李云扬任省立一中校长，除了繁忙的行政、教学工作外，积极宣传抗日。利用早起和晚上的时间，在操场集合学生，教唱抗日歌曲，还到其他学校和文化团体教唱。抗日的烽火远在数千里之外燃烧，在塞外，群众同仇敌忾，高昂的激情，像地层的岩浆在燃烧。一首《大刀进行曲》，给学生黎东群等人留下了一生的印象。过去，迪化到处是毛毛雨、十八摸之类的靡靡之音，反帝会和新疆学院、省立一中、女子中学等几所学校开风气之先，使得这座边城，一时变为到处响彻激昂的抗日歌曲。李云扬经常去学生宿舍和他们谈文论政。他兼任新疆学院哲学教授，讲授抗日统一战线哲学问题，毛泽东的实践论、矛盾论，抗日战争中的运动战、游击战。带动全校师生和社会各界，组织歌咏队，到街头演唱宣传。学生的思想、生活大活跃，精神面貌大改观。十七岁的阿巴索夫成了一名歌咏活动的积极分子，他最爱唱李校长教唱的《青年战歌》：

> 在学校、工厂和乡村，
> 要把新的歌声传普遍。
> 起来吧，全世界的青年们，
> 掀起世界大革命。
> 我们是勇敢并且善战的青年前卫队，
> 我们是中华民族优秀的儿女。

盛世才最怕共产党的影响力，"三全大会"期间，他看到中共党人在各族民众中的号召力和感染力。千年不变的季节轮回，共产党的人一来，风气和民心全变了。盛世才心生恐慌，"三全大会"刚结束，立即下手，把刀子首先砍向文教界。李云扬在学校挂革命领袖像，以革命者自诩的盛世才却当作罪状，这不是笑话吗？一个独裁者，常常顾不得掩盖其假革命画皮的后面，是真独裁的狰狞面目。

盛世才时期，新疆军政界流传一条众所周知的铁律。在盛督办手下做事的人，从省城调出去，一定升官，不久之后，一定坐牢。李校长被调南疆了，以此推断，将来一定会有坐牢的份。有人谣传，这批人犯了托洛茨基派的错误。这个罪名，当时是要人头落地的。满城风雨，乌云压顶。万万没有想到，离任前夕，新疆学院和省立一中，分别召开了送别大会。一中师生赠送他一枚纯金纪念章，新疆学院师生赠送他一枚纯银纪念章。纯金真银打成的牌子，系着光彩闪亮的绶带。金牌上浮雕一座灯塔，一颗金星在塔尖上方，放射着六道光芒，下题汉维两种文字："省一中全体职教学生敬赠"。这块金牌，当时要值大洋几十元，钱从哪儿来的？后来才知道，是全校师生和员工，几分几毛凑钱，买来阿尔泰山金，请人专门打造的。两校师生，冒着背负与叛逆勾结的罪名，以及可能发生的生命危险，堂堂正正，召开大会，唱抗战歌，公开赠授，发表了出自肺腑的临别赠言。所有的一切，凝结在纪念牌上。李云扬接过金牌，感觉自己就是生长于民众土壤里的一棵小苗。他为这种群众性地拥护共产党的大无畏精神，为这些年轻人决心冲破风雨如晦的环境，将革命火把接过去的勇气，深深地感动了。他眼含泪水，心如暖阳，郑重接过这块金牌，后来交给妻子伍乃茵（化名伍玉芳）珍藏。（伍乃茵把这块宝贵的纪念章，收藏得极其严密，经过战争年代的随时搬家之乱，"文革"十年的抄家之灾，很多宝贵的物品遗失了，这块金牌却奇迹般地保存下来。1983年，夫妻二人把它正式捐赠给了乌鲁木齐八路军办事处纪念馆，作为重要文物展出。）

李云扬乘车从迪化出发，内心颇感悲壮。让他悲壮的是新疆大地的广博和民众的真诚，对这一次调动惩罚，还真的没有太放在心上。一路途经托克逊、铁门关、库车、阿克苏，七天到达喀什。一路风尘，淹没了出发时的悲壮，年轻的胸膛里，革命的理想浪漫主义完全占了上风。他到喀什，刚安顿住下，就先去吐曼河边，瞻仰了班超曾经驻扎的盘橐城遗址。以史励志，遥想一千多年前，班超在西域开创的业绩，心潮涌动，决心不负党的信任，一定要好好干个样子出来。

喀什绿洲，气候温和，物产丰富，是个自然条件很好的地方。可是在反动军阀的统治下，生产落后，官场腐败，社会混乱，民不聊生。当时的喀什分回、汉两城，回城在今喀什市，多由少数民族居住；汉城在今疏勒县。喀什教育局设在行政公署旁边的两栋洋房里，工作基本处于自由散漫状态。

1939 年 6 月，组织上派伍乃茵到喀什。高登榜（化名高玉成）来任喀什税务局副局长，带来上级指示，在喀什成立一个秘密党小组，李云扬任组长，组员有高登榜、伍乃茵、王谟（《喀什日报》编辑长）、罗乃堂（巴楚县税务局副局长）、许亮（蒲犁县县长）、钱萍（莎车县税务局副局长）。人员分散，县上的同志来喀什开会或出差时才能见面，谈谈学习和工作。经常接触的只有李云扬、高登榜、王谟。李云扬经过一番调研思考，决定从教育、宣传和文化艺术三个方面入手工作。

维吾尔文化协会是喀什文教界的主要群众组织，规模大，也有点经费，协会受教育局指导。李云扬利用这个协会，把各族、各界人士组织起来，举办团结进步和爱国抗战讲习班。组织了一个以青年学生为主的文工团，唱革命歌曲，演进步戏剧。王谟配合在报纸做舆论宣传。喀什的进步文化工作别开生面地开展起来。

同时，组织教员定期培训班。各校教师和教育局全体人员全部参加，学习"六大政策"，马克思主义基本观点、理论基础，中国共产党的抗日统一战线政策。经过培训班学习，很多教师转变了过去的蒙昧立场，教师又影响学生。李云扬等人利用这个讲台，宣传共产党的抗战主张，吸引了各族各界的注意。

伍乃茵到喀什，任疏勒女校兼民校的校长。她一专多能，什么课都教，把延安精神带到女校，课余组织高年级学生排练进步文艺节目，教唱革命歌曲，绘抗战连环画，走进街道宣传抗日救国的道理。编导了宣传抗日救亡的歌剧"农村三部曲"，自己带头，组织教师学生当角色登台表演。学校扩建房子，伍乃茵设计图纸，组织施工。

喀什宗教意识浓厚，少数民族妇女深受其害。伍乃茵以疏勒的女校、民校为纽带，动员机关家属和商人们的妻子，成立了喀什有史以来第一个妇女组织——喀什妇女协会。组织妇女们共同学习，宣传抗战，鼓励进步，搞抗日募捐。经常组织维、汉妇女同台演出，增进民族团结。

盛世才时刻关注着中共党人，每人身边都有特务监视，抓到把柄，立即惩处。工作做得再好，也处处遭围困打击。得知李云扬在少数民族占绝对多数的喀什，教育文化搞得一派火热，很快就调他去偏僻的巴楚县任县长。

李云扬和林基路同为广东台山人，都在日本加入共产党。林基路引领李云扬走上革命道路，是李云扬的入党介绍人。1937 年 5 月回国，到延安后同在中央党校学习，1938 年同时受党派遣到新疆工作。李云扬对林基路非常崇敬，到新疆工作，每人要起化名。林基路原名林为梁，化名林基路，李云扬说你是我的入党介绍人，我的志向和你一样，就用你名字里的最后一个字，化名李志梁。到新疆后，林基路任新疆学院教务长，李云扬任省立一中校长。两人同时被调到南疆，分别任喀什和阿克苏教育长，又几乎同时被调任县长。

陈潭秋对这两个激情如火的年轻人尤为关注。他们都有坚定的信仰，工作有办法，一心为民，无论到了哪里，都像一团火，很快就能营造出团结向上的深厚氛围。李云扬要去巴楚任职，陈潭秋不担心他在少数民族人群中处不好关系，担心的还是盛世才的反复无常。因为盛世才当局也对特别优秀的人，格外关注，格外提防。陈潭秋不得不提醒他，时刻关心注意身边的环境，注重自我保护。

李云扬和党代表短暂见面后，重返南疆，赶往巴楚县。

巴楚县的官员得知要来新县长，依照封建时期迎接官员的惯例，每天到城郊的"接官亭"去迎接。一连几天没有迎到。有一天没有去迎，李县长却来了。马车进了县政府，共有四人——李云扬和伍乃茵夫妻二人，秘书刘文敏，随从苏成功。

李云扬上任的第二天上午，一群人吵吵嚷嚷来告状。一个受伤的农民被抬到政府，说他的麦苗快旱死了，上游的人霸着水不给用，他去要水被对方打伤了。李云扬将此人扶到办公室坐下，伍乃茵见状，端来一盆水。县长和夫人一起擦洗了此人腿上的血和污泥，敷上他们自备的药。在场的人看到，大为吃惊，议论说："没见过一个县长对告状的穷苦百姓这么亲热。"

经过了解，李云扬发现，县上没有法院，政府兼理司法，一般案件由民政科审理，司法权实际仍由旧日的伯克和阿訇操纵。

他写了一个数千字的呈文，报给喀什行政长蒋有芬、副行政长张世安。首先讲明：巴楚对巩固南疆当有很大作用，但巩固巴楚不能单靠地形设置，要靠深得民心。要深得民心，则要靠政治经济的进步，改良民众生活，因而使广大民众认识新政府的真面目。当民众都认识到政府是为自己谋利的，是保障民众利益的政府时，巴楚就将成为坚强无比的堡垒了。接着呈报："衙役、乡约、水管、街长等，压迫民众，贪污成风。"针对现状，他提出了改革施政策略和清产吏治五项措施。他做的第一项，就是由县长亲自调查，彻底肃清贪污。严厉惩处了非法侵吞政府荒地的前县长和公安局局长，将土地归还农民。将一部分荒地，用作公务员垦荒地，以解决政府经费。为了拒绝贿赂，他封堵了巴依、商人们送礼的县府后门。富人巴依们痛恨他，通过特务造谣，不断告状给盛世才。陈潭秋给中央的电报多次提及这些严重情况。

李云扬上任一个月，带着几个官员下乡，视察了全县各个乡，认地也认人，了解民众的生产和生活状况，每到一地都会看到严重缺水的问题。那时候，巴楚县的生产极其落后。"洪水来了遭水灾，洪水走了受旱灾。"春天土地浇不上水无法下种，五六月份，生长很差的庄稼整片旱死，到了七八月份，洪水一来，土地房屋被淹没，洪水过去，烈日暴晒，地面大片板结裂缝。粮食正常亩产七八十斤，交了公粮和地租，剩不下几斤，全县携儿带女逃荒要饭的人多。政府最多最难办的是水官司。巴楚县的交通也很困难，与外地很少往来。

李云扬被盛世才再一次贬谪，到巴楚这个极度封闭贫困的县当县长，他还没有当作是一种多么严重的惩罚。到任后，经过调查研究，抓住水利和交通两个最大的难题，形成专题报告，在上报省府的同时，也报告了党代表。陈潭秋和财政厅代厅长毛泽民立即给予支持，下拨专项资金。李云扬带领群众，修建了红海子水库和贯通大半个县的民生渠。他又申报省府修建三岔口到喀什的汽车公路，县里组织民工修通巴楚到三岔口的公路。从此，巴楚县南通喀什和田，北到迪化和关内，一条公路连通了外面的世界。巴楚县的面貌发生了很大变化，洪水来了蓄进水库，庄稼用水时引出来灌溉，减轻了水灾，也减轻了旱灾，播种面积扩大了，每亩单产提高到100斤左右。

巴楚县曾经是全疆最穷的一个地方，农民世世代代租种地主的土地，缺少最基本的生产工具。手里只有一把砍土镘，早已磨得又短又钝，还是祖辈传下来的。李云扬看到这种情况，利用毛泽民同志新推出的贷款政策，贷款买来几千把崭新的砍土镘，送到农民手上。他主持修建的水库和公路使用了 40 多年，事迹流传成了当地的传奇故事。

红海子水库由苏联专家契尔涅夫设计，工期从 1941 年 6 月到 10 月完成，历时五个月。民工人数最多时有 8000 多人，巴楚县的人数占一半，伽师、岳普湖、麦盖提三县派来援助的占一半。

李云扬县长，经常住在工地，与民工一起劳动，打夯抬巴子，影响很大。民众自古没见过县长和老百姓一起劳动，干活都很卖力。李云扬身材魁梧，常戴一顶维吾尔族金丝绒小花帽，休息时向一起干活的人学维语，拉家常，留下特别亲和的印象。群众给他编了一首歌，在工地上传唱：

红海子水库修成了，幸福的种子播下了，感谢汉族李县长，我们永远记住您。

县机关人员每周去义务劳动，县、乡定期派人慰问，送大米白面清油和羊肉，还派演员慰问演出。全县各族民众对修堤修水库特别拥护，每到星期五，常有民众数千人，男女老少结队赶来观光或慰劳。劳工们得到鼓舞，踊跃出工，毫无难色。

工程结束时，县政府在巴楚县城用 30 口大锅做大米羊肉手抓饭，招待 4000 多名民工，盛况空前。

伍乃茵任巴楚县女子学校校长，不拿工资，积极参加巴楚县妇女工作，组织妇女纺线、织布、绣花。1942 年 2 月，以巴楚县妇女代表的身份，到迪化参加新疆省第三次妇女代表大会，带着巴楚县妇女的手工样品，参加了全省的展览。

1942 年 2 月，李云扬和妻子伍乃茵去了迪化，五六个月没回来。七八月间又奉命去喀什开会，几天后坐大汽车回来了。汽车上坐着不少人，李县长下车后，在自己房里洗过脸，从衣兜里掏出一封信，看完信流着眼泪，点了一根火柴把信烧了。当时在场的县政府官员，在燃烧的信上只看到了"襟兄"二字。李县长对县政府官员们说，他调到迪化工作了，现在就要走，希望大家好好工作，再见了。说完就收拾行李上车走了，从此再没来过巴楚县。

李县长和他的妻子被盛世才逮捕了，人们都为李县长担心，私下咒骂盛世才是"专害好人的黑心魔王"。

十八、志气比天空更高

1940 年初，盛世才借口刁民暴动，将飞行三中队的飞机调走，迫使中共飞行员中止了飞行训练。

航空队的 25 名飞行学员，经过两年的学习，已经有 24 人飞上蓝天，他们对更高的天空，真正的空中战斗，有了更多的渴望。

陈潭秋与班长、党支部书记吕黎平商量对策。一方面，坚持与苏联领事、军事顾问和盛世才沟通联系，争取早日复习。另一方面，组织大家加强政治学习，坚定信念，反复组织地面模拟，强化技术理论学习，加强锻炼身体，巩固已有的技术。

时间一天天过去，训练一直处于停顿。作为久经沙场的战士，不断听到前线的消息，自己却困在后方，怎会不急呢？大家有个共同的心愿，早日返回延安，上阵杀敌。进入夏季，实在耐不住了，航空队集体提出三条意见，请求陈潭秋转报中央：一是回延安建立自己的航空队抗日；二是没有飞机，参加陆战队抗日；三是赴苏参战。

党中央回电：严守纪律，安心学习。

陈潭秋收到中央的电报，与航空队学员集体学习。他说："共产党的航空队员，志气比天空更高，没有克服不了的困难。"

"志气比天空更高"成了航空队的一句口号。

鉴于新疆形势的日益恶化，关于航空队的去留问题，陈潭秋心里也很矛盾。航空队学习训练的基本科目已经完成，如果不能趁势提高，不如尽早安全离开新疆，参加到抗战前线。这是一支前所未有的重要力量。留在新疆，总归是夜长梦多。这是共产党最宝贵的一支部队，要绝对保证安全。可是，新疆作为运输大通道的地位无法替代，与盛世才的统一战线还在维系，能够进一步学习提高，当然最好。作为共产党的军队，中央的决定必须无条件服从，党代表必须做好大家的思想工作。

他在传达中央指示后，提议做一次学习回顾。

每个人都回顾了从脑子里根本没有机械化的影子，到能开汽车、开坦克、开装甲车、开大炮、开飞机，成为共产党建立机械化的宝贵种子。这样的进步，堪称无法想象的人生传奇。这样的学习机会、学习资源，是党中央创造的。作为共产党的第一批飞行员，要珍惜、要感恩，要坚决服从中央的决定。

这样的回顾，每个人的内心都被深深触动。

24岁的袁彬回顾自己的经历。他是湖北麻城人，15岁参加红军，由炊事班的蔡班长，每天教认六个字开始学文化，成长为卫生员、卫生所长、副连长。经历了长征和西路军的征战，九死一生，来到新疆。做梦也不曾敢想，自己会由卫生员变成飞行员，驾驶飞机，飞翔在寥廓的天空。在"新兵营"学文化，学开汽车，学航空，哪一样不是组织的安排呢？

他回顾第一次上电工课，问教员："你讲的电到底是个什么样子，拿出来叫我们看看好吗？"教员回答："电为何物，吾人不可知也。"大家顿时都笑了。教员拿起牛角梳子，在头上快速梳起来，不一会儿发出"嚓嚓嚓"的响声。他说这叫摩擦生电，接着讲了电的用途和原理。真是新奇呀！后来学习开汽车，第一次驾驶四个大轮子的汽车跑一段路程之后，兴奋得和同志们搭肩相抱。

回想刚来新疆时，见了盛世才的飞机、大炮、装甲车、坦克，心里真是痒痒。战友们经常议论，要是西路军有这样好的装备，就不会失败，战友也绝不会牺牲。要是红军有这些高级装备，革命再有几年准能成功。有一天夜里，他做了个好梦，梦见开上了汽车，又开上了飞机。

1937 年 12 月，他和同志们沉浸在学会汽车的喜悦中，突然得到消息，要培养一批航空人才。早在"新兵营"开始学习时，陈云同志和苏联顾问谈妥，要培养一批航空人才。那段时间，党代表换成邓发同志，他找人谈话，找的都是学汽车特别好的，准备让学开飞机。每个人都希望自己被叫，叫到的人，心里特别兴奋。有一天，袁彬被叫，他一路忐忑不安，想着两个问题。自己能选上吗？如果选不上，能不能主动向党代表要求呢？等到了党代表办公室，邓发把他打量了一番，问了一下简单经历，说："我们党要利用这个好的机会和条件，培养一批自己的航空人才。已经选了一些，还准备再选几人，组织决定派你参加，怎么样？"他当时极为震惊。航空是高科学技术，要有很高的文化水平，像自己这样的人，识不了多少字，能完成好任务吗？他说出了自己的担心，邓发同志语气很坚定地说："作为党员，必须服从组织的决定，执行命令不打折扣，克服困难，完成任务。"

袁彬从党代表办公室出来，看到同志们羡慕的目光，想到不久就要成为一名飞行员，心怦怦跳得特别响。长征路上，敌机张牙舞爪地轰炸扫射，许多可亲可爱的战友牺牲。敌机在空中，奈何它不得，只能气愤地说："有种下来，咱们较量较量。"现在要学习飞行了，将来就可以同敌人在空中见个高低。这一晚，他兴奋得翻来覆去，怎么也睡不着，默默地向党表决心：一定不怕艰苦，不怕困难，勤奋学习，一定要飞出来，决不辜负党和首长对我的期望。

同志们向选上学航空的人，表示祝贺，重新把对方打量一番说："刚学会在地上跑，又马上要在天上飞了，可别忘了我们。"

1937 年底，经中央批准，利用新疆航空队为我党培训航空技术人才。从总支队抽调了 25 名同志，从延安抗大、摩托学校选调了 18 名同志，到新疆航空队学习。43 名学员分飞行和机械两个班。这是我党的第一支航空技术队伍，肩负着未来建设人民空军的重任。

1938 年 3 月 3 日上午，航空队举行了开学典礼。新疆督办盛世才、苏联军事顾问巴宁、中共代表邓发参加了典礼。典礼仪式上宣读了学员名单、编组和教学计划。吕黎平、安志敏、方子翼等 26 人（其中增加了盛世才部前空军军官姚雄的儿子姚维涛），编入新疆航空队第三期飞行班，吕黎平为班长。严振刚、朱火华、吴茂林等 18 人，编入新疆航空队第二期机械班，严振刚为班长。

开学典礼上，举行了授衔仪式，飞行班学员授予上士军衔，机械班学员授予中士军衔。两个班成立一个秘密党支部，严振刚、吕黎平、汪德祥等同志先后任党支部书记，方华任副书记。

3 月 28 日，航空队学习班正式开课。学习课程有航空历史、飞行原理、发动机构造、飞机构造等。基础课学完后，转入了专业知识的学习，飞行班和机械班分班上课。飞行班学习飞机操纵、领航、仪表、气象等课程，机械班学习飞机发动机的分解和维护。

教员们听说大家都没有什么正式的学历，心里颇有疑问。盛世才的有些军官笑他们不是学飞行的料,等着看笑话。一起学习的姚维涛起初真是瞧不起共产党人。学习也是一次较量。大家没有把热讽冷眼放在心上,用爬雪山过草地的劲头攻理论关。每天上午上课,下午和晚上自己复习整理笔记。还是老办法,按文化程度编成互助学习小组,互帮互学,不懂就问,懂了的问题互相考问,反复记背。党支部定下了一条规矩:问题搞不懂不罢休,当天的课程必须当天搞懂,各个互助小组包干负责,不准有一个人掉队。

他们每天下午、晚上都不离教室,感动了教官。后来,队长赶大家出教室休息,干脆把门锁上不让进去。他们就到饭堂学习,教官发现后关了饭堂,经常检查,怕天长日久把身体搞坏了。他们也改变做法,以小组为单位分散学习。星期天,三五成群,带上饼子和瓜果,到野外去学习,一去就是一天。为便于利用零散时间背记,把公式抄在小本子上,带在身上随时背一条,学一段。

苏联顾问检查所有人的笔记,发现盛世才的军官基本没有,狠批了他们一顿。过后,有的人不得不找中共的同志借抄,好向顾问交账。

经过近两个月的苦学苦练,理论考核全部在 80 分以上。盛世才的军官们大为惊讶,姚维涛同学在事实面前,也改变了看法。

4 月 4 日,飞行班开始了期盼中的飞行课。

天刚蒙蒙亮,红军战士带着攻下理论关的胜利喜悦,到了博格达山下的亚欧机场。仰望蓝天,彩霞簇拥着朝阳,带状的白云,缓缓起舞。袁彬说,那天是他有生以来,第一次认认真真地看天空,因为那将是他今后战斗的地方,年轻的心无比激动,眼角上挂着泪花。机场停放着十几架飞机,由教员带飞。第一次登上飞机,品尝飞上天空的滋味。20分钟下来,感受难于言表。眼力、精力不够用,风驰电掣,侧方的天地一闪而过,只是看了看规定的一些地标。晚上归来,每个人谈了自己的感受，千言万语归为一句话：爱上了祖国的天空。

每周三个飞行日，星期六为机械日，学员参加检查维修飞机。苦和累对于红军战士，不过是一碟小菜而已。

中共学员为第三中队，编成三个教练组，分别由飞行教官带飞，苏联教官负责指挥和检查考核。使用的教练机有乌-2型、拉-5型、伊-15型、伊-16型。教练机场在迪化东门外的初教机场、博格达山下的欧亚机场、地窝堡机场和高家户机场。

学员多，飞机少，每个飞行日不能人人都飞，飞行的时间也有限。大航线能飞一个起落，小航线起落不超过三个。有的同志在机场忙五六个小时，捞不到飞一个起落，不免伤心难过。党支部派支委和教员研究调整飞行计划，尽量使每位学员在每个飞行日都能飞上。同时做学员的思想工作，正确对待飞多、飞少，加强地面苦练。多飞的同志多向大家介绍体会，没飞上的同志多听多问多练。一有空隙，每人手里就握一个木棒，练习压杆蹬舵协调配合、目光的合理分配，想象空中的飞行姿态，自己给自己出情况，一套套的操作程序熟记于心，到了空中能手疾眼快，手到擒来，收到很好的效果。

到6月底，每个学员都带飞五十多次起落，15个到20个小时。7月至10月，除王东汉因飞机着陆跳动，打坏螺旋桨，改学机械，其他学员都放了单飞。三中队25名同志，24人得到四分以上的优良成绩，单飞完成了初教伊-2型机所有的训练科目。我党我军第一批飞行员在新疆展翅了，盛世才和他的军官们又一次感到震惊。

1938年10月，三中队的24名同志转入P-5型侦察机、轰炸机的训练。这是双座侦察轰炸战斗机，前后舱都有一套操纵系统，既能作战，又可作带飞的教练机。夏秋季起落架下挂轮胎，冬天降雪时换上雪橇。有时雪橇和雪冻结，用人力推动或辅助转弯，飞一个起落下来，累得一身汗水。训练地点在迪化西北三十多公里的地窝堡机场，每天早上三点钟起床，饭后乘车前往。敞篷子车在冬季的破晓前疾驶，寒风如针似刃，扑面而来，到达机场后，不少同志的手脸冻伤了。有人喊："快，用地上的雪擦脸、擦手，一直擦到发红，要不就会生冻疮。"为了飞行，为了给党、红军争口气，大家个个伸出麻木的手，用雪在脸上、手上擦个不停。早把生死置之度外的人，冰天雪地算得了什么呢？每天如此往返，每天用雪把脸擦红。大家自觉地擦，互相帮着擦，寒尽暖来，渐渐习惯了。

飞轰炸科目，当时是个难题。轰炸瞄准镜中只有一些十字分画线，线上是厘米分划，计量前后左右偏差距离。轰炸实施中，必须利用这个瞄准具测量出地速、风速、风向，计算出偏流角，修正投弹角、弹着点。要求计算准确无误，还要和前座操纵者（飞行员）协同好。这些工作，要求后座的领航员在有限的轰炸航路上，一般一二十公里，一两分钟的时间内完成，才能有较好的命中率。红军战士团结一致，肝胆相照，协同动作非常好，不少同志轰炸命中靶标以内，有的还将炸弹投到了靶中心，受到了苏联教官的好评。

1939 年夏，中教机也放了单飞。

1939 年冬，盛世才要求苏联提供飞机、坦克、大炮和枪支弹药。苏方没有满足全部要求，他就对苏联和中共态度冷淡起来，迫使航空队停下来，连着几个月无法训练。

陈潭秋心里比航空队的学员还着急。学员们急的是训练停顿，陈潭秋还关注着盛世才的一举一动，关心着这些宝贵飞行员的安危。

经过一段时间的学习回顾，每个人都回忆了自己参加革命，以及在"新兵营"学习的历程，都感到这样的学习机会来之不易，也感到了自己肩负的历史重任。大家的情绪稳定下来，加紧巩固已有的理论和实际操作知识，每天的生活又变得充实起来，也不觉得时间难熬了。没有感觉时间太久，等来了复飞训练。

1941年，苏联援助盛世才六架伊-15型、两架伊-16型战斗机，运达到迪化后，恢复了飞行课。

陈潭秋和苏联顾问根据飞机和教员的情况，商定由吕黎平、方子翼、方华、陈熙、夏伯勋、刘忠惠、方槐、汪德祥、袁彬、姚维涛等十名优秀学员飞这两种新机型。

伊-15型战斗机为双翼，上翼长，下翼短，头大机身短，前面视线很不好，但马力大，速度快，火力也较强。苏联援助中国的抗日战争，这种飞机在空中大显神威。

伊-16型战斗教练机为单翼，这种飞机就怕拉平高，拉杆动作粗了，随时都会造成翼尖失速，必须随时随地地防止。一旦在左翼尖失速，就要蹬右脚，方可改正过来，前滑减速。

开始在欧亚机场和地窝堡机场进行带飞训练，临放单飞时，移到迪化西北60公里的高家户草地机场。

袁彬的带飞教员是谢苗洛夫，飞行技术好，操教能力强，要求着陆动作要接地轻。袁彬飞伊-15型，第一次滑行时，油门加得不够，尾部未抬起来。第二次滑行时，将油门加到头，结果飞机尾部抬起来，大有离陆的趋势，他将杆推向前，飞机还是起来了，这该怎么办呢？飞上去转一圈犯纪律，着陆下来又怕冲进前边的芦苇塘。这个天然草地机场六七百米长，三四十米宽，四周到处都是芦苇塘。说时迟，那时快，他立即收油门按正常着陆接地，用刹车减速，躲开芦苇塘，飞机在塘边停了下来。左边是芦苇塘，不能左转弯，右转滑回关车，向苏联顾问报告出车经过。苏联顾问严厉地批评了他，问敢不敢再飞。他说："敢！"接着放了单飞三个起落。驾驶伊-15型这种当时世界上较先进的飞机，又向现代化迈进了一步，他心里有说不出的高兴，找没人的地方大喊："我们中国红军也能参加空战了！"

进入特技飞行，大多数同志第一个起落就完成了横滚动作。汪德祥同志第一次没完成，第二个起落继续横滚，还是没做出，结果进入了螺旋，在改正螺旋时又没有及时推杆增速，变成了水平螺旋。当时没有无线电指挥帮助改正，眼睁睁地看着飞机，从两千多米的高空坠地。

汪德祥，1916 年生于安徽六安，1931 年参加红军，先后任警卫员、班长、报务员、四方面军无线电学校代理队长等职，参加长征和西路军作战。大家为失去这样一位在艰苦斗争中锻炼出来的亲密战友，万分悲痛。事故丝毫没有动摇同志们向机械化进军的决心，反而催促大家加倍苦练，尽量减少不必要的牺牲。

高家户飞行时住帐篷，吃、住、上课都在帐篷内，晚上点油灯。当时物价上涨，又地处偏远，伙食无法改善，标准还日趋下降。没有空勤灶，吃一般伙食。野外的老鼠特别多，晚上把飞行帽挂在帐篷上，第二天早上一看，里边下了一窝小老鼠，如不细心检查，戴在头上顶一团肉球，吓一大跳，让人肉麻半天。盛世才只给两名炊事员，其他什么也没有，一周吃些什么，都由选出的经委会决定。

陈潭秋同志见此情况，决定每月从党费中拿出 100 元，来补贴航空队的伙食，增加营养，以保护党在困难时期培养的第一批航空种子。大家知道这件事后，都十分感动，更加坚定了学好飞行的决心。

1941 年夏天，进入了编队飞行科目。有一天，二、三中队混合飞行，长机是盛世才的飞行员张实中，僚机飞行员是红军战士胡子昆，各驾 P-5 型飞机一架。这是双座飞机，后座上各有一名领航员，双机编队盘旋训练。盘旋第二圈的过程中，僚机撞了长机，长机坠落在妖魔山上，机毁人亡。胡子昆的飞机也有损坏，飞机很难操纵，只有迫降。

他后座的乘员是盛世才的领航军官，惊恐万状，拍着胡子昆的肩膀说："我全家性命都在你身上了，求求你，好好迫降，要成功！成功！"胡子昆冷静沉着，驾驶着被撞伤的飞机，拼命压杆蹬航，奇迹般地制服了空中野马，安全迫降在河川中。

这件事，打破了长久的平静生活。此后，盛部的飞行员家属常到航空队的大门口探头探脑，查看自己的丈夫还在不在。党支部组织大家总结教训，制定了防止再发生事故的措施。对于从枪林弹雨中冲杀过来的共产党人来说，连死都不怕，还怕一两次飞行事故吗？教员问胡子昆还敢不敢飞行时，他坚定爽朗地回答说："敢！"说着上了飞机。

飞行队完成了所有科目，每个学员飞行 280 个小时以上。

航空队机械班经过一年半的刻苦学习，19 名学员于 1939 年 9 月全部毕业，17 名成绩在 4.5 分以上。结业授军衔时，严振刚授予中尉，其他学员授予少尉。机械班学员结业后，到盛世才的航空队，成为飞机维护修理的骨干。

1942 年，随着国际形势的变化，盛世才公然投靠了蒋介石，暴露出了反动军阀的真面目。7 月 10 日，将航空队的中共人员一律迁出。9 月 17 日，把他们集中于督办公署后院的营房，实施了软禁。同志们在这里，成立了以吕黎平、方华、陈熙、金生、方子翼、朱火华、周立范为成员的学委会，吕黎平为书记，方华为副书记，领导学员进行以革命气节为主的整风学习。

1943 年 2 月间，航空队的中共学员又被盛世才软禁于刘公馆。1944 年 11 月，投入第二监狱。在狱中党组织的领导下，航空队的学员们在敌人的利诱面前不动心，酷刑面前不低头，"百子一条心，集体回延安"、"拒绝个人出狱，永不脱党叛变"，保持了崇高的革命气节。

十九、胡鉴归来

1940 年夏天，一身黝黑的胡鉴从葱岭边境归来，讲述了高原上建立边防线，守卫边卡，与帝国主义间谍和反动势力英勇战斗，所发生的惊心动魄的经历。

陈潭秋关于"共产党人在新疆开展工作的方针"，第一条就是"怎样保证新疆始终成为中国的领土，不致陷落在帝国主义的血手中"。胡鉴任蒲犁边卡大队长两年，和县长许亮、边务处副处长卓译泰，三名中共党员相互配合，第一次建立了我国在帕米尔高原的边境线和哨所营房，保卫了国家领土和百姓的安全，给英帝国主义以沉重的打击。这样的功绩，完全可以称之为民族英雄。陈潭秋特意为他摆酒，予以英雄归来的欢迎。

胡鉴是四川宣汉县人，曾任红三十军二支队四大队长，西路军西征，他在祁连山口关键的最后一战，用大刀杀开一条血路，带领战友们冲出重围。进入新疆后，在"新兵营"任炮兵大队政委。

1938 年初，应盛世才的要求，调任到蒲犁县（今塔什库尔干塔吉克自治县）任边卡大队中校队长兼边界委员会委员，化名胡栋。

蒲犁位于帕米尔高原。帕米尔高原古称葱岭，苍穹低垂，海拔甚高。去蒲犁没有公路，只有崎岖蜿蜒、布满大小石头的小路。胡鉴和随行人员从喀什骑马出发，一路上坡，空气越来越稀薄，人骑在马上呼吸困难。路险处，经常下马，抓着马尾巴一步一步往上爬。

这里是"丝绸之路"的要冲，古代中国通向印度、波斯、费尔干纳、里海沿岸和欧洲的咽喉，也是欧洲、中亚、西亚、印度次大陆北部的人来中国的必经之地，战略地位十分重要。英俄对该地区早就虎视眈眈。沙俄侵吞了中国帕米尔西北部几百平方公里的领土。英国指使其傀儡军强行侵入阿尔楚帕米尔中部，以武力攻占了中国的苏满卡伦。1895 年 3 月 11 日，英俄背着清政府签订了关于划分帕米尔势力范围的《英俄协议》。这个强盗分赃协定，历届中国政府从未承认。

蒲犁与苏联、印度、巴基斯坦、阿富汗交界，气候恶劣，环境极为复杂。以前中国政府设卡不严，边界不明，实际是三不管的地方，中、印、巴、阿居民都有。英帝国主义的势力很大，在蒲犁办有学校，县城有一座瑞典教堂，外国间谍活动十分猖獗。

胡鉴一行人的到来，引起塔吉克族牧民的注意。人们从帐篷里钻出来，衣衫褴褛，蓬头垢面，远远地看着他们。儿童赤裸着下身，两腿冻得红肿。看得出，山里的农牧民生活非常穷苦。

进到县城，老远看到天空飘着一面英国的米字旗，插在一幢用石头建筑的楼房顶上。这幢像古堡的楼房倚山而建，比城内所有的房子都高。翻译告诉胡鉴，英国人把房子盖得这么高，既显示了他们的威风，又可以窥探全城的情况。那根旗杆，很可能还是电台的天线。

边卡大队受盛世才直接指挥，有关事项同时向喀什警备司令蒋有芬报告，蒋负责物资供应。大队的主要任务是确定边界，巩固边防，清除帝国主义势力。边卡大队负责军事部署，边务处负责情报工作，县政府主要负责民政工作，三方互相配合，携手打赢了英帝国主义的侵犯，保卫了国家领土安全。

蒲犁边卡大队有五百多人，一个团的编制，长期疏于管理，军官贪污军饷中饱私囊，士兵不安心边卡岗位，军纪涣散。胡鉴到任后，在官兵中开展民主生活运动，进行民族平等和民族团结教育，惩治腐败，整顿军纪，使这支部队一改旧习，出现了崭新的面貌。

队部原先设在城郊一所老乡的房子里，胡鉴来了不几天就搬到半山坡的古堡里。利用残壁断墙作为基础，修建营房。副大队长翟米尔是塔吉克族人，听说要修建营房，眉头皱了好几天，担心增加贫苦百姓的负担。胡鉴向翟米尔解释，我们当兵的职责是保护民众，不能给贫苦牧民增加负担，修建营房要靠部队自己的力量。翟米尔这才转变了态度，带动塔吉克族士兵积极参加。

营建任务由一部分士兵担任，胡鉴和翟米尔都参加了劳动。尽管天气已经严寒，石头像铁块，常把手上的皮粘掉一块，泥成了冰凌碴子。士兵看到长官都参加劳动，都没有怨言，抢着干重活。古堡变成了新的营房，威严地挺立在山坡上，正好对着英国代办处。队伍每天操练、唱歌，洋溢着健康欢乐的气氛。

共产党员许亮任县长，给农牧民发放贷款，减轻赋税，带着商业机构管理下的贸易公司，走进农村，公平买卖，给城里的奸商以致命的打击。广泛地开展抗日宣传，启发人民的爱国热情。

胡鉴和翟米尔组织第一次边境巡视。率一支 20 多匹马的轻骑队，带着帐篷和生活物资，挑选的都是塔吉克族士兵。其中有翟米尔的儿子马拉尤夫连长，还有一个外号"山鹰"的班长哈斯木。他们从小在高山上生长，适应高原反应。

山路险恶，空气稀薄，马张着嘴巴直喘气，有些山路陡得上不去，需要人连推带拉地往上掀。大雪埋住了山路，塞满了山谷，稍不小心就会摔进万丈深渊。翟米尔父子不愧是高原上猎人的儿子，对边境上的每一条路，每一处地形，像对自己的羊群那么熟悉。有一次大风倏起，飞雪如席，打得人眼睛睁不开，马蹄子一个劲儿往山下滑。不少士兵喊着要找地方休息，翟米尔却说："不能休息，停在这里就是死，现在只有往过冲。"说着，他抓起胡鉴的马缰绳，两腿一夹自己的马，抢着鞭子狠劲儿地抽。山那面的风雪小很多，大家脱了险。又一次，他们在山谷里行进，突然听见雷鸣似的吼声，胡鉴还闹不清是怎么回事。马拉尤夫喊道:"雪崩,停止前进!"部队刚刚站定,前面就像天崩地裂,雪雾弥漫,惊心动魄。到了低地,又有一次遇到雷雨和洪水,闪电像金蛇在山谷中旋绕,炸雷像炮弹震得人头疼,半山上的石头被山洪冲得咕咚咚滚下来,但有翟米尔父子带路,每次都能找到隐蔽的地方。葱岭的气候如此多变,比胡鉴长征时经过的西康高原更加恶劣。高原上强烈的紫外线,把他们的脸晒得乌黑,用手一摸,就会脱下一层皮。休息的时候要张大嘴呼吸。水烧到满锅冒泡,手伸进去却一点儿也不烫,面条下到锅里成了糊糊。

这支轻骑兵,沿着国境线走了两个多月,行程1000多公里,确定了建哨所和营房的位置。这一路,几次碰到国外的土匪武装入侵,抢塔吉克牧民的牛羊财物。这群家伙跑到我国干非法勾当,如同在自己家一样不慌不忙,赶着牛羊,吹着口哨慢腾腾地走着。多少年来他们就是这样,眼里从来没有中国的法纪。这一次,马拉尤夫带着士兵绕到前面,等他们反应过来,想要举枪时,中国士兵愤怒的子弹已经射向了强盗的胸膛。他们押着俘虏,赶着牛羊,把强盗夺去的一切还给老百姓。人们感动极了,军队保护老百姓,真是破了"天荒"。部队宣传爱国主义思想,叫乡亲们自己拿起枪来保卫自己,还留下士兵组织民兵。边境上的群众很快发动起来,民兵也组织起来了,成了边境的守卫者,定期派人向部队报告情况,对保卫边防起了很大的作用。

边境巡察结束,回到蒲犁,胡鉴把边境上的情况,修建哨所,组织民兵,所需人力、财力、物力,写了一份详细报告,送到喀什警备司令部。报告送到迪化,盛世才转到财政厅。毛泽民同志见到,深感加强边防的重要性,完全同意,全力支持,立即签批了。

报告批了下来,昆仑山下的好几个县动员起来。莎车、英吉沙、叶城等县的民工,赶着马匹、毛驴,向边卡送木料,送苜蓿,送粮食。部队和民工一齐动手，这是山城自古未有的罕见事情。塔吉克群众情绪高涨，争着贡献一分力量。

部队进行了一次全面整训。首先是"民主生活"，让大家有什么意见就提。过去军官打骂士兵普遍平常，班长就可以支使士兵当勤务员，排长连长更不得了。开始士兵不敢说，经过再三动员，打通思想，发动起来，才敢在会上揭露坏军官的罪行。讲出来的问题，民主讨论，性质严重的军官被处分，问题一般的自我检讨，批评教育。边卡部队的伙食标准比较高，生活却不好。追查原因，是几个军需贪污菜金。这些家伙，整天花天酒地，戴着金戒指金手表，箱子里还压着不少金条。过去只是怀疑，没有证据。现在查清楚了，立即叫这几个军需退赃，予以撤职。汉族士兵和塔吉克族士兵的关系，经过民主生活和学习讨论，也得到根本性的改善。

当时英帝国主义在南疆喀什一带有相当的势力，喀什设有领事馆，蒲犁设有代办处，肆无忌惮地从事走私和间谍活动，严重侵犯我国主权，损害人民利益。胡鉴率领部队，团结和依靠群众，与当地政府、喀什税务局的高登榜及有关人员密切配合，严格限制非法进出口贸易。边卡大队日夜巡逻，民兵武装经常汇报情况，一切活动主动而迅速，经常截击偷越国境的间谍，抓住搞非法活动的传教士、印度商人，每次都向驻喀什的英国领事馆提出严正抗议。

明铁克有条通向印度和克什米尔的商道，边卡大队严加盘查。英国代办处运来的大烟，运走的黄金、宝石、稀有矿产，全部予以扣押。经过有计划地跟踪监视，掌握了从边境到蒲犁，沿明铁克大道，英国代办建立的所有联络点和联络人，割断了他们和英国人的联系。蒲犁城英国代办处的那座房子成了孤岛，群众不与他们交往，也不给他们卖粮食和肉食。代办处的英国人，竟然偷抢经过大门的羊，被边防人员和牧民抓了现行。

边卡大队截获了大量英国代办处走私的烟土、枪支和稀有矿产，沉重打击了其嚣张气焰。破获了几起英国人偷运军火的案件，搜集到了英国暗中支持马虎山，在南疆武装叛乱的证据，呈报给了盛世才当局。按照法令将英国代办处驱逐出了蒲犁县境，从和田也驱逐了不少英国人。悬挂在蒲犁石头城的米字旗从此降落，消失不见了。

他们还查获了大量其他外国人违反中国法令的事实，将他们开办的教堂和学校陆续关闭。胡鉴担任"边防委员"，对出口贸易严格管理。这些措施，取得了反对外国势力渗透、维护祖国主权和边防安全、维护人民利益的全面胜利。

部队里有反帝会，排以上干部都加入了。陈潭秋指示胡鉴加入并担任反帝分会负责人，利用合法身份工作，在部队进行抗日反帝宣传。

胡鉴除了和盛世才、蒋有芬通过边务处电台联系，另有一本密码，专门和陈潭秋同志和苏联方面联系，由他本人收发。他还有一个工作，就是监视盛世才是否暗中和帝国主义勾结。

驻喀什的骑兵35团叛乱。叛军一部向蒲犁逃窜，企图控制边界。混进35团的英国间谍军官沙迪尔，收买煽动部分柯尔克孜族军官，串联某边防哨所排长共同叛变。胡鉴得到消息，立即通知建立不久的边务处蒲犁办事处转移到苏联控制的辛滚山口，要他们保护好电台，保证通讯畅通。自己带领边卡大队提前布防，经过三天的战斗，叛军除少数漏网，其他全部被消灭。

边防守卫，须臾不可放松。中共党员胡鉴历史性地维护了国家边境的安全，如此重大的贡献，自然赢得了边境民众的拥护。共产党只要有了威信，盛世才心里必然发毛。得到胡鉴越来越多的捷报，他又坐不住了，开始了特务监控和造谣诬陷的阴暗勾当。

胡鉴和许亮突然陷入了一场莫名其妙的调查案。有人揭发他们两人闹矛盾，派延安来的中共党人高登榜调查。无中生有构陷，没有费多少周折，真相大白，参与构陷的特务表面上受到了惩罚。可是，盛世才如此阴险的用心，让他们大为失望。后来，喀什警备司令兼行政长蒋有芬，被盛世才以莫须有的罪名逮捕入狱，割去舌头，活活整死。

胡鉴筑牢了祖国"荒废"的边境线，迎面赶走境外的敌人，却难防背后嗖嗖而来的冷箭，写信请求调离。

1940年初，盛世才调胡鉴回到迪化，到军校的高级军事研究班学习，许下承诺，等他学习结束，去焉耆当团长。

胡鉴把一个完整的边防交出去，回到迪化的军校学习。全班40多位学员，只有他一人是中共党员，其他都是盛世才部队的佼佼者。尽管如此，临近毕业时，同学被逮捕的所剩无几。他看情况危急，曾多次向陈潭秋同志汇报。

1942年，毕业不久，胡鉴也被软禁，随后入狱。

二十、挂起青天白日旗

1940年初，盛世才与苏联领事和顾问，一周一小宴，半月一大宴，礼数甚隆。可是关于政治问题，基本不与协商，不征求同意，开始独断专行了。

盛世才对中共同志的调动或处理，事先根本不与党代表陈潭秋沟通，只是事后告知一下，态度十分冷淡。

这一年，陈潭秋的很多精力，用于找盛世才协调对待中共同志的问题。他有时仗义执言，据理力争，针锋相对；有时不得不策略性地妥协。对受到无过调动、诬陷、攻击的同志，在保护他们的同时，还要尽量做好思想稳定工作。

1942 年初，盛世才的弟弟盛世骐被杀，之前不久的一天，陈潭秋与盛世才有过一次见面交谈。这一次，盛世才像一个恶魔，撕破了贴在脸上的画皮。他态度倨傲地说："任用你们同志并不是由于莫斯科方面的命令，也不是你们党的要求，而是我自动向王明提出的。本意是要你们党派一些老练的、政治上可靠的党员来帮助执行'六大政策'工作，不想方林（邓发的化名）介绍许多新党员来此。你们党在抗战高潮中吸收了大批青年入党，其中不能保证没有国民党员或托匪混入，老实说我对你们这些新党员不能完全信任，故不放心他们在迪化工作。"

他在以往则是常常表示，对共产党员有信心，不贪污，不会与帝国主义或国民党勾结，工作能力强，不会反对"六大政策"。

好一个无中生有的臆想，中共党员中有"国民党员或托匪混入"。陈潭秋针对他的这一说法，给予了严正驳斥。但是，这个臆想的毒液已经在盛世才的脑袋里旋转，即刻转向他的毒手，释放于中共党人。他们虽然工作优秀，却被频繁调动、处分甚至撤职。

徐梦秋去职教育厅，毛泽民从财政厅调到民政厅，潘同从和田调哈密，刘希平撤职，林大生撤职，一系列的事件，事先都不让陈潭秋知道。林基路治理库车，省政公认全疆成绩最好，好多有利于百姓的规划正在实施中，突然调回迪化述职。几个月之后调往乌什小县。他到乌什，依然尽职工作，同时发电请求辞职。换作过去，盛世才不会允许，这一次却将电报转来让陈潭秋决定，显然是推脱责任，嫁祸于人，挑拨中共同志间的关系。

德国法西斯军队占领了苏联的乌克兰、白俄罗斯、摩尔达维亚等几个加盟共和国的大片领土，列宁格勒被包围，斯大林格勒告急，苏联的卫国战争，世界反法西斯战争，都处于最艰苦的时期。

中国共产党领导下的八路军、新四军，"皖南事变"以后处境愈发艰难。日本侵略者以主力打击八路军、新四军，在占领区"清乡"，对解放区"扫荡"。国民党顽固派目睹时局，搞"曲线救国"，加紧反共活动，谋求对日妥协。解放区和抗日根据地由于经济封锁和武力进攻，不断受到挤压而缩小。

盛世才的投机心理毒涌蛆泛，自以为聪明，认为苏联要"失败"，"靠不住"了，中共也要"垮台"了。他迫不及待地另寻门路，重找靠山。

一个阴暗卑鄙的投机者，不会相信，侵略者往往以失败告终，正义终将战胜邪恶的历史规律。即便利用阴谋与残暴的手段，占山为王，甚至割据政权，称霸一方，内心依然卑微到不敢正视未来，面对光明。就在历史经历了漫长的苦难，胜利即将到来时，以自己的投机，错失了灵魂上岸的机会，亲手把自己沉没于罪恶的黑暗之中。

蒋介石始终没有忘记新疆。盛世才上台初期，他先是忙于"剿共"，后来迫于日本咄咄逼人的进攻，无暇顾及。且盛世才名义上向国民政府称臣，解决新疆问题还不甚急迫。

随着抗战推进，蒋介石看到，中共力量的迅速壮大，同与盛世才合作，拥有新疆运输大通道，不无关系。切断延安同新疆之间的联系，破坏新疆的统一战线，成为蒋介石反共棋盘上的重要一着。他甚至认为："只有先解决新疆，才能解决中共。"

皖南事变之后，国民党切断了新疆到延安的通路，对盛世才集团威逼利诱。

蒋介石派出以张治中为首的西北宣慰团，令蒋经国随往西北地区巡视，企图派蒋经国接替盛世才。大量增兵甘肃，以胡宗南的部队接替马家（马步芳、马步青）防务，武力威胁新疆。接连三次召见盛世才派驻重庆的代表张元夫，提出和平谈判。

正在窥视方向的盛世才，投其所好，两股毒液合流。盛世才迫不及待地投到蒋介石门下，准备与中共、苏联彻底决裂。

进入 1942 年，盛世才反苏反共趋于公开。1 月上旬，他组织对"阿山案"的复审，审讯前，面谕各位审判委员，说阿山案件涉及苏联驻阿山副领事巴伊布尔津，意味着反苏阴谋的表面化。

1942 年 3 月 19 日，盛世才残忍杀害了倾向进步的亲弟弟盛世骐，嫁祸于苏联驻迪化总领事和军事顾问。

盛世骐是盛世才的胞弟，排行老四，曾任督署卫队团长。去苏联红军学院学习后，回新疆任机械化旅旅长。他看到其兄准备公开投蒋，走向反动，以胞弟的诚心下跪苦劝。盛世才丧心病狂，竟然残杀胞弟，清除异己，嫁祸于人。

3 月 19 日晚，盛世骐的妻子陈秀英，抱着不满三岁的孩子去医务所看医生，盛世骐在家中被人枪杀。陈秀英回家后，看到丈夫头部中枪，倒在血泊中，大声呼救。从外面冲进来的军警却将她逮捕。按照事先编好的"剧本"：陈秀英与土产公司副经理萧作鑫有奸情，经萧牵线，与苏联军事顾问拉托夫再生奸情，拉托夫、萧作鑫唆使她谋杀亲夫。事实上，盛世骐与陈秀英同去苏联学习，都有进步思想，自由恋爱，感情深厚，怎么会作风败坏，杀害自己的丈夫呢？可是，盛世才手下的特务，依照"剧本"，严刑逼供，取得"证据"，捏造出苏联顾问借陈秀英之手谋害盛督办亲兄弟的冤案，报告给了斯大林。

盛世骐之死，轰动一时。盛世才为了达到某种目的，制造一个又一个"阴谋暴动案"。所有案件只有口供，没有任何真凭实据，口供是按照事先编好的说辞，酷刑拷打受审者，迫使他们招供所取得。

他的阴险狡诈，心肠毒辣，翻云覆雨，背信弃义，不知羞耻，是善良的人们不能想象的。盛世骐倾向进步，倾向苏联，是盛世才反苏反共的障碍，谋杀盛老四，既剪除掉政治上的异己，又嫁祸于苏联顾问，打击苏联势力，正是盛世才的用心所在。

1942 年 4 月，张元夫带着蒋介石的谈判条件，回到新疆，向盛世才述职。5 月 7 日，盛世才派五弟盛世骥，随张元夫去重庆面见蒋介石，双方达成妥协。

盛世骥返回新疆后，盛世才加速了反苏、反共的步伐，加紧迫害共产党人。诬陷逮捕了前教育厅厅长、政训处长李一欧，先是严刑拷打，从肉体和精神上残酷折磨。而后盛世才通过直线电话，与李一欧通话，威胁拉拢。允诺高官，劝其悔过。李一欧降服后，按照盛世才授意诬供，曾经在苏联驻迪化总领事馆、八路军驻新疆办事处等几个地方，同徐杰、周彬及苏方人员一起召开过"阴谋暴动"会议，凭空勾画了一幅错综复杂的共产党"阴谋暴动案"。盛世才把李一欧的假供，与陈秀英案相互关联，将苏方人员和中共党人捏到一起，合成一个"大阴谋案"。阴谋暴动目的是：推翻"六大政策"政权，建立与中国脱离的伪政权。

与此同时，盛世才对共产党公开变脸。他安排中共党人所办之事，从过去经常表扬，突然变得无一满意，以各种理由找碴。比如，指定毛泽民参与阿山案复审，毛泽民提出真实的复审意见时，又被他严厉斥责。

这个时候，盛世才加紧实施脱共投蒋的阴谋，他不愿见，也不敢见中共代表。陈潭秋找他会谈，要求澄清一些事实，他借口有"病"或"工作忙"，长达四个月拒绝与中共代表会面。双方维护统一战线很多事宜被迫搁置，中共党人的权益，无法得到伸张。还把按规定拨给中共招待处的经费减少了 30%—40%。

共产党人从来不会坐以待毙。陈潭秋加紧向党中央汇报情况，抓紧与苏联方面的联系，制定应对形势进一步恶化的措施和方案。

6 月 28 日，盛世才密电致蒋，请派重要人员赴疆。蒋介石派翁文灏、朱绍良等到新疆谈判，达成六项协定：

一、严防苏联在各地鼓动事件；

二、由内地抽调军队来新加强防务；

三、在新成立国民党党部；

四、中共工作人员一律停止在各机关工作并都集中在一起；

五、新省航空队由航委会派人接收；

六、外交办事处亦请外交部派人接收。

蒋盛之间达成协议，一致对付中共和苏联，但盛世才本人的地位还未明确。

不久，蒋介石亲赴嘉峪关，以视察之名等候。派宋美龄与吴忠信、朱绍良、梁寒操、吴泽湘等人飞抵迪化，同盛世才最后拍板。

对盛指示：调派甘肃境内政府军由兰州进驻安西、玉门，牵制在哈密俄军；委派新疆外交特派员，将外交权收归中央；肃清新疆共党；着俄军退出新疆。

蒋盛之间经过几番交易，一切口头或书面的协议基本完成。盛世才在新疆边防督办、省主席的头衔之外，增加了国民党中央监察委员、新疆省党部主任委员、第八战区副司令长官、中央军校第九分校主任等几顶"桂冠"。

7 月 30 日，盛在督署大厅召开会议，会场门口和主席台后壁上交叉挂起了当时的"中国国旗"和国民党党旗。

当晚，迪化满城响起鞭炮声，"庆祝"盛世才"改旗易帜"，公开表明他抛弃"六大政策"，投向了国民党蒋介石。

二十一、架桥之人不能撤

大自然的冷暖交替，从来不会一蹴而就，乍暖还寒时节，总会有几场风暴出现。就算恶劣的天气反复交替，绝对阻挡不了春天的到来。

人类发展历史上，光明取代黑暗时代，不会一帆风顺，常常会出现逆流和倒退。共产党人承担着国家使命，未来的期望，面对盛世才的背信弃义，明知道会有流血牺牲的风险，仍毫不动摇，坚信革命的胜利终将到来。

陈潭秋作为中共新疆代表，首先挺在前面，以信仰的定力，给大家以力量和信心，鼓励大家继续战斗。就算一时不能力挽狂澜，扭转局面，仍然有条不紊地处理种种棘手的问题。

1941年初，经过多方努力，中共航空队学员恢复飞行训练，十名同志飞上了苏联最新援助的伊-15型、伊-16型战斗机。他们的意志让天空更加高远。陈潭秋拿出部分党费，补助他们的伙食，加强思想教育，鼓励他们飞得更高更远。

1月，国民党顽固派制造了震惊中外的皖南事变。陈潭秋利用盛世才观察风向和自我膨胀的投机心理，提议他在重大政治问题上发声亮相，给中共中央发出强烈谴责国民党顽固派的电报。指示《新疆日报》发表了《鄂豫皖战局透视》《新四军皖部惨被围研真相》等社论，刊载了《中国共产党中央革命军事委员会命令》和《中共中央发言人对皖南事变发表的谈话》等文章，揭露国民党顽固派假抗日真反共，破坏抗日民族统一战线的罪行，产生了很大的政治影响。他向同志们传达了中央的精神，让大家认清皖南事变的恶劣性质，认清新疆的形势变化。让大家明白，盛世才虽然签发了通电，但随时有可能变脸，一定要百倍地警惕。

国民党顽固派封锁陕甘宁边区后，陈潭秋肩上的任务更重了。中央发来十万火急的电报，要求给延安筹措一批白纸，保证《新中华报》的正常出版。这是一项重大的政治任务。接电后，他日夜奔走，想了很多办法，终于在苏联帮助下，筹措到了 10 吨白纸。安排航空班暂不飞行学习的十几位同志押运这批宝贵纸张，让又一批同志安全回到延安。

1941 年 6 月 22 日，苏德战争爆发，盛世才对中共同志明目张胆地监视，造谣中伤，挑弄事端，降职解职，用各种手段打击中共同志在群众中的威信。陈潭秋一面将情况报告中央，一面以坚守阵地的决心告诫同志们："为了保住这条国际交通运输线，为了新疆各族人民的利益，只要盛世才不公开撕毁统一战线协议，我们就要坚持做好统战和支前工作，无论如何要坚持到最后一分钟。"

7 月 1 日，陈潭秋在八路军驻新疆办事处主持召开了隆重庆祝中国共产党诞辰二十周年纪念会。他在会上作了关于党的二十周年光辉历史及抗战四周年纪念报告。作为"一大"代表，他讲了很多党的历史，却一句也不提自己。专门制作了"七一"纪念章，给优秀的同志颁发了纪念章和奖品。那枚带有红五星图样的纪念章，成了珍贵的历史文物。为迎接纪念会的召开，他提前安排《新疆日报》发表社论《祝中国共产党二十诞辰》，同时刊载了毛泽东和朱德同志的大幅照片。全体党员向中共中央和毛泽东主席发了致敬电，表示不屈不挠的战斗决心。

1942 年初，蒋介石和盛世才秘密勾结，狼狈为奸。盛世才以"另有任用"为名，将在南北疆各地工作的中共党人相继调回迪化，分别集中到八路军驻新疆办事处、"新房子"和羊毛湖等几个招待所。

陈潭秋多次通过电话与盛世才交涉，要求与他面谈。

他深入分析国内国际反法西斯战争形势，以充分的事实和睿智的预见，向盛世才指出：日本和德国法西斯，国内的国民党反动派，虽然得势一时，但正义终将战胜邪恶，革命经过曲折的道路，一定会在不久的将来取得胜利。希望盛世才能认清形势，关键时刻做出正确的选择，做历史进步的推动者。

就盛世才对中共在疆工作人员革职软禁等严重问题，陈潭秋严正指出，中共人员受督办亲自邀请来帮助新疆工作，共同建立抗日大后方，作出了很大的成绩，对"六大政策"集团政权给予了重要的支持，如果不再需要，请把我们送回延安，送往抗日前线。

盛世才理屈词穷，自我辩解说："目前托派、汉奸、国民党活动很厉害，请大家集中起来住，是为了保证各位的安全。你们是我请来的客人，出了什么问题，我如何向延安交代呀？我知道你们都是抗日志士，国家的栋梁，如果大家愿意回延安，等情况一有好转，我即护送你们回去。"

盛世才口是心非，陈潭秋预见到新疆形势难免恶化，"积极挽救为我们力所不及"，采取了许多应变措施。多次电请中共中央，建议将在新疆工作的党员全部撤回延安。向全体党员发出号召"不屈服，不消沉，不辞职"，在各自的岗位上尽职。

周恩来同志在赴苏联治病往返停留新疆期间，明确指示，留在新疆工作的党员"独立地工作，自动地学习，自觉地锻炼"，"无论在任何时期任何环境中，都要保持住布尔什维克的优良素质"以做好应变的准备。

陈潭秋按照周副主席的指示，组织成立了总学习委员会，实际起着党支部的战斗堡垒作用。1939 年 8 月，八路军伤残人员谢良、余良辉、胡子明、罗云章、谢江庭和陈振亚等人，从延安赴苏联治病途经新疆时因故滞留迪化，陈潭秋安排他们住在八路军办事处所属的"羊毛湖招待所"，安心治疗。1941 年，张子意、马明方、方志纯、乔国桢、秦化龙、刘护平、曾传芳、杨之华、李握如、杨南桂、李景春等十多位中共党员从苏联学习或治病回国抵达迪化，因发生皖南事变，回延安的路被封锁，滞留迪化，住在八路军驻新疆办事处。

鉴于新疆形势的变化，为了保护党的干部，陈潭秋尽量多地将他们分批送回延安。对留在八路军办事处的同志，组织他们在总学习委员会领导下，成立学习干事会，每天用五六个小时，学习苏联共产党历史、政治经济学以及党的建设等内容。他经常亲自讲课，参与一些重大问题的讨论，启发大家的觉悟，为迎接可能到来的严酷斗争做好思想准备。

1942 年 6 月下旬，根据中共中央关于开展整风运动的决定，陈潭秋组织在新疆的 100 多名干部整风学习。他在动员会上，传达了中央关于整风的指示。因为形势的急剧恶化，陈潭秋在整风学习中特别强调要保持共产党员的革命气节，在整风文件中，补充了一篇关于共产党员气节问题的材料。将共产党员的气节问题，提到各组讨论，加强党员的立场与气节，以应付可能的事件。

整风学习中，陈潭秋向全体干部主要讲党性、革命性和革命气节。他坦率告诫大家："我们随时都有被捕的可能，天山戈壁，插翅难飞，每个同志均必须有足够的精神准备，以免临时惊慌。"要求大家具有"富贵不能淫，贫贱不能移，威武不能屈"的崇高品德和革命意志，要"坚持真理，坚持布尔什维克的原则立场，不论在什么时候，只要我们的心脏还在跳动，我们就不放弃斗争"。经过整风和革命气节教育，全体党员和干部认清了形势，提高了觉悟，坚定了信念，增强了决心，做好了随时坐牢杀头的思想准备。

7 月 10 日，正在高家户机场练习飞行的中共航空队人员，被盛世才调回迪化，并命令立即离开航空队，搬到南梁招待所。

陈潭秋向中央紧急发电，请求全体同志撤出。

等待复电期间，他对同志们说，盛世才已投靠了蒋介石，他要把我们作为重大礼品献给蒋介石了。为此，我们要做好充分的精神准备：如果被捕入狱，我们要像季米特洛夫那样，把敌人的法庭变作宣传共产党主张的讲坛，揭露敌人捏造谣言、诬陷共产党人的罪恶阴谋，要像优秀党员夏明翰一样，面对酷刑逼供，坚贞不屈，视死如归，永远保持共产党员的光荣称号。要坚持真理，坚持布尔什维克党的原则立场，不论在什么地方，什么时候，只要心脏还在跳动，就绝不放弃斗争。在小组会上，在个别交谈中，他讲述牺牲在龙华、雨花台的烈士的事迹，讲红军长征百折不挠的革命精神，激励大家做好长期艰苦的斗争思想准备。

在那些严峻的日子里，陈潭秋始终保持乐观向上的精神。他博闻强记，学知宏富，经常引用古今中外的名人坚持气节的例子教育大家。有一次，他指着几个江西老表说：江西是俊彩星驰之地，出人才的地方。唐宋八大家，江西占了三大家，有欧阳修、王安石、曾巩，还出了个文天祥。被元军俘虏后，不为高官厚禄所动，不为百般凌辱所屈，在狱中写出《正气歌》，豪气冲天。其中有"时穷节乃见，一一垂丹青"的名言，成为千古绝唱。说着，他和张子意共同背诵起《正气歌》："天地有正气，杂然赋流形。下则为河岳，上则为日星。于人曰浩然，沛乎塞苍冥。皇路当清夷，含和吐明庭。时穷节乃见，一一垂丹青。……"两人不时互相纠正错字漏句。在场的人听他们念得那样悲壮铿锵，深受感染。

陈潭秋告诫大家，一旦进了监狱，不要希望一年半载就能出狱，要准备在敌人监狱内作长期斗争，把监狱变成锻炼每个革命者的学校，变成对敌斗争的战场，变成揭露反动派对外丧权辱国、对内专制独裁的罪恶，以及宣传我党我军抗日救国主张的讲台。他鼓励大家，要善于在监狱和法庭上向敌人进行韧性斗争，像击败日本侵略者和国民党反动派的军队一样地去击败他们。只要同志们保持和发扬英勇顽强的斗争精神，加强党内团结和党与非党同志之间的团结，最后胜利就一定是属于我们的。

"时穷节乃见"。陈潭秋同志的话，鼓励大家自勉。他在为坐牢做思想和组织准备的同时，加紧推进安全撤退的主动策略，一次又一次致电中共中央，积极争取及时撤退。

新疆是延安到苏联的人员往来重要通道，八路军办事处是中共党人在新疆的家，陈潭秋就是家长。大家说他像一位老妈妈，用自己党性的骨骼，坚强地支撑着大厦的温暖。

他对干部要求严格，从不姑息迁就。

马殊在新疆日报社工作，不愿受盛世才的气，要求回延安。陈潭秋耐心地指出：这是党统战工作的需要。新疆是我们很重要的后方和交通线，只要盛世才还打着抗日的招牌，哪怕他是假的，我们也应该在这里坚持，将报纸做我们的工具，宣传党的统战方针，教育和影响各界人士，这无论对抗日前线，还是对于新疆人民都是有利的。

在迪化女中工作的中共党员，也因为过不惯死板受憋的生活，纷纷要求回延安。陈潭秋严肃指出：是共产党员，就要带头安心工作。事后又耐心做工作，劝同志们从革命利益出发，克服困难，完成党交给的任务。

他关心干部无微不至。刑振昌返回延安，送行时他把自己的皮帽子摘下来给他戴上，以防途中寒冷。陈茵素从迪化赴库车工作时，他说天气冷，给了她一条毛裤。郑瑛要回延安了，他把自己的一床花格子毛毯送给她御寒。这样的事例很多很多，身边工作的同志都说他像个慈祥的老母亲。

1940年10月，陈潭秋送郑瑛回延安前说："盛世才越变越坏，同我们的关系很冷淡，你回去请示中央，看是不是多撤走一部分干部。"

他又说："我离中央好多年了，很想回延安，见见主席和一些老同志，可是恐怕没有这个机会了。"

郑瑛劝他："你不能向延安发个电报，说要向中央汇报工作，回延安住几个月或半年再来嘛。"

他说："中央没来指示，我就不能走。我还是留在这里，尽量争取局势向好的方面转化。"

吉合在新疆长期担任陈潭秋的助手，对他勇于牺牲自己的献身精神十分敬佩。陈潭秋一生最突出的特点是，走到哪里都做善后工作。在满洲省委时期，在中央苏区时期，都是这样。中央主力红军开始长征，他留在后备队，最后撤退时被敌人包围，因为力量单薄不能取胜，突围时受伤严重，一只耳朵掉了一半。

1942年，局势已经十分险恶，有同志劝陈潭秋离开新疆，回延安向中央汇报工作，他再次拒绝了。

4月，周恩来奉中共中央之命，在重庆与国民党交涉中共在新部分人员回延安事宜，但当时经兰州回延安已不可能，要走只能向苏联方向撤退了。

5月8日，中共中央书记处电告陈潭秋：盛世才对我们工作同志既不信任，又表示恐惧，我们想在此时撤回一部分同志，以示我们的人到新疆工作，对新疆只是帮助，毫无其他野心，此事已电共产国际商量。

6月27日，中共中央又电告陈潭秋：已与苏联及在延苏联同志交涉，预备有步骤地陆续送航空班、兽医班、已被盛撤换滞留招待所的同志去苏。要求仍未被盛世才撤销工作的同志继续坚持工作。

这时，盛世才一边撤中共同志的职，一边给中共中央发电报，诬陷苏联和中共党人在新疆搞阴谋暴动。

7月5日，中共中央书记处电告陈潭秋：督办来电已到，诬陷苏联及我们同志阴谋暴动。我们决定连你在内准备撤回，你可以将这些人集中于招待处。因为从兰州、西安回来无保障，我们正向远方（指共产国际）交涉，向苏联撤退，你们可待命行动。

7月21日，书记处电告陈潭秋：远方（指共产国际）称，已派人到迪调整关系，我们的人暂不要动。

陈潭秋电催中共中央，盼"迅速解决"撤退问题，亲自拟定了分三批撤往苏联的计划，毅然决定自己最后撤离。

9月7日，中共中央书记处电告陈潭秋，"远方来电说在迪55人可于最近转送彼方"。陈潭秋迅速选定了55人，将名单电告中央，又于10日急电中央："请远方迅速处理留此全部人员的问题，迟恐来不及。"

陈潭秋拟定的撤退方案：第一批人员55人名单，有航空队全体36人、学兽医的4人，中高级军政干部15人；第二批是在新疆养病、路过、帮助盛世才政权工作的大部分干部和残疾人员家属；他自己和八路军办事处的部分工作人员第三批最后撤退。

确定名单时，他对每一个人都有掂量：他为什么先走，对革命的意义，个人的身体健康状况等等。先走意味着多一分安全，后走则会增加不可预测的危险，甚至失去生命。一支笔在他手里，每一个名字都意味着一个人的生死命运。他确定这份名单，首先想的是对革命的贡献。有人说，航空队是他的眼珠子。他说，当然是，他们是共产党航空事业的种子，一定要特别保护。还有学医的同志，一个人，会挽救很多人的生命，也要优先。贡献大的高级干部要考虑。唯独他自己要留下来。他把中国共产党的利益与革命事业发展的需要摆在第一位，把个人安危置之度外。虽然撤退计划未能实现，但这个名单保留下来，成为他牺牲自己、保全同志的崇高革命风格的有力见证。

作为中共驻新疆代表，陈潭秋比任何人都清楚局势的险恶，处境的困难，他又必须以高度的镇静，给同志们以信心，以正能量的感染。他急切而又频繁地与中共中央、共产国际及苏联领事馆联系撤退事宜，又必须在极其保密的情形下进行。他知道盛世才对中共的诬陷，致电中共中央时写道："我们不是傻瓜，在不能合作的条件下就应当不合作，我们不是绵羊，不能让人无故宰割。"这些情况他又不能告知新疆的中共同志，他必须尽量约束他们对盛世才的不满和愤慨。

马明方和吉合等人一再要求他第一批撤。他说："我是这里的领导人，同志们没撤完我就先离开，这不成了战场上的逃兵吗？我不能走。"他早就准备牺牲自己去换取同志们的安全。

这时，王明的父亲陈某某和妹夫汪铭忠也在新疆任职，陈潭秋在拟定撤退计划时，也考虑到他们如何行动的问题。1942 年 7 月 22 日致电中央时说："附告王明，大伯（指王明的父亲）前因惠生（即王明的妹夫汪铭忠）去职，害得连累自己去职，病了几天后，瞒着我们亲自去信督办，要求不撤他的职，督办已复信允许。看大伯的情感，似乎不愿离开新疆，可否在我们行动时，将惠生、觉民（即王明之妹陈觉民）留此伺候老人，望告。"中共给陈潭秋的电报转达："王明意见，你们行动时大伯仍以辞职同行为妥。"后来王明的父亲并未"同行"，也未被捕。吉合回忆："我们准备撤退时，潭秋同志把王明的父亲请来了，问他愿不愿意同大家一块走。老头说要回去想想再说。可是后来一直没有见他来过。我们入狱后，牢中有个新疆人告诉我说，你们要不是有人告密，早就撤退走了。我问是谁告密的？那人说，是你们一个姓陈的给盛世才写了呈文，说你们要走，他舍不得'盛青天'，要求留下来。"

由此看来，中共人员做撤退准备之事，盛世才是知道了。

9 月初，盛世才以"容易保护与免被国民党发觉"为借口，将中共在迪化分散居住人员，除队航空队之外，全部集中到八户梁招待所软禁。

9 月 9 日，陈潭秋致电中央："我们将陷于东归不得、西去不能的窘境，甚至有落入毒手的可能。"

第二天，再致电书记处："此间情况日劣，重庆方面来人日多，我们处境日益困难与危险。"

这是他给中央发出的最后一份电报，从此延安再无来自新疆同志的消息。

不出陈潭秋所料，中共人员准备分批向苏联转移的计划尚未实施，盛世才就下手了。

9月17日午饭后，盛世才的卫士队长汤执权带一帮特务来到八户梁大院，院外布满了特务。王韵雪正在房里整理因刚搬"家"，杂乱堆放的东西。陈潭秋预感到什么，对她说："我去看看。"他很快回来了，汤执权和两个随从跟在身后，假惺惺地说："徐先生，督办请你！"还右手一摆，做出"请"的架势。

陈潭秋根本不理睬汤的话，转身去给盛世才打电话，向他提出严正抗议，要他立即撤走包围八户梁的军警。

盛世才借口说："外面谣传你们共产党人要暴动，我这是为保护你们的安全……"

汤执权催促："徐先生，督办请你！"

王韵雪不知所措地看着陈潭秋。他用两只大眼瞪着她，示意镇定。问道："我的换洗衣服在哪里？漱洗用具呢？"

他边说边向卧室走去。

王韵雪恍然醒悟，跟着走进卧室。陈潭秋悄声对王韵雪说："我走后，这儿的工作由刘平（张子意的化名）负总责，以后有事情向他请示处理。"

说完后，他匆匆出来，借上厕所的机会找吉合交代了两件事："请你将我被捕的情况设法电告中央，我走后，这里的工作由刘平负总责。"

陈潭秋交代后，如释重负地返回来，提起小包袱坦然地和毛泽民等五人坐小汽车走了。

汽车离去很久，王韵雪才警醒过来，想到自己有任务必须赶快去完成。她把密码本藏在身上，跑到张子意的房间，定了定神，向他叙说了陈潭秋安排的事。张子意同志听后说："你快向中央发电，报告潭秋和泽民等同志已被盛世才逮捕。"

王韵雪说："我们没有自己的电台，电报已经发不出去了。"

接着问："密码本是否赶紧毁掉？"

张子意点头同意，她当即将密码本烧毁。随后，又将经费连同那只苏式小箱子交给张子意。

办完几件事情，时间已近黄昏。院内静悄悄的，好像没发生过什么事一样。王韵雪回到自己的房子，只觉得空荡荡的，她从这间房子走到那间房子，不知道能干什么，心里老是想着：潭秋这时在哪里？是真的"请去谈话"？为什么到这时候还不见回来？是被捕了吗？他又被关在哪里？想啊想，就像做梦一样，恍恍惚惚。当她被打门声震醒过来时，已经到了第二天的清晨。

盛世才以"请客"为名，将陈潭秋、毛泽民、徐梦秋、潘同、刘希平等五人及其家属，囚禁于迪化老满城邱公馆。把李宗林、林基路、李云扬等20人，软禁于三角地临时招待所。将中共航空队员软禁于督办公署后院。其余70余人仍软禁于八户梁招待所。至此，八路军驻新疆办事处被迫关闭。

不包括孩子，中共人员及家属被软禁123人。之后又有从南疆返回迪化的谷先南、谭庆荣、许亮、高登榜、郑亦胜等五人也被关进三角地，软禁人数增加到128人。

"天不怕，地不怕，就怕盛督办请谈话。"这是当时在新疆各阶层广为流传的一句话。"请谈话"是盛世才逮捕人的惯用语,很多人被"请"去之后就再也回不来了。

吉合目送陈潭秋被盛世才"请去",心里始终忘不了他在关键时刻说的话:"我们的部队在河对岸向敌人冲锋陷阵,急需后方架桥支援,敌人对桥梁狂轰滥炸,我们能因为有生命危险而放弃架桥吗?现在新疆的战略地位正像是这样的桥梁,我们要坚守战斗岗位,直到最后一分钟!"

是的,我们是架桥之人,战斗没有结束,坚决不能撤!

陈潭秋同志是这座大桥的顶梁柱,他远去的背影,显得特别挺拔高大。

二十二、纤纤楚三

1942 年 9 月 18 日,是在新疆的中共党人,全部被软禁的日子。

上午 10 点,盛世才又派汽车将王韵雪、朱旦华等五人和小孩"请"去了。到了"邱公馆",让他们下车。进到屋里,他们看见陈潭秋、毛泽民等人都在里面,悬着的心才有了着落。

陈潭秋见到王韵雪,急忙问:"八户梁的同志们怎么样?"

王韵雪回答说:"还好。"向他报告已将安排的事转告刘平同志,密码本烧掉,经费连箱子一起交给了刘平。陈潭秋微笑着点点头,表示满意。

从这天起,他们开始了被完全软禁的生活。房子外面有岗哨把守,一步也不能走出院门。

9 月底,陈潭秋向看守人员提出,要去面见盛世才。被拒绝后,他给盛世才写了一封抗议信,大意是:我们是接受你的邀请,来新疆帮助建设的。我们的同志都严格遵守我党有关统战的原则，执行"六大政策"，为抗战尽力，忠于国家民族，事实俱在，无须赘述。而你竟以"保护"为名，实行秘密软禁，特提出强烈抗议！望你速速醒悟，将我在新的全体人员、眷属和小孩释放，保证人身安全，迅速送回延安……

信送走了几天，毫无回应。

陈潭秋给盛世才写了第二封措辞更加激烈的抗议信。同时，他给张子意和航空队分别写了信。

给张子意写道："请你给航空队同志每人一百元以补助他们生活，同时也给我们这里送点钱来。"

给航空队写道："望你们保持健康，目前我尚健康，只是腿行动不便。"

送信走后，陈潭秋给王韵雪解释信中的话。他很担心航空队的同志们，写信是让他们知道，自己离开了八户梁。"保持健康"是告诫他们坚持共产党员的立场和气节，"我尚健康，腿行动不便"，是还没去监狱，只是失去自由。希望同志们见信后能稳定情绪，这很重要。

他讲了任满洲省委书记时的例子。有一次在哈尔滨某旅馆开会，突然被宪兵包围，陈潭秋大声说："同志们，坚持我们的立场！"结果，那次被捕的同志没有一个叛变。他说，紧急关头，领导人的一两句话，往往可以影响同志们的政治态度。听了陈潭秋这番话，王韵雪深受教育。

1940年2月，陈潭秋和王韵雪经过两年多的朝夕相处，经组织批准结婚。婚后的全部精力依然在工作上。即使夜深人静，也在思考着工作。有时为了解决一个问题，很多天寝食难安。现在被盛世才软禁，失去了与外界的联系，两人才有了更多说话的时间。

陈潭秋和自己的爱人，讲了过往的革命生涯。党的一大以后，直至大革命时期，他基本在武汉地区从事革命活动。从上海回到武汉后，和董必武同志筹建了武汉地区党的领导机关，主管组织工作，积极发展壮大党的队伍。大革命失败后，辗转于华东、华北和东北广大地区，从事地下斗争。先后任江西省委组织部部长、省委书记，着手八一南昌起义的准备工作，随后调任中央巡视员。两度到天津。改组顺直省委，担任宣传部部长。创办了刊物《出路》，考察了青岛和满洲地区党的情况。1930 年，出任满洲省委书记，使东北的党组织得以恢复，新建了 40 多个地方组织。1932 年春天回到上海，担任江苏省委组织部秘书。1933 年初，党中央决定派他和妻子徐全直一同去中央苏区工作，不承想夫妻从此永别。他回忆自己的亲人和孩子，弱冠时与同乡林氏女结婚，妻子不幸早逝，常哭于亡妻之墓，发誓不复娶。任教女师时，有某女子钟情于他，终不为所动。后来在工作中与徐全直发生恋爱，1925 年初结婚，生女赤君（徐慈君），长子萍萍（陈鹄），次子国民（陈志远）。徐全直是湖北女师的高才生，湖北教育界新旧斗争与妇女运动的领导人之一，曾任湖北省立第二小学校长。他们准备去中央苏区时，赤君 8 岁，萍萍 5 岁，徐全直怀着国民待产。两人商量，决定把两个孩子送到外祖母家，托姨姨、舅舅抚养。

陈潭秋给他的三哥和六哥写了一封信，告知两位兄长，由于革命斗争复杂多变，他萍踪浪迹，行止不定，为革命南北奔驰，今天不知明天在哪里。这样的生活，小孩子终成大累，所以决心将两个孩子送托外家（岳母家）抚养去了。直妹"又快要生产了，不知六嫂添过孩子没有？如没有的话，是不是能接回去养？"

4 月下旬，国民（陈志远）在上海出生，徐全直产后出院，将孩子寄托在我党的一个秘密联络点，等待三姨来接回湖北老家，交给六伯父抚养。

6 月 20 日，徐全直正在联系去中央苏区事宜时，被国民党特务抓走，关押在南京宪兵司令部监狱。她在狱中改名黄世英，继续同敌人顽强斗争。1934 年 2 月牺牲于南京雨花台，她在伪法庭审讯时，骂不绝口，行刑之日，高呼"共产党万岁"从容就义。

被软禁的日子里，陈潭秋想着远离自己的三个孩子，从记事起，幼小的心灵就得不到父母的关怀。但他没有丝毫悲观失望的情绪，每天早晨起床后，到院子里跑步锻炼。饭后看书，学习外文。有时和毛泽民一起下跳棋，玩多米诺骨牌，自我调剂被软禁的生活。

11 月，盛世才将他们转移到"刘公馆"。这处住房由两个小院组成，紧靠城墙，离市区又远又偏僻。门口的岗哨逐渐增多，后来连房顶上也有人把守，晚上还派人在窗下偷听。

陈潭秋感到事态更严重了。有一天，他见王韵雪收拾衣物做必要的准备，说你这个准备是应该的。他说，从目前情况看，男同志坐硬牢的可能性很大。一旦我们入狱，盛世才对你们有几种可能：一是仍让你们出去工作，你们是绝不能去的；二是也可能将你们逮捕坐牢，如果这样，平时你没在外面工作过，绝不要暴露自己的身份，更重要的是不能玷污共产党员的光荣称号，要坚持坚定的立场。你们如果能释放，一定要想方设法回延安去，将我们这里的情况报告党中央。

他说完后两眼盯着王韵雪，观察她的神情和动静。王韵雪长长地嘘了一口气，说："你的话我都记下了，也懂得它的意义了，绝不辜负你对我这几年的培养，我会完成你交给我的任务的。"

陈潭秋这才放心。他考虑更多的是如何迎接未来狱中斗争的考验。

在"刘公馆"囚禁的日子里，陈潭秋与王韵雪迎来了一个新的生命，这是他们最大的欣慰。

1942 年 12 月 2 日，他们的儿子出生了。遗憾的是盛世才不让他们享受人间快乐。

1943年2月7日，晚饭后，王韵雪听到外院人声嘈杂，监视他们的人贼头贼脑，窥探院内的动静。陈潭秋正打算给王韵雪说什么，忽然有军警出现在门外，又以"督办请谈话"来"请"了。

陈潭秋看到那些身着黑衣的家伙，知道考验的时候到了。

他镇定地站起身去穿大衣，对王韵雪说："我意料中的事发生了，你一定要按我平日对你讲的去做，好好将孩子抚养成人……"

他走近只有两个月零五天的儿子床前，轻轻地对着他的小脸蛋亲了又亲，然后迈着坚实的脚步走出去。

熟睡中的"纤纤"，一生只有从母亲嘴里听说自己的父亲了。

陈潭秋洞察到盛世才要向大人们下毒手，为这个在软禁中出生的孩子，取乳名"纤纤"，意思是最后最小的一个孩子。他被捕入狱后，张子意为孩子取大名楚三，意指楚有三户，亡秦必楚。这表达了对国民党反动派的深仇大恨，以及希望孩子长大后，为先烈们报仇的殷切希望。

二十三、天地同在

盛世才为保住他"新疆王"的地位，大行特务统治。当时仅8万人口的迪化，有正式监狱六所，监狱养病室一所，拘留所两处，公安管理处所辖有实业学校、女子工厂、肥皂厂等，实际上也是监狱。

盛性多疑，对公安系统的特务，包括自己派出的特务也不相信。他曾和陈潭秋谈起他的统治手腕，对一个地方或一件事情，须派两三个特务人员，彼此互不知道，互相监视才行。许多公务员兼做特务，公安局系统的特务，多半用金钱收买，一个报告有五角、一元或数元的奖赏。这些人为了完成任务，得到赏金，常常捕风捉影，甚至完全虚构报告内容。

盛世才除安排有许许多多、形形色色的密探，还有一批人员得到授权，可以直接向他写密函和报告。他安排公安或特务人员，按照告密定罪捕人。逮捕人假以"请谈话"、"请客"、"调升"（迪化市内的）、"晋省"（外区县的）、"开会"等等借口，军政官员一茬一茬像割韭菜一样被清洗。人们总结出盛世才统治的规律：文官升到厅长，武官升到团长，便要准备后事，等待入狱了。当时百姓中流传一首打油诗：春眠不觉晓，处处闻狗咬，夜来汽车声，抓人知多少。到了盛世才的监狱，又流传有两句话：早进来，晚进来，早晚要进来；横出去，竖出去，横竖死出去。

监狱审讯所用刑具之多，手段之残忍，旷古罕闻。有打手板、皮鞭、站跪炭渣、站跪玻璃碴、坐飞机、坐坦克、上大褂、站唱针、戴脑箍、钩舌、锥刺腮、钉手掌等二百种以上。

盛牢审讯，按计划指供、教供、诱供。每兴一次大狱，事先编好"阴谋暴动"的剧本，安排好角色，某人为首，某人自首，某人调查，某人报告，某人胁从，按名逮捕。做好供词，刑迫被捕人承认，照抄一遍，即作定案。

1940 年 6 月 20 日，陈潭秋在给中共中央的电报中报告了盛世才这些卑劣残忍的"把戏"。

盛牢还有一项"独创"——"转案"或"转帐"，就是给同一个"犯人"在不同的政治气候下加不同的罪名。某人第一次被捕，定了罪名；需要新案时，逼其承认新罪；过些时日，再加新的罪案；反复转案，全为盛氏所需。一般的公式：托匪汉奸—国民党走狗—共产党。一言以蔽之：盛世才红了，别人便白了；盛世才白了，别人便红了。

曾任《新疆日报》总编辑的郎道衡评价："盛氏之为人，仇视人类，灭绝人性，无中心信仰，唯利是图，苟有富贵，虽背叛恩义进而杀父母屠兄弟亦所不惜，故对任何人与任何主义，无所谓亲与信，概与现实利害为转移，断不知人间有羞耻之事。故反复叛变，杀其弟，寡其妹，油焚岳母，诬磔弟妇，囚杀干部，陷害故友……表面虽似有主义背景，而实际用心在保全禄位，诚一极端自私自利寡廉鲜耻小人之尤者之行为也。"

陈潭秋深知盛世才的阴险毒辣，然而，在被"请谈话"时，神情若定，毫不惊慌，把工作做了安排，以实际行动为榜样，鼓舞周围的同志。这种高尚的精神境界，正是他在监狱中坚贞不屈、勇斗顽敌的坚实根基。

陈潭秋入狱后，盛世才先对他精神折磨，两个月之后，开始过堂。目的有两个：一是迫使他承认中共在新疆有"秘密活动"，要搞"阴谋暴动"；二是迫使他反对苏联。

早在 1939 年，陈潭秋和盛世才第一次交锋，淡然说过，"此头很硬"。盛世才制造的所谓共产党"阴谋暴动案"，把中共和苏联连在一起，审讯中一方面诬蔑苏联，另一方面企图得到中共在新疆是"受苏联领事馆指使"的"黑材料"。

敌人提出反苏问题，陈潭秋回答："如果苏联有这回事，就是变成了帝国主义，成了侵略者，我就不拥护苏联，反对他们。但我相信苏联不会变的。"

盛世才投蒋反共后打起"三民主义"的旗帜，审讯中污蔑共产党，问陈潭秋是不是信仰。陈潭秋回答："我认为三民主义为中国今日所必需，共产党相信三民主义适合于今日的国情，但共产党还有他的最高理想。"

盛世才最主要的目的，要圆其制造的共产党"阴谋暴动"假案。陈潭秋回答："共产党决不虚伪，我再声明，我们没有危害政府的任何活动。亦绝不违反党的政策，更无违反'六大政策'的活动。我敢赤诚说，我们都是忠实'六大政策'的。中共不是阴谋小组织，绝不会在新疆作党的活动而违反我们党的政策。"

盛世才为坐实所谓共产党"阴谋暴动案",密电请示蒋介石,派出具有反共经验,精通法律的审判人员到新疆参加审判。蒋介石接到密电,甚是自得。收服盛世才联合反共,是他心里一个最大的愿望,立即批示中统局长徐恩曾,经徐本人和陈果夫推荐,蒋亲自拍板,确定选派曾任中统南京实验区区长和第三处处长季源溥、中统骨干重庆地方法院检查官郑大纶、CC系高级特务国民党中央政治学校训导主任王德溥、江苏高等法院院长和行政法院评事朱树声四人组成"重庆审判团"。临行前,蒋介石亲自接见了王德溥、季源溥、朱树生三人,徐恩曾又设宴招待了包括郑大纶在内的四人,嘱咐他们:此去新疆,一定要遵照总裁的意旨,很好地完成任务。

四人乘专机到达迪化,受到最高规格的欢迎款待。盛世才亲自向"重庆审判团"介绍破获共产党"阴谋暴动案"的情况。随后成立了专门的"审判委员会",盛世才亲任委员长,王德溥为副委员长,委员有季源溥、朱树声、郑大纶、李英奇、李博霖、富宝廉、彭吉元、程东白、盛世骥、张光前共12人,妄图把捏造的案件审出确凿可信的证据。那些当时全国顶级的所谓法律权威,审阅了李奇英提供的所有案件材料,除了"证人"的供词,没有任何可供凭信的事实依据。为了完成了蒋总裁和盛督办的任务,这个号称最权威的"审判委员会",只有动用最原始、最卑劣的手段刑讯逼供。

陈潭秋在刑讯时严正表明:"我声明,我不受审讯。我在新疆没有反对政府的行为。我们在新一切活动都与督办商量。""我个人对'六大政策'认为很先进,中共亦认为'六大政策'很对,所以派我们一部分同志来帮助政府工作。我敢负责,我们在这里没有危害政府的行动及违反中共的政策。"

"审判委员会"推出所谓的"证人"，即是被盛世才收买后，按盛的旨意捏造共产党"阴谋暴动案"的李一欧、臧谷峰，中共叛徒徐梦秋、刘希平、潘同等人，搞"隔帐对质"。在坚强而又磊落的陈潭秋面前，敌人不敢真的"对质"，只让"证人"躲在幕布后面，把提前编造好的"供词"照念一遍，却不准陈潭秋质问一句。他们不敢让"证人"与"被告"见面，生怕一照面，"证人"们的舌头就不灵了。

陈潭秋斥责道："刘西屏、潘柏南、李一欧、臧谷峰，他们说的话都是虚构，现在他们失去了良心。我以前把他们看成同志一样，现在他们没有良心了。我要求政府法庭研究为什么他们失去良心，我想法庭一定能研究出来的。"

他把刑讯室当作审判台，反过来把恶毒的"主审官"王德溥、季源溥等人骂得不能开口。

敌人让他站炭渣和铁刺，问他："怎么样？"他鄙视地说："就是这样，这种东西本是十五世纪野蛮时代的东西，你们用来摧残革命人士，有失中国列为五强之一的荣誉。"敌人问他："阴谋暴动的事情想得怎样？"他说："那是空中楼阁。"

站炭渣，即在砖头上放置炭渣子。陈潭秋站在砖上，两脚红肿，两手平伸绑在木杠上，木杠用绳挂在房顶，还打他的手板。陈潭秋说，现在中国是五强之一，乃是先进国家，这样残酷刑法问出口供到国际上亦无光彩。敌人的酷刑惨绝人寰，陈潭秋每次受审，都被皮鞭抽打得死去活来，但他始终坚贞不屈，没有口供。

据记载：勉存智（非党人士）和陈潭秋关在同一间牢房，有一天夜里，陈潭秋被敌人带走，一直到第三天，才由几个人抬着把他送回牢房。勉存智赶紧问陈潭秋这是咋啦。陈潭秋说，我受刑了。他连忙掀开衣服看，陈潭秋身上被打得青一块紫一块，有些地方严重瘀血，陈潭秋痛得动不了。勉存智帮陈潭秋擦洗伤处，看到受刑的地方全都肿了，全身上下没有几处好地方。

敌人让他在牢房里写材料，陈潭秋根本没有写。第四天又带他去审讯，逼他说出"要推翻盛政府，成立新政府，同伙还有谁?"他不讲，也没签字。当天监狱里送来好吃的东西，有香烟，有炒菜。敌人硬得不行来软的，想用这些东西动摇陈潭秋。他不用不吃，都扔到厕所里。

一段时间后，陈潭秋又被带走，审讯又是三天，被打得更惨。他被拖回营房，浑身是伤，脚底板全烂了。敌人让他在放有三角铁刺的方砖上站了三天，"飞机"、"坦克"等刑具都用了，用沾水的麻绳抽打，用杠子夹，逼他在孟一鸣（即徐梦秋）的材料上签字，他坚决不签，昏过去，被用烈性化学药水熏醒。在他口里问不出东西，没有办法又放回牢房。

审讯了好几个月，毫无收获。没有一点儿结论，怎么办呢? 如何向重庆的蒋介石交代? 盛世才不管，照样下命令拟定公布"判决书"。

任务交给最权威的法律专家季源溥，此人煞费苦心，用了一个多星期，终于炮制出了"共产党'阴谋暴动案'判决书"。为此，他可真是绞尽了脑汁。开始时想引用"危害国民紧急治罪法"，第二次国共合作以后，此反共法令业已废除。除此之外，翻遍所有法律条文，找不到适合徐杰、周彬等中共党人的"罪状"。最后，牵强附会，引用了《刑法》中的"内乱罪"一条。"犯罪事实"是: 徐杰、周彬为在新疆策划和指挥共产党人李一欧（李根本不是共产党人）、孟一鸣（徐梦秋的化名）等20多人，组织暴动意图颠覆新疆省政府的首谋者，召集和主持秘密会议数次，决议定于民国三十二年四月十二日在广场召开群众大会时，实行武装暴动。"以上犯罪事实，徐杰和周彬虽坚不承认，但经讯问李一欧、潘柏南、刘西屏等人，均供认不讳，核与事实相符，罪证确凿，不容推卸。"

本人坚不承认，仅凭他人口供，如何能"罪证确凿，不容推卸"呢？

中共党人被关在牢笼之中，斗争一天没有停止过。盛世才到底还是心虚，最后耍起电话问讯的招数。

1943 年 9 月初，有一天，陈潭秋正在监狱的院子里放风，监狱长突然叫他去，接听盛世才打来的电话。在电话里，陈潭秋痛骂盛贼忘恩负义，如果没有苏联的支持，没有中国共产党的鼎力相助，你盛世才怎么能有今天！盛世才在电话里虚情假意地说，只要陈潭秋听从劝告"揭露"苏联，承认罪名，就能安排他和妻子、孩子一起生活。陈潭秋根本不为所动，继续痛骂。盛世才气得扔下电话。

没过几天，盛世才又来电话，再一次遭到陈潭秋的严正斥骂。

盛世才第三次打电话，警告陈潭秋，再不听劝告就无出路。陈潭秋把电话机狠狠地摔在地上，坚定地说："我们共产党人，头可断，血可流，志气不能丢。"

他清醒地预见：敌人要下毒手了。

1943 年 9 月 27 日夜，盛世才的刽子手，用先在头上打闷棍，然后用绳索紧勒脖子等"无声杀人法"，秘密杀害了陈潭秋、毛泽民、林基路三位革命烈士。

烈士们以坚定的意志和顽强的信念，经受住血与火的考验，用生命诠释了共产党人的气节与风骨。

在以后的监狱斗争中，从 1943 年到 1946 年，狱中的共产党人，以张子意、马明方、方志纯等同志为领导核心，提出"百子一条心，集体回延安"的口号，成功抵制了三次大规模的反普遍审讯，开展多次绝食斗争，经历了分散关押，侮辱打骂，惨无人道的刑讯。威逼利诱，生死关头，大家心中只有一个信念：坚持到底，集体返回延安。让监狱当局留下"提共党 88 名分别谈话劝其投诚，然结果均仍执迷不悟"等可耻的记录。

女牢的同志们面对敌人的审讯，经常高唱革命歌曲，抗议监狱当局的残酷迫害，鼓舞大家的斗志。同她们在一起的，有几位五六十岁的老人，24 名从刚出生到十来岁的孩子，两名危重病人，五位残疾军人。她们"变监狱为战场，变监狱为学校"，分班学习政治理论和文化知识。把孩子们组成大、小两个班，给他们讲革命故事，教唱革命儿歌，让饱尝铁窗饥寒苦难的孩子们，在学习长辈的革命斗志中成长。

长达三年多时间的监狱斗争，只有极少数贪生怕死之人，堕落为叛徒。一百多人远离中央，彼此分隔在几处，每天处在生死考验的复杂环境中，每个人都保持着坚定的信念，坚持斗争，不断挫败敌人的阴谋，直至胜利。从整风活动到被软禁之前，陈潭秋组织的政治学习和气节教育，为这些革命者在狱中战胜敌人，坚持到最后的胜利，打下牢固的思想基础，起到了至关重要的作用。

生长在天山的青松，经得住风暴，耐得住严寒，即便被摧折，也永远不会改变本色，停止生长，更不会改变迎风挺立的形象。陈潭秋就是挺立天山，永远不倒的青松。这棵青松，用他自己的鲜血浇灌，成为天山最高处，最高大伟岸的那一棵，稳扎大地，顶起天空，引领光明，开创时代，永远与天地同在。

2020 年 11 月 28 日星期六晚 19∶54 第一稿

2021 年 1 月 7 日星期四第二稿

2021 年 1 月 24 日星期日凌晨 2 时第三稿

2021 年 11 月 20 日第四稿

第二部

生命之爱

你的爱在大地奔跑

让韶山冲的稻田

连着新疆大地的生长

把饥饿赶离荒芜

为寒冷遮盖裸露

身躯躺在荒野

鲜血融入河流

用生命之爱

温暖胜利前夕

历史黑暗里最酷寒的那个黎明

你的灵魂升起来

到达太阳直射未来的高度

照亮敌方阵营里

被冷漠浸泡太久的人心

令恶魔的阴谋构陷无处遁形

毛泽民烈士以生命之爱，化敌为友，留下卓越的经济成就和崇高的人生品德。

一、沉重的呼吸

毛泽民第一次坐在飞机上，剧烈咳嗽，随着飞机在风中的颠簸，感觉整个大地都在颤抖。他的呼吸沉重而艰难。看着辽阔的大地，感觉这沉重的呼吸，似乎与大地连在一起，显得更加沉重。这样的沉重，连着振兴国家的历史责任。

自从参加革命，毛泽民总是忙于工作，经常是事务紧急，吃饭和睡觉的时间都恨不得被全部挤干。多少年来，虽然走南闯北，但眼里看到的都是事，哪里还容得下景物风情的影子呢？这一次出来看病，暂时放下工作，心里有了暇余，一路上，对山川大地不断感慨。

从兰州坐飞机到迪化，一路上，他透过舷窗，俯瞰着大地。绵延的戈壁，多彩的雅丹，却少有河流，时值冬季，毫无生长的气息。这样的景色与对国家民族的忧思交织在一起，在内心生成一种对大地的悲悯。祖国河山遭疾致贫，与自己的病患之躯，产生了强烈的共鸣。同病相怜，他对这片尚待苏醒的土地，产生了无限的爱怜。

这是多么需要温暖和湿润的大地啊！

之后的五年，他给这里留下了无限的温暖，给了生活在这片大地的人们，尽量多的公平和挚爱。

毛泽民带着一路的感慨到了迪化，想尽快到苏联治好病，回到延安，投入紧张的工作。不巧，中苏边境正在发生鼠疫，边界封锁，交通断绝，他滞留在迪化，进退不得。沉重的病情，加之内心的着急，让他陷入前所未有的困境。

早在 1924 年，毛泽民担任安源路矿工人消费合作社经理，因为过度劳累，患上急性盲肠炎，病情危急，在医疗条件较差的情况下做了手术。术后本该静养，他却依然忙碌，导致刀口一直愈合不好，留下后遗症，每逢天气变化就会疼痛。结果又增加了顽疾老胃病。

1934 年 10 月，红军被迫长征，财政部和国家银行组成十五大队。毛泽民任政委，负责红军的筹粮、筹款和全部供给。十五大队带着整个国家银行的金银珠宝等贵重物资，有 200 多担。有一只小铁箱，装着金条，为了安全，一路上都是毛泽民亲自带着。翻雪山、过草地时，他帮助同志们挑担子，患上严重的支气管炎，病得吐过血。十五大队没有丢一两金银，相当程度上保证了红军的供给。

到达陕北后，毛泽民任国民经济部部长。寒冬季节，同志们衣衫褴褛，挡不住夹着大雪的北风。陕北地广人稀，连年天灾人祸，国民党政府经济封锁，根据地弄不到布匹和棉花，严重威胁红军过冬。毛泽民担负起解决红军御寒过冬的任务，他指示清涧县部队的同志，设法做河对面敌营长的工作，疏通物资运送的渠道，购到了 2.8 万匹布和大量棉花，发动妇女赶制万套棉衣。他一手抓红军的军需供给，一手抓边区的经济建设。带着工矿科科长高登榜，到定边、延长等地考察，组织瓦窑堡煤矿开采，扩建延长油矿，整顿扩大定边盐池，到白区换物资。兴办工厂，纺线，织毛巾、袜子，做肥皂。几项工作完成后，基本稳定了边区的生活，为红军在陕北的长期发展奠定了经济基础。

1937 年的春天，共产国际领导下的工人阶级团体募集到 80 万美元现款，从法国巴黎秘密汇到上海，专门用于援助中国工农红军。这正是延安边区政府所急需的。可要能用到这笔钱，必须做到三步：第一步，将汇到的外钞从接收银行安全取出；第二步，安全兑换成国民党政府发行的"法币"；第三步，运回到八路军驻西安办事处，再完成从西安到延安的现金或物资采购转动。战乱时期，一笔巨额资金要做到"安全"，谈何容易。不能被国民党政府觉察，不能被各种黑恶反动势力觊觎，还要跨越各种势力范围的地理阻隔，各种货币间的转接兑汇。毛泽民作为中央工农民主政府国民经济部部长，必须确保这笔资金的接收转运万无一失。他开始设想以个人名义在西安办一个"钱庄"，可以把款项从上海的银行汇来，省时又保险。想尽办法，却得不到国民党政府的许可。无奈之下，只能走地下秘密转移的险棋。没有可靠的渠道，谁来担负这个只许成功不许失败的重大任务？他思来想去，向中央请示，没有好的答案，最后决定亲自出马。利用从事地下工作的丰富经验，带着五人小组，以富商的身份来到上海。先是采用各种秘密手段，小笔多次提取外钞。然后通过各种秘密手段，出入债市、股市、银行、钱庄，兑换成"法币"。再秘密利用各种交通工具，一箱一箱，一次次往返西安、上海，把现钞运到西安八路军办事处。为了赶时间兑换、赶火车、赶轮船、赶汽车……赶在敌人发现之前的一分钟，几位衣着光鲜的"富商"整日奔忙，常常顾不得吃一口饭，喝一口水，睡一个安稳觉。整整四个月，毛泽民带着几个人，躲避着各种险情和盘查，赶在"八一三"日军进攻上海之前，完成了全部资金的安全转移。

任务完成了。长期的积劳成疾，加上这一次持续的紧张劳累，严重的肠胃病、支气管哮喘，多症并发，毛泽民被病魔折腾得吃不下饭，整夜不能睡觉。剧烈的咳嗽，让人听得心惊肉跳。这个不知疲劳的人，彻底病倒了。

党中央决定，让他放下工作，去苏联治病。

1938 年元旦过后，毛泽民暂时移交了国民经济部的工作，准备出发。

革命路上，有无数的告别和远行，毛泽民从忙碌中抽身，顾不得考虑这一次远行的归期。

临走了，不放心小勤务员郝学明，把他叫来好一番叮嘱。小学明 8 岁当了红军，12 岁来到毛泽民身边，衣食住行，冷暖琐事，毛泽民像对自己的孩子一样关心他。每天教他五个字，一要会认，二要会写。他忙不过来时，就托付他人代教。小学明进步很快，一年之后，能读书，能看报，能写信。毛泽民介绍他加入了列宁主义青年团，离开延安去上海执行任务前，特意把学明推荐给胡耀邦，又让他进了青年救国会的青年学校学习。上海任务完成后，没有给别人带东西，只给学明买了一双皮鞋，还有牙膏、牙刷、手绢，带回延安送给他。这一次要出国了，一去真不知道多少时间。毛泽民拉着郝学明的手，摸着他的头，反反复复叮嘱，要好好学习，记得每天刷牙。

毛泽民的每一句话，都伴着几声咳嗽，但他依然坚持着，婆婆妈妈好一阵，交代完给小学明的话，好像这辈子再也见不上面一样。

他是一个温暖的人，特别喜欢孩子。唯一的女儿毛远志正在来延安的路上，由各地的八路军办事处，一站一站转送，此时到了何地，何时能到延安，尚不知情。

毛泽民很想见到女儿，但不能再等了。他带着未见到女儿的遗憾，还有对小学明的牵挂，乘坐汽车，踏上了一别无归的西行之路。

数九寒冬，北国风光，群山莽莽，千里冰封，战争年代，给人一种说不出的凋零和沧桑。

1月7日，到达兰州，住在兰州八路军办事处。他与办事处党代表谢觉哉是老朋友，两人是湖南老乡，毛泽民在上海任中央发行部经理时，谢觉哉是《红旗》主编。到了中央苏区，谢觉哉任毛泽东同志的秘书，两人常有工作交流。战争年代，每一次重逢都无比珍贵。当时的交通极为困难，从兰州到迪化路途遥远，汽车要走很多时日，路上的安全还是个大问题。毛泽民身患重病，从延安到兰州，已经很辛苦了，再坐汽车太冒险。两地间不时会有飞机执行重要任务，谢觉哉让他等有飞机时再走。毛泽民在等待期间，向谢觉哉传达了中央政治局会议精神，余下的日子，两人就时局和各自关心的问题，促膝长谈。

2月10日，等到一架从兰州飞往迪化的飞机，毛泽民与谢觉哉以及兰州办事处的同志们依依惜别。告别之时，约定从苏联归来后再见。不承想一别西去，再无东归。

二、别样的春节

毛泽民住在迪化的八路军办事处，大西北的寒冬，加重了他的病情，党代表邓发非常着急。当时，盛世才与中国共产党的统一战线正处于"蜜月期"，与党代表的关系也很亲密。得知毛泽民的情况后，主动协助邓发，联系最好的苏联的医生给毛泽民治疗，对毛泽民的生活格外关照，特意派人给八路军办事处送来一只羊、一些糖和新疆特有的冬储水果。经过治疗，毛泽民的病情得到控制，加之较好的伙食营养，身体有所好转。他一贯就爱关心人，从小到大，无论对家人，还是身边的同志，他总是给予细致入微的关怀。自己的身体刚好一些，心里便想着延安的艰苦生活。也许是受苏联人饮食的影响，每顿饭都会配一些糖块。他感觉自己在这里的伙食已经很好了，于是找了个盒子，把糖块省下存起来。过了几天，有同志要从迪化回延安。他把那些糖用纸仔细包好，让带给哥哥毛泽东。顺便捎了一封信，写了他在新疆的治疗和生活情况。

乌鲁木齐的老辈人回忆解放前的日子，1938年过了一个最祥和的春节。以前多少年，政局不稳，日子过得不容易。去年春天来了一个"新兵营"，人们都说是共产党的军队。后来政府也有了共产党的人做官。社会上的风气整个变得和缓了，政府部门办事作风有了很大改变，官员们待人平和了很多。"新兵营"的军人上街，见到老百姓彬彬有礼，买东西不欠账，还不讨价还价。一些消息灵通的人，告诉左邻右舍，这些人就是共产党。人们议论，世界上还有这样的军队，真是过去从来没有的稀罕事。那样的现象，给常年紧绷的生活，一种全新的希望。毛泽民二月中旬来到迪化，此时春节的氛围正浓，天气却格外寒冷。常言说"五九六九沿河看柳"，这塞外边疆的天气，因为更靠北的缘故，比三九天更冷。让他这个南方人第一次见识到哈气成霜、滴水成冰的情景。可是，中共党员领导的反帝会，在街上宣传抗日，动员民众反帝救国。"国家兴亡，匹夫有责。"只要政府往正路上引，老百姓也有觉悟哩！

毛泽民的病情有了缓解。他是个闲不住的人，听说大小十字街很热门，他从八路军办事处出来，顺着南梁朝北走，到那里一看究竟。让他没有想到的是，街上人流涌动，丝毫没有受到天气寒冷的影响。反帝会领导下的民众抗日救国后援会、妇女协会、学生联合会、工人救国联合会等民众团体，各选有利地段，组织抗日宣传。几栋两层高的商铺墙面上，挂着很多振奋人心的标语：

"各民族一律平等地联合起来，打倒日本帝国主义！"

"新疆虽僻处边陲，抗日救国尤为吾人之素志，枕戈待旦，誓与国人共同奋斗！"

"一切为着抗日胜利！"

"有钱出钱，有物捐物！"

……

很多老百姓围着听宣讲，拿着东西募捐。人们戴着捂耳朵的棉帽子、皮帽子，穿着鼓鼓囊囊的棉袍子、羊皮筒子，脚穿一种高腰毡窝子。各个民族，长相不同，穿着打扮也与内地不同。宣传的人有讲汉语的，有讲维吾尔语的，声音嘈杂，显出与内地不同的热闹。天寒地冻，男女老少，在积雪结成冰面的大街上，跺着双脚，哈着白汽，围拢成一大圈，听宣传，捐东西。

迪化裕丰隆商号门口突然放起鞭炮，一条串鞭炮放完，老板当众宣布，从当天起，今后三天所卖货物的收入，全部捐作抗日经费。人群中爆发出热烈的掌声和叫好声。一个临时搭建的募捐献金台前，人们纷纷拿着棉衣捐献，反帝会倡议，为抗日前线战斗的军人募集寒衣，目标是10万件。还有人热诚地献出金银、首饰、现金。有一些少数民族同胞，把自己家祖辈传下的挂毯，牛羊、毛驴，粮食、谷草，拉来捐献。有位看年纪有70多岁的老太太，走上献金台，当场摘下自己的金耳环。还有几个小学生，拿着自己省下的糖果来捐献。

毛泽民被各民族群众的热情深深感动，回到办事处，向同志们讲自己的感受，反复说："新疆的老百姓真是太真诚，太热情了。"

作为中国共产党的经济大管家，他自然关心起了新疆社会经济。找了一些资料看，也听别人讲，以战略和未来发展的目光，既看到新疆存在的问题，也看到了独特的优势。新疆作为边疆地区，对国家安全有着重要的战略地位，丰富的矿产资源，广阔的土地，又可以给抗日以更大的支持。他目睹了边城的抗日景象，心中敬佩那些已经在这里忘我工作的共产党人。

过了几天，又到了南门附近，却看到不一样的景致。很多马车、驴车、人力车排着长队。这是在干啥呢？一打听，说是机关发工资，各单位派人来拉票子。毛泽民大吃一惊。听说新疆财政混乱，没有想到竟然到了这样的地步。他敏锐地看到了问题的严重性，回头稍加了解，便知道了事情的原委。

盛世才上台时，新疆政局不稳，军费开支庞大。由于吏治腐败，政府官员只知道搜刮，贪污，鱼肉百姓，加上连年战祸，已经是民穷财尽。盛世才能成为"新疆王"，在军事政治上显然很有一套，但对经济问题一筹莫展。为了应付庞大的开支，欠下了大笔外债，滥发纸币，结果是饮鸩止渴。财政厅最主要的任务，成了发行钞票，几百工人日夜印刷。哪个机关需要钱，经过审批，就用大车来装。每天如此。市场物价日日上涨，迪化的麦面每百斤值省票 12000 两，大米每斗 7000 余两，银票 50 两买不到一盒火柴，买一个鸡蛋要用 500 两。纸币就像草纸一样，发工资每人一大捆，人们都顾不得去数。吃一顿饭拿一叠票子，老百姓遇到办红事、白事，要用马车拉票子买东西。每月发工资时，各单位都派车子来拉票子。毛泽民看到的正是拉票子的场面。架子车从民德路的财政厅门口一直摆到南门，人声嘈杂，驴咬马嘶，粪尿一地。这个乱，和所做之事，真是难以对号。

除此之外，币制的流通也乱得不可收拾。省政府发行 50 两面额的省票，喀什有喀票，伊犁有伊票，有一些地区还在使用清朝币和青铜制钱，有的商号自发竹简或铁制币。还流通天罡、元宝、油布贴等价值不一、五花八门的地方币，卢布、卢比等外币。各种价值不一的钱币互相折顶，混乱使用，致使货币流通紊乱，物价极不稳定。民间交易，很多人被迫采用以物易物的原始方法。货币不值钱，信用无从谈起，各族人民怨声载道。

毛泽民真是没有想到，新疆经济和财经管理竟混乱到如此局面。

不过，他纵观整个新疆的物产和地理条件，问题看似严重，却如同暂时得病的大个子巨人，从外表看，脸部和身体的皮肤溃烂，实则筋骨坚硬，只要方法得当，完全可以治愈。

毛泽民滞留迪化，既是客人，又是病人。盛世才得知他是毛泽东主席的亲弟弟，还是共产党主管财政的重要领导人，有着超常的经济管理才能，于是显得格外热情。中共新疆党代表邓发，在中央苏区时和毛泽民有过很好的合作，非常高兴他能来新疆。盛世才对新疆财经极端混乱的状况束手无策，要求从延安派一名财经干部，来新疆帮助治理。邓发向盛世才介绍了毛泽民的理财经验和本领，建议留他在新疆工作一段时间，以解政府的燃眉之急。

边界不开，毛泽民走不了，盛世才看到了把他留下来的机会。知道毛泽民不仅是毛主席的弟弟，而且是一位经济管理的奇才，尤其善于解决各种复杂问题。他要求邓发向中共中央汇报，争取把毛泽民留住。他说："与其到苏联治病，不如留在迪化。迪化的医院有许多从苏联来的医疗专家，配有较好的医疗器械，也有苏联的药品，同样可以诊治。他留在新疆，可以一边工作，一边治病，两不耽误。"

邓发与毛泽民友谊甚厚，他不仅认为毛泽民是主持新疆财经工作最理想的人选，而且凭多年的个人感情，做他的工作。

毛泽民出于对新疆战略地位的深刻认识，对于治理新疆经济的混乱局面，有了强烈的责任感。做好新疆的经济金融工作，不仅是服务于政治，造福于 14 个民族的 400 万民众，也是对全国抗战的支持。作为一位从农田里走出来的高层经济管理者，他有应对各种困难的方法和经验，骨子里的平民情结，让他时刻关心民生，养成了勇于挑战复杂局面的秉性。他感觉盛世才本人，表面热情，实际上捉摸不定，但为了服务各族人民，巩固抗战大后方，支援抗日前线，他把去苏联治病一事置之脑后，表示愿意留在新疆。

邓发立即请示中央，党中央和毛泽东主席同意毛泽民留在新疆工作。盛世才大喜过望，立即委派泽民同志担任新疆财政厅副厅长、代理厅长的职务。

三、让浊水沉下去

财政厅来了新厅长。厅里有人私下传言，新厅长是从延安来的共产党。人们议论纷纷，共产党与常人到底有什么不一样，就算有三头六臂，如何收拾这个烂摊子？

一个雪后初霁的早晨，毛泽民化名周彬，到财政厅上任。人们见到新来的厅长，身材魁梧，宽宽的前额，厚厚的嘴唇，眼角有几道鱼尾纹，一双大眼睛闪着亮光，充满自信。头戴普通的灰布棉军帽，一身旧西服，外穿翻领羊皮大衣，举止庄重，朴实老成，很有大将风度。相貌平常又显特别，见一面就能留下深刻的印象。

一桶清水滴入污水会变污，一桶污水滴入清水却不能变清。

毛泽民就任新疆财政厅代厅长，迎面便是两座难以搬动的大山：一座是"千头万绪的财政金融工作"，另一座是"本厅过去铁桶一般的旧恶习，以及毫无章则"。

上班第一天，就遇上了怪事情。为了工作方便，他独自一人住在办公室，外间由秘书办公。已经过了上班的点，他叫秘书安排事，外间没有回应，只好从里间走出来。看秘书的帽子和外衣挂在衣架上，人却不见踪影。过了好一阵，秘书回来了，并没有汇报出去干了什么。毛泽民没有说什么。之后几天，这位秘书还是如此，上班露个脸，算是点了卯，人就不见了，好一阵之后才回来。听人反映，此人有吸鸦片的嗜好，经常躺在马车夫的房子里吞云吐雾。作为一厅之长，身边的人有这样的毛病，如果治不了，何谈管理？可要是直接去与他计较，也非良策。千头万绪，千疮百孔，哪一件都是急事、要事。事情再多再急，靠"急"难以解决，越急反倒越难理出头绪。毛泽民对这位秘书的毛病，没有急着去处理，他想先观察几天再说。一位高超的管理者，总是处乱不惊，能心平气和地对待问题。毛泽民有着超常的定力，面对一团乱麻，就算十团搅成一堆，也能像巧手抽丝一样，很快做到条分缕析。等到理出头绪，快刀斩乱麻，立显效应。

他专心研究新疆财政问题的主要症结和改革思路，顺便留意外间的情况。此人还是老样子，把新厅长的宽容没有放在心上，反倒有了习以为常的任性。有一天，毛泽民要外出开会，通知马车夫套车。等了好长一阵，不见马车来。他走进马号，推开车夫的房门，看到了不想看到的一幕。"秘书先生"侧卧鸦片灯前，车夫正在给他烧烟枪。看见厅长进来，秘书到底还是慌了。他急忙爬起来，支支吾吾地说："我拉了好几天肚子，什么药都治不好，所以才……"

毛泽民呵呵一笑，像家长看孩子撒谎一样，一脸平和，吩咐马车夫拉秘书去医院看病。秘书再大的胆子，也不敢不顾厅长要外出，自己坐车扬长而去，不知所措地再三推诿。毛泽民表情严肃起来，说："看病要紧，你快坐车去吧，我可以步行去开会。"

秘书心虚异常，又无法破解尴尬的局面，只好捂着肚子上了车。毛泽民又叮嘱说："要医生写个病情证明来，我可以准你的病假。"

这是软中带硬的一招。如果仅仅让他坐马车去看病，尽管一时尴尬，也不会有多少威慑作用。毛泽民看似关心地叮嘱，让开来医生的证明。那是战争时代，一切都是战时管理，给一个小公务员开假证明，哪位医生也不敢承担被问责的后果。

秘书自然开不来证明，要想保住饭碗，只能老老实实向厅长认错。毛泽民要求他写出检讨，明确告诉他，必须保证今后不会再犯，能不能改，看实际行动。此人从此再不敢上班溜号吸鸦片，对新来的周厅长心生敬畏。

时间不长，又一件怪事发生了。毛泽民挂在办公室衣架上的皮大衣不翼而飞。财政厅机关，厅长的大衣丢了。外人轻易进不来，谁干的？出于什么目的？大家分析，应该是内部人所为。拿去自己穿不大可能，估计是经济困窘。他会让家人穿，还是变现呢？有人提议，是不是到当铺去看看。如果要变现，送到当铺的可能性比较大。毛泽民觉得言之有理，派人去看，大衣果然在当铺。得到报告后，他当即拿出钱，让人赎回来。当时的主任秘书张远凤很气愤，一定要查个水落石出，从严惩处。毛泽民依然一脸平和。他说："我想偷窃的人一定是万不得已。查出来后，最低限度要开除吧？试问，知情单位谁也不再用他，一家大小又将何以为生？我们不追究，他内心难道不愧疚吗？"

毛泽民与人为善，待人诚恳，把真心摆在人们面前，时间不长，大家与他有了亲近感。他很注意团结改造老职员，耐心教育，帮助他们克服旧习气，从政治上、生活上关心他们。厅里的干部工作上有毛病，他就叫到自己办公室谈一谈，讲道理直到说服为止。对待错误严重的人，严厉中留有余地，帮助其改正错误。

有一位干部负责收购了几千只羊，准备出口，他满不在乎地宰了几只，由于管理不善，又冻死了十几只。牧区有句老话："家财万贯，带毛喘气的不算。"这样的事过去常有发生，人们把活畜收购转运中，出现少数死亡，当作正常损耗。管事的人嘴里喊着苦，说这是跟在牲畜屁股后面闻屎尿臭的赖差事。实际却是肥差，宰几只吃了，计入死亡损耗，一般不会被追究。这一次，此人做得有些过了。毛泽民召集全体干部开会，对他批评教育，也教育了大家。以此事为契机，立下规矩，财政厅的各项工作，经常开展评比活动，奖励好的，带动差的。

如果把财政厅这样的旧机关，比作充满恶习的一桶污水，毛泽民进入其中，不是作为一滴"清水"，而是悄无声息的净水器，让污浊下沉。以静沉污，原来混浊不清的水，慢慢沉淀污物，让水体总体变得清亮。

盛世才乱世称雄，自认为是摆布人事的高手。他出于对毛泽民的支持，几次主动讲，让毛泽民开出"名单"，把不合适的人"调虎离山"。毛泽民则认为，要"首先进行团结工作，不借上面势力作解决方法，是于今后整个工作有利"。

他上任不到两个月，机关作风便有了根本的改观。

1938年4月18日，毛泽民在给张闻天、毛泽东的信中写道："百分之八十以上已被我争取过来了，牢不可破的恶习，今天大大地改变着。少数坏分子，在广大群众面前暴露，使这些坏分子的阴谋全不得逞。"

他任职财政厅三年时间，没有辞退一个人，不像过去经常有人被处分、撤职、扣薪、开除。光明磊落的人格魅力，公平、公正，与人为善的工作作风，得到绝大多数人的认可，引领了良好的风气。

毛泽民的胸怀装着挚爱的磁场，生成无尽的宽容和温度。他在飞机上俯瞰新疆大地时，内心超越了它的宽广。在财政厅这样充斥着官僚习气的旧机关，他内心的真挚，散发春天般和煦的温度，让那些久居塞外，在独裁统治下神经麻木的人，心灵渐渐软化，一点点回升人格的温度，从而产生了积极向上的心态。如此赢得人心，在国共合作时期，堪称统一战线的楷模。

人心稳定后，毛泽民很快着手整顿财政机构。

当时，新疆财政厅名义上有200人的编制，实际只有几十个老弱病残在应付工作。毛泽民主动将财政厅的编制压缩为 100 人，内设二室四科，整顿设立并健全了各行政区财政局和各区、县税务局。从省财政厅到区财政、县税务局，多少年残缺不全、混乱无序的财税机构，开始了正常有序的运转。

经过整顿，实现了财政机构的完整健全。与此同时，新的财政货币政策改革全面展开，快速推进。

四、新起炉灶

毛泽民不动声色，就能在很短的时间，改变一个官僚机关的作风，令所有人都没有想到。盛世才暗自赞叹，这样的人，就算领导一支军队，也能无往而不胜。

盛世才能在乱局中独占一方，自然有他的超常之处。基本手段则不外乎一手管枪，一手管钱。他毕业于日本陆军大学，曾在东征中得到了"常胜将军"的名声，自以为管枪是内行，钱却越管越乱，导致经济到了即将崩溃、难以为继的困境。用人全靠手段，需要时委以高位，用完了过河拆桥，一套手法玩得娴熟，就像东北人讲得"玩绝活"。他把整顿新疆财政的重任交给毛泽民，想要的效果，如同打仗攻坚一样，能做到妙计加强攻，立竿见影。

毛泽民开诚布公地说："新疆的财政有两条路，第一是有求必应，日夜开动印钞机，无限制地开支，这是一条死路；第二是紧缩开支，节省使用经费，根据量入为出，重点使用的原则，恰当地发挥财政力量，这是一条活路。"

这个道理，盛世才自然明白。接下来，毛泽民指出，必须首先改变"乱发纸币，币制混乱"的问题。盛世才没有异议，表示全力支持。

毛泽民面对新疆财政经济的乱局，能够胸有成竹，果断决策，他的决心与信心，来自天赋加勤奋，以及极端困难情况下，坚韧不拔，独辟蹊径，一次次取得成功的经验的积累。

他生于 1896 年 4 月 3 日，自小就有超常的经营天赋，特别能吃苦，十几岁就成了种田治家的能手。心地善良，特别无私，特别有担当，特会关心人，从而铸就了奉献一生的命运。幼年读了四年私塾，在家务农，跟父亲学会了算账，能双手同时打两只算盘，右手食指和中指之间还能夹一支小楷毛笔，随时记账。

父母于 1919 年、1920 年相继去世。当时，大哥毛泽东在外从事革命活动，弟弟毛泽覃在长沙上学，所有家务和对兄弟资助的重担，全由他一人承担。他把父母留下来的二十来亩田种得很好，家务管理有条有理，过着温饱日子。但是连年军阀混战，地方豪绅和族权的横行盘剥，使他对社会现状产生不满。他爱打抱不平，对贫困农民发自内心地同情。1921 年春节，哥哥毛泽东因事回到家乡，给他讲国难当头，民生多艰的根本原因，是社会制度不好，只有大家一起来改变旧社会，建立新制度，国家和民族才有出路。劝弟弟舍家为国，舍己为民。毛泽民长期受大哥革命思想的影响，这一次的交谈，让他懂得了只有推翻旧制度，才能救千千万万穷苦农民的道理。可又不解地问："离家后不劳动，怎能有饭吃？"大哥给他讲了从事革命工作的情况。毛泽民想到家里的财产问题。大哥说："这些都好办，房子可以给人家住，田地可以给人家种，我们欠人家的钱一次还清，人家欠我们的一笔勾销，都不要了。"

毛泽民按大哥的意见，果断行动，迅速妥善处理了家务，几天后带着全家，挑着简单的行李，到了长沙。

进城后的第一份工作，就是一道缺钱的难题。他到省立第一师范学校附小搞庶务，工作一接手，面临的困难是经费很少，教师的伙食很差。这可怎么办？他去转一些食品蔬菜市场，想着如何在不增加经费的前提下，让教师们吃饱吃好。转了几次，见猪的头蹄下水很少有人买，价钱很便宜。蔬菜上午新鲜时贵，晚上收场时便宜，甚至能捡到打蔫但没有变质的菜。他就买猪下水，找便宜或者不花钱的蔬菜，自创了很多做法。学校的伙食很快变得花样多，油水足。教师们吃得好，工作劲头特别大。

他到城里一出手，就表现出朴实智慧又能开创局面的经营才华。工作理顺后，同时在长沙工人补习学校学习，不久加入了中国共产党。

1922 年，他在毛泽东创办的湖南自修大学做庶务，边工作边学习马列主义，从此，全身心投入了革命，成了一位职业革命家。下半年，他到安源组建了中国第一个工人消费合作社，担任工人俱乐部经济股股长、合作社总经理。合作社向工人发行股票，每股 5 角，每年有红利。安源路矿有上万工人，大家踊跃认购，很快筹集到 7800 余元股金。这是中国共产党领导创办的第一个发行股票的经济实体。合作社经营工人生活用品和进步书刊，"实行平价、廉价出售"。低价进货，由铁路职工顺路捎回，减少了运费，售价比资本家的商店便宜一半以上。工人可以用现金购物，也可以用土特产品兑换，生意越办越兴隆。奸商们妄图用抢购套购的办法破坏合作社，毛泽民向工人发放购货卡，凭卡购货，挫败了奸商们的阴谋。合作社稳步发展，工人得到低价商品的实惠，所得盈余为党提供了经费。

这一时期，毛泽民的组织能力和经营水平上升到一个新的台阶。但他因为忘我的工作，导致阑尾炎急性发作，手术失败，落下了老胃病的顽疾。

1925 年冬，毛泽民在广州农民运动讲习所学习结束后，到上海接任共产党中央出版发行部经理。接手时仅发行《向导》一种刊物，他接收的资金总计 72 元 3 角零 8 厘。《向导》每月在《申报》《新报》《民国日报》登广告的费用是 72 元。中央经费匮乏，每月只拨给广告费 60 元，发行部的一切经费，均靠自身收入。毛泽民的经营才能在极端困难中，发挥得淋漓尽致，很快使《向导》在全国销到 8 万份。新增了《共产主义 ABC》，半年之内销量达 3 万余本。过去需要党的经费支持的宣传刊物，在他的经营下，出现了书报供不应求的局面。"书尚未印，就收到 1800 多元预约价。"后来又增加了《中国青年》《红旗》《红旗报》《实话》，还有其他马列主义小册子和党的文件、传单。在全国建立了发行网，在上海、武汉、广州、长沙、宁波成立直营书店，甚至到香港和巴黎开办了代售处。

巨大的发行量，支撑起中国共产党强大的宣传力量。

1928 年，大革命失败以后，上海白色恐怖严重，毛泽民在自己被捕的情况下，巧妙脱身，机智地绕过重重关卡，把发行部印刷厂的主要机器，安全完整地转移到了天津，做到了党的资产不受损失，继续发挥作用。

1931 年秋，毛泽民来到瑞金，负责中华苏维埃第一次全国代表大会的筹备工作。中华苏维埃政府成立后，决定成立中华苏维埃共和国国家银行，任命毛泽民为行长。他借用一家农民的房子，楼上楼下共有一个小厅，四个房间。总部全部人员五人，其中会计一人，记账一人，出纳一人，杂务一人，再加他自己。仅用了两个月时间，各种账簿、单据印好，国家银行正式开张，承担起统一财政，调整金融，加强苏区经济建设，保障红军作战供给的艰巨任务。创办培训班，培训财会人员，健全了银行的组织机构和规章制度，统一发行了苏区货币。支持苏区手工业和合作事业的发展，平抑粮价，保护农村经济。开辟国营贸易，买进苏区急需的食盐、药品、布匹等物资，有力冲破了敌人的经济封锁。成立中华苏维埃钨矿公司，兼任公司总经理，发展钨砂生产，组织钨砂出口，苏区获得了重要的经济来源。输出钨砂，输入油、食盐、布匹、中西药材、香烟、火柴、电池等货物，解决红军医用需求。

毛泽民从无到有，创办了中华苏维埃的第一家国民银行，通过开矿、贸易等多种形式，构建起中华苏维埃相对完整的经济体系，为中国工农红军的发展壮大奠定了经济基础。他成为中国共产党不可或缺的经济领导人，具备了胸怀天下的大局意识、运筹帷幄开创和经营掌控能力。

他因为看病到了新疆，接受党中央的安排担任了盛世才政府的财政厅代厅长。经过一番研究和思考，毛泽民清醒地看到，新疆的物产情况和经济基础，相比他以往经历的困难要好得多。只要拥有良好的政治环境，完全有信心扭转局面，走出困境。所以，他勇于铿锵有力地说出四个字：新起炉灶。

毛泽民提出，新疆的财政情况要立即改变，第一个前提就是要有严格的财经纪律，必须堵塞各种贪污渠道。盛世才和他手下的官员，搞贪污盗窃几乎是公开的。盛世才自己就规定，全省收入的八分之一，归他本人掌握，这其实就是一笔最大的贪污。毛泽民对此坚决抵制，财政收入必须全部纳入统一管理。盛世才被迫取消了这个特权，各级官员伸手抓钱的特权相应地被取消了。

这就是他所要求的政治环境，在此前提下，毛泽民大刀阔斧地开展工作。

他在给中共中央的报告中写道："我到财政厅工作两个月有余了，虽然经过这些时间的艰苦工作，可以说，一般的情形是懂得了。短短的五年工夫（指1933—1938年），乱发纸币达300万万两，外债合（计有）法币2000余万元，其他天怒人怨的事还不知有多少……一方面过去反革命捣乱；另一方面，官僚腐化、贪污、浪费所造成。过去许多不合理的事情，今天财政金融如此困难，仍然继续留存着，要去整顿，独力难为，实成为今天整理财政极大困难。"

毛泽民摸清了新疆财政供养人数，实际并不是十分沉重："仅养活至今最多的兵不过18162名（其中实际的上等兵4310名，一等兵3809名，二等兵2209名，将官及督署的七八百名副官、杂役等兵），是指整个军事（系统）。至政府行政系统，全省不到18000余人。而五年的各项税收等，虽然尚未有总的统计，其数当然很巨大。现在月收约30万万两，以5000两合大洋一元，月收也有30万元，由田赋所得一半以上粮食及牛马羊只，平均月值数万元或10万元以上。具有如此巨大收入，仅供给不到4万人的机关部队，要在陕北，大有余裕。"

无论盛世才还是苏联方面，都不得不佩服，毛泽民在机构不健全、无得力助手可用的情况下，仅用两个月的时间，就把全疆的社会、经济、人口等主要数据，精确了解到了个位数。单凭这个成效，就给各方面带来了信心和希望。底数清楚了，但各种问题多年累积，相互叠加，非常复杂。

毛泽民在千头万绪的乱麻中，梳理出问题的关节点："想要将300万万两省票逐渐恢复到原来价格，这是世界无先例，维持现状也绝对不可能。"

毛泽民就像双手拨拉算盘珠一样，设计出了一套严密周全、环环相扣、不留空隙的方案，主持编制了"新疆二期三年计划"，提出了首先"改革币制，统一货币"的目标。毛泽民在新疆，加紧研究，确定了财政改革方案。

治理新疆财政的基本方针："发展经济，增加收入，开源节流，保证支出，量入为出，收支平衡。"

他在给中共中央的报告中写道："唯有快刀斩乱麻，新起炉灶的办法……将省银行改组，成为中国银行一样的官商合办。半年后，就可完全求得收支平衡。"

他是一位能够高瞻远瞩的实干家，明确指出，新起炉灶的治理方法是："新组银行，改革币制。"

五、两路纵队

有了好的决策，形成具体方案，还要有可靠得力的人来实施。

毛泽民立即着手，以"两路纵队"的模式，打造新疆的财政经济队伍。

一路纵队是从延安引进一批骨干。他向中央请求："设法给我十个党的干部（赖祖烈、高登榜、郑亦胜三人必须调来），因银行、金矿、海关必须有强有力的领导人，才能很快转变，起得作用。"

同时，他要求从延安来的干部，人来之时，把有关制度办法也带来作为参考。"陕甘边区政府各种法令与章程，最好所有一切政府各部厅新旧章程、细则，尤其是财政、银行、金库、国民经济部的新旧章则，全给我一份作参考，减少我起草各种条例的困难。因省府本身及财、建、农三厅，我都要负责去帮助整理，要这些章则，与要干部一样迫切。"

1938 年 5 月 20 日，毛泽东批示："请陈云同志替他办，财政事情第一要紧，不但那里好，将来也大有助于我们。"

二路纵队是在新疆创办学校，就地培养。毛泽民的基本思路是，财政经济干部的构建，实行从延安引进与本地培训相结合。

按照改革方案，新疆所需财经人才的安排，在延安和新疆两地同时进行。延安的干部也很紧缺，能够派来的，都要担当重任。新疆需要的大量基层骨干人员，必须在新疆就地培养。

按照这一思路，两路纵队延安和新疆两地同时组建。

在延安，陈云按照毛泽东主席的批示，负责组织延安派出的干部。他是新疆统一战线的主要缔造者之一，对新疆的事情格外关注，安排中央组织部，以最快的速度落实。

在新疆，毛泽民报请盛世才同意，在迪化创办了新疆第一所财政专修学校，招收社会优秀青年。将入选的学员，按文化程度和基本测试能力，分为甲、乙两班，每班学员40人。校舍利用已有房屋，设备从简。毛泽民兼任校长并上台讲课，指派了教务主任、训育员、工作管理人员。聘请省内知名专业人士，讲授簿记、会计、公文程式、统计、财务管理和财务纪律等课程。毛泽民结合当时财政情况，讲授有关财政的综合知识和规章措施。原计划学业期甲班为一年，乙班为两年，后来因急需用人，甲班提前半年毕业，乙班一年半毕业。甲班学员大都分配到中央运输委员会总站和分站工作，并由其他单位商调了一部分缺员。乙班学员毕业后，绝大部分都派往南、北疆担任各区、县税局副局长。这些学员不仅在当时，而且在后来对新疆财政工作均起了重要作用。

毛泽民给学生讲课时，重点强调统计工作的重要性。他指出，统计人员不能只将一些数字汇集起来就算了事，要学会依据统计资料发现问题、分析问题、提出问题和解决问题。统计工作还要有及时性。所以在他主管财政工作时期，特别指定专人统计收集全疆有关财政经济方面的一切数字资料。如全疆各区、县田赋牧税，各种税收具体数字，全疆各区、县实有牛羊驼驴具体数字，各区、县实有耕地地亩面积，主要牧区分布情况，各区、县粮食生产情况。

财专学校先后培养了几百名财政金融专门人才，后来又在阿克苏区、焉耆区、哈密区、乌苏县等地举办了会计训练班，同时培养了一批少数民族干部。

锡伯族青年安世民，幸运地成为财政专修学校的第一批学员。毛泽民去财政学校讲话，通晓维吾尔语的安世民担任了翻译。当时安世民已快毕业，但为了下一期少数民族学员的学习，毛泽民把他留下边学习边翻译，和第二期学员一同毕业。安世民毕业后，对毛泽民心怀感激，赤诚相对。他被分配到焉耆区做财税工作，坚持财税制度，敢于和偷税漏税的行为作斗争，因此被千户长诬告，行政长公署把他逮捕。安世民无处求援，抱着试试看的心理给毛泽民写了一封信。没想到过了不到一个月，毛泽民派的视察员就到了焉耆，查清了案情，惩办了偷税漏税者和千户长。安世民被调回财政厅工作。毛泽民调任民政厅长后又调他到民政厅会计室，工作上给他耐心的指导，生活上无微不至地关怀他。安世民每每回忆，都非常激动。他说："毛泽民对我的恩情太重了，没有他就没有我，更不会有今天。他对我们少数民族干部实在太关心了！"

财政专修学校的培训学习有条不紊地进行着，延安的干部调配同时也在有序推进。

1938 年 6 月 5 日，陕北天气炎热。高登榜，毛泽民到延安后工作上的得力助手接到通知，来到延河边半山坡上一孔白色的窑洞，中央组织部部长陈云同志的住所。陈云告诉他，中央准备派一批文教和财政方面的干部支援新疆，要求他到中央党校、抗日军政大学和陕北公学三所学校，抽调 30 名学生一同去新疆工作。

谈完工作后，陈云说，泽民同志的女儿毛远志刚到延安，你们动身之前，到城隍庙招待所看看小远志，她是冒着风险从白区到延安来找父亲的。高登榜去看望了毛远志，带她拍了一张照片，准备捎给毛泽民。

高登榜从中央组织部干部处开出介绍信，到三所学校联系调出 30

名学生，后来成行的有 23 人。干部处长召集此行人员开会，宣布曹建培同志为路上的党支部书记，行政上带队由高登榜和郑亦胜负责，三人为党支部成员。

蒋连穆，23 岁，山东曲阜人，1938 年 1 月到达心中向往的延安，考到陕北公学学习。4 月 29 日，光荣加入中国共产党。5 月 7 日毕业，分配去新疆工作。

临行前，大家集中在招待所学习，陈云亲自主持。因为大部分是三所学校的学生，陈云同志亲切幽默地问，你们来延安生活习惯了吗？学会"照镜子"了吗？抗大、陕公的学生吃饭，饭菜吃净后，还要将盘子立起来，把菜汤倒在碗里喝掉，名曰"照镜子"。蒋连穆大声回答："我早就当上了'照镜子'标兵呢！"引得大伙哄堂大笑。

陈云同志接着说："革命是一辈子的事情，有好的时候，也有坏的时候，好的时候要努力工作和学习，提高政治思想觉悟。坏的时候要坚持立场，经得起各种环境的考验，要有不怕艰苦、不怕牺牲的精神准备。"

他交代说："新疆是个特殊的统一战线，盛世才在新疆推行的'六大政策'与我们党的最低纲领是一致的，你们去新疆要扩大抗日统一战线，把新疆建成一个进步的、稳定的大后方，保持国际交通线的畅通。"

一行人乘汽车先到西安，住在八路军驻西安办事处等候，十多天后坐上去兰州的车。又是十多天，到达兰州。新疆督办公署上校副官、中共党员韩光同志，专门带车从迪化来接。三天后，乘汽车从兰州出发，经河西走廊，出嘉峪关，进入荒漠戈壁、人烟稀少的新疆，经过半个多月的颠簸到达迪化。

毛泽民开办的财政专修学校，第一期学习接近尾声，从延安请来一路纵队的援兵到了，两路纵队刚好会合。

从延安来的干部，每人按要求填写个人登记表。按盛世才"中共人员不公开身份"的要求，起一个化名，编写一份假履历。高登榜化名高玉成，曹建培化名曹克屈，郑亦胜化名郑正声，郝冰清化名郝升，蒋连穆化名蒋春茂……

督办公署搞了一次象征性考试，郑亦胜、高登榜、钱萍、蒋连穆、罗乃棠、郝升、程九柯、薛汉鼎、陈广竹、黄永清等 10 人分配到财税系统工作，搬到财政厅。高登榜见到毛泽民，拿出毛远志的照片交给他。毛泽民仔仔细细端详照片中的女儿，看了好一阵，深深叹了一口气，说："这个孩子，命苦！"

1913 年，毛泽民 17 岁，王淑兰 18 岁，两人在韶山冲结婚，夫妻恩爱，共同操持家务，侍奉父母，支持兄长，供养小弟。他们生了五个孩子，四个不幸夭折，只有女儿远志活下来。后来，夫妻二人跟随大哥参加了革命，王淑兰投身妇女解放运动，多次被捕入狱，小远志跟着妈妈在监牢生活。毛泽民在革命斗争中出生入死，离开长沙前，为了王淑兰和孩子的安全，两人商量办了离婚。远志和妈妈又几经分离，做童工，卖苦力，小小年纪历尽磨难。1937 年底，毛泽民托人带话，让从事地下工作的王淑兰把毛远志送往延安。王淑兰带着小远志，从乡下赶到长沙，把她交给八路军办事处，辗转武汉、西安。毛泽民离开延安到新疆时，小远志还在途中。算起来，他和唯一的女儿，已经十多年没有见面了。现在远隔天涯，更是不知道何时才能见面，毛泽民只有时不时拿出照片，端详一会儿思念中的女儿。

高登榜等人在投入工作前，集中业务培训。先到财政厅各科室和迪化市税局的各科、股实习，同时也到财政专修学校听课。高登榜任班长。毛泽民讲授财经税务工作的方针、任务、重要意义，量入为出、开源节流的工作原则。他要求大家下到地方工作，要做到一不贪污，二不枉法，严于律己，清正廉洁，绝对不能给共产党丢脸。

培训学习结束后，大部分同志被分配到南疆工作。盛督办批示，他们到区或县财税系统一律任副职。

启程之前，毛泽民讲了三条：

一、努力工作，按新疆的"六大政策"办事；

二、尊重地方同志，尊重民族习惯，虚心学习，不要以为自己是内地来的，就骄傲自大，看不起地方同志；

三、今天在这里见面就是为大家送行，祝大家工作顺利，身体健康，一路平安。

六、统一币制

历代货币改革，都是因为物价上涨已达到不可遏制的状态，政府还在不断地发行纸币，整个货币制度已处于崩溃的边缘。新疆当时的情况确实如此。

货币改革一般的做法是废除旧币，发行新币，对新币制定一些保证币值稳定的措施。发行新币，要通过银行，而新疆政府当时只有一家银行，职能只限于政府收支，尚无一家真正的商业银行。如果把货币比作鸡蛋，银行就是装蛋的篮子。没有一个好的篮子，货币就像鸡蛋满地乱滚，既不能保证其安全，也不能做到有序流通。所以，改革币制，必须先建立和完善商业银行机制，做到银行管钱，让货币体现价值，钱真正起了钱作用。"改组银行，改革货币，统一币制"，就是一项前所未有、缺一不可、复杂艰巨、任何环节都不能出现纰漏的系统工程，也是毛泽民过去从未指挥过的一次"重大战役"。

善于创新，勇挑重担，是毛泽民一贯的作风。改革的方向定下来，没有现成的经验，他只有自己精心设计，制定实施方案，成功组建了"两路纵队"。战役立即就要打响，能否一举成功，还需要盛世才政府、盛督办本人的全力支持。盛世才虽然一再表态，让毛泽民全权负责，放手去做，但这场"战役"会牵涉到方方面面的切身利益，作为一名共产党人，在当时的情况下，要赢得整体合力，谈何容易。

毛泽民有信心，也有耐心，有让浊水为清的影响力、感染力。

在他的提议下，围绕改革实施方案，省政府召开了七八次讨论会，盛世才本人和省府主要领导人、各相关厅局负责人全部参加。

毛泽民提出的方案，刚开始，很多人不理解，省财政顾问坚持在旧基础上寻求解决办法。为了征得大多数人的同意，毛泽民一遍一遍详细说明，在千头万绪的乱麻中，梳理出一条明白无误的路径。

他明确指出，想要将 300 万万两省票恢复到原来价格，维持现状绝无可能。唯有快刀斩乱麻，新起炉灶，不再发旧银票，发行新的大洋票，将现有的银子铸 50 万现银币，作开始时兑现之用；利用 300 余万元法币，作为内地省与苏联汇兑之用，来改换与稳定新大洋票。作为配套方案，将省银行改组成为与中国银行一样官商合办的商业银行。发行钞票权归银行，将现存的六七千两黄金、三四十万两银子，以及珠宝、玉石、大批现金，与 300 余万元法币作资本，发行 1000 万元新币。其中用 600 万元收旧省票，400 万元用作半年补助财政收入之不足。目标是半年之后，完全实现收支平衡。重新确定民国二十七年（1938 年）以大洋为本位的新预算，增加薪水，减少杂支及浪费。

毛泽民费尽口舌，一次又一次打比方、举事例，详细讲解。经过几个月的起草讨论，终于得到参会人员全部同意，最后盛督办本人一字不改批准同意。

如此费心劳力，毛泽民的病情再次加重。他的胃剧烈疼痛，经常用办公室桌子的硬角顶着腹部坚持工作。哮喘咳嗽，吃不下饭，睡不着觉。迪化的苏联医院，开始治疗起到一些作用，等到病情加重，就束手无策了。毛泽民还是向延安求助，发电报汇报工作时，请求中央设法"在西安或汉口代买三四瓶美国胃药寄来"。

毛泽民身体遭受病痛的折磨可以忍，请求中央给买的胃药没有到可以等，唯有工作不能等。方案经会议通过，各项改革立即付诸实施。

首先开始改组银行，成立了新疆商业银行筹委会，毛泽民担任筹委会委员长。到1938年底，筹建工作全部完成。

1939年1月1日，新疆商业银行正式成立，毛泽民在成立大会上代表商业银行筹委会，作了《关于改组银行的筹备工作报告》。根据第三次全疆各族人民代表大会决议案，把旧省立银行改组为官商合办的新疆商业银行，大量吸收商股和社会游资，扩大银行资本。股金增加到500万元，其中官股300万元，占60%；商股占200万元，占40%。

新疆商业银行成立后，承担全疆的金融业务。为招募商股，毛泽民主持制定了《新疆商业银行认股简则》，明确了发行股票的具体办法。发行10万股股票，每股大洋50元。章程规定，各族各界民众均可入股，凡入股者可得股息和红利。其中官股利低，商股利高。群众热烈拥护，商界积极入股，普通群众个人实力有限，有不少人把资金集中在一起合伙入股。

改组以后的新疆商业银行，在迪化设总行，在伊犁、塔城、阿山、绥来、阿克苏、库车、焉耆、吐鲁番、乌苏、和田、喀什、哈密和奇台等地设有17个分行、13个办事处、1个储蓄处、3个副业机构。总行设经理、协理和襄理，在总行经理的直辖之下，划分了稽核处、经济研究室、业务处、会计处、金库处、储蓄处和总务处。处之下设股，办理各种业务或事务。新疆商业银行由理事会和监事会领导，理事会由商股

理事三人，官股理事六人，一共九人组成，毛泽民任理事长。监事会由
商股代表三人、官股代表二人，一共五人组成。银行的业务范围有汇
兑、存款、贷款和保管等，扶助农牧工商业发展，调剂金融，稳定物
价，打击高利贷对老百姓的残酷盘剥。

当时，新疆各地都有富豪人家开的当铺，生意兴隆。毛泽民到迪化
不久，发现有的商号，门首挂着一块上写"当"字的木牌，店内没有商
品，只有一堵很高的拦柜。看了才知道是当铺，全城共有八九家。他留
心了解这种行业，贫穷人家因为挣不到吃饭钱，或者遇到急事，把脚上
穿的靴子，身上穿的旧衣服，甚至农具、炊具等赖以维生的东西拿到当
铺，当个块儿八毛。几家当铺统一规定，能值一元的物品只当两角，每
月利息为 10%，当一天就收一月利息，当 31 天收两月利息，当满三月
不赎，即为"死当"，当主再无赎取权利，物品可由当铺标价拍卖。毛
泽民对这种高利剥削行为深恶痛绝，责成新疆商业银行在南大街闹市地
区开设官营"公济当"，每月利息为 3%，按日计息，永不"死当"，当
主如果确实无钱赎取，只收 1%的保管费。公济当开设以后，市民群众
拍手称快，那些高利剥削的私营当铺只得关门停业。

毛泽民安排各地分行也开办附设机构"公济当"，全疆凡有"公济当"
的地方，高利当铺全部被逼得关门改行。

商业银行筹建之时，复杂的币制改革也在进行。

币制改革主要难点有三个方面：一是纸币要有硬通货作为支撑；二
是币值要能够合理兑换；三是要组织好新币发行和新旧货币的兑换。哪
一个方面，都有很多技术操作的难题。更大的困难，还在于要协调处理
好各方面的利益关系。

1938 年 10 月，省政府召开全疆各民族第三次代表大会，会期 10 天，
全疆九个区的 560 名各族代表参加。毛泽民利用这一机会，准备了一次

金银财宝的储备展览会。

新疆的金银财宝，大多被盛世才搜刮到他的私人金库里。为了展示省府组建商业银行和实行货币改革，有充足的硬通货作为支撑，毛泽民给盛世才做工作，要借用他库存的金银，当作银行储备进行展览。盛世才一听，连连摇头，嘴里连说："不行！不行！不行！"

毛泽民看他一副不安的样子，解释说："改革币制，统一货币，没有一定的金银做后盾，谁能相信你的钱可靠呢？这样做，也是为了巩固你在新疆的地位嘛！"

盛世才迫于要挽回经济崩溃的局面，思考再三，只好同意，拿出大量的金砖、金条、银砖、元宝、金银首饰、珠宝玉器做展览。参会代表到了展览会，看得眼花缭乱，感叹"银行有真东西，有硬库存"。毛泽民现场讲解，启发引导，讲明政府改革币制，有足够的金银为基础。以硬通货为保证，将会改"两"为"元"，发行新的货币。他要求各位代表返回家乡后告诉人民群众，在一切准备工作完成后，即大量发行以"元"为单位的新币。所有原来以"两"为单位，50两票面的旧省币，以及喀票、伊票，都可以全部兑换成新币，然后废止。

毛泽民忍着病痛，还挨了处分，但他顾不得这些，仍然按照既定日程，加紧推进各项工作。

1939年2月1日，成立刚满一个月的新疆商业银行正式发行新币。首批发行的新币总额为1000万元，票面有10元、5元、3元、1元、5角、3角、2角、1角、5分、3分，共10种。

全省统一规定了新币与旧币、铜元、银洋等五花八门各种旧币的兑换率，发布了特别通告：

凡县政府公共机关，应遵照督署省府布告大洋票与省票一律照旧行使，不得有争收拒用事情；

为了进一步巩固金融，凡各收入机关，如邮政局、交通局、运输管理局，各级司法机关、各税务局、各县政府等，邮政汇兑省票仍然照4000两折合大洋1元，喀票160两折合大洋1元……如人民交大洋票，则以1元新大洋作过去2000两折合之；

凡各级有银行出入之机关，在今后收支中，遇有大洋、省票并用事情，在收条和账目中，必须分别记入，并分别保存或分别支付，以免混乱发生弊端；

各税局之税收，如遇有省票、大洋两种互交则应根据新税标上已经印好之省票、大洋两种单位，分别写清，不得混合写成省票或大洋，如不遵照此项规定办理，即以舞弊论；

凡收入机关所收之款，交银行时，应按照原收种类，送交银行，不应调换。

因为新币兑换合理，使用方便，在很短的时间内就取代了五花八门的原省票、喀票、伊票、铜元和银洋。

新疆历史上，第一次实现了全省统一币制。

新币以黄金白银为支撑，有信誉保证，受到新疆各族人民的拥护和欢迎。迪化总商会发表《各商界同胞拥护新纸币的宣言》，旗帜鲜明地宣布了一个决定：统一币制是经济建设上的伟大成就，发行新纸币日，迪化市全体商号一律减价三天，按九折售货，支持新币。全疆各地商民自动减价售货，物价因之渐次跌落。一时间，物价平稳，买卖公平，从城市到乡村，出现了前所未有的稳定和繁荣。

莎车县的老百姓，兑换新币后，用1元可以买到20个大馕，他们真是打心眼里特别高兴。

一场"统一币制"战役，以不可思议的速度取得胜利。有人说这是旷古未有的历史功绩，有人称赞毛泽民的经济战线"用兵如神"。

在这场战役中，毛泽民是高明的决策者、杰出的指挥员，又是优秀的战斗员。他为这场巨大的胜利，付出了巨大的努力，持续得不到休息，导致病情加重，如同战场负伤一样，需要治疗，春节前夕，被迫住进了医院治疗。

毛泽民来新疆不到一年，做出这样的功绩，理应得到嘉奖。然而，就在他住院期间，财政厅的档案室突然起火，烧了两间房子和全部卷宗。毛泽民主政新疆财政的许多宝贵资料化为乌有。起火的原因很蹊跷，有人说是反革命纵火。盛世才利用这场火，给毛泽民记大过一次、罚薪一个月的处分，还欲盖弥彰，说正因为案情发生在毛泽民已请假不负责任的时期，所以给他的处分比较轻。其中的真实理由，只有盛督办本人知道，但留给后人深沉的思考。

毛泽民胜利了，不到一年的时间，结束了货币混乱的局面。新疆历史上第一次有了统一的币制，对于稳定财政金融，发展农牧生产，提高人民生活水平，巩固抗日大后方具有历史性的重要意义。

毛泽民却不能有丝毫的放松。春节过后，他出院回到岗位，工作依然不分白天和夜晚，常常到深夜一两点钟才休息。胃病反复发作，不能正常饮食，身体虚弱。身边的工作人员劝他早点儿休息，他总是说："你们休息去吧，我这里没事了。"一觉醒来，发现他的办公室依然亮着灯，不时传来他剧烈的咳嗽声。

他的咳嗽，他的疼痛，换来了币制改革的顺利推进。

1939 年 7 月 1 日，政府通令全疆货币改为以元为单位，省票、喀票作为辅票，号召民众兑换新币；7 月 7 日，新疆商业银行总行焚毁旧省票 100 亿两，各区相继焚毁兑换来的旧币；10 月 8 日，政府通令全疆从 1940 年元旦起，废除旧币，无论市面交易、钱庄往来、完粮纳税、解交公款，概不得使用旧省票、喀票、伊票等。

战役的尾声，画上了圆满的句号。

七、最严格的财经制度

很多历史事实证明，独裁者往往只追求得到，不喜欢有益于大众的制度约束。他们爱摘果子，却不爱养树之人。

新疆经济处于崩溃的边缘，滥发货币是一个重要原因，深层次的问题是缺乏有真正约束性的财经制度。从杨增新、金树仁时代起，就未曾建立预算制度，真正的财政工作根本无从谈起。财经工作缺少基本制度，统治者予取予夺，制造了极大的混乱。贪污、受贿、盗窃、浪费成为社会毒瘤，在独裁统治下，这些毒瘤一天天膨胀，大到根本无法整治。

毛泽民上任财政厅代厅长，短短几个月时间，调研了南北疆的主要区县，对这块 160 万平方公里的国土，有了一个完整的认识，对生活在新疆的维吾尔族、哈萨克族、蒙古族、回族等 14 个主要民族，也有了基本的了解。他结合新疆经济社会的基本状况和全国抗战的需要，提出了"发展经济，增加收入，开源节流，保证支出，量入为出，收支平衡"的方针，分头推进，加快建立和完善各项财政经济制度。

盛世才表面赞同毛泽民的做法，内心却多有抵触，根源在于他与毛泽民的基本理念和出发点有着根本的不同。盛世才声称的"六大政策"集团，实质是他的个人统治集团，新疆军事政治经济的一切利益，最终归于他个人的统治集团。他口口声声所说的 14 个民族、400 万民众，只是他的统治对象。毛泽民则相反，他以病患之躯，留在新疆，辛勤付出，目的不是服务于盛世才的个人利益，而是服务于新疆各族人民和中华民族的抗日解放事业。通过货币制度改革，稳定了经济和社会秩序，盛世才集团是欢迎的。完善各项财经制度，对盛世才本人的行为和利益形成约束，他就不喜欢了。盛世才的心态一直充满矛盾，表面支持毛泽民开展工作，只要局面得到稳定，就开始制造障碍。从更大的层面看，他与共产党的统一战线，刚刚过了"蜜月期"，就开始出现裂缝。对共产党人实施特务监督，无端处分和调动，甚至对党代表邓发同志频频责难。这样的行动，反映的才是他真正的内心。

盛世才看到毛泽民非凡的才能，因此也加重了对他的提防。事实上，建立良好的财经制度，把他本人的权力也纳入到制度的笼子中，就完全违背了他的个人意愿。

正当工作的紧要关头，他给了毛泽民一个处分，表面看莫名其妙，实则是一个政治警告。

毛泽民不为所动。组建商业银行，改革币制，产生了巨大的良性效应。他在此基础上，适时提出，必须建立严格的财经制度。

他在省财经会议上指出：只有建立完备的制度，并且严格执行，才是贪污、受贿、盗窃、浪费等社会毒瘤的解毒药，除此别无良法。

具体做法：第一，要建立各项财经规章制度；第二，要建立财政监察机构，监督制度的执行。

新疆财经工作混乱不堪，根本原因是无法可依，无章可循。毛泽民既举纲，又治本，明确提出要加强整顿金融财政和税收的意见。提出制定"新疆二期三年建设计划"总目标，亲自担任起草委员会委员长兼财政组组长，在新疆历史上第一次制定了"三年建设计划"。

他主持制定了新疆前所未有的预算制度，明确规定了各部门的收支范围、审批权限、定员定额和开支标准；建立了全疆统一的会计制度，推行新式簿记；建立了有关财会工作的规章制度。

在严格的财政纪律约束下，盛世才本人也不得不有所收敛。当时社会上有一句传言："盛督办花钱也得周彬批准。"

为了使新的制度得到严格执行，毛泽民推出又一个重大措施：创建省财政监察委员会，选拔了一批廉洁奉公、精通财政业务的干部充任委员。

财政监察委员会设在首府迪化，各行政区派有财政监察组，权限相当于现在的审计局，还拥有行政监察的职能，独立行使职权，负责全疆各级行政部门、公营企事业、学校、医疗等部门财政收支的督促检查。监察委员会可以随时检查各部门的账目、资财、财政文件、资料、票据等，对一切违反财经纪律的行为，可给予处分和法律制裁。

该委员会进行检查，不虚张声势，不许迎来送往，经常是突然检查，执法如山。检查组进点，不接受被检查单位的任何特殊招待。先到财会部门封账目，到金库、仓库封存有关票据，限期交清财务，当时称之为财会人员"八小时交接制"。制度要求所有财会工作人员，要随时做好应对检查的准备，所以每遇检查，能按时结算，清查细点，工作决不允许拖拖拉拉。

检查工作极其细致认真，每一位被检查对象负责的财物少了不行，多了也不行。新疆日报社营业部被检查时，负责人开始很自信，认为他们的财务手续一清二楚，有把握通过检查。省财监会一到，封了账目、金柜，结果发现金柜多了50元新币。追问来由，是卖废品所得，准备用于过年过节的职工会餐补助。检查人员指出："废品也是公家的，周厅长不是告诉我们，点滴归公，取之于民，用之于民吗？"这位负责人无话可说，将款项交公，做了书面检查。

毛泽民领导的财政监察委员会，使一些贪官污吏、浪费和损坏公共财物的人闻风丧胆，就连盛世才的岳父及其爪牙掌管的部门，也毫不例外。这一套制度，后来发展为全疆性的财政稽核制度，由财政监察委员会向各部门派出总稽核和稽核员，负责财政监督检查工作。一切财经手续，必须通过稽核员签字盖章方能生效；否则，单位领导批准也不行，一张支出票据都报销不了。从制度上杜绝了财经工作中的"跑、冒、滴、漏"现象，让一些腐败投机分子无机可乘。

财政监察委员会派出各级检查组，经常是突然检查，执法如山，像一幕铁帐保护了财经制度的执行。

《反帝战线》1940 年第三卷，介绍财政监察委员会一年来的工作时写道："自开始提倡八小时交接的办法，颇引起各方的骇异。适去年 7 月在迪化正式举行演习，已切实证明八小时交接，不是标奇立异，而是我们能做到的，即能在八小时交接完竣，达 27 个机关，并且应当做到的。迪市演习成功后，伊犁、塔城两区均相继自动演习，这是清廉政策在今年新的胜利。"

八、有预算才能支出

有财政监察委员会作后盾，毛泽民制定了严格的预算制度。

他在《为完成民国卅年新预算任务而斗争》的报告中写道："比较健全的预算制度，虽自民国廿七年（1938 年）开始，经过了一段艰苦工作与艰苦斗争的过程。由于新政府近年预算制度的健全树立，在本省整理与统一财政工作上起了巨大作用，而对于整个新疆的经济、文化、国防、保健等建设事业之发展，更起着原动力般的巨大效能。本省经过要第一期三年经济建设，不仅使整个新疆的农牧工商经济有着极大的发展，而且使文化教育、人民保健、交通路政与军事国防均式地必然性起来了。"

毛泽民制定的收支预算制度具体严谨。他责成金库科和会计科股长以上的骨干人员，会同秘书科，共同编制全疆各行政长公署、各县政府、各区、县税务局的支付预算；责成税务科和官产科负责编制收入计划；责成民政厅、建设厅、教育厅所属的预算计划部门，负责编制本单位预算计划。各类计划，送财政厅审核。

政府和军队的服装、给养、马匹、草料等开支预算，由督办公署经理处负责编制，会同粮服处编拟总预算，经核定后，分期分月由财政厅拨给经理处，再由经理处统筹安排。

警察方面的开支预算，由公安管理处负责编制。凡对工作人员实行军队编制预算的，由公安管理处编制，送财政厅分月核拨。

独山子油矿、贸易公司、金矿局等的预算，由财政厅会同有关单位编拟。预算初步确定后，报呈省政府，经省府会议审议后执行。

全省的所有经费，按照批准的预算，通知银行拨付。无预算不拨款，无决算不销款。

为了消除各种弊端，理顺各方面的关系，毛泽民决定，各县的税务局局长，统一由财政厅委派。并一再告诫他们：要尊重当地的民族县长，搞好团结，和衷共济，完成收入计划，搞好工作。

建立预算制度，整顿税务，改革税收提成法，使新疆的财政走上了正常的轨道。收入逐月增加，支出按预算拨付，财政状况大为好转。

针对前几年币值毛荒，原来规定的各级公务人员工资，不能维持最低生活的状况，毛泽民提出裁员加薪的办法。财政厅带头，职工裁减一半，其他各厅局经研究，规定厅、局、专署及县政府裁员三分之一。以县为单位规定：一等县县长月薪 22 万两，二等县县长月薪 20 万两，三等县县长月薪 18 万两；县政府一等科员为 9 万两，二等科员为 8 万两，三等科员为 7 万两；科长、秘书均为 12 万两；迪化工友月资为 4.5 万两。各地区生活情况不同，可酌情增减月薪。技术人员的月薪，则尽量从优照顾。

过去，工资级别没有统一的标准，个别领导以个人的好恶，随便增减职员的工资。干部使用，也是领导说了算。他们以增资为诱饵，随意提拔自己的亲信；以降资为手段，排斥不合己意的人。严重地崇尚人治，轻视法治。任用干部，合意则留，不合意则去，造成吏治上的动荡不宁。

为改变干部任用中的弊端，毛泽民作出决定，责成会计科和金库科，详细拟出各级单位工资级别表，统一标准。

工资级别表规定：以省一级、专署级和县级三个级别为准，附设于三级政府的外单位及附属单位，如税务、财贸、公安、农林、文教、邮电等单位，尽量达到套级规定的标准工资。技术人员和专家，尽量保持待遇，过低的予以调级，较高的不予降低。统一标准的确定，让各级干部能安心工作，得到适当的收入，确保生活无患。

规定各级领导人不得任意提降干部和增减工资。

严格的制度也有灵活性。苏联向中国支援大量的抗战军需物资，中央为此在新疆成立了专门的"中央运输委员会新疆分会"（简称"中运会"），负责把军援物资运往内地。毛泽民一再指示部属，中运会所需经费关系重大，必须及时拨付，不能延误，从而保证了军需运输，积极支援全国的抗日战争。

毛泽民提出：发展经济，培养税源，增加生产人员，减少非生产性指标，对于企业单位，如贸易公司、阿山金矿局、独山子油矿以及农、牧、林业等单位，尽量满足其需要。

为培养师资，确定了师范学校基建开支（现新疆大学红楼）；为保护人民健康，增置了医院设备和进口爱克斯光机。优先增加中运会、航空队和一些大型会议的开支。财政厅附设的制币局撤销，原有人员另行安排，工人拨归印刷厂（现西大桥附近的新华印刷一厂）酌情安置，将以后通用以元为单位的新币印制任务，交由印刷厂负责。裁撤了一些不必要的机关，节省了大量开支。

币值趋于稳定，税收增加，印制新币的需要量大幅减少。财政厅规定，印刷厂兼管印刷其他印刷品，如学生课本等。用此收入，印刷厂基本实现自给，不足部分由财政厅补贴，但仅有原制币局开支总额的十分之一。

经过整顿，滥发货币、通货膨胀的现象一扫而空。若新币一时不足，需要补充时，必须经毛泽民亲自批准，并且每月确定缩小发行的计划。原则是新币只准减少，不能出超，以保证币值稳定。

1939 年 3 月，新疆大地，万物复苏。新疆广播电台，在迪化刚刚建成，正式启用，传播出了前所未有的声音。毛泽民为建广播电台，承担风险，拍板投资了 15 万美元。

统一财政，建设新新疆，是毛泽民心中最大的愿望。实际工作中，必然会触动权力阶层和实权人物的利益。毛泽民从上任的第一天起，始终处于矛盾和斗争之中。

1939 年，毛泽民确定的经济预算有五个特点：

第一，不增加民众过多负担，采用节约的办法，来达到完成扩大建设之任务。

第二，工矿业预算经费比上年度增加 181.5%，保健经费增加 79.5%，农牧水利经费增加 70%，文化教育经费增加 49.6%，市政经费则增加 100%，同时还预定给银行和土产公司增加 300

万元资本。

第三，军政各机关原拟定建筑经费 1400 余万元，因政府集中力量扩大农牧、工矿、保健和文化教育事业，缩减至 200 万元，这是改变过去偏向于消极性的非生产建设，而着重于积极的生产建设了。

第四，过去每年收入最大部分是税收，本年不仅工矿、交通运输愿向政府缴纳纯益于省库，公安、司法及各县努力，预计半年官产收入，也是很多的。

第五，农牧业税与工商行政税大大增加，预定比上年增加 4%，但并未增加税收的种数，屠宰税免收，由于农牧工商经济之建设，培养了税源，清廉政策达到点滴归公。

过去没有正规预算，盛世才可以自由支配全疆的收入，只要自己用钱方便，不惜狂印钞票维持。毛泽民通过财经委员会作出规定，每年财政上编制全疆收入支出的总预算，必须经过财经委员会审查，然后报请省政府，经省务会议批准，才能责成财政厅执行。凡是预算上未列入的临时性费用支付，必须经过财经委员会审议批准后，由财政厅核发。下面各区县政府的经费预算，同样也要由财政厅编拟后，列入新疆总收支预算内。军事预算由督办公署粮服处和财政厅共同编拟，列入新疆总收支预算内，由财政厅分期核发。

毛泽民看到，实现各企业机关的财政统一，还有两个大项没有纳入，一个是司法机关的赃物变价，一个是军事机关粮服处的马尾等变价的款子。开源节流，就要由财政厅统一管理，分配到各项建设事业上去。这些款项，过去都由他们自行处理，现在要交财政厅统一分配，谈何容易。

　　1939 年 1 月 15 日，财政厅召开企业机关财经会议，通知要求公安、司法和军事机关粮服处的财经干部也要参会。通知说明，这次会议由周厅长亲自主持。

　　三个机关的财经干部接到通知后，有些疑惑不解，财经会议与公安、司法和军事机关有什么关系？可接到通知，又不得不参会。三个机关的代表，不情不愿地来到会场。

　　毛泽民请来苏联的军事顾问一起参会。

　　会议开始，第一项宣读增产节约计划，详细确定了每个单位的具体指标。每叫到一个单位，那个单位出席会议的人员接受任务，必须表态没有异议。公安、司法和军事机关粮服处的三位干部，坐在那里感到很别扭。他们不明白，各单位接受分配的任务，要把节约的钱上交财政厅，用于统一支配，怎么就没有不同意见呢？

　　工作人员宣读着计划指标，所有单位的增产节约计划一个一个过。轮到公安、司法和军事机关粮服处，粮服处处长站起来大声反对说："要我们军队的后勤部门增产节约，难道让克扣士兵的口粮和军服吗？"

　　毛泽民看了看他，不急不慌地说："你们那里有两万峰运输骆驼，每年可产驼毛五万斤，军马剪下的马鬃、马尾有五千多斤，仅这两项的价值就远远超出给你们定的指标了。"

　　会场立即静下来，那位处长目瞪口呆，只能把指标认领了。

　　轮到公安和司法，毛泽民讲明，司法机关的赃物变价，公安机关违章罚款，不能自行处理，应该由财政厅统一分配到各项建设事业上去。

　　毛泽民讲得有根有据，且态度坚定。那三位干部根本无法反对。他们能说什么呢？以前这些款项都到哪里去了，他们心里自然清楚。

　　这次会议开得很漂亮，各单位增产节约的积极性被调动起来，纷纷表示，保证遵守预算财经制度。

为了完善全省的财经管理，毛泽民到区县和企业调查研究，连着跑了二十多天，胃病和支气管炎同时加重，咳喘不停，经常吐血，一口东西也吃不下。他又一次病倒在工作岗位上。

九、再一次抉择

1939年5月，毛泽民不得不放下手里的工作，去苏联治病。此时，除了病痛的折磨，让他内心煎熬的，还有对盛世才对中共代表邓发变脸的担忧。

面对盛世才暴露出来的无耻和阴暗，他要保持克制。去苏联，虽然是出国，但是回到自己共产主义的阵营，他心中充满向往。作为中共在新疆主要领导干部之一，此去苏联，除了治病，还有一项重大使命，就是要把新疆的真实情况，向共产国际和中共代表团反映，以促进新疆统一战线的进一步巩固。

又是一夜病痛无眠。清晨，老勤务员张德胜正在扫院子，看见周厅长一大早又出去了。他赶紧放下大扫帚，进屋拿上厅长的夹袍追出去。这阵子，周厅长的身体非常不好，胃疼吃不下饭，支气管炎又犯了，整夜整夜咳嗽不止。这塞外的天气，尽管到了春天，早晚寒气还很重。张德胜追到周厅长的办公室，见他一进去就坐在桌前写着什么。张德胜轻手轻脚走上前，把衣服给他披上。

毛泽民又是一阵咳嗽。咳完了，回过头笑了笑，对老张表示感谢。他从衣袋里掏出一叠钱，塞到张德胜的手里，对他说："老张，成宗开学了，这点钱你拿上给孩子交学费，也补贴一点家用。天还这么凉，你也添件衣服，注意保暖。"

"周厅长，您总是照顾着我……"

张德胜望着毛泽民消瘦的脸，喉头哽咽，话没说完，鼻子一酸，眼泪下来了。

张德胜老实厚道，一直在财政厅当勤务员，日子过得紧巴。因为穷，娶亲晚，成宗是他唯一的宝贝儿子。他年岁大了，把希望全部寄托在儿子身上，一心想让成宗多读些书，长大了能有一份好的职业。

毛泽民在生活上经常帮助老张，有空时还给成宗辅导功课。一年多的时间，老张父子与毛泽民相处得就像一家人。

张德胜看到新疆这一年多大大小小的变化，很多事都是这位周厅长做的。他常常想，世上怎么会有这样的好人？这样有本事，千里迢迢来到新疆，当这样大的官，不图名利享受，拖着个病身子，整天辛苦工作。心肠这样好，还管咱这样没本事的勤杂工。总是花厅长的钱，怎么可以呢？

张德胜双手向外推，说什么也不肯收钱。毛泽民有些生气了，他又咳嗽起来，喘着粗气说："老张，你说我的钱是哪儿来的？还不是人民给的。我这个人，吃饱穿暖就好了，剩下的钱也没什么用处，孩子学习要紧，你拿上先用。"

毛泽民硬是把钱塞到老张的衣袋里。张德胜没办法，只好收下，关切地说："周厅长，您身体不好，就多休息一会儿，不要这样早就来工作呀！"

毛泽民告诉他，要去苏联看病，临走了，有一件事情没有办妥，一会儿就做好了。

张德胜听人说周厅长要去看病，听他亲口说，消息得到证实。想着厅长要离开，心里真是舍不得。他声音颤抖着说："周厅长，你治好病一定要回来啊！"

毛泽民想起延安时，与郝学明的告别，现在面对老张，又是一次分离。虽然说好是四个月，能不能按时回来，还真的无法保证。

毛泽民总是关心别人，于是得了个外号"老太爷"。他身体不好，但只要谁向他托付什么事，他一定会放在心上。

他这次去苏联看病，分别得到中共中央、共产国际和盛世才的批准，可以乘坐飞机，外交护照上能以亲眷的名义带三个人一起去苏联。他带的其中一人，是蔡和森和向警予烈士的儿子，15 岁的蔡博，要到苏联后转交给姑妈蔡畅。父母牺牲后，小蔡博跟着祖母和大姑在湖南双峰隐居。1938 年秋，周恩来派人把他接到重庆，辗转西安到了迪化，在新兵营俄文班学习了几个月俄语。他们先乘飞机到阿拉木图，再转火车到莫斯科，火车走了四天。

一路上，"老太爷"平易可亲，诙谐逗人，无话不谈。他皮包里带了几本书，有中文版《资本论》，不时拿出来翻看。蔡博顺手拿走一本，回到自己坐的车厢里认真阅读。毛泽民见他能读《资本论》，立即有了兴趣，就书中的内容交谈起来，发现这孩子能读懂剩余价值的概念。他对这个小老乡赞赏有加。火车到达莫斯科近郊的克桑车站，毛泽民带蔡博到了中国干部居住的库其诺，将他亲手交给蔡畅。还把蔡博读《资本论》的事告诉了蔡畅，让他姑妈作为礼物，给买了一套。蔡博先后在苏联国际儿童院、中学和莫斯科钢铁学院冶金系炼铁专业学习，获炼铁工程师学位，解放后成为新中国杰出的钢铁专家。

初到莫斯科，毛泽民治病之外的时间，住在位于库其诺区的共产国际党校七部，也称中国党校。这是一座庄园式的建筑，被一片高大的白桦树林包围着，环境幽雅静谧。他熟悉的林彪、刘亚楼、杨至成、方志纯、蔡畅、刘英、贺子珍等 30 多位中国同志也在这里学习养病。回到自己的队伍，他感觉安全也安心。

战友重逢的欢笑声还未散去，毛泽民便接到任弼时的紧急指示，要他写一份关于新疆情形的详细报告。几天后，林彪去共产国际谈话，又给毛泽民带回指示，要他随时准备去共产国际汇报新疆的情况。

毛泽民是中共领袖毛泽东的胞弟，公开身份是新疆盛世才政府的财政官员，从内部讲，是中共派到新疆工作的高级领导干部。他的到来，引起莫斯科的特别关注。

进入 1939 年，欧洲大陆弥漫着浓重的战争阴云。1938 年 7 月，日本人在中国东北张鼓峰地区挑起与苏军的武装冲突，1939 年 5 月以来，又在中蒙边境诺门坎地区向苏联和蒙古军队发动进攻。面对东西夹击的威胁，苏联多次主动行动，争取英法两国，建立反侵略统一战线。英法奉行绥靖政策，无意与其合作，相反，英国同德国进行了一系列秘密谈判，图谋实现英德合作，把战火引向苏联。

在此时局下，莫斯科和共产国际很关注中国的抗日战争，格外关心中国新疆的形势。时任共产国际执行委员会总书记季米特洛夫，在共产国际执委会总部召见了中共代表任弼时和林彪，一起分析中国的战局走势。

1933 年，盛世才登上新疆最高统治者的宝座，与占据北疆的马仲英和占据伊犁的张培元形成三足鼎立的局面。他打起亲苏反帝的旗号，允诺在新疆实施共产主义。苏联出兵助战，张培元惨败，马仲英南逃，帮他解除了对手。共产国际指示中国共产党重视对新疆的工作。打通国际路线，解决革命根据地的战略依托，成为这一时期中国共产党的战略方针之一。

然而，1938 年夏天，盛世才从莫斯科返回新疆后，对苏联驻迪化总领事、顾问和教官的亲近态度大为改变。对中共在新疆高层领导人态度也来了个大转弯。新疆形势的微妙变化，不能不引起莫斯科和共产国际的高度关注。

盛世才是莫斯科一手扶植起来的，为什么中共进入新疆只有一年多的时间，双方关系就开始裂变？怎样才能让共产国际公正客观地接受目前新疆形势变化的现实，拿出具体办法，尽快改善盛世才与中共驻新疆代表的僵持关系呢？

毛泽民重病缠身，不顾旅途疲劳，白天治病，并坚持和党校的学员们一起上课学习。晚上在自习室里认真思考问题，准备报告。

毛泽民离开新疆，对盛世才和一些人来说，可是件高兴的事儿。虽然这一年多全疆的经济状况有了明显的转变，各族群众的生活有了提高，可他们个人的日子，却不如从前称心如意。金银财宝不能再像过去归己所有，自行支配。盛世才暗地里对这些共产党恨得咬牙切齿，可毛泽民这样的硬骨头，还要忍着不能翻脸。他几次找毛泽民，直接发泄对邓发同志的不满和对中共代表的态度，包括找借口处分和调动中共人员，其实就是对统一战线的严重挑衅。

毛泽民用了一周的时间，完成1万多字的《关于新疆情形的报告》。报告客观仔细地分析了中共与盛世才建立统战关系后新疆工作所取得的成功；1938年9月，新疆召开第三次全疆各族人民代表大会后，盛世才思想变化的过程；他本人对新疆工作的看法和建议。

中共在新疆建立办事处后，根据盛世才的请求，先后派出最优秀的干部，进入新疆文化教育、军事、民运、财政等机关，坚决执行统一战线政策，艰苦工作。在共产国际和苏联的帮助下，使新疆文化教育、军事国防、反帝民运、财政经济和地方行政等各方面的工作，取得了很大的成功。财政金融方面，他本人用"新起炉灶"的大手笔，改革旧的体制，将财政、经济、金融作为一体，用发展经济开辟和培养财源，使新疆的财政金融迅速度过危机，实现好转。"三全大会"之后，盛世才把共产党人在新疆艰苦忠诚的工作，看作是企图夺取新疆的政权，想尽各种办法，在职权上限制、政治上打击，极力削弱共产党人在新疆群众中的影响。重新重用那些曾被他抛弃的、对共产党心怀不满的旧部下，有意制造摩擦。对中共党人，记过、扣薪、调离岗位、发配到边远地区去工作，实行特务监督。

然而，此时的盛世才羽翼尚未丰满，还不敢公开与苏联和中共反目，表面上还在积极表现。他和毛泽民告别时，还是一副关心工作的态度，说："我对你们是很信任的，你这次去养病只能去四个月，必须回来执行你所拟定的计划，帮助新疆建设。你这次去苏联，实属不得已，待养好病后，必须回来，不能在那里求学，这是我同意你去养病所必须告诉你的条件。"

离开新疆之前，毛泽民作了充分的准备。他请教育厅代厅长徐梦秋、新疆日报社副社长汪哮春，分别写了一份书面材料，报告和分析盛世才在文化教育和新闻舆论方面与中共人员的摩擦，以及挽救局势的对策办法，一并作为汇报材料。

毛泽民在报告中，列举了一系列翔实的事例，最后总结了六个方面：

第一，同盟者（指盛世才）在前一时期较好，感觉部下没有一个可靠的人，只有苏联是他的帮助者。经过苏联同意我们帮他工作，且在工作中能有进步，有办法，当时确实相当信任我们。

第二，后来同盟者为什么大变了。主要由于他的社会出身，他的个人英雄思想和军阀习气封建意识，尤其是在莫斯科没有达到他的两大目的，自认为经过五六年和苏联的合作，现在他又用了一些共产党员在工作，还不能取得共产国际和苏联政府的信任，这一定是方林（邓发）同志在捣他的鬼，想夺他的王位……

这是同盟者改变态度的一个触发点。

第三，因为我们这一时期的工作中，取得了广大群众的信任，尤其是广大前进青年的信任……虽然不仅不是我们的错误，而且是我们同志艰苦工作的成绩，但同盟者是不需要我们这些成绩的。这也是统战工作的矛盾。

第四，我们自先没有深刻了解同盟者这些严重的基本缺点，只看到第一时期同盟者对我们的信赖，于是，只是求得工作进展，解决当前的困难，老老实实地为政府工作，向着大的目标而工作，没有顾及其小节，顾及统一战线工作的特殊环境……引起了同盟者的怀疑，招致了同盟者的不满。

第五，同盟者因他本身的基本缺点，今天在军事、财政经济均无独立的能力，在主观上，必须保全和苏联合作。在客观上，国际的局势和国内局势，对联共和中共不好决裂，否则，与他不利，这是同盟者所深知的……当然，我们若不想尽一切办法来挽救，仍听任这些坏影响发展下去，对于没有更高政治原则和政治远见的同盟者来说，走上更坏的地方也不是完全不可能的。在今天整个国际政治形势和国际抗战形势下，新疆关系的好坏，是有很大意义的。何况我们今天还是处在极困难的地位，在国际交通上和物资上，必须经过新疆和他的帮助，才能更顺利地克服这些困难……因此，我们今天应用尽一切可能的办法，来实现同盟者的合作，即或不能求得在第一时期一样，比现在的关系改善一些是完全可能的。在新疆工作的同志应该这样去做。同时，在新疆工作的同志也正这样在做。

第六，请苏联政府更多地加强驻迪总领馆的外交工作，从这方面采取各种方法来转寰（圜），这是更有可能。同时，我们驻迪代表，方林同志本来很好，对党的领导很好，但今天既与同盟者有了裂痕，同缺乏政治原则性的同盟者，重新弄好关系恐很困难。我个人意见，最好由党中央另派一个善外交的同志来。适合和同盟者办外交的代表，也是挽救现时恶劣关系之一。

毛泽民的报告，是详细分析、揭秘盛世才与中共驻新疆高层领导关系变化始末的重要绝密文件，从中体现出毛泽民的政治格局和全球视野，证明他不仅是杰出的财经领导人，而且完全可以担当党的重要领导职责。

欧洲的战火一触即发，新疆形势至关重要，任何一个微小的信息不慎走漏，都可能引发不可挽回的后果。毛泽民住在莫斯科郊区的库其诺中国党校，将报告缜密地收藏着。几天后，这封密件通过专人交到中共驻共产国际代表团团长任弼时手中。

毛泽民的初衷是将报告提供给中共驻共产国际代表团作参考，所以，给任弼时写了谦逊的附言："报告拉杂地写了一些，因为我很少写东西，故不能有系统地写出。兹寄上，作你的参考，请你代为写成大纲提交国际。"

任弼时阅读这份报告，认为内容翔实准确，完全符合中共中央对新疆工作的精神，未做任何修改，直接送达共产国际执行委员会。

毛泽民特别要求任弼时，请他当面向季米特洛夫总书记说明新疆形势变化的真实状况，希望共产国际出面，拿出具体办法，尽快改善中共驻新疆代表与盛世才的僵持关系。

1939 年 9 月中旬，周恩来到莫斯科医治臂伤。毛泽民到克里姆林宫医院看望周恩来。周恩来讲述了他途经新疆时会见盛世才的情景，特别谈到，中共代表虽然已经由陈潭秋同志担任，但盛世才对邓发同志的态度仍很强硬，说："如果方林在迪化，最好不要让我看见。"

毛泽民与周恩来交换意见，汇报了他经过深思熟虑，给季米特洛夫所写的报告内容。毛泽民特别指出："盛之为人，盛的缺点，以布尔什维克眼光看，是很不好的。"但从反法西斯的全局考虑，"今天是统一战线，他今天在苏联帮助下，还保存了新疆没有入帝国主义手中，今天还想与苏联和中共弄好，就应该尽一切可能去弄好，才能符合一切为了抗战与统一战线的政策。因为今天盛与国民党比较起来，还是进步些"。"因此，为了顾全统一战线，为了保全苏联、共产国际与中共各方面之联系，为了中国抗战的国际援助等，党另外派人作为新疆领导，避免盛那些不必要的误会。因此，我认为是最好的。"

毛泽民的谈话，再次体现出他正确的时局观念，客观具体的实干才能。

1939 年春天，曾在莫斯科参加共产国际工作的中共一大代表陈潭秋，从苏联回国，途中在迪化停留。陈潭秋奉命接任中共中央驻新疆代表和八路军驻新疆办事处负责人，带领中共在新疆人员，坚持抗日民族统一战线的原则，在不断恶化的形势下，同军阀盛世才进行了更加灵活巧妙的斗争。

毛泽民赴苏两个多月了，医生诊断他不能做胃切除手术，只能保守治疗。毛泽民无奈，只好尊重医嘱。他是习惯了工作忙碌的人，整天治病疗养，有些待不下了，心里挂记着新疆财政厅的事情，想归想，心里到底有了空隙。他坐在病床上，望着窗外，时不时想起女儿。算来远志已经 16 岁，是个大姑娘了，也不知道她的学习怎样，是不是经常到她伯父那里去？

他真想能回延安看看女儿，探望思念已久的哥哥。想到这儿，他不由自主地叹了一口气，意识到自己想得太远了，老是私情不忘那怎么行呢?

延安也有很重要的工作等着他。这一次既然离开新疆，到了苏联，回国后就有重新选择的机会。新疆的财政货币金融等几件大事已经完成，他完全可以向组织提出回延安工作的请求。是否提出这个请求，需要他自己内心的抉择。

他反复思考着中国共产党与盛世才集团的统一战线。临行之前，盛世才找他谈话，所发泄的不满与诬陷，实际上就是分裂的信号。

革命的经验告诉他，双方的合作一旦破裂，就意味着可能出现流血牺牲。可是，作为党的高级干部，无论个人处于什么处境，首先必须服从党的命令。

不久之后，他又见到杨至诚。杨至诚曾任红军总兵站主任、总供给部部长兼政委，到达陕北后，任军委采办处主任、总供给部部长兼黄河两延卫戍司令员、抗日军政大学校务部长等职，也是积劳成疾，来苏联治病。两人在苏联再次见面，非常高兴。杨至诚见毛泽民面色蜡黄，十分瘦削，劝他不要再回新疆了，和自己一道从东北回内地吧。毛泽民不作表态。杨至诚说，新疆工作那么辛苦，你的胃病没治好，不如暂且回内地休息一段时间。

任凭怎么劝说，毛泽民始终是一句话："没有组织上的调动，不能主动提出要求。"

盛世才给的四个月假期到了。毛泽民没有任何犹豫，从莫斯科返回迪化。四个月的时间，他慢慢梳理中共与盛世才集团的统一战线，以及新疆经济社会的状况、问题的症结所在，思考着全力改变的办法。通过促进经济社会的进步，造福各族人民，为统一战线奠定牢固的物质基础。他想，自己应该与在新疆的中共党人，一起作出更多更重要的贡献，使盛世才集团无法找到搞分裂的借口。

　　毛泽民从机场回到自己的住处，第一个见到的还是张德胜。

　　张德胜老远跑着迎上来，望着毛泽民的脸，激动地说："周厅长，我到底又看到您了。"

十、公平赋税

　　毛泽民从苏联回到新疆，再次见到盛世才，看到他的大背头梳得整齐油亮，两道浓眉得意地上扬，神态言行，无不显出志得意满的样子。中共代表由方林（邓发）换成徐杰（陈潭秋），他自认为在与中共的较量中获胜，杜重远等全国著名人士，倒在他的权力之下。1939年，新疆财政在毛泽民"新起炉灶"、力挽狂澜的巨大努力下，首次实现了收支平衡，他认为是自己用人有方、决策果断的结果。特别是看似强大到无法撼动的苏联，也作出了事实上的让步。几件大事充分证明，是谁在新疆说了算。他的岳丈，邱氏家族的头号人物邱宗浚得意地奉承其婿：你在新疆稳坐江山，成了真正的"新疆王"，大展宏图的时候到了。

　　1940年1月，召开省政府第一次财经会议，盛世才一顿长篇大论之后，要求从苏联归来的毛泽民，抓好经济，在上年收支平衡的基础上，实现财政收入的大幅增长。

　　毛泽民提出："公平赋税，开源节流，整顿税务，实现收入增长。"

　　盛世才听完，正在得意的脸色，顿时阴沉起来。又是"开源节流"，这当然有利于财政，但对所有的军政部门一视同仁，特务公安人员也因此受限，早已引起他内心的不满，但又不好发作。现在还提出"公平赋税"、"整顿税务"，税收整顿减少，财政如何增长，这不是自相矛盾吗？

　　一个独裁者，本身就是阶级压迫者，一向视平民为草芥。在他的字典里，先有富人，才有穷人。整顿税务、公平赋税的矛头指向，是地主巴依等富豪阶层，一个独裁者怎么会赞同？

盛世才戴着一副革命者的面具，不把心里话讲出来，但他善于混淆视听，指责毛泽民提出的措施自相矛盾。督办一开言，自然有人附和，个别人立即站出来与毛泽民争论。

毛泽民没有感到被动。等这些人把想讲的全都讲完了，他淡淡一笑，用平和语气，提出一句振聋发聩的质问："革命不正是追求社会平等吗？没有赋税公平，何谈平等？"

声音不大，却让会场的争论立即静下来。

他接着讲了一番"蓄水养鱼"与"杀鸡取蛋"的道理。整顿税务的目标，就是要取消不合理的科目，整顿富豪少交税，平民被搜刮的混乱局面，消除不合理现象。公平赋税，才能有利于民生。他事先做了充分的调查，列举出大量数据，讲明整顿税务，税收不会减少，还能增加。只不过平民百姓的负担会减少，地主巴依等富人过去少交漏交的税要增加，总体上会实现收入增长。减轻平民负担，是"蓄水养鱼"，有利于发展生产。各民族民众生活得到改善，政府必然得到广大民众的拥护，调动支持抗日事业的积极性。反过来，不合理的税收制度，如同"杀鸡取蛋"，不利于民生，从而生出各种弊端。

毛泽民的讲解，有理有据，观点和思路让与会者耳目一新，深受启发。经过一番辩论，工作方案顺利通过。

新疆从杨增新、金树仁时代以来，田赋征收弊端百出。巧立所谓样粮、鸽粮、鼠粮、耗粮等名目，刻意多收。收粮时淋尖踢斛，浮收粮食，全为经办人所得，历年浮收粮石，为数甚巨。

盛世才上台后，取消了保税制，规定了提成办法，但终究积习难改，舞弊情形仍然十分严重。

当时的主要税收有四种：一是田赋税，二是牧税，三是商业税，四是管产税。征收采用包税制的办法，变相压榨穷苦百姓的血汗。比如牧业税，不是按牛羊等牲畜的数量多少，而是按户计税。大牧主的牲畜多，不多交税；穷苦百姓的牲畜少，却交税不少。商业税不是按资金和利润的多少收税，也是按户征收。各地税务局把税金包给地主巴依和大牧主，由他们向农牧民征税。巴依和牧主就强迫穷苦的农牧民多交税，拿着强征来的税金，与税务官员勾结挥霍，层层截留私吞，最后上缴财政时，所剩无几。

毛泽民反对这种不合理的税收制度，他提出改革税制，农牧税要按土地和牲畜多少计税，不能按户计税。商业税对行商和坐商都要征收，统一发牌照，按资金和利润的多少，分等级收税。

为加强税务工作，毛泽民主持在迪化召开了首次北疆税务会议，听取了北疆各地方税局的工作情况报告。他在会上要求，税务工作不能光靠罚款，应向人民广泛宣传税收政策，说明税收的意义和税章。接着到喀什召开南疆税务会议，有针对性地解决了南疆税收存在的问题。对全疆税收工作较好的税局局长进行了奖励。

毛泽民提出的税务整顿办法，特别重视减轻人民负担。修正税章，废除了过去田赋中要交的样粮、鼠粮、鸽粮和耗粮，取消了牧民自己食用牛羊也要交的屠宰税等各种欺压农牧民的、五花八门的、不合理的税收。核减行商的贩运牌照税，豁免南北疆因灾歉收的田赋额粮，取消了南北疆各区多年惯例，随田赋额粮带征的征草（征草供军马之用），免征储蓄冬草搭盖冬窝的牧税，核减了旱田的田赋额粮，等等。

1940 年 4 月 19 日，财政厅发布通令，严令："为改善人民生活，绝不愿民众负担太重，所以迭次通令各军政机关，各地方法团，严禁有向民众捐款情事，不论何种捐款，非经政府核准以后，不得擅自进行。未经政府核准擅准捐款者立即撤差，从严惩办，决不姑息。"

牧税是新疆财政收入的一项主要来源。以前由于管理不善、偷税漏税严重，影响了牧税收入的完成。1940 年 3 月，毛泽民拟定了《征收牧税奖惩条例》，呈报省政府颁布执行。财政厅随时派人赴各地检查牧税征收情况，要求各地征收之前先做宣传，让有牲畜者自报畜数，若发现隐匿情况，则依法论处。各地方有关部门组建了牧税委员会，主要任务是办理牧税查征工作，聘有区和村的头目参加征收。规定牧税分大畜和小畜分别征收，大畜征收 3%，小畜征收 5%。

1940 年 7 月 29 日，毛泽民签发了给各区县税局"关于验契工作的通电"，要求："本年政府为满足人民要求，确定地数及整理各县田赋，故在本年田赋章程内规定有验契工作……勿畏困难与艰辛，努力完成。"

毛泽民又开创了一项新疆历史第一。政府第一次核实田亩，保护人民土地所有权，解除土地纠纷，保证了田赋收入。

盛世才掌权初期，南疆各县自耕农民占有地亩，仅有五分之一。地主巴依占有土地则几十亩、几百亩、几千亩甚至上万亩，有的地主甚至不知自己拥有多少地。地主们占有那么多的地亩，但每年缴纳的田赋很少。他们的地亩化整为零，分租于贫农，立约言定，按四六分成，地主占四成，租地人占六成。种子差徭应缴纳的赋税，地主不管，无论发生任何情况，地主每年秋收时，租地人都要将收成的四成一次交清，不得拖欠。租户每年虽得六成，但除留种子和缴纳赋粮外，还带应付差徭。信仰伊斯兰教的农民，还要按本人的全年收入，缴纳四十分之一的"乌守尔和扎卡提"宗教粮。如此一来，每年所余粮食，不足糊口，难以维生。

占有大片土地的地主不纳粮、不应差，一切都落在贫农身上。战乱时期，军阀们要粮草，与地主无干，都由贫农负担。官府知道这种情况，谁也不来干预。其他如汉族庙产、伊斯兰教寺产，都是同样情况。南北疆叛乱后，许多官产如草湖、羊湖、林木，也都被临近的头面人物据为己有。毛泽民了解到上述情况后，决定责成官产科科长裴锡力拟出具体措施，消除上述不合理现象。

解决办法是区别民产和官产。

甲、民产。印发较精致的管业执照，作为私有产业的凭证，只收工本费，将来加收少许印花税票，贴在上面。按契纸契格上所注房产或地亩项目，将其东西南北四至接靠的地亩或房产具体数字、价格，都填在执照上。房产转移或买卖时间及当事人姓名、来历，亦并列于执照上。地亩则需注明种类，如旱田、水地或草场、鱼塘、林木、羊湖等。每次产业转移或买卖，缴纳契税后，须收新契贴在执照后面，旧契仍须附在后面保留，以资查证。房产要分别住房或店铺，写明间数和预计使用年限，注明是砖木或土木结构。简单的马棚或草舍等不必登记。

乙、官产。凡属寺产、庙产有合法手续的，仍发给管业执照，交由寺主或庙主保存。凡属林木、羊湖、草场、鱼塘等，如有合法手续，并证明确非侵夺官产的，亦可作为个人私有财产，否则一律收归国有，交当地税局负责管理。

全疆印发管业执照后，分几个阶段进行复查工作。

（1）抽查管业执照，如未领发者，可立即补发。其未上契税者，令其补上契税，不予处罚，补交后，再换发管业执照。上述工作由县政府推行。

（2）财政厅指派专人成立工作组，做典型的全面检查登记。若属地亩部分，可将实有地亩，或过去上缴田赋地亩进行比较，但当时不必加收田赋。关于房产部分，仅分别自住房与出租房租赁情况，或寺庙租房以及租赁价格。

（3）全疆登记检查完毕后考虑研究，在田赋方面，即按实有数征收田赋。因为当时所收田赋标准，是按清末规定的数字，经过 20 多年，地亩一定有所增减。增加部分，应征田赋，过去的不予补收。如有水冲沙压仍交田赋的，可立即免除，过去所欠不再追索。

（4）大地主占有大量土地，对其外租情况，要彻底弄清。若有的不上田赋，坐收四成租粮的，要登记清楚，将来统筹研究解决。

经过这次整顿，政府对全疆各区的私有房产情况做到初步明确，必要时，还可以有计划地改善人民住房问题。重大成果是弄清全疆各区、县实种土地面积和地主富农占有土地面积、庙产寺产占有土地面积及贫雇农占有土地面积，得出比例数字，为进一步实施耕者有其田的措施找到依据。

新疆是多民族地区，情况比较复杂，毛泽民主张边办理、边研究、边整顿，以免发生不必要的阻碍。管业执照由区、县预报应需数字，财政厅统一印发，交由各区、县转发到住户和农民手中。全疆各区、县一直以此种执照作为管业的凭证。

毛泽民制定的财政税收政策平稳务实。他任财政厅代厅长以前，为了奖励税务人员，增加收入，政府规定了不少收入提成办法。如田赋税，规定县长在总收入内提成百分之五归己所有，正副税务局长和征收人员提成百分之一点五。此外，还有税务局的提成，由税局掌握分配。因此，一个税务局长的月收入，比专区行政长还要高出很多。为了严肃财政纪律，消除各种弊端，理顺各方关系，毛泽民决定各县税务局长统由财政厅委派。他一再告诫税务局长，要尊重当地民族县长，同舟共济，完成收入计划。全部取消提成惯例，考虑到会影响收入，毛泽民采用逐年降低提成的办法，避免"一刀切"。

按照毛泽民颁布的新税收条例，各县税务局同县政府一起组织群众，将全县地主巴依的土地资产进行复查，核定纳税量，按规定征税，杜绝了偷税漏税现象，改变了税收混乱局面。

一些税务人员不能很好地执行税收政策，贪污受贿。毛泽民毫不留情，严肃处理。凡接到举报，发现问题，财政厅立即函请当地行政长立案查办。

毛泽民经常强调，财政工作要有全局眼光，不能"竭泽而渔""杀鸡取蛋"，要"蓄水养鱼""养鸡生蛋"。收入有了来源，支出才有保证。他亲自担任新疆二期三年建设计划起草委员会委员长兼财政组组长。在财政金融日趋巩固的情况下，新疆经济建设得到空前发展。他在新疆留下许多感人的业绩。

他站位高远，把新疆的财政工作和建设发展推到了一个很高的平台之上。

开源节流，整顿税务，增加收入，再加一条稳定货币，毛泽民"蓄水养鱼"的策略，极大地储蓄了新疆财政之水，"养活了"经济和民生。

税收整顿和管业执照的发放，促进了农牧业的发展。到1942年，全疆开垦荒地539.4万亩，仅和田两年开荒达15.3万亩。耕地总面积扩大到1638万亩，牲畜总头数达1280万头，农牧业生产创造了历史最高水平。

据有关资料统计：1937年，新疆财政收入为1240万余元，1938年为1347万余元，1942年则达到7828万余元。财政收入的增加，为经济建设提供了资金。1940年至1942年，仅教育经费，三年实拨1226.8万元，比计划数多支出32.3万元。

十一、黄金与法币

盛世才渐渐有了"新疆王"的气势。此时，他觉得钱越多越好，外来的干预越少越好。

1933 年，他在"四一二政变"后当上边防督办，教育厅厅长刘文龙升任临时政府主席，旋即被盛世才逮捕入狱。他又令政府副主席、财政厅厅长朱瑞墀为代主席。时间不久，朱因恐惧病故。盛提出让迪化专区行政长李溶任主席，李不敢拒绝，但提出省政府与督办公署分署办公，意在避开盛的监视控制。

1934 年 10 月，南京国民政府正式任命李溶为新疆省主席，李借故将盛安插在省政府的秘书长郭大鸣调走，将和田行政长，他的巴里坤老乡刘效藜调任省政府秘书长。李惧盛，处处防盛，不贪污，不争权，不授人以柄。行政长、县长任命，均推给盛决定。讲话故作癫痴，语无伦次，有时插一两句诙谐话，引人发笑。在各种场合，积极宣传和推行盛的"六大政策"。盛世才对李溶表面上表示尊重和依靠。

盛世才除了军事和政治上的成功，经济上也十分得意。当初以极为虔诚的态度，挽留毛泽民在新疆工作，这一步棋真是走对了。不到两年时间，毛泽民几个大刀阔斧的动作，使新疆财政收入增加，新币流通稳定，民生改善，还为他赢得了民心。

他常常感慨，国民党那么多财阀大亨，怎么就没有谁能比得了共产党这位能双手打算盘的"土专家"呢？

整顿税务，利于民生，事关社会稳定与发展的根基，这很好。作为独裁者，他还想得到更多立竿见影的收益。简单讲，就是能得到更多财富，最好是黄金白银。如果能一口吃成个胖子，就算去抢劫，他也不会有丝毫的犹豫。

事实上，独裁势力的争斗就是一种抢，而且比一般的强盗更强悍。一块云飘在天上是阴影，乌云蔽日，遮盖整个天空，就成了一种天气。小贼窃财，大贼窃权。小贼是偷，大贼成盗，窃取政权，就成了道貌岸然的统治者，恨不得天下财富都归己有。

志得意满的盛世才，在钱的问题上，出现两个难解的心结：一个是想得到更多的黄金；另一个是不想让法币，即国民政府发行的货币，在新疆流通。

毛泽民改革币制，借用盛世才贮藏的黄金白银做展览，作为新币的支撑，为的是公利。盛世才却耿耿于怀，一心想得到更多的黄金。国民政府发行在全国大多数地区流通的法币，与新币的币值有很大的差值，盛世才一心想把法币拒之玉门关之内。可这两个心结，看起来都是无法解开的难题。

他对付难题的办法，就是甩给毛泽民。

这两个难题，毛泽民其实早就关注到了。阿勒泰山就是金山的意思，自古出产黄金。盛世才正准备提出金矿开采管理的问题，没有想到，毛泽民在一次省财经会议上，没有事先向他汇报，首先提议成立新疆省金矿局，在伊犁、阿山设立金矿分局，修建阿尔泰金矿，有组织地开采，增加银行的黄金储备，充实新币基金，保证新币的稳定。他同时提出了开采独山子油矿，开办其他工矿企业等一些投资增长计划。盛世才对毛泽民先他提出这个意见，心怀妒忌，但在会议上表示完全支持。

毛泽民的提议顺利通过。他在黄金开采的基础上，进一步主持修订了《新疆省限制现金出境暂行办法》，共 12 条。

第一条规定黄金的收购办法。允许群众个人参与有组织的黄金开采，采挖的沙金，除缴纳课金外，余下的可卖给政府，也可以换取货物。金矿局每年收到的黄金，要全部上交财政厅，作为财政收入。

第二条规定，凡属现金、现银、美金钞票及一切硬货币，一律禁止出境。

第三条规定，首饰金银，以完整随身佩戴之整饰品为限，每人出境所带金饰最多不得超过二两，银饰五两，违者没收，以破坏抗战后方论罪。

《暂行办法》的颁发，使政府可以合法杜绝金银外流，充实本省金融与经济的基础。

法币流通，事关国家政策法令。不让法币在新疆流通，某种意义上等于不承认中央政权，论罪可就大了。盛世才集团再讲"六大政策"，也不能明目张胆地与中央政权直接对抗。

抗战时期，苏联支持中国，通过新疆霍尔果斯至哈密的国际运输线，向内地运送物资，有很大一部分是支持国民政府抗战的武器装备。运费先由新疆垫付，然后由南京政府按期拨付法币。起初，新疆使用以两为单位的旧币，相互比较，法币的币值高。改用以元为单位的新币后，币值高出法币很多。国民党政府拨来的法币，在新疆尚未通用，只好在西安、兰州一带套购物资，运回新疆。陕西、甘肃两省认为这样影响了它们的物价，电告蒋介石，请求加以制止。另外，新疆伊犁航空教导队，系苏联为中国培训航空人员而设，许多航空员觉得新疆货物多，价格又便宜，便从中捞些油水。他们因新疆不用法币，就从内地捎带美国纸烟，以新币销售，再套购物资，牟取暴利。新疆当局发现这种情况后，一面提高烟的统税，一面对新来或回去的航空员在新疆境内使用的新币额作出规定。在规定限额内，可用法币一元兑换新币一元，超出此数概不兑换。这样就限制了航空员的套购。航空员大为不满，跑到内地说，新疆是中国领土，为什么不用法币，法币是国币，应该通用于全国，新疆为什么闹独立而例外？

问题反映给蒋介石，变成了政治问题。

蒋介石来电指示：新疆是中国领土，为了顾全大局，新疆应通用法币，并指令将通用日期电告中央。

此电是指示，也即命令，地方政权只能执行，不可更改。怎么办？

盛世才接到电报后，交毛泽民和新疆商业银行行长藏谷峰，责令两人核议。

藏谷峰对毛泽民说："我一点办法也没有，还是我执笔，你定调子，看这出戏如何唱法？"

毛泽民考虑之后说出他的意见：

第一，新疆是多民族地区，少数民族都不识汉字，尤其是农民及边远牧民，更不懂汉字，因此新疆币票面印有维吾尔、蒙古各族文字。而法币上全是汉字，票面又多种多样，少数民族不易识别，一些人难免从中捣鬼，不但人民易遭受损失，市场也容易乱。同时，若帝国主义者伪造法币，鱼目混珠，则贻害更不堪设想。

第二，目前情况，新疆币值比较稳定，而法币币值一再毛荒，新疆若使用法币，新币必将受到影响，或发生毛荒，或影响币值，按比率计算将使新疆财政金融遭受很大困难，这种情况，对中央无所裨益，对新疆更加不利。再者，新疆新币，在某种情况下可以买到苏方货物，若使用法币则失去这种便利。

第三，新疆垫付运费，一切垫付和过去多次代中央向苏方购买汽油和飞机油，其中有用土产换的，也有用新币买的，但在中央还垫款时一律拨发法币，虽然两种币值有着差距，但为顾全大局，新疆仍是勉为其难，承担损失。新疆仅有 400 万人口，若在币值上再受到更大压力，实在无法承担。

第四，今后，新疆一律改用法币，固然属于统一币制或改革币制问题，但若使用法币后，在法币贬值的情况下，全疆收支预决算必将出现大量赤字，中央是否能为弥补？

　　根据以上理由，我们的意见是，暂仍维持现状，到抗战胜利后，币值趋于稳定，再行统筹解决。

毛泽民的意见，拟写成电文，送到督办公署，由盛世才审阅同意后，发出电报，请暂缓在新疆使用法币。

如此重大难题，被毛泽民轻松化解，在新疆政界引起极大的震撼。联系他之前一系列的成功决策和精密实施，无论支持者，还是反对者，对毛泽民的才华和决断，无不钦佩之至。

省政府和财政厅在一个院子，李溶经常和毛泽民聊天，交流在杨增新和金树仁时期人民生活的见闻及看法。李溶对毛泽民知无不言，言必详尽。毛泽民认为李溶在当时一般高级官吏中还是比较好的，常称赞李主席诚恳正直。他认为有人称李溶为"李草包"，是不切合实际的。李溶认为办理新疆财政，前有胡寿康，现有毛泽民，而在经验和一切措施上，有远见，敢负责，毛泽民远优于胡。所以李溶告诉省政府秘书长刘效藜，对毛泽民有关财政上的一切办法和措施，应大力支持。他说："有毛泽民这样的人掌理财政，是新疆人民的幸福。"

作为省主席，对毛泽民如此评价，代表了新疆政界的大多数。

李溶病故时，成立了以毛泽民为主任委员的追悼会。李溶灵堂前，有盛世才的挽联，也有毛泽东和朱德的挽联，此外还有各厅局、八路军办事处以及各法团的挽联。各单位按规定日期集体参加吊唁，驻迪化的苏联领事也前来吊唁。杨增新的追悼会，在上帝庙开了将近40天，所以，李溶家属也要求按追悼杨增新的先例，举办文公礼，时间不少于三七二十一天。毛泽民和李溶无论是工作关系还是私人交情都很好，但他还是再三说服李溶家属，追悼会开了七天。

法币问题的处理，在盛世才心里，同样引起震撼，以至于他表面上对毛泽民更加倚重，在公事的很多方面，不得不听从他的意见，甚至做出让步。但内心却更加敌视，直到最后时刻，对毛泽民施以最残酷的肉体折磨。

十二、公债与建设

毛泽民的政治理念，在历史的黑暗尚未驱散之前，总是像一束强光，开启人心。

他的财经观念，在那个时代，总是高于人们的认识。他着重指出："我们发行公债，不但要筹集钱，更主要还是借以促进各族人民对于国家和地方建设的热情和关心。因此，我们不但重视富户的大量认购，更应重视一般平民小量而多户的认购，这是有经济和政治双重意义的。"

新疆的财政经济，在毛泽民的主持下，实现了持续稳定的发展。战争时期，这简直是一个无法想象的奇迹。毛泽民并没有安于现状，就此止步，他以只争朝夕的紧迫感，给新疆创造更加坚实的经济基础。

新疆如此辽阔，仅有农牧业的稳定发展还远远不够。农牧业尚属低层次的经济形态，一个地方要走向富强，还要有进一步经济建设。更多地培养税源，增加收入，必须要有雄厚的工矿业。为此，他又做出了一个非常大胆的创举——发行公债。这在新疆是首次，在全国很多地方，都难以实施。省政府财经委员会出于对他的信任，方案再一次顺利通过。

毛泽民积极主张发行建设公债。按当时新疆的 400 万人口计算，开始时准备发行 400 万元，鉴于市场繁荣，物价稳定，建设公债改为发行 500 万元。

1941 年 1 月，新疆省政府 500 万元建设公债正式发行。由于这项工作有计划有组织地进行，配有得力的干部，加之各区、县重视和大力协助，因而实际发行情况超出预期。这样的情况，最根本的还是得益于毛泽民整顿财政有方，让各族人民目睹了政策好转的实绩，对政府有了充分的信任。

政府各界和广大工商界人士普遍认为，毛泽民主持财政币值稳定，信用卓著。这样一种社会信誉，传导到全疆各族老百姓心中，形成了强大的社会公信力。大家都相信，公债还本付息有可靠的保证。因而，民间购买非常踊跃。有一位叫马宝良的汽车商人，开来一辆苏制嘎斯车，要求作价 1500 元，以此款购买公债。毛泽民对他的行为给予表扬鼓励，亲自向他解释说："政府规定以现金购买公债，最好请你自己变价再来购买。"结果，这位马老板真的将汽车卖掉，购买了公债。

公债发行前，多数人认为伊犁地区比较富庶，公债发行额必占首位。毛泽民却认为，南疆人口较多，人是主要因素。就以喀什来说，如果能将人民群众发动起来，或许能占首位。后来发行的结果，喀什的认购数，与伊犁平分秋色，再次证明了毛泽民一贯重视群众的政治远见。

毛泽民主持财政工作不尚空谈，言而有信，币制改革深得人心。老百姓的"信用"观点，是具体而不是抽象的，他们从心底里拥护财政厅发行公债的新措施。这次认购的公债分 10 年还本付息，百姓仍然踊跃认购。到发行截止日，全疆实际认购 670 万元，超过原计划 34%。

由于规模合理，指挥得当，组织严密，宣传到位，公债发行非常顺利，取得圆满的成功。

财政手里有了钱，但这是老百姓的钱。

"这个钱怎么开支呢？"打主意的人不在少数。

毛泽民主政新疆财政，制定了严格的财政预决算制度，凡预算外开支必须经财经委员会批准，否则财政厅不予拨款。

他经常教育干部："财政纪律要胜过军事纪律，因为财政是一切的命脉。"

这笔钱怎么花，毛泽民在财经会议上定下一条硬杠杠："必须做到项目好，投得出，收得回，有效益。"

政府优先选定一批财政预算项目，进行公债投资，待项目建成后，由以后年度的财政资金偿还，以保证公债资金的安全性。

首先，用于兴建水利。先后建成有迪化红雁池水库修建项目；麦盖提县引玉河水大渠建设项目；伊犁裕民渠河槽及渡水槽增设项目，修缮长 90 公里、深宽 3 米至 9 米的伊犁皇渠项目；焉耆修缮长 30 公里、深宽 1 米至 3 米的乌拉斯台渠项目。

其次，用于农业发展贷款。1938 年，全疆的农业贷款为 40 万元，贷籽种 3 万石。1941 年增加到 250 余万元，用于春耕农机及特种农作物贷款，其中各类籽种 6.9 万石，免息给阿克苏、喀什、和田等区农民团体优良棉种 30 吨。部分资金用于棉种改良，农作物病虫害的扑灭、新式农具与农机的推广使用，均获得成就。财政厅配套拨付专款从苏联购买了各种农机用具两万多件。

最后，投资关系民生的紧缺工矿项目。毛泽民把公债的 100 万元，作为投资改造独山子油矿的一部分。

《新疆图志》记载："独山子有石油泉二，一在南麓，一在西麓，其色深紫，浮于水面，夏盛冬涸。"

传说在很早的年代，乌苏人点灯，润滑马车车轴，这些事都不用花钱。19 世纪末期的新疆，买一根洋蜡要半块银圆，普通百姓根本消受不起，乌苏人却不用花这样的钱。到离城 40 里的一座长条形土山舀油烧。开始把这座土山叫"秃山子"，慢慢叫成了"独山子"。这座土山周围，不知什么时候冒出 32 个泉眼，涌出的东西，下面是有咸味的水，上面漂着一层淡红色或深绿色的油，人们用葫芦瓢舀回家点灯、抹车轴。

19 世纪末，清政府新疆商务总局开采独山子的石油，所谓开采，还是用瓢舀，只不过收归国有，不让老百姓随便舀而已，并未形成工业化生产。

1902 年，新疆布政使联魁实行新政，创办实业，在乌苏城内设劝工所，创办劝工场，在独山子用土法提炼石油。将舀来的石油放在锅内加热，分馏出看起来更透亮，烧起来冒烟少的油。

1909 年，新疆地方政府出银 30 万两，从俄国购进机器，在独山子打出了新疆第一口油井，开新疆近代石油工业之先河。"井深七八丈，井内声如波涛，油气蒸腾，直涌而出，以火燃之，焰高数尺。"俄国巴库化验结果为"每百斤可提取净油 60 余斤，足与美洲之产相抗衡"。

1936 年，新疆地方政府与苏联合作，在独山子进行石油开采和炼制，但产量很小。

新疆是重要的战略物资运输通道，提高独山子石油的开采炼制能力，对支持抗战物资的运输意义重大，且能得到丰厚的收益。

毛泽民眼光独到，他亲自到独山子考察，与苏联专家深入研究后，力主财政集中资金，加大投入。先后十次对独山子批示，减免税赋，解决生产和生活各方面的问题，为独山子炼油厂拨款 287 万元。独山子油矿经过改造，大大提升了开采和炼制能力，成为当时全国与甘肃玉门、陕西延长齐名的三大油矿之一，原油年产量最高达到 7321 吨。

毛泽民将财政资金、公债与银行贷款，合理配套，灵活组合运用，修建了迪化皮革厂、发电厂、锯木厂、汽车修理厂、头屯河铁工厂、迪化面粉厂、伊犁面粉厂、阿勒泰面粉厂。支持土产资料开展国内国外多种贸易，用羊皮、羊毛、牛皮等土特产品出口换取外汇。银贷款和政府投资都获得了较好的回报，1940 年，新疆商业银行纯利润达 73.43 万元，个人投入的商股得利丰厚。

生产发展，推动经济繁荣，交通运输的困难显现出来。毛泽民及时提出，为大力发展经济，必须尽快开通新疆的运输干线。财政厅拨出大量的资金，以迪化为中心，修筑了南到喀什、和田，北至伊犁国境线，东到星星峡，贯通天山南北的主要公路干线，全长达 4160 多公里。修建公路，同时增加汽车，从原来的几十辆发展到 480 多辆，为新疆的发展奠定了坚实的基础。

他还统筹资金，设立和扩建了 13 所医院，设置了 800 多张病床，新开了 4 所药房、16 家诊疗所。其中莎车和焉耆各一所医院，奇台、善鄯、库车、温泉四个县开设诊疗所，喀什和阿勒泰新开了药房。设有一所医药专科学校，费了很大周折，为新疆省立医院从苏联购进一台 X 光机，设立了 X 光室，提高了省立医院的医疗水平。新疆医疗卫生事业的集中发展，在很大程度上为全疆各族群众解决了有病无处医、任其生死的最大痛苦。

他还安排资金，新建了迪化自来水管线、电台和电影公司。

一大批工厂和公益机构的建立，既解决了民生需求，产品和服务还供不应求，在造福人民的同时，还有稳定的收入保证，体现了深远的社会意义和经济意义。荫福后代，为新疆未来的发展，打下了良好的基础。

十三、新婚与咸菜

1940 年 5 月，毛泽民和朱旦华结婚了。

婚礼在督办公署西大楼举行。新郎穿一件干净整洁的旧毛料西服，新娘穿着来新疆后添置的一套米色裙装。他们没有发请柬，但来参加贺喜的人很多。

朱旦华原名姚秀霞，1911 年 12 月 26 日生于浙江省慈溪县庄桥镇，随父母到了上海，小学毕业，考上了上海务本女子中学师范科。学习优秀，毕业后留校工作。抗日战争爆发后，上海务本女中停办，她失去工作。恰在此时，收到一位好友从延安寄来的信。她非常兴奋，把信交给了地下党办的《解放周刊》，以《陕北来信》为题发表出来，吸引了很多上海进步青年与文化人士。朱旦华更是恨不得插上翅膀飞向延安。她得到东北抗联组织的 70 元路费资助，绕道宁波、金华、南昌、九江、武汉等地，1937 年冬到达延安，进入陕北公学学习。1938 年 2 月，朱旦华加入了中国共产党。毕业后听从党的安排，到新疆工作。1938 年 7 月，她被分配到省立迪化女子中学任教导主任，不久被推选为新疆省妇女协会常务委员、秘书长兼宣传部长、新疆省政务委员会委员。

她在女中制定了"诚毅团结、勤肃紧张、敏活健壮、精勇创造"16 字校训，传播革命思想，培养进步青年，支援抗日前线。在教学中重点讲解"反帝与亲苏"，宣传马列主义思想，帮助师生树立革命人生观和世界观。作为新疆妇女协会宣传部长，她组织学校师生业余歌咏队、话剧团，利用课余和节假日，上街宣传演出。编辑发行刊物《妇声半月刊》《新疆妇女》，宣传抗日救亡运动和妇女解放。

为了宣传募捐，支援抗日前线，朱旦华找到当时在新疆的文艺界名流赵丹、徐韬、叶露茜、俞佩珊、鲁少飞及从延安来的于村、白大方等人，请他们来迪化女中，辅导女中话剧团排练演出了《朔风》《妇女解放三部曲》《乱世男女》《雷雨》《屈原》《北京人》《武则天》等剧目，引起很大的轰动，被誉为时代的新女性。

　　毛泽民到新疆任财政厅代厅长。朱旦华多次听过他的报告，知道他是理财专家，很能干，对他很尊敬。在朱旦华组织的多次活动中，毛泽民到场支持，两人交谈，观点一致，特别轻松愉快。她发现毛泽民身体不好，工作特别辛苦，产生了深深的关爱之心。党代表邓发看出他们两人互有好感，前一年春天，毛泽民去苏联之前，八路军办事处为他送行。

　　邓发看见朱旦华对毛泽民关切的眼神，以开玩笑的语气说："我看你们身材般配，性格相投，都是革命的实干家，我给你们做媒吧。"

　　一句话引起大家的关注，在场的人一致欢呼："同意！同意！"

　　这个情况远远超出了邓发的预想，他趁机又点一把火，说："今天为周彬同志送行，就算他们的订婚宴吧，大家说，好不好？"

　　这句话如同火星子落到油锅里，一屋子人的情绪燃烧起来。平时工作紧张，难得一聚。这一晚，因为这个插曲，八路军办事处难得热闹了一番。

　　窗户纸一下被捅破，两人突然发现，心里早就有了对方。分别之时，两个人心里埋下了思念和爱恋的种子。

　　毛泽民回到新疆时，邓发已经回了延安，陈潭秋接任新疆党代表。他和朱旦华再次见面，感情的火花不再掩饰，组织批准他们结婚。

　　这一场婚礼简朴而隆重。盛世才送来一幅红色缎幛，上书"组织新家庭，建设新新疆"。督办公署外事处处长王宝乾主持婚礼，代表盛世才讲了话。女子学校歌咏队的同学们，围着老师唱歌跳舞，她们为老师庆贺，为老师祝福，从心里敬佩和爱慕自己的老师。感谢老师教她们懂得了人活着应该追求些什么，人生的价值究竟在哪里。往日里，她们经常在《新疆日报》的《女声半月刊》上读到老师那振奋人心、激励人前进的文章，如《进入一九三九年之新疆妇女运动》《苏联航空界的女英雄》等等。课堂上面对面地听老师讲课，老师的言行和思想无时无刻不在影响着她们思想的变化和飞跃。

前段时间，新疆妇女协会、反帝会直属学生三分会和迪化女子中学，三家共同发起了歌咏宣传活动，朱旦华亲自为这次活动作了报告，组织了40多个歌咏宣传队，下到基层挨户宣传，同学们从中得到了实际的锻炼和提高。

婚礼结束，回到新房，就是毛泽民的宿舍。毛泽民的生活一贯俭朴，不喝酒，不抽烟，吃饭简单，穿着旧衣服。一双旧毡筒，穿了好几年。一顶旧皮帽，从内地戴到新疆，一直戴到入狱，就义。他的全部行装，就是一只在上海时买的旧皮箱，一个旧藤条包，被子、衣服、书籍等用品全部装在里面。他与朱旦华的简单行装合在一起，就是全部家当了。新房陈设，除了书架、写字台和四把苏式椅子外，别无他物。床上铺盖仍用新人自己原有的被褥，连件新衣也未添置。很多同志和朋友到他家里贺喜，但因房屋狭窄，客人随来随走，只有陈潭秋、茅盾、张仲实等人坐得久一些。婚礼热闹但无喜宴，毛泽民在鸿春园买了几个菜，简单招待了几位好友。

新疆省政府当时有规定，行政长以上的官员，生活方面的一些费用，可以按标准报销。毛泽民却从来不沾公家一分钱，还把自己平时结余下来的钱作为党费上缴。

婚礼之后，财政厅主任秘书张远凤与会计科科长刘德贺商量，觉得两人每天都在紧张工作，晚上经常开会，没有时间搞家务，决定找个炊事员给他们做饭，让厅里的工友张德胜，每天到他家里，照顾一下炉火，代为购买日用品。

两人把这个意见向毛泽民汇报，毛泽民坚决反对。他说："各厅的预算中，没有给厅长规定一个炊事员和工友，今天由我开端，如何能行，不符合清廉规定。"

两人无奈退了一步，劝说毛泽民说："即使炊事员不要，每天采买以及一些杂务，你们没有时间，迪化又没有夜市，下班后到哪里买去？张德胜是你办公室里的人，他也同意，又不需要增加开支，过来帮帮忙难道还不行吗？"

毛泽民这才点了头。他和朱旦华一般自己动手做饭，一日三餐，饮食极为简单。每天吃剩的蔬菜，洗净切碎，按照湖南人腌咸菜的方法，腌在缸里，一点也不浪费。几天以后，底下的翻到上面，再把鲜菜压在底下，没有多长时间，一口小缸腌得满满实实。

毛泽民腌得咸菜好吃，有浓郁的湖南风味，张德胜的老婆每来一次，都要尝几口缸里的咸菜。天长日久，张老汉也学会了毛泽民的腌菜方法，把吃剩的蔬菜如法炮制，小缸经常满满的。一天，张老汉上街买菜，毛泽民一人在家里看文件，张德胜的老婆推门进来了。毛泽民热情地接待了她，临走时，捞了一大盆咸菜送给她，她说啥也不收。毛泽民笑呵呵地说："一点咸菜不值得送人，请你的家人尝一尝，提提意见，帮我改进腌菜手艺。"

过了几天，张老汉往缸里续菜，揭开盖子一看，半缸咸菜不见了，这是怎么回事呢？晚饭过后，他把这事告诉了毛泽民，毛泽民一面帮他往缸里压菜，一面风趣地说："你不是说我腌的咸菜好吃吗？好吃不好吃，大家品尝后说好才算数。"

新婚的毛泽民和朱旦华，上班忙工作，下班回家，家常饭，小咸菜，司机王发浩和工友张德胜就像家庭成员，毛泽民的家庭氛围乐融融的。晚上没事时，毛泽民经常把身边的几个人招呼在一起，帮助他们学文化。

他从严要求，说："可以一夜不睡觉，不能一夜不学习。"每到傍晚，毛泽民读报纸，边读边讲解，听完了让他们谈感想。后来规定，每天晚上必须学习两小时，一个小时读报，另一个小时学习文化。有一次，王发浩因为没吃上饭，和大伙房的炊事员闹别扭，一赌气没来学习。毛泽民知道后，像家长一样为他张罗晚饭，待王发浩吃完了，又给他做思想工作。毛泽民很会教学，讲一个道理，随带几个有声有色的故事，王发浩听得入迷，慢慢爱上了学习。

毛泽民身边的服务人员，岁数都很小。他把他们当孩子看待，关心他们的生活、学习和思想成长，经常讲故事，讲道理。这些年轻人，被他感动了，难为情地讲出实情——他们都是盛世才派来监视他的，实际上就是一帮小特务。毛泽民听后只是笑了笑，并没有介意，与他们更加深了感情。盛世才那里，毛泽民根本就不予理睬。

到了冬天，西北风像小刀子。毛泽民出去开会或办事，司机王发浩在外面等候。其他司机都这样，再冷也不能离开岗位。毛泽民可舍不得他的小司机，到目的地，让王发浩先回去，时间差不多时再来接他。

身边的工作人员，有事没事，都喜欢到新婚后的厅长家里来。西北人的品味酸辣咸，大家都爱厅长家的咸菜。很多人学会了毛泽民的腌菜手艺，他家的咸菜缸，成了家庭温暖的一个象征。

十四、新新疆建设年

婚后的生活温暖而忙碌，毛泽民和朱旦华弹奏起了生命冲刺的进行曲。

朱旦华在教课之余，依然笔耕不辍。她写了一篇纪念"九一八"八周年的文章，发表在《新疆日报》的《女声半月刊》上，受到师生和社会读者的广泛好评。新婚不久，又写了《五卅运动与妇女运动》一文，又在《新疆日报》《女声半月刊》第 25 期全文刊出。

毛泽民则以共产党人的崇高情怀，为新疆的建设发展，竭尽生命的能量，提出了更高的目标。尽管盛世才背叛统一战线的企图已经暴露，变本加厉地排挤和打击中共人员，他依然以一位共产党人的历史的责任感，亲自起草了题为《完成民国卅（1941）年新预算任务而斗争》的工作报告。

鉴于 1941 年是"第二期三年建设"之第二年，他命名这一年为"新新疆建设年"。

毛泽民在报告中首先总结了新疆的预算制度。自 1938 年开始，经过了一段艰苦工作与艰苦斗争，预算制度得到健全树立，在整理与统一财政工作上起了原动力式的巨大效能，农牧工商经济、文化教育、人民保健、交通路政与军事国防均飞跃地建设起来了。

"新新疆建设年"，要尽一切可能扩大建设预算，决定 1941 年度总支出为 5800 余万元。这样大的支出预算，在新疆是空前的、惊人的，与内地若干省份比，亦是极少有的。与上年度总预算 3075 万元比，增加了近九成。其中，工矿业预算经费比上年度增加 181.5%，保健经费增加 79.5%，农牧水利经费增加 70%，文化教育经费增加 49.6%，市政经费增加 900%。还预定给银行和土产公司增加三四百万元资本。

公路局筑路费经核减，确定为 250 万元，但该局准备发动民力，加强工作效能，完成本年路政建设任务。军政各机关体念政府集中力量，扩大农牧、工矿、保健和文化教育等之建设，缩减经费 200 万元。

收入方面，农牧工商经济建设，大大培养了税源，加上财务机关忠诚执行清廉政策，达到税收点滴归公，农牧税与工商营业税预计比上年度增加了 44%，而屠宰税等税种仍然免收。此外，工矿等生产机关和交通运输等营业机关，均向政府缴纳纯益。公安司法亦有收入交省库。

官产收入，也有大的增加。

他强调，"新新疆建设年"要加速各项建设，把落后的新疆变成先进的新疆。支付预算大大增加，其他经费支出会出现不尽如人意的困难，各有机关单位要切实核减费用，特别体念时艰，模范地响应节约号召，消灭一切浪费现象，为发展"六大政策"而艰苦斗争。

毛泽民的卓越智慧和超前规划，让新疆在几年之内，整体跨越了很多年的进步。为了实现自己提出的目标，毛泽民投入到车轮不歇的工作之中。上班忙，下班回家，又是一头扎到了文件堆里。

"没有吃饭？是不是胃又疼了？"朱旦华看他脸色不好，关切地问。

"没事的，一会儿就会好的。"毛泽民笑一笑回答。

毛泽民早年开刀，肚皮上留下一块大伤疤，只要劳累过度，就红肿疼痛，像要撕裂。朱旦华给他做了一条特制的松紧绷带，把肚子紧紧捆住。支气管炎越来越严重，讲话常被咳嗽打断。到新疆又增加了严重的鼻炎，说话瓮声瓮气。

病痛折磨，从来不会影响工作。有一天，毛泽民又忙到深夜，胃疼得难以忍受，这才收起了桌上的材料，躺下休息。刚刚进入梦乡，被一阵急促的电话铃声惊醒。他急忙起身拿起听筒，说了几句，爬起来就往外走。

朱旦华说："什么急事呀？你身体不好，明天办不行吗？"

毛泽民边往外迈步，边对朱旦华说："官产科科长裴锡力在出差的路上车翻了，伤得很厉害，我要尽快地赶到现场。"

朱旦华说："天黑路险，你身体又不好，还是等天亮再去吧。"

毛泽民说："不行，人在危难之时，最希望见到亲人，我怎么能不去呢？"

毛泽民匆匆赶到现场时，裴锡力还有一口气。他握着毛泽民的手，说了几句话，才慢慢闭上眼睛。第二天，毛泽民召集财政厅的全体职工，为裴科长举行了追悼大会。这件事在一些旧职员中反应强烈。一个小科长遇了难，厅长大人半夜出动，这是从来没有见到过的。

不久之后，又是一天夜里，毛泽民刚刚收起桌上的文件准备休息，忽然接到电话，说昌吉县发生了大火灾，火势正猛，起火原因尚不清楚。毛泽民没多说话，立即动身赶往昌吉县。他一路上心急如焚，拂晓前赶到了现场，远远就一片火光，哭声、喊声、房架倒塌声连成一片。毛泽民顾不得多想，冲进了滚滚浓烟之中。让他没有想到，此时此刻，昌吉县的干部竟然没有到达现场。

毛泽民当起现场指挥，让人们先切断火势，不让继续蔓延，组织一部分人抢救护送伤员。派人把昌吉县的干部们叫起来，安排救灾工作，直到一切都有了落实，才离开了火灾现场返回迪化。

事后，毛泽民严厉地批评了昌吉县的干部，教育他们要将关心群众生活，把保护社会安全当作最重要的责任。

督办公署突然把财政厅的几个职员抓走了。毛泽民了解这几个人，他找盛世才当面交涉。因为没有什么证据，只得将人放回来。这件事对厅里的干部触动很大，大家都觉得，和周厅长一起工作最保险。

毛泽民以自己生命的能量、真挚的感情，温暖身边的每一个人。自己却既承受着身体的病痛，又被盛世才无情打压。

他因为工作太辛苦，时不时就犯病。有一段时间，身体状况很差，盛世才批示让他去迪化东郊的水磨沟休养。他住在水磨沟，做饭需要一个火炉。张远凤主张买个石油炉子，由财政厅开支。毛泽民不同意，说不符合清廉规定。刘德贺家有个石油炉子，拿出来借给他用，他才接受了。郑亦胜到哈密出差，返回时乘坐飞机，特意从哈密带来一桶活鳝鱼送给他。毛泽民请刘德贺等几个人，下班后都来水磨沟做鳝鱼吃。

水磨沟的清凉亭，四周郁郁葱葱，气蕴恬静。毛泽民和朱旦华加上来客一共七个人，只有一个石油炉子，又要做饭又要做汤，大家吃到很晚才回家。第二天早上，盛世才下了一道手谕，不准毛泽民在水磨沟养病，要他立刻回来。原因是盛世才接到密报，说毛泽民和几个人在水磨沟开秘密会议。

事后不久，盛世才以此为由，免除了毛泽民财政厅代厅长的职务。

十五、税务局长们

延安来的第二批干部，有 10 人分配到财政系统，其中只有郑亦胜一人留任财政厅，担任省财经委员会和财政厅秘书。其他 9 人，都到南疆各税务局任副局长，他们是毛泽民财政税务政策的忠诚执行者。

高登榜被任命为喀什税务总局副局长，1939 年春节过后启程到喀什赴任。翻越天山，气温骤然回升，北疆还是冰天雪地，寒冷异常，南疆却已是初春。喀什的街道两侧流水潺潺，草木复苏，当地居民正在浇灌农田，在吐曼河洗涤衣物。这里的景致，唤起他对丝绸之路的联想。

喀什气候干燥，但水源充足，温差悬殊而土地肥沃。历史学家认为这座城市是中国最早的国际性商业城市之一，是西域历史文化的丰盈仓库。但是，直至 20 世纪 30 年代后期，这里的经济文化都很落后，只有少数巴依和富商，家资充盈，骄奢淫逸，广大农牧民生活十分贫困。喀什税务局负责管理疏附、疏勒、伽师、英吉沙、巴楚、蒲犁、乌恰、岳普湖等分局的税务工作。

1939 年 3 月底，高登榜到职后的第二个月，毛泽民就整顿财政、提高财政系统干部素质发布通令，强调财政干部要严格挑选，不允许贪官污吏和敷衍了事者充塞各级税务部门。

高登榜刚到局里上任，便风闻税务科一位姓李的科员有贪污的劣迹，经了解确有此事。岳普湖县的税务人员每月来总局交账，这位姓李的不开收据，大沓的税款无声地落入自己的腰包。他是局长李英才的亲戚，屡屡得到庇护。高登榜坚持要严肃处理，但困难不少。他刚上任，遇到的不仅是混乱的财政状况，还有顽固的习惯势力和复杂的人事关系。这时正好省里的"南疆检查团"到了喀什。他们在喀什视察时听到这一情况，找税务局核实，处理了这一案子。贪污者受到处分，局长李英才调回迪化另行任用。

高登榜还发现，一些税务人员外出稽查，损公肥私、白吃白拿的事情常有发生。税收管理规定中有一条，对于偷税漏税行为一经查出，税务人员可根据其态度、情节、违法款项多少，决定罚款和处罚金额。被罚者往往请客送礼腐蚀拉拢稽查员，以减少处罚款项。有的税务人员心安理得地受贿，坑了公家肥了自己。高登榜提出建议，经局务会议通过，规定以后再查出偷税漏税的罚金，必须由局长、副局长审定，稽查员无权直接决定，从制度上堵塞了漏洞。

税务局大多数汉族和维吾尔族青年工作主动，遵守制度，同农牧民之间关系比较融洽。但也有一些人态度生硬，收田赋粮时，压斗多收农民的粮食，出言不逊，打骂农牧民。高登榜到各县查看征税情况，听老百姓反映情况。有一次，他到了伽师县，遇到伽师分局一位值斗人员同农民争吵，还动手打了农民。弄清原因后，他代表税务局，当众向农民赔礼道歉，批评了这位收税人员。类似情况有过几次，当地农民都知道新来了一位局长，税务人员作风变好了，农民也主动缴纳田赋粮。双方关系前所未有地和谐起来，当年的收税任务得以顺利完成。

1939年底，正值回收旧币、推行新元的货币兑换时期。为了保证兑换工作顺利进行，喀什银行、工商局、税务局等单位派人协助。高登榜作为税务局的代表，参加监督焚烧旧币。一捆捆旧币被拉到疏附县北门外河滩上，当众销毁。他看到毛泽民制定的财政货币政策，一项项付诸实施，得到各族人民的衷心拥护，心中涌起更多的激情和力量。

1940 年，财政厅下达了认购公债的任务。喀什区成立了推销公债建设委员会，行政长陈方白任主任，高登榜任委员。他们披星戴月，下到各县召开大会，奔走游说，深入到工商户和农牧民家中宣传。宣传队还配有电影放映组，既重视富人的认购，也不忽视众多平民。具体认购时，发生了一些误解。有一种说法，农民如果不认购公债，手里没有公债票，就不能进城。莎车县一些农民听信了，手持票证，要求换给面额小的公债票，以保证全家人手一张方便进城。听到这些反映，高登榜组织经办人员，向民众耐心解释，消除了误会。经过几个月的努力，喀什地区认购建设公债额竟然与全新疆最富的伊犁持平，并列第一名。高登榜看到《新疆日报》上公布的各区认购公债统计结果，很是高兴。财政厅周彬代厅长对喀什给予了表扬。

1940 年 7 月，毛泽民向全疆各区县税务局签发了验契查田的通知。要求："本年政府为满足人民要求，确定地数及整理各县田赋，故在本年田赋章程内规定有验契工作，此项工作由该局及分局从速商请各县长进行，勿畏困难与艰辛，努力完成。"

验契查田，是一项重大的民生工程。田地是百姓的命根子，还田于民，让民众拥有真实的田地，田赋才能真正公平。

喀什区历年征收田赋，依照的是旧册上的地亩数目，实际地亩数与旧册上的差距很大。不少富人巴依的实际地亩数高出旧册几倍甚至几十倍，因此少交很多田赋，更有甚者，一些土地富有者用讹诈手段转嫁田赋粮，于是富户少纳粮、贫户纳重粮的不公平现象普遍存在。验契查田，一是重新核实土地面积，凡与原有地契不相符合者，皆以核实结果为准，发给新照；二是按上、中、下三等重新估定土地等级。广大贫户得知这一消息，非常希望早日重新清丈土地，确定地权。

夏秋之交，高登榜到伽师县了解验契工作情况，实地参加土地丈量。这项工作开始时困难确实不少，很多农户土地零散，一户农家的土地有好几块，每块之间相距很远。验契时先验地亩大小，再议地力等级，议上半天，往往争执不下，工作进展很慢。为了加快进度，高登榜请来伽师县的正副县长，找了一些当地的老农民，一起商议。决定用原有土地登记册、地契、纳税票作参照，使验契进度大大加快。高登榜及时向行政长汇报了伽师查地验契工作的做法和进展情况，提出向全地区推广。行政公署同意实施，提高了工作效率，加快了工作进度，农户较快地拿到了新的地契。通过验契查田，普通农民的地亩数基本保持不变，富人巴依的地亩数明显增多。当年秋收上缴田赋粮，富人明显增加，全区的财政收入整体实现了很大的增长。

喀什有两大项基本税收，即田赋和牧税，收牧税远比收田赋困难。喀什地域广，牲畜分散。一年一度，税收工作开始时，税务局工作人员要到牧民的牲口圈里查点数目，工作量很大。有些不诚实的牧民，在税收前夜，偷偷转移部分羊只和牛马，以减少纳税。

1940 年，财政厅颁发《征收牧税奖惩条例》，核心内容有三条：对于储足冬草，搭盖圈棚保养羊只好的牧民，减免部分牧税；农民耕地使用的牛马减免牧税；对隐匿只数偷税漏税的要予以惩罚。高登榜针对往年存在的问题，提前组织举办牧税人员训练班，将参加过牧税征收有经验的人员，和本年度准备新派去收税的人员，混合编组进行培训。学习期满，委派他们到乡村开展工作。

关税是喀什区税收的另一个重要项目，占有相当大的比重。当时，苏联有较多的物资从喀什进来，大宗土特产从喀什出口，如皮毛、棉花、牛马羊等。印度等南亚和中亚的商民由塔什库尔干进口商品，出口土特产品。鸦片战争后，英帝国主义一度从政治和经济上控制了南疆的大部分地区。英国在喀什设有领事馆，一些县里设有代办处、教堂和学校。形形色色的英国人带着商帮，往返于国境线，抗拒中国方面的检查，走私情况十分严重。大批外国商品倾销喀什市场，许多军火、鸦片、大麻、鼻烟等违禁品，源源不断偷运喀什。在频繁的走私活动中，英国商人获取高额利润，成箱的黄金、宝石和稀有矿藏源源不断地运出边境。

喀什税务局配合边卡大队，稽查往来商人，加强边卡防守和进出口货物的检查。蒲犁（塔什库尔干）县有一条通往印度的小道，来往商人骑着马，赶着牦牛运送货物出入，这也是走私集团来往的主要通道之一。税务局人员组成若干小组，配合边卡，在这条通道上加强盘查，取缔非法活动，查出贩毒、走私、贩运军火的案件，轻者照章罚款，重者全部没收，或者连人带物扣押起来审讯。蒲犁税务局把大批查获的违禁物品和金银钱物运来喀什，经喀什区税务局查验处理。缉私工作有力地遏制了不法奸商的走私活动，稳定了市场贸易和社会秩序。

喀什城内有十几家商店囤积居奇，偷税漏税情况严重。为牟取暴利，暗地里参与走私活动。高登榜和新任局长张同智商量后，进行调查摸底，跟踪追寻。在老百姓的协助下，弄清了这些大奸商进出货的途径和走私的情况。然后派稽查员到其商店出示证据，对这批胆大妄为的奸商以沉重打击，查封了一批秘密仓库，缴获了大量违禁品。在人证物证面前，这些老板低头认罚，再也抖不起威风了。

高登榜刚到喀什时，对当地民众的生活习惯、风俗语言都很生疏。平时在机关上班，有翻译协助处理公务，比较方便，一旦离开翻译，出门买东西，与当地民族同胞交流，就得借助手势，语言障碍很大。为方便工作和生活，他努力学习维吾尔族语言，慢慢能说一些常用语，比较难的话说不出来，但能心领神会。群众对内地来的干部很信赖，把他们看作亲人，逢年过节，经常请到家里做客，吃一顿民族风味的饭，表达相互间的信任和友谊。

盛世才为人阴暗，疑心很重，一旦对某人不放心，随便扣上"英帝国主义走狗""托派反动分子"等帽子，光天化日之下逮捕入狱。喀什税务局有一位维吾尔族副局长，住在城外一个花园。高登榜住在他家旁边，有一天晚上，突然人声嘈杂，传来很野蛮的敲门声。他开了门，进来几名凶神恶煞的便衣，一看他是汉族，连连说弄错了，扭头就走。第二天上班，他看到那位副局长的家属站在院子里哭泣，这才知道昨天晚上被不明不白地抓走了。这件事使全局上下人心惶惶，高登榜也受到很大触动，给党代表陈潭秋写信，汇报了南疆的情况和自己的一些想法。他后来被逮捕后，这封信成了主要的"罪证"之一。

不久，有传言说盛世才收到一封信，"揭发"延安来的中共党员中，担任蒲犁县县长的许亮和蒲犁边卡大队长胡鉴有矛盾。没有想到传言成真，还真有这样一封信。盛世才以此为凭，亲自电令新上任的喀什警备司令兼行政长蒋有芬负责彻查此事，特别点名要高玉成（高登榜的化名）参加调查组。蒋有芬奉命组成四人调查组，蒋的一位副官具体负责，区公安局一人，行政公署一人，加高登榜共四人。这是盛世才指使公安系统某些人设计的一个圈套。他们的如意算盘是先诬告延安来的人自相不和，又让延安来的人审问自己人，按照圈套往下走，一箭双雕。调查组见到所谓的"证人"，是县公安局的人。他一开口便信口雌黄，说了一通胡编乱造的"事实"，这些谎言都是事先编排好的。调查组揪住其说辞中自相矛盾的破绽，层层批驳，问得"证人"哑口无言。此人之外，还有一些证人，是在公安局的刑罚和引诱下昧着良心说的，在事实面前无言以对。各种诽谤和捏造破绽百出，由县公安局长一手导演的闹剧只得狼狈收场。

1942 年 2 月，高登榜接到了赴沙雅县任税务局长的调令，只身匆匆赶往。沙雅县属阿克苏区，税收上弊端频生，问题很多。1933 年之前，这个县一直实行包税制度。包税人贪污作弊，成为见怪不怪的普遍现象。盛世才上台后，取消包税制，设立了税收提成办法，但包税制并未真正取消。实行税收提成后，反而增加了很多名目繁多的税种，人民负担倍增，生活更加贫困。

高登榜做了一番调查研究，整顿了税务机构，取消了不合理的税收，减免了一些不公平税粮，做到上不亏公，下不累民，千方百计帮助百姓摆脱贫困。

有一次收田赋，一位农民交来五斗粮。税收人员用斗一量，硬说不够，农民叫苦不迭。这事恰巧被高登榜遇上，要求重量。原来这个收税人员收粮不用平斗，非要斛满到冒尖。五斗粮这样一量，自然就不够了。情况弄清之后，高登榜对此人严肃批评，以此为戒，重申收税纪律，严禁再有大斗进、小斗出，大秤入、小秤出，巧立名目、坑害百姓的情况发生。此事在局里引起震动，他进一步要求，每一位税务人员首先必须弄懂税收条文，办事要讲求效率，遇事不疲沓，不推诿。短短的几个月，工作步入规范。粮食收来，原有的仓库不够用，他报请财政厅批准，新建了仓库，同时对旧库维修。为了防止偷税漏税，县局在商人频繁出入的地区新设了几处关卡，新设了粮食市场和屠宰场，方便群众。

1942 年，盛世才同苏联的关系已开始破裂，苏联多次逼盛世才限期还债，要求债务以实物抵偿。盛世才不顾百姓死活，对此要求表示同意。因此，这一年缴纳牧税与往年不同，不收纸币，必须以牛皮、羊皮、马皮等实物代之。六七月份，南疆日日高温，奇热难当。高登榜和税务局的干部顶着烈日，分头到乡下查看牧民纳税情况。看到老百姓，在炎热的骄阳下，流着眼泪宰杀牛羊。妇女们痛哭失声，在苍蝇嗡嗡的包围之中剥着羊皮牛皮。一位老人向高登榜哭诉："老天爷啊，大热天宰杀这么多牛羊，吃不完就要烂掉，这样下去老百姓怎么活啊！"

高登榜看着横躺在地的羊眼中，闪烁着的令人难受的垂死目光，心里顿时沉下，觉得问题严重。他心急如焚，通知各科室负责人，让在各乡村收税的工作人员立即回局，研究如何改变目前状况。按照原来的规定，如果一户养羊在20头以上，须缴纳羊皮若干张，养得越多缴纳越多，对养羊数百只以上的牧民，则是个沉重巨大的灾难。作为共产党的干部，怎能看到群众利益受到严重损害，老百姓哀鸿遍野，束手无策，置之不管呢？每户按养羊多少确定缴纳皮数，这一条是个死杠杠，如果"化整为零"，不就可以解决不少问题吗？他想，既然税收规定不能改，那就在执行方式上变通一下。他提的办法在税务会上通过了，执行中出现户头多、税票不够等问题。高登榜当机立断，决定自刻自印税票，然后报请财政厅备案。他心想：事到如今，只能先斩后奏了，你同意最好，不同意也只能这么办了。票一印出，立即按数下发。这样一来，牧民只杀了少量的牛、马、羊。

好多牧民感激涕零，在赤日炎炎下大喊好人啊，好人！

同事们都惊奇他胆量大，他其实预知到了可能的风险，为了民众的利益，承担责任，在所不惜。

毛泽民调任民政厅代厅长，高登榜心里一直存有疑问。1942年5月9日，林基路调到省里"另有任用"。6月以后其他同志也一个一个接连不断调回省里"另有任用"。秋风渐凉的11月，他接到盛世才"另有任用"的命令。他离开的那个清晨，县政机关一干人等，街道居民，从乡下赶来的农牧民，好几百人依依不舍，一直送他至"送宾亭"。

程九柯赴任阿克苏税务局副局长，税务局设在温宿县，管理阿克苏、温宿、阿瓦提、柯坪等分局的税务。他毕业于山东济南师范，七七卢沟桥事变后，投笔从戎，奔赴抗日前线。经地下党组织介绍，长途跋涉，于1938年1月到达延安，加入中国共产党，与高登榜等人一起来到新疆。

程九柯精明强干，博学文雅，多才多艺，会演戏、会唱歌、会画画、会写美术字，还会拉二胡。他的热情和执着，很快成为当地的一道风景。温宿当时差不多是一片文化沙漠，他组织税务局的青年唱《义勇军进行曲》《流亡三部曲》，编导反映日寇侵略暴行的小话剧，和同事合排双簧为演出。有一幕剧，他扮演老大娘，控诉日寇残杀中国人民的暴行，真切感人。为了使群众明了剧情，每个节目演出之前，先让翻译讲解。群众看了义愤填膺，振臂高呼"打倒日本帝国主义"。他应维吾尔族文化促进会的邀请，帮助文工队排演抗战节目，教唱革命歌曲，带动学校和机关。

程九柯对税务局业务抓得很紧。遵照省财政厅的要求，建立新式会计账簿，制定施行办法，把税务科沿用多年、不能全面反映经济活动的旧式竖写表格，改为新式横写报表，教会维吾尔族工作人员正确填写报表和票证，严格执行新的会计制度。

税务局局长韩崇德是一个旧官吏，思想守旧，吸食鸦片，对下属的疾苦漠不关心。程九柯则和蔼可亲，平等待人。回族炊事员唐达吾，因家庭负担重，生活有困难，一度闹过情绪。局长韩崇德要解雇他，程九柯为其说情，并让唐的家属做临时工，使其免遭失业之苦。税务科长陈自明同程九柯非常亲近，引起了韩崇德的猜忌，以酗酒滋事将陈革职。程九柯得知此事，便让维吾尔族商人沙迪克阿吉从银行贷款，扶持陈自明摆小摊赚钱谋生。新中国成立后，陈自明谈及此事，念念不忘程九柯的搭救之恩。程九柯非常尊重少数民族的风俗习惯，凡是与他接触过的少数民族群众，都说没有见过像他这样的好局长。

1940 年，程九柯调离阿克苏到莎车地方税务局任职，钱萍由莎车调来，接任阿、温、瓦、柯地方税务局副局长。

这一年的秋季，全疆开展验契查田清理田赋的工作。阿克苏行署责成温宿县成立验契委员会，县长和税务局局长担任正副主任，银行、公安局、维文会的负责人担任委员。钱萍代表税务局负责具体工作，既管组织又当秘书。

夏季的南疆一片火热，钱萍的热情在这个火热的季节里尽情释放。他很少回机关，经常和大家一起早出晚归，走乡串户，往返于田间地头。钱萍不善骑马，开始一段时间，屁股被磨破了。大家怕他把身体拖垮，一再劝他回机关，均婉言谢绝。他每到一地，反复强调，公务员应为老百姓做有益的事，否则对不起他们。特别是生长在当地，熟悉情况的人员，更应为群众着想，吃苦耐劳，努力工作。他的言传身教，使原来想逃避艰苦工作，借口有病回机关的人，都打消了念头。

验契查田工作，翌年春天圆满完成，为实行田赋合理打下了基础。

征粮季节，农民从四面八方将粮食送到粮站，依次堆在院内，手拿通知单等候验收入仓。征粮人员白天按户验收入库，晚间还要分别逐一登记入账销号，工作量很大，每天要干十四五个小时。钱萍除抽人每晚来粮仓算账，他本人手持算盘也加入其中。乔国玺算账打算盘在当地很有名气，群众称他是"铁算盘"，可是这次每晚统计征粮总数，均以钱萍算盘上的得数为准。他能双手打算盘，掐手指算出的得数分毫不差，人们称赞钱萍是"神算盘"。一向不服人的"铁算盘"乔国玺，面对"神算盘"甘拜下风，敬佩不已。

　　交粮的农民一般用马车和牛车，有的用毛驴驮，路途远的要走三四天。交粮的人多，需要排队，有时到第二天才能交完返回。钱萍见天气寒冷，农民在院内等候，便动员局内人员掌灯工作，尽量收缴入库，让农民早点儿回家。他对交粮人中的老人、少年特别关心，让他们到办公室烤火喝水。后来又建议政府，规定近郊的农民田赋交粮，远郊的交代金，免除了远郊农民运粮进城交税的冻饿之苦。

　　又到了牧税征收季节，钱萍调阅历年的牧税档案，向税务人员了解以往的征收情况，组织有关人员学习财政厅颁发的文件，要求贸易公司派员随同各征收组进驻农牧区，收购农牧民为纳税出售的牲畜，严格按照市价付钱，不准压级压价，以杜绝过去奸商趁牧民交税之机，贱价从中渔利。钱萍的足迹如行云流水，踏遍所有的农村牧区，气候变化无常的温宿山区他都去过。

　　征田赋，收牧税，都有很多弊病。征田赋，掌斗的人手里有很大进出。农民来交粮，给他一糊弄，往往一斗只剩几升。钱萍对此心知肚明，收田赋时，一直在场，一块儿算账，一块儿签票，使行为不轨者不敢胡来。后来，财政厅规定改升量为过秤，得到了广大农民的拥护。牧税也是税收大项，牧主们名堂很多，想方设法少报牲畜。钱萍组织乡长、村长学习税收政策，实行奖金制，是多少牲畜就缴多少税，是谁的牲畜就由谁缴税。这样，牧民负担轻得多了，牧主不能漏税，政府增加了收入。

　　1941年11月，钱萍调到和田区于田县，任县税务局兼金矿局局长。他收到一个商人的告发信，告局里的稽查长有贪污行为。钱萍查实了证据，向法院起诉，判刑三年。此人原来是个密探，把他送进牢房之后的一天清晨，钱萍还没有起床，局里的一个老头来敲他家的门，一进门就哭起来。原来是县公安局局长让他监视钱萍，一有情况马上报告，每月开奖金。老头不干，公安局长威胁他，干也得干，不干也得干，要是不干，就看后果。老头对钱萍说："这种伤天害理的缺德事我不干了。"

人性如一泓清水，往往随物赋形。钱萍诚实正直，克己奉公，自始至终清正廉洁，普通的干部群众自然向着他。

收田赋时，上万斤粮食堆在仓库，有自然损耗，可以报销。报出多余的，就归县长和税务局长。钱萍则一点儿也不许动，多少都归国家。下面的公务人员看着县长和局长，钱萍做得正，县长拿他没办法，下面的人就不敢胡来。

局里收税最麻烦的是每天结账，钱萍晚上都要和大家一起算。他的算盘打得准，打得快，局里工作抓得紧，每次奖金就发得早，发得多，下面的公务人员十分高兴。有时奖金不够分，他拿出自己的钱让大家分。过年过节，到局里的公务人员家走走，问问情况。夏天，每逢星期天，民族公务人员喜欢到果园里玩。他和大家一起去，自己掏钱买只羊，烤了众人吃。民族公务人员有什么事都愿意给他讲，谁家有了困难，他都想方设法解决。大家送东西，他一样也不要，党的纪律不允许收老百姓的东西。

钱萍离开于田返回迪化时，局里的公务人员，包括家属和小孩，全体出动，送他一程又一程。

1942 年 7 月，郑亦胜从财政厅下到叶城县税务局任局长。他参加过红军的长征，到达陕北后任中央财政部统收局长，兼任陕甘宁三边特区财政特派员。1938 年，由毛泽民点名来新疆工作，任财政厅和财委会主任秘书，1941 年被指派为新疆财政监察委员会视导员，负责哈密区及南疆各区、县财税视导工作。

此时，毛泽民已调民政厅任代厅长，调他到叶城县，明摆着是对中共党人的贬谪。他仍然坚守共产党的原则，恪守工作职责。到了叶城，看到税务局办公室东墙倒塌，影响办公，省财政厅拨来修建款差三分之一。他同税务局人员研究，能否将税收奖金，各人看家庭经济情况资助一点。结果有资助三个月的，有资助六个月的，他拿出了在叶城的全部10 个月奖金，弥补了修建费的不足。

有人赞扬说："税务局工作人员看到公家有困难，大家出钱解决，精神可贵。"

还有人说："局长是个怪人，不要钱，奖金全部给公家修房用了。"

县公安局养了一群羊，缴牧税时少报三分之一的羊只，进行瞒税，税务局稽查核对后，叫追缴了税款和罚款。为阻止外国商人的走私活动，税务局在库克牙、麻扎设立税卡，坚决没收走私货物。这一年，叶城县的税收比上年增加了百分之十几。

凌厉的调令"急电"千里。盛世才先后用急电把中共在南疆各地工作的同志调回迪化"另有任用"。一些在和田区县工作的同志，奉调回迪化路经叶城，都在郑亦胜这里过夜。

于田县税务局副局长黄永清路过叶城，对他说："老郑同志，现在我们的人留在和田工作的只剩下你一个人了，可要多加留神。"

郑亦胜说："你到了迪化，见到徐先生，问有何指示。一定给我写封信来，把情况告诉我！"

他俩约定暗号：如果形势不妙，情况恶化，信上就写"偶感风寒，住进医院"。如果自己同志已经被捕，信上就写"这里多数人都患病，是危险的传染病"。

黄永清走了一个多月，音信全无。正当郑亦胜忧虑惆怅之时，接到盛世才的紧急电报："立即回迪，另有任用。"他看了一眼，默然不动。没过几天，盛接连发来两封急电催促返迪。他匆交完工作，动身返回迪化。

车行似风，郑亦胜到达迪化，下车时来了两个警察，不怀好意地上下打量了他一番，声言要检查行李。没有料到一到迪化，盛世才就派人盯上自己。他这时最想见到自己的同志，为了以防万一，没有直接到八路军办事处，也没有去财政厅，而是雇了一辆马车，到了离车站不远的"骡马大店"，要了个单人房间住下来。草草吃过晚饭，顾不得旅途疲劳，独自来到南梁八路军办事处驻地，急于找到党的组织，找到自己的同志，把情况搞清楚。

可是，黑黝黝的大门上挂着铁锁。房子里黑咕隆咚，没有灯光，没有声音，周围也没有一个人影。疾步来到羊毛湖徐先生住的地方，这里也和南梁一样冷清。他不由得倒吸了一口冷气，心里一下子凉了半截。他们都到哪儿去了？

郑亦胜陷在陌生的黑暗里，悻悻回到骡马大店，心绪焦急，怎么也无法平静下来。店老板敲门进来说："外面有两位先生要见你，说是盛督办派来的。"

郑亦胜被送到三角地，五米多的高墙，门口安着大铁门，岗楼站有武装警察。他进到院子里，一眼看到有 20 多位同志在这里，从此身陷牢狱。

1942 年 1 月 10 日，蒋连穆由库、沙、拜、轮、托地方税务局副局长调任焉耆财政局副局长。焉耆是行政公署所在地，地处南北疆交通咽喉，迪化至阿克苏、喀什、和田公路穿境而过。毛泽民从省财政厅调离后，税收项目又逐渐增多，人民负担重新加重，工作更为难做，作为中共党人，早已无法攥拳使劲儿了。新疆的政治形势一天天恶化，理想与现实相龃龉。他在焉耆只能谨言慎行，低调行事，除了完成税收基本任务，做好局内经常性工作外，难有其他建树。

冬去春来，乍暖还寒，蒋连穆听到盛世骐旅长被刺的消息。他和时任焉耆教育局局长曹建培交谈过，但弄不清楚情况。此后不久，共产党人开始由南疆回调。最初路过焉耆的是林基路、陈茵素夫妇，而后是李云扬、伍乃茵夫妇，接着路过的是郝升、刘志韫夫妇。

蒋连穆对林基路说："如果你们回延安，请向徐先生说说，把我也调回去吧。"

8 月底，曹建培调离焉耆时，公安局检查了他的行李。

9 月间，王谟路过焉耆。

焉耆各机关的人员也在变动，最早调换的是教育局长，接着财政局长、公安局长、行政长换上了人。到处风声鹤唳，被一团浓重的浊气取代。

不久，蒋连穆的门口经常坐着一个人，他一出去，那人就跟在身后。

9 月，《新疆日报》公布了盛世骐被刺的公告，说赤色帝国主义、汉奸托匪、野心家之类的反革命分子想推翻新疆政府，首先要掌握军队，所以刺死了盛旅长。

几天后，行政长找蒋连穆谈话，说："现在政府有个密令，今后接见苏联人，必须两人接见，见后要将谈话记录上报。到苏新贸易公司去，事先要报告公安局，得到同意才能去，事后也要报告。无事一个人不许与苏联人来往。你对这个密令有什么意见，如何执行？"

蒋连穆答复："命令我执行。"

1943 年 1 月，国民党新疆省党部成立，盛世才任主任委员。"六大政策"的提法变了，不是以马列主义新哲学为基础，而是三民主义的初步实行，三民主义是"六大政策"的最后实现。

蒋连穆看工作不能再干了。这时，他是何等渴望组织上的指示啊！最后他下决心，死也得和同志们死在一块儿。他给盛世才写亲启信，要求回迪化治病，信去三四个月不见答复。在这期间，和田区墨玉县县长陈广竹回调路过焉耆。蒋连穆和陈广竹说："我们一块儿来的人都回去了。我让回去的同志到迪化后写封回信，但一封也没收到，情况肯定有变。"

新疆省国民党党部成立不久，有个通知说，为了加强图书馆工作，私人所存的马列主义书籍都要上交，由图书馆保管供人研究。蒋连穆把自己所存的马列主义书刊和《新华日报》一焚了之。

5月间，财政厅来电准他回迪治病。临行前，县政府的周秘书说有私事，请顺便搭车同行。蒋连穆想这是有任务的，如不答应，怕走不成，只好应允。

蒋连穆一到迪化，就去督办公署报到。副官安排他到招待所去住。他借看病的机会到处逛，看能不能见到或听到同志们的情况。

7月的一天晚饭后，夕阳一片血红。盛世才派人把蒋连穆和陈广竹、王淑贞夫妇拉到西河坝软禁起来，和他们在一起的是共产党的残疾人、病号、妇女和小孩们。

十六、管住军费

经过一段时间的交往，毛泽民深知盛世才的为人，以及暗藏在心里的政治态度。自己一心为各族人民做事，并不在乎盛世才的态度。刘德贺从喀什调到财政厅，毛泽民找他谈话，表面上很随和地问："你最近好吗？对了，你住的问题考虑了，我让他们在财政厅的宿舍里给你准备了房子，你可要尽快地搬过来。"

"这、这是……"刘德贺愣愣地望着厅长，惊疑得说不出话来。

前不久，刘德贺的哥哥刘德思被盛世才逮捕，他心里压上了一块大石头，整天提心吊胆，日子过得很痛苦。众所周知，只要被盛世才逮捕，就要株连全家，任何人都不敢接近叛逆家属，免得祸事临头。这个时候，周厅长怎么会那么轻松地给自己分房子呢？再说，自己从喀什来财政厅工作也不过半年的时间。

毛泽民看出了刘德贺的心思，亲切地对他说："思想上不要有负担。你哥哥的问题，要听候政府的处理，你要好好工作才对。"

"周厅长，你……我、我不能连累您呀。"刘德贺心里想，说不清哪一天，盛世才也会把自己抓走的，能不影响周厅长吗？因此，说话结结巴巴。

毛泽民笑了。他说："别你呀我的了，赶快搬过来，我们住在一起，研究问题方便。"

刘德贺两眼含泪，紧紧地握着毛泽民的手。事实上，他的预感是对的。盛世才本来是要逮捕他，毛泽民知道后亲自出面担保，又让他搬进了财政厅的宿舍，让他幸免于难，还在工作上委以重任。

1940 年秋，刘德贺由财政厅会计科长，调任财经委员会主任秘书。毛泽民原计划给财经委员会抽调几名得力骨干，充实组织，搞好财政部门的领导工作，结果没有实现。这个省政府的重要机构，委员由各有关单位领导兼任，支撑实际工作运转的，只有毛泽民和主任秘书刘德贺。

有一天，毛泽民交给刘德贺一份有关全疆军队布防情况和具体数字的资料，对他说："这是军事绝密文件，督办交给我，让我自己严密保存起来。关于军队供应情况，即以此为依据。我相信你，请你代我保存好，每次用完，都要封存起来。"

毛泽民给他详细交代。以后研究军队供应，必然涉及军事秘密，作为秘书，你只能口头告诉大家一些局部数字，绝对不能把这份资料全拿出来让大家看。同时，还要告诫大家，必须懂得军事保密的重要性。就算口头讲出来的数字，只能现场听，不能记录。

盛世才大搞特务统治，有才能的人往往遭受特务的监视诬陷，不明不白就坐牢，甚至丧命。他身边的所谓心腹，多是阿谀奉承之徒，很少能有真才实干。粮服处处长是个很重要的位置，因为相互攻讦，一再易人，当时的处长，除了口蜜腹剑，哄督办大人的耳朵一时舒服，实际是个不学无术的糊涂虫，很多关键性的事情一问三不知。只知道盯着毛泽民追加预算，追加拨款。

毛泽民鉴于新疆是抗战后方，预算优先支持生产和民生。新疆本来是个地大物博的好地方，可是在帝国主义和封建主义的剥削压榨下，工农业生产停滞不前，文教卫生事业也十分落后。所以适当增加教育经费，改善办学条件。他主持新疆财政后，中学及中学以上学校学生一律住校，政府供给文具、书籍、被褥、膳食和零用津贴等。公立小学免费供给课本、文具。政府从各地田赋中拨出部分粮食，作为贫寒学生给养和服装的费用。

他对军费、公安管理及特务经费，审核很严格。

比如：军务处购油料80吨，约需上洋7万余元，预算内并未规定，请拨发一案。决议，暂缓订购。

机械化兵团呈，该团采用新营房地址内湖南万园应需迁移费大洋4.5万余元，由政府发给一案。决议，因财政困难暂缓。

奉督暑令，据公安管理处为加紧训练各区县局官警马术射击连同新民公安局共需马128匹，价洋4.2万元一案。决议，因财政困难暂缓。

因为经费问题，公安管理处处长李英奇经常和毛泽民发生冲突。毛泽民照章办事，坚持把名义是公安费，实质是盛世才的特务经费，从总预算中的20%降为10%。把占原占总预算4.5%的教育经费增加到了11.5%。

　　毛泽民本着一切为了支援抗战、建设新疆的宗旨，主持制定了新疆第二期三年建设规划，他在财经委员会上说："应有计划地，而又具体地规定节约方针，一切为了建设新新疆、巩国国防，就必须节约不必要的开支，用以发展工商业。切实执行预算纪律，尽力节省，不超支、不浪费，要使每一分钱的收入，都必须用于经济生产事业。"

　　刘德贺长期担任会计科长，没有编制过军事预算，但毕竟精通会计核算，毛泽民要求他尽快熟悉军事情况，完成预算编制。不能总是被动，让他们追着要钱。

　　好在全疆各区、县由田赋项下征收小麦、大米、杂粮及牧畜现品（羊），所有征收数字，都有资料。刘德贺是满族，出生于奇台县，是个老新疆人，曾在喀什工作。对南疆的情况很了解，对北疆的情况也很熟悉。毛泽民要求他依据军队驻地分布数字，按照过去供应军队粮秣的数据记录和总的原则，统筹安排，全面考虑，拟出一个供应办法，供自己研究决定。

　　刘德贺遵照指示，草拟了供应计划，毛泽民又做了深入研究，补充修正后，提交财经委员会同意，分别通知有关单位执行。

　　军需供应办法包括：各区、县驻军应需面粉，由部队按月出领据，由各地税务局拨付小麦，南疆军马一律发给苞谷，北疆发给高粱，以红高粱为计算标准；各区、县税务局在征收田赋时，对所需军粮和马料，一律征收现品，不足部分，由粮服处会同各县在当地采购；各县驻军，若本县征收现品不敷供给，可由邻县调拨，若仍不足，再行采购；迪化专区各县采购红高粱，或在吐（鲁番）鄯（善）托（克逊）三县采购白高粱时，由粮服处与各县联系，经财经委员会审定后，再予采购，所需价款，由财经委员会通知财政厅分期核拨；全疆军人眷属所需给养，包括在军粮供应中一并考虑；军人肉食，按规定标准，每人每日羊肉二两，由税务局每年在牧税项下征收羊只，将全年应需数量拨给部队自己牧养和安排；各区、县所驻部队，无煤炭地区仍照过去办法，由县政府分炊事和取暖应用木柴，从民间采买供应；边卡部队应需粮、料、柴、草，仍按过去办法由县政府负责供给柴草，由税务局供给粮料。有关运输问题，由军队驻地所在县统筹解决；冬季考虑到大雪封山，有可能时将冬季应需粮、料、柴、草，在雪未封山以前设法运足；南疆多用毛驴为运输工具，对运送军需品，农民的御寒问题，由县政府通盘考虑解决，以免发生事故造成不良影响，并要考虑运送军需品，农民的沿途食宿问题。

上述办法，在执行中如有问题，由粮服处粮科负责干部经常与财经委员会办公室联系，随时设法解决。重大问题可提出具体意见，由财经委员会会同经理处、粮服处统筹解决。

各区、县分驻部队，如有转移或临时有所增加，尽可能在事前由财经委员会和粮服处对供应问题作好临时变动计划。

毛泽民的预算计划理念，贯穿到包括军队等各个方面，整个计划既详尽周全，又简单明了，使用执行。那个阶段，全疆军队供应无虞，保持了稳定的局面。

十七、让牧民先有肉吃

哈纳提的家本来在巴里坤的白石头草原，离天山北坡门口子的松树塘很近，水草丰美，风景迷人。他家从爷爷的时候就在这里放牧，到他的时候，有300只羊，15头牛，还有8匹马，以及几个骆驼。1931年秋天，他20岁，骑着马，牵了两个骆驼，赶着100只羊，翻过天山，准备去哈密卖掉。他准备卖完羊之后，去木垒娶他早就定了亲的媳妇阿依努尔。到了哈密，遇上打仗。有甘肃打来的马家军、迪化来的新疆军还有和提尼牙孜的军队。他的羊稀里糊涂就被抢完了，骆驼也被抢走了。听说门口子被军队占领了，他骑着马一路逃到鄯善。冬天大雪封山回不去，他就在鄯善帮人干活。

第二年开春回到白石头，家人全部不见了，只剩下倒塌的羊圈。他在松树塘一带打听，有人说他们去了木垒。牧民搬家，骆驼驮着毡房等一应东西，赶着牛羊，走不快。他一路打听，到了木垒的平顶山，也没有找到家人。去了未婚妻阿依努尔家的牧场，人也搬走了。好在哈萨克族有个好传统，只要见到毡房，就可以去做客，主人管吃管住，走时还送东西。所以哈萨克族没有乞丐。

哈纳提一路辗转，直到了达坂城的芨芨槽子。这时已经到了1933年。听说迪化发生了政变，马仲英的军队又打不了。他一路奔逃，到了呼图壁的南山。看到的村子，都是房倒人死，牲畜无人管。谁抓住就就地杀了吃肉。最后到了康家石门子一带，有一家牧民，连毡房都没有，在河边的树上搭了简单的帐篷，他说和这家人待在一起。

民国中央通讯社记者冯有真所著《新疆视察记》中写道："四顾旷野，杳无人烟，惊骇万状，满目凄凉，芨芨槽子原有居民约百余户，今春（1933年）马世明率部围攻迪化，在此发生激战，屡进屡退，以是房舍悉被荡平，人民亦流离失所，除兵营一所外，只破屋一间，尚留残迹。""达坂城原为1000户之大镇……自新省事变发生后，此地适当卫要，糜烂殊甚，房屋十九破坏，居民逃避一空，现除驻兵外，只各地逃来之难民百余人而已……据难民言：附近各山中，现集难民甚多，彼等夜栖树枝之上，以避野兽，日以野草为食，聊充饥肠。此由迪化到达坂城沿途240里中之农村景象也。而战区又包延甚广，如阜康、吐鲁番、迪化、焉耆、鄯善、昌吉、乾德、呼图壁、绥来、伊犁等地，且以上各地，又为新省富庶之区，占农村经济中之重要地位，今既如此凄惨，则知该省农村破坏程度之严重。"

"各地灾民已无家可归，无田可耕颇多，匿处深山中，寝树枝，食草根，度原始时代人类之生活，若长此以往不谋救济，则民心离乱，铤而走险，新疆前途，实不堪设想也。"

盛世才统治新疆前后，由于连年战乱，天山北坡东至哈密、西到伊犁一带，农牧民流离失所。战乱平定后，虽经组织宣抚队设法进行安抚，但这些地方的牲畜，大都被乱兵抢光杀光。迪化市民的肉食，主要靠南山一带牧民供应。牧民的生活都没有着落，放不了牧，吃不上肉，怎么还能给城市的人供应呢？因为肉食严重紧缺，投机倒把分子乘机活动，以致肉价朝夕不同，严重影响人民生活。

毛泽民经过了解，原来丰美的牧场，已经成了牧民的伤心地。连年战乱，导致牧业凋零，牲畜数量锐减，牧民的生活十分困难。牧场靠自然恢复，短期内没有可能。他的理念里，民生是财政的根本。牧民的困难不解决，是民生问题的巨大失策。

恢复牧业，首先要解决牧民的生计。让牧民先有肉吃，牧场才能恢复，才能解决普遍的肉食问题。经过考察研究，他决定：组建官牧场，带动牧业发展，解决肉食问题。

毛泽民制定了积极的牧业鼓励政策，在此基础上，把北疆阿山、伊犁等地，牧税项下征收的羊只，转移到南山一带，东至阜康、吉木萨尔，西至玛纳斯，划分草场，组建官牧场。同时，扶持能够独立的牧民逐步恢复牧业生产，使之从无到有，从小到大。一年多的时间，官牧场扩展到六个管区。每个管区设管理员一人，招募大量牧工，管理辖区羊群。每群羊500只，群数多少，按各区草场而定。

哈纳提幸运地成为官办牧场牧工，在呼图壁南山，放牧500只官羊。随后打听到家人逃到阿勒泰青河的山里，时局稳定了，他才有机会捎话让家人迁来呼图壁，一家人重新团聚。但父母已经去世，阿依努尔一家再无音讯。

1940 年夏季，官牧场的羊只数量，达到 20 多万只。毛泽民安排在东乌拉泊设了一个分场，夏季集中一部分羊只，准备宰杀食用。在大西门外，靠乌鲁木齐河边，设了专门的屠宰场。每天早晨八点之前，所有公私要宰杀的羊只，都集中到屠宰场宰杀。贸易公司现场收购皮张，税务局收屠宰税，事后有专人打扫卫生。屠宰场每天宰羊稳定在 500 只左右，基本保证了市民的正常肉食供应。

官牧场初建时，牧工良莠不齐。个别不良牧工，时不时买来小羊，换公家的大羊，用瘦羊换肥羊，转卖赚钱。还有人借口狼害，私自宰食或者出售。

毛泽民的智慧，无论做什么，都让人由衷地敬佩。这样的问题，从来都难以解决，他却能想出办法。经过充分了解，毛泽民召开官牧场现场扩大会议。

他摸准了哈萨克族人爱面子的特点，发现牧民讲信誉、爱名誉，照顾他们的脸面，往往比经济处罚还管用。毛泽民在现场会上，对牧羊成绩大、损失小、无舞弊的，予以奖励，颁发奖品和盖着财政厅官印的奖状。哈纳提成绩大，受到表彰，还在台上讲了自己不幸的故事。毛泽民安排，现场宰了几只肥羊，集体会餐。对于贪污不法者，让他们一个一个站在台上，进行思想教育。不认错改过的，不允许参加会餐。那些有贪污行为的人，受到教育，好几人在台上痛哭流涕，表示要痛改前非。毛泽民用爱护的方式，教育群众，只要表示愿意改过，就当众宣布，既往不咎，准予进入会餐房间。但严肃讲明，如果再有贪污不法行为，就要从严惩处。

现场会议之后，牧工们都知道周厅长是个好人，以后不能在他跟前没有面子，基本上能做到遵守制度，完成自己的任务。

经过两年的培育周转，新疆的牧业也得到前所未有的发展。

十八、稻田思乡

7月是新疆最热的时候，一个星期天，好不容易没有工作安排，毛泽民和朱旦华一起来到乾德县（现属乌鲁木齐米东区），兑现一个承诺。郑体方到乾德县任县长有半年了，毛泽民之前答应要去看他。

郑体方是迪化今乌鲁木齐人，早年毕业于俄文法政学堂（新疆学院前身）。1940年春节刚过，郑体方由额敏县县长，调任乾德县任县长。他办完了工作移交后来到迪化。因为要述职汇报，到省请领路费，按程序应该去拜见财政厅厅长。早听说从延安来的周厅长与众不同，郑体方第一次去见，心里多少有些不安。

敲门，进门，握手之后，毛泽民微笑着拍了拍他的肩膀，转身倒了一杯热茶端到他的面前。一股亲切感顿时赶跑了郑体方的局促。他坐下向周厅长汇报工作，讲得简洁明了，十来分钟就讲完了。

毛泽民面带微笑，听得很专注，给他一种和蔼可亲的感觉。等他的话停下来，用略带湖南口音的官话说："你的工作报告，我看过了，写得很好，图表画得也好，你的工作很有成绩。发展文化教育，提倡体育运动，组织话剧和歌咏都很出色。宣传抗日救国，进行抗日募捐，是一位县长应尽的职责，你也有很大的成绩。"

毛泽民充分肯定了郑体方的工作。郑体方心情有些激动。刚从一个边远县来到省城，没有想到，财政厅厅长那么忙，还能认真看自己的报告，情况掌握得这么详细，还给了这样的肯定。他心里热乎乎的，真是感到温暖。

一会儿工夫，郑体方不再拘束了。周厅长就像老熟人一样和他说话，询问额敏地区的风土人情、地理环境、物产资源、农业畜牧、财政收支、对外贸易等等。说起这些，郑体方侃侃而谈，毛泽民对他的回答很满意。最后，毛泽民握着郑体方的手，要他继续发扬以往的作风，把省城的这座"粮食仓库"管理好，为建设抗战后方，争取抗战胜利作出成绩，并给他签发了报销和具领的路费。临别时，郑体方大着胆子，请毛泽民有空时到乾德县看一看，毛泽民爽快地答应了。

郑体方来乾德县上任，正值春耕生产季节。省财政厅给全疆各县困难农民发放免息春耕贷款 39.5 万元，周厅长批给乾德县 5000 元。郑体方亲自带县府人员到各乡了解春耕困难户，将贷款发到贫困农民手中，并鼓励他们努力生产，争取粮食丰收。6 月间，东山等地区发生蝗虫灾害，他指挥机关公务员、学校师生、各乡农民挖壕沟灭蝗虫，把蝗虫驱赶到沟内用火烧、用土埋，制服了蝗害。县政府院内设有迪化公务员消费合作社办事处，是省财政厅的隶属单位，管理省城消费合作社9000 余亩官地稻田（以前的学田）。忙到 7 月间，他没有想到周厅长真的兑现承诺，就像周日郊游一样，未带随从，和新婚夫人朱旦华来到乾德县。

郑体方和合作社办事处主任李正战接待毛泽民。他没有到办公室听取工作汇报，由郑李二人陪着，在县政府所在地三道坝的街上随意察看，边走边聊。二人详细汇报了农业、财政、教育，官地稻田的播种、管理及租产和地方情况。毛泽民发现郑体方到任时间不长，情况已经很熟悉，心想没有看错这个人。

毛泽民不时插话，问他有什么困难，可以提出来。郑体方态度明朗地表示，没有大的困难，问题自己能够解决。他们一起走到小学校。朱旦华并不是单纯陪丈夫毛泽民，她有自己的事。小学校长提前得到消息，想让她指导办一场演出，就集中了小学的老师和大一些的学生。到了这里，朱旦华唱主角，毛泽民也很有才艺，他配合捧场，时不时地出点主意。从迪化到乾德县40公里，尽管起了个大早，上午的时间还是很快过去了。离开学校时，毛泽民主动说，乾德县有很好的文化传统，人口较多，学校太小太破旧。当时的教室和办公室是几间破烂土屋，郑体方汇报教育经费有限，暂时无力修建校舍。周厅长说，财政厅可以拨款将学校修缮。郑体方大喜过望，很快向财政厅报了预算。不久，财政厅拨来专款，到年底，乾德县立第一小学，在原址旁重新落成。教室、办公室共九间，三年级以上的学生，可以免费住校。经过朱旦华的指导，宣传演出，搞得有声有色。

乾德县没有民族小学校，郑体方报请省教育厅和省财政厅，又申请到了财政拨款，第二年春季，在古牧地新建维吾尔族小学，招收学生一个班；下半年，在东山新建哈萨克族小学，也招收学生一个班；乾德县从此又有了维吾尔族、哈萨克族两个民族小学。

那天从学校出来，到了午饭时间。郑体方在政府食堂安排了饭，心想，不知道周厅长和夫人会不会满意。几个人走在街上，路过一个方家小吃店。毛泽民看到店面干净，门口炉子上架着一口大锅，店里面空着一个方桌，进去就坐下了。其他人跟着进去。郑体方急了，说："周厅长，这……"

毛泽民示意他不要称呼职务，说这家店有特色，就在这里吃吧。他看着朱旦华，征求夫人的意见。朱旦华自然依着丈夫，走过去坐在他身边，连说"好！好！好！"

郑体方没招了，只好张罗着买饭。这家老板是回民，门口的大锅里煮着羊肉汤，店里有一口小锅，用肉汤加工特色粉汤。四人加司机王发浩各要了一碗。小盆似的大海碗端上来，熬到发白的羊肉浓汤，里面有好几块比核桃大的连骨羊肉，滑嫩的四方粉块，手撕莲花白，撒一层绿绿的芫荽，点缀几根红红的辣椒丝，浓香诱人。椒盐花卷免费不限量，还配有自制的小咸菜。患老胃病的毛泽民先喝了一口汤，热热的到肚子里好舒服。朱旦华说碗太大吃不完，把肉块往毛泽民碗里夹。毛泽民也说吃不完，把肉块又夹到王发浩碗里。郑体方和李正哉看到这个场面，感动得心里发潮。这三个人，其乐融融，就是一家人嘛，哪里像厅长对一个司机的态度。

饭吃完了，郑体方刚想付钱，毛泽民早把两元钱递到方老板手里。窗户上挂一块小木板，上面写着价格，一碗三毛钱。老板忙着要找钱，毛泽民笑着说：“你这个饭真材实料味道好，卖得便宜，不用找了。”

方老板从进门就看毛泽民不是普通人。身材高大，浓眉大眼，态度和蔼，说话带南方口音。他手里忙乎着，心里也在忙乎。此人不带有钱人低调里难以掩饰的豪傲，也不像做官人平缓里往外直刺的刚硬。这位贵人，敦厚里带着威严，不好猜。方老板暗自把“贵人”二字对应了毛泽民，一边搜刮着心里的字眼，一边装作非要找钱。

毛泽民问他，新币好不好用。这句话，一下捅开了他的话篓子。

“咦——”方老板一个音拉出了几道弯。他说：“哎呀！喂！这位贵人，你可问到事情上了。过去旧票子太毛荒，头一天买的肉，进的料，第二天做成粉汤卖掉。再去进货时，价钱涨到了房檐高头了，赔死了。一次两次还能顶住，老这个样子，生意怎么做嘛？做不成，关了门，想再找个谋生计的事情也找不上。前年听说从口里的延安来了一位共产党的财政厅长，把旧票子作废，换成了这个新票子。哎呀，太好了。钱么，就是要值钱。票子值钱，东西价格稳定，买卖好做了。你看，这条街上的生意，都做得好。”

　　毛泽民吃了一顿街头便饭，验证了老百姓对新币的认可，非常高兴。方老板做梦也不会想到，这位在他眼里非商非官的贵人，就是改革币制，带给新疆人福气的财政厅长。

　　从方家小吃店出来，毛泽民说："时间还早，去看看公务员消费合作社的稻田吧。"

　　新疆的公务员消费合作社，据说是杨增新执政时期开始搞的。前几年，战乱频发，政权更迭，荒废了。

　　盛世才执政后，政局渐渐稳定，但普通公务员收入微薄，生活清苦。毛泽民执掌新疆财政工作后，全疆各项收入都有不同程度的增加，公务员有了增薪的期盼。

　　去年的一次财委会，决定给公务员增薪，但增加幅度不大。毛泽民在这次会上说："目前的帝国主义大战及三年来的我国抗战，直接影响到本省的金融经济，故一般公务员的生活发生困难。但较之帝国主义战争，国家人民及中国内地各省的公务员，目前还在过着安静生活，勉强维持生活。即以四川而言，连年丰收，粮食当然不成问题，但6月间，每斗大米为十元，而现在则为三十元，在数个月过程中，增加了两倍以上。这直接影响到人民大众与公务员的生活，此次增薪，并非一增之后不再过问，今后应继续设法，以最大的努力及各方面的配合，务使金融巩固，生产增加，物价平定，使公务员在生活方面不至困难，以加速工作效率，而充实抗战建新的力量。"

　　会后，他了解到曾经有过公务员消费合作社，乾德县有上千亩水稻田，好些年没人管，不知道是在撂荒，还是有人在种。他是办消费合作社大行家，当年在安源路矿的工人消费合作社，不仅成功，甚至完全可以说是一场辉煌的事业。新疆竟然搞过公务员消费合作社，这个信息提醒他，新疆有的是土地，完全可以继续办下去。而且不仅仅限于稻田，还可以增加更多的平价物品。

毛泽民抽时间来乾德查看，还真有一大片稻田撂荒了，中间有老百姓零星种植的蔬菜。既然田在就好办，他很快组织恢复合作社，整修田和水渠，然后租给农户。签下契约，约定收成按四六分成。农户得六成，合作社得四成。田赋由合作社缴纳，税后的稻子加工成大米，按成本定价，供应公务员。当差吃粮，为的是养家糊口，如果粮食有了着落，生活就有了基本的支撑。

他利用在安源时创办经营职工消费合作社的经验，恢复"公务员消费合作社"，凡职工都可以凭"社员购物本"，在合作社购买平价米面、食油、糖、茶、布匹等生活用品，作为改善职工生活的主要渠道。让普通的公务员减少支出，提高生活。

今年是出租种稻的第一年，毛泽民很关心稻子的生长。如果达到预期的收成，公务员得到实惠，也能提高政府的威望，激发了他们更高的工作热情。为了管好合作社，乾德县设有一个办事处，专门管理各村的官地和稻田。7月正是稻子长势旺盛的时候，毛泽民来乾德县，主要想看稻田生长的情况。

郑体方这才明白，周厅长来乾德县，看人也看稻田，几件事情同样重要。真是太好了，上次见了一面，一眨眼五个多月，要不是厅长主动来，自己想见他，还找不到机会。

郑体方和李正哉坐上毛泽民的小汽车，几人一起离开县城。头道坝、二道坝、三道坝、四道坝、西阴沟，几个地方转着看。7月的稻田，水清苗绿，远远看去，就像泛着亮光的绿色绸缎，白色的长腿水鸟飞飞停停，构成一幅会动的油画。水田秧苗，真是久违的景象。毛泽民看着眼前的情景，脑海里浮现着韶山冲的稻田和水塘。他想起父母的忙碌，兄弟的相伴，自己在田里的劳作，甚至有了两脚踩在泥水里的感觉。掐指算来，离开家乡已经小 20 个年头，不知何时才能重回故里。他心里刚刚涌起一阵喜悦，旋即又被一层伤感覆盖。革命生涯，容不得太多的个人的情思，血洒何方，都是生命的故土。水田如镜，没有告诉他，故乡即将成为生命的永别。

几个人沿着田垄，巡视稻田。荒了几年的田地，第一年恢复耕种，稻子长势格外喜人。他们在二道坝停下，李正哉找来几位稻田的租户。毛泽民和他们谈了好久，征求意见，问租约合不合理，耕种有什么困难，什么时候学的种稻。此外还问了一些家庭生活、孩子教育等等。交谈间发现，这些人当中，好几户姓成、姓李、姓潘的，是当年湘军收复新疆后留下的后裔。难怪他们精通种稻技术。老乡见老乡，两眼泪汪汪，如此这般，说来话长。说来说去，租户们觉得，这位周厅长，原来就是自家人。

有一位叫刘湘田的中年汉子，是湖南湘乡人。他非留毛泽民一行人在家中吃饭，毛泽民爽快地答应了。老刘高兴得像个孩子，说自己的堂客是本地人，不会做湖南菜，不管你周厅长是多大的官，今天要拿出自己的手艺，招待你几个湖南家常菜。

说是做菜，他却提了一只水桶跳进稻田里。真是一个精明人，田里居然养了鱼。毛泽民一下来了兴致，也要下水抓鱼。朱旦华一把拉住他，说你身体有病，新疆的水凉，不能下去。他只好留在原地，悻悻地看着刘湘田在田里踩得泥水四溅。抓一条太小，扔掉。再抓一条，嫌小，又扔掉。最后抓了几条一拃多长提上来，洗了两条，剩下的非让毛泽民他们带走。

这顿饭，刘湘潭做了尖椒炒腊肉、剁椒烧青鱼、麻辣豆腐，还有一盘炒青菜，主食是自己产的大米饭。毛泽民吃得特别香，尤其对大米赞不绝口。说这个米又精又白又耐嚼，有一股淡淡的香味，比湖南的两季稻大米好吃多了。临走时，毛泽民让王发浩把车上放的一袋面粉留给刘湘田。

对于毛泽民来说，这是一个难得的休息日，来到乾德县，得到意外的收获，还办了好几件事。可惜在以后的日子里，他几乎再没有享受到这样的快乐时光。

十九、四斗盛岳丈

1940 年秋天，在新疆工作的每一位中共党员，经过两年多的辛苦付出，在各自的岗位，都给新疆人民做出成绩，自己也有不小的收获。天山南北，凡有共产党人的地方，都显出了勃勃生机。

毛泽民把满腔的心血，放在了新疆的工、商、农、牧、文教、医疗、交通、市政等各项事业上，新疆的经济建设进入了一个新的阶段，财政收入大幅度增加。此时，他心里有了更大的构想，对迪化市做一次整体规划，建成一座现代城市，为后代造福百年。

省财经委员会批准了这一计划，盛世才委任毛泽民为市政委员会主任委员，进行市政建设规划设计，派魏亚瑶任总工程师，选配了秘书和干事等人员协助。

盛世才表面支持毛泽民做好工作，与此同时，从 1939 年的冬天到 1941 年的春天，三次发出布告，命令、挑动公务人员和民众，要互相监视和检举"敌探"、"托匪"和"汉奸"等。冬天，第一次公开讲："为了防止敌探汉奸，由口内混入新省进行破坏工作，定出对口内来人的限制，和对口内来人冒名顶替与假造履历的处罚办法。"年初第二次公开"号召公务人员及民众互相监视和检举敌探汉奸"。5 月讲得更露骨："号召切实检举敌探汉奸，并允直接向我告密。"

每一位中共党员身边都布满特务，各种诬陷和打压频繁发生。

市政建设牵涉到更多权贵的利益，集权统治下，有人想趁机占有更多，矛盾冲突在所难免。毛泽民顶着巨大的压力，组织市政建设规划设计时，坚持原则，结果得罪了全新疆最得罪不起也无人敢得罪的一家权贵。

毛泽民让魏亚瑶设计一张规划蓝图，招收青年 20 余人，组成测教班，让他们一面学习技术，一面实习测量。

蓝图的主要设计是：在原有的西大桥以南，增设中桥和三桥，便利市区与河西新建区的交通。同时，修筑黄河路、扬子江路、钱塘江路、西北路等几条主要干道。由中桥进入市区，修建中山路。由三桥进入市区，修建团结路。对市区原有街道，北门至南梁（现在的解放南北路）两边的私营商店，逐步做到合乎标准，趋于整齐。目标是要实现整个市区交通便利，道路平整，市面整洁，逐步达到现代城市应当具有的水平。

测教班的年轻人负责测量工作，进度快，工效高。

有一天，盛世才的心腹，军事机关工程处的处长、市政委员会委员王齐勋，拿着一卷图纸来找毛泽民，要求财政厅拨款修建第三公园，地址在迪化市西北郊区的明园。毛泽民听了王齐勋的申请，笑着应诺，找时间与他同去实地勘察。几天后，毛泽民与王齐勋一起来到明园，对王提议修建的第三公园实地察看。

毛泽民发现，这里原来是一处私家围起来的宅院。他们从院子围墙的后门走了进去。

"哦，只住一户人家，蛮宽敞，蛮漂亮的喽。"

毛泽民心里这么想，没有说出来，嘴边一直挂着微笑。王齐勋摸不清这位"财神爷"怎么想，尴尬了好一会儿。王齐勋对毛泽民张了张嘴巴，话还没说出来。毛泽民对他摆了摆手，又点点头，笑了。意思是说，我全明白，你根本不用解释了。

这个院子的主人是盛世才的岳丈邱宗浚。

1936 年，邱宗浚当上了伊犁屯垦使。上任伊始，先占用了伊犁白俄银行的大洋房，是当地最好的一院上等豪华公馆。邱氏为显示边疆司令之军威，下令地方政府重加装修，专门为他新建了一个椭圆形大花园，名曰"旭日花园"，另建一座六角憩亭和一个嘉会鱼池。花园鱼池相互辉映，每到夜晚灯火齐明，景象灿烂，十分壮观。

1938 年，邱宗浚担任了边防督办公署秘书长，在迪化小东梁大兴土木，建造邱公馆，占地面积 2000 多平方米，分内外两院。内院供邱府家人居住，外院为警卫室、厨房、汽车房等。内外戒备森严，非邱家人员一律不得入内。周围有几户居民，平日里不敢靠近邱府一步。

毛泽民早就知道，这所房子是盛世才初上台时，无代价地孝敬给他的"老泰山"的。邱宗浚见房后空地上长着几棵榆树和杨树，就大大地围了个院子，这个地方整个就成邱家的了。这一次，邱宗浚在空地上种了花草，又叫来王齐勋，命他以修建迪化第三公园的名义向财政厅要钱，用来修建他个人的小花园。

毛泽民看出了其中的奥秘，不慌不忙地开着玩笑说："这块小地方，修个私人花园还可以，建公园太小了。谁想修，就请他自己掏钱去修吧。"

王齐勋只得卷好图纸，话没多说，不声不响地独自走了。

邱宗浚的目的没有实现，气呼呼地开始了他的第二个方案。仗着他是盛大督办的"老泰山"，他就不相信，有谁还再敢在他面前挡路。

迪化市建国路，有邱宗浚的另一处公馆。这里过去是前财政厅长陈德立的私人公馆，为了巴结盛世才，无偿给了邱宗浚。这座公馆的后面，是一片宽阔的空地，有一些树木，邱宗浚派人在空地上种了一些花。夏季日落前后，很多男女市民，喜欢到这里来赏花乘凉。位高权重的秘书长，趁城市规划之机，修建第三公园的第一次计谋竟然落空，让他非常恼怒。他转头一想，又有了新的计谋，再次找到王齐勋，对他说："请你同财政厅商量一下，是否可以拨点款，在这里搞点设备，建成一座小公园，供人游览。"这块地在邱公馆范围以内，如果建成，把后门一关，也成了他私人的花园。

王到财政厅向毛泽民提出这个意见。毛泽民一听，又是邱宗浚玩的把戏。他装作不知，公事公办地对王说："这块地太小，没有发展前途，为了使市民有个理想的游玩场所，还是集中资金充实西公园吧。"

谁知邱宗浚这位盛督办的岳丈大人，还真把公权当私产，二计不成，又生三计。不久，王齐勋升任财政监察委员会委员长，觉得原来办公地方太小。邱宗浚趁机找他说："我的公馆让给你们办公，你们另外在明园给我建如数的房屋，这属于对等交换。"

王将此意向毛泽民提出，毛泽民说："若愿出让公馆，可以作价卖给财监会，给你们办公。他卖产得价，自己去修好了。如果按照你们对等交换的办法，公私混淆，无法突破制度，列入预算支付。"

邱宗浚听说后，知道这一计谋再次落空，给盛世才写了一个书面建议，将乌鲁木齐河滩西面一带，即现在的黄河路、长江路、钱塘江路和西北路所有空地，按千字文划分编号，卖给市民群众，让自行修建住房，以此所得价款，作为市政建设开支。他还是想把明园扩大到公家的修建范围之内。这个建议，经盛世才同意后，通知了财政厅。

常言说，有再一再二再三，没有再四的。邱宗浚真是厚颜无耻，竟然为了给自己建豪华私宅，四次设计，套取公家和利益。

毛泽民看后，也写了一份报告，报给盛世才。报告的主要内容，是体现财政收支的方针是统收统支。将上述空地划为地段编号，卖给市民是可以的，但所卖价款，应如数上缴财政厅，统一处理。至于市政建设，准备怎样进行，应做出计划，经财经委员会审核后，财政厅可以根据计划所需数字，据实拨款。

报告到了盛世才手里，他从头看到尾，从尾看到头，思来想去，无从挑剔，无可奈何。毛泽民的报告，得到盛世才同意，原批示予以撤销。邱宗浚知道后，大发雷霆，认为毛泽民三番五次跟他过不去，只好自己找台阶，生气地说："地号划不划，卖不卖，我不管，市政建设不建设，我也不管，谁会做市政计划谁去做。干我甚事？"

最大障碍扫清了。毛泽民按照新的城市建设方案，指示魏亚瑶认真拟一份城市扩建规划。内容增加了一项，和田街一带的空地，也按千字文字头编成地号，每个号规定为 20 平方丈，卖给市民修建住房。这一决定受到了各族群众的热烈欢迎。后来扬子江路、黄河路、钱塘江路和西北路的民房建设，都是在毛泽民当时倡导下设计修建的。

二十、为民而政

1941 年 7 月，毛泽民在水磨沟吃鳝鱼之后不到一周，盛世才以他身体有病，财政厅工作繁重为借口，将他调离财政厅，任民政厅代厅长。新疆商业银行行长藏谷峰兼财政厅代厅长。他从延安要来的财经干部中，唯一留在身边的助手郑亦胜，也被盛世才派往南疆的叶城。

1941 年 1 月，蒋介石发动第二次反共高潮，制造了震惊中外的皖南事变。国内国际，战争形势发生了急剧变化。6 月，苏德战争爆发。日本帝国主义继续以主力打击我新四军、八路军，大举"扫荡"解放区，中国共产党及其领导的军队处境愈发困难。国民党反动派却搞起了

"曲线救国"，对日妥协。蒋介石此刻没有忘记"关怀"新疆，先是切断了新疆到延安的交通，拉拢盛世才与他合作，一起反共，一度想让蒋经国接替盛世才执掌新疆。派出以张治中为代表的西北宣慰团，令蒋经国随往西北地区巡视。召见盛世才派驻重庆的代表张元夫，提出与盛世才谈判合作的条件。盛世才这个阴险狡诈、野心勃勃、多疑善变的独裁军阀，认为苏联靠不住了，共产党也"难以自保"。尽管他还在编写着"六大政策教程"，实质上并不亲苏亲共，早已背离了"六大政策"。内心的恐惧、恼恨和嫉妒，使他甩掉过去的伪装，一步步投靠蒋介石去了。

毛泽民在新疆的一系列经济措施，使得经济财政面貌焕然一新，改善了各族群众的生活，支援了抗战前方，受到了全疆各族人民的欢迎和拥护，但也触犯了以盛世才为代表的军阀官僚集团的利益，引起他们强烈的不满和攻击。他到民政厅工作，身边没有一个信得过的人，一举一动都受特务的严密监视。

一个人处于险境，仍然不顾个人安危，全身心地致力于开创的工作，足以证明他人格的伟大。盛世才能调换毛泽民的工作，限制他的权力，却无法改变他的信念。毛泽民对付诬陷迫害的有力武器，就是在有限的自由里，光明磊落地工作，即使流血牺牲，也让对方的阴谋无处遁形。

毛泽民担任民政厅代厅长短短一年间，为民而政，做了三件开创性的大事。

第一件大事：建立民主政权制度。

毛泽民引入中共边区基层民主建政的做法，使新疆基层政权革新初步凸显政治民主化。设置政务委员会，民主议决。县级以下推行区村制，民主选举区长、村长，实施村代表会议制。这是全中国在所有中共政权之外的区域，率先引入了中共政治民主化的措施，推动新疆各项事业的发展。

新疆农村过去实行"农官乡约"制度。有民谣曰："农官下了乡，农民更遭殃，马不吃高粱，人不守空房。""农官"即乡长和村长。马不吃高粱，要吃豌豆和苞谷。人不守空房，即要有人来陪伴这些吃人的"农官"。各族群众，长期生活在封建统治的黑暗中。

毛泽民看到了旧政权之害，感受到了人民的疾苦，下决心革除"农官乡约"制度。参照延安边区的民主选举办法，结合新疆民族文化和社会发展的具体情况，用三个月时间，亲自起草了《新疆省区、村制组织章程》。1941 年 11 月 1 日正式公布实施。

规定县以下分为区、村二级，按照所辖户数的多少，设定区公所和村公所。区村制中采用村代表制，每百户之村选代表 5—11 人，村长从村代表中产生。代表会与村公所合二为一，每一村公民都是村政权中的一个成员，同时每个村民都受村政权的直接领导。村代表制成为民主集中制在村级政权中的反映。各区、村公所开设一定数量的养廉地，自种自收，筹备所需经费。用养廉地的收益，供区、村公所费用，减轻了农民的负担。

毛泽民为巩固这一新的民主制基础，起草颁发了《区村选举法草案》和《区村公所组织章程》。明确在改选区、村长时，应当特别慎密，被选人最低限度的条件，必须要有高度的工作能力与工作热情，任劳任怨的工作态度，还要不负众望，办事公正，忠实于大众利益，可做民众表率者。

他亲自编写《区、村长须知讲义》，在全疆各地普遍开展县长训练班、政治干部训练班、文教干部训练班和区长村长训练班，亲自下去宣讲，很快形成了民主政权的建立高潮。

库尔勒县利用巴扎日，召集各机关法团、各大阿訇、各乡约、伊玛目及农牧民约五百余人，召开农民大会，改定农村行政组织，划分四乡为五区，每区各推举区长一人，推举总区长一人，每村推出村长，又组织了水利委员会。

博乐县原有一个蒙古族区，一个哈萨克族区，四个县属乡，总长、保长、千户长、百户长都由有钱有势的头人世袭担任。时任县长、县政务委员会主席、中共党员段进启，县教育科长马肇嵩，积极认真地贯彻毛泽民主持修订的区、村组织建设章程，推行区、村民主建制。全县划为三个区，一区为维吾尔族区，二区为蒙古族区，三区为哈萨克族区，一个汉族直属村，通过各族文化促进会的通力协助，选举了办事公正的人担任了区、村长。

对应农村的区村制度，毛泽民制定了《街长选举办法》和《街长办事组织章程》，让各族城市群众自己选举街长。毛泽民推进建立民主政权，天山南北一片喜庆，轰轰烈烈的民主选举，在全疆大地上铺开了。有史以来，第一次选举产生的区长、村长们，修水利，搞生产，建设家园，各项事业空前发展。

1942 年元月，《县政组织章程》正式发布，新疆原有的 65 个县局，增加到 79 个，毛泽民将过去的设治局，全部升格为县。县级政务委员会设委员 5—7 人，在县长、公安局长、税务局局长、工商会长中遴选，一般县政务委员实行差额推选，且须加入少数民族代表，主席由县长担任。

由于毛泽民的努力，全疆各县普遍成立了县政务委员会，各族群众欢天喜地，说这是第一次实行民主制。担任行政长、县长职务的黄火青、林基路、韩光、许亮、李云扬等一批共产党员，勤政清廉，维护各族人民利益，增强民族团结，体察民情，解除冤狱，兴修水利，发展教育，修桥补路，救苦恤贫，为各族人民办了许多好事，至今还在群众中传颂。

毛泽民评价："这是新疆彻底实行民主制的一个重大步骤，是全疆人民的福音，更是值得全国仿效而且应迅即行动的。"

第二件大事：整顿救济福利机构。

新疆原有几个救济院，管理不善，房屋破旧，设备简陋，布局分散，问题甚多，基本无人问津。

1941 年 8 月 12 日，毛泽民到迪化、奇台、库车、焉耆等地的救济院实地调查。他拉着孤寡残疾人的手，问寒问暖，促膝交谈，倾听他们的遭遇和不幸，让他们说出自己的愿望和要求。

千百年来，漫长的人类社会，身居社会最底层，几乎被社会遗弃的孤寡残疾之人，何曾见到有官员走到身边，更何况是厅长这样的大官，没有丝毫嫌弃，像亲人一样倾听他们说话。

听不见的看到了毛泽民亲切的面容，看不见的听到了毛泽民亲切的话语，看不见也听不见的，能和毛泽民手拉手传递心声。无论问题能不能解决，生活能不能改变，就凭能够在一起，他们都深深地感激这位接任不久的民政厅厅长。

毛泽民此行结束后，又亲手草拟了《各区、县救济院整顿大纲》，宗旨是加强组织，改善生活，扩大生产，提高教育。他告诫各级官员，救济院的贫民也要感知外界，学习新政的精神需求，要给他们文化教育。规定："口授政府政策，成立识字班，讲授抗战形势，提倡正当娱乐，以及其他当地通行之音乐。授以简略之歌舞，其他有益身体之一切活动。"

制定了救济院的分布、收容标准、生产工作项目、经费给养的保障等等。为加强管理，发布了《救济院贫民管理及办事细则》，对各个救济院，安排了修理房屋、扩大生产、购置被褥和毛毯、缝制院民服装所需经费和增加管理人员。规定政府发给受救济人员每人每月 30 斤面粉，组织做些缝衣、补鞋、编筐、做粗木器及小孩玩具、种瓜果蔬菜、制作公文信纸、信封等力所能及的工作。节省政府财政支出，增加救济院的收入，改善入院者的生活，还有利于他们的健康。

全省整顿和新建了17所救济院，分别在迪化、塔城、阿勒泰、玛纳斯、伊宁、奇台、哈密、库车、焉耆、阿克苏、疏附、莎车、和田、吐鲁番、于田、叶城、且末县城里，共收容了孤寡孤贫和残疾人员4000多人，给他们一个温暖的"新家"。

第三件大事：开展"积谷备荒"运动。

新疆"积谷备荒"公社是根据1938年第三次全疆各族人民大会决议设立的民办官管的互救组织。毛泽民和黄火青等共产党人是主要倡导者。

毛泽民任民政厅代厅长之后，于1941年9月10日，当选为积谷备荒公社委员长，他对这项拯救灾民于水火的工作十分重视。主持制定了《新疆省积谷备荒公社仓储管理规划》《新疆省积谷备荒公社仓储细则》，编写了《积谷备荒公社宣传大纲》。

1942年3月，毛泽民主持省积谷备荒公社委员会会议，讨论通过了《社粮出贷标准办法》和《社粮贷收连环负责制》，随后又制定了《新疆积谷公社仓储管理规则》和《细则》。

抗战已进入相持阶段，正在准备反攻的时候，他倡导新疆每一个同胞，都有为民族解放献出自己力量。在重要国防后方和国际交通要道的新疆，各族同胞加紧生产，努力建设，在有力出力、有钱出钱的号召下，农民同胞把自己的余粮捐给积谷备荒公社。其作用：一是积存余粮，保证春耕备耕不缺种子；二是调剂城乡粮食供应；三是预防灾害，以丰补歉。同时，拿出一部分支援前线抗战。

他要求："各公社采用宣传方式，务使民众洞晓积谷意义，以自动募捐为原则，取缔向民众摊派谷粮的情形。"

病情日益严重，四周特务围困，走进基层，深入群众，成为毛泽民的纾困方式。他走到农民中间，讲解抗战紧急关头，农民同胞把余粮捐给积谷备荒公社的道理。农民受到尊重，深受教育，主动上交积余粮。为了保证农民的切身利益，确保积谷备荒工作能顺利进行，他又结合实际情况，主持制定了《社粮出贷标准办法》《贷收连环责任制》等一系列管理制度。

新疆大地上生活的农民，开天辟地，第一次在开春没钱种地时，能得到政府的资助。这些穷苦之人，会感谢老天开眼，感谢当地的干部。但绝大多数的人，不会知道有一位叫毛泽民的中共党人，生于湖南，在治病的路上留在新疆，一身病痛，四处被特务围困，却还能带来这样的福音。这是他对这片土地，对大多数贫苦人，奉献的生命之爱。

通过广泛的宣传和各项管理制度的执行，积谷备荒得到很大的成效。至 1942 年 4 月，全疆各县积谷分社，积谷 93500 多石，其中北疆各县积谷达 26800 余石。这些粮食的 80%，贷给贫苦农民作种子，保证了春耕生产的正常进行。还有一部分用于救济受灾歉收缺粮的群众，对发展农村经济起到了很大的作用，为保证各族人民安定的生活打下了良好的基础，并充实了抗战前线的力量。

这年夏天，木垒县发生了严重的旱灾。毛泽民驱车前往，带着财政、税务干部，了解核实了灾情之后，报省政府减免了此地当年的田赋税。积谷备荒做到与民众生活的兼顾发展。

毛泽民在新疆的工作，不断创新和超越，落脚点在于造福民生，尤其关注那些偏远最落后的地方，其中和田区各县的工作，尤其得到了他的重点支持。中共党人前往和田工作之前，和田地区连年战乱，又遭到马虎山匪徒的蹂躏，经济社会遭到严重摧残，人民亟待休养生息。毛泽民任省财政厅厅长期间，指示："和田数年以来，遭马逆（马虎山）之摧残，农村破产，经济凋敝。"必须实行"整理财政，发展民生"的原则。电令豁免和田各县斗称税，商业牌照税一律定为乙区税率征收，停征油磨课税，免征贩运牛羊种子税。1938 年 12 月，免费派发价值合银 1 万两的蚕籽给贫苦农民，发展和田蚕业。1939 年，规定以极低微的地租，鼓励贫苦农民租种公有土地，发放春耕贷款 12500 元，发放麦、谷籽种各 3000 石，半价给贫苦农民大量蚕籽。毛泽民一再要求和田的财税工作，要体恤民艰，扶救农民，帮助农业恢复和发展，贫苦农民的生活很快得以改善。支持和田举行农业短期训练班所需经费，推广养蚕、植桑、培肥方法，推广农业生产技术。为改善农业生产条件，支持和田各县发放水利无息贷款 30000 元。指定墨玉县落古拉瓦他庄开垦的 6000 亩荒地，分给无地农民和贫民，三年内免征田赋。通过各项措施，鼓励农民兴修水利，开垦荒地。1939 年，于田县垦荒 12121 亩，开挖水渠 12489 弓（一弓约为 1.66 米）。墨玉县开挖哈拉沙水渠长 4000 余弓，修成配套支渠 5 条，使 12000 多亩良田受益，各县粮食普遍得到大幅度的增产。恢复发展农业生产的同时，扶持和田的地毯、造纸、皮革等传统手工业和金玉矿业。各县成立职业介绍委员会，收容安置无业游民，收容孤贫人员到救济院。支持创建了和田医院，六个县建成公立、私立学校，学生达到 22304 人。

盛世才以减轻工作为名，调毛泽民到民政厅工作。实际上，既把他调离要害部门，又把整个社会治理的薄弱面推给他，让他填补巨大的社会不足。做不好，就会看他的笑话。毛泽民从熟悉的工作，到不熟悉的环境，更费心，更劳累。支气管炎恶化成了肺心病，咯血不止，经常咳得无法连贯说话，再一次病到无法坚持工作。盛世才批准他到水磨沟休养。

水磨坊当时独立承担着迪化的面粉生产，供应全城的民用面粉，还有大量的军需加工。毛泽民在水磨沟养病，听着水磨声，又想到了磨工生活和平抑面价的事。他拖着病体，到磨户家里了解实际困难，帮助改善经营管理。磨户们看到周厅长重病在身，还在为公家和百姓的事操心，内心受到极大地感动，联名发出倡议，保证今后供应市场的面粉，不抬高价格，不降低质量。

久不见面的刘德贺特别想念毛泽民，得知他病情加重，赶来水磨沟看望。毛泽民见到他，显出了少有的激动，紧紧拉住双手，半天没有放开。双方凝望好一阵，毛泽民才开口说话。他说身体生病是次要的，做好工作才是正事。他坦言，开始时，对新疆的民政工作很不了解，想到刘德贺曾任疏勒和莎车县县长，生在奇台，对北疆各县的情况也了解，很想调来民政厅协助工作。

他轻轻拍了拍刘德贺的肩头说，后来考虑到你哥哥刘德思被捕，我以身担保，让你搬到财政厅院内来，盛让我直接管着你。如果把你调到民政厅来，恐怕彼此都没好处。目前形势朝不好的方向发展，所以，今后你最好少来，或者不来。臧谷峰这个人很好，你可以协助他把我们过去拟定而未完成的工作，贯彻到底。新疆的前途是光明的，我们为新疆人民多做点儿好事是应该的，何况你又是新疆人。

这一番话，道出了毛泽民的孤独和无奈，更显出他不顾自身安危，一心为民的崇高境界。刘德贺心里有说不出的难受，只觉得毛泽民的每句话，都牵动着自己的心。他的眼睛湿润了，作为土生土长的新疆人，从心底涌起来无法用语言表达的感激之情。

此时的盛世才，草木皆兵。许许多多的密探，争相给他密函或报告，据此定罪，进步人士纷纷被捕入狱。新疆大地，阴风阵阵，人人自危。在南北疆各地工作的中共党人，纷纷接到"另有任用"电报，回到迪化。党代表陈潭秋向中共中央电告"新疆情形"，想方设法准备安排同志们撤离。

尽管如此，毛泽民仍在倾心工作，为尽快解决医药奇缺和管理混乱的状况，主持召开医药工作会议。

1942年春天，天灾人祸，接踵而来。

1月上旬，盛世才组织了三十多人的所谓的"审判委员会"，重审"阿山阴谋暴动案""杜重远阴谋暴动案"等等一些案件，蓄意炮制假案，意指苏联、中共和进步人士，摧残进步势力。要求审判委员们按照他事先授意编好的"剧本"，对受迫害的人士"定罪"。毛泽民也是委员之一，他坚持以事实为依据，断然拒绝在那些审判书上签字。

春末夏初，伊犁各县突发严重的鼠疫和斑疹伤寒，毛泽民闻讯，心急万分，立即组织医疗大队赶往疫区，在伊犁各县来回奔波，全力抢救防治。他自己操劳过度，躺在病床上，心慌，胸闷，憋得透不过气，常常彻夜不眠，还是念念不忘疫区的群众。避开医务的看护，伏在枕头上写一封"给全疆医务人员"的指示信。断断续续好几次，才写完这封两千多字的长信，指出医疗工作中的问题和解决方法，以及如何加强卫生防疫工作的具体措施，给参考搞疫的医务人员，以极大的鼓励。医院负责救治和看护他的医护人员，看到毛泽民这样痛苦，还念念不忘疫区，坚持工作，感动得流下了热泪。由于防治及时，措施有力，鼠疫和斑疹伤寒的蔓延得到及时制止，大大减少了人口的死亡。

这次疫情，让他看到了医药人才严重缺少的问题。他很快作出安排，创造条件，开办了医药专业学校和药剂训练班，加紧培养医药专业人才。不顾重病不愈，在繁忙的工作中，抽出时间给医药专业学校和药剂训练班的学生上政治课。

1942年4月6日，他还亲自参加药剂训练班毕业典礼，与学生合影留念，题词："新政府培养下的医药干部要切实担负起新政府所赋予对全疆民众的保健使命，以期在胜利的基础上争取保健事业的更高的发展。"

喀什地区缺少民族医药人才，毛泽民安排喀什医院办一个培训班，为各县培养医药工作人员。民政厅及时拨款支持，训练班经过不到一个月的筹备就开学了，在培养的少数民族医药人员在发展新疆医疗卫生事业中发挥了很大作用。他们中的一部分优秀人员，后来成为自治区医疗卫生战线的领导和骨干。这一年，全省从事医疗保健工作的医药技术人员快速增加到 1000 多人，医疗经费达 142.9 万元，比上一年增加 30%以上。全疆医院就诊人数达到 126.4 万人，比上一年增加 48%。新疆人民的医疗卫生条件，得到很大程度的改善。

1942 年 4 月 25 日，新疆妇女总会第一届全疆妇女代表大会在迪化召开，朱旦华作为妇女总会秘书长兼宣传部长，担任大会秘书长，主持会议，作了《全新疆各族妇女团结起来，为争取妇女的彻底解放而奋斗》的专题报告。毛泽民向大会作民政工作报告，赞扬新疆 200 余万妇女，无论社会地位、文化水平，还是积极贡献，各方面都有了空前的提高。危难时期，这次会议给新疆的社会生活注入了新的活力。他在报告中提出，务必要积极使政府工作与群众工作相结合，让更多的妇女参加地方政权。就司法、公安、社会救济、保健建设、婚姻自由、禁绝娼妓、禁烟禁赌等方面提出了今后的工作目标。

会议期间，陈潭秋同志紧急联系中共人员撤离新疆，可新疆到延安的交通被国民党截断，直接回延安已经没有可能。身处险境的中共党人，还在尽心尽责地工作着。毛泽民感觉时间紧迫，争分夺秒地工作着。医疗收费标准不合理，造成有人无病找借口前来诊治，患者有重病却得不到及时治疗。他主持民政厅开会，重新制定了医疗收费标准和实施办法。在《新疆日报》发表了题为《变更医疗机关收费简章意义》的文章，让全疆人民及时了解新的制度。

1941 年 2 月，毛远新出生。毛泽民中年得子，沉闷的生活增加了难得的快慰。工作之余，抱抱远新，逗逗小儿，算是一点少有的乐趣。抱着小远新，难免又想起在延安上学的远志，多年不见，孩子长成大姑娘了。他不由得拿出高登榜捎来的照片，静静端详。女儿短短的头发乌黑发亮，一张圆脸充满雅气，清澈明亮的大眼睛，正望着爸爸笑呢。他在心里和自己说："我的远志长大了。"

二十一、血洒大地

盛世才对中共态度急剧恶化。

1942 年 5 月，盛一边加紧投蒋，一边加快排斥苏联、迫害中共党人，作为投蒋的筹码。看似两个方面，其实就是一个目的：投机成功。在此前提下，他以"另有任用"为由，纷纷将全疆各地任职的中共人员调回迪化。

在新疆手握生死大权的盛世才，残害了无数正直进步乃至无辜者的生命。恶魔利用人对失去生命的恐惧，制造着数不清的人格沦陷，以此为凭，碾踩人性的良知，助长邪恶疯狂生长。叛徒的人格，往往就这样泯灭，坠入黎明正在到来时的黑暗里。

盛世才加紧炮制所谓的共产党"阴谋暴动案"，为迫害中共人员制造借口。他在共产党人身上无法找到破绽，卑鄙地对前教育厅厅长李一欧，酷刑加利诱，捞取口供。李一欧的肉体和精神被折磨到极度恐慌的程度，盛世才此时及时出现，用电话亲自审讯，前前后后就几句话："你是我提拔起来的人，一个厅长的地位很是不小了。如果诚恳认供，我保障你。如果不承认就是刑死勿论。"

李一欧浑身发冷，意识完全坠入盛的企图，照抄出一份盛世才爪牙编造的"剧本"：苏联驻迪化总领事馆和八路军驻新疆办事处的"阴谋暴动计划"，目的是"推翻盛世才政权，取而代之"。

此人并非中共党人，如何得知共产党"阴谋暴动"这样的机密，还能成为所谓的"参考者"呢？如此可见，人性一旦沦落到底线之下，从被迫伪造到成为伪造者，已经没有多少距离。这样无须辨别真伪的假"口供"，却成了盛世才的至宝，这又证明了阴谋家的虚伪性：只要所需，无所谓真假。

盛世才亲自导演，诬陷中共党人的"阴谋暴动案"初步"完稿"，随时就要出笼了。

5 月的迪化，天气快速升温。1942 年 5 月，却阴风骤起，寒彻人心。盛世才将中共党人，从各地调回迪化，分散安排在新房子、八路军驻新疆办事处、羊毛湖招待所等几处地方，原在迪化工作的共产党人及家属也集中在一起。名曰保护，实为软禁的第一步。

毛泽民清楚自己的处境。被捕杀头不足挂齿，遗憾的是新疆各族人民没有解放，还要继续承受苦难。他的处境愈来愈困难，直到无法继续工作。

1942 年 7 月 2 日，毛泽民公开提出辞职。

五年的时间，他把挚爱献给新疆，工、商、农、牧、税务、财政、金融、文教、卫生、交通和市政等各项事业，都有了前所未有的发展。他以一己之力，带动了新疆一个时代的进步，让全疆各族人民，感受到了千百年封建统治固化的寒冰，消融出新的希望。

此时，那些给新疆带来春风的中共人员，被集中在新房子、八路军驻新疆办事处和羊毛湖招待所，分别遭受着监视和控制。

敌人磨刀霍霍，中共不得不做最坏的打算。根据中央精神，党代表陈潭秋组织成立了自己为书记，毛泽民、张子意、方志纯、谢良、吉合等同志为成员的整风学习委员会，领导在新疆人员开展整风学习和气节教育。同时，积极准备，通过可能途径撤离新疆。

9 月中旬，形势没有丝毫好转，反而继续恶化。春天已远，这个阴沉萧瑟的秋天，日胜一日，增加着苦痛与灾难。

1942 年 9 月 17 日上午，中共人员的撤离计划送到苏联领事馆，下午，盛世才抛出他处心积虑炮制的共产党"阴谋暴动案"，向中共党人伸出毒手。以"督办请去谈话"，将陈潭秋、毛泽民、徐梦秋、刘希平、潘同五人，软禁到了刘公馆。

面对敌人的阴谋，毛泽民满腔怒火，当众指着将特务头子李英奇一顿痛骂。李被迫打电话向盛世才请示。毛泽民抢过话筒，斥责盛世才："你背信弃义，竟然把我们这些你亲自请来，建设新疆和抗日有功的工员关押起来，开历史倒车，天理不容。你必须立即无条件释放我们，把我们送回延安去，否则，绝对没有好下场。"

盛世才支支吾吾，找借口掩盖自己的罪行。毛泽民知道这个恶魔已经无药可救，愤怒地把电话砸烂。

朱旦华看着丈夫被强行拉走，知道自己早晚也会被抓走。她想，只要敌人晚一天抓我，我就要多坚守一天革命的阵地。第二天早晨，朱旦华像什么事都没有发生过一样，照常去学校上班，镇静地走上讲台，给同学们上课。这一天，她讲了一个历史故事：

"在我国古代的商朝，有一个暴君名叫纣王，淫乱残暴，害国害民。忠臣比干向他忠言规谏，不但不听，反而把比干处死了，开膛挖出心肝示众……"

朱旦华声音不大，却透出刚毅不屈的激情，给听讲的学生以感染和教育。老师的一言一行，传递着共产党人特有的情操。几天之后，所有中共在新疆人员，包括苏联归国人员、在新疆养病和学习人员以及家属和孩子，全部遭软禁。陈潭秋和毛泽民领导大家继续学习整风材料，重点进行节气教育，引导大家认清形势，提高觉悟，一旦入狱，一定要保持共产党人崇高的革命气节。

到了冬季，天寒地冻，毛泽民等人和家属，被盛世才从"刘公馆"秘密转移到"尤公馆"，等于住进了盛世才的监狱，遭到军警的严加看守，生活条件更差。毛泽民的胃病、气管炎、肺心病严重发作，备受折磨。陈潭秋代表中共党人向盛世才提交的抗议信石沉大海。盛世才只专心于向蒋介石表忠心，电请蒋介石速派审判团来新疆审讯处理案情。

1943 年 2 月 7 日晚，盛世才将软禁四个多月的中共党人分批投入监狱，陈潭秋和毛泽民等人被关进第二监狱。

中共中央获悉在新疆工作人员被捕的消息，当即给在重庆的周恩来发电报，展开全力营救。

3 月上旬，蒋介石派出的重庆审判团人员到达迪化。他们花一个多星期时间，看完盛世才审讯的全部卷宗，掌握的"证据"，只有李一欧等人字迹整齐，格式内容基本相同的标准化"供词"。

正式受审开始了。他们从陈潭秋身上，想捞取攻击中共和苏联的"证据"，对毛泽民，除了上述目的，还妄想逼他脱党。盛世才知道，此周彬非周彬，他是共产党主席毛泽东的亲弟弟。假如能逼毛泽民脱党变节，无疑会给共产党更大的打击，在蒋介石面前捞取更大的政治筹码。毛泽民治理新疆取得历史性的成效，帮他稳固了政权，才使其有了更多投机的资本。盛世才这个独裁者，过河拆桥都算不罪过，恩将仇报才是常态，他对杜重远的恶行就是证明。毛泽民造福新疆，盛氏集团的心腹人物，不但全无感激之情，因为制度管住他们捞取私人利益的黑手，反倒对毛泽民怀恨在心。李英奇这个特务头子想要的黑钱屡屡受限，更是对毛泽民积善成仇。毛泽民身患重病，得不到起码的人道关怀，反而被视为可欺的弱点，敌人对他施以更残忍的折磨。

病痛阻挡不了毛泽民的大义凛然，他面对敌人的狡诈逼供，始终神情自若。

敌人问："你们八路军的人到新疆，中共中央给的什么指示?"

毛泽民答："我们的目标，是统一战线，帮助新疆建设。"

敌人问："你们在这里工作的人，谁是重要干部，谁是次要干部，举名说一说!"

毛泽民答："请问督办，他都知晓。"

敌人问："共产党在新疆的组织活动怎样?"

毛泽民答："我们共产党，为国家为民族而斗争，没有个人的利害，所以，在新疆无党的活动，我们的人在新疆工作，无个人任用的权能，同是为抗战建国，我们在新疆不做组织的活动。"

敌人让他在记录上签字，他看也不看，明朗回答拒绝签字。敌人气恼地问他为什么不签字。毛泽民说，没有违法，不能接受审问，请督办审查是否属实后始能签字。

敌人疯狂给他用刑，他依旧不签字。

敌人反复刑讯毛泽民，企图逼他承认中共党人在新疆有"秘密活动"，准备"阴谋暴动"。毛泽民的回答睿智地挑明其中的根源，他说："阴谋暴动在新疆年年有，但是没有我们，什么阴谋不阴谋，暴动不暴动，现在就是党和党的（关系）问题。"

生死考验面前，徐梦秋、刘西平、潘同等三名共产党曾经的高级干部叛变，给了敌人更多的幻想。毛泽民身患重病，敌人妄想逼他脱党，对他进行肉体上的疯狂折磨。李英奇指使一个野兽般的打手对毛泽民用刑，让打40手板。40次手板能把手掌打裂，养三五十天不能愈合。李英奇的手板更残忍，打一板，用木板把手掌压揉一次，每打一板，压揉一次，让疼痛钻心。毛泽民痛得把下唇咬烂，衣领咬断，肉在痛，心在想，敌人对我究竟有多大仇恨啊!

他没吭一声坚持下来，敌人给他"坐飞机"，在墙上吊起来，两臂平伸，脚趾着地，用皮鞭抽打。敌人在毛泽民身上没有得到半点儿收获。他们怎么也不理解，共产党人难道不是血肉之躯吗？

毛泽民对敌人的回答，完全是一种反向的审判："我所做的一切，完完全全站在为国家民族利益的立场上的。你们所说的有什么阴谋，是对我的一种侮辱。我在新疆整理财政，尽了自己所有的力量，更没有违背民族利益。在新疆四五年，辛苦于抗战建新事业，事实俱在，哪有对新疆政府进行阴谋事件之说？我要求把事实拿出来。我对新疆良心无愧，十分忠实的。"

敌人让他表明立场，毛泽民回答："我是共产党员。"

敌人问："你放弃共产党员立场行否？"

毛泽民回答："我不能放弃共产主义立场，因为是个人的思想问题，如蒋委员长信仰上帝一样。"

敌人给他飞机上挂炸弹，人吊起来，两臂平伸，绑一根木棍，打到皮开肉绽后，再往身上挂重物，直到全身的筋骨无法支撑。对毛泽民展开强迫脱党巡回战，经常"站铁刺"，致全身红肿，依然毫无收获。

毛泽民顽强不屈，让盛世才无法遂愿而恨之入骨。敌人拉来潘、刘、徐等叛徒搞"隔幕对质"，被陈潭秋、毛泽民反问得哑口无言。人格的力量，超越灵魂，即使叛徒的人格已经沦陷，依然经受不住他们的灵魂鞭挞。

敌人只能一次又一次对他疯狂用刑，甚至搞七天七夜疲劳战，不让他合眼，疲倦不堪无法支持时，把阿姆尼亚，一种烈性化学臭粉塞入他的鼻孔，刺激得剧烈咳嗽，眼睛无法闭合。敌人惨无人道的手段对付毛泽民，连续七天七夜。毛泽民疲惫到没有一丝儿力气，意识处于恍惚之中。他模模糊糊，感觉对面审讯席上面孔换了一张又一张，大脑中出现幻觉：自己正忙着批阅文件，又困又累，文件就是看不完，也看不清……他突然意识到，敌人想让他在恍惚中签字。

七天七夜，无数个回合，阿姆尼亚一次次塞入毛泽民的鼻孔。审讯者四个小时换一班，对毛泽民轮番折磨。毛泽民觉得自己像一摊泥堆在椅子上，不停地流汗，眩晕、咳嗽、燥热，耳朵嗡嗡作响。

敌人看毛泽民被折磨成这个样子，以为时候到了。七天七夜，再强的意志也无法控制自己，想不"招供"也办不到了。

毛泽民睁着眼睛，一动不动，大脑陷入空白之中，敌人说什么，他完全听不见。

记录员准备好纸和笔，放在毛泽民面前，把一支打开笔帽的钢笔塞到了他的手里。又一只伸过来，扶着他的手，让他签字。

"签，签，就签在这儿。"

签什么呀？我没有看见是什么文件，怎么签？奄奄一息的毛泽民大脑里泛起一丝残存的意识，他使劲想，这是要签什么呢？

毛泽民终于恢复了意识，看清了眼前的一切。李英奇，这个恶魔站在面前，自己胸前的板子上铺着一张白纸，顶头三个字——"自首书"。毛泽民抓起那张纸，连同钢笔，一起向李英奇的脸上摔去……

不可思议，真是不可思议。

敌人实在无法理解，一个眼看就要断气的人了，怎么还有如此强烈的自我控制力呢？

1943年5月底，重庆审判团和盛世才集团的所谓法律专家们，绞尽脑汁，终于炮制出一份共产党"阴谋暴动案"的"判决书"。可是，无论怎样费尽心机，巧言令色，也无法为他们残害陈潭秋、毛泽民、林基路等中共党人，披上一件"合法"的外衣。

1943年9月27日夜，盛世才指使李英奇、张思信等刽子手，在夜幕的掩盖下，将三位烈士秘密杀害了。

毛泽民的生命停止在 47 岁。他把最后一次微弱的呼吸留在新疆，一腔热血洒在这片辽阔的大地。他一生将挚爱，融入天山南北，给高山戈壁、草原绿洲，赋予了爱的温暖。他给这里的人民以挚爱，让这片广袤土地的未来，充满更多美好的希望。

2020 年 12 月 28 日第一稿

2021 年 1 月 15 日第二稿

2021 年 1 月 30 日第三稿

2021 年 12 月 11 日第四稿

第三部
"囚徒" 向天歌

囚徒，新的囚徒，

坚定信念，贞守立场！

砍头枪毙，告老还乡；

坚定信念，贞守立场！

掷我们的头颅，

奠筑自由的金字塔；

洒我们的鲜血，

染成红旗，万载飘扬！

　　林基路是一位高举火把，在夜路上引领光明的歌者，他短暂的生命灿若星辰，即使在监狱，到了生命的最后一段时光，仍然留下《囚徒歌》《思夫曲》，成为中共党人在敌人监狱里的集体歌声，化作光的利器，冲破黑暗最后的屏障。

　　他生来就是一颗耀眼的星，带着照亮他人的使命。

一、更名基路

　　1938 年初，党中央为扩大抗日民族统一战线，应盛世才邀请，决定派一批干部去新疆工作。22 岁的林为樑，成为其中一员。出于工作需要，每位到新疆工作的同志，要起一个化名。林为樑的广东口音，带着大海的激情和能量，铿锵有力地说："我永远对党忠诚，永远坚持党的基本路线。不用化名，直接更名为'林基路'。"

　　这个名字，从此刻在党章里，永远留在了中国共产党党员的英烈簿里。

　　19 世纪末，广东沿海率先联通世界，求新图变，成为中国资产阶级革命的重要舞台。台山县是有名的侨乡，十有七八的家庭与华侨有关。20 世纪初，台山已有铁路通往省城，轮船直达香港，交通便利，商业繁荣，生活相对宽裕，文化教育比较超前。都斛镇大纲村是台山县一个濒临南海的美丽渔村。村民林立文与乡亲们远渡重洋，到美国谋生，历尽磨难，赚得一些薄资，回乡购置了一亩多地，几间房屋。不久之后，带长子和三子重返美国去打拼。次子林本伟留在家乡，科举未中，选择到北京政法学院专修法律。参加过戊戌维新，成为当地著名的律师，组建了体面开明的中产家庭，生活日渐富裕。生有二女三子。儿子起名为栋、为樑、为干，意为栋梁干才。

次子为樑生于 1916 年 4 月 17 日，天资聪颖，多才善言。

6 岁，入私塾读书，过目不忘，成绩优异，深得父母喜爱。小小年纪，就有极强的同情心，感召同学团结在一起。林本伟最看好这个儿子，一心想培养他子承父业。心智超群的小为樑，随着年龄增长，学业精进，却有了更高远的志向，表现出了冲破社会黑暗的"不安分"。

10 岁，听老师讲《西门豹治邺》中破除迷信的故事，召集同学把村庙的菩萨抬着扔进河里，触犯村怒。父母表面严厉训斥，内心却包容了他的"大逆不道"，送到台山县城，考入达人小学。这是一所三年制的新学制学校，初小一年，高小二年。小为樑到了县城，开始阅读进步书刊。纯洁的心灵，燃起了革命的星火，像一束亮光，照向黑暗社会的贫穷与不公；清澈的眼睛，开始看到底层生活里的苦难与不幸。

12 岁，小学毕业，父亲支持他考入进步人士新办的任远中学。学校规模小，条件差，反对尊孔读经，提倡新文化，宣传革命思想，收纳穷苦子弟。他受国文老师朱伯濂的指导，阅读《共产党宣言》《向导》《新青年》等书刊，随着知识增长，眼界开阔，不再反感经史古文，"新旧"知识都取得优异成绩。江门六县一万多名初中生会考，荣登榜首，全校演讲比赛第一名，全县中学生演讲比赛第二名。还有超常的写作才能，在校刊《骆驼》发表诗歌、散文、小说，继任主编、班长、学生会主席。参加社会调查，了解社会底层。创作了颂扬黄花岗七十二烈士的独幕话剧《自由神》，结识了中共党员何干之。

15 岁，暑期创办任远中学民众夜校，吸收附近贫苦工人、店员及其子女四十多人上夜校读书。担任老师，自编教材，自费购买纸墨文具供学生使用。

撰写课文《赏月》："富人赏月，甜瓜香果，美酒佳肴；穷人赏月，番薯芋头，满腹悲愁。"夜校读书的穷苦人尊称他"小林先生"。

家里有伙夫、女佣，阅读马列书刊后，自觉反对压迫剥削。"自己有双手，活计自己做，不做寄生虫。"

有一次与同学散步，看到一个小乞丐，把讨来的一点残羹剩汁分给另一个小乞丐，他给同学说："什么叫阶级感情？这才是真正的阶级感情。"

在校刊发表评论《当前教育之动向》，文中写道："我们应该，而且必须粉碎'学校重地，穷人免进'的虎头牌。"

这一年秋天，考入广州中山大学附中读高中。九一八事变后，奋笔写出四千多字的政论长文《只有一战》，在母校校刊《骆驼》上发表。他写道："只有一战！战则生，不战则死！谁有生之意志，谁就应该起来！"发出一位青春少年，站在中华民族战斗前沿的铮铮誓言。

这位少年高擎火炬，渐渐成为追求时代光明的领路人，在读书写作中，思考着如何寻找革命的道路。

1932 年，16 岁，暑假时，广东反动势力嚣张，形势极为严峻。他征得父亲同意，下半年转入革命活动活跃的上海，进暨南大学附中读高中，不久转学到上海南方中学。在上海结识了很多进步青年，秘密加入共产主义青年团及外围组织中国反帝大同盟。白俄主办的《柴拉》报发表污蔑爱国学生抗日斗争文章，他参加地下党组织的"砸柴拉报馆"行动，被捕入狱，遭多次毒打，坚强不屈，组织被捕同学绝食斗争。三个月之后，被保释出狱。数月的铁窗生活，让他看到了更多的血腥和黑暗，看到了半殖民地半封建中国的现实，意志得到了锻炼和考验。

出狱之后，加入了中国左翼作家联盟和中国左翼社会科学工作者联盟，组织进步学生创作演出抗日话剧，参加抗日集会，示威游行。在寄给家人的照片背面，写下一首诗：

> 我愿意褪除了一切束缚与粉饰，
>
> 我赤诚的心儿，
>
> 像狂流着的吴淞江的流水，奔放向前。
>
> 我要以吴淞江的长流，
>
> 来荡尽人间的虚伪和丑恶。

这首诗，意味着少年立志脱胎换骨，摧毁旧社会，创建新世界。

父亲得知爱子出狱，写信劝他放弃革命，专心读书。信中表达对儿子的担心："吾心已碎，吾胆已寒。"

为樑给父亲回信："青年人谁无感情？庸碌者囿于私，而优卓者囿于公哉。儿虽不敏，目击社会现实情形，能无动于衷乎？年来读社会科学书，对社会病原和改造之方，颇多理解，证以事实，盈增信心。且儿生性刚强，意志坚持，素不喜因人面事。勇往直前，尽己所能尽，乃我天职。""忠于社会者必逆父母。忠孝难全，奈何？"

暑期回到台山，组织台山剧社，演出进步话剧，反对封建礼教，宣传抗日救国。结识了后来的妻子陈茵素，一起排练演出，志趣相投，在短暂的相处中产生了真挚的爱情。

1933年，17岁，考入大夏大学文学系学习，四处奔波于各校，召集会议，联络革命活动。

1934年，18岁，上海白色恐怖，革命陷入低潮。地下党组织考虑他已是反动派注意的目标,同意他东渡日本,父亲给予经济支持。为樑和几个同乡同学东渡扶桑,蹈海求学,入东京明治大学攻读政治经济学。在日中国留学生有六七千人,林为樑奉周扬之命,组织领导留学生的工作。和志同道合者发起成立东流文艺社,创办《东流》月刊,任左联东京支盟干事会成员。

1935年,19岁,5月创办《杂文》杂志,得到鲁迅、茅盾、郭沫若等人的支持并为他撰稿,揭露日本侵华罪行,抨击国民党媚日卖国的勾当。出版到第三期,被日本当局查禁,后改名《质文》,继续发表鲁迅等人揭露批判侵略者和反动派的文章。7月创办了《诗歌》杂志。发起成立"中华留日剧人协会",开展新戏剧活动,排演了《娜拉》《视察专员》《复活》《雷雨》,把茅盾的《子夜》改编成四幕七场话剧演出,在东京影响很大。倡议出版了《文艺科学》杂志,为创刊号撰写社论《文艺理论的重工业运动》。

何干之遭国民党通缉,也来到东京,林为樑向他提出加入中国共产党的请求,何干之写信介绍他回国与组织联系。

8月,从日本回到上海,向中共上海文委负责人周扬汇报左联东京支盟情况,并加入中国共产党。9月,重返东京,建立中国共产党东京支部,任支部书记。吸纳梁威林、李云杨、伍乃茵、黄克洲、梅景细等50多人入党。

这一年的春天,陈茵素来到东京,进入日本大学攻读日语。异国他乡,两人一起参加进步活动,风雨同舟,患难与共。到年底结为志同道合的革命小夫妻。

1937年,21岁,七七事变爆发,战争形势严峻,林为樑回到上海,奉命在南市区整顿发展抗日救国团,投入抗日救亡运动。党组织决定从国民党统治区吸收一批进步学者和知识青年到延安工作学习。听到这个消息，林为樑和陈茵素彻夜难眠，恨不得立即插翅飞去。陈茵素即将临产，两人商定，林为樑先行，陈茵素暂回家乡台山，生完孩子再设法去延安相会。临别时，林为樑一再叮嘱，家庭的阻力再大，途中的困难再多，走革命的道路，到延安去的决心不能动摇。

1937 年 9 月，随周扬、何干之、艾思奇等 10 多人同赴延安。毛泽东主席亲自看望从上海来的同志。党组织安排周扬任陕甘宁地区教育厅厅长，艾思奇、何干之分别到抗日军政大学、陕北公学任教。

领导征求林为樑的意见："你也当教员吧？"

他回答说："当学生，我本来是学生。"

林为樑和同来的李云扬进入了中央党校，被编入第十二班。林为樑任班长、党支部委员。中央党校学习即将结束时，毛主席特地前来，解答了周扬代表大家提出的问题，畅谈国内国际形势，驳斥了国民党集团中的"亡国论"和"速胜论"。科学分析战争形势，指明中日作战双方此消彼长的趋势，中国人民必然赢得胜利，从而得出"论持久战"的光辉思想。林为樑听后深受鼓舞，坚信有这样的领袖带领中国人民抗战打江山，必能赢得全面胜利。

1938 年初，22 岁的林为樑，更名"林基路"，义无反顾，奔赴新疆。

二、侠肝义胆

1938 年 2 月，赴新疆的干部从延安分批出发，林基路和李云扬等 20 余人同行。坐汽车经西安到达兰州，暂住在八路军驻兰州办事处，等候去新疆的车辆。等了一个月，大家焦急难耐。有一天，一架苏联运输机要去哈密，还有两个座位。谁坐呢？公平起见，抽签决定。林基路和李云扬抽中了。

两人都是广东台山人，在日本相识。李云扬把林基路当作老师、挚友、革命的领路人。他们从日本回国，同赴延安，同在中央党校学习，同被组织选派到新疆工作，还能抽签坐飞机一路同行，心里有说不出的高兴。一路看着新疆的广阔地貌，回想过往经历，设想着未来的工作，有着说不完的话。

李云扬回忆他们的第一次见面。1935 年 8 月，云扬与乃茵一起来到日本，在房州的一个避暑地，参加中共党员何干之组织的读书会。到达当天已是下午，两人一起去海边散步，黄昏时分回到住处。两人刚到日本，环境陌生，有些孤单。何干之给他们介绍了台山同乡林为樑，大家称他小林。几天相处后，感觉小林有着人性的光芒和对工作的热忱。他发现小林的学校不在小小的寒窗下，也不仅是大学的讲堂，更多的是在电车里、大街上、研究会、讨论布置工作中。李云扬问他最大的支出是什么，他说是电车票费。小林献身革命的精神，感染着身边的人。他有敏锐的观察力，深刻的分析力，扼要抓住问题中心的把握能力，勇敢机智的行动力。留学生中的进步分子，自愿服从他的领导。

就在这次避暑读书会期间，年轻的音乐家聂耳不幸溺水身亡，小林召集几位骨干人员，为他组织追悼会，有正义感的留学生都来参加，总数有几百人，影响很大。

这一年冬天，国内传来"一二·九"学生运动的消息。北平爱国学生，数千人举行抗日救国示威游行，掀起抗日民主运动的高潮。东京支部准备组织集会，向爱国学生传达消息。为防止国民党特务和日本警察的破坏打击，林为樑策划为李云扬与伍乃茵举办隆重的婚礼，参加的人数很多。特务和警察赶来监视，看到婚礼正常进行，没有什么异样就走了。婚礼圆满，集会活动也达到了预期的目标。

林为樑由衷崇敬鲁迅先生。1936 年 10 月，国内传来先生逝世的噩耗，他无限悲痛，四处奔忙，组织追念活动。不顾日本警察的监视，在神田区青年会堂主持召开鲁迅逝世纪念会，在会上讲话，号召青年学习先生"横眉冷对千夫指，俯首甘为孺子牛"的精神。

1937年春，日寇猖狂侵华，在日中国留学生，凡有爱国心的，无不义愤填膺。蒋介石政府一味妥协，迟迟不抵抗，中国大使馆和留日学生监督处的国民党官员，把留学生的抗日爱国活动视同洪水猛兽。中国共产党东京支部为更好组织进步力量，发动抗日，决定把东京各校进步留学生组织联合起来，成立中国留日学生联合会，简称"学联"。国民党驻日本大使许世英指派 CC 特务当学监，要求"学联"先到监督处"登记"，企图扼杀在摇篮中。"学联"不予理睬。大使馆要求"中国留日学生联合会"同他们控制的"中华民国留日同学会"合并，任命 CC 特务担任主席，钳制留学生的爱国运动。强行决定于1937年2月14日，在神田区基督教青年会二楼召开"联合大会"。事先从大阪雇了一批打手，企图通过暴力把他们指定的人选为主席，吞并"学联"。

东京支部闻知，立即与"学联"理事商量对策，决定选举社会科学座谈会负责人卓如为主席。林为樑定下"以其人之道还治其人之身"之计，组织几百名进步学生到会，按内定方案选举卓如当主席。对方见如意算盘落空，指使特务打手上台殴打主席。林为樑早有布置，安排共青团员做会场保卫。见对方出手，立即回击，一拥而上，坐在前排的女同学也冲上台去，痛打特务与恶徒。进步学生人数多，又有准备，把特务和打手们从二楼轰到一楼，一直轰到街上。在混乱的紧要时刻，林为樑挺身而出，跃上主席台，宣布"学联"正式成立，卓如为"学联"主席。为了争取主动，取得承认，林为樑率领几百名留学生到使馆请愿。日警途中阻挡，他们化整为零，分头到大使馆集合，推倒栅栏，进去坐在院子里，要求大使许世英出来解决问题。大使馆派秘书出来搪塞，学生不答应，群情激愤，高呼口号。坚持到晚上八九点钟，静坐学生有增无减，不解决问题就是不走。许世英不得不出来，表示接受学生提出的要求：

1. 惩办打人凶手；

2. 保障"学联"同学的生命安全；

3. 保证留日学生读书、集会、结社的自由；

4. 承认"学联"是留学生的合法组织。

第二天，日本《朝日新闻》刊登了这次事件的消息和照片，"学联"成立活动取得胜利。

就在当天，林为樑在会场主持，安排陈茵素先回家收藏文件。日本便衣警察果然冲进他家搜查，陈茵素和日本房东老太太巧妙应对，保护好了文件和资料，没有让警察抓到证据。他的足智多谋，保证了留学生进步活动的安全开展。

中华告急，林为樑组织核心同志回国，以鲁迅先生的诗句"我以我血荐轩辕"为激励。

这一次，两位同乡和挚友，共赴新疆工作，为樑更名"基路"。李云扬出于崇敬之情，请求用他的名字，化名"李志梁"。林基路欣然同意，两人击掌祝贺各自有了新名字。他们乘飞机到哈密，换乘汽车，经过三天的旅程，到达迪化市，住进"新兵营"。

从延安到西安，等待期间，林基路搜集了大量历史小说。从清史演义到列国志，买了一整套。他过去曾反对尊孔读经，鄙视过这些书籍，认为不足一观。这样的转变，引起李云扬的好奇。林基路解释道："我要研究中国，熟悉中国的历史，可惜我国至今除了这些演义还没有一本很好的入门书，我希望能在这里面看到一个历史前后的大概。"读历史成了他的癖好，一路读，一路说，愤慨地讲历史上忠良被害的故事。读着讲着，他以侠士自诩："此生就是要做为了人民，路见不平，拔刀相向的志士！"

这位年轻的共产党员，带着革命的理想和侠义之气，一腔热血，做好了为国为民、忠诚奉献的思想准备。

三、青年领袖

1938 年，随着天气转暖，生活在迪化的人，心情也在升温。由于共产党人的带动，民众抗日救国的情绪持续高涨，社会氛围积极向上。

4 月初的一天，省立一中下午没有上课，初三班的尤力去隔壁的新疆学院找罗志大哥。发现这一天与往日不同，校园里空无一人。走到大礼堂窗前时，听到里面雷鸣般的掌声。他扒着窗户往里看，原来人都在这里，礼堂里满满的全是人，全校师生在开欢迎会。一个二十来岁的青年在台上讲话。他中等个子，黑头发，微微发红的圆脸，穿一套青色制服，态度很谦和，讲一口不太难懂的广东腔。讲到精彩处，下面响起一片掌声。他扒着窗户一直看，被里面的气氛感染了。到结束时才知道，那位青年是新来的林教务长。

罗志和党固前一天见到了新来的林教务长。他们正好要外出，看见比他们还年轻的林基路走进校园。见此人身材不高，里穿白衬衣，外套青色夹克衫，头戴鸭舌帽，一副学生打扮，精气十足，与众不同。他们以为是新来的插班生，主动上前打招呼，问他来自哪里，准备上哪个系、哪个班……林基路笑着伸出手，和他俩分别握手，回答说来学院工作。他们在院子里边走边聊起来，林基路问了很多学院的情况，也讲了一些自己的观点。

新疆学院的老校园，位于迪化北梁，在省立第一中学的隔壁。校舍陈旧破烂，缺乏学校应有的蓬勃生机。突然见到林基路，罗志和党固都感觉，他身上带着由内向外发出的精神之气。从延安新来的教务长！他们听说要来这样一个人，心想假如是他，实在太过年轻了。但从他身上，隐隐感觉到一种难以言说的希望。

党固，黑龙江人，生于 1915 年，长林基路一岁。九一八事变后，在东北入伍，参加抗日，当时只有 16 岁。1933 年底经苏联到了新疆，曾任新疆运输管理局秘书，后考入新疆学院政治系。

罗志，原名罗长生，广东高明人，生于 1913 年，长林基路三岁。11 岁随叔父到长春读书，九一八事变后，投笔从戎，参加苏炳文领导的吉林抗日自卫军。失败后退到苏联，1933 年初从苏联到迪化，先入新疆军官学校学习，后考入新疆学院。

他俩都来自东北，有着强烈的爱国激情，经常在一起谈论国家大事，抒发抗日情怀。自从与林基路第一次见面，就成了他忠实的追随者。一中的尤力同学，那天隔窗听了林教务长的讲话，也成了他的崇拜者。不只是他们三人，新来的林教务长上任后，经常出现在学院的各个角落。他每次出现，总是被许多同学围着或跟着走，像一块磁铁吸引铁屑一样。同学们问这问那，所有的问题，他都能很和气地给一个准确的回答。短短的几天，他记住了新疆学院每个人的名字，一中的不少同学，他也能叫出名字。每次见到尤力和初中班的同学，总要伸手摸摸他们的头，讲一个笑话或故事。

林基路的到来，一石激起千重浪，很快激发出同学们的爱国热情，形成了强大的凝聚力。

党中央指示，到新疆工作的主要任务，是巩固和加强抗日民族统一战线。所有人的工作由盛世才安排，大家不能公开自己的真实身份，只作为盛世才政府的工作人员。盛世才安排李宗林任新疆日报社编辑长，李云扬任省立第一中学校长。林基路、杨梅生、祁天民到新疆学院（新疆大学的前身），杨梅生任军事教官，祁天民任教授，林基路担任新疆学院教务长。新疆学院是新疆的最高学府，院长由教育厅厅长兼任，教务长实际负责学院的校务工作。22岁的林基路，满怀信心，挑起了这副重任。

迪化是一座老城，长期的封建独裁统治，像厚厚的城墙，禁锢着人们的思想。盛世才统治下的新疆，文化教育依然非常落后。除迪化有几所学校外，全疆连小学都寥寥无几。新疆学院也只有教育、经济、文学三个系，附属汉生高中班、附属维生高中班、留苏学生回国后的短期培训班各一个。校园破烂，规模小，设备差。老师主要是东北来的留日学生，有很浓的洋派习气，不善联系群众。之前由联共党员俞秀松任院长，校风有所好转。俞秀松被王明诬陷为托派，被盛世才逮捕押送苏联，受苏联肃反扩大化的影响牺牲。盛世才以"阴谋暴动案"的罪名，对教师学生进行大逮捕。教职人员有被抓走的，有害怕请了长假的，林基路到任时，只有十来位教师，一位事务主任。不少学生被逮捕、开除或退学，总数不到200人。为数不多的学生，多是权族巴依（王爷财主的意思）子弟，有些学生不认真学习，除了吃饭睡觉，就是逛街、打牌、打群架，纪律散漫，校风又变得很差。

林基路到任后，与延安来的几位老师密切配合，团结进步学生，以延安抗日军政大学的精神理念，改造学院教风、学风中的陋习，赋予鲜活的时代气息。将抗大校训中的"严肃"改为"质朴"，以"团结、紧张、质朴、活泼"为新疆学院的办学方针。亲自编写了热情奔放、寄寓革命理想的《新疆学院校歌》。

巍峨天山，环绕着戈壁无边，

在这大自然之间，

陶冶着新社会的青年。

民族的命运担在双肩，

努力莫迟延。

团结、紧张、质朴、活泼，

争当抗战教育的模范，

锻炼建设新新疆的骨干。

时代的青年，

勇敢向前，勇敢向前，

胜利就在前面！

师范学校音乐教师、共产党员陈谷音为校歌谱曲，林基路给师生教唱。从歌词到乐曲，热情奔放，寄寓着革命的理想，受到全校师生的喜爱，很快就广为传唱，带来了校园新风。

转变校风校纪，最有效的方法是转变思想。林基路在师生中建立批评和自我批评制度。大家面对面，每个人主动找差距，把问题摆出来，自我批评，相互批评，共同监督，改变作风。在此基础上，提出理论联系实际的教学方向，倡导新工作作风。他在师生大会上作了《生活革命化》和《新工作作风》的讲演，号召青年建立革命的人生观，培养优良的品质。

他把讲演稿整理成到新疆后的第一篇文章，标题为《论"六大政策"的工作作风》，在《新疆日报》显著位置连载发表。同时配发了专题报道《新疆学院倡导新作风，面貌焕然一新》，产生了很大的社会影响。其基本论点："六大政策"的政策方针是对的，也有了反帝会的群众组织，但是有了这些还不够，我们还需一整套新的合乎基本政治方针的工作作风。文章据此提出了 12 条新工作作风纲要。

这篇论文的发表,立即掀起一个浪潮。各学校、各机关团体都明确意识到一个新的问题:怎样把"六大政策"贯彻于各个生活及工作部门之中,由此引发了广泛的讨论。新作风成为当时口头语,引起盛世才的高度关注,在科长以上的干部会上推荐这篇论文。一篇文章,掀起一股激扬向上的社会风气。期望变"六大政策"为现实的反帝青年和进步群众,把这篇文章作为切合实际的号召。

声势一旦形成,盛世才又有了新的担心。一面对林基路大加夸奖,一面又散布谣言说林基路是托匪,伺机打击迫害。对偷偷翻印这篇论文的同学,私下予以警告。然而,林基路把理论号召,付诸工作上身体力行,新的作风已成为不可阻挡的趋势,在建设新疆的工作中,起了很大的推进作用。善于抓住中心扼要的能力和精神,让每一个接近他的人都能深深感觉得到。只要他在各种研究会或讨论中发言,没有人注意力不集中。

学院的根本在于教学。林基路乘势实施教学改革,加强原有的三个系,增设了数理系,增加了一个高中班,学生超过 250 人。申请当局同意,从内地聘请了一批著名学者和教授来新疆学院授课。祁天民任政经系主任,讲授政治经济学、中国经济地理、中国社会发展史等课程。杨梅生教授"抗日游击战争的战略问题"等军事科目,对学生进行军事训练。李云扬兼职讲授哲学。林基路本人在繁忙的教务工作之外,讲授《新政治学》《新经济学》《社会结构论》《中国现代革命史》等课程。他讲课原理清晰,概念准确,结合社会现实和学生的思想动态,深入浅出,引人入胜。

他教导同学:"学习理论的目的是应用,不是装潢门面。青年人要把自己造就成社会的栋梁,必须要有真才实学,徒有虚名是没有用的。

浅尝辄止、不求甚解的态度，会贻误自己的前途。"

林基路关心学生的学业进步和思想成长，也关心他们的生活和健康。为增强学生的体质，军事教官杨梅生抓军体锻炼，林基路盯着学生的伙食改善。军阀统治下的新疆，贪污成风，新疆学院的庶务人员也不例外。林基路做了一番细致的调查，掌握了庶务人员贪占浪费的确凿证据，找他们谈话，耐心教育，直到承认错误表示悔改，让他们在全院师生大会上公开检讨。学生的伙食得到根本的改善。

他提倡，精神与物质环境要相互协调，精神转变，环境也要变好。自己带头，号召同学们集体劳动。全疆"三全大会"后，新疆学院从北梁搬到南梁。新校园是军队的营房旧址，周围一圈土城墙，上面有通道和垛口。马仲英围城时，这里是防守迪化南面的一个据点。靠南面城墙是一排教室，靠北面城墙是一排宿舍。前廊和门窗的油漆脱落，房顶上长满绿草，风一吹不停地摇动。房屋顶棚破破烂烂，墙壁被烟熏得黢黑，还有很多裂缝。

林基路组织学生整顿环境，建设校园，改建礼堂，整饰校舍，翻修球场，垫铺校道，培养学生的劳动观念。经过一个月劳动，铺平了校园的道路，栽种了树木，修好了门窗和桌椅，学校的面貌焕然一新。同学们看到自己的劳动成果，精神振奋，体会到集体的强大，团结友爱的可贵，增强了组织性和纪律性。

林基路的言传身教，影响了学院的整体风气，过去娇气懈惰、讲究吃穿的习气一扫而空，新校园产生了高昂的学习氛围。

他把全部心血都投入教学工作，饮食简单，休息很少。晚上专注于备课，写讲义。他把一个方凳横放，凳腿上搭了一长一短两块木板，弄成一个土"沙发"。经常到了深夜，还躺在上面研读书刊。

星期六是他规定的学院"抗日救国日"。每到这一天，各民族学生在校园里集会。面对墙上的八字校训，倾听林教务长纵谈天下大事。他向师生报告国内外形势，讲述抗日救亡的紧迫性，抗日战争的长期性，宣传抗日民族统一战线的方针政策，马列主义和中国共产党的主张。用共产党的"抗日救国十大纲领"，对比国民党的"抗日建国纲领"，批判国民党抗战的不彻底性，动员师生从物质上支援抗战。他讲演从来不带讲稿，只有一个简要的提纲，每次讲演都扣人心弦，发人深思，让人难以忘怀。

"抗战救国日"是新疆学院的精神振奋日，除了讲演和报告会，还有歌咏晚会和话剧演出。师生同台，群情振奋。林基路亲自编导演出的话剧有《放下你的鞭子》《哨声》《飘扬》《呼号》《小朋友，你错了》《扬子江暴风雨》《黄飞龙》等剧目。新疆是歌舞之乡，但这些洋溢着时代气息，从内容到形式，完全崭新的戏剧演出，人们还是第一次看到。新疆的新戏剧运动是从新疆学院开始的，林基路是主要的拓荒者。"抗战救国日"的晚会上，林基路带领学生唱《义勇军进行曲》《我们在太行山上》《大刀进行曲》《流亡三部曲》《五月的鲜花》《延安颂》等革命歌曲，歌声响彻校园，让昔日沉寂的学府焕发青春。

新疆学院的话剧演出与歌曲演唱，教育着本院师生，引领时代风尚，带动其他学校和社会各界纷纷响应。演新戏、唱新歌，在整个新疆蔚然成风，振奋了各族人民的精神。

5月1日，新疆学院、省一中、女子中学、师范学校联合举办"抗日歌咏比赛大会"，紧接着，全市掀起了声势浩大的抗日歌咏运动。流行在解放区和敌占区的很多著名歌曲，在边城迪化全面开花。

上海一带被日军侵占，赵丹、徐韬、王为一等一批电影话剧工作者来到新疆，成立了新疆第一个话剧团。当时在新疆的中共党员文艺家于村、刘伯琛（白大方）参加了这个团体，抗日话剧运动在迪化蓬勃兴起。

1938 年 10 月，迪化各校联合举办话剧比赛，新疆学院由林基路编导的话剧《呼号》获得第一名，省一中由他编导的话剧《我们打冲锋》获得第二名。

1938 年，从春到冬，几个月的时间，新疆学院在激情澎湃中，形成了全新的精神风貌。罗志和党固由衷庆幸当初的判断，林教务长个子不高，衣着朴素，却在师生中树立起无法用语言赞美的优秀形象。同学们对林教务长真心尊敬，说他不仅是政治家、哲学家、诗人，还是个戏剧家，是大家公认的青年导师。在各少数民族同学的眼里，是老师，是朋友，还是"阿康"（维语"大哥"的意思）。

自从见到林基路，年长一岁的党固就成为其忠实的追随者，在任何场合，毫不掩饰对教务长的崇敬之情。跟随林基路积极从事抗日救亡活动，却也是新疆学院中第一位被盛世才杀害的学生。

乔国仁生于甘肃临夏乔家村一个农民家庭，7 岁进城里的中山小学就读，1930 年随祖母和叔叔到了迪化，入省立一中上学。1937 年考入新疆学院高中班，1938 年进入学院语文系。受林基路的影响，思想进步，追求真理，积极参加抗日救亡工作，任院刊《新芒》的社长，学生会宣传部戏剧干事，《新疆青年》杂志编委。为宣传抗日，他画过上百幅宣传画，演出过十几部话剧，是当时新疆学院爱国进步青年的一名优秀代表。

罗志与林基路的相识，点亮了其内心的光明，毕业后参加"反帝联合会"工作，积极投身抗日救亡活动。1946 年，加入地下进步组织"新疆共产主义者同盟"。新疆省联合政府成立后，进入中苏文化协会新疆分会工作。省联合政府名存实亡后，留在迪化坚持地下斗争，负责领导地下进步组织"民主革命党迪化区委会（即战斗社）"，出版《战斗》周刊，宣传人民解放战争的进展以及马列主义和中国共产党的主张；揭露国民党的反动罪行，领导迪化的学生运动；策反新疆的国民党军政上层，为推动新疆和平解放作出贡献。1949 年 8 月 22 日，受毛泽东主席的邀请，光荣代表新疆参加中国人民政治协商会议第一届全体会议。从伊宁假道苏联前往北平途中，因飞机在苏联外贝加尔湖地区失事，与阿合买提江、阿巴索夫等人同机不幸遇难，时年 36 岁。

1938 年秋天，尤力初中毕业，升入新疆学院附设高中，接受林基路的教导，后来成长为中共党员。

周同是高年级班里年纪较大的同学，过去生活腐化，骄傲自大，欺侮同学，大家公认他"不堪造就"。林基路同他谈话后，痛改前非，和同学说："林教务长是我此生最佩服的人。"

赵明的人生回忆里，林教务长永远是一支高高燃烧的火炬。

新疆学院的同学们设问："什么样的人最具有革命的道德典范？"

同学们又一致回答："林教务长。"

同学们再设问："什么样的人才称得上真正的青年导师？"

同学们还是回答："林教务长。"

赵明每每回忆起林路基，就像一泓山泉、一缕春风、一座光明的灯塔，润泽人，抚慰人，照亮人。

赵明原名赵普林，1919 年生于沈阳市一个满族爱新觉罗氏家庭。1938 年 9 月 19 日，从兰州坐中苏运输委员会运送抗战物资的回程汽车到达迪化。前一天，迪化市的九一八事变七周年纪念大会刚刚开过，正在召开全疆运动大会，接着又要召开第三次全疆代表大会。满街鲜红的大布标，写着"坚持全面抗战！"、"坚持持久战！"、"坚持抗日民族统一战线！"等等，气氛热烈，振奋精神。他刚刚走过的河西走廊国统区，冷冷清清，破破烂烂，景象凄凉。两相比较，形成强烈的对比。

晚上，北京读书时的老同学高希林来看赵明。他是新疆学院政治经济系的上一届毕业生，在迪化师范学校工作。高希林知道赵明准备去苏联学习，告诉他，第三期留苏学生已经回国，原计划派送的第四期，政府决定不派了。从延安请来一批干部，按照延安抗大的样子办新疆学院，就地造就人才。高希林以崇敬的心情，向他介绍了新疆学院的林教务长，劝他进新疆学院，比去苏联学习还好。

第二天，高希林陪赵明来到林教务长的办公室，三间平房朝东的一间。他们走进去，看见办公桌后面，坐着一位神采盎然、眉清目秀的青年人，正低头写着什么。青年人见他们进来，站起身主动握手，拉过两把木椅让他俩坐下。赵明见他个子不高，但身材匀称，长得很结实。

林基路问起赵明的经历，他开始有点儿拘谨，结结巴巴，讲自己是东北流亡学生，九一八事变后到过的地方，读过的书，思想变化的过程。林基路听后微笑着说："你明天上午来，给你出个题目，做篇文章。"

赵明对林教务长的第一印象，严谨又亲切，平静又热情。第二天早晨，他一个人来到新疆学院。林基路让他坐到三屉桌旁，给了几张苏联进口的蓝线白道林纸。说，写吧，题目是"我为什么要入新疆学院"。赵明想了想，引用读过的哲学和社会学理论，结合自己理解的劳苦大众受剥削、受压迫、要革命的愿望，最后写出他进新疆学院，为了学习解放劳苦大众的革命本事。

林基路接过去仔细读了一遍，点了点头说："开课时你就来吧。"赵明激动握了林教务长的手，几乎跳着走了出来。

因为召开第三次全疆代表大会，一大批同学参加大会的组织服务工作，新疆学院开课延迟到9月底。林基路负责"三全大会"的宣传工作，同学们在他的领导下，印刷抗战歌曲集和其他宣传品，排练为代表们演出的话剧、歌咏等文艺节目。大会结束后，新疆学院搬到南梁校园，赵明进入新疆学院政治经济系学习。学生每次聆听林教务长的授课和演讲，感觉他能抓住每一个积极因素，把人生至高的信念溶解到青年学生的血脉中，唤醒他们的爱国热情。

赵明在北平参加过"一二·九"学生运动，学院搞纪念活动时，林基路让他在大会上发言，鼓励他讲出自己的亲身经历。赵明讲述了如何冲出军警把守的学校大门，沿路把其他学校的学生引出来，游行队伍冲过架着机关枪的西长安街，跑步冲出将要关闭的前门，军警在五牌楼开枪……所有的情景历历在目。赵明讲完，林基路接着讲，揭露国民党统治的反动和黑暗。讲到北平学生满腔的爱国热情，反被当局用水龙头和枪弹镇压时，眼泪夺眶而出，哽咽得讲不下去。全体同学都跟着哭了。他鼓舞大家发扬"一二·九"学生运动的革命精神，坚持抗战到底。

新年到了，反帝总会组织各学校话剧比赛。赵明作为班干部，组织政经二系排演《太平年》，经常去找林教务长请教。他看到教务长的房间，陈设还是那么简单。临窗放一张白漆八仙桌，两边各摆一把白漆木椅。对面靠墙一张木床，上面铺着被褥床单。一只木凳横放在地上，支撑中间斜插的一块长木板，上面铺上一块毯子。林教务长仰靠在他的简易"沙发"上看书。有几次去时，见他睡着了，书跌落在地上。赵明把他叫醒，请他去给同学指导表演，他立即应允前往。

《太平年》演抗战后方的一家农民，新年到来时，祈求过个太平年，这个年却过得一点儿都不太平。林基路指导同学，如同化学反应，一点就能开窍。几天的排练，同学们个个进入角色。党固个子高高的，长瓜脸，梳着蓬松的短背头，演一个革命青年，非常带劲。张克非长相很帅，小白脸，梳着油头，大眼睛亮晶晶地转来转去游移不定，把一个浮华青年的轻浮演得活灵活现。郭鸿志长着红润的大脸盘，鹰钩鼻子，一副近视镜，穿起长袍马褂，戴上缀着红珠子的缎帽头，手把算盘，不停地拨弄着算盘珠，就是一个国统区的当铺掌柜。解笑秋在同学中年龄大一些，又很世故，演个店员，弯腰打躬，恰到好处。

林教务长按照剧中人物的性格特点，指出每个角色表演时应该注意的地方，有时做个示范动作，有时讲讲舞台调度。为了求得更好的演出效果，还将擅长戏剧艺术的于村和白大方请来给大家指导。

演出非常成功，林教务长风趣地说："只要咱们的戏能起到教育观众的作用，就欢度了新年。"

新疆学院有学生会和反帝分会两个群众组织。学生会负责学生的学习、文体，管理伙食、卫生等院内工作；反帝联合会新疆学院学生分会，负责学生的思想和纪律，组织抗日宣传、抗日募捐、抗日话剧、歌咏以及工人夜校等社会活动。林基路对两个组织的工作非常重视，善于培养积极分子，通过他们来推动工作，不断提高他们的能力和水平，赵明从中得到了思想上质的提高。

林基路到宿舍查自习，见赵明正用中文本对照阅读英文本《列宁主义问题》，接过书翻了翻说："多学会一种外文，就多掌握一种求知的工具，你在学俄文的同时，不要把英文丢了。"他让系主任祁天民老师给赵明赠送了一本苏联出版的英文本《莎士比亚选集》。赵明遵照林教务长和祁主任的教导，学习俄文，同时坚持学英文。在国际书店买了英文本《列宁选集》12 卷，订阅了英文版的《莫斯科新闻》《国际文学》《苏维埃大地》三种刊物。苏德战争爆发后，从中翻译了一些通讯报道，刊载在《新疆日报》上，向公众宣传国际战争形势。

每到古尔邦节和肉孜节，林基路就鼓励汉族同学到少数民族同学家去拜节。他对各民族学生一视同仁，优秀的品格，通过优秀的人，影响四处扩散。林基路培养起来的民族友爱精神，在新疆的政治生活中产生了深远的影响。

阿不都克里木·阿巴索夫，维吾尔族，生于新疆乌什，先后在省立一中和新疆学院附中学习，深受林基路和其他中共党员的影响，接受马列主义理论，成长为忠诚的爱国主义者。1949 年 8 月，在前往北平出席中国人民政治协商会议途中，和罗志等人因飞机失事遇难。

杜别克·努尔塔礼·夏勒恒也夫，哈萨克族，出生于新疆巴尔鲁克山北部察汗托海（今裕民县）曼毕特部落的一个牧民家庭。自幼在家乡一所汉族学校读书，1936 年到迪化的蒙哈学校学习。经老师推荐，考入新疆学院汉语文系，成为该校第一位哈萨克族学生。林基路经常与杜别克谈话，向他传授进步思想，引导他积极参加学生组织，成长为进步学生的骨干。担任《反帝统一战线（维文版）》杂志总编辑，撰写了《贫困学生的命运》《爱情之悲》等大量宣传革命思想的文章，翻译了《大众哲学》《政治经济学解释》《论历史唯物主义的教育》等进步书籍。1942 年被盛世才当局以"参加地下组织罪"逮捕入狱，因民众的强烈要求保释出狱。他翻译和撰写的文学作品，广受群众欢迎。1947 年因病去世，年仅 27 岁。

林基路以他年轻的生命，散发出锐利的时代穿透力，让与他交往的人，感到心灵的温暖，得到升华。新疆学院的学生敬重他，爱戴他，他的赤诚之心，在新疆学院留下不可磨灭的印象。

新疆学院自从来了林教务长，一切是那么的热烈而紧凑。然而，天并不总是蓝的。

1938 年最后几天的一个下午，林教务长临时召集同学们在院内集合。他站在队伍前面，从口袋里掏出一张公文纸，用低沉的语调宣读："查新疆学院教务长林基路，未经审批，私自印发抗战歌本，违背'六大政策'，犯有严重政治性错误。本应驱逐出境，姑念该员工作尚有微劳，特从轻议处，记大过一次。此令！督办盛世才。"

林教务长读完公文，违心地说了一句"我接受政府的处分"，就叫散队。

同学们都被惊住了。这是怎么回事呢？私下纷纷议论"这是为什么？"

原来，在"三全大会"上，林基路负责宣传工作，印发给代表的抗战歌曲集，扉页上有马克思、斯大林、毛泽东、朱德、盛世才的像。盛世才看到后极为不满，认为把他的像排在最后，是一次严重亵渎。

他对中共党人在新疆，特别是在各族青年中日益增长的威望，心存恐惧，想方设法消除他们在人民中的影响。用"这一招"惩罚林基路，也是给新疆学院的学生一点颜色。盛世才专门安排人给学生传话："你们不要瞎跟林基路跑，睁开眼睛看清楚，是林基路厉害，还是我盛世才厉害？在新疆到底谁才是真正的青年领袖？"

同学们终于弄清楚了，这才是尊敬的林教务长"严重政治性错误"的原委。

1939年1月，林基路调任阿克苏区教育局局长。中共党员黄火青、祁天民、李云扬、许亮等一批人同时被调往外地。

大雪纷纷扬扬，全院师生在礼堂集合。林基路站在中央，把每一位师生都深情地看了一眼，告诉大家："接到政府命令，调我到阿克苏区教育局去工作，不久就要和同学们告别了。"

话音刚落，全场一片哭泣声。

他告慰同学："我们虽然暂时分别了，但是在新新疆建设战线上还会相会。"

新疆学院的全体师生，集资为他赠送了一块金质纪念牌。

林基路离校时，赵明用苏制玻璃板照相机给他和祁天民、杨梅生、许亮四位老师，在院中拍了一张全身合影照片。还为林教务长单独拍下那张戴鸭舌帽的帅气半身照，成为烈士留给人们影响最为广泛的形象。

林基路动身去南疆，汽车停在新疆学院巷口。同学们一窝蜂冲出校门，围了上去，争着与林教务长握手话别。汽车开动了，同学们追赶着，跟在车后放声痛哭。滚滚热泪，落入车轮卷起的久久不散的漫天尘土中。

四、让每一个孩子都能上学

23 岁的林基路，被盛世才贬到阿克苏区任教育局局长，他并没有因为受到打击而有丝毫的松懈。到了阿克苏，他提出一个大胆的目标：让每一个孩子都能上学。在那个全中国文盲居绝对多数的时代，这是个异想天开的目标。

他被调往阿克苏，意味着成了盛督办重点盯防的对象。21 岁的田毓桂是新疆学院的毕业生，留校工作，刚刚结婚，不顾被特务迫害的风险，非要跟着林基路去南疆工作。林基路劝他留在新疆学院，他说只有跟着尊敬的林教务长，每一天的工作和生活才有意义，为民众做事，身正不怕影子斜，任他有再多的特务也不怕。田毓桂不听林基路的劝阻，直接向省政府提交了申请。两人之间仅有半年的相处，这样的感情和义气，让林基路很感动，也很温暖。

田毓桂是甘肃民勤人，1935 年考入新疆学院政治系。林基路上任时，他所在的已经是毕业班。由于林基路的影响，同学们不愿意离开，集体要求延长学制，未获批准。同学们又要求林基路在毕业离校前给他们讲一次话，林基路接受了。他让同学们把座位围成一个圈，说这一次不是讲话，是交流、交心、漫谈。他们用了一个下午的时间，交流怎样做革命青年的问题。从世界观、人生观，谈到革命青年是民族的希望，一个革命青年应以国家的前途、民族的解放、广大人民的幸福为己任。田毓桂毕业后，留在学院教务科工作，协助林基路处理日常事务，有更多的机会，直接受到教益。他明知林基路已是盛世才的眼中钉，受他崇高品质的鼓舞，还是决心同敬爱的导师一起战斗到底。他的申请得到批准，被安排担任阿克苏教育局的督学。

汽车翻越天山，行走在塔克拉玛干盆地北缘的黄土大道上，尘土弥漫，给行路者增加了前途未卜的悲壮。一路颠簸，到了阿克苏。区教育局是一栋破旧的平房院落，林基路和田毓桂安顿下来，两个年轻人，生活上的艰苦和不便都可以克服。林基路生在富裕家庭，求学时期，生活在广州、上海、日本东京这样的大城市，既然立志革命，生活上的苦，实在不算什么问题。走到街上转一圈，两三万人口的城市，几条街道弯弯曲曲，笆子泥屋破破烂烂。稀少的行人，衣着单薄破旧，在寒风中瑟瑟发抖。能见到的商业就是一些杂货铺，里面只是简单的生活用品。到老百姓家里走访了解情况，看到多数家庭，孩子待在家里没有上学读书。

阿克苏是南疆重镇，如此衰落，完全出乎林基路的意料。

早在汉代，阿克苏、库车、乌什分别是西域三十六国的姑墨、龟兹和尉头，留下了灿烂的绿洲文明。历史过去两千年，几经更迭，几多兴衰，以他所读的历史书籍，对照眼前的境况，不禁深深地感叹。无论是封建王朝，还是军阀统治，总是走不出历史的简单重复，人民永远无法主宰自己的命运。教育，是唤醒民众最基本的一条途径。

经过延安的思想洗礼，新疆学院的实践陶冶，23 岁的中共党员林基路，有了更多的沉稳，更多的坚韧，心里蕴藏有火山喷发般的能量。他面对困境，丝毫不会停留于彷徨和慨叹，而是行动——最切实最有效的行动。有田毓桂在身边做帮手，林基路对全区的教育情况进行摸底调查。得到的结果，阿克苏的教育，比这破旧的院落更加低落。

全区包括库车、乌什、温宿、阿克苏、拜城、阿瓦提、柯坪 7 县，有小学 56 所，学生 3825 人；中学 1 所，学生 60 人；最高学府是一所简易师范，因故停办，12 名毕业生无所事事。农村区域，大部分村庄没有学校，每个县的县城有一两所公立学校，十几二十个村庄有一个识字班。家庭条件稍微殷实的少数民族子女，大都在礼拜寺念经文识字。汉族、回族子女大都在私塾读书，念《百家姓》《千字文》，再好的就读"四书五经"，很少能涉及科学自然天文等知识。教育事业整体落后，文化生活枯燥贫乏，90% 以上的平民百姓目不识丁，在愚昧无知中年复一年默默煎熬着苦难的人生。

看着这样的调查结果，林基路长时间地思考，偶尔会有一阵内心的愤怒。五四运动以来，科学和民主之风已经吹拂了 20 多年，阿克苏这样南疆的大地方，竟然如此闭塞落后，犹如尘封千年，被外界遗忘的世界。眼前的一切，深深地刺痛着他的内心。想起自己初中时写下的文章："我们应该——而且必要粉碎那'学校重地，穷人免进'的虎头牌。我们应该号召一般大众围紧在我们的四周。把大众拉进学校来——而且自己投进大众的集群中去。"此时此地，教育显得更为紧迫。

大处着眼，小处着手，抓住要害，最是林基路的擅长。春节临近，人们都在忙着过年，他在冰冷的办公室里奋笔疾书。双手冻僵了，停下搓一搓，墨汁结冰了，哈几口热气融化。他用心中的热流，大胆写出阿克苏教育革新目标：让每一个孩子都能上学。

在当时的社会条件下，是一个何等宏伟艰巨的目标啊！

具体的策略如下：

第一，要普遍地兴办学校，扩大各县公办学校的数量。钱从哪里来，教师如何解决？

第二，如何能让孩子们走进学校，落后的经文班和私塾如何解决？

第三，要恢复和扩大简易师范，如何解决培养教师的教师问题？教出来的学生如何安排工作？还要先安排好闲置的 12 名毕业生。

第四，要做好扫盲运动，如何办好民众学校，让广大民众识字学习文化？

第五，要宣传抗战，如何在这个少数民族居大多数的地方，开展新文化戏剧歌咏活动？

……

春节还没过完，林基路便拿出了一套完整的办法，去找与他同被盛世才调离迪化，任阿克苏行政长的黄火青（化名黄浮民）汇报。

黄火青被林基路提出的目标和策略震撼了，为他内心的火热激情所感动。黄火青是西路军的干部，从"新兵营"直接担任反帝会秘书长。林基路从延安来到新疆工作，虽然同为中共党员，他们之前并不熟悉，按照"三不原则"也不能以同志的身份过组织生活。两人到阿克苏工作后，才开始有了接触。黄火青早年也是知识分子出身，经过长征和西路军的残酷战斗，经验非常丰富。他对林基路在新疆学院以及配合反帝会宣传等方面的工作高度肯定，颇有"英雄出少年"的喜爱。但是，看到他在遭受盛世才政治打击的困境下，在这样一个贫穷落后、语言不通的少数民族地区，短短几天，就把整个阿克苏专区的教育工作发展，以及一些复杂棘手的问题，条分缕析，捋得清清楚楚，不禁由衷地赞赏，当即表示完全同意，全力支持。

首先是迈开三个大步：一是办好阿克苏简易师范；二是新建扩大各县小学；三是广泛地办起城乡民众扫盲识字班。办好简易师范，才能解决教师来源。林基路亲自起草，经阿克苏行政长签报，呈文省政府申请

拨省银票 8000 万两，重新修建阿克苏简易师范校舍。由于省政府的拨
款只争取到银票 2000 万两，林基路再呈请阿克苏专区批准，在阿克苏
逆产存款项下垫付 4000 万两，简易师范修建和其他设备用具增加的资
金基本得到落实。区教育局向省教育厅呈文，申请简易师范从本地招
生，得到教育厅的批复同意。

1939 年 2 月 14 日，南疆的天气刚刚转暖，阿克苏简易师范的恢复
重建，已是一片火热。林基路回头解决另一个问题。学校办起来，能不
能招到好的学生，毕业生的出路是关键。没有好的前途，家长不会支持
孩子学师范，好学生也不会主动报名考师范。已经毕业的 12 名学生如
何安排，就是个很重要的问题。解决好他们的工作，有一个好的前途，
对简易师范重新办学是最好的宣传。人数虽然少，却是一把开锁的钥
匙，解决好就能赢得人心，社会各界才会支持教育，各族民众也会踊跃
送孩子到校读书。林基路向各县写了公函，要求给予支持。由于他的积
极努力，12 人都分配了较好的工作，起到了很好的示范作用，为后续
招生打下了良好基础。

1939 年 3 月 10 日下午，林基路刚从师范学校回到教育局的办公
室，办事员敲门进来说有人找他，随后就听到有人用家乡台山口音叫他
的名字。林基路出门一看，高兴得跳了起来。来人果然是他的台山老乡
马殊。他俩当年在广州上学时第一次见面，分别后马殊一直没有离开广
州，1938 年初到了延安，年底被组织安排来到新疆日报社工作。他得
知老乡林基路和李云扬分别在新疆学院和一中负责，很想去与他们见
面。党代表邓发不同意，交代说，林基路是个很好的同志，新疆的青年
人把他视为青年导师。盛世才认为青年导师应当是自己，青年人不承认
他，盛世才对此很生气。所以，邓发一再交代，不要私自去找林基路，
免得被特务注意，报告给盛世才会对工作不利。马殊只好忍着不与他

联系。

1939 年 2 月底，马殊被盛世才调往和田日报社工作，要路过阿克苏。临行前邓发同意他到阿克苏时与林基路见一面。同来的还有在阿克苏报社工作的中共党员陈清源。林基路和马殊一见面，高兴地拥抱在一起。马殊把陈清源介绍给林基路，简单讲了广州分别以后的情况，前后也就半个多钟头。林基路叫他们"赶快走，赶快走"，担心周围有盛世才的特务监视。

送走多年不见的同乡好友，林基路独自惆怅了一番。转而收回自己的心事，以阿克苏区教育局的名义，发公函通知各县，简易师范招收品学兼优的维、汉、回族高小毕业生，培养全区的师资力量。

为了让师范学校的学生安心上学，教育局集中财力，给学生提供公费膳食、服装、书籍等待遇，还按日发放津贴。学业优秀的可以得到奖学金。上学都有这样的待遇，意味着这些孩子，只要好好学习，毕业后一定能有稳定的工作。这样的新措施，老百姓过去闻所未闻。如此一来，优秀的高小毕业生踊跃报考，能考入的学生和家长都感到很幸运。简易师范新增三个班，顺利招收学生 120 名。其中一个班收汉族、回族学生，两个班收维吾尔族学生。教育局同时举办了两期三至六个月的师训班，为各县培养师资力量。

简易师范恢复运转起来，政府同时拨款修建各县小学校舍，添置桌椅。当年在阿克苏、温宿、拜城、库车四县各增加高级小学一个班。政府办学的举措感动了各族民众，阿克苏区汉族、维吾尔族文化促进会响应政府号召，捐资捐物积极办学。阿克苏区维文会捐绵羊 3000 只，交给苏新贸易公司，换取了大批教育用品和运动器材，分发给全区各学校。

林基路反对愚民的教育政策，抵制对学生灌输宗教思想和封建迷信。报请专区政府同意，坚决废除经文学校和私塾，革新学校管理和课程设置，改变原有的育人方式。在宗教氛围深厚的地区，这样的举措必然会受到保守落后势力的反对，专区政府支持教育局，以培养青少年的抗日进步思想为理由，对阻碍新学的顽固分子予以坚决打击。全区所有学校，全部实行新式办学。简易师范增设国语、算术、政治、地理、历史、自然、歌咏、体育等新课，校园充满了青春活力和欢声笑语。

简易师范办起来，一些达官贵人就想安排自己的亲戚当教员，赚薪水。这些人不过是封建社会的遗老遗少，大多是满脑子旧思想的酒囊饭袋。林基路打造新式的学校，要由思想进步的人来当教员。

没有现成的教员可用，又不愿意向达官贵人低头妥协。怎么办？

以他的聪明才智，很快就想出了好的解决办法。教育局聘请未公开身份的中共党员和有进步思想的知识分子，参与简易师范的教学工作。行政长黄火青的爱人苏枚被聘请到简易师范附小当教员。驻阿克苏城防司令、骑兵五团团长孙庆麟担任简易师范政治课教师，主讲"六大政策"和"政治纲领"，派出军官任军事教练，训练童子军。中共党员，新疆日报社阿克苏分社社长陈清源和进步青年白云泉、赵连壁、力提甫、吐尔逊等分别担任各科课程。林基路本人更不例外，他既是教育局局长又兼任师范学校和附属小学的政治老师，自编教材，讲授公民课和近代革命史。

他对学生要求很严，但从不训斥。讲课深入浅出，生动活泼，善于启发。用通俗易懂的语言，教育学生们关心国家和民族的命运，担负起时代的重任，努力学习，争取进步。课余时间，他喜欢到学生中间交谈，打克郎球，教学生下军棋，当裁判。大家都乐意接近他，也都非常敬重他。

文艺宣传是共产党的一大法宝。林基路擅长团结民众，是组织宣传工作的杰出领导者。他在阿克苏用很短的时间，就开辟了教学工作的新局面。他既注重课堂知识的教学，还重视对学生的时事政治教育和抗战宣传教育，利用文艺宣传党的方针政策，宣传抗日民族统一战线。他不管走到哪里，始终肩负传播革命火种的使命和责任，通过丰富多彩的文艺形式，向各族民众开展抗日宣传。教唱抗日革命歌曲，讲解抗战形势，宣传中国共产党的主张，讲解革命人生观，用延安的革命精神教育青少年一代，在他们的心灵里播下了革命的种子。

阿克苏简易师范率先开展文体活动，同学们很快学会了《流亡三部曲》《义勇军进行曲》等三十多首抗日革命歌曲，还排练了《凤凰曲》《放下你的鞭子》《打回老家去》等话剧、活报剧。以"六大政策"为内容，排练出大量的歌舞剧。办起了墙报和黑板报。

在三八妇女节、五一劳动节、五四青年节，阿克苏简易师范组织开展纪念活动，鼓励青年们要努力学习，争取进步，关心国家和民族的命运，担负起时代的重任。学生到民众中宣传抗日，开展演讲演出，丰富了阿克苏人民的文化生活，同时为前线抗战将士举行募捐。往日在黑暗中沉寂的阿克苏城，到处响起了抗日救亡的歌声，深得广大民众的喜爱。

林基路通过一系列革新举措，引导各族青年学子走向科学、民主、文明、进步。从春天到夏天，南疆大地显出新的生机，林基路的精神魅力在阿克苏绽放。他作为教师和学生革命进步思想的启蒙者、推动者，成为青少年追随崇拜的对象。阿克苏简易师范脱胎换骨，成了南疆的明星学校。

为了活跃民众的文化生活，开辟向民众宣传抗日救国思想的娱乐阵地，黄火青支持林基路新建了阿克苏和柯坪县新盟会的俱乐部。组织城镇居民和学生一起参加义务劳动，开创了新的城镇居民文化生活。

盛世才没有料想到,林基路到了南疆,依然激情似火,把阿克苏简易师范变成新疆学院"抗大第二"的翻版。正面渠道的报告,不断传来林基路的种种创新之举和工作成绩。特务们阴暗的渠道,则频频报告林基路的"赤色行为"。

1939 年 5 月 19 日,盛世才恼怒之余,又下了一纸调令,调任林基路为库车县县长。

仅仅五个月的时间,林基路规划的教育革新策略,在古老落后的阿克苏付诸实施。阿克苏的教育,一派欣欣向荣。假如能给他再长一些时间,让每一个孩子都能上学的目标,一定能够实现。即使刚刚起步,就被盛世才强行中断,但阿克苏的教育依然得到全面发展。

到 1940 年 6 月,阿克苏区各县的公立学校增加到了 297 所,学生人数 19991 人,分别比 1938 年增加 4.2 倍和 5.2 倍,位居南疆喀什、和田、阿克苏、焉鲁四区的第二位。

五、库车来了"林青天"

1939 年 6 月 22 日,林基路搭苏新贸易公司运货的卡车,从阿克苏去库车上任。汽车拖着一路烟尘,开到库车境内。离城还有几里路,他看到一座小亭子下面聚集了好些人。猜想,那应该就是所谓的接官亭。清朝时期,县以上的城市都修有这样的亭子,每有政府要员到来或离去,当地的官员士绅就在接官亭迎送。林基路没有猜错,此时,库车县的上层人士聚集在接官亭,正等着迎接他。一群肥头大耳的体面人物,身穿长袍马褂,在一起高谈阔论。旁边还有一些男女青年,身穿艳丽的民族服装,准备歌舞表演。

林基路叫司机停车,从驾驶室下来,让汽车先走。自己背起行李独自向城里走去。快到接官亭时，他走下大路，从一条绿荫小道绕行过去。迎接的人群谁也没有留意这个肩扛行李，独自行走的年轻人。他们更不会想到，年轻的县长压根儿就不会接受他们的迎接，当然更不会任由他们摆布。

他从小路回到大路上，想找个人问路。库车县的一位汉族商人石琴泉赶着毛驴车从身后走来。林基路招手致意，问他去县政府的路怎么走。老石停下来，热情地请他上车，说正好顺路，捎他过去。

林基路上了他的车，两人攀谈起来。他问大叔贵姓，对方答免贵姓石，一直在库车经商。石琴泉听他讲话是南方口音，回问他贵姓，林基路答免贵姓林。石琴泉是个精明的生意人，他猛然意识到，此人该不会是新来的林县长吧？前几天就听要来个新县长，姓林，南方人，莫非这就是他？老石回头瞭一眼接官亭的人群，用疑惑的目光上下打量着林基路，试探着问道："您是新上任的林县长吧？"

林基路笑了笑，爽快地回答："是的，我就是。"

石琴泉一听，很是惊奇，惶恐地问道："您真是林县长，可他们……"

他话没有说完，指了指身后的接官亭。

林基路轻松地笑着说："让他们等着去吧。"

接下来，林基路问起库车的风土人情，石琴泉知无不言，言无不尽。两人一路说着话，来到县政府。

到了晚上，林县长肩扛行李来上任的消息，在全城百姓中传开了。话传得很悬乎，说他步行从阿克苏走了几百里路，看着还一点儿都不累。武功高强，神通广大，说不定会是一位青天大老爷。

林基路上任的第一天，看见一个十二三岁的维吾尔族男孩，蓬头垢面，骨瘦如柴，穿着一件破褂子，提着茶壶走进办公室来给他的暖瓶加热水。

"你叫什么名字？"林基路和气地问，"是县政府的听差吗？"

"我叫马木提·巴吐。"男孩胆怯地低头回答。说他哥哥是县政府的伙夫，他跟着哥哥在打杂。

"你家在什么地方？怎么不去上学？你的爸爸妈妈在干什么？"林基路亲切地望着马木提问道。

马木提看县长这样和善，心情放松下来，忧伤地回答："我家住在西乡。爸爸因为交不起田租，去年冬天被巴依拴在马车轱辘上，冻死了。妈妈气得病倒，不久也死了。我怎么能上学呢？"

听着马木提伤心的诉说，林基路沉吟片刻说："马木提，你不要难过，我录用你在县政府工作，就当个通讯员，你愿意吗？"

马木提望着林基路，凝视许久，贮满眼眶的泪水奔涌出来，他哽咽了半天，深深鞠着躬说："谢谢林县长！"提着茶壶转身跑了。

多年以后，马木提只要回忆起林县长，总是激动得连声赞叹："林县长真是个难得的大好人呀！"

不久之后，林基路在库车河边，见到一个无家可归的维吾尔族女孩尼莎汗。小尼莎汗跟着父母卖艺，爸爸妈妈被库车河发洪水冲走了，林基路把她收养为女儿。

新县长林基路的一举一动，库车城里的老百姓都看在眼里。他机智地躲过那些老爷的欢迎，在普通百姓看来，是一种毫不领情的戏弄。无形中，他们把新县长当作阿凡提一样，能和穷人吃一锅饭的人。林基路刚开始办公，很多人跑来喊冤告状。申诉的事情五花八门，控告的人和原因基本属于同一类，他们的亲人被巴依或官员诬陷，关入监牢。

林基路耐心地听了他们的申诉，让县政府的管狱员许士杰找司法科长，把在押犯人的案卷全部拿来，一一查阅。又让许士杰告诉群众，他将亲自审理这些案件。

　　林基路仔细查阅状纸和案卷，有了疑问就找申诉人核实情况，让在押人员过去谈话。案情审查还没有结果，老百姓就议论纷纷，说新来的县长果然是个"青天大老爷"，对穷人很和气，有冤情的人都可以到县政府申冤告状。

　　他集中几天时间，将案卷查阅完毕，询问了当事人。出于谨慎，又找相关人员调查取证，对社会情况进一步了解，直到案情在心中有数。被关押的有100多人，大多是穷苦农民和城市贫民，有的欠了政府的捐税，有的还不清地主巴依的田租和债务，有的妻女姐妹遭受阿訇和巴依的侮辱，气愤之下进行了反抗，被扣上了刁民作乱的罪名。总之，多数都是被陷害坐牢的。

　　审理案件过程中，林基路还发现，官吏们巧立名目，敲诈勒索，规定了各式各样的苛捐杂税。除了田赋、牧业税、屠宰税、营业税、印花税，农民开一块荒地要交垦荒税，出售自产的瓜果要交开园税，到巴扎上卖农副产品要交所得税，生孩子要交人头税，死人要交丧葬税，办喜事要交娶嫁税……真是五花八门，稀奇古怪。各种杂税合计有20多种。一个个不合理的名目，都是给平民百姓设下的陷阱，随时可能踏空掉下去，沦为"刁民"和"罪犯"。

　　关于税收问题，林基路和税务局副局长蒋连穆做了专门研究。这些案情的形成，不仅有地主巴依的胡作非为，更严重的是县政府的官员和地痞恶霸互相勾结，串通一气，欺压百姓造成的。作为一名革命者，共产党员，他怎么可能与官绅势力沆瀣一气，见到群众受苦受难无动于衷呢？有一种急迫感激励着林基路为民请命。但他很注意方式方法，每一步都稳扎稳打、师出有名，既要解决好问题，还要让特务和官僚们无话可说。

林基路召开了县政府干部"六大政策"学习会议，集中学习"六大政策"，解读其精神实质和 12 条工作纲领。对照县政府的工作要求，结合贯彻第三次全疆代表大会的精神，对全体干部约法三章，郑重宣布：要以"六大政策"的革命精神，廉洁奉公，服务大众，反对一切营私舞弊。其中第一件要做的事，就是纠正对民众的冤案，主动释放受冤屈的老百姓。

学习会议结束后，无辜的受害者从黑牢被释放出来。这些人和他们的亲属奔走相告："库车来了个尕县长，专为穷人申冤办好事。"

当时县里有 70 多名政务警察，这些人既是政警又是法警，势力遍布县、区、乡、村，在旧官吏们的纵容下，横行霸道，欺压百姓，敲诈勒索，无恶不作。人们背后骂他们"黑狗"，心里又恨又怕。

林基路清理干部队伍，就从警察动手，用了一个月的时间，调查取证，7 月份就对这些人进行整顿。选定民愤极大的犯罪分子，公开审讯，予以严惩，开除了一批胡作非为不称职的警察。把 20 多名犯有较轻罪行，有悔改表现的，重新安排了其他的工作。只有 13 名执法公正，表现比较好的，继续留用。

紧接着对政府各科局人员进行调查，在库车全县开展"扫除工作拦路虎，铺平革命工作道路"运动，引起贪官污吏和富商豪绅们极大的恐慌和仇恨。

林基路去哈拉玉孜满村检查生产，在路上遇到一个叫阿尤甫的农民，手拿一捆即将出穗却被晒干的麦子，来到林基路面前说："这次来的水都让巴依们浇了麦田，轮到我的时候不给水，麦子已干成这个样子，我家有好几个小孩，今后怎么过日子啊！"

林基路到他麦地里看了，接着又看了几家贫民和巴依的麦子。贫民的麦地和巴依家的，情况大不一样。林基路把管水的米拉甫找来，叫他立即把水引到阿尤甫的地里，明确指示：今后放水浇地要先浇下游的田地，再浇上游的；先浇穷苦人家的庄稼，后浇地主巴依家的。

他到西乡检查，群众反映，伊敏巴依强占了大片官荒地，农民开垦一亩，就要交给他一两银子。林基路找到伊敏，严肃地对他说："荒地是国家的，要让农民随便开。以前收农民的银子，现在就要到税务局补交田税。"伊敏见县长口气这么硬，乖乖地补了税。

塔里木河边的草湖，有个叫孜米拉甫的巴依，霸占了大量的荒地。他利用春季冰雪消融时的洪水灌溉荒地，然后出租给农民，一年要收租子二万七千卡拉，折合六十七万五千斤。林基路指示农会成员将他关押起来，狠狠地打击了这个巴依的威风，长了贫苦农民的志气。

还有一个叫阿皮孜的恶霸，霸占着很多良田，有八处庄园，经常依靠官府势力，通过非法手段占有大片土地，群众视他为虎狼，恨之入骨。阿皮孜还经常抗粮不交。林基路掌握了他的全部罪证，逮捕法办，对阿皮孜说："我在库车当一天县长，你就坐一天牢。"全县人民无不拍手称快。

几个从来没有人敢惹的恶人得到惩治，坏人再也不敢以身试法，胡作非为，社会秩序日趋安定。

经过集中整顿，库车县的风气很快得到好转。林基路趁热打铁，1939年8月，将县政府三科、两局和政府人员进行了调整。政府秘书由原管狱员许士杰兼任；民政科科长由石青山担任，并兼翻译；教育科科长由马聚奎担任。新上任的科长和局长都是热心为库车各族人民服务的。

林基路对官员们从严要求，决不允许收取贿赂，白吃白拿群众的东西。有的官员养成了恶习，随便吃拿别人的东西，对林基路的警告充耳不闻，阳奉阴违。

有一天，林基路得知有四名官员吃了一家农民的羊，没有付钱，立即安排政府财务人员送钱给那位农民，次月发薪时从四人的工资中扣回来，然后公布于众。政府官员中贪吃贪占的现象得到收敛。

又一次，林基路带几个政府人员到农村工作，住在一户农民家里，向房东买了一只羊吃。他得知经办人员没给房东付钱，严肃批评："白吃别人的东西，像锥子会穿破口袋一样，很快就会暴露的。"那人赶紧把钱付了，再不敢说一套做一套。

林基路行动果敢，沉稳机智，与落后势力短兵相接，势不可当。问题摆在阳光下，说到底还是邪不压正。长期鱼肉百姓的贪官污吏、奸商巴依们纷纷败下阵来。税务局局长纳莫音、财税科科长史泞、乡绅伊敏巴依、商总玉素甫等人，与公安局副局长许华锋聚集一起密谋对策。纳莫音气急败坏地说："库车真要变天了，林基路用盛督办的'六大政策'这块石头，砸得我们焦头烂额。这口气不出，我纳莫音誓不为人。"

史泞无可奈何地说："这个尕县长太厉害了，好多进财的路子都让他给堵死了，在他手下当官有什么意思呢。"

许华锋咬牙切齿地说："他敢把我手下的警察都收拾完了，量小非君子，无毒不丈夫，我们得好好回敬他一下。库车的印把子不能让他攥着，咱们要想法夺回来。"

他们无计可施，又不敢公开行动，只有采用阴暗的手段，想尽办法搜集林基路在库车的言行。最后一招，就是诬蔑林基路服务民众的工作是"赤色行为"。

许华锋向盛世才密电告状："查，林基路县长散布违背'六大政策'言论，实施共产党办法，蔑视官员乡绅，煽动青年，放纵刁民，近来又组织小集团活动，有叛逆之嫌疑。"

经过密谋，这几个家伙决定先设法把市场搞乱，煽动少数民族群众对林基路的不满，再给他加上破坏抗日后方经济建设的罪名。

许华锋邪恶地咆哮："到时候让他收不了这个烂摊子，自己滚蛋。"

这个密谋被税务局的阿不都知道后，报告了蒋连穆。蒋连穆连夜向林基路作了汇报。

六、智斗奸商

1939 年，从 1 月 1 日起，毛泽民主持新疆财政，新起炉灶，全面推行货币和财政改革。从 7 月 1 日起，政府通令全疆货币改"两"为"元"，号召民众兑换新币。从 1940 年元旦起，废除旧币。改革总体上得到社会各界、士商农工的热烈拥护。局部也有一些反动势力暗流涌动。这一年的秋天，一些地方的不法奸商，囤积居奇，抬高物价，扰乱市场，制造混乱。

库车县政府的少数官员同巴依奸商相互勾结，串通一气，操纵市场。一时间街市萧条，有的百货店半掩着门，里面空无一物。那些大巴依开的商店，货架上堆一点无人问津的土货。凡是日常生活必需品，像布匹、石油、火柴、茶叶、烟、糖之类，一夜之间都没有了。在背巷黑市上，有人把火柴提高了十倍的价格偷偷出售。

林基路听了蒋连穆的汇报说，这些贪官污吏、富商豪绅要反扑。当前，秋季作物遇到干旱，老百姓惶恐不安，他们想乘机从后面捏我们的脖子，实行报复。好吧，只要他们敢行动，咱们正好就把他们伸出来的手抓住。

蒋连穆又拿出财政厅刚刚下发的文件，递给林基路说，他们很可能要囤积货物，制造混乱。看样子这一次不是库车县的孤立行动，南北疆其他地方也有奸商这么干。

文件上说：有些县的奸商囤积居奇，哄抬市场物价，干着扰乱市场的勾当。令各县对囤积的货物进行搜查，情节严重的奸商要严加制裁，以保证抗战大后方的建设，有力地支援抗日前方。落款处写着财政厅厅长周彬。

经过周密的研究，蒋连穆派税务局的阿不都等几名得力可靠的人员密切监视。林基路找来刚进城时结识的商人石琴泉，请他暗中相助。

第二天一早，阿不都报告了监视的情况。半夜里，伊敏巴依把自己商店的货物拉到乡下的庄园。玉素甫商总指挥几个人把货物装了八辆马车，向不同的方向赶去，其中有两车跟着伊敏的车走了。其他几家大商人也偷偷摸摸地把货物藏了起来。

正说着，蒋连穆匆匆赶来。说街上的商店多数开了门，货架空空的，老板们扬言一个月之内没货。有些商店干脆关了门，老百姓议论纷纷，不明白发生了什么事情。

过了一会儿，石琴泉来了，悄悄告诉了他本人和手下的小伙计跟踪玉素甫转移货物的情况。

林基路听完，心里清楚了。这分明是许华锋、纳莫音之流，同巴依奸商勾结，制造混乱，妄图拔掉自己这个眼中钉肉中刺。反动势力串通一气，根本目的，是要给各地工作的中共党人强加破坏抗日后方经济建设的罪名。他们在达到政治目的的同时，还要趁机掠夺百姓的财富。

林基路和蒋连穆一起来到大街上，看到街市一片萧条，平时卖清油和肉食的几家店都关了门。当天下午，他吩咐税务局，通知全县商人到政府开会。商人们接到县长的通知都来了，只有英国买办、商总玉素甫迟迟不到。当时，英国商人在南疆各地经营商业，通过他们的代理人"商总"控制各地的货物，暗中建立了一套情报系统，以经商掩盖，在新疆从事间谍活动。库车县的玉素甫商总，除经营本人的商店外，还代管着英国在库车的全部商业，手下有十几个爪牙，收集各方面的情报，暗中向英国驻喀什领事馆报告。玉素甫依仗英国主子的势力，在库车一向胡作非为，无法无天，这次捣乱市场，他就是最大的主谋。如果玉素甫不来，这个会议就达不到预期的目标。

林基路派通讯员马木提去一趟玉素甫商总家，当面通知他，立即到县政府开会。如果不来，就把会场移到他的府上去开。

玉素甫过去和县里的官员打交道，包括县长，都会对他毕恭毕敬。新来的林县长，个子不高，年纪轻轻，却不把他放在眼里，令他恼怒异常。今天竟然如此无理，让他这位大英帝国的商总失去了往日的光彩。可这个县长的钉子又尖又硬，弄得他手忙脚乱，不知如何是好，只好气冲冲地来政府参加会议。

玉素甫来到会场，林基路不给他一点回旋的余地，严厉地指着他说："抗战当前，不听政府法令，证据确凿，即可以破坏抗战罪论处。在中国的土地上，任何人都要遵守中国法律，政府通知你开会，为什么两次三番不来？你这是敬酒不吃吃罚酒。"

堂堂的英商买办，何曾受过这样的指责。玉素甫脸上红一块白一块，鼻子嘴巴都不知道该往哪里放。可是，政府确有抗战法令，如果这个尕县长来真的，他还真是不敢抗拒。这个时候，没有人给他台阶下，只好自己劝自己，好汉不吃当面亏，先赔个不是，看尕县长后面还有什么招数。想到这里，他两手打拱说："林县长对不起，本人不是有意不来，是有事耽搁了。"此话一出，令在场的商人们都大吃一惊。心想，林县长真是厉害，让英国人的商总都服了低。那些平时受他欺负的人，高兴地暗中偷笑。

林基路听到他道歉，并没有回以客套，仍然冷冰冰地说："念你这次是初犯，以后再这样就不客气了。"说完再不看他。

林基路接着对大家说:"最近,有些商人抬高市价,囤积居奇,扰乱市场,破坏人民生活,严重地影响了抗日后方建设事业,今天开会就讨论这件事,大家说说该怎么办!"

商人们找种种借口推脱责任,不承认自己囤积货物。

林基路声调降了八度,中气十足地说:"我已强调多次了,爱国的工商业者都应该行动起来,为挽救国家的危亡贡献自己的力量。既然不承认囤积居奇,政府就要搜查了,如果被查出,绝对不会宽容。"

他说到这里,看到那些受玉素甫和个别官吏煽动的商人紧张起来。接着又补充几句:"搜出的货物一律查封,然后组织评价委员会评定,削价出售。请各位看着办吧!"

此话说完,一些平时比较诚实的商人撑不住了。尼牙孜、韩掌柜等人纷纷站起来,表示要奉公守法,会后即把自己囤积的货物拿出来卖。

林基路再次盯着玉素甫说:"做买卖就要奉公守法,玉素甫商总打算怎么办呢?"

"我,我,不是不服从政府法令,实在是货物都卖完了。"玉素甫仍然顽抗,但到底是心虚起来。他想,自己周密的安排别说是你个呆县长,就是老天也搜不出来。可看着林基路威严自信的神态,又不敢硬抗。心里打鼓,难道他真知道了自己的底细?嘴上说:"林县长不相信,可以检查。"

"好吧,咱有言在先,查出来要严加惩办。"林基路说完,宣布散会。

会后,玉素甫急匆匆去找英国驻喀什领事的爪牙商讨对策,不想货物已经被全部搜出。玉素甫怎么都想不明白,林基路如何就知道了自己隐藏货物的地方。

恰在此时,林基路收到省政府的电报,英国驻喀什领事希普顿从迪化去喀什,路过库车,通知县政府做好接待并护送出境。

领事是玉素甫商总的后台，长期享有特权，来到库车，自然要给玉素甫撑腰。许华锋、纳莫音他们官商勾结，准备趁机打压林基路。

按照惯例，领事来了要奏乐欢迎，大摆筵席。林基路对县政府的几个科局长说："现在正处于艰苦的抗战时期，这些仪式免了，派几个警察和两辆马车，把他送过库车县境就行了。"

林基路对英国领事插手中国事务强烈愤慨，他已经掌握玉素甫商总、伊敏巴依等人充当英国间谍的事实，决心借此机会捣毁英国在库车的情报网。他事先周密部署，准备趁领事经过库车，和间谍们接头的机会，顺藤摸瓜，一举抓获，彻底灭掉玉素甫等奸商和贪官污吏的嚣张气焰。

希普顿到达库车时，林基路带着几个官员和警察，坐着两辆马车去迎接。希普顿带着随从，坐着一辆汽车进入库车地界，原想所有重要的官员会热热闹闹、吹吹打打欢迎他，不料今天却冷冷清清。

他从汽车上下来，林基路走过去，彬彬有礼地说："我是库车县县长，特来欢迎领事先生。"

"你就是林县长吧，久仰！久仰！"希普顿满头黄发，穿着黑色燕尾服，双手上拱，用汉语说道。刚说完，抬头看见林基路身后跟着警察，改用英语说："县长带这么多警察，难道贵县不安全吗？"

不等随从译员译话，林基路用英语回答："这是库车县人民善良好客有礼貌的表现，配备警力，完全是为保卫领事先生在库车的活动。为了确保领事先生的安全，请你乘坐鄙县准备的车辆，这样更方便些。"

希普顿早就得到信息，得知林基路任县长以来，开展的一系列新措施，受到库车县民众的拥戴，自己的爪牙日子一天比一天难过，再不能像从前那样任意盘剥百姓。既得利益逐渐被蚕食，心中怀恨万分。他这次路过库车，就是想利用外交特权，给他的爪牙们鼓劲打气，同时商讨一些对策。听林基路说出一口流利的英语，心头一惊，立刻谨慎起来。

"啊，真是好极了，今天能结识一位有学问的县长朋友，我感到十分荣幸。中国有一句古话'客随主便'，我也正好想与林县长交流一下。"

他向四周看看没有玉素甫和伊敏巴依，只有他们的管家不知所措，眼巴巴地站在远处，无奈地耸了耸肩，装作很高兴地上了林基路的马车。他的这些表情，没有逃过林基路的眼睛，他让其他官员乘坐另一辆马车跟在后面。

"林县长曾在哪里读书求学呀？"在车上，希普顿跟林县长套近乎。

林基路客气地一笑说："无处不读书，无处不学习。"

"不知道林县长有什么个人喜好？"希普顿换了一个话题。

"我喜欢的莫过于我的祖国。"林基路回答。

希普顿对林基路这种不卑不亢、客气中带着强硬的态度，非常窝火，又换了一个话题，想占上风。他用轻佻戏谑的语气说："库车人好客，早有所闻，尤其是妇女。据说库车洋冈子（女人）一朵花嘛。林县长在这里任职，可真是艳福不浅啊，哈哈哈！"

林基路没想到这位堂堂的领事，竟然说出如此下流，有辱中国人民的话，立即还击道："库车人民是纯洁的，与贵国首都伦敦烟花柳巷的妇女相比，库车的妇女真的是朴实又美丽。"

林基路的话锋利如剑，令英国领事瞠目结舌。他万万没想到，在中国边疆的一个小县城里，竟有这样雄辩的人才，再问下去，害怕自己陷入更为不利的境地。只好闭嘴，不敢再无端寻衅了。

马车到了县城，希普顿迫不及待地要见玉素甫商总。他说："林县长，我这一次日程非常紧，想看看我的生意伙伴玉素甫商总和伊敏巴依。"

"噢？希普顿领事既操劳国事，还不忘生意。马科长，你安排人去请玉素甫商总、伊敏巴依赶紧到县里来，希普顿领事要见他们。"

过了一会儿，马聚奎科长气喘吁吁地走进来，说："我派去人回来说，玉素甫商总和伊敏巴依不巧有事外出了，可能一两天回不来。"

"哎呀，真不巧，他们不在，希普顿领事你看？"

其实，玉素甫和伊敏巴依早被林基路派人看管起来了。

希普顿在县府招待所里急得抓耳挠腮，连晚饭都不想吃。到夜里，他再也沉不住气了，完全不顾大英帝国的体面，派随从偷偷摸摸出去，分头去找两人和潜伏在库车的间谍。

天快亮的时候，随从回来向希普顿报告，他们在库车的货物藏得很隐秘，很安全。与情报人员联系得很顺当，新的任务也传达下去了。

希普顿自以为神不知鬼不觉地干完了自己要做的事，心里虽然窝火，但又暗自得意，第二天一早就向林基路告别。林基路还是带着迎接时的一批人，护送领事出库车县境。临别时，希普顿装出一副绅士的派头说："林县长，昨天我说的话若有不恭之处，还望多加原谅。"

"希普顿领事路过库车，是本县的荣幸，盛督办非常重视与贵国的友好交往。"

林基路说完，看了看希普顿，话锋一转说："希普顿领事，我要通知阁下，你身为外交官，昨天晚上却在本县从事了极不光彩的间谍活动，是对我县，乃至我国事务的无理干涉，这是不能允许的。你们私藏货物，扰乱了本县经济和新政策的贯彻，已被查封了。你安插的情报人员，威胁我国安全，已被拘留审查。我对阁下在鄯县进行这样的非法活动，表示极大的遗憾！"

"什么？什么？"希普顿没有想到自己会露了马脚。"我抗议！我要向盛督办提出抗议！"他气急败坏地叫喊。

"请便吧！"

希普顿和他的前任苦心经营多年的情报网，就这样毁于一旦，叫他如何甘心。他还想抖一番大英帝国的威风，给林基路施加压力。抬头看到林基路身后的一排警察，无可奈何地翻了翻蓝眼珠，只好说："林先生，后会有期。"

林基路笑着说："如果阁下能正确处理两国的友好交往，库车随时欢迎你来做客。"

这一场智斗，粉碎了英国间谍的伎俩，彻底打击了玉素甫等奸商们的嚣张气焰。

为防止这些人继续从中作梗，破坏市场供应，林基路指示，设立专门的市场检查委员会。委员由县长、税务局局长、工商会会长和信誉良好的商人代表组成，专门对市场进行检查。一经发现有扰乱市场，投机倒把行为，检查委员会可视情况查收其货物，评议作价处理。

为了活跃农村经济，方便农民群众，还专门召开会议对全县的巴扎（集市）进行了统一安排，极大地促进了农村经济的繁荣和市场物价的稳定。

许华锋、纳莫音等人的阴谋落空，害人不成，反倒让林基路利用这次机会，完成了本来就要做的市场整顿工作。几个人真是恨得咬牙切齿，继续伺机报复。

七、让穷人公平纳税

黑暗社会，税收是老百姓最沉重的负担，税收不公让穷人苦不堪言。林基路上任伊始，库车县的百姓纷纷前来告状，很多冤案都起因于税收。一方面，过去官商勾结，巧立名目，苛捐杂税繁多；另一方面，税收官员横行乡里，敲诈勒索，中饱私囊。

库车税务局副局长蒋连穆，也是延安派来的中共党员，林基路到任，整个库车县只有两位党内同志。针对税务问题，两人一起商议，并肩向前。

1939年春，蒋连穆经过省财政厅培训，被分配到库车税务局。为了充实加强库车税务局的人员配置，蒋连穆调到库车工作时，财政厅还给分配了三名财经干部学校毕业的学生左新迪、黄照泰和严福德。库车地方税务局亦称总局，下设四个分局，管理库车、沙雅、拜城、轮台、托克苏（现新和县）五个县的税务工作，每个分局设有总务科、税务科和稽查队。总局局长纳莫音是个旧官僚，拉帮结伙，妄自尊大，贪污腐化，不管人民死活。蒋连穆不与他同流合污，工作难度很大。他发现，税务局征税心中无数，各行各业有多少户，一月一季能收多少税额，谁也说不上来。好在有一起来的三位新干部，蒋连穆组织他们带其他税务人员对库车的工商业户进行全面调查摸底，分行业登记和审议，摸清税源。

林基路夏天来到库车，两人以党内同志的关系交流了各方面的情况，一致认为，盛世才阴险毒辣，疑心很大，频繁制造冤案，逮捕爱国人士。他怕共产党影响扩大，触动他在新疆土皇帝的地位，对中共来疆人员的工作，监视、限制、刁难，频繁调动，对此必须提高警惕。

林基路整顿政府工作，打击奸商，稳定市场，很快打开局面，赢得群众的拥护，下一步工作的重点是整顿税收乱象。蒋连穆向他汇报工作，转达财政厅下发的有关政令。毛泽民电令各地整顿税务，验契查田，清理田赋。林基路亲自挂帅，全力推进。

县政府召开专门会议，安排税务整顿。林基路开宗明义地讲，整顿税务的目标，就是要实现赋税公平。什么叫赋税公平？该纳税人纳税，该交多少交多少。占用土地财富多的人，应该多交税；穷人占有少，就应该公平地少交税。这无异于又放了一颗炸弹。富人多交税，穷人少交税，天下哪有这样公平的事？参会人员中，有的人替他捏了一把汗，有的人等待观望，有的人则在暗中咬牙较劲。

公平赋税，是一个历史性的难题。县政府虽然收到财政厅的文件，但施行起来依然有很大的难度。要有魄力，还得有智慧。

林基路先把矛头对准消除各种苛捐杂税，这样做，只是改变政府的税收办法，暂时不触及富人阶层的利益。他安排税务局，集中一段时间，经过进一步调查摸底，针对过去巧立名目，对老百姓敲诈勒索的苛捐杂税加以清理。蒋连穆按照林基路的安排，提出了减除苛捐杂税的具体意见。除了工商农牧业正常税收外，所谓的婆嫁税、丧葬税、人头税、农民出卖自产瓜果和农副产品的开园税、所得税等等，能取消的全部取消。经过清理，原有的二十多种捐税削减为 7 种。减税政策一公布，群情振奋。老百姓无不欢呼，政府为进一步深化税务整顿赢得了广泛的民心拥护。

第二步，查验田亩。县政府成立验契查田委员会，林基路兼主任委员。组织了一批青年骨干下到农村牧区，采取自报公议、实地丈量的方法，逐户清查。经过半年艰苦细致的工作，查清了全县农牧户占有的土地和牲畜数，查出了不少地主巴依隐瞒漏报的土地。政府掌握了地亩数和牲畜数，农牧民按照实际占有数纳税，负担减轻了，对政府的做法拍手称赞，但总的税收却增加了。

第三步，破除包税制。新疆过去普遍实行包税制，库车县也不例外。把税收定额包给地主巴依，由他们负责收税，然后向政府上缴税款。如此征税，县长、税务局局长等官员也有一定比例的提成。这种办法弊病很多，官员层层盘剥，地主巴依乘机搜刮农牧民，鱼肉乡里，实收比规定高出几倍的税款，沉重的负担全部压在农牧民身上。负责包税的富人，除上缴部分外，全部据为己有，政府的财政收入也受到严重影响。

林基路整顿税务，停止包税办法，由政府派专人收税，履行可靠手续，所收税金一律交银行，税务局不得动用。严格规定，每天收多少，就往银行交多少，并及时据实向省财政厅发电报告，杜绝漏洞。

税务整顿，最终成效如何，还在于政策的执行。

税收种类和数额规范之后，税务局局长纳莫音怀恨在心。他的生财之道处处受到林基路和蒋连穆的阻挡，现在连税收提成也没有了。他对此痛恨至极。可林基路依据的是省政府的规定，而且过去县长的提成是最多的，林基路首先减少了自己的收入，他这个税务局局长表面上只好忍气吞声地照办。

贪污成性的纳莫音根本不甘心，他挖空心思搞出了一套新花招。取消了包税人，吩咐手下人坐在税所收税，规定出极其严苛的期限，缴税时间只要过期就罚款五倍。这等于给居住较远，且生活贫困的农牧民设置了一道难关，到了缴税期，群众胆战心惊，东挪西借，弄得人心惶惶，怨声载道。蒋连穆向林基路汇报了这个情况。林基路听完哈哈一笑，回答说："以其人之道，还治其人之身。以后对地主巴依们决不客气，缴税过期者罚。对贪污受贿的税收人员要严查，敲诈勒索群众者坚决给予惩处。"

林基路派人叫来纳莫音，笑着对他加以表扬，说："你想的办法很好，巴依和富商若不按时缴税，那是有意和政府作对，一律罚款五倍。贫苦农民一时缴不上税，那是他们万般无奈，可准予几天宽限期，允许缓期缴纳，绝不能随意罚款。"

纳莫音看着年纪轻轻的林县长，嗓子眼里像塞了一个偷吃的核桃，憋得满脸通红，哼哧半天说不出话。好不容易缓过劲来，还是"这，这，这……"说不出话来。

林基路依然一脸微笑，说："纳莫音局长如果太忙的话，可以安排给蒋副局长去办。"

纳莫音此人劣迹太多，林基路完全可以上报予以惩处。但是，盛世才对中共党人已经有了很深的戒心，纳莫音与公安局许华锋等人沆瀣一气，都是暗中的特务，林基路出手惩处此人，效果很可能适得其反。所以，就与他斗智斗勇。

蒋连穆按照林基路的指示，立即召集税收人员开会，讲清税收工作既要保证经济建设和对抗日战争的支援，又要维护劳苦大众的切身利益。组织安排税收小组，深入农村宣传，动员群众积极缴税，支援抗战，把税收工作办在村里，方便群众。

征税的同时，田赋也开征了。各地农民赶着毛驴车的，背着麻袋的，纷纷涌向县城，来到粮仓，争先缴纳田赋，为的是早点交完回家。

全县只有一个大粮仓收粮，农民交粮的时候，仓院里的斗级们被老百姓骂为"仓老鼠"。他们分工为"都计"、"踢斗"等不同角色，堪称一群吸血虫。

农民交粮的第一个关口是验粮。两个穿着黑长褂的人负责检验粮食，他们一会儿说这个农民的粮食太脏，一会儿说那个农民的粮食杂物太多，又筛又选，过了一遍又一遍，粮食抛撒一地。撒在地上和筛子下面的粮食，不准农民拿走，归他们所有。检验结束，全部扫进他们的"塔合"（维语"口袋"或"麻袋"的意思），交粮农民原来满满的"塔合"却空了一大截。

第二个关口是"斗计"。收粮使用特制的大斗，农民带足的粮食到这里却总是装不满，他们每年领教这一套，有了经验，所以都会多带一些粮食。该交五升的带七升，该交三斗的带四斗。

第三个关口是"平斗"。粮食把斗装满，还要冒尖。装好了，平斗的人用穿着大皮靴的脚猛踢，本来满了的斗，又落了下去。直到反复摇踢，把斗添到冒尖。

夏粮征收开始，林基路穿着粗布衣裳夹在交粮的人群中，不声不响来到粮仓，查看各个关口。心中有数后，立即出手整治。林基路把几个劣迹斑斑的家伙撤职查办，让几个进步青年顶替到收粮的岗位上。

库车县过去征收田粮的流弊很深，"尖斗入平斗出"，农民苦不堪言。对这些斗级一再教育，仍然阳奉阴违，恶习不改。还振振有词，说如果不这么办，将来粮食短少怎么办？林基路先惩治了一批"仓老鼠"，随后会同税务局作了明确规定。只要粮食公出公入，短少粮食与斗级无关，地上洒下的粮食一律归交粮人扫净收回。再有违反者，不仅撤职，还要以法律制裁，并由县政府和税务局派人轮流监督。多年流弊，一扫而光。农民纷纷议论："库车的天要变了，林县长真是一位从天上下来的神人。"

1939 年的夏收之后，林基路主持召开了巴依和农民代表会议，实行减租减息减税，农牧民个个扬眉吐气。由于虚假数字没有了，库车、沙雅、拜城、托克苏四县，当年上缴的田赋比规定增收了小麦一万一千担。

农业税赋理顺了，接着整治城乡工商税收的弊病。征税人员以多征为目的，违章收税的问题普遍存在，方法简单粗暴，对偷税漏税的处罚，不去区分不同情形，总是一概而论。过去规定，偷税漏税者处罚金十倍，半数奖给检举人，以资鼓励。希图少纳税或不纳税，是一般商贩和大商富贾的共同心理。大商富贾有权势地位，很容易逃过处罚，即使偶尔被罚，也是九牛一毛，转手又可复得。小商贩获得蝇头小利，养家糊口，一旦被罚，就可能破产歇业，无以为生。

林基路提出："搞好税收工作，以培养税源为宗旨，大商偷税，照罚无误，小商小贩则应让其补纳应完税额即可。"蒋连穆根据这个意见，要求税务人员照此办理。他常对税所人员讲："对小商小贩要尽量照顾，使其生计可图，能得小利，勤勉经营，这就保护了税源，也关心了群众的疾苦。对大商人收税，则要照章办事，不能迁就。"他们把商家分成大、中、小三等，按等级纳税。既实现了税收增加，又使工商业者合理负担，让小贩们生意能做得下去，不竭泽而渔。

库车的财税工作，改革到位，成效显著，成为全疆的典范，受到财政厅的通报表扬，其他各县都纷纷效仿，影响很大，起到了带头引领作用。税务局局长纳莫音却成了一个最大的蛀虫，因屡屡违章增税受到边防督办盛世才和省主席李溶的通报处分，着令"停职六个月，以示薄惩"。

林基路以此为契机，对税务局干部进行检查整顿。轮台县税务局主任刘永祥短少小麦和苞谷两百余石，检查还发现他吸食鸦片、贪污公款。林基路非常重视，很快进行了初审，经查证落实，刘永祥贪污变价粮款七百余元。报经省财政厅厅长毛泽民批准送司法机关追究，移交轮台县政府复查属实，判处有期徒刑三年。

纳莫音停职后，林基路推荐进步人士王书琴（解放后任乌鲁木齐市财政局、税务局局长、计委副主任等职）任库车税务局局长，与蒋连穆相互配合，更好地解决问题，推动发展。

库车县的牧业税收占有很大的比例，畜多面广，南至塔里木河，北至深山，都有放牧畜群，每年征收牧税任务繁重。林基路给予了很大的关注。

1940年春，库车成立了牧税调查委员会，每次重要会议他都参加，强调征收牧税既要一只不漏，又要合理负担。根据财政厅指示，制定了牧税奖惩和减免办法，规定凡牧民能搭盖棚圈和储存足够冬草者，可减免部分牧税，以示奖励。凡牧户耕种土地五十亩者，可免牧税牛二马一，隐瞒牧税者则处以百分之五的罚金。通过牧税调查，达到了合理负担，促进了牧业生产，牧民收入也有了大幅度增加。

库车地处南疆交通枢纽，是库车、沙雅、新和、拜城四县的商业中心和货物集散地。但街道窄狭，摆摊设点，拥挤不堪，既有碍观瞻，又影响交通。林基路指示政府会同税务局作出整修规划，拆除妨碍交通的建筑物，展宽了街道，统一了建筑形式，指定了巴扎（维语"集市"的意思）位置。这项工程，至为艰巨，有些市民一时想不通，管理人员颇具难色。林基路毫不动摇，亲自领导和督促，经过一年的努力，终于完成了集市规划，城市面貌为之一新。

同时，继续整顿市场，平抑物价，保证商品供应。对个别奸商不听劝告、不服从政府法令、继续转移货物者，组织公安、司法、税务、商会等有关人员，有目标地搜查，查出囤积的货物，轻者按市场价格拍卖，重者罚款，对情节恶劣而又屡教不改者，除没收货物外还依法惩办。玉素甫被惩治之后，还有个和平公司资金雄厚，货物充足，有左右市场的能力，经理尼牙孜为非作歹，囤积居奇，破坏市场，不听劝告。林基路以破坏市场罪逮捕法办，并没收了隐藏的货物。全县商人再次受到震惊，市场秩序得到根本好转。

南疆很多地方加工粮食主要用水磨，库车县也是如此，农民磨面是一件很困难的事。林基路到大堡孜长堤排楼村检查生产，农民向他诉苦，说沙海阿吉和依明伯克在水渠上安置水磨，迫使水渠改道，下游作物和树木已经干死了。这两个磨霸的水磨每年剥削收入一万卡拉粮食。林基路就到他们村去察看，两人知道后，自己拆掉水磨。经过了解，他发现各地水磨不多，且都被地主巴依霸占，农民到水磨上磨面，要受

"五抽一"的剥削。林基路为了解决这个问题，让建设科增修公家的水磨坊十多处，农民磨面，只需交合理的磨坊维修费。

在整顿财税工作的基础上，林基路开发税源，发展生产，增加税收，改善财政状况。过去，农牧民的土特产品，如皮毛、地毯、干果、毛毡等，政府没有收购，被投机商低价收走或以生活用品换去，运往内地或对外出口，换回生活用品，再高价卖出，大发横财。加之币制混乱，税收不合理，物价不稳，严重影响人民的正常生活和政府的财政收入。林基路联系苏新贸易公司，增加分公司、收购点和业务人员，以合理的价格收购农牧土特产品，统一组织向苏联出口，同时进口需要的物资，以合理的价格批发给商人，或在公司的门市部零售，方便群众，打击了投机奸商，又为当地财政开辟了财源，增加了税收。

财政状况的好转，繁荣了经济，促进了生产发展。林基路紧接着兴修水利、开垦荒地、开办教育，增加为人民群众服务的福利设施，在库车县开创出欣欣向荣的新面貌。

八、大坝与桥梁

南疆的农民说："水是金子，是生命。"林基路从迪化到阿克苏，从阿克苏到库车，对此有着很深的感知。他的家乡，面朝大海，河流丰沛，到处都是水，只有水患，从来没有缺水的困惑。他在家乡，看到的是浩瀚大海；在南疆，看到的则是茫茫沙海。在茫茫无尽的沙漠里，水决定生死。有水则生，无水则死。有多少水，决定有多少生命。水的流向，决定着生命的走向。

他看到很多不愿意看到的现实。有些地方没有河，没有井，只有涝坝。涝坝是地主巴依的，老百姓打水得付钱。库车的土地是丰腴的，却常常因为干旱缺水，颗粒无收，每年都有穷苦人因为缺水家破人亡。

库车河又称苏巴什河，史称"东川水"，源于中天山科克铁克山的冰川，流向东南，流经褚红色的天山克孜利亚大峡谷，切穿南天山余脉却勒塔格山，在山体上切出北山龙口，流向库车绿洲。原河床经过20公里的卵砾石锥形洪积扇，再形成淤积区。淤积得冲积平原，就是传统的绿洲农田区。河流经过农业区，消失于荒漠戈壁。库车河源最高点海拔4553米，河尾最低点海拔930米，河流全长221.6公里，积水面积3000平方公里。

天山南坡的河流，水源主要是雪山融水。夏季冰雪融化，形成丰水期；冬季雪山蛰伏，有长达几个月的枯水期。每到夏季洪水期，水势凶猛，无法驾驭，就像一匹脱缰的野马，横冲直撞。今年在一个地方泛滥，明年就有可能改道，让同一个地方干旱无水。汛期到来时凶猛不羁，到了枯水期，又细若僵蛇。它能让一个地方好，也能让一个地方死，改道无常，虎狼一般威胁着百姓的生命财产。多少年来，河流治理是困扰人类的永恒命题。库车河也不例外，它是库车人的最爱，又常常成为库车人的恨。历代统治阶级，无视百姓的疾苦，人们只得听天由命，任这条大河恩威任性。用水时看着它白白地流走，不用时又像吃人的猛兽抢财夺命。

林基路刚来库车时，正值夏季，亲眼领略到它的威力。干女儿尼莎汗的父母，就是葬身于一次洪水暴发。上任之后，各族百姓纷纷向他诉说其害。他决心动员群众治理水患，变害为利，给库车各族人民造福。

夏收结束后，林基路也忙完了刚上任一段时间的几件大事。他带着民政科科长兼翻译石青山，骑着马对库车河流域的地理环境进行实地调查。

出城向西北方向行走十多公里，看到盐水沟沟口右侧的台地上，高

耸着一座十几米高的烽燧。石青山介绍说，这座烽燧叫"克孜尔尕哈烽
燧"，建于汉代。"烽燧"夜间举火称"烽"，白天放烟称"燧"，是古代
军情报警的重要设施。他下马细观，基底呈长方形，经过丈量，东西长
6.5 米，南北宽约 4.5 米，基地往上逐渐缩收成梯形。夯土结构，上部
夯层中夹有木骨层，顶部为木坯垒砌，建有望楼，受自然侵蚀风化，南
侧中上部已呈凹槽状。

石青山解释说，"克孜尔"是维语"红色"的意思，这座烽燧就是"红
色哨卡"。"克孜尔"又有女孩的意思。民间传说，是古代的一位国王为
自己的女儿修建了这座塔。有个预言家向国王报告："根据卦象，公主
会死于大地上的毒蝎。"担心失去爱女的国王急忙下命令，在通往克孜
尔尕哈千佛洞的盐水沟大路边，矗立起这座高塔。公主从金碧辉煌的王
宫搬到塔顶。可是，警卫森严的护卫，并没有让她逃脱命运的安排。注
定要置公主于死地的毒蝎，钻进了慈父送来的苹果核里。尽管细心的国
王亲自削了苹果皮，公主还是被毒死了。悲怆的呼号把一座土红色的高
塔定格在千年的风沙中，来往大沙漠的天涯孤客都叫它"克孜尔尕哈"。

传说增添历史的枝叶，能产生趣味和温度。但烽燧是国家主权的守
卫设施，汉唐时期属于长城防御体系中的一个重要组成部分，既是军事
报警传讯设施，又与政治军事中心的城堡、驿站、交通要隘连接在一
起，形成网络。烽顶相当于现在边防哨所的瞭望塔，下面建有营房，有
一定建制的驻军。发现军情，经过燧长判断，快速作出决定，然后在烽
顶放出"狼烟"，传讯联络。怀古感物，抒发情怀，林基路深感守卫祖
国边疆的责任。

往北再走 10 多公里，林基路在却勒塔格山前台地上，看到规模宏
大的苏巴什佛寺遗址，也称昭怙厘大寺遗址。这也是西域诸国自古属于
中国的历史见证。山中流出的库车河，把遗址分为东寺和西寺。

东寺分布于库车河东岸的山梁上，依山而筑。寺院已毁，存有房舍、塔庙遗址，均为土坯建筑，墙壁高 10 多米，有重楼和三座高塔。

西寺位于库车河西岸，大部分遗址保存较好。遗址南北长，东西窄，占地约有两百亩，主要由北中南三塔、佛殿和南部寺院组成。经过千年的风雨侵蚀，惨遭外国探险队的挖掘破坏，虽然已面目全非，但现存的残垣断壁和佛塔仍显示出昔日的宏伟壮观。

遗址始建于东汉，繁盛于唐代，曾经沿用近千年。魏晋至唐宋，是西域一个重要的文化中心，在东西方文化交流中发挥过十分重要的作用。虽然废弃已有近千年，阳光下的建筑依然令人震惊。龟兹高僧鸠摩罗什曾在此开坛讲经。唐朝"安西都护府"移设龟兹后，内地高僧云集，僧侣最多时达万人，佛事兴隆，晨钟暮鼓，幡火不绝。《大唐西域记》记载，唐玄奘西去天竺取经路经此地，曾停留两个多月。9 世纪曾被战火摧毁，伊斯兰教进入塔里木盆地后，被彻底废弃。

遗址亦称苏巴什古城。传说苏巴什是有名的女儿国，由于水质的原因，只育女不生男。国中的姑娘从不外嫁，招外地的小伙入赘做上门女婿。婚后尽生女孩，世代如此。女儿国属母系社会，国王和文武官员以至卫队长，掌权者均是女性。宫廷杂役、生产劳动、守卫城堡等等，则属入赘女婿——男人的职责。山上的游牧部落，垂涎这块风水宝地，多次入侵。但女儿国举国上下，万众一心，女卫队头上插着羽毛，肩上披着纱巾，身着战袍，趁入侵者久攻不下，军心涣散之际，冲出城堡，打得敌军人仰马翻，狼狈逃窜。《西游记》把库车河写成女儿河，大概与此传说有关。

林基路沿着库车河一路考察，绘制地图，发现库车绿洲上的渭干河与库车河，像竖立于天山南坡昂首对奏的一对凤首箜篌。主流像优美的琴体，支流像一条条瑟瑟弹动的琴弦。渭干河从西向东弯曲，库车河从东向西弯曲，琴尾相向于库（车）拜（城）河谷盆地。南向流出盆地后，又分解成巨大的伞形喷壶辐射状分流，像箜篌尾部飘动的璎珞，飘散于绿洲大地。阳光和漠风演奏着箜篌般的河流，河流的琴音萦绕成绿洲的灵魂。两条河共同孕育了多彩绚丽的龟兹文明，留下了无数令人神往的故事。在历史长河中，龟兹是丝绸之路上的中西交通要冲，连接东西方贸易，传载东西方文明，古印度、古希腊罗马、古波斯、汉唐四大文明在此交会，留存着包含古代印度犍陀罗、龟兹、吐蕃、中原汉地文明的大量文化遗存，在世界经济、文化历史上占据着重要的位置。公元前65年，龟兹王绛宾与夫人、乌孙汉解忧公主之女弟史到长安朝拜，臣服汉朝，汉宣帝赐予印绶，以汉朝礼仪治国，成为西域的泱泱大国，统治着以库车为中心，东起轮台，西至巴楚，北靠天山，南临塔克拉玛干大沙漠的广袤地区。东汉时，班超为都护，居龟兹它乾城；魏晋时，龟兹遣使入贡；其后先后顺属前凉、前秦、北凉、北魏；唐朝移安西都护府于龟兹，下设龟兹、于阗、焉耆、疏勒四镇。伊斯兰教传入之前，龟兹一直以佛教为国教，是西域小乘佛教的中心。

夏日的浓荫里，百姓生活虽然艰难，仍不失龟兹古韵的歌舞遗风，不时听到村落里麦西来甫的乐舞声。西天的阳光泛着强烈的红黄，被路边的景物拖得无限延长。龟兹是西域乐舞的主要发祥地，汉时的国王绛宾、夫人弟史都富有音乐才华。据记载，古龟兹创造的乐器，有觱篥、竖箜篌、琵琶、五弦、笙、笛、箫、管、毛员鼓、都昙鼓、答腊鼓、腰鼓、羯鼓、鸡娄鼓、铜钹、贝、弹筝、候提鼓、齐鼓、檐鼓等二十种之多。难以想象，在生产力尚处于人类初期的龟兹，会是怎样的乐舞盛况。历史发展到20世纪，生活在这里的百姓，依然走不出兴衰轮回。也许正因为有乐舞陶冶的文化基因，在这片土地上生活的人们，能够乐观面对一切。作为革命的共产党人、一县之长，林基路感到肩负着巨大的历史责任。

库车河时善时恶，但人类的生存，永远离不开河流的滋润。人之天性，以河为亲。他要带领百姓，改造这条河流，让它成为造福人间的母亲河，美丽迷人的"女儿河"。

1939年秋收之后，林基路经过多次顺河巡行，仔细地研究了过去的水文资料，再次来到苏巴什古城，观察河水出却勒塔格山口，即北山龙口的地形情况。东岸是被河水切割的巨大悬崖，西岸则是低缓的川谷平地。洪水来临时，从龙口暴发，排山倒海，西岸常常受灾。村庄田地会被洪水瞬间淹没。洪峰带着泥沙杂物，直奔县城。所以，西岸以下地区年年抗洪，年年受灾。建于台地的苏巴什古城，也被洪水危及，如果不加以保护，早晚会被全部冲毁。

林基路与有经验的水利技术人员和当地农民，反复论证，决定在库车河刚出龙口西岸，苏巴什古城台地东沿，修筑防洪大坝，同时，沿大坝外往西乡修一条大水渠，引洪灌溉。另外，拆除县城边破败不堪的库车河木桥，修建一座新式大桥。

方案拿出来，交县政府会议研究，征求各界人士的建议，得到社会各界和群众赞同。

1940年4月，北山龙口苏巴什大坝工程正式动工，一、二、三、五区所属的村庄，按受益程度，分别派出民工，总计八千多人。林基路动员市民和学生自愿参加义务劳动。老太太和小学生们也组织起来，提着木桶、茶壶，给民工们端茶送水。

这是库车县有史以来最大的工程，林基路不敢掉以轻心。专门成立了工程质量监督委员会，责成建设科的管理人员和乡村干部，每天检查施工质量。他自己只要有空就去工地，和民工们一起打夯、拍土、背石头、栽木桩。休息的时候，他给民工们教唱抗日歌曲，讲抗日形势，和群众谈心，给青年讲革命道理，组织表演宣传抗日的文艺节目。整个工地呈现出一派热气腾腾的景象。

为了加快工程进度，他把民工分成了四个中队，开展劳动竞赛。按照奖罚规则，在规定时间内，哪个中队先最先完成任务，奖励一顿当地老百姓最爱吃的羊肉抓饭，或者恰玛古羊肉拌拉面。奖勤罚懒，对不负责任，不好好干活，影响工程进度的人，严肃处理。

群众揭发区长西日甫整天只顾吃喝，根本不管工程任务能否按时完成。有一天，林基路到工地检查，西日甫正拿着一条羊腿，啃得满嘴满手的油。林基路当众撤了他的区长职务，改派农会会长依米尔接任区长。西乡的大巴依伊敏在工地上公开煽动，说河水从有的时候起就是这样流，修大坝阻拦，河神会发怒，给人们降罪，企图阻碍工程进展。林基路对伊敏严厉训斥，鼓舞了群众的干劲。坏人得到惩罚，群众的劳动热情更加高涨。赶到 6 月汛期到来之前，长 1200 米、高 4 米、底宽 8 米的龙口大坝建成了，配套在西乡修建的引洪灌溉大水渠也同时竣工，沿途留有 24 个闸口。

库车县的群众从来没有敢想，用自己的双手，能修一条拦住洪水的大坝。也有人担心工程质量，洪水到来时，如果大坝被冲垮，就会造成更大的灾难。

6 月中旬，天气炎热起来，库车河清清的河水开始变浑，人们似乎能听到隆隆的水声从山里起来。林基路自信大坝选址和坝体设计完全合理，工程质量过硬。他也在等着洪水的检验，去看了好几次。河水一天天上涨，冲出龙口后，浪花像群魔巨大的舌头，重叠着，拥挤着，冲过来拍打舔舐着大坝，急着想舔开一丝缝隙，一点点钻入坝体。可是，大坝的石墙，经过河水湿润，就像长成了一整块完整的巨石，安然不动。浪花们折腾累了，变成顺从的水流，从渠道和河床流走了。

　　有一天早晨起来，天就特别热。太阳刚刚露脸，县政府院子里的树上，蝉鸣响成了一片，鼓噪成洪水似的轰鸣。林基路叫马木提通知政府的几位领导，今天停下其他工作，一起去苏巴什大坝看洪水。

　　中午时分，洪峰果然像压抑了千百年的巨龙，从却勒塔格山体的裂缝里，暴怒着冲了出来，怒吼着扑向大坝。洪峰的舌头含着浓度很高的泥沙，如同混入血液的红色，狂拍坝体。人们站在苏巴什古城的台地，感觉到大地都在震动。可是，被洪水冲刷的坝体，像巨人拱起的脊背泛着红光，越冲越有力量。

　　人群欢呼起来，无数双手把林基路抬起来，高高地抛向天空。欢呼声压过洪水的声音，直到太阳西斜，陶醉的人们才放心地离开大坝，回到各自的家中。夜里睡不着，都在议论，这样一位个子不高的县长，怎么会有比洪水还大的本事呢?!

　　库车河冲出龙口区域的洪害从此消失，河水通过各个闸口，缓缓流向很多乡村，下游的耕地面积扩大了 30% 以上。大坝至今屹立在北山龙口，发挥着防洪灌溉功能。

　　库车河从县城穿城而过，河上只有一座清朝光绪年间修建的木桥，年久失修，摇摇欲坠。每到洪水期，两岸的人数月不好往来。一些牧民和商旅因为过河，被洪水冲走牲畜和财产，甚至丢掉性命。为了方便交通，造福百姓，林基路动员库车商会捐款 1.7 万元，亲自和技术人员设计了大桥图纸，聘请能工巧匠百余人，在热斯坦巴扎旁边动工建桥。从 1939 年 8 月到 1940 年 4 月底，历时 8 个多月，建成了库车河新大桥。

　　苏巴什大坝、西乡水渠和库车河新大桥相继建成，库车县各界人士选出代表，讨论为新桥命名，准备召开庆祝大会。很多人提出，这些工程能够建成，全凭林县长的领导，应该以林县长的名字命名。林基路听了不同意。他说，这座桥的建成是各个民族共同努力的结果，旧桥的横匾不是题的"龟兹古都，龙口之流"吗？我提议把原来的题字稍微修改，改为"龟兹古渡，团结新桥"。大家见林县长谦虚，且言之有理，很受感动，赞同了他的意见。他亲笔题写了牌匾，挂在大桥的两端。

林基路根据库车县交通和水利的实际情况，又在库车河修了三座桥。建成通往牙哈镇，当时库车最长的"进步桥"，长48米，通往阿拉哈格镇的"大涝坝桥"以及通往齐满镇的"哈郎沟桥"。还在英达雅河上修了两座桥，一座通往六区大路，长20多米；一座通往四区大道，长30多米。还建了"博斯塘托乎拉克大坝"，修通库车到轮台的"迪化大道"。

为了改变库车县城的面貌，1939年和1940年两次对西大街加宽，改建了水巷子路，路两边修了林带。林荫留给后人，栽种的树苗都长成了参天大树。

1940年秋天，七区因灌溉缺水，荒芜了五六万亩草场。林基路组织人员马上进行实地调查，决定引塔里木河水灌溉，开荒种田，发展草场。经过几个月的调查和筹备，1941年4月，动员七区民工修了两条渠，一条叫哈源集，一条叫阿木渠，渠深3米、宽5米、长2公里多，解决了七区干旱缺水的状况，为农牧业生产创造了条件。

林基路大搞水利建设，同时十分重视植树造林，绿化环境。自己带头，发动群众，在所有新修的水坝旁，栽种了护坝林和防沙林。

九、天上掉下个陈茵素

秋天，林基路离开县城，带着石青山骑马巡查库车河，在北山龙口一待就是几天。

9月26日晚上，他们住在阿格乡栏干村一户农民家里，晚饭后，在院子里聊天，看到天上的月亮又圆又亮。他若有所思地说，明天回城。

第二天傍晚，他们回到县政府，一进院子，看见自己住的那栋平房，炊烟袅袅，有着与平时不同的感觉。林基路把马缰绳交给石青山，三步并作两步，拉开门，一个美丽的身影转过身来。

"啊，茵素，你是从天上掉下来的吗？"

他昨天的感觉得到验证，果然是分别一年的爱人来了，两个人紧紧地拥抱在一起。

1939年9月27日，中秋节，月圆之夜，林基路和妻子陈茵素在远离家乡的库车团聚了。

一周前，林基路收到陈茵素准备从迪化出发的电报。从迪化到库车，客运班车如果顺利，要走五天。他知道陈茵素这两天会到，自从在上海分别，相隔千里万里，无数次刻骨铭心的思念，今天团聚了。看见爱人好好的，想着路途的艰难和不易，非常激动，感觉就像从天上掉下来的一样。

陈茵素第一次到南疆，班车还算顺利，这一天中午到达库车，自己雇了个毛驴车，从客运站到了县政府的家。中秋节，能在这遥远的边疆与爱人团聚，她也非常激动。不顾旅途劳累，把两间小平房收拾了一番，用莲子、杏仁、桃仁、芝麻、蛋黄、冰糖等为馅，做了广东风味的五仁月饼。按照老家的传统，炖了一锅鸡汤。让马木提采来芦苇叶，做了广东的"叶包金"糍粑。准备了新疆在这个季节所有能买到的各色水果，洗干净放在两个大盘子里。陈茵素忙碌大半天，准备好了一切，等待爱人回来过中秋节。

林基路风尘仆仆回来了，期盼见到的人果然在家。他把托付给邻居的尼莎汗接回来，介绍给陈茵素，让马木提也在家里吃饭。家里有了女主人，才是个真正的家庭。大人孩子在一起，品美食，赏明月，其乐融融。

皓月当空，陈茵素讲了她一路奔波的经过。

1937年8月，林基路去延安之后，由他的弟弟林为干护送陈茵素回台山老家分娩。不久生下女儿，取名令婉。女儿出生后，陈茵素记着远方的丈夫、战友、革命的领路人，把幼女留给姑姑代为抚养，与台山进步青年李凌、李鹰航、叶林、甄伯萧，于1938年5月启程共赴延安。到了武汉，得知日军已经占领许昌。四人折返回了广东，陈茵素独自一人继续前行。她辗转到延安，进入鲁迅艺术学校学习。

1938年7月加入了中国共产党。

1939年9月，周恩来副主席乘飞机赴苏联，特意安排她同机从延安到达迪化。她在途中多次聆听周副主席教导：我党同志要坚持抗战，反对妥协；坚持团结，反对分裂；坚持进步，反对倒退。

过完中秋节，陈茵素把周副主席的一系列指示，向林基路和蒋连穆作了传达。周副主席还指示："为了争取抗日战争的胜利，我们一定要搞好抗日民族统一战线工作，加强内部团结，加强同各民族人民和一切进步力量的团结，充分发挥我党在统一战线中的领导作用。"

1939年12月，林基路提议，三人成众，库车的三名党员，他本人、蒋连穆、陈茵素，秘密组成党小组，林基路任组长。这是库车县第一个中国共产党的组织，宣传马列主义和中国共产党主张的战斗堡垒。

党小组第一次会议研究决定了三件事：一是积极做好库车上层社会、各界开明人士的团结教育工作，启发他们的爱国心和正义感，向他们宣传抗日形势和时事政策，调动反帝与建设后方的积极性；二是为了使中国共产党统一战线的方针在库车得到贯彻，成立库车县反帝分会，通过反帝分会，加强对农民协会、各民族文化促进会、妇女协会等组织的领导，给群众宣讲马列主义与"六大政策"；三是决定由陈茵素协助反帝会库车分会工作。

陈茵素化名陈文英，任职库车回汉小学校长、教员。

1940年初，经过一段时间的紧张筹备，库车县成立反帝分会。组成了10人领导小组，县教育科科长由曹庭玺接任，马聚奎出任组长，指导员是林基路；经过选举，农民协会由财政科科长衣米尔任会长；妇女协会主任陈文英，副主任托合旦木；改选了维吾尔文化促进会、回族文化促进会、汉族文化促进会。这些群众组织成立整合之后，积极向群众进行抗日宣传，组织文艺演出、抗日募捐，监督不法官吏、土豪劣绅的反动行为，维持社会秩序，打击刑事犯罪活动，提倡社会新风尚。

在库车县的各族群众眼里，陈茵素是堂堂的县长夫人，却简装便服，受到格外的尊敬。她奔波在库车县城乡学校间，协助马聚奎开展反帝分会工作，开展抗日宣传和文化教育，组织妇女，参加妇女会和文化会的时事学习，向她们讲解抗日形势，宣传男女平等、妇女解放的道理，起到很好的引领作用。

她见邻居一些妇女闲在家中无收入，便从林基路和自己的薪俸中拿钱买了两台缝纫机，把她们组织起来，缝补衣服，做些针线活，增加收入，补贴生活。

陈茵素来到库车，生活安顿好之后，林基路讲了尼莎汗的事。他和陈茵素商量说，尼莎汗是一个孤女，长得这样可爱，我们将她收养，培养成一个有用的人。陈茵素十分赞成，他们正式收养了这个女儿，像对待自己的亲生女儿一样对待她。通信员马木提也是县长家的一名成员。两个孤儿都成了有家的孩子，相互以兄妹相称，引得其他孩子都很羡慕。

县长爸爸为库车县各族人民办好事，呕心沥血，工作很忙。每天很早起床，先到县城的学校看看，了解学校教师的教学和学生的学习。吃过早饭，上午在办公室批阅各科室呈送的公文报告，或者召集各科室的人商谈工作。下午到汉文会、维文会、工商联合会或者重要的建设工地检查工作，听取各方面意见，解决问题。虽然很忙，但处理问题井井有条，从容不迫，从来不发脾气。

每个星期四和星期五两天，接待民众来信来访。从早到晚，接见很多人，尽量多了解一些事情，多为民众解决问题。为了不让来访者等待，中午不休息，只吃一点饭，便一个接一个地谈话。马木提给县长爸爸送饭，或者去请他回家吃饭，遇到民众来访，常常发现他有两种表情。接待普通农民，态度和蔼，满面春风，经常是笑哈哈的；接见阔老爷，态度严肃，板着面孔。有一次，他吃了饭，画了一只羊和一只狼。指着羊对马木提说，这是劳动人民，整年劳动；指着狼说，这是地主巴依，专吃劳动人民的血汗，我们不能把他们当羊看待。马木提明白了县长爸爸表情变化的原因，懂得了许多世事。

马木提做通信员工作，生活有着落，衣食不缺。林基路教他学文化，每天督促。陈茵素像妈妈一样，给他拆洗衣服被褥，这个少年的心里，整天热乎乎的，享受到了家庭的温暖。不过，既然县长和夫人把他当孩子，就要对他严格要求，不允许犯错误。

1940 年春节之后，天气暖和起来。陈茵素怀孕了，这真是二人世界里最大的喜讯。一对年轻的夫妻，远离父母亲人，林基路自然要照顾好妻子的生活。为了节约开支，他们决定自己养鸡养鸭。有一天中午，县立学校的教师艾合买提·巴依孜拿着几张纸找到县长家里来请示工作。看见林县长和他的妻子陈校长两人正在盖鸡窝，手上沾满了泥巴。艾合买提说明来意，林基路把手洗干净，在上面作了批示。公事办完，艾合买提准备动手帮忙。林县长赶紧拦住他说："我家的私事不能麻烦你，今天修不完，明天可以继续修，劳动是好事情，对人的身体和心理都有好处，我喜欢这样做。"艾合买提回到学校，跟教职工说了此事，大家都深受感动，传为美谈。

鸡鸭养起来，马木提经常帮着喂食。有一次，他拿来一盆苞谷喂鸡，林基路看见，问他苞谷是哪儿来的。马木提说从喂马的饲料里舀来的。林基路严肃地说："马木提，你怎么能拿公家的饲料喂私人的鸡鸭呢？"马木提不以为然地说："这有什么呀，不就是一点苞谷嘛。""一点苞谷是没什么，但公私不分，我这个县长怎么当？还怎样去管那些用老百姓的血汗作威作福的人呢？"

他当即拿钱，让马木提去巴扎上买一盆子苞谷，端回来倒进到公家的饲饮料里。

林基路是一县之长，生活却十分简朴，从不占公家的一点便宜。他住的房子里外两间。里间只有一张大床，一张小床。外间放着一张茶几，一张卧椅，一个柜子，只是凳子多一些，因为经常来人，要多准备一些座位。这些家具都是他自己打制的。他每月的薪金和年终奖两千多元，除了简单的生活，其他的用于交党费，还买了两匹马和一辆马车供下乡时使用。陈茵素来之后，原来住的小房太拥挤，自己出钱，在后面续了一间。

他善良开朗，有着特殊的亲和力，无论走到哪里，对群众都有磁铁般的吸引力。除了严寒的冬天，春夏秋三季，下班之后，街头常有一群人，围着一个内穿白衬衣、外套褐色条绒短外衣的小个子青年。他操着广东口音的普通话，与周围的人们谈天说地，一圈人与他攀谈得兴趣盎然。你一言，我一语，笑声不绝。包围圈里的青年，就是大家爱戴的林县长。在县政府机关里也一样，有人走进院子，听见房子里喧声不绝，哈哈大笑，就知道里面一定有林县长。他在哪里，哪里就不会沉默，总是欢天喜地，热气腾腾。

人们也经常到县长家里，陈茵素作为女主人，烧水泡茶，热情招待，县政府大院以他家为中心，成了一个快乐的大家庭。

1941 年 2 月，"库尔班节"的当天，陈茵素生下一个胖儿子。转眼孩子百日，许多群众前来祝贺。西乡农民达吾提特意带着一件干净的粗布袷袢，褡裢里背着沙枣、杏干和白面馕，风尘仆仆地从乡下赶来。说受乡亲们托付，让他代表大家来看望县长、太太和小少爷，拿不出什么值钱的礼物，只带来一句祝福的话："祝林县长全家人快乐，祝小少爷健康长大，成为像林县长一样高尚的人。"

林基路被达吾提和乡亲们的真诚感动，他握住达吾提的手，不住地说："谢谢你，谢谢乡亲们！"

达吾提说："不要谢，是我们要感谢林县长，因为你和我们穷人长着一样的心，你和太太是外乡人，可孩子生在库车，就是我们的。"

达吾提好喜爱这个孩子，用手指头逗着孩子笑，嘴里不住地说："我们的孩子，多么像个维吾尔族巴郎呀。"

达吾提越看越高兴，向林基路提议说："这个孩子是库尔班节生的，这一天是我们维吾尔人最欢乐的节日，名字叫库尔班行不行？"

当时在场的有很多人，反帝会的马聚奎带头拍手，说："这个名字好，这个名字好。"

林基路也很高兴，他对大家说："我们台山有句俗话'入乡随俗，出水随湾'，孩子就叫库尔班阿洪吧，让他永远记住库车这个出生的地方，记住维吾尔族乡亲们的情谊。"

送走了客人，林基路夫妇带着库尔班阿洪坐马车到一个朋友家里去做客。回来时天色晚了，赶车的艾尼丁喝多了酒，过河沟时，不小心翻了车。陈茵素和怀中的孩子被翻到河里。艾尼丁吓坏了，回到县政府，心想肯定免不了要受责罚。他胆战心惊地走到林基路住房门口，站在外面不敢进去。

"艾尼丁，进来。"林基路看见艾尼丁站在门外，手里的帽子揉成一团，站起身向他招手说。

艾尼丁进来，局促不安地站在屋子中间，头都不敢抬起。林基路见他满身泥水，走上前抚摸他手臂上划出的血痕，又在他肩上拍了拍，转身进到里屋，拿出一套干净衣服，说："快换上吧。"

艾尼丁迷惑地望着林县长，不敢伸手去接。"快换上。"林基路把衣服递到艾尼丁的手里。艾尼丁双手颤抖着接过衣服，望了望林县长真诚的神情，眼泪夺眶而出。如果是从前，犯下这样的"罪过"，一定少不了一顿皮鞭，还要丢掉饭碗。他万万没有想到，自己喝酒误事，还把县长老爷、县长太太和刚刚喜庆了百日的少爷翻进泥沟里，林县长不但没有惩罚，反而这样体贴和安抚。长这么大，要不是自己经历，就连听也没听说过这样的好县长。

林基路经常去农村和牧区，路远或者事多，返不回县城时，就住在农牧民家里，睡在一起，亲如一家。他恪守"忠诚坚定，克己厚人"，用这八个字勉励政府工作人员，秉持廉洁奉公的优良品质。

县长的家庭，是全县的典范，他们培养孩子的观念，也是人们改变传统不文明习惯的一种引导方式。

1941年三八妇女节，库车县妇女会根据林基路的安排，第一次举办了"婴儿比赛会"。林基路和陈茵素抱着库尔班阿洪参加了这次赛会，向评出的健壮婴儿发了奖状。库车历史上第一次把母亲和儿童摆到重要的地位，不少参加会议的妇女感动得流下眼泪。

十、深山也要办学校

林基路把教育当作改变中国落后社会的一个基本出路，在他短暂的生命里，教育是他带给人最多的光明。他当库车县长，教育是时刻不忘的民生大事。从新疆学院到阿克苏，再到库车县，越到基层，教育越落后。他在阿克苏区教育局局长任上，创造条件，全力培养教师力量，在全区各县乡普及基础学校建设，几个月的时间，数量上有了很大的突破，但质量上还有很大差距。

1939 年，他初到库车时，全县 14 万人口，只有各类小学 16 所，学生总数不到千人。还有一个特别严重的问题，就连县城的学校都没有固定的校舍。林基路到任后，采取多种措施，从各个渠道聚集办学力量，全面推进库车的教育事业。广泛发动群众，兴办各种学校。在林基路的重视下，库车县的教育事业蓬勃发展，全县的学校当年由 16 所发展到 49 所，其中县立 13 所，维文会主办 36 所。特别难得的是，在他的推动下，办起了女子学校 7 所，孤儿学校 1 所，全县共有 1.8 万多名儿童入学读书。

他在一年之内，利用各种机会，对全县所有的学校做了一次现场视察。发现这些学校，大部分用民房或破旧房屋做教室，少数几所学校有校舍和院落，但条件很差。教师的住房没着落，靠个人租借民房。林基路视察结束后，决定整顿学校，改善教学条件。可是，经济落后，教育经费非常有限，怎么办？

林基路的智慧不仅在于有超前的理念，更善于抓住矛盾的主要方面，找到切实可行的办法，解决问题。他在全县倡导三种办学模式。第一种模式是政府办，即由政府的财政拨款办公立学校；第二种模式是发动各个民族文化促进会出资办学；第三种模式是动员各行各业和民众捐资办学。由于宣传到位，引导得法，鼓励措施深得民心，三种模式齐头并进，各类学校很快开办起来。

他首先申请省政府拨款，修建了县城的公立女子学校，继而在农村又办起了三所女子学校。

1939 年 11 月，天寒地冻，他和教育局的人员骑马跋涉 200 多公里，到达天山与焉耆交界处的大尤都斯，调查 18 户柯尔克孜族牧民的生产生活情况。牧民因为放牧生活的特点，居住分散。一个居住点只有两三户，不同的居住点之间，相距很远。他不畏寒冷劳累，克服生活不习惯等种种困难，走遍所有的居民点，了解到 32 名牧民子女无处上学。牧民生活艰苦，祖祖代代逐水草而居，没有读书识字的意识。语言靠口口相传，还停留在结绳记事的原始状态。林基路住在牧民的毡房里，与他们促膝交谈，讲读书学习对发展牧业生产，提高牲畜管理技术，提高生活水平的重要性。牧民们感念林县长能到自己家里来，是他们从未见到的最尊贵的客人，还能像亲人一样关心他们的生活和孩子，都表示愿意让孩子们学习文化。

林基路为此专门呈文省教育厅，请示中特别写了一条："六大政策"领导下的革命政府，应该全力开创人民的新生活，一条重要的标准，就是普及教育。即使深山的孩子也要能上学。政府要把学校办到大山深处的牧场里。这一呈文，引起省教育厅的高度重视，很多人因为他全身心地给最偏远、最困难的民众办事所感动。

天山深处，柯尔克孜族牧民的居住点，办起了一所公立小学，除了吸收适龄儿童入学外，还附设扫盲班。这也是库车县第一所农牧区的公立学校，深山牧民对此感恩戴德。

政府办学是示范，带动了各种社会力量资助办学。

维吾尔族文化促进委员会每年都有不少经济收入，力量相对雄厚。

林基路经常关心指导他们的工作，督促检查，鼓励他们出资办学。两年时间，维文会出资办起了 36 所小学。

1939 年 8 月，林基路召开库车工商界人士会议，发动捐资办学。大会结束后，他先和库车县工商会会长瓦合甫谈话，动员他为地方做好事，拿出一部分资金，支持办学校。瓦合甫口头答应，心里还在犹豫。林基路看出他的心思，感觉此人本质不错，只是需要再推一把。他叫库车小学校长组织师生，敲锣打鼓到工商会门口，对瓦合甫捐资办学表示感谢。这样一来，瓦合甫捐钱做公益的好事提前公开了，钱就不得不掏出来了，带头捐资 1.5 万元，修建了一座砖木结构的两层校舍楼。林基路将他的义举，专题上报省政府，得到政府颁发的嘉奖令。瓦合甫带头捐资，赢得了库车县第一个受省政府嘉奖的荣誉，成为其他商人学习的榜样。同时也为他自己起到了无可替代的宣传作用，得到社会公众的信任，生意上收益更多。对瓦合甫的表彰，又变成一次非常好的动员，由此带动其他巴依和商人积极捐资。纳察尔则东和尤努斯各捐款 5000 元，其他富商也纷纷捐助，所得资金重建和维修了 20 多所农村学校。

林基路看到瓦合甫的进步，不断地对他启发教育，经过考察，报请省政府，提拔瓦合甫为副县长，巩固了库车县的抗日统一战线。

为了增加办学经费，林基路指示各学校，在条件许可的前提下，做一些创收。库车小学校长米吉提·哈斯木持县政府公函去草湖打鱼出售，所得收入用作学校经费。林基路还鼓励校长和教师们自力更生。一些小学组织人员拓土块盖房子，林基路亲自参加义务劳动，带动教员和学生积极参加拓土块，盖起了 18 间教室。

在一年的时间里，由于林基路工作得法，带动各方力量，库车县城乡各类学校像春苗生长一样快速兴起，正式的公立、会立小学达到 49 所，数量增加了三倍。除了正式开办的小学，还办了很多民校，由各小学的教师任代课老师，吸收未上学儿童入学。学校多了，就学人数也多了，但还是有不少人由于各种原因不送子女上学。

1940年春天，林基路发动了一场声势浩大的劝学活动，组织教师和公务员宣传上学受教育的好处，挨家挨户做家长的工作，要求学龄儿童一定到校学习。一时间，入学人数大增，成为库车县文化教育史上的一场空前壮举。

为了提高教育质量和教师的教学水平，林基路研究制定了鼓励教师提高教学水平的五项措施：一是组织教员学习中国历史和地理，由他亲自讲课；二是每周用一到两天的时间，组织教师集体学习，并进行考试，督促教师努力提高教学能力；三是组织教师相互听课，相互帮助发现问题，加以改正，他本人一有时间，也经常听课，指导教师，起到了很好的作用；四是加强教师培训，规定每年暑假，全县教员都要集中到维文会参加学习训练班，林基路亲自去辅导，教育科挑选优秀的教员到阿克苏和迪化培训学习；五是组织教师学习社会科学的进步书籍，提高教员的思想水平。

此外，林基路还通过各种办法提高教学质量。整顿学校的教学制度，提高学生的质量。当时学生的年龄参差不齐，同一个班有八九岁的娃娃，也有二十来岁的成年人，林基路安排教育科，动员年纪比较大的学生回去搞生产，晚上参加扫盲学校的学习。学校规定，招收学生的年龄为7—16岁，全县当年招收学生1.8万余人。学生增加了，各校相应增加班级，回汉学校原有4个班，100名学生，后来增加到6个班，180名学生。学校换掉一些老伯克教员，取消对学生的体罚制度，增加劳动和文艺课，改革创新了教学内容。

制定统一学制，一年分两个学期，按日开学上课放假。统一规定教学内容，实行学生统一考试，按学习成绩分班。通过统一考试，鼓励各校相互竞争，努力提高教育质量。

几十所学校短时期办起来，需要大量的教师。因为没有固定的经费来源，办学方各尽所能，解决教师的待遇问题。当时库车县的大部分教师没有固定工资，维文会所属教员，从捐资捐粮中拿报酬。捐资捐粮较多，教师的工资就有保证，相反就没有保证。教师生活水平低，物质上没有保证，便会受人歧视，甚至受到坏人打骂。

如何落实并提高教师的待遇，满足他们的工作和生活需求？如何实现教师的有效培训，使教师队伍能够稳定发展？

林基路为了解决这些问题，制定了五项措施：

第一，改善教师的住房条件，通过各种办法，在城乡给大部分教员盖新房。教师分到公家建的新房子，住得比普通人好，显出与众不同的优越性。有了较高的社会地位，安居乐业，引起很大反响，提高了职业的社会崇尚度。

第二，有了住房，再增加粮食。根据当前的货币价值，林基路批示每个教师每月追加领取 25 公斤小麦，这对普通家庭是很大的改善，对生活贫困的教师更是雪中送炭。他们对林县长和县政府的关怀充满感激。

第三，林基路召集区长、乡长、村长开会时，每次都强调教师教书育人，传授知识，培训学生，能够改变人生，必须得到全社会的尊敬。责成他们关怀和尊敬教师，提高学校和教师社会地位，形成尊师重教的社会风尚。

第四，政府规定，县上不管成立任何群众团体或者什么委员会，都要有教师代表参加，以此提高教师的社会地位。比如，1940 年成立"反帝分会"，主要委员和大部分成员是教师。林县长的夫人陈茵素到第三学校任教师，成为优秀的教师代表，也引导了世俗之人对教师的看法，增加了同事们的自豪感。

第五，政府各部门单位提拔干部时，可优先从教师中选出。

为了进一步完善学校工作，创造有秩序有朝气的校风，林基路领导制定了校训和校规。内容包括师生团结制度、学校工作制度、学校的群众工作制度、奖罚制度、教学制度。为贯彻落实好相关制度，保证制度的有效实施，专门建立了监督检查制度通过政府教育监察官和维文会文教科检查制度的执行情况。各学校出台了对教师和学生的奖励和处罚办法，定期评比。对教学有功的教师进行奖励，开大会发给茶叶、布匹等物品；对破坏学校制度的个别教员给予惩罚。库车县的校风校规面貌一新，成为其他区县学习的示范。

林基路要求每个学校都要有耕地，便于师生理论联系实际。

1940年秋天，他安排县教育科组织全县学校在维文会举办了一次学生"劳作"成绩展览会。展品中，泥塑、木刻作品有自行车、齿轮、飞机、坦克，手工编织作品有手套、袜子等，农产品有麦子、苞谷、蔬菜等，还有学生绘制的美术作品。这次成功的展览会，《新疆日报》作了专题报道，体现了教学与劳动创造相结合的先进办学理念。

林基路规定，学校要开展文体活动，要求相近区域的学校，每年开展两次文体比赛。每年7月7日，全县举办体育比赛。9月9日，举办跑步和掷铁饼等田径赛。片区比赛中选拔出来的优胜选手，参加全县的比赛。比赛连续举办两年，每次都很隆重，全县城乡很多人赶来观赛。林基路每次都致开幕词，指挥各项活动，每次比赛为期十天左右。比赛活动，同时也是抗战宣传周、抗日运动会、抗战报捷大会。

学校每周要开展一次文艺歌舞活动。"四一二"、"五一"、"五四"、"七七"、"九一八"、"一二·九"等重大的纪念日，都要举办宣传活动。林基路不辞劳苦，在繁忙的政务工作中，经常应邀到各学校演讲。

县里成立了抗日文艺宣传队，演出了林基路亲自编导的话剧《再上前方》。在老城乌龙巴克新建的体育场上，林基路用一块一米见方的木板，制成中国地图，上面用红、黑两色标志着解放区和沦陷区。陈茵素和其他演员一起登台，用悲壮的声调演唱《流亡三部曲》，催人泪下的歌声，让观众深受感动。

文艺宣传队带着节目和宣传画深入农村牧区演出宣传。反帝会组织小学生走上街头，拿着粉笔和小黑板，设立识字岗，端着募捐箱开展抗日募捐宣传。反帝会每周举办一次时事报告会，讲述日帝侵略罪行，宣传八路军抗日英雄事迹。陈茵素经常到学校和集会场所，教唱抗日救亡歌曲，以提高群众抗日觉悟，振作民众抗日斗志。全县各校都响起了革命的歌声，一系列的抗日宣传活动，激发了各族群众的爱国热情和支援抗战的积极性。群众不分民族，不分男女老幼，不分贫富贵贱，纷纷响应号召，踊跃捐资捐物。库车县在林基路的号召下，每次抗日募捐都在阿克苏区名列前茅。库车县维吾尔族商人那买提和尼牙孜等人自愿将股份公司每年红利的 25% 捐出支援抗战。陈茵素带动妇女，为抗日将士缝制寒衣，支援前方抗战。

1941 年 8 月 16 日，库车县召开新疆民众慰劳苏联抗德将士会议，林基路作报告并宣读政府电令，成立库车分会，与会代表公推林基路为委员长，开始宣传和募捐工作。

库车地处南疆，离抗日前线很远。国家兴亡，匹夫有责。林基路在库车开展了一系列抗日工作，极大地提高了库车各族群众的抗战意识和抗战觉悟。呼吁凡是中国人，都必须团结一致，共御外敌。

林基路还创办了《库车新闻》，刊登共产党领导人民武装抗日的英雄事迹，介绍毛泽东论述抗日战争的理论著作，宣传库车群众开展抗日增产运动的动人事迹。

在县城水巷子街设立了"社会文化教育促进委员会",内设"书报阅览室"和游艺室,里面陈设着各种报刊和马恩列斯毛的著作。通过"社教委员会"向群众讲授马列主义与"六大政策",举行定期的时事报告会,向各阶层人士进行形势教育与时事政策教育,调动各方面反帝与建设的积极性,支援抗日前线。

正规的学校教育之外,林基路非常重视扫盲工作。他起草了《扫盲实施纲要》与《民校办事细则》,要求各学校全面实施。拨出一部分经费,在县城和各乡成立了民校,分夏冬两季开展扫盲运动,形式多种多样,有扫盲室、扫盲班、业余夜校等,还设有很多流动扫盲组,在街头巷口人流集中的地方,指定专人开展扫盲。每星期五巴扎(开集市)时,各校都要在赶巴扎的地方设识字岗,教农民识字,普及文化。库车城里,出现了黄昏时分,一家人围在沙地上学习写字的动人景象。

教育科在县政府门口布置了一个光荣榜,专门表彰扫盲成绩突出的教员和摘掉文盲帽子的成年人。1939年冬至1941年春,全县开展轰轰烈烈的扫盲运动,各区、乡、村、学校都有扫盲任务,40%的人参加扫盲学习班,实现了脱盲。扫盲运动提高了群众的文化意识,很多人从识理到知理,明白了怎样做一个正直的中国人。

林基路拿出自己的特长,协助维吾尔族文化促进会的剧团编导了《卢沟桥》《上海晚上》等抗战话剧,在各乡村巡回上演,开创了丰富的群众新文化生活。

他倡议创办报刊、修县志。为了让广大群众对中国的抗日战争形势和国际形势有所了解,多方集资,派人从中苏边卡买来了库车县历史上的第一部电影放映机。让人们在荧幕上看到了十月革命的炮火,看到了列宁、斯大林领导苏联人民反击德国侵略军的伟大斗争,也看到了毛泽东主席骑马行进在陕北崎岖山路上的雄伟身影。龟兹古都的群众第一次看上了电影，成了轰动全县的新鲜事，也成为库车文化史上一个值得记忆的大事件。

十一、永远的林老师

林基路受到新疆学院同学的极大尊重，盛世才认为自己才是新疆的青年领袖，林基路的威望就是争夺他的"崇高"地位。学生传抄林基路的《论六大政策的工作作风》，被盛世才派人严重警告。政治打压不仅没有消减林基路在青年中的影响，反倒有更多学院之外的青年对他产生了崇敬之情。

林基路被调往条件艰苦的南疆，很多同学想追随他。田毓桂不顾政治风险，带着新婚妻子跟着林老师到了阿克苏。林基路被调到库车，他又要求随同一起走。一个年轻人的调动，竟然惊动了盛督办，引起这位"土皇帝"的极大不安。这一次，盛世才不但没有批准，不久之后，将田毓桂秘密逮捕，用酷刑百般折磨，逼他承认中国共产党和林基路准备组织青年学生实施暴动。田毓桂坚贞不屈，逼供一无所获，最后以被"赤化"为由，遭到杀害。然而，就算盛世才一再打压林基路，新疆学院的学生依然从心底里崇敬他。

1941 年 3 月，宋显达和四名新疆学院政经系毕业的同学，被分配到南疆的阿克苏、和田等地工作。临行前，许多同学嘱托他们，路过库车时，一定要去看望最尊敬的林老师。

3 月 8 日，迪化上空雪花纷飞，他们乘坐汽车，沿积雪覆盖的公路缓缓行驶，夜宿达坂城。一夜躺在土坑上，冻得睡不着。大家谈论往事，不由得说起了对林基路老师的怀念。当谈到路过库车，可以看望林老师时，同车的一位维吾尔族青年立即插话，要求带他一同去见一次林老师。这位青年叫伊布拉英，刚满 20 岁，毕业于省立师范学校，被分配去和田工作。他讲着不太熟练的汉语，说他的家乡在精河县，三年前，见到假期回乡的新疆学院学生在街头宣传抗日，时不时讲起林基路老师。从那时起，他就记住了林老师的名字。可惜，等他后来考取省立师范学校时，林基路老师已经调走，未能见面，心里非常遗憾。这一次如果能见到林基路老师，也算了却一桩心愿。

第二天继续出发，五天之后的中午，抵达库车县城。几个人虽然旅途劳顿，却无法克制去见林老师的激动心情。入住客栈，休息片刻，便去县政府。刚进县府大院，巧遇马聚奎。马聚奎原来是新疆学院附属高中的学生。彼此相见，握手言欢。他说林县长三天前去了北山龙口的大坝秋季加固工地，预计今天返回。比起在新疆学院时，老师更加繁忙劳累，时常下乡到村，晚间还要处理公务。几个人听后感叹不已。

太阳西斜，余晖映红天边，一阵马蹄声由远而近，林基路回来了。

"林教务长！""林老师！"几人欣喜若狂地迎上去。

林基路勒住缰绳，跃身下马，看到是新疆学院的学生，也很激动。拉着几个人的手，说真想不到能在这里见面。几个人打量着尊敬的林老师，浑身灰土，脸上显出了皱纹。上身穿的依然是小翻领四个兜的黑条绒学生服，早已失去光泽，脚上穿的还是原先的长筒马靴。这样的形象与一位堂堂的县长对照，并不相称。几位学生眼中溢出了心酸的泪花，深深地鞠躬，同声说道："林老师您太辛苦了！"

林基路摇摇头，微微一笑。他与伊布拉英握手时，宋显达介绍了这位青年对他的敬仰之情。伊布拉英心情异常激动，情不自禁地说："阿喀（哥哥），见到您太高兴了！"林基路高兴地回答："吾康（弟弟），热合买提（谢谢）！"

两人初次相见，就显出情同手足般的真诚，不得不说，林基路在青年学生中，有着无与伦比的影响力。

他们与林基路并肩来到县政府西侧一栋小平房前。陈茵素抱着孩子迎出来，逗着孩子说："看，爸爸回来了。"林基路拉着孩子的小手说："库尔班阿洪，快欢迎客人进屋里坐。"宋显达问老师为什么给孩子起这个名字，林基路说："让他在新疆扎根，将来长大建设祖国的边疆。"

几位学生打量老师的住房，内外两间，整洁朴素，条桌旁的书架上摆满书刊，那条从延安带来的灰布被子，叠放在床上。外间有好几个条凳、方凳，引人注目。这么多凳子？一位维吾尔族工役看到他们询问的眼神，解释说，过去县长接待的来客，不是官员，就是大商人或巴依，老百姓是不敢进住宅的。林县长来后，对老百姓说话和气，热心接待，常有乡下人来找，所以要有很多的凳子接待客人喝茶。这位老人感慨地说："我在县衙门20多年了，从没见过这样的县长。"

陈茵素端来茶水，拿出库车特产杏干、桃干、葡萄干、核桃仁，摆了一桌子。她对这位老人说："大伯你也坐下，陪客人说话吧。"

林基路仍然那样热情和蔼。他们无拘无束地交谈起来。谈到时局，林基路目光如炬，注视着大家说，学习唯物论、辩证法，要能够看到事物发展的趋势，分清主流与支流。全国大多数人民拥护抗战，这是主流；顽固派不抗日专搞反共摩擦，不得人心，这是支流。新生事物是前进的，腐朽事物是倒退的。他满怀信心地说："出现曲折是暂时的，是黎明前的黑暗，历史不会倒退。"

一席话，让几个即将走上工作岗位的青年，心里豁然开朗。

林基路再次握着伊布拉英，郑重祝贺新疆少数民族有了第一代大学生。他说："新疆幅员辽阔，文化落后，库车县不要说是大学生，就连一个少数民族的高中生也没有，只有培养出更多的中学生、大学生，新疆的民族文化才能发展起来。"

林基路给学生谈他的工作经验，在南疆工作，尊重民族习俗只是表面，更重要的是要从内心里做到相互尊重。他刚来时，下乡碰见妇女隐藏起来，老人避开，娃娃们躲躲闪闪，开会商量事很少有人提不同意见，这是百姓怕官。现在下乡，无论公职人员、老年人、年轻人，见面都是笑脸相迎，亲切无拘，娃娃不躲闪还追着问好。他诚恳地告诫几位学生，到民族地区工作生活，必须做到相互尊重、真心尊重。

林基路和陈茵素摆了隆重的家宴，显出家庭特有的温暖，一张圆桌上摆满蒸鸭、烧鸡、抓饭、手抓羊肉、薄皮包子。

这样的氛围，几个人不由得感怀："相见就是离别，不知何时才能相会。"

林基路安慰大家："好男儿志在四方。"

第二天早晨，林基路骑马来到客栈，说还要去北山工地，顺路过来给同学们送别。汽车徐徐开动，几个人趴在车窗上，挥泪大喊："林老师，无论到了哪里，您永远是我们心中最敬爱的林老师。"

林基路骑在马上，向他们挥手告别。

三个月之后，新疆学院的又一批同学来看望林基路。语文系的乔国仁等同学利用暑假，组成南疆旅行团做社会调查，特意到库车拜访敬爱的林教务长，考察库车县在老师治理下发生的新进步。林基路热情地接待了他们，介绍了相关情况。回新疆学院后，乔国仁等人向同学们讲述了林教务长在库车深入城乡，和群众打成一片，动员群众兴修水坝、修建迪库公路、兴建"团结新桥"、兴办学校、为群众排难解忧等动人事迹。不久，乔国仁等同学被捕了，盛世才的鹰犬们对他施以酷刑，逼他招认诬陷中国共产党和林教务长要"煽动青年暴动"。

1943年1月，盛世才精心筹划了一场有各机关、学校人员参加的"公审大会"。乔国仁同学在"公审"现场，脱掉上衣，露出伤痕累累的胸膛，当众揭穿了盛世才刑讯逼供、诬陷中国共产党人的真相，戳穿了这次"公审"的内幕。盛世才在激怒之下，把乔国仁同学处死了。

林基路在库车与学生的见面，后来都变成了盛世才残害林基路时，强加给他"赤化"青年的证据。然而，他传播的革命真理熠熠生辉，播下的革命种子在新疆大地生根发芽、开花结果。经他培养的新疆学院优秀学生，张志远、赵普琳、王笃从、陈锡华、范印仲、禹占林、罗志、赵明等人，1943年之后，在白色恐怖下的迪化，组成了新疆共产主义者同盟，即"战斗社"，秘密出版《战斗》刊物，开展反对国民党反动派的斗争，尽力支援狱中在押的中共党员。他们从烈士们的手中接过革命火把，并肩奋进，为新疆的和平解放作出贡献。解放后，主要成员大部分加入了中国共产党。

十二、穷人门前的脚印

1941年，毛泽民调任民政厅代厅长，立即推进农村的基层民主政权建设。在全疆下发了《新疆省区、村制组织章程》和《区、村长民主选举办法》。

林基路看到文件，心潮澎湃。一年多的基层工作，他看到了新疆腐朽落后的乡约农官制度，在广大农村造成的不平等，由此带来贫苦农牧民的沉重灾难。他对此深恶痛绝，早就想来一番大刀阔斧的改革。接到省民政厅的指令，立即行动起来，让马木提通知各科局主要干部召开会议，研究落实。

他向县政府全体干部传达了文件精神，提出自己的意见，要求民政科立即制定实施办法。

经过充分的酝酿，广泛深入的调查研究，宣传动员工作之后，全县四个区先后选出了新的区长和村长。其中，思想进步的阿不都阿吉当选为南乡区长，阿西木当选为中乡区长，巴海当选为西乡区长。同时对县城六个街的街长，经过民主选举进行了替换，让居民们选举出办事公正的人当街长。为了管理方便，林基路又设立了一个总街长。

这仅仅是一个初步的改革，便在群众中产生了强烈的反响，表现出由衷的喜悦。各个乡村，经过广大农牧民民主选举，产生新的区长、村长之后，喜气洋洋举行了庆祝胜利的麦西来甫。林基路参加了四个乡区长选举和部分村村长的选举大会和庆祝活动。

6月10日，西乡要召开选举大会，这个乡的伊敏乡约从他爷爷开始，已经当了三代人。在乡里作威作福，群众敢怒不敢言。本乡农民达吾提家三代租种伊敏乡约家的土地，受尽欺压剥削。那一次他被派去苏巴什龙口工地劳动，伊敏老爷又给他派了挖涝坝的活。两个活都是伊敏老爷派的，可老爷说，修龙口大坝是县里的活，挖涝坝是本来就要干的活，就像第一天吃了饭，第二天还要吃饭一样。达吾提没有办法，白天到龙口工地，晚上回去挖涝坝，结果还是没有达到伊敏老爷的要求，受到惩罚。达吾提白天劳动时，听林县长讲了人人平等的话，就大着胆子和伊敏老爷讲道理，伊敏老爷说，一个农民的舌头竟然敢顶撞乡约老爷的话，罪上加罪，那天把他捆起来吊了一夜。第二天，达吾提到工地带着伤无法劳动。林基路知道了，公开批判了伊敏乡约，责成他当众向达吾提赔礼道歉，赔偿损失。达吾提就是那一次，成了林县长的朋友。

这一次西乡选区长，林基路特意赶到现场。选举结果，伊敏老爷被罢免了，和穷人一条心的农会主任巴海当选为新区长。这真是大快人心。

选举结束了，达吾提非要拉着林县长去他家里做客。他和老伴娜尔汗把林县长迎进院子，坐在大核桃树下的土台上。娜尔汗端来一个大木盘，用自家种的西瓜和甜瓜招待林县长。

达吾提坐在林基路对面，扬起脸说："林县长，你常说创造幸福，全靠我们自己。'我们'就是这些参加选举的穷人吗？"

"对，'我们'就是每一个人团结成一村人、一乡人，就是全体的人，像今天一样平等地决定大事情。"

林基路赞赏地看着达吾提，回答了他的问题。

他接着说，你过去跪在伊敏乡约的脚下，他就往你头上抽鞭子，把你捆起来关进黑房子。现在你挺直腰杆站在他面前，他反而向你弯腰施礼了，就是因为有了新政府，支持大家站出来，行使了自己做人的权利。

"有了林县长，有了我们自己选的乡长，我们再也不怕他了。"达吾提边说边畅快地笑起来。

而后，又拉着林基路的手真诚地说："林县长，你每次从我家走了以后，我都望着你的脚印想半天。从古到今，没有一个县长会把脚印留在穷人的门前。你的脚印，山上有，河边有，庄稼地里有，我这个穷达吾提的家里也有，我们就是真正的朋友。我只是希望你永远不要走。"

一阵喧哗，打断了他们的谈话。达吾提家的院子顿时挤满了人，男女老少，熙熙攘攘。

"林县长，到我家去喝茶吧！"

"到我家去做客吧！"

"林县长，尝尝刚摘下来的无花果。"

乡亲们把林基路围得水泄不通，有的小孩子大胆地跑到跟前，拉住他的手。

林基路高兴地对着大家说："一条河里流的水，在谁家喝茶都一样，以后我一定会去你们每一家去喝茶。"

"乡亲们，只一个林县长，到谁家去好呢?"达吾提的这句话，让嘈杂的人群静下来。

他接着说:"依我看，咱们到果园里去，举行一场庆祝选举成功的麦西莱甫，好不好?"

"好!"

"现在就去吧!"

人们大声喧哗着涌向果园。

纳格拉鼓敲起来，萨塔尔、艾捷克、弹布尔、热瓦甫，很多琴声响起来，悦耳的唢呐声，明快的手鼓声……盛大的乡村麦西莱甫开始了。

林基路感叹，这里不愧是龟兹故国之地，看似穷苦的农民，家里有这么多的乐器，眨眼间就搞起一场盛大的群众舞会。假以时日，民主政权稳固发展，不相信这里的人民，不能过上富裕幸福的生活。

几个男青年从人群中走出来，踏着整齐的舞步，向林基路和坐在他身边的老人们施礼致意，然后一个旋转，邀请女青年进入舞场。乐器的节奏骤然转快，情绪热烈，人群中的舞者各显身手。过了一会儿，乐声渐缓，转为节奏和缓悠扬的古曲，白发老人和老年妇女也走进人群，跳起了库车特有的赛乃姆舞。典雅自如的舞姿、幽默风趣的表情，引起了全场的一片喝彩。悠扬深沉的乐曲声中，达吾提起立，用苍劲声调唱起了一首古朴的民歌:

　　　　岁月从指缝里流逝，
　　　　血泪积满了穷人的胸膛。
　　　　收获的日子更加悲伤，
　　　　果实装进了巴依的粮仓。
　　　　幸福的宝库就在眼前，

打开宝库的金钥匙你在何方？

成年累月地盼望啊盼望，

送金钥匙的人终于来到身旁。

我们最敬爱的林县长。

在穷人的门前留下尊贵的脚印。

他同我们穷苦农民一条心。

就是给我们送来金钥匙的人。

唱到这里，达吾提眼含泪花，面向林基路鞠躬致敬。

几对青年男女过来邀请林基路跳舞。

林基路愉快地应邀走出人群，站在场地中央向大家施礼，然后踏着舞步跳起来。多才多艺、热爱历史文化的他，跳得和村里的年轻人一样好。

麦西莱甫跳到深夜，林基路就住在达吾提家。第二天，跟随林基路的通讯员马木提，早早备好了马。林基路告别了达吾提和西乡的乡亲们，扬鞭策马，回到县城，心情格外舒畅。

农村基层民主选举产生了群众信得过的区村长，长期横行乡里、占据官位的巴依豪绅失了势。很多根深蒂固的陈规陋习遭到扫除，为乡村生产发展和文明进步铺设了道路。

按照民政工作和要求，林基路在兴办教育的同时，想尽办法兴医救弱，消除群众的沉疴病痛。

一年前，库车县发现白喉传染病。林基路向上级有关部门联系，请来了医疗队，治疗结束后，他又请求留下一些医生，在库车成立了医疗所。

1941 年春天，库车县突然流行起小孩子的癞头疮病，全县还没有一所正规的医院，即使建起一座医院，贫苦群众有没有钱医治，还是一个问题。林县长在政府会议上提出了新建一所医院，成立医疗队到各区巡诊治病的方案。经过研究，大家一致同意了林县长关于培育医务人员、培养老百姓讲卫生的习惯、增强体质等意见。

两个月之后，县立医院建成了，医疗队也去各区进行巡回医疗。可是，刚开始没有人到医院看病。王院长来找林县长，说群众太落后，太封建，不来医院。林基路告诉他，工作不能坐等，要主动。他帮医院想出了一个办法。政府向各区、乡发出通知，巴扎天，请村民务必领上两个月至八岁的孩子。医院在通向县城和巴扎的各个路，设起了卫生检查医疗站，凡路过此处的小孩，都要检查和过磅，身体健康的县政府给予奖赏，头上有疮和患有其他疾病的现场治疗，还给家长讲了注意小孩卫生的注意事项。这个方法持续了一段时间，医生们很辛苦，但起到了宣传效果，得到了群众的信任。人们知道了，原来医生真的能给老百姓治病，这样的政府，才是穷人信得过的。此后，谁家有人生了病，不再因为没钱医治在家里干耗，也不再因为愚昧而祈求上天开恩，而是主动去县医院用科学的方法医治疾病。

林基路习惯傍晚到街上散步，观察社会情况，他发现总有一些小孩子衣衫褴褛，赤着脚，背着破烂袋子，沿街乞讨。林基路看到这些可怜的孩子，非常痛心。他还发现，这些孩子没有栖身之处，晚上有的睡在馕坑里，有的露宿街道，冷得缩成一团。经过了解，他们大多是像马木提和尼莎汗一样的孤儿。林基路深思，我是一县之长，又是中国共产党党员，必须管好这些穷苦孩子，尽到自己的义务。

他把县里的接官亭改建成孤儿院，在全县范围内收养了120多名孤儿。政府除了管这些孩子的生活，还给孤儿院派去文化教员，派了木工、裁缝、靴子匠等工人师傅去做教员，教育这些孤儿，不单是学习文化知识，还要学到一到两种生产技能，将来长大了生活有所依靠。后来，这些被收容的孤儿多数成了建筑工人或手工业者。不久，在县城一个叫肖德哈那的地方，建起了一所设有两个班级的孤儿学校，登记招收失去双亲的孤儿，解决了更多孤儿的生活和成长问题。

这一年，库车县还在北门外，原马队的院子里建起了养老院。收容在街道上流浪的乞丐、精神病患者及鳏寡孤独者一百多人，让接替了玉素甫的买买提明商总负责，动员各民族文化促进会，出资解决了养老院入住人员的吃穿和医疗费用。

林基路还十分重视牲畜的品种改良，先后成立了牲畜配种站、农业技术推广站，专门开办技术训练班，培训了六十多名农牧业技术员。县农技站配有专职技术员，负责对农业生产进行指导。从外地买来优良的鸡、鸭品种繁殖推广。

他任库车县长的两年期间，组织勘察了库车一万多平方公里广阔的土地，农牧业生产、自然资源、水利资源等状况，制定了库车县人民生计调查表和自然资源调查项目，为改变库车落后的生产和生活现状，历尽艰辛、耗尽心血。

他带上教育科科长曹庭玺和西乡的巴海区长等人，用了四个多月的时间，骑马跑遍了全县的山区和塔里木河的草湖牧场。北面到铜厂村，东面到二八台，还到过现在依西克里克油矿的最高点。经过调查，绘制了全县地形图，制定了发展库车县农牧区生产的规划，着手对库车自然资源的开发利用进行调查。

库车铜厂村北沟里，流水中漂浮着大量的石油。为弄清它的质量和含量，他让老乡收集卖给县政府，集中了三百多公斤，给省政府写信，请求派人来勘察。省政府派专人陪同苏联专家来这里调查，对三百多公斤石油进行提炼，为以后开发库车石油留下了线索。

很早以前，库车人利用加工食用油下脚料里的油脂，制作肥皂。不过，因为技术落后，制作粗糙。林基路看到后，指导手工业者制造模具，改进提炼技术，提高肥皂生产水平，扩大了销售量。

库车的瓜果种类多、数量大、含糖量高，一直享有盛名。同样因为缺少生产加工技术，无法销往外地，每年有大量的瓜果因食用不了而腐烂。林基路指导人们进行试验，学会了果脯生产技术，增加了农民的收入。

林基路发现库车北山可通伊犁。入山查看地形，憧憬着修通库车至伊犁的大道。他看到渭干河在千佛洞山脚下的峡谷里奔腾呼啸，水流湍急，设想将来修一座大水库，建成一座现代化的水电站，同时建成水利工程，灌溉下游的农田草原。

他听说离城40多公里外有片可开垦的荒地，带上翻译来到当地人叫"麻牙尔勒克"（意为羊粪堆）的地方。看到仅居住着一户叫麻木西依麻木的农民。林基路向他了解这里的地理形势，进行了两天的实地踏勘，测量出可垦荒地有数千亩。他同麻木西依麻木一起上行40公里，到孔马力河边，查选引水龙口，了解四季水情变化，思考着开发这块土地的蓝图。

他还到过牙满苏河做调查，当地的柯尔克孜族老乡向他反映，牙满苏河每年夏季洪水暴涨，常有人和牲畜被洪水吞没，牧民们希望林县长在这里修一座桥。林基路答应："修，将来一定要修。"

林基路大力提倡开荒，谁开谁种，同时大兴水利，倡导农作物施用肥料和使用新工具，耕地扩大，产量大增，畜牧业大有发展，库车呈现出一派繁荣景象。农牧业的发展，大大促进了手工业和商业的繁荣。1940年，全县共有工商业六百余家，到1941年，发展为1763家。生产的产品，除本县自销外，销往全疆和外省。

《今日新疆》记载：库车清油产量尚大，每年行销迪化、伊犁各地，土大布约输出四五万疋，线口袋和毡筒亦属不少。所产土肥皂产量约万斤，除本县用外，大量输出行销各地。干果如杏干、包仁、桃仁、酸梅约产数万斤，也销往疆内外。

库车县社会经济的治理发展和抗日宣传，影响了邻县沙雅和新和。沙雅县长李观柱富有正义感，在迪化工作时曾任省教育厅秘书主任，结识了林基路。到沙雅任职后，常来库车和林基路交谈。林基路热情地鼓励他，肯定他已经为群众做了不少工作，得到了群众的拥护，这是很重要的条件，要想把群众发动起来，就要深入宣传抗日救亡的道理，当群众懂得了国家大事和切身利益的关系后，就会觉悟起来。受到林基路的启发影响，李观柱在沙雅也进行了一些改革，实现了较好的发展。

林基路在库车创造了很好的局面，但他仍然保持着很强的政治敏锐性。在繁忙的政务工作中，不忘读书看报。经常阅读马列主义著作，每期必看延安的《新中华报》和重庆的《新华日报》。1939 年，湖南平江惨案发生后，林基路就对盛世才进行了分析，开始怀疑盛世才。陈茵素来到库车后，有一天，林基路和爱人谈道："蒋介石变了，盛世才不也是这样的吗？他迟早也是要变的，我们要提高警惕，随时应变。我没有打过仗，最好能到陕北参加游击战争。"他准备了一把匕首和一个土布袋子，以备不时之需。看到皖南事变的报道后，他敏锐地判断盛世才可能要步蒋介石的后尘。

林基路的预言很快就得到了证实。他在库车卓有成效的工作，不仅没有得到盛世才的表彰，反而激起他的猜疑。盛世才本来设想，调林基路到偏远落后的南疆当县长，一方面，降低他在青年学生中的影响；另一方面，作为学生出身的青年知识分子，派他到环境复杂的库车，等于设了一个圈套，做不好，就是处罚的理由。他真是大大低估了林基路的能力，压根儿没想到，林基路走到哪里，革命热情就传播到哪里，在绝大多数群众不懂汉语的库车县，造成的影响反而更大。盛世才的爪牙许华峰不断密告，说林基路是星星燎原之火，会让库车变颜色。盛世才害怕林基路在库车工作时间太久，真的会"赤化"群众。

1941 年 6 月，盛世才亲自签发调令，调林基路回迪化述职。库车群众联名向盛督办和省主席呈文，请求让林县长连任五年，把他规划的工作完成，更多地造福库车人民。这更加重盛世才的疑惧。林基路临别前，县政府和驻军分别召开欢送会，为林县长饯行。社会各界、工商人士、从乡下赶来的群众，到车站送行，洒泪惜别。

就像达吾提说的那样，林县长的脚印能踩出黄金，他走过库车的每一个村子，在很多穷人家门前留下脚印，给全县人民留下比黄金更加宝贵的恩情。

离开库车之前，林基路放心不下女儿尼莎汗。他专门发电报请示党代表陈潭秋，要求将尼莎汗带回迪化。他一心想把这个可爱的孩子培养成优秀人才。陈潭秋亲笔批示："将尼莎汗带上，我们要把她培养成一名维吾尔族女干部，可以将她送到延安去。"

林基路将她带到了迪化。林基路被捕后，尼莎汗被盛世才强行带走，之后下落不明。

十三、剥开画皮

林基路告别了库车送别的人群，回到迪化，住在督办公署的招待所。盛督办与他见了一面，很亲切地以征询意见的语气，说非常欣赏林基路的才干，希望能做他的私人秘书，为"六大集团"的革命事业作贡献云云。见林基路没有他想象中诚惶诚恐的表态，便假装宽容地说：

"你可以好好考虑一下。"

林基路根本不用考虑，只不过出于礼貌没有当场一口拒绝。事后，又有人做林基路的工作，给他讲，督办大人的器重，意味着前途，说白了就是高官厚禄。反之，如果不上道，就是对督办的厚爱不感恩，后果可想而知。林基路对此毫无兴趣。在库车接到调令时，通知他准备述职，可回来好多天，除了让他当秘书之外，述职的事迟迟没有安排。估计督办大人的心思又有变化。一位共产党的县长，短短两年，改变了一个南疆贫困县落后混乱的历史状况，治河架桥，发展工商农牧业生产，城乡面貌焕然一新。让他述职，不就等于是一次公开宣传吗？当然，述职也许根本不在督办安排的事项之内，仅仅是让林基路离开库车县的一个借口。反正待了好些天，一直无所事事。

林基路请求搬到第三招待所，得到了督办府的同意。

南梁第三招待所就是中共代表及八路军办事处，林基路到了这里，能和自己的同志在一起，心里莫大地欣喜。住在这里，可以和同志们相互交流，心中的很多疑问，能和党代表直接请教。可以暂时放松心里紧绷的弦，不用担心处处藏着特务的眼睛。

陈潭秋对林基路崇高的精神境界和杰出的才能非常赞赏。林基路在库车时，曾给陈潭秋写信，以高度负责的态度，对我党与盛世才集团的关系，直言不讳地提出过质疑。我们在新疆不准搞武装，不准发展党组织，不准宣传党的主张，不准搞群众斗争，等于是给盛世才抬轿子。要害之处，在于没有自己的独立地位，无法平等地维护自身权利。说到底，在关键时刻无法保全自己的同志。陈潭秋针对各种各样的意见和疑虑，要求大家从大局出发。作为共产党员、革命战士，服从大局是第一位，对党忠诚，起码的一条，就是无条件服从党的领导。可是，林基路并不是简单的服从，而是从党和国家的利益出发，与党代表平等交流思想。这一次回到迪化，林基路与陈潭秋同志第一次见面，深深感受到了党代表忠贞不渝的党性，以及他平易近人、公正无私、甘于牺牲的品德。所以，林基路很放松地当面对陈潭秋说："我们是给人家抬轿子的，人家把屁股坐痛了，还打我们的棒子。"

陈潭秋留任党代表之时，早就觉察到了盛世才破坏统一战线的可能性。他很信任地和林基路谈到在苏联时期的政治斗争，曾经对王明等人的极左思潮、机会主义和教条主义予以坚决抵制。王明曾写过一篇《为中共更加布尔什维克化而斗争》的文章，在苏联的肃反运动中，不加区分地迫害和他意见不合的同志。新疆早期的联共党员俞秀松就因为被他指认为"托派"，盛世才逮捕后送回苏联。林基路敏锐地指出，新疆统一战线的形成，苏联是重要的主导方，王明作为中共驻共产国际代表，他的意见自然会起相当重要的作用。"独立自主，自力更生"，是我党一贯的原则。我们在新疆没有形成自己独立的力量，双方的合作就对我方非常不利。形成这样的局面，是否与王明的教条主义有关呢？

林基路和党代表陈潭秋坦诚直言。一名坚定的共产主义战士，可以有自己的观点，讲出自己的意见，保留自己的想法，面对困难，却必须勇敢面对、勇往直前、勇于担当，绝不能抱怨或发泄情绪。

为了挽救盛世才与我党日益恶化的统战关系，陈潭秋决定从舆论上加以引导，希望盛世才能吸取历史教训，站在革命进步的阵线上。林基路按照党组织的意见，在第三招待所撰写文章。以"鲁甫"的笔名，经党代表陈潭秋审阅，连续在《新疆日报》上发表系列评论，批驳盛世才破坏统一战线的错误行为，剥开了盛某人伪装革命的画皮。

11 月，他在《新疆日报》发表了《关于夏伯阳的败亡——读〈夏伯阳〉感言》。夏伯阳是苏联国内战争时期的英雄，是有勇有谋革新军备的红军指挥员，在乌拉尔一带指挥作战，多次击退白军的东方战线，被提升为红军师长，荣获红旗勋章。他从不自夸自傲，不摆官架子，深受士兵们的爱戴。师政委德米特里·富尔曼诺夫心胸狭窄，对夏伯阳在部属中的威望充满妒忌和敌意，置大局于不顾，两人长期不合，导致在一次战斗中失败，夏伯阳壮烈牺牲。文章指出，富尔曼诺夫对两人的不合负有直接责任。

12 月，又在《新疆日报》发表《论"六出祁山"的历史价值》，论述了三国之蜀国诸葛孔明的统一战线思想，以及破坏统一战线的危害性。文中指出，诸葛孔明组织指挥的历时七年又五个月（约 227—234 年）的"六出祁山"战役，以失败告终。最重要的原因，是驻守荆州的重要战略支队首领关羽，破坏了蜀吴统一战线。

为了不让读者陷入封建时代的"忠君爱国"思想，林基路首先指明，魏蜀吴三国封建统治阶级内部诸集团夺取领导权的斗争，有其历史的局限性。然而，作为祁山"战争之宣战书的前后《出师表》，在中国人民的脑海中，深深地铭印着——尤其是动乱与国难时代所用以感发人心的檄文。在其具有如此强烈的感召与动员力的意义上说，不失为宝贵的历史遗产之一"。

> 其所以如此，首先根源于它的爱国主义的高尚情操。中华民族的传统的道德形式之一，乃是"忠君爱国"。虽然这种忠君爱国是被玷污着封建主义的狭隘内容，然而在其如此长期地熏陶着中国的历代人民的作用上说，确曾锻炼出忠于其政权而爱护其国家的伟大的思想洪流，而成为新时代的集团主义爱国情操的宝贵原料。

林基路熟读史书，能秉承唯物辩证法的观点和方法，从封建思想中挖掘中华民族的思想内涵，使其论述具有了极强的现实说服力。在此基础上，肯定了诸葛亮"鞠躬尽瘁，死而后已"的牺牲精神，得到了一切国难时代忠烈之士的共鸣。

文章写到此时，林基路道出了要旨："孔明的一个终身思想——统一战线。"

> 孔明的战略方针是什么呢？就是统一战线。众所周知的，孔明的基本主张是"盟吴伐魏"，就是与吴结成统一战线，共同对付魏国。在这一个最高思想之下，他的军略计划是以一个强劲的支队，以荆州为根据地，从襄樊经过南阳平原进迫洛阳，然后以主力经汉中取适宜的道路去攻长安。
>
> 在孔明的意愿中，是切望他的祁山战争，在这样的统一战线的保障之下进行。因为，只有直指"宛洛"的荆州支队的有力配合，出秦川的主力才能具备胜利的条件。而荆州的战略支队之是否可能又纯赖乎与东吴的盟好关系。所以"盟吴"是"伐魏"的主要关键，也就是说：统一战线是战争的关键。

孔明为了维护统一战线思想，派邓芝出使东吴，以图恢复被关、刘二人败坏了的统一战线。邓芝与孙权极为坦诚地讲出一个道理：蜀吴联合，才能取得伐魏的胜利。至于伐魏成功之后明日的问题，则决定于"君各茂其德，臣各尽其忠"，所以无须"投鼠忌器"，坐误今日的共同利益。

这是一种发展的统一战线思想。

然而，事实上，统一战线也有斗争。

> 为了建立伐魏的战略据点及前进阵地，（蜀）不得不占有荆

州。这使得蜀吴发生斗争，而在这些斗争上，孔明很坚决地并未有过无原则的退让的举动。然而，无论如何，孔明却努力使这些矛盾斗争服从于"伐魏"的统一战线的利益。

而那些反统一战线行为，产生了应得的恶果，那就是："自身的败亡并剥夺了蜀国的国运。"

当刘备的政权建立于益州——四川的基地，把伐魏提上议事日程时，盟吴的统一战线政策，就为刚愎自用的关云长所败坏了。这就是荆州事变与关云长的败亡。接着关某之后。刘备又以其无战略眼光的短见行为（征吴之战），把蜀吴最后的关系破坏殆尽。这样非统一战线的思想与行动下，蜀国大大削弱其作战的实力。形成了日后孔明的祁山战争之又一战略不利的情况。

从此以后，组织荆州支队的可能是不存在了。孔明不得不局限于祁山战场的活动，而魏国亦幸免两面作战的威胁。

林基路在文章的最后，富有情感地写道：

祁山战争不仅仅以其浓厚的爱国主义的情操艰苦卓绝的统帅意志，留为民族的史诗，而且，在失败的惨痛教训上辩证着统一战线政策战略价值，是自古已然。

六出祁山——民族历史上这多彩多色的一页，应该认作是诸葛孔明做了统一战线政策失败的牺牲者"牺牲录"来记载。首先要归咎于蜀国不慎重地对待盟吴的统一战线政策，而没有远大战略眼光。

　　祁山战争的悲剧性，应该得到深刻的教训，这一点，如同他的史诗性之那么广泛而悠久地传遍了民间一样。

　　应该说，林基路的文章以古喻今，剥开了盛世才破坏统一战线的企图，揭示出没有战略远见，必然导致失败的历史规律，对当权者是一次深刻而善意的提醒。

　　文章发表后，轰动全疆，不少读者来信表示支持。

　　刚愎自用的盛世才却完全从反面去理解，反革命的灵敏嗅觉，没有让他清醒，反而越陷越深。他看到这些文章，不假思索就暴跳如雷，打电话到报社和八路军办事处，追查文章的作者。

　　盛世才打电话到报社，质问编辑长李宗林："这篇文章是谁写的？"

　　李宗林说："是我们写的，有什么不对吗？"

　　盛世才说："你们这篇文章语言尖刻，激化矛盾，误导群众。"

　　李宗林说："维护抗日统一战线难道有错？我们看这篇文章挺好，不少读者来信赞好。"

　　盛世才无可奈何，又找陈潭秋质问。陈潭秋沉着笃定地回答："我们写的这篇文章没有错！"

　　盛世才又追问是谁执笔的。

　　陈潭秋说："是林基路执笔，我同意的。"两人为此拍桌子大吵了一场。盛世才得知文章的作者是林基路，不得不佩服他的才华和见识，再次想以高官收买，向陈潭秋提出要林基路做他的私人秘书。林基路断然拒绝。

　　马殊，本名邝宗球。1938年从延安选派到新疆，任新疆日报社文艺版编辑。1939年3月，被任命为新疆日报和田分社编辑。当时，新疆除迪化之外，只有伊犁、塔城、喀什三区有报社。马殊作为开创者，被任命为新疆日报社和田分社编辑。4 月初到达和田，没有记者和通讯员，从采访、组稿，到报纸刻蜡版、油印都由他一人承担。为了不影响出版，他经常晚上不睡觉连夜干。7 月 7 日创刊，印第一期四开四版油印《和田报》。开始时半个月一期，以后一周一期，再后来三天一期，同时出维吾尔文版《和田报》。那时办报条件很差，没有收音机，国际国内新闻靠新疆日报社电报供给。1939 年 9 月，马殊升任《和田报》编辑长，1940 年兼任社长。为了办好《和田报》，宣传抗日民族统一战线，发动和田各族各界开展广泛的抗日救国活动，支援前方的抗日战争，动员当时在和田工作的中共党人马锐、钱萍、陈解虚、薛汉鼎、黄永清、潘柏南、谷志远、谭桂标等向《和田报》投稿。文章译成维吾尔文在《和田报》维文版上刊登后，鼓舞了和田各族人民的抗日热情。《和田报》汉文版每期印发六七百份，维吾尔文版达到一万份。当时的党代表邓发指定马殊为和田中共党员学习小组组长，马殊和几位同志组织成立和田抗日后援会（即反帝会和田分会），团结各族进步青年。每逢节日、纪念日，组织维文会、回文会、汉文会等群众性团体的进步青年上街演讲、演活报剧、教唱革命歌曲，利用各种机会进行抗日宣传和募捐，带动整个和田充满抗日气氛。马殊因此被和田的特务组织重点盯防，公安局长在他身边安插了多名特务，经常找他的麻烦，甚至直接干涉他的工作和行动。

1941 年 4 月 10 日，马殊先林基路调回迪化，在《新疆日报》任文艺版编辑主任。受林基路两篇文章的启发，也写了一篇评论《众叛亲离》，内容是批判汪精卫卖国求荣，甘当无耻汉奸，落了一个众叛亲离的下场。实际批判盛世才背叛"六大政策"，准备投靠蒋介石的阴暗意图。盛世才见到这篇文章后，早晨一上班就打来电话，又找李宗林问这篇文章是不是你们写的？李宗林说是马殊写的。他责问马殊为什么写这样的文章。

盛世才把马殊调到新成立的机构，新疆省编辑委员会任委员兼编辑部长，实际上明升暗降。林基路则再次被调出迪化，让他到南疆的偏僻小县乌什去当县长。

十四、风雪乌什

1942 年元旦刚过，林基路和妻子陈茵素拿着他们从延安带来的简单行李，抱着库尔班阿洪，从迪化出发。经阿克苏短暂停留，乘坐一辆马车，走在去往乌什的路上。

正值一年中最冷的季节，他把自己的大衣盖在妻子和儿子身上，任由卷着雪花的寒风打在脸上，昂首仰望西北边境的天空，思索着人生和未来。想着眼前可能发生的一切，甚至想到了他们（盛世才集团）对延安来的人下毒手。如果那样，他最丢不下的就是身边的茵素和库尔班阿洪，母子跟着自己吃了不少的苦。

"冷吗？"

"不太冷，只是有点心烦。"

"没事的，就快到了。"

他一边安慰妻子，一边把大衣往紧拉了一下。

"茵素，乌什县还有一个口岸呢。"

"是呀，我也听说了，南疆的好多货物都是从那里进出的。"她指着身边悠悠当当向相反方向远去的驼队。

从阿克苏出来走了两天，第二天傍晚，马车过了亚科瑞克的木桥。天上的雪花小了点儿，看到前面不高的山峦，乌什县到了。马车停在县府钟鼓楼前，大群的人迎候在那里。林基路不慌不忙，下车和人们打了招呼，转身付清了马车费用，叮嘱安排好车夫的吃住，和大家一起进了县府。迎接新县长的县府要员和城里的商贾头面人物，见他自付车费，带着馕和皮水壶，一点简单的行李。虽然对林县长的简朴早有耳闻，却没有想到如此简单，和以往新来县长时的场景，形成鲜明的对比。

迎接者们想象中的欢迎晚餐并没有进行。林基路进到住处，转身向大家拱手说："辛苦各位久候，天色不早了，大家请回吧！"

准备热热闹闹吃喝一番的官员们，只好讪讪而去。

1942 年 1 月 15 日，林基路正式就任乌什县长。

盛世才统治新疆时期，根据各县人口、面积、物产等情况分为三等，库车是一等县，乌什是三等县。林基路调到乌什，盛世才有几点考虑：第一，林基路用延安那一套在库车越做越大，害怕不好收场，到乌什是出于对他的限制；第二，乌什县有别迭里通商口岸，还有一个简易飞机场，可以为自己与苏联之间，留一个可进可退的伏笔，如果有亲苏形势发展的需要，可以用延安来的林基路加一枚亲苏砝码；第三，如果蒋氏占上风，需要投倚南京，则可随时调林基路回迪化，罢免县长。

林基路和陈茵素非常清楚，自己的所有言行都在盛世才特务的监视之中。他们离开迪化时，盛世才传话，去乌什工作只是一个考验。意思是只要你识相，督办还是看重的；否则，后果可想而知。如果林基路想依附盛世才，只要稍有回应，荣华富贵就会随之而来。可他天生是个硬骨头，只对妻子讲了一句台山俗语："天塌下来就当是丝瓜棚倒了。"英雄气概直冲云霄。

林基路到任后，并没有因为受到无端打压而意志消沉。他似乎预感到了时间的紧迫，在那个偏远而缓慢的地方，对待所有的事情，反而更是争分夺秒。他带着翻译，马不停蹄地把全县四乡二十八庄察看了一遍。第一感受是乡村设立不太合理，最边远的村，别说到乌什县城，就是到乡公所都有 40 多里，老年人一年赶不了一次巴扎。

　　2 月初，他从县政府、维文会、汉文会和社会知识青年中抽调十多人组成视察组，分赴各乡视察。出发前，给他们约法三章：不许大吃大喝，不许收礼，不许办私事。视察组用了一周时间回到县上，就如何改造乡政提出了初步的设想。撤乡成立区公所，计划在原有乡的基础上，增设两到三个区。当月制定了《乌什县人民生计调查表》，把群众生活需要解决的项目一一写入其中，包括无人管的孤寡老人、孤儿和无法自理的残疾人等。依据这份调查表，把全县 28 名无依无靠需要救助的对象送到阿克苏专署救助管理，并救济 500 元。组织人员对全县的自然资源、水文资料实地勘察，绘制了《乌什全县略图》，各庄附有文字说明，内容包括四抵界限、灌溉渠系、户数人口、地亩等级、应科征粮、主要物产等。察看了托什干河，绘制了《乌什县水道调查一览表》。编写了乌什县地理说明书，对本县的来历、地理位置、面积、人口、形势、地质、地势、山脉、河流、气候、交通、生产及矿业等都作出了详细综合的说明。考察了乌什县的历史文物古迹，整理出唐王寨、燕子山等 11 处古迹调查表。

　　林基路初来乍到，用一个月时间做了这么多的事，就算运用现代科技，能否完成，都难以想象。笔者踏着他走过的足迹，每时每刻无不感慨万千，精神备受鼓舞和陶冶。

　　3 月，拟定了第二季度县政计划大纲，作为上半年工作之准绳，对行政内务、财政税务、民政司法、学校教育、生产建设等方面都作出了详细的安排，规定了任务，提出改革措施。此大纲报民政厅后，毛泽民同志十分满意，给予了批示。

　　乌什县暴发了传染病，3 月 9 日，林基路亲自给阿克苏地区行政长和区医院去信，请求阿克苏医院派医生来乌什县短期治疗。

　　抗战时期，物资普遍短缺，各地设有平价委员会，林基路到任后兼任委员长。他发现巴扎上洋火、洋布、药品等物资根本买不到。口岸上货源充足，县城却严重缺货，其中必有蹊跷。经过了解，乌什有口岸，外来货物有地缘和价格优势，比库车、新和、沙雅的价格普遍低一成左右。见利忘义的商人不愿意在乌什出售货物，导致有口岸的乌什反而缺货。林县长召集税务局官员和部分群众座谈，进一步核实情况，得知乌什县的工商会长买买提囤积进口货物，垄断市场，抬高价格，盘剥百姓。收购羊皮等土产时，故意积压，造成卖不出去的假象，趁机把价格降到最低点，两头牟取暴利。

　　林县长主持平价委员会开会，摆事实，讲道理，拿证据，对买买提的不法行为进行处罚，罚额为其囤积货物的 10%，限令三个星期发清囤积如山的货物。会议罢免了买买提的会长之职，奖励了揭发有功人员。

　　参照毛泽民成立公务员消费合作社的做法，成立了乌什县平抑合作社，从进口本县的商贾货物中提取二成，交给合作社零售，解决了群众购买生活用品的困难，打击了奸商的囤积行为，为物价的长期平抑开通了渠道。南疆各地凭借乌什与苏联的通商口岸，在乌什设立有 24 家贸易货栈，林基路组织成立了有 1000 多峰骆驼和马匹的县属转运公司，创造公营收入。

　　为了加强同苏联的交往，亲自主持参加扩建县城至别迭里口岸向外通往哈拉湖的公路，带着驮有大米、清油、牛肉等食品的骆驼队，慰问修路民工，组织县文工团为四千多名筑路工人表演精彩的节目。

　　林基路一贯重视文化教育，到乌什县不久，即到边远的阿合雅学校检查工作。他对该校的教师讲：中国很穷，很落后，文化很低，就连小小的日本也敢欺负咱们这样的大国，我们国家要强盛，就必须提高全民族的文化水平。他要求大家关心教育好后代，家长要关心孩子们的成长。他主持召开全县教师大会，向全体教员讲解第二次世界大战的国际形势，要求知识分子肩负起唤起民众为反对帝国主义侵略而斗争的重任。

利用文艺手段是林基路擅长的教育形式。他经常同县文工团的编导和演员一起座谈，要求他们结合形势创作群众喜闻乐见的文艺形式。在他的支持帮助下，文工团很快排练了一批宣传抗日、反贪污受贿、反对封建迷信的节目。利用乌什与苏联通商的有利条件，引进电影放映机，放映苏联革命影片《夏伯阳》《列宁在十月》。

林基路调任乌什县县长，不管下乡调查研究、处理政务，还是去修路工地、防洪现场，都少不了随身三件宝：干粮袋、皮水壶、笔记本。他衣着简朴，待人和蔼，一如既往与普通群众打成一片。

有一次，他坐六根棍马车在街上行走，车夫不小心碰倒了一位老乡。他从车上跳下来，扶起老乡，给他拍土，叮嘱车夫，今后要注意点。陈茵素用手帕给老乡擦了脸上的尘土。周围的群众说："比起过去的县太爷，林县长确实是难得的好人。"

三十多公里外的吉然庄发生了一起命案，他带上翻译赶到了现场，走访群众，了解事实真相，很快抓了凶手，安抚了死者家庭。原本不抱打赢官司希望的贫苦农民，做梦也没有想到，不花一分钱就可以赢了地主巴依，简直是"青天大老爷"从天而降，一家人跪下给林基路磕头。林基路将他们扶起，真诚劝慰。当地的伯克见新县长驾到，又听说林基路是日本留学生，专门宰杀了肥羊，准备殷勤招待。见林县长处理完了公务，上前邀请，想借此抬高自己的地位并拉上关系。林基路只作了礼节上的应酬，便对翻译说："走，咱们不在这里吃饭。"回来的路上，同翻译坐在渠边，吃自己带的干粮，喝冰凉的渠水。这件事很快传开，群众称赞林县长廉明清正,巴依伯克们嘲讽说他是"傻郎"县长。

有个叫哈索瓦克的地方,因干旱缺水,农民们常为引水浇地发生矛盾,他亲自前往,协调商定了轮换浇水的办法,解决了多年的纠纷问题。晚上他住在河岸边的一位柯尔克孜族牧民家里,这样尊贵的客人住在自家的土屋里,这个淳朴的牧民感到非常荣幸,非要宰一只山羊接待林县长。林基路再三阻拦,说你生活这么苦,还是留着发展生产吧。晚上同牧民一家同吃一锅饭,同睡一盘土坑。

有一个从乡下来的农民,给县政府送来一车派捐的柴火和几麻袋麦草,管验收的依不拉音为人刻薄,常常克扣乡下来的农民。他将一车柴折了四十斤,麦草折了六十斤,农民苦苦哀求,依不拉音无动于衷。这个农民找到林县长,林基路问明缘由,察看了麦草和柴火,重新合理折了价,当面训斥依不拉音,以后不准再克扣群众,欺压老百姓。

县政府门前有一座清朝时期修建的钟鼓楼,夜深人静时,林基路常常独自一人,站在最高层,仰望星空,遥看大地。

引导光明者,在黑暗里从不抱怨,而是发出更亮的光,做一颗明亮的星,高居夜空,在寂寞里放射光芒。

就在林基路准备全身心投入乌什县的治理和建设中时,盛世才为了保住其"新疆王"的地位,误判国际国内形势,思想和行动走向反动。

1942 年 5 月,林基路被调回迪化。他为乌什绘制的蓝图,未能付诸实施。短短四个月,在遥远陌生的乌什,他再次受到了人民的爱戴和拥护。

十五、共同的誓言

1942 年夏,盛世才编造了所谓"阴谋暴动案",把南北疆各地工作的中共党人陆续调回迪化，分住在南梁第三招待所、八户梁和羊毛湖新房子等几个地方。林基路和李云扬都住在羊毛湖新房子。这实际已经是软禁，个别人心情烦躁，情绪低落。

大家估计有两种可能。一种可能是被盛世才逮捕，另一种可能是送他们回延安。大家自然要争取回延安。

李云扬从巴楚回到迪化，再次见到尊敬的师长、战友、同乡林基路。久别之后再一次见面，李云扬不免有些吃惊。站在他面前的人，头额微秃，面容已显苍老，与当年东京的翩翩少年，精神气质有了很大的不相同。当年的光芒四射、锋芒毕露，如今已换成了老成稳重，谈吐间透着警觉敏锐、智慧豁达。

陈潭秋同志组织开展整风学习，除了学习延安整风的文件，还要自我检讨和相互批评。林基路斗志昂扬，主动找情绪低落的同志，尖锐地指出，失去斗志，就意味着可能投降和失败。自我检讨中，有个别学生出身的同志意图隐瞒自己的缺点，还有人对自己的缺点抱有无法改正的消极态度。林基路诚恳地说："比起我的错误来，你们这些缺点算什么呢？我曾经犯了不少较大的错误，这对于一个学生出身的党员是毫不为奇的，问题在于是否有正视错误的勇气，细追根源的耐心，痛下改正的决心。"好几位同志在他的鼓励下，重新振作起来，在后来的监牢斗争中战胜了敌人，也战胜了自己，走过那段最黑暗的时光。

9月17日，陈潭秋、毛泽民等五人，中午被盛世才的军警以请谈话的名义拉走。下午，李宗林、林基路、李云扬、高登榜、马殊等13人被拉到三角地，后来三角地增加到20人，大家称之为"林基路招待所"，因为林基路在这里负责对外联络。按照党的传统，20人成立了临时党小组，总负责人为李宗林，林基路负责对内组织和对外联络，李云扬负责学习和宣传。每天安排学习文化和俄语不少于四个小时。

林基路和几位委员分析形势，作出三点决定：

一、盛世才没把我们投入监狱前，他是我们统战的对象，现在，已成为我们的敌人，是斗争的对象；

二、盛世才既已成为我们的敌人，我们就要揭露他反共反人民、破坏抗日的罪行，抗议他非法逮捕我们。如抗议无效，就进行绝食斗争，即使一个人关在一个号子里，也要坚持斗争；

三、变监狱为学校，变监狱为战场，同敌人斗争到底，争取最后胜利。

林基路对同志十分友爱，他经常给马殊等人讲许许多多的革命故事和党内斗争的一些情况。

1942 年 11 月 3 日晚 11 点，马殊的妻子刘勉临产了。这是她生第一个孩子，没有医生，敌人不准出门，情况非常危险。这是个风雪之夜，面对凶狠的敌人，林基路挺身而出。他跑到两个盛世才副官的窗口斗争，两人假装睡觉，林基路一怒，奋起把窗子打烂，逼得他们不能不说话。他要求两人立即派车把刘勉送往医院，对方不答应，林基路就不走，跟他们讲理。他怒骂对方，天地人伦，连生孩子这样的事都敢迫害，就算你们丢失了人性，难道不怕报应吗？对方起初很硬，遭到林基路义正词严的斥责后，实在无法辩解，只好答应了。嘴上说马上照办，却又蒙头睡觉。林基路不离开窗口，一直跟他们斗到快天亮，对方迫不得已，找车送刘勉去医院，可又无理阻拦，不准我们的人送。林基路又跟他们斗，坚持由他护送刘勉到医院。如果不是林基路的斗争，刘勉就会有很大的危险。他的勇敢坚决，保证了大人孩子的安全。

面对险境，林基路最关心的还是妻子陈茵素和儿子库尔班阿洪。他一直担心陈茵素政治上还比较幼稚，一旦离开自己，在险恶的环境中会不知所措，所以经常提醒茵素：在任何困难下都不能玷污共产党员的光荣称号，要时刻准备单独对付敌人的残暴行为。

他和妻子讲，盛世才杀害过无数青年学生，是一个背信弃义、灭绝人性的刽子手。既然要投靠蒋介石，就必然彻底反共、反人民，完全可能拿共产党人的头颅，作为投靠蒋介石的见面礼。因此我们必须时刻准备着去坐牢，去上断头台，要有临危不惧的思想准备，准备好去承受残酷的刑罚。

软禁的日子里，生活十分艰苦。林基路想尽一切办法，给陈茵素增加营养，设法弄了一瓶葡萄酒，督促她每晚喝一点，治疗贫血症。儿子库尔班阿洪还不到两岁，他经常带着孩子玩，让茵素有更多的时间看书和休息。分别前几天的一个深夜，林基路将正在睡梦中的陈茵素推醒说："我做了一个不祥的梦，梦见我俩都关在一个铁笼里，我们的孩子库尔班阿洪却在笼子的外面，穿得很单薄，又饥又寒抖缩着在铁笼外号哭。我刚想伸出手去抚摸孩子，被狱卒一把打醒了。"

日有所思，夜有所梦，说明林基路已充分预感到，敌人的屠刀就要伸出来了。生离死别的悲痛时刻，正在一天天地逼近。黑夜里，他把孩子紧紧抱在怀里，防止无边的黑暗里，有一双魔掌伸过来，夺走可爱的库尔班阿洪。共产党人并不反对儿女之情，相反，林基路以更宽广的胸襟，关切爱人和孩子的前途命运和健康成长。

2月6日，是林基路和妻子陈茵素、儿子库尔班阿洪，以及未曾见面的女儿的永诀之夜。那天夜里，一家三人躺在床上，林基路照例在睡前给孩子讲故事。他讲了一个又一个，孩子总是不满足，最后就讲蚂蚁搬米的故事。一个出来搬了一粒米，又一个出来搬了一粒米，一个又一个蚂蚁，反复搬米。听着听着，库尔班阿洪安然入睡了。

忽然，林基路推了陈茵素一把，贴着耳朵说："窗外有狗。"仔细听，外面真的有沙沙的脚步声，他们已经被包围了。林基路立即起身，将学习的记录本都丢进火炉烧掉，回到床上刚躺下，就听有人叩门，随之是凶神恶煞的吼叫声："林基路、李宗林、胡栋（胡鉴）……盛督办请你们去谈话。"还是盛世才逮捕人的一句惯用语。

林基路按着陈茵素的手说："你别动。"

他从容起床，从箱子里拿起衣服穿上，又将茵素和孩子的衣服，拿出来放在床上说："这是你和库尔班阿洪的衣服，要注意身体，我这一去也许就不能回来了。我走后，你们要坚强，要自己保重。"

他紧紧地拥抱着爱人和孩子。陈茵素的泪水夺眶而出。林基路用手帕将爱人的眼泪揩干，无限深情地说："眼泪解决不了问题，挺起胸膛来，不管在什么场合，都不要忘记自己是一个共产党员。"

他转过身，抚摸了一下孩子，接着说："这是革命的后代，要设法将他培养成人。"

外面的喊声在催促："快出来，林基路、李宗林、胡栋……"

所有的男同志，一个一个都被点了名。这催命的嚎叫，像钢刀穿刺着陈茵素的心。她要起来送别，他把她的手紧紧按住不让起来，他不让惊醒孩子。林基路镇静地站起身，昂首向门外走去。不一会儿他又回来了。许亮没有厚衣服难以御寒，林基路从箱子里将自己的老羊皮袄取出来，再一次向爱人和孩子依依惜别。

陈茵素记得，在日本东京学习时，林基路任东京中国留学生中共支部书记，每次出门都嘱咐她注意警惕，说他也许回不来，但每次都回来了。

这一次，她在心里暗暗祈愿：林基路最能逢凶化吉，我们一定会有重逢的一天。

1943 年 2 月 7 日，盛世才做出了他早就想要做的事情，将软禁四个多月的中共党人分批投入监狱。

傍晚时分，林基路等人被拉到第四监狱。下车时，每人黑布蒙头，他们激烈反抗。特务把他们全身的纽扣剪掉，鞋带剪光，自来水笔等用品搜光，分别关押进四个牢房里。林基路、高登榜、马殊、段进启、曹建培、陈谷音六人，被关进 10 号牢房。

押送他们的军警刚走开，大家定了定神，林基路就提议讨论。他说："我们进监狱了，大家都是共产党员，要有组织，也要有个领头的人。组织起来才有力量，大家发表意见。"

他穿着靴子，背着手来回走着。六个人你一言我一语，讨论起来。大家一致同意，成立六人党小组，林基路为组长。

林基路接着又说："我们随时会被过堂，或被分开，所以还要有一个副组长。"他提议由高登榜担任副组长，大家都同意了。

林基路正式安排说："假使我过堂不能回来，就由高登榜同志负责。如果被分散开，你们要根据各自的情况，只要有两个人在一起，也要推选一人负责。"

组织成立了，大家继续讨论，如何同敌人斗争的问题。

林基路说："第一，要求盛世才公审，宣布我们的罪状，为什么关押我们。我们是他盛世才邀请来的，帮他建设新疆的，我们在新疆有功无过。"

林基路继续说："第二，在任何情况下，我们都要求盛世才集体送我们返回延安，个人单独出狱就是叛变行为。第三，我们要在监狱中表现出共产党人的革命气节，宁愿牺牲个人而不能有害于我党的利益。"

党小组讨论这三个问题，再次对大家进行革命气节教育，而后讨论如何应对敌人的审讯，并决定开始绝食斗争。

第二天一早，林基路带头与敌人斗争，使劲捣门叫人。看守开始时，一来就很凶。六个人在林基路领导下，老虎一样扑过去就打，看守关门就跑，他们齐唱《国际歌》。看守再不敢凶了，林基路和他们讲道理："我们无罪，要立即释放，不跟你谈，叫你们的监狱长来。"

斗争了三天，监狱长张思信来了，六个人严正抗议。抗议盛世才逮捕，提出要见党代表，要求公审，要求盛世才宣布他们的罪状，要求看马恩列毛著作，要求改善狱中生活，等等。

第四天，生活有了改善，书也送来了，但是其他要求都没有实现。

林基路组织大家学习。内容有《共产党宣言》等马列著作，《新民主主义论》《论持久战》《延安整风》等毛主席的著作，《联共（布）党史教程》《中国革命》等小册子。此外，曹建培、段进启学习英文，陈谷音、马殊学习俄文，林基路学习英文和日文，高登榜学习中文。

每天排值日，分饭刷洗碗筷，打扫卫生。没有表，看不见太阳，他们就用熏臭味的土香计时，每天上午学习两支香的时间，下午再学习两支香的时间。每学完一支香休息一会儿，午饭后睡一会儿午觉，晚上没有灯不学习。每星期一次集中讨论。他们在黑暗世界里，过着充实光明的每一天。

在党小组领导下，理论联系实际，开展读书讨论，提高思想认识，加强党性原则和革命的气节。他们的自由和健康遭受摧残，精神却在提升，而不是消沉。内在力量变得强大，在对敌斗争中起到了决定性的作用。

林基路在第四监狱，一边领导大家学习，开展狱中斗争，一边撰写《囚徒歌》，开始哼呀哼呀地打腹稿。他们的监号是木板铺，铺一层毡，上面是自己的行李。有一天吃早饭时，大家自然围成一圈。林基路坐在包袱上，夹菜时，两根当筷子用的木棍都断了。他不吃菜了，笑了笑，骂了一声。饭后他靠在火炉跟前，又在哼吟《囚徒歌》，突然停下来对大家说："给你们讲个笑话，我们广东人民间有个说法，筷子两根一起断，是最不吉利的事情。"其他人都说："迷信，迷信。"狱中生活单调，大家都知道说这个，是逗大家开心笑呢。

这首诗先是写在《联共（布）党史教程》的字缝间。没有笔，用什么写的呢？先用烟囱里的黑烟灰，没有凝固用的工具，写不成字形。改用土香灰，其他人轮流看着监外，给他放哨。林基路用两支香换着写，先点着，等烧出灰头时，用水湿灭，一个黑香头可以写几个字。可是，香灰没有胶质，不粘纸，稍微一摩擦，字就没有了。

后来设法弄了一截很短的铅笔芯，把诗写在纸上。《囚徒歌》写好后，交给陈谷音谱曲，谱了好几次，谱成了不那么慷慨激昂的风格，又修改了几次，最后得到大家的满意。陈谷音教同牢的几个人唱，先背会词，再学曲调。几个人很快全都会唱了。

唱着《囚徒歌》，林基路更加思念爱人和孩子，严酷的现实斗争再次触动了他的艺术灵感。他想着丈夫被关后，妻子承受着肉体和精神的折磨，大家的伴侣们拖儿带女，也过着非人的生活，坚守着对丈夫的忠贞、对党的节操，熔铸成坚强信念。在无笔少纸的困境中，他又写出《思夫曲》，表达狱中女同志的心声。陈谷音再次谱曲，后来传到女牢，成了女同志们倾诉感情的精神力量。

林基路在狱中勇敢顽强，时刻教导大家要经受住这次被关监狱的考验，用生命维护党的利益。

他的警惕性非常高，哪位同志有轻微的情绪，他立即就能发觉，马上就做思想工作。估计敌人可能残酷过堂，如何应付这个斗争，几位同志以前都没有坐过这样的牢，没有经验。林基路谈了一些对敌斗争的原则，我方要始终坚持党对盛世才的统一战线政策，一口咬定，我们没有违背这个政策，真正违背的是盛世才一伙，要义正词严地驳斥敌人的反动逻辑。我们在新疆的一切言论和行动，都符合统战原则，是光明正大的，这一条必须坚持，这是原则问题，要争取出庭公审。

一次讨论中，有人提议："我们来个不怕死的比赛吧！"

林基路说："我们不要在不怕死方面做比赛，在这方面你我都有了一定的信心，让我们来这样的一个比赛，看谁能死得最有利于党和人民的事业！"

这句话，成了六人共同的誓约。后来传到别的牢房，成了同志们在黑牢中的精神支撑，鼓舞大家熬过了一切最无法忍受的困苦，成为永远难忘的誓言。

过堂提审之前，《囚徒歌》只有同牢房的六个人唱，马殊被提审后，才设法传到其他牢房。

盛世才既然把中共党人投入监狱，过堂提审的迫害必然会发生。

陈潭秋和毛泽民之后，林基路是同牢房中第一个被提审的人。盛世才恐惧于他在青年中的巨大影响力，一心想让他屈服，从而降服新疆的进步青年。

被提审之前，他和大家约好了联系暗号，说："假使我受刑，我要肥皂。没有受刑，我要书。"可是，他被提走后，一个月没有消息。直到马殊被提走，第四监狱四个牢房之间才有了联系，知道了他们受审的大概情况。

马殊离开第四监狱，拉到第二监狱过堂，刑讯逼供，拉到刑场威吓，坐老虎凳，连着折磨了三天三夜，直到他昏死过去，用水泼醒。等他醒来，敌人打开老虎凳，他已经站不起来了。两个狱警把他抓起来，拖到院子里，提起来放下去，连搞三次。马殊估计自己不久于人世，他使出全身的力量，用手指甲在胸前的木板上吃力地刻下了一行血迹斑斑的小字："1943 年 3 月 11 日小马受刑致死。"接着又被拖去过堂，然后才被送到候审室。

这时，他发现林基路也被带来审讯了。林基路听见马殊的抗议声，经过候审室窗口时，咳嗽了一声，彼此知道了对方。马殊喊："不管你们用什么刑，也不能使我屈服。我们是革命的，我们要跟你们这些反革命斗争到底。"林基路用台山话喊了一声："好！"

事实上，林基路第一次过堂时，也是被折磨了三天三夜，也是坐老虎凳。他再次被提审时，看到马殊刻的字，心里全明白了，在"小马"两个字的旁边，写上了"小林"二字。

林基路被送回候审室时，马殊看见，就用台山话唱家乡的木鱼调，把自己过堂受审的经过唱给他听。林基路用台山话说："看到了你刻的字，我也受这个刑，也刻上了名字小林。"林基路也用台山话断断续续地唱起了木鱼调："指尖刺烂心如铁，虎凳见词添小林，严刑当作家常饭，烈火焚烧见真金！"

简短的台山对话，因为两人各自关在单独的黑牢里，无法见面，只有受审经过对方牢房时才能说一两句。上午马殊被审时讲一句，下午林基路受审时才回答一句，间隔时间长，不容易被敌人发现，但不能表达全部的意思。他们很想有支笔，能写出来。

怎么才能有一支笔呢？

有个叫杨大头的刽子手，凡杀人动刑都是他，好喝酒，上衣口袋里有支铅笔。马殊在阴湿的墙角找到一只大毛虫。第二天，杨大头喝得醉醺醺地来到监房，坐在那里教训马殊。马殊暗中拿上大毛虫，趁不注意突然放在他肩膀上，喊了一声，你肩膀上有一条大毛虫。杨大头转头去看，马殊伸手过去把笔拿走。然后说，不听你说话了，我要睡觉。说完就蒙在被窝里。

这支铅笔有 20 公分长，马殊在被窝里咬开木杆，取出了铅芯，分成两截，一截留着自己用，一截准备给林基路。他把给林基路的铅芯偷偷放在厕所的粪坑里，回来后有意叫杨大头。一边用台山话告诉林基路快去取回，一边用其他话与杨大头周旋。林基路马上去厕所拿回了铅笔芯。两人通过这截铅笔芯，写纸条秘密联系，彼此过堂用刑的情况互相知道了。他们约定了互相寻找的暗号，如果是林基路到了新的地方要找马殊，就写一个"丙"字。马殊见到，在下面添一个"丁"字。如果马殊找林基路，就写个"卯"字，林基路见到，在下面添个"子"字，这样就知道彼此还在人世。如果还有纸条或什么东西，如果埋在上面，向上画个箭头；如果埋在下面，朝下画个箭头，以此类推，左右都一样。

3 月底，有一天马殊过堂下来，见林基路已经在候审室了。他暗示要把《囚徒歌》抄给马殊。

怎么抄呢？

看守人员监视他们时，拿一本《水浒传》看，马殊和林基路要看，这些人也给。马殊在《水浒传》里给林基路写了几个字，拿着书用台山话喊："《水浒传》好，《水浒传》好啊！"

暗示林基路在《水游传》看他留的字。

第二天马殊再要《水浒传》看时，背面有了林基路抄的《囚徒歌》全文。

直到 1943 年 9 月初，《囚徒歌》才在第四监狱流传开来。他们被押到第二监狱后，又把这首歌传给其他号子。李宗林有病，住在养病室，于村以治病为掩护，去照顾李宗林，从第二监狱把《囚徒歌》带出去，送到了女牢。

4 月底，林基路和马殊都被送到第二监狱，从此完全住着单独的黑牢房。他们感觉敌人已被自己坚定的立场、顽强的意志打败，很可能要使出最后的绝望手段，举起屠刀杀人了。住了一个星期没有杀，到星期天还让去"散步场"放风。所谓"散步场"，就是个四周高墙围个比小房子大些的地方。马殊一去，发现了林基路的暗号，一面墙上画有一个"丙"字，说明他也到这里放过风。马殊就在下面添个"丁"字。他们又联系上了。马殊又发现，"丙"字下一尺许的地方有个小箭头，找到了林基路的纸条，上写"西十六"三个字，说明他被关在第二监狱西排16号。马殊再去时，留下纸条，写了"北里独"三个字，即北排里面单独一个人。

林基路在西号，马殊在北号，一个月左右才能联系一次。直到8月中旬，马殊与林基路联系有五次，其中有两件事给了马殊深刻的影响。

一次是林基路对我党在新疆工作人员的遭遇，作了归纳总结。他归结了八个字："独立自主，自力更生。"我们在新疆的抗日民族统一战线，没有坚持这八个字，这恰恰是毛主席关于统一战线工作的根本方针。新疆没有独立自主，自力更生，人家说怎么就怎么，王明与盛世才关于统一战线的协议中，没有坚持独立自主，一切都交给盛世才这个"狼种猪"，把宝全押在别人身上。

8月中旬，林基路在与马殊的最后一次联系中，分析了当时的形势，很简短地提出要绝食斗争，要求无条件释放，立即把他们送出去。林基路发现第二监狱还有其他同志，他要争取联系上，做绝食斗争的准备。至于什么时候开始，让马殊等他的通知。

可惜这是他们之间的最后一次联系，因为这个时候敌人停止了放风。9月底恢复放风后，马殊再也找不到林基路的暗号了，他不知道，林基路就是在这一段时间被敌人杀害了。

林基路在审讯中，坚持立场，断然否认一切诬蔑，因此受尽了各种毒刑，钢针刺入十个指尖，那是多么钻心的疼痛啊！

敌人逼他招认共产党在新疆有"秘密活动"，要搞"阴谋暴动"。林基路一口否认，甚至否认了自己是共产党员，气得敌人歇斯底里地发疯。

"你怎么到新疆来的？据实说出来！"

"与督办直接关系来的。"

"你是不是从延安来的？"

"不是！"

"入过什么党？"

"没有，国共两党均未入过。"

"如果有人证明你入过党，怎么办呢？"

"拿出证据看。"

"如果你们同党证明你怎么办呢？"

"他胡说不行！"

"徐杰你认识不？"

"同住在一起，认识，我不知道他是哪里的人。去年六月以前不认识。"

"周彬你认识吗？"

"他当财政厅长认识的，以前不认识。"

"他们由哪方面来？"

"不知道。"

"他们有无怨恨？"

"我不知道。"

"你究竟是什么党派？"

"我无党的关系。"

"为什么许多人说你是共产党呢？"

"我没有听见有人说过。"

"如果对质出来怎么办呢？"

"我愿意对质。"

"是不是共产党员?"

"不是!"

"徐杰说话算不算?"

"不算!"

"有话说没有?"

"没有。"

"有话说没有?"

"没有。"

"有话说没有?"

"没有!"

林基路的策略很明确,什么都不承认,敌人就无法逼他招供共产党"阴谋暴动"的事。几天之后,他又改变了策略,承认自己是共产党,因为他们共产党员的身份,对群众保密,但对盛世才公开的。他承认共产党员身份后,更有力地驳斥敌人。

敌人问:"你为什么不发展组织呢?"

林基路答:"我们为巩固'六大政策'政权,不发展组织。"

"如果有人愿意研究马列主义怎么办?"

"我们不给他们说。"

"共产党的负责人是谁?"

"我们有教育代表,开始是方林负责督促我们,自己不过问新疆政治,以后派徐杰来替方林。"

"有无共同组织?"

"我们的教育代表每开会时将工作情形对他报告,他给我们报告国际情形。"

"阿克苏你们有小组会吗?"

"在阿克苏报社有陈清浩,没有小组。"

"你在外县吸收党员没有?"

"没有,我在库车接徐杰一封信叫取消小组。"

"你们共产党员在库车有几个?"

"有蒋春茂(蒋连穆的化名)同我二人。"

"你们没有党的生活吗?"

"没有党的关系。"

"当地人有无加入共产党的?"

"没有,我们在新疆不宣传主义、不发展组织。"

"中共还有没有指示变更方针的事?"

"没有。"

"如果上级有命令叫你们发展组织,怎么办?"

"当然就办,但从无那样命令。"

"你们在这里确有组织,你可以将实际情形说出?"

"我们为阅读书报曾给徐杰建议过,但是我们与徐杰无别的关系。"

"你在库车有什么组织?"

"我们的确没有,没有的事我怎样说,的确是没有。"

"这里确实有参加共产党的人呢?"

"我们党没有说过参加的人。我敢说的确没有,亦没有命令叫吸收。"

"新疆有无马列小组?"

"没有。"

不管林基路的态度是多么坚定,敌人还是不甘心,换着各种花样刑讯逼供,想让林基路退让。林基路毫不屈服,他愤慨地告诉敌人:"关于新疆组织情形，的确我们党指示不发展组织、不宣传主义，我们还向领导人质问过为什么不在此地发展组织，得到的指示说，新疆经济落后，工业不发达，没有发展的条件，如阿比西尼西就没有共产党的活动。上级指示，新疆只有实行'六大政策'，不许在新疆发展组织，并对督办有诺言，关于组织问题，我的的确确不知道，但是一般人对中共误会。我们对于督办很爱拥，一心一意为督办工作，并服从中央政府的命令。"

敌人眼看审讯又要落空了，动"硬"的不行，又来"软"的，改变战术，把蒋介石的《中国之命运》拿给林基路看，采取他们所谓的"攻心战术"。

敌人问林基路："三民主义是不是救国主义？"

林基路答："是救国主义。"

"你信仰三民主义不信？"

"我亦信仰三民主义，同时亦信仰共产主义，因为共产主义是三民主义的最后目的。我看了这本书后，检讨自己没有什么错误。"

"延安边区政府是怎么一回事？"

"蒋委员长以前答应他们的，如果没有允许，如何存在这么久呢？"

"冀鲁豫为什么成立边区政府呢？"

"它由日寇手里夺过来，成立边区政府有何不可呢？"

"张国焘为什么脱党？"

"他反对统一战线。"

敌人对林基路软硬兼施，皆无作用，便企图诱讯林基路反对苏联。结果经再次审讯，依然没有一点儿收获。

敌人又想到林基路的"供词"中，有信仰三民主义和共产主义两个主义，不如诱供让他脱离共产党，岂不更好。

"你说两个路线你都走，可以不可以脱离共产党？"

"共产党我绝不脱离。"

"你的信仰怎样？"

"我信仰共产主义。"

不屈不挠的林基路，以他顽强的毅力、坚定的立场，让敌人的一次次逼供全部以失败而告终。

敌人在他生命的最后几天，还在不停歇地残忍拷问，依然得不到任何想要的东西。最后下了毒手，用黄表纸蘸酒窒息了他的口鼻。

据说，林基路烈士的遗体找到后，发现骨头上还留有酷刑折磨留下的痕迹，让多年以后看到的人，都能感到心里的疼痛。

林基路，这个一路高举光明的人，用年轻的生命实现了那句共同的誓言："死得最有利于党及人民的事业！"

他远在台山老家的女儿令婉，从出生都没有见上爸爸一面。他离去一个多月之后，小女儿林玫才来到这个世界，第一次睁开眼睛，就永远见不到自己的父亲。

十六、同唱《囚徒歌》

林基路，血气方刚的青年领袖，一位立足之地皆为战场，最善于向反动阶级四面冲杀的猛将，在远离家乡的新疆，在盛世才罪恶集团的黑牢里，遭到了敌人的秘密残害。他写下的《囚徒歌》和《思夫曲》，如同大地的雷声，势不可当，滚滚传唱。

同牢房的同志学会唱了。他们在黑暗沉沉的监牢里，轻轻地唱着这支歌。其他牢房的同志静静地听，通过联络关系，要求传抄给他们。在监狱里传歌，常人几乎不可能。各牢房的同志不能见面，不准高声说话。大家带的纸、笔、书籍都被看守监狱的恶棍们没收了，要抄录下来传出去，实在太难太难。但是，这是勇士用生命写成的战歌，一定要传给同志们，让大家把烈士用鲜血写出的每个字都当作炮弹，射向敌人。要抄写，先要解决纸张问题，同志们拿出偷偷保留下来的几本书，还有敌人发的宣传三民主义以及指责我党"罪恶"的小册子。香头和铅笔头不够用，就用废牙粉盒的铁皮磨成尖片，蘸着煤烟水写。抄好了要传递出去，还得费更大的周折。大家想了好多办法，比如在墙上挖小洞送到隔壁，利用上厕所和看病的时候传递，有时是倒贴在马桶底下抬出去，有时是"放风"的时候，趁看守不注意，把歌片从路过的铁窗框里"空投"进去。一传十，十传百，整个监狱的同志都会唱了。许多被关在狱中的进步青年，也学会了这支歌。

林基路忠实于人民，忠诚于工作，加上他杰出的才能，在新疆青年中享有崇高的威望，受到广大进步青年的尊敬。他的许多学生不屈淫威，被蒋盛反动派屠杀了。监牢里依然关着他的不少学生，每提到林基路的名字，马上眼泪汪汪地说："在牢里，当知道林教务长牺牲的消息时，哪一个同学不流泪呢？林教务长说过的话，他所给的方针，所指的道路是不会被忘的，他将永远活在我们的心里。"

《囚徒歌》不仅在关着共产党的监狱里唱，在所有的监狱，所有黑暗的地方，都在传唱。这首歌成了黑牢里的璀璨光芒、锐利宝剑、震天战鼓，在敌人的大狱里此起彼伏，成了不可抗御的雷声，为所有的难友增添了战胜黑暗、迎来光明的力量。

阴森森的监牢里，林基路活着的战友们，被敌人绑住了手脚，不能为挽救祖国危亡和消除民族的灾难去战斗，血口獠牙的匪帮却耀武扬威、横行霸道，在历史上写下残暴无耻的一页。革命志士成了"囚徒"，他们对着敌人怒吼，仰望苍天喟叹：

我噙泪低吟民族的史册，

一朝朝，一代代，

但见忧国伤时之士，

赍志含愤赴刑场，

血口獠牙的豺狼，

总是跋扈嚣张。

啊！民族，苦难的亲娘！

为你五千年的高龄，

已屈死了无数的英烈，

为你亿万年的伟业，

还要捐弃多少忠良！

铜墙，困死了报国的壮志，

黑暗，吞噬着有为的躯体，

镣链，锁折了自由的双翅。

历史的长河里，流失了无数爱国者的鲜血，日本帝国主义侵略的炮火，正在祖国的大地上燃烧，民族的危亡，呼唤着中华民族的每一个优秀儿女去挽救。人民在水深火热中，盼望着天晴日丽的时刻到来。但是，时代的勇士们，革命的先锋们，无畏的战士们，被蒋盛匪帮囚禁在阴暗的铁门里。林基路不在了，战友们唱着他写的歌，坚信历史绝不会便宜那些民族的仇敌，他们相信真理一定会胜利。

无穷的罪恶，

终要教种恶果者自食，

难闻的血腥，

用噬血者的血去洗!

同志们被拉去"过堂",威逼利诱,严刑拷打,企图让他们低下头颅。敌人的梦想破灭了。我们抗战有功劳,建设有成绩,共产党的所作所为光明磊落,有口皆碑。敌人不让我们抗日,不让我们建设,难道让我们和他们一道,去做日本帝国主义的帮凶,去做祸国殃民的匪徒不成?任敌人如何拷打、如何用刑,同志们毫不动摇,视死如归。

《囚徒歌》高唱,志士们蔑视那些软骨头,像徐梦秋、刘希平、潘同之流的叛徒,出卖灵魂,甘当走狗,遭到永远的唾弃。

《囚徒歌》让革命的志士,更加忠勇。人类从黑暗到光明,就是无数革命者斗争、流血,直到胜利的过程。活着的战友们,在敌人的皮鞭下,昂扬着高贵的头颅;在敌人的刀枪面前,挺起坚强的胸膛。

囚徒,新的囚徒,

坚定信念,贞守立场!

砍头枪毙,告老还乡;

严刑拷打,便饭家常。

囚徒,新的囚徒,

坚定信念,贞守立场!

砍头枪毙,告老还乡;

坚定信念,贞守立场!

掷我们的头颅,

奠筑自由的金字塔!

洒我们的鲜血,

染成红旗,万载飘扬!

《囚徒歌》化作匕首，化为炸弹，去打击敌人。同志们有了它，得到更大的鼓舞和力量。这首大气磅礴、炽热深沉的战歌，像熊熊燃烧的火炬，点燃了战友们的心。每个人心里火炬高擎，去烧毁敌人的窝巢，照亮前进的大道。

　　啊！民族，苦难的亲娘！

　　为你五千年的高龄，

　　已屈死了无数的英烈，

　　为你亿万年的伟业，

　　还要捐弃多少忠良！

　　铜墙，困死了报国的壮志，

　　黑暗，吞噬着有为的躯体，

　　镣链，锁折了自由的双翅……

歌声由低沉变得高昂，满腔的悲愤涌上胸膛，复仇的火焰燃烧起来，同志们在烈士面前宣誓：

　　无穷的罪恶，

　　终要叫种恶果者自食，

　　难闻的血腥，

　　用噬血者的血去洗！

敌人指着一张"自白书"叫签字，疯狂地咆哮："两条路，你要死还是要活。"无耻的叛徒这时也来劝降："何必自找苦吃，签个字吧，免得被人家砍头。"

高唱《囚徒歌》的志士，抓过"自白书"撕得粉碎，愤怒地向敌人和叛徒脸上摔去。用歌声回答：

> 囚徒，新的囚徒，
>
> 坚定信念，贞守立场！
>
> 砍头枪毙，告老还乡；
>
> 严刑拷打，便饭家常……

敌人恼羞成怒，惨无人道，摧残和屠杀坚强的战士，审判接着拷打，拷打接着残杀，用尽一切卑劣的手段，妄想让他们屈服。但是，他们的信念只有一个，不怕万般刑罚，不怕流血牺牲，坚持斗争到底，争取集体回延安。

敌人手里拿着刀枪刑具，身上沾满革命烈士的鲜血，血口獠牙，跋扈嚣张，狂妄地叫嚣："共产党早就消灭光了，延安早不存在了，朱毛早投降国军了，你们还要找死啊！"

接着又威胁道："美国发明了一种最新式杀人武器，要让你们死，只把电流一通，你的骨肉立刻便化为灰烬。"

愚蠢的叫嚣，不值得驳斥。面对谎言和威胁，只有用歌声来回答：

> 囚徒，新的囚徒，
>
> 坚定信念，贞守立场！
>
> 掷我们的头颅，
>
> 奠筑自由的金字塔！
>
> 洒我们的鲜血，
>
> 染成红旗，万载飘扬！

战友们唱着烈士留下的战歌，在敌人的监狱里战斗了整整四年。1946 年 6 月，他们最终被释放，回到延安。中央首长接见的时候，他们又唱起了《囚徒歌》，唱着唱着，流出了滚滚热泪。（完）

附

囚徒歌

我噙泪低吟民族的史册，

一朝朝，一代代，

但见忧国伤时之士，

赍志含愤赴刑场，

血口獠牙的豺狼，

总是跋扈嚣张。

哦！民族，苦难的亲娘！

为你五千年的高龄，

已屈死了无数的英烈，

为你亿万年的伟业，

还要捐弃多少忠良！

铜墙，困死了报国的壮志，

黑暗，吞噬着有为的躯体，

镣链，锁折了自由的双翅。

这森严的铁门，囚禁着多少国士！

豆萁相煎，

便宜了民族仇敌。

无穷的罪恶，

终要叫种恶果者自食，

难闻的血腥，

用噬血者的血去洗！

囚徒，新的囚徒，

坚定信念，贞守立场！

砍头枪毙，告老还乡；

严刑拷打，便饭家常。

囚徒，新的囚徒，

坚定信念，贞守立场！

砍头枪毙，告老还乡；

坚定信念，贞守立场！

掷我们的头颅，

奠筑自由的金字塔；

洒我们的鲜血，

染成红旗，万载飘扬！

思夫曲

怀念那笼中的猛虎，

是我梦里的人儿。

苍天为我叫月儿缺圆，夜色荒芜；

草木为我在窗外含愁，长夜悲哭！

可恨那丑恶的老鸦，披着孔雀羽衣彩裳，

挥动"柔情"的臂膊，露着"温香"的胸脯，骗去我心爱的丈夫！

猛虎落在牢笼，红颜将成寡妇！

莫再说红粉佳人，我但愿拿起长剑，去为郎复仇！

也不要为郎憔悴，我但愿振臂挥拳，

高挺着胸脯，迈开坚实的脚步，

跟着我可爱的人儿，踏上斗争征途！

丈夫啊！你不要焦愁，你坚持节操，

黎明就要来到；黑暗已到尽头！

丈夫啊！你不要焦愁，你坚持节操，

一旦光明到来，你就回来拥抱！拥抱！

2021 年 1 月 20 日周三晚 19 ：00

第一稿于农行大楼 1310 室

2021 年 1 月 28 日晚第三稿

2021 年 12 月 12 日星期日第四稿

后　记

历时五个月漫长的写作，每天早晨七点多起床，晚上十二点左右上床睡觉，除了吃饭洗漱，其他的时间，都在与一个个英雄人物交流对话，敲击键盘。写完最后一句话，一场文字的横渡终于上岸。

经过十个月的沉淀，再次修改文稿，很多情节，让我再次流下感动的眼泪。烈士的事迹需要流传，这部英雄叙事，内心的感动让我体会到永不褪色的精神价值。

我长舒一口气，最想分享一句话：烈士教给了我全新的英雄观。

生于 20 世纪 60 年代的人，大多有英雄情结。杨子荣打虎上山，黄继光用胸膛堵住敌人子弹喷泻的枪口，董存瑞在隆化桥下单手顶起炸药包，狼牙山五壮士面对悬崖纵身一跳，等等，无不代表着刚烈和勇猛，激发着内心的热血翻滚。陈潭秋、毛泽民、林基路，这些烈士在盛世才阴谋构陷的黑暗监狱里，经受了长期精神和肉体的非人折磨，依然像永恒的天山、傲立的雪松，从容不迫，令敌人惶恐不安。他们堂堂正正、光明磊落，提出既然把我们抓起来，就要公开审判。蒋介石从南京派来代表当时中国最高法律水平的高官专家"中央审判团"，历时几个月，无法给他们定罪，只能动用最无耻、最卑怯的手段，把他们秘密杀害。他们为什么如此顽强？是什么力量能成功抗拒非人的肉体和精神疼痛？我边写边思考，体会到：只有达到人性至高的境界，积淀出崇高的理想，内化为一个人的精神骨骼，才能经受住生命绝境的漫长考验，更不用说和平时代的名利诱惑——这就是烈士们对"英雄"二字悲壮的另一种诠释。我的写作，尽可能地还原烈士的英雄情怀，留给后人，作为宝贵的心灵营养。这正是纪念他们的意义所在。

烈士们还诠释了人生的责任观。陈潭秋作为党的一大代表，心里总是想着为新疆民众谋利益的大局，他的一生，总是在最危难的时刻、最危险的地方，坚守在最后，就在中共党人要整体撤退时，他把自己安排在最后一个。他在新疆复杂凶险的局势下，信念坚定，时刻关注着每一个同志，及时进行理想信念和节气教育，像挺立天山最高处的青松，到了最后时刻，教育大家要把监狱当学校，把敌人的审判当作对审判敌人的审判台，揭露敌人的阴谋和罪恶，给了大家斗争到底、赢得最终胜利的坚定信念。在当时的特定历史条件下，盛世才请求中共中央派优秀的党员干部，来新疆在其政府和军队里任职。盛世才作为投机者，对共产党人的才能既利用又妒忌，在每一位同志身边都安插了形形色色的特务，每天写监视报告，对他们不停地进行花样翻新的诬陷诽谤。每一位共产党人，明知这一事实，依然坦坦荡荡，恪守工作职责，全心全意为人民服务，得到了各民族群众的极大拥护。他们中的每一位，都是时代杰出的佼佼者，有着超出常人的智慧和敏锐，对于敌人的凶残心知肚明，对待职责却毫无懈怠，做到了让敌人抓不住把柄，最后只能捏造"赤化"群众、"阴谋暴动"之类的罪名。他们即使身陷牢狱，人格的光芒仍然让敌人无地自容。他们隐去自己共产党员的身份，在盛世才的统治下忍辱负重地工作，依然做到不报怨、不松懈，无怨无悔，对党忠诚。对比今天，早已进入社会主义新时代，祖国日渐强大，生活安定富裕，我们对待职责，该是怎样的态度？相比他们的责任观，还有什么不能接受，有什么理由不奋进？

　　烈士们以生命践行了最崇高的人民观。他们是盛世才政府人员里少数中的少数，却像一颗颗明亮的星辰，时刻照亮群众的苦难，给最广大的人民以尊严和温暖。毛泽民身患重病，却无时无刻不在想着工作，先后担任财政厅代厅长、民政厅代厅长，面对旧机关人员普遍养成的恶习，以光辉的人格让浊水下沉。他身边的司机、杂工备受感动，惭愧地向他承认自己是特务。毛泽民只是轻轻一笑，依然一如既往地关心他们，让他们继续做好工作。统一币制，开设公济当，公平赋税，发展牧业，建立学校、医院、孤儿院、养老院……他凭一己之力，给新疆各民族人民生活带来了历史性的改变。林基路等一批知识分子出身的县长、税务局长，工作在南疆少数民族地区，远离自己的家乡，语言不通，却能把乡村里祖祖代代受官绅盘剥的贫苦农民当亲人，下乡工作，和乡亲们同吃一锅饭，同睡一盘土炕，发展生产，解除贫困，给最底层的人民以平等和尊严，赢得亲密无间的拥戴。作为一个活生生的人，谁无七情六欲。但是，他们永远把人民的利益放在第一位。他们的职务是盛世才政府任命的，就是为盛世才尽责吗？本质上，他们是为一方人民做事，是为党的旗帜添彩，是为了共产党员的本色不受玷污。在极端贫困落后的时代，共产党人能与人民甘苦与共，我们现在帮助群众脱贫致富，共赴小康，又有什么不能做到呢？

　　那些早期牺牲的共产党人，无论处于怎样艰难的环境，都能心怀天下，满怀理想，坚定不移，铸造出一个个与现实条件相比看似不可能实现的梦想。为了追求理想，他们把流血牺牲和生命的失去看得风轻云淡。正因为信仰坚定，才能有向死而生的悲壮，推动历史在黑暗中前进，最终将看似遥不可及的梦想变为现实。乌鲁木齐燕儿窝烈士陵园，在博格达雪峰的映衬下，与巍峨的天山合为一体，铸就了历史的永恒。

我在书写烈士的日日夜夜，与他们温情对话。他们在工作上、生活中、苦难里，处处表现的温暖与真爱和人性的温度，即使逝去几十年，依然就像刚刚做过饭的炉灶，像春天里舒心的暖阳，给人以可感可知的亲和力。我一次次感叹，他们是一个个多么好的人啊！他们人格的温度，会让我受益终生。如此想来，这一次漫长的文字横渡，也是一次跨越时空的内心交流、精神享受。

我是中国农业银行新疆维吾尔自治区分行的在职干部。分行办公室收到自治区党委宣传部《关于协调支持庆祝中国共产党成立 100 周年主题文学创作工作的函》之后，立即上报领导。分行党委书记、行长孙景伟作了专门批示，当作一项重要的工作任务安排部署。分管行领导、部门领导无不积极鼓励，在创作条件、创作时间、外出采访与交流等各方面，给予了全方位的支持。本人作为业务干部，能够成长为一名业余作家，与农业银行深厚的企业文化和社会责任密不可分。每一部作品的完成，都是农行文化土壤的果实。在此，特向这个具有优秀传统的集体致以崇高的敬意，向给予关心支持的领导和同事表示衷心的感谢！

这部书稿得以顺利完成，要感谢方方面面的组织者、老师、朋友的支持、帮助与鼓励。自治区文联及作协领导邓选斌、熊红久、王族及艾布、万军在确定创作方向、协助采访及后期修改出版工作中，给予了许多具体实际的帮助和关怀。

感谢邱华栋、董立勃、赵瑜、水运宪、张锐锋、纪红建等老师和文学大家，在写作的构思和修改中，给予我很多耐心指导和具体帮助。

感谢资料收集和现场采访中，各有关单位的领导和同志们给了我大量无私的帮助。主要有：自治区党史文献研究院张军、自治区档案馆郭红霞、新疆大学阮晔、乌鲁木齐市退役军人事务局任君、乌鲁木齐市烈士陵园杨军、乌鲁木齐市档案局（馆）常桂娟和徐映，乌鲁木齐市党史地方志编纂委员会办公室李艳玲、乌鲁木齐市文化和旅游局（市文物局）王宏伟、乌鲁木齐市博物馆吐尔逊·克孜拜克、八路军驻新疆办事处纪念馆古力米拉、中国工农红军西路军总支队纪念馆罗慧、毛泽民故居张辉、阿克苏地委宣传部杨勇、地区党史地方志编纂委员会办公室粟新、阿克苏地区文联艾尼·那尔麦提、库车县委宣传部刘天成、库车县龟兹博物馆（林基路纪念馆）马丽丽、库车县档案馆年玉丁、乌什县文联张杰、乌什县档案馆陈学军、乌什县委史志办王建梅等，他们在百忙中抽出时间，尽其所能提供宝贵的资料、讲解有关情况。

特别要感谢林基路烈士之子林海洪（小名库尔班阿洪）、俞秀松烈士的继子俞敏、李云扬同志之子李胜利，几位老同志退休之后，致力于重点传播新疆红色文化，给了我很多指导、帮助和精神鼓励，提供了很多个人收藏的珍贵资料。

由于年代久远，资料收集存在诸多困难，创作时间紧迫，本人的能力也有很多不足，书中难免会有差错和不足之处，敬请所写烈士和革命家的后代亲人、各有关领导和专家老师们、各位读者予以谅解，并批评指正。

2021 年 1 月 30 日第一稿

2021 年 12 月 12 日星期日修改

2022 年 3 月 3 日第三次修改

参考文献

1. 中共新疆维吾尔自治区委员会党史研究室：《中共新疆地方史》（1937—1966），中共党史出版社 2011 年版。

2. 中共新疆维吾尔自治区委员会党史研究室编：《永远的怀念——忆陈潭秋、毛泽民、杜重远、林基路烈士》，新疆人民出版社 2013 年版。

3. 朱天红、逸晚：《毛泽民传》，华龄出版社 1994 年版。

4. 赵建基、谢贵平：《林基路评传》，线装书局 2009 年版。

5. "林基路在阿克苏——阿克苏红色记忆（1921—2021）"系列丛书编撰领导小组主编粟新。

6. 库车县档案局丁玉等：《革命烈士林基路》。

7. 中国共产党新疆历史资料丛书乌鲁木齐市委党史办编：《八路军驻新疆办事处》，新疆人民出版社 1991 年版。

8. 中共新疆维吾尔自治区委员会党史工作委员会、中共乌鲁木齐市委员会党史工作委员会编：《中国工农红军西路军左支队在新疆》，见《中国共产党新疆历史资料丛书》，新疆人民出版社 1991 年版。

9. 中共新疆维吾尔自治区顾问委员会编：《新疆纪事》（当代新疆丛书），新疆人民出版社 1989 年版。

10. 蔡锦松：《盛世才外传》，中央党史出版社 2005 年版。

11. 新疆冤狱始末编写组：《新疆冤狱始末》，中国青年出版社 1991 年版。

12. 中共新疆维吾尔自治区党史研究室乌鲁木齐烈士陵园编著：《英名与天山共存——纪念陈潭秋、毛泽民、杜重远、林基路等烈士牺牲 70 周年》，新疆美术摄影出版社 2013 年版。

13. 张大军：《新疆风暴七十年》，台湾兰溪出版社有限公司 1980 年版。

14. 包尔汉：《新疆五十年》，文史资料出版社 1984 年版。

15. 昝玉林：《乌鲁木齐史话》，新疆人民出版社 1983 年版。

16. 中共乌鲁木齐市委党史工作委员会编：《中国共产党乌鲁木齐市历史大事记》，新疆人民出版社 1983 年版。

17. 中共和田地委党史办公室：《抗日战争时期中共党人在和田》，新疆人民出版社 1995 年版。

18. 冯亚光：《天山风云》，陕西人民出版社 2009 年版。

19. 许淑云、高启荣主编：《邓发》，新疆人民出版社 2006 年版。

20. 乌鲁木齐市档案局编：《西路军在迪化历史资料综合》。

责任编辑：曹　春

装帧设计：汪　莹

图书在版编目（CIP）数据

天山雪松：新疆早期革命事迹纪实 / 任茂谷 著 . —北京：

人民出版社，2024.9

ISBN 978 - 7 - 01 - 026602 - 2

I.①天… II.①任… III.①纪实文学 - 中国 - 当代 IV.① I25

中国国家版本馆 CIP 数据核字（2024）第 107299 号

天山雪松

TIANSHAN XUESONG

——新疆早期革命事迹纪实

任茂谷　著

人民出版社 出版发行

（100706　北京市东城区隆福寺街 99 号）

北京汇林印务有限公司印刷　新华书店经销

2024 年 9 月第 1 版　2024 年 9 月北京第 1 次印刷

开本：710 毫米 ×1000 毫米 1/16　印张：28.75

字数：352 千字

ISBN 978 - 7 - 01 - 026602 - 2　定价：118.00 元

邮购地址 100706　北京市东城区隆福寺街 99 号

人民东方图书销售中心　电话（010）65250042　65289539